Mariaca Gieana

L'INSTITUT

TOME II

Jamais sans toi

Que dire…. Encore des remerciements
Merci ma Eli loulou d'amour pour ta correction, ton attention
Merci ma Emy, Marseillette de mon cœur pour tes conseils avisés
Merci ma Mushu et ma Crevette pour votre soutien
Merci à ma famille, mes parents pour leurs présences quotidiennes
Merci à mes amours d'enfants, à mon zom des cavernes
Sans vous tous, rien n'aurait été possible.

Morgan Matthews

Chapitre I

Je suis derrière mon bureau pourtant, il est plus que temps que je parte d'ici. Après un dernier coup d'œil aux ordres de mission, je quitte les lieux. J'ai donné sa soirée à Madame McAdams, elle l'a bien méritée.

Je sors de la bâtisse administrative. La météo de ce début juin est plutôt clémente et c'est agréable. Il fait encore jour et certains élèves se prélassent après le dîner dans le parc.

Je croise un groupe de jeunes filles.

— Bonsoir Monsieur le Doyen, me hèlent-elles.

— Bonsoir, Mesdemoiselles.

Une des filles rougit. Je souris. Mon charme agit toujours, et je ne peux pas m'empêcher d'en être fier. J'accélère un peu plus le pas pour me rendre au haras. J'aime bien monter ces temps-ci, enfin dès que j'ai un moment. Cela me détend.

Je croise Ben.

— Bonsoir Monsieur le Doyen.

— Bonsoir Ben. Mais s'il vous plaît, cesser de me nommer ainsi. Appelez-moi Morgan, supplié-je. Vous me connaissez depuis toujours.

— Bien Morgan.

— Comment va-t-il ?

— Mieux. Blackpearl est un cheval qui ne manque pas de caractère, il se remet bien.

Blackpearl s'est sauvé il y a quelques jours et s'est blessé. On ne le monte pas assez et monsieur aspire à la liberté. Le problème est qu'il ne se laisse que très peu approché. Uniquement par Ben et moi. Mais même Ben ne peut pas le monter.

On se rend tous les deux à son box. Il hennit en nous voyant.

— Je pense que vous pouvez faire un petit tour avec lui. Ça lui fera certainement beaucoup de bien.

Le vieux palefrenier prend ma veste, j'ôte ma cravate. Il la récupère et je défais deux boutons de ma chemise, afin de me mettre un peu plus à l'aise.

J'acquiesce. Depuis la disparition de Meg, il est entré dans une espèce de dépression. J'ai même fait venir un spécialiste dans le comportement des chevaux. D'après lui, Blackpearl souffrait de mélancolie. Il déprime toujours un peu. Le vétérinaire a expliqué que ça prendrait du temps.

C'est grâce à lui que je suis sorti de ma torpeur. Ben a débarqué un soir à la cabane, ma grand-mère lui ayant dit où je me trouvais. Blackpearl était allongé, refusant de se lever et de se nourrir. Trois jours que cela durait.

Je suis simplement entré dans son box et me suis allongé auprès de lui. J'ai posé la tête sur son encolure et me suis endormi. Je suis resté un long moment avec lui. Plusieurs jours, je crois. Curieusement, nous étions tous les deux dans le même état.

À force de patience, il a recommencé à se nourrir et moi aussi. C'est comme si nous nous soutenions mutuellement. Blackpearl n'avait pas compris qu'elle ne vienne plus. Elle ne lui avait pas dit au revoir et à moi non plus du reste. Cette sensation de vide et d'inachevé étaient incommensurables.

Je sors Blackpearl de son box et le prépare. Il est nerveux et impatient. Certaines fois, j'ai l'impression de retrouver en lui le caractère de Meg.

Nous sortons du haras au trot et une fois la grille passée, je n'ai pas besoin de demander à Blackpearl d'accélérer. Il le fait d'instinct.

Nous nous enfonçons dans les prairies alentour, en sautant les murets. Blackpearl pousse un peu trop à mon goût. Il sort de blessure et je ne voudrais pas que ça s'aggrave. Je tire un peu sur les rênes, il se cabre. Je garde le contrôle, mais difficilement. Je bascule mon corps le plus possible en arrière. Il finit par se calmer, mais il tape du pied.

— Je sais, je sais, tenté-je de l'apaiser en tapotant son encolure.

Je descends, et nous continuons à pied. J'avance avec lui jusqu'au rebord de la rivière. Il s'abreuve tandis que je m'installe en tailleur juste à côté. Une fois qu'il s'est désaltéré, il se couche près de moi. Il donne des coups sur mon épaule. Il me pousse pour attirer mon attention.

— Je l'ai retrouvée, Blackpearl, lui annoncé-je.

Ses oreilles sont en arrière. J'ai toute son attention.

— Dans le sud de la France. J'ai eu confirmation avant de quitter le bureau. Je m'envole demain et j'te promets de tout faire pour la ramener. Quatre ans. Non seulement elle me doit une explication, mais en plus, avec tous les derniers événements, elle sera plus en sécurité ici.

Je ne sais pas pourquoi je lui dis ça. J'ai besoin d'en parler. Je suis persuadé que l'on veut tous les deux la même chose : qu'elle revienne.

Je me redresse. Il est temps de rentrer. J'ai beaucoup de choses à préparer avant mon départ. Je remonte sur Blackpearl et nous retournons au haras.

J'ôte sa selle et le confie à Ben, tandis que je récupère mes affaires. Je flatte le flanc gauche du cheval et rentre chez ma grand-mère.

Elle est toujours enfermée avec ses orchidées. J'essaie de la surprendre à chaque fois. Mais c'est peine perdue. Elle arrive toujours à savoir. Si les choses ont changé en quatre ans, ce n'est pas le cas pour elle. Elle est fidèle à elle-même.

— Bonsoir Morgan.

— Granny, dis-je en déposant un baiser sur sa joue.

— Ta journée a été bonne ? s'enquit-elle.

— Usante, rétorqué-je en me servant un verre. Les réformes sont dures à mettre en place, ils sont un peu perdus entre les anciennes règles et les nouvelles, expliqué-je.

— Ce n'est pas étonnant. Cela fait plus d'une centaine d'années qu'elles n'avaient pas évolué. C'est difficile de s'adapter à une nouvelle politique. Cependant, tu fais de l'excellent travail, Morgan.

— Merci Granny. Sans ton soutien et celui du Conseil, ça n'aurait pas été possible.

Elle m'entraîne avec elle dans le jardin. Elle aime la douceur et la tranquillité du soir.

— As-tu été voir ton père ?

Je grimace.

— Je n'ai pas vraiment eu le temps ces dernières semaines. Puis, tu sais aussi bien que moi que ce n'est pas une bonne idée.

— Il est ton père Morgan. Quand il ne sera plus de ce monde, tu risques de le regretter.

— N'en sois pas si certaine.

Elle m'attrape le bras et pose sa tête dessus.

— Il parait que tu as demandé à Taylor de préparer un voyage en France ?

— Exact. Le jet décolle demain matin à six heures.

— Il y a une raison je suppose ?

Granny part à la chasse aux infos. Elle en connaît déjà les raisons, mais veut l'entendre de ma bouche.

— Bien sûr qu'il y en a une.

— Tu l'as retrouvée, n'est-ce pas ?

— Il se pourrait bien en effet. J'ai besoin de comprendre.

— Au bout de quatre ans ?

Mon regard se perd au loin.

— Maintenant plus que jamais. Et il n'y a pas que ça. Les menaces qui pèsent au-dessus de nous sont réelles.

Elle me force gentiment à me tourner face à elle. Puis me tire par le bras et nous nous asseyons sur un des nombreux bancs en pierre qui ornent la propriété.

— Ne la juge pas trop vite, et ne sois pas trop dur avec elle quand tu la verras.

J'arque un sourcil. J'ai souffert le martyr quand elle est partie. Je ne sais même pas si je m'en suis remis.

— Granny. Elle…

— Je sais. Mais tu ignores tout de ses raisons.

— Tu les connais, toi peut-être ??!! m'emporté-je.

Elle détourne un instant le regard, ce qui prouve qu'elle me cache quelque chose.

— Granny ? l'interrogé-je.

— Je ne peux rien dire, murmure-t-elle.

— Parle ! Tu en as trop dit !

Elle soupire un long moment.

— Elle m'a fait promettre de ne rien dire.

— Megan ?

Prononcer son prénom est une véritable torture.

— Oui. Je l'ai vue la nuit de son départ, m'explique-t-elle.

Je me lève et l'incendie du regard.

— Et tu… tu ne m'as rien dit !

— Morgan, ne le prends pas comme ça.

— Ma grand-mère m'annonce, quatre ans après, qu'elle a vu la femme que j'aimais juste avant qu'elle ne parte et tu voudrais que je prenne ça comment ?

Megan a passé une partie de sa convalescence chez Granny. Enfin, jusqu'à ce qu'elle s'enfuie du manoir.

— Je l'ai croisée dans les escaliers. Je remontais me coucher et elle descendait. Elle était habillée, munit d'un petit sac, sa veste et un chapeau pour cacher ses cheveux courts. Elle était très surprise et gênée de me trouver là. J'ai su tout de suite ce qu'elle allait faire. Je lui ai dit que rien n'était insurmontable. Elle s'est contentée de sourire faiblement, avant de me répondre simplement qu'elle voulait le meilleur pour toi et le plus simple, pour que tu puisses faire ce que tu avais à faire. Et quand je lui ai demandé pour elle… elle a simplement répondu en haussant les épaules. Elle s'est excusée pour le mal qu'elle allait te faire, m'a demandé de veiller sur toi et m'a suppliée de ne rien dire. Quand je lui ai proposé d'aller discuter de tout ça avec toi, elle a refusé en m'expliquant qu'elle ne serait pas capable de te quitter si elle te voyait. Elle semblait bouleversée et tellement perdue.

Ma mâchoire est serrée. La vieille sensation d'avoir une boule dans la gorge revient. Pourtant, je ne m'épancherai pas cette fois. Je me contente de scruter l'horizon.

— Tu aurais dû me le dire.

— Et quand bien même, qu'aurais-tu fait ?

— Aucune idée.

— Morgan tu as passé un mois enfermé. Crois-tu que si tu avais su, ça aurait changé quelque chose ?

Bien sûr que non. Être quitté par amour est bien pire que tout. Pourquoi avoir un sens du sacrifice aussi élevé ? Avait-elle si peu confiance en moi ? En nous ?

— Depuis tu la cherches. Qu'aurais-tu fait de plus ? poursuit-elle.

— Je l'ignore. Mais la question ne se pose plus. La raison pour laquelle je dois la retrouver désormais prévaut sur notre histoire passée.

— Certainement. Voile-toi la face si ça peut te faire plaisir.

Je secoue la tête en signe d'abandon.

— Prévois des costumes en flanelles. Il fait chaud là-bas ces jours-ci, enchaîne-t-elle.

— Je ne compte pas rester très longtemps de toute façon.

— Le beige te va bien, poursuit-elle comme si elle ne m'entendait pas.

— Je n'y vais pas en représentation, maugréé-je.

— Disons que l'habit ne fait pas le moine…

— Je sais. Je sais. Mais il y contribue.

— Il est essentiel de faire bonne impression.

— Granny. Je n'ai pas besoin de faire bonne impression, elle me connaît…

— Promets-moi juste de la laisser tranquille si elle a refait sa vie.

Je baisse la tête un instant et acquiesce. Même si c'est fort probable, j'ai toujours évité d'y penser parce que je suis foncièrement égoïste. Je ne vois pas pourquoi elle aurait le droit de goûter ce bonheur alors que moi, il faut bien l'avouer, je stagne depuis quatre ans.

Nous rentrons et après avoir dîné, je m'installe un instant au piano. C'est devenu tellement rare que Granny repousse son heure de coucher. Je sais d'avance que je ne vais que très peu dormir cette nuit. Je dois encore travailler sur certaines missions, mais ce ne sera pas la raison principale.

J'appréhende ma rencontre avec Meg. Tant d'années ont passé. Elle refusera peut-être de s'entretenir avec moi. Le rejet que je ressentirai alors, sera terrible. Notre histoire n'a duré que peu de temps, mais l'intensité de cette période semble irréelle, trop forte pour exister.

Je monte dans ma chambre vers une heure trente, je passe par celle de ma sœur et m'aperçois qu'elle n'est toujours pas rentrée. Je peste, mais que puis-je y faire ? Elle a vingt ans et je ne suis pas son père comme elle aime à me le rappeler.

Je m'installe sur mon lit, mon portable sur les genoux et je continue de travailler. Je n'ai toujours pas envie de dormir.

Je sais que Matt va passer me chercher à cinq heures et que la journée sera certainement très longue, mais mon esprit refuse totalement de s'arrêter de fonctionner. Keylyan n'est au courant de rien pour le moment. Il s'est beaucoup remis en question, l'Institut aussi. Il s'est posé les mêmes interrogations que moi ou bien Megan.

Elle nous a ouvert les yeux sur le monde qui nous entourait. Prue a été accablée. Nous nous sommes tous soutenus comme on le pouvait. Keylyan est persuadé que tout est ma faute. Maintenant que j'entrevois les raisons du départ de Meg, je sais qu'il a raison. Notre relation a changé, nous ne sommes plus aussi proches. Quelque chose s'est brisée. À moins que ce soit Megan qui créait ce lien ?

Je me pose trop de questions et mon cerveau n'en peut plus. Après une douche, je vais m'allonger. Le sommeil tarde à venir si bien que quand mon réveil sonne j'ai l'impression de ne pas avoir dormi.

Je me prépare et suis les conseils de Granny. J'enfile un costume beige et une chemise à col Mao. Je jette un œil dans la chambre d'Aly. Elle n'y est toujours pas. Je suis à deux doigts d'appeler la cavalerie pour savoir où elle se trouve. Cependant, je me ravise. Je deviens vraiment trop protecteur.

Je descends avaler un café, Megan m'a converti. Je suis trop noué pour manger quoi que ce soit. J'attends sur le perron avec mon sac tout en fumant. Cette habitude ne me quitte pas. Rien à faire.

Un œil sur ma montre, Matt est aussi ponctuel qu'un coucou Suisse.

— Bonjour Monsieur le Doyen. La classe, le costard ! On dirait même que tu vas à un rendez-vous, se moque-t-il.

— Matt, grogné-je. C'est pas le jour.

J'entre dans la voiture, Matt démarre. Muse bat son plein dans la voiture avec *Feeling Good*.

— Mal dormi Patron ?

Il baisse un peu le son.

— Peu, surtout.

Il accélère et en moins de dix minutes, on se trouve sur le petit aérodrome de l'Institut. Le jet est prêt. Nous ne sommes que tous les deux à partir avec le pilote et le copilote. Je réajuste un peu ma veste et nous entrons dans l'avion.

Je m'installe. Matt me tend les journaux, je le remercie d'un signe de tête. Il prend place à côté de moi, et récupère directement les pages des sports. Il les parcourt juste.

— Les London Wasps ont gagné ce week-end ! déclare-t-il.

— J'ai pas pu voir le match, grommelé-je.

— Tu bosses trop mec.

— Il paraît, soupiré-je.

Je passe une main sur mon visage fatigué.

— Y a un truc qui m'gêne dans cette histoire.

— Dans quelle histoire Matt ?

— On a menti à Keylyan et à Prue, explique-t-il.

Je me redresse et fronce les sourcils.

— On n'a pas menti. On ne leur a rien dit. Nuance.

— Pourquoi ?

— Parce que rien n'est sûr. Tu me vois lui dire « Hé Key ! Tu sais, j'ai retrouvé ta sœur ! Ouais, mais elle refuse d'avoir le moindre contact avec nous ».

— Ok. C'est moyen. Je te l'accorde. Mais t'es peut-être pas le mieux placé.

Je me retourne et le dévisage.

— Et pourquoi, j'tue prie ?

— C'est simple. Tu aimes Megan. Enfin tu l'aimais. Et elle t'aimait, je sais, j'étais là quand elle te l'a dit…

— On est obligés de parler de ça ! m'agacé-je en coupant court.

Il pose les feuilles de journaux et me fixe droit dans les yeux.

— Bien sûr que oui. Môssieur le Doyen. Dans moins de deux heures, tu vas la revoir pour la première fois depuis quatre ans. Et vu votre histoire passée, ça ne va pas être évident. Surtout que vous êtes loin d'être les rois de la communication. Alors l'entrée en matière est importante. Tu vas lui parler de quoi en premier. Du fait que ta famille et ce qui reste de la sienne est en danger ou des raisons qu'ils l'ont poussées à partir ?

— Je l'ignore. J'aviserai.

— Tu aviseras… ok. Je sais que les gens changent en quatre ans, mais pas vraiment au point de vue caractère. Toi, et Meg hors sexe, on sait tous les deux ce que ça peut donner.

— Je te remercie de ta sollicitude. Ça me touche. Réellement, ironisé-je.

Je prends mes écouteurs et envoie la musique.

— Ok. Je crois que la conversation est terminée, bougonne Matt.

Je vais pour lire le journal. Mais quand je vois la une, je me ravise. Je décide de fermer les yeux un instant en posant ma tête contre le hublot.

Matt a raison, ça me tue de l'avouer. Je ne sais pas du tout comment ça va se passer. J'ignore même comment démarrer la conversation et encore moins sa réaction en me voyant.

J'évite de regarder Matt, j'ai trop peur qu'il m'embarque encore sur le chemin de la psychologie.

J'ai la sensation curieuse que le voyage dure des heures. Matt s'est levé plusieurs fois pour aller nous chercher du café et des viennoiseries mises à notre disposition. Mais je n'arrive toujours pas à avaler quoi que ce soit. Même mon ordinateur reste fermé.

Au fur et à mesure que l'avion traverse la France, le soleil illumine la cabine. Le commandant annonce le début de notre descente sur Aubagne. Elle est à moins d'une demi-heure de cette ville. L'avion se pose sans problème sur le tarmac.

Les pilotes nous ouvrent les portes. Je prends mon sac, Matt fait de même avec le sien. J'ajuste mes lunettes de soleil.

— Bonne journée Messieurs.

— Merci, rétorqué-je au pilote.

Une voiture nous attend à l'extérieur. C'est un pick-up. Matt s'installe au volant et branche le G.P.S au moment où je lui donne l'adresse que j'ai obtenue.

Matt démarre.

— Au fait, tu ne m'as pas répondu ? demande-t-il.

— À quel propos ?

— Comment l'as-tu retrouvée ?

— J'ai envoyé des photos à nos différentes cellules dans le monde. Tout en leur interdisant d'intervenir.

— Ils ont dû apprécier.

— Ça a pris du temps. Mais finalement, ça a fonctionné. Ils l'ont plusieurs fois aperçue à Marseille, et la reconnaissance faciale nous a confirmé que c'était bien elle, soupiré-je.

La voiture s'enfonce dans l'arrière-pays. Une chose est sûre, c'est vraiment magnifique.

— T'as appris quoi d'autres ?

— Pas grand-chose. Je sais qu'elle vit sur une grande propriété. Un mas.

— Et elle y fait quoi ?

— Je l'ignore. Je crois qu'elle travaille avec des chevaux. Mais rien n'est à son nom.

— Et quel est son nom ? demande Matt.

— Megan Morgan, marmonné-je.

Il arque un sourcil et se tourne vers moi.

— Ah ouais ? Morgan hein ?

— Ouais.

— Bizarre pour quelqu'un qui veut tout oublier. Néanmoins, très original, insinue-t-il.

— Matt, grondé-je.

— Je sais. Sujet trop perso. Stop et fin de la conversation.

— Merci.

Le reste du parcours se passe dans un silence absolu, jusqu'à environ cinq minutes de l'arrivée.

— Comment procède-t-on ? m'interroge Matt

— Dans un premier temps, on observe ce qui se passe et après…

— Et après ?

— J'interviendrai. Je préfère que tu restes en retrait. Je ne voudrais pas qu'elle se sente acculée.

Il marmonne et accepte. Nous stationnons à cinq cents mètres de la demeure et nous continuons à pied sur le chemin. Nous sommes attentifs. Il faut éviter de nous faire repérer.

Nous trouvons un endroit assez dégagé tout en étant caché par la végétation.

Je sors les jumelles du sac. J'en tends une paire à Matt. Dans un premier temps, nous surveillons les allées et venues.

La vieille bâtisse en pierre est immense. Il y a une terrasse ombragée et une piscine. Les arbres tout autour donnent de la fraîcheur au lieu. Il y a deux étages à la maison. J'entends des chevaux hennir un peu plus loin. Mais aucune trace d'elle pour le moment.

Notre position n'est pas idéale, car nous n'avons aucune vue sur l'entrée.

Il n'est que huit heures et demie, pourtant on sent la chaleur arriver. Un cavalier approche.

Matt me donne un coup de coude. C'est elle, je pourrais la reconnaître dans n'importe quelle situation. Elle descend de son cheval, passe la bride à un type qui s'en va avec la monture.

Mon cœur s'accélère et j'en ignore les raisons. Ses cheveux lui arrivent jusque dans le bas du dos, le soleil fait encore plus ressortir ses reflets auburn. Sa peau est brunie par le soleil. Je distingue ses traits fins. J'imagine ses yeux verts me captant de son regard.

Ma contemplation s'arrête nette quand une petite fille sort de la maison en courant, tout en l'appelant maman. Je détourne le regard et pose mon dos contre un arbre. Ma respiration se fait erratique. Je passe mes doigts sur mes tempes.

— Morgan. Ça ne veut rien dire, tente de me rassurer Matt.

— Bah voyons. C'est bien connu que l'on appelle « maman » n'importe qui.

— Quel âge a-t-elle à ton avis ?

Je me concentre à nouveau sur la scène. La petite fille est dans les bras de Meg. Megan a un sourire lumineux étalé sur son visage. Je le trouve encore plus magnifique que dans mes souvenirs.

— J'en sais rien, répliqué-je.

— Trois ans, quatre ans ? T'as rien à me dire ? sous-entend-il.

— Non !

— T'es certain ? Vous avez toujours fait attention. Moi j'dis ça, j'dis rien.

Je fronce les sourcils et plonge dans ma mémoire. Matt me fait douter. Il y a bien eu le dernier jour à la cabane. Mais non, c'est idiot !

14

— Ok Morgan. Eh bien mon pote, t'as plus qu'à en avoir le cœur net.

Megan et la petite fille rentrent dans la maison. Mon rythme cardiaque ne s'est toujours pas calmé. Mes souvenirs m'emmènent jusqu'à son lit d'hôpital.

Elle est tombée dans le coma juste après l'intervention qui a duré quatre heures, son corps s'étant mis sur arrêt pour lui permettre de tenter de guérir. J'ai passé mes jours et mes nuits à la clinique de l'Institut. Son nez était cassé, ils ont dû pratiquer de la chirurgie reconstructive, car ses cloisons nasales avaient été déviées.

Son visage portait les stigmates de son enfer. Ses cheveux si longs et magnifiques n'étaient qu'un vaste champ clairsemé. Son corps : détruit. Trois côtes étaient cassées. Des coupures faites avec des lames de rasoirs parcouraient sa chair et son grain de peau si parfait. Sans parler de la balle qui avait failli lui ôter la vie. Ses phalanges et ses poignets arboraient des couleurs violettes et jaunes. Elle était intubée, des perfusions de toutes sortes étaient reliées à ses veines et la morphine circulait dans son être.

L'injustice, la colère, l'amour, la haine viscérale pour cet homme m'avait assailli et la peur terrifiante qu'elle ne meure. Une solitude infinie s'était emparée de moi. J'étais au fond des abysses, mon être entièrement focalisé sur le bruit des machines. J'ai cru devenir fou.

Je reviens sur terre quand Megan ressort avec la petite fille. Elle l'installe à la grande table en fer forgé. Elle lui parle en anglais. Je comprends que Meg va chercher le petit déjeuner. La petite fille est bientôt rejointe par un jeune homme d'une vingtaine d'années. Il claque un baiser sur la joue de la fillette.

Mes poings se serrent d'instinct. La jalousie, ce sentiment très ancien se rappelle à mon bon souvenir. J'ai la sensation que cela fait des siècles que je ne l'ai pas éprouvé. Surtout que je n'ai aucune raison d'avoir ce genre de sentiment. Elle semble heureuse et finalement, c'est bien le principal. Même si je désapprouve que son mec soit si jeune.

Matt grommelle à côté de moi. Je décide de rester encore un peu. Megan revient les bras chargés de victuailles. Une dame la suit avec le reste. Megan s'installe, elle s'est changée. Elle porte une jolie robe rouge. Je suis déçu, elle arbore des lunettes de soleil et je ne verrai plus ses yeux.

J'ai décidé de faire ce que m'a dit ma grand-mère. Je vais la laisser dans sa nouvelle vie, tout en mettant en place une surveillance. Elle aussi est menacée. Ça me déchire.

Mais t'espérais quoi à la fin !! Qu'elle t'attendrait, alors que c'est elle qui est partie !

J'observe la petite famille déjeuner. Megan reçoit deux coups de téléphone. Elle donne ses ordres en français. Plus je les regarde et plus c'est douloureux. Je crois qu'au fond de moi, j'aurais voulu lui offrir cette vie-là.

— Je vais aller chercher un hôtel, déclare Matt en chuchotant.

— Pourquoi ? Ce n'est pas la peine. Nous rentrons.

— Ne fais pas le con Morgan. Tu n'es pas arrivé jusque-là pour repartir sans lui parler.

— Que veux-tu que je lui dise ? 'Je suis ravi de te voir, ravi de voir que pour toi tout va bien, et au revoir', maugréé-je.

— Tu dois lui parler, si toi aussi tu veux avancer.

Avancer ? Qui lui dit que j'en ai envie ?

Il secoue la tête en s'éloignant et je suis dans l'incapacité de lui hurler de revenir. Je m'allume une cigarette et continue mon observation. Le repas est débarrassé. Megan retourne à l'intérieur avec la fillette et son mec. Ils ressortent tous en maillot de bain. Sauf Megan. La petite fille se jette à l'eau avec le type.

J'ai l'impression d'assister à un mauvais film. Meg reprend son téléphone ainsi que son ordinateur portable. Elle a l'air de négocier une vente. Elle est concentrée. Elle reçoit aussi des gens et discutent avec eux. Ils ont tous une carrure de déménageur. Ils ressemblent plus à des gardes du corps qu'à autre chose.

On dirait une vraie chef d'entreprise. Ils repartent. La journée s'égrène ainsi, entre les arrivées et les départs de certains. Je la vois même étendre son linge. Cette chose si normale, mais que je ne l'ai jamais vue faire.

Une vie normale.

Ce qu'elle voulait.

Je vais pour appeler Matt et lui dire de revenir me chercher. J'en ai assez vu. Quand un chien venu de nulle part se place face à moi et se met à japper. Je tente de le faire fuir. Mais il devient de plus en plus agressif. Je suis acculé contre un arbre.

Et merde !

Je vois Megan se lever et regarder dans ma direction. Je n'ai aucun mouvement de repli. Je sais que si je pars en courant, il m'attaquera. Je pourrais dégainer et tirer, mais ce n'est pas mon style.

— Bryan ! Prends Grace et rentre à la maison ! hurle Megan

— Mais Meg !

— Ne discute pas !

Elle sort son arme de je ne sais où. De ce côté, elle n'a pas changé. Au fur et à mesure qu'elle se rapproche de moi, mon cœur s'emballe. J'ai un mal fou à déglutir.

— Assis Max ! Pas bouger !

Le chien obtempère. Mais il est toujours face à moi et montre les dents.

— Je vous préviens. Qui que vous soyez, si vous bougez, il attaquera ! claque-t-elle.

Elle n'est qu'à quelques mètres. Puis elle apparaît, me braque en me dévisageant. La surprise se lit sur son visage. Elle flatte le fameux Max qui lui lèche les doigts.

— Megan, la saluée-je.

— Morgan ? Je me demandais quand et qui ILS enverraient. Je ne m'attendais pas à toi.

Elle continue de me braquer. Elle pensait quoi ?

— Tu penses que je suis venu te descendre ? m'outré-je

Je n'ai pas besoin qu'elle réponde pour avoir ma réponse. Son regard en dit long.

— Tu pourrais abaisser ton arme s'il te plaît ? demandé-je.

— Mais bien sûr.

Elle s'approche de moi, tire mon sac vers elle, puis me fouille. J'écarte les bras pour la laisser faire. Elle me confisque mes deux armes, mon portable et mon couteau qu'elle place aussitôt dans le sac. Elle ramasse le tout.

— Maintenant, c'est bon, déclare-t-elle.

Je ne suis plus en joug.

— Merci.

Elle m'attrape par les épaules et me pousse en direction de la maison.

— Avance, ordonne-t-elle d'un ton menaçant. Max, viens mon chien.

Je m'exécute, le chien est toujours à côté de moi. Nous sommes arrivés à la fameuse table de jardin.

— Assieds-toi.

J'obéis. Je ne veux pas qu'elle me prenne pour un ennemi. Elle aussi prend place face à moi. Son arme à plat sur la table dans ma direction. Ce qui signifie qu'elle peut toujours me coller une balle.

La confiance règne.

— Que fais-tu là ? m'interroge-t-elle d'entrée de jeu.

— Quel accueil, au bout de quatre ans, raillé-je.

Elle baisse un instant les yeux.

— Mouais, passons. Ma demande est légitime il me semble.

— Vacances ? proposé-je.

— Morgan, je ne plaisante pas.

— Je sais. Je veux te parler c'est légitime, il me semble ? dis-je en réponse à ce qu'elle m'a dit plus tôt.

Elle acquiesce, et se mord l'intérieur de la joue.

La petite Grace arrive et se jette dans les bras de Meg. Je m'aperçois que je cherche les similitudes entre elles deux. Grace a l'air d'avoir peur. Elle fait tout pour ne pas croiser mon regard. Elle a de jolis cheveux blonds tout bouclés et les yeux bleus. Meg a eu juste le temps de caché son arme sous le journal.

— Elle est très jolie, remarqué-je. Elle a quel âge ? Ma voix déraille un peu en demandant, signe de mon trouble.

— Ce n'est pas ta fille, déclare Megan abruptement.

— Je vois… marmonné-je, presque déçu.

— Grace rentre à la maison et rejoins Bryan. S'il te plaît.

Megan prend sa voix la plus douce pour parler à cette enfant. La petite dodeline de la tête et obtempère.

— Elle… Grace n'est pas ma fille et elle va avoir cinq ans, m'explique-t-elle.

Je suis soulagé. Réaction complètement stupide.

— Mais elle t'appelle « maman » ?

— C'est une longue histoire.

Bryan fait son apparition.

— C'est qui lui ? grogne-t-il.

C'est un môme. J'arque un sourcil. Ses cheveux blonds, ses yeux bleus. Il doit mesurer pas loin d'un mètre quatre-vingt-cinq. Il a un nez fin. Plutôt athlétique.

— Je pourrais te retourner la question… gamin, sifflé-je.

Il fait un pas vers moi.

— Je ne suis pas un gamin !

— T'as toujours eu des mecs nerveux Megan, mais jamais aussi jeunes.

Ce n'est plus moi qui parle, mais cette jalousie maladive. Je me bafferais.

— Ce n'est pas... ce n'est pas mon mec ! s'outre-t-elle. C'est le frère de Grace. Bryan, Morgan. Morgan, Bryan.

— Enchanté ! crache-t-il.

— Moi de même.

— Bryan, file à la maison.

— Non.

— Bryan, s'agace-t-elle. Tu veux rester à la maison ce soir ?

Il bougonne.

— Bien. Alors rentre. Je t'expliquerai plus tard.

Je suis dubitatif. J'observe Megan. Elle qui disait ne pas être capable de s'occuper de personne en dehors d'elle a bien changé. Elle se passe les mains sur le visage et masse son cou.

— Une longue histoire hein ?

— Tu veux une bière ? élude-t-elle.

— Pourquoi pas ?

Elle récupère son flingue et mon sac.

— Max, surveille.

Vive la confiance.

Le chien s'allonge carrément sur mes pieds. Ok. Peu conventionnel, mais efficace.

Elle revient moins de deux minutes après avec deux bières. Elle reprend sa place et le chien se retire de sur mes pieds.

— C'est vraiment mignon comme coin

Je tente de faire la conversation.

— Ouais.

— Meg, je pourrais appeler Matt, juste histoire qu'il n'envoie pas la cavalerie ?

— Depuis quand l'Institut récupère-t-il des hommes fait prisonnier ?

Et un point pour elle. Et ça fait mal.

— Je suis prisonnier ?

— Non. Mon invité, sourit-elle faussement.

— Joli choix de mot pour dire la même chose.

— Comprends-moi. Je dois les protéger, m'explique-t-elle en me montrant la maison.

— Les choses ont changé à l'Institut.

Elle boit une gorgée de sa bière et allume une cigarette.

— Ravie de l'apprendre. Tu es doyen ?

— Ouais si on veut.

— C'est Madame Morgan Matthews qui doit être contente.

— Il n'y a pas de Madame Matthews. Miss Megan Morgan.

Et un pic un ! Elle fronce les sourcils. Si elle veut l'explication de la raison de mon non-mariage. Elle n'a qu'à me le demander franchement.

— Il me fallait un nom de famille. J'en ai trouvé un, voilà tout, se défend-elle.

— Évidemment.

Elle se lève, maugrée, va chercher mon portable et me le tend.

— Merci.

— Mets le haut-parleur.

Même au bout de quatre ans, elle est toujours aussi pro.

Je compose le numéro de Matt.

— Morgan ? Je commençais à m'inquiéter. Tout va bien ?

— Oui. Je vais rester un peu là.

— T'es avec elle ?

— Oui.

— Salue la pour moi.

— Salut Matt, répond-elle.

— Elle écoute ?

— Ça ne te dérange pas si Morgan reste avec nous cette nuit ? élude-t-elle.

Première nouvelle. C'est ce qu'on appelle de la séquestration.

— Euh… non, répond Matt mal à l'aise.

— Je te rappelle demain Matt.

— Ciao Morgan. Et évitez de vous entre-tuer, rit-il nerveusement. Bye Meg.

Je raccroche.

— Satisfaite ?

— Tout à fait.

Une femme d'une soixantaine d'années sort de la maison.

— Tout va bien Mademoiselle Morgan ?

— Oui Marie. Mais rajoutez un couvert. Monsieur Matthews reste avec nous et préparez l'une des chambres d'ami.

— Bien Mademoiselle.

La gouvernante est étonnée, mais ne fait aucun commentaire.

— Merci Marie.

— Tu me séquestres ?

— Non. J'assure juste mes arrières. Certains automatismes ont la vie dure.

— Je vois ça.

— Je t'écoute Morgan. Pourquoi es-tu là ?

Je lui prends une cigarette.

— Comme je te l'ai dit, les choses ont changé. Mon père a été victime d'un accident.

— Si je te dis que je suis désolée, tu me croirais ? me coupe-t-elle. Non. Bon bah ça, c'est fait.

Je secoue la tête. Ironie un jour, ironie toujours.

— Il n'est pas mort.

— Joie et bonheur dans les cieux, raille-t-elle. Désolée, se reprend-elle. Mais ce n'est pas comme si je l'appréciais.

— Je sais et je ne t'en veux pas. On ne peut pas dire que ce soit le grand amour entre nous. Et ça ne s'est pas arrangé avec ton départ.

Deuxième pique.

— Toujours est-il que c'est exactement les mêmes circonstances que pour tes parents et ma mère, sauf que ça n'a pas eu le même résultat. Nous nous sommes posés des questions et avons ouvert une enquête. Il s'est avéré que nous avons retrouvé des impacts de balles sur la voiture. Et en ayant accès aux dossiers de ma mère et de tes parents, nous nous sommes aperçus que c'était exactement le même modus operandi.

Je lis la stupeur sur son visage.

— Tu veux dire qu'ils ont été assassinés ?

— Ouais. Ce qui veut dire que tu as assisté à toute la scène.

— Je ne m'en souviens pas !

— Je sais Meg.

— Les corps de tes parents ont disparu pour cacher leurs meurtres. Mon père ne voulait pas que ça se sache.

— L'enfoiré !

Megan est debout les poings serrés et la mâchoire contractée. Je me lève et pose une main sur son épaule. Elle regarde ma main et se détache. C'est la première fois que je la touche depuis quatre ans et je ressens comme des picotements dans les doigts. Une grande chaleur s'en dégage.

— Le problème est plus complexe. Nous avons reçu des menaces, et ça nous concerne tous les quatre, continué-je.

— Les quatre ?

— Ton frère, ma sœur, toi et moi ainsi que tous ceux qui nous sont proches.

Elle jette un œil paniqué vers la maison.

— Je dois les mettre en sûreté, décrète-t-elle.

21

— Meg. Keylyan a été blessé. Mais rassure-toi, il n'a eu que deux côtes cassées.

— C'est censé me rassurer ? Comment ?

— On l'a renversé avec une voiture.

Elle me tourne le dos. Je me replace face à elle.

— Écoute. Seule, tu ne pourras pas faire grand-chose.

— Ce qui veut dire ? crache-t-elle.

— Je te propose de te ramener avec moi.

— Tu te drogues Morgan ?

Ses yeux reflètent l'incompréhension.

— Quoi ? En quoi est-ce une mauvaise idée ?

— Pour plein de raisons ! Je suis partie Morgan.

— Ça merci ! Je le sais ! Je hausse le ton. Désolé.

Elle soupire de désappointement et claque sa langue.

— J'ai ma... vie ici. Je suis libre de faire ce que je veux. J'ai deux jobs corrects et qui rapportent bien. J'ai des employés, j'ai un enfant à charge et un jeune adulte. Je veux simplement continuer à avancer.

— T'as réussi à avancer ? Tant mieux pour toi ! Moi j'en suis incapable !

Je me prends la tête dans les mains. Je n'aurais jamais dû dire ça. Mais c'est plus fort que moi.

— Pense à ton frère, à Prue et à nos amis. Ils ont aussi le droit de savoir que tu vas bien, argumenté-je tout en poursuivant.

— Tu leur diras.

— Il n'y a pas que ça. Si j'ai pu te retrouver, ceux ou celui qui en a après nous en sera capable tout autant. Surtout que si c'est bien les mêmes que pour tes parents, ils pourraient penser que tu peux les identifier. Tu n'as pas envie de savoir ce qui leur est arrivé ?

— Je... je... ne veux surtout pas que les enfants soient embrigadés à l'Institut ! Il est hors de question qu'ils aient le même parcours que toi ou moi ! déclare-t-elle en nous montrant du doigt tour à tour.

Je pose mes mains sur ses épaules et la force à me regarder dans les yeux.

— Je peux te jurer que ça n'arrivera pas.

— Comment peux-tu jurer une chose pareille ?

— Je suis le patron et des réformes ont été mises en place. J'ai l'appui du Conseil ! C'est bien ce que tu voulais, il me semble !

Elle sonde mon regard, ses yeux reflètent une colère soutenue.

— J'en connais une qui n'a pas pu garder sa langue ! gronde-t-elle.

Je relâche la pression sur ses épaules.

— Je ne l'ai su que très récemment. J'ignorais qu'elle avait eu la faveur de te voir avant ta défection.

— Ma défection ? Ce n'était pas une défection ! crache-t-elle. Je… j'avais… oh et puis merde ! Je n'ai pas à me justifier devant toi !

— Bah voyons ! Je n'étais que ton mec à l'époque, c'est tout. T'as juste failli mourir et ça m'a juste rendu fou. Non, rectification ! Tu es morte dans mes bras ! m'emporté-je.

La petite fait à nouveau son apparition.

— Pourquoi vous criez ? demande-t-elle apeurée.

— On ne crie pas. On discute un peu fort, voilà tout, la rassure Megan.

Grace enlace Megan et pose sa tête sur son ventre. Meg lui caresse les cheveux tendrement. J'observe celle que j'aimais. Elle n'a pas changé, si ce n'est qu'elle semble fatiguée.

Je finis ma bière et rallume une clope. J'ai un mal fou à savoir comment m'y prendre. Je pense à Matt et à son histoire de communication. Je désespère, il a raison.

— Tu vas aller manger avec Marie. Ensuite, tu prendras ton bain et je viendrai te coucher.

— Tu liras une histoire ?

Les yeux de Grace pétillent. Ils sont pleins d'espoir. Megan sourit et je ne peux m'empêcher de faire de même.

— Bien sûr.

Marie arrive presque en courant.

— Je suis désolée Mademoiselle. Ce petit diable m'a échappée, s'excuse-t-elle en français.

— Ce n'est rien.

— Et Bryan aimerait vous emprunter la voiture.

— Ok, soupire Megan. Tu m'excuses Morgan, mais je dois aller régler ça.

J'acquiesce, Meg entre dans la maison. Je reçois un texto de Matt.

Tu t'en sors ?
Matt
Euh bof, pas vraiment
M.

Elle est toujours aussi dure en affaire.
Matt.
C'est pire que ça.
M.
Beh on n'est pas rentrés !
Matt

Je ne réponds pas. Mon attention est reportée sur une porte qui claque.

— Je te laisse choisir Bryan ! Ou c'est David qui t'accompagne et va te chercher demain ou tu n'y vas pas !

Bryan jette ses bras dans tous les sens avec son sac sur le dos.

— Je suis majeur Megan ! s'écrie-t-il.

— Je sais, mais tant que tu vivras ici, ce sera comme ça et pas autrement !

— J'ai jamais rien le droit de faire tout seul ! Je l'emmène avec moi aussi si je couche avec une fille ! ?

Megan est à deux doigts de lui en mettre une. Je sens bien qu'elle prend sur elle. J'hésite à intervenir, mais je décide de rester à ma place. Évitons l'ingérence.

Un klaxonne se fait entendre derrière la propriété.

— C'est David, informe Megan.

— Ouais. Amusez-vous bien tous les deux ! crache Bryan à mon intention.

Il part littéralement en courant.

Megan secoue la tête puis s'affale sur une des chaises de jardin.

— Ça a vingt ans et s'est persuadé de connaître la vie ! Y a des jours où...

— Ouais. Je sais ce que c'est. C'est l'âge d'Aly.

— Je ne peux pas le laisser partir tout seul surtout depuis ce que tu m'as dit. Mais je ne peux pas non plus lui interdire d'y aller. Ta sœur va bien ? change-t-elle de sujet.

— Mise à part qu'elle va me rendre chèvre, ça peut aller. En ce moment, elle découche à tout va. Ça me rend dingue.

— Ouais ça me rappelle quelqu'un.

Je grimace, mais je vois le petit sourire de Megan, qui se transforme en véritable éclat de rire. Je la suis, ne sachant pas trop pourquoi. Au moins ça a détendu l'atmosphère.

— C'est quoi leur histoire à ces deux gosses ? demandé-je une fois l'hilarité passée.

Le visage de Meg devient sombre et je peux lire la tristesse dans ses yeux.

— Je préférerais discuter de tout ça plus tard. Une fois que Grace sera au lit et avec de l'alcool.

— Ok.

Meg va chercher à nouveau deux bières.

— Merci

J'ôte ma veste de costume et la pose sur le dossier.

— Sympa le col Mao, rit-elle.

— Ça évite les nœuds de cravate, plaisanté-je à moitié.

— Tu n'y arrives toujours pas ?

— Non et je crois que c'est pour ça que je passe les trois-quarts de mon temps à vivre chez Granny.

— À vingt-neuf ans ? Tu bats des records.

— Ouais. J'alterne entre chez elle et la cabane. J'ai bien une maison de fonction, mais seul ça n'a aucun intérêt.

Elle se mordille la joue et baisse la tête un instant. Je vois qu'une question lui brûle les lèvres.

— Quoi ?

— Non, rien.

— Megan ?

— Ok. Donc, tu n'as pas épousé Katherine finalement.

— Non. Granny a fini par trouver quelque chose de pas très joli au niveau de leurs comptes en banque et de certains marchés pas très clairs avec des pays de l'Est. Mon père a dû céder face aux risques de voir ternir sa réputation d'homme droit. Je l'ai appris en même temps que tu étais partie, lui reproché-je involontairement.

Elle triture ses doigts nerveusement.

— Ne crois surtout pas que c'était facile de te quitter, murmure-t-elle.

— Quoi ? Alors que pour moi...

Je me retiens de dire la suite parce que Marie arrive en tenant la main de Grace. C'est l'heure du coucher, je suppose. Je regarde ma montre, il est huit heures. Cela fait presque douze heures que je suis là. Curieusement, ça ne m'a pas paru si long. Même mon estomac à jeun depuis la veille ne dit rien.

— Bonsoir... euh, dit la petite fille en faisant un signe de la main.

— Morgan. Il se nomme Morgan, explique Megan.

— Comme ton nom. C'est drôle, s'esclaffe Grace.

Je crois voir rougir Megan, puis Grace lâche sa main et embrasse ma joue. Elle rejoint Megan et tire sur sa manche pour qu'elle se penche. Megan se plie volontiers au désir de la petite fille.

— Il est beau je trouve. Pas toi maman ? chuchote-t-elle.

Megan le concède d'un signe de tête mal assuré, ce qui a pour effet de faire pouffer Marie. Megan est à nouveau gênée. Mon visage se fend dans un nouveau sourire franc.

— Au lit Mademoiselle Grace.

— Oui maman. À demain Morgan.

— À demain Grace.

Je regarde Megan s'éloigner avec la petite et Marie. Je fonds littéralement et même si j'en veux foncièrement à Megan pour m'avoir laissé tomber, je sais que je ne pourrai pas continuer à lui en vouloir encore longtemps. Plus je passe du temps à nouveau avec elle, et plus les souvenirs de nous deux me reviennent. D'une certaine manière, c'est douloureux, mais pas autant qu'avant. J'ai simplement l'impression d'avoir perdu quatre ans sans elle.

Je ne sais pas si je serai capable de la laisser en définitive. Je n'ai jamais surmonté son absence et je ne sais pas si je pourrai la supporter davantage.

Chapitre II

Megan a donné sa soirée à Marie. Grace dort. Nous venons de finir de manger. Il ne reste plus que nous, nos deux verres et une bouteille de vin. La chaleur est toujours là, même si la nuit est tombée. C'est si calme et bruyant à la fois. Je comprends pourquoi Meg a choisi cet endroit.

La table est entourée de flambeaux. C'est vraiment agréable et reposant. Les cheveux de Meg changent de couleur en fonction de l'intensité des flammes. J'ai un mal fou à ne pas la regarder. Il y a deux bougies rouges sur la table. C'est la seule chose qui nous sépare.

Je ne saurais l'expliquer, mais tout son être dégage une certaine mélancolie. J'ignore si j'en suis le responsable, je ne l'espère pas. Le verre de Meg est vide. Je la ressers et fais de même pour moi.

Nous n'avons toujours pas abordé les sujets qui fâchent et j'avoue que je suis moins pressé. Je ne sais pas si c'est le fait de l'avoir retrouvée.

— Tu voulais savoir pour Grace et Bryan ?

— En effet, j'avoue.

Je suis pendu à ses lèvres, tandis qu'elle plonge dans ses souvenirs en fixant la flamme devant elle.

— Quand je suis partie, je voulais mettre le plus de distance entre l'Angleterre et moi. J'ai donc atterri en Australie. Je souhaitais aussi aller dans un pays qui ne me rappellerait rien. J'ai pris assez d'argent pour tenir un bon moment. J'ai trouvé une pension de famille. Ils me logeaient en échange de mon travail avec les chevaux. J'ai vécu six mois avec eux. Ils étaient quatre. Barbara et Jack, les parents et leurs deux enfants. Bryan qui avait seize ans et la petite Grace qui allait avoir un an. J'étais bien avec eux. Une famille… je veux dire… je ne savais même pas ce que c'était. Ils étaient tous adorables. C'était agréable de vivre avec eux. Ils ont bien vu que j'étais complètement paumée, mais ils ont toujours respecté mon silence. Il y avait un autre type qui vivait avec nous, mais on ne le voyait jamais et franchement, ça ne me gênait pas. Je n'aimais pas ce type, pour dire la vérité, je m'en méfiais. Je pensais que c'était dû à mon passé, que je me montais la tête… mais un soir…

Je distingue une larme couler sur sa joue. Je sens la détresse dans sa voix. J'aimerais la prendre dans mes bras. Mais je m'y refuse.

Elle reprend une bonne bouffée d'air, s'essuie la joue d'un revers de manche et poursuit son récit.

— Un soir donc... j'ai été réveillée par des coups de feu. J'ai réagi d'instinct. J'ai pris mon flingue et je me suis directement rendu dans la chambre de Barbara et Jack... ils baignaient dans une mare de sang. Ils étaient morts tous les deux. J'ai entendu les hurlements du bébé et une voix menaçante. J'ai suivi la voix, je me suis retrouvée dans la chambre de Grace. Bryan avait sa sœur dans les bras. Il la protégeait tandis que mon enfoiré de colocataire réclamait du fric en menaçant de les tuer. Bryan m'a vue. Je lui ai fait signe de ne rien dire, mais l'autre a senti qu'il y avait un problème, il s'est retourné en me braquant et j'ai tiré... Ouais j'ai tiré. Six mois sans toucher à un flingue et je l'ai éliminé purement et simplement. Sans aucune émotion. Rien. Nada.

Meg secoue la tête.

— Tu n'avais pas le choix. Il aurait tué ces gosses.

— Je sais. Il avait à peine vingt ans et c'était un toxico. Par la suite, je n'avais que deux choix possibles. Les éliminer ou les emmener. Je n'ai pas pu les tuer... alors j'ai expliqué à Bryan ce qui allait se passer. On a appelé les flics et on s'est tirés. Je ne savais même pas comment était fait un bébé. Il a fallu que je m'adapte. Les enfants étaient recherchés, j'ai falsifié des documents pour me faire passer pour la tante éloignée. On leur a fait croire que Bryan avait fui cette nuit-là avec sa sœur après avoir réussi à abattre le toxico, pour me retrouver parce qu'il avait eu peur. Ensuite, nous avons quitté l'Australie après avoir vendu tout ce qui leur appartenait. J'ai ouvert un compte pour eux et j'ai placé l'argent. Nous avons voyagé dans plusieurs pays et on a fini par venir ici, il y a environ un an. Grace s'est mise à m'appeler maman tout de suite après que l'on ait quitté l'Australie. La première fois, je lui ai dit que je n'étais pas sa mère. Elle s'est mise à pleurer. Alors j'ai laissé faire.

J'ai écouté son histoire du début à la fin. Ces enfants l'ont aidée à ne pas perdre pied. Comment ne pas penser après une histoire pareille, que l'on n'attire pas la mort ? Megan se sent coupable et responsable, encore aujourd'hui. J'ai saisi qu'elle veut simplement donner une chance à ces gosses. La chance qu'elle et Keylyan n'ont pas eue.

— Je comprends mieux. Mais tu n'es pas responsable de ce qui s'est passé. Ça n'a aucun rapport avec toi. Au contraire si tu n'avais pas été là, il y aurait eu deux morts de plus.

Cette vérité m'explose en pleine figure. Si elle était restée avec moi, ils ne seraient plus de ce monde. La sensation que j'éprouve est curieuse. Elle est partie, c'est exact, mais cette petite fille aux cheveux blonds que serait-elle devenue ? … mon désarroi semble si infime à côté de la mort d'un enfant. Je suis troublé.

Je décide de changer de sujet. Je n'aime pas la voir si triste.

— Tu as dit que tu gagnais bien ta vie ?

— Je suis négociant en chevaux. Disons que mon avis compte et que ces gens-là aiment bien la discrétion. J'ai aussi une société de protection privée.

— Protection privée ?

— Oui ça touche à la sécurité des personnes. J'ai une équipe de gardes du corps.

— D'où les molosses de tout à l'heure.

— Exact. T'es resté combien de temps à m'épier ?

— Euh je suis arrivé vers huit heures et demie, je crois.

Elle écarquille les yeux. Je me masse les tempes. Je crois que ça va chauffer.

— Tu es en train de me dire que tu m'as épiée pendant dix heures !

— Oui. Je sais ça peut paraître long mais…

— Mais rien du tout !! Qu'est-ce que t'as bien pu foutre pendant tout ce temps ?

Je souris mal à l'aise.

— J'hésitais. Je veux dire… j'ai vu la gamine, le jeune… je t'ai entendu rire… et…

Elle se lève, me fait face. Pointe son index vers moi.

— T'es pas en train de me dire que tu allais faire demi-tour et même pas venir me parler ! De quel droit aurais-tu pu me voir et pas moi ! s'écrie-t-elle.

— Tu es celle qui est partie ! Je suis celui qui voulait que tu restes ! l'accusé-je violemment en me levant à mon tour. Je t'aimais bon Dieu ! Tu as survécu ! J'ai cru enfin que tout s'éclairait et tu m'as planté ! Tu n'as même pas eu l'honnêteté de venir me parler ! Alors oui ! J'ai tous les droits !

Elle secoue la tête. Je peux voir ses larmes couler abondamment. Mon cœur se serre, mais ma colère a besoin de sortir.

— Si je l'avais fait, jamais je n'aurais pu partir ! J'étais incapable de te résister à l'époque !

— J'étais prêt à partir avec toi ! scandé-je.

— C'était impossible ! sanglote-t-elle. Tu devais rester ! Il n'y a que toi qui pouvais faire évoluer l'Institut ! Tu étais et es important !

Je l'attrape par le bras, je la jette sur un fauteuil et pose mes mains de chaque côté des accoudoirs. Je ne supporte plus cette phrase depuis qu'elle me l'a servie quand elle s'est fait tirer dessus pour « soi-disant » me protéger.

Je la regarde droit dans les yeux.

— Je. N'étais. Pas. Important ! insisté-je en ponctuant chaque mot. Rien ne valait la peine à l'époque que tu me quittes ! Je me suis donné entièrement à toi ! Tu ne m'as jamais fait confiance !

— C'est faux ! J'avais confiance en toi ! C'est en l'Institut que je n'avais pas confiance. Peut-on m'en blâmer ? J'ai donné vingt-deux ans à ces enfoirés ! Et pour quel résultat ? Pour qu'Ils me laissent crever dans un entrepôt humide et dégueulasse avec un fils de pute qui passait son temps à me torturer ! s'époumone-t-elle.

Elle me repousse férocement, titube presque en se levant, la tête dans les mains. Je suis comme paralysé.

— J'étais brisée, murmure-t-elle. Brisée. Je ne pouvais plus rien te donner, car Il m'avait déjà tout pris. Et le peu d'espoir que tu avais fait renaître en moi a disparu totalement pendant ces vingt-quatre heures. Megan tombe à genoux. J'ai assisté au supplice de Charnel. J'ai entendu ses hurlements et les miens. Elle se bouche les oreilles. Quand tu es arrivé, j'étais presque déçue. Je pensais mourir enfin… au moment où je l'ai vu tirer… c'est à toi que j'ai pensé. Je préférais mourir en vérité… parce que vivre sans toi… vivre sans toi était impossible, expie-t-elle en secouant la tête.

Mes larmes font leurs apparitions après cet aveu. Je suis incapable de les retenir.

— Te quitter a été une torture. Chaque jour qui passait, j'imaginais ce qu'il aurait pu arriver si j'étais restée. Ce qui serait advenu de nous. J'ai abandonné la seule famille que j'avais. Mais il fallait aussi que je me reconstruise… que j'apprenne à vivre de nouveau… et sans toi cette fois, poursuit-elle.

Je suis complètement perdu. Je m'approche le plus prudemment possible. Je m'agenouille à côté d'elle. Mes mains se dirigeant vers Meg.

— Laisse-moi, chuchote-t-elle.

— Non, rétorqué-je.

J'enroule mes bras autour d'elle.

— Laisse-moi, gémit-elle.

— Non. Jamais, lui assuré-je. Jamais, répété-je.

Ses pleurs redoublent. Elle accroche ses doigts fortement autour de mes bras. Je la berce.

— Ça fait tellement mal, se lamente-t-elle.

— Je sais. J'embrasse le sommet de sa tête. Je sais.

J'inspire son odeur et ferme les yeux. J'ignore combien de temps nous sommes restés ainsi. J'entends simplement un faible « maman ». Suivi de plusieurs. Meg me repousse gentiment, se redresse. Elle essuie ses larmes et fait ce qu'elle sait le mieux : avancer.

Je l'observe entrer, je ne la quitte pas des yeux. Je n'avais pas vraiment pensé à tout cela. Pour moi, elle était en vie et c'était ce qui importait le plus. Ce que j'avais oublié dans l'équation était l'aspect psychologique. À force de se montrer comme un être dénué de toute sensibilité, j'avais fini par être berné. J'avais fini par ne pas voir à quel point elle souffrait. J'étais persuadé de suffire à son épanouissement. Mais la vérité était tout autre. L'éloignement était la seule chose dont elle avait besoin pour tirer un trait.

Tant de raisons pour son départ. Mais un seul coupable comme toujours : mon père. Tout ce qu'elle a subi venait de lui.

Je me redresse difficilement, comme si je venais de prendre vingt ans de plus. Je m'adosse à un arbre, attendant simplement qu'elle arrive. J'avoue que je suis au point où je ne sais plus quoi dire.

Megan me rejoint. Elle mordille sa lèvre et me regarde.

— Grace a fait un cauchemar, mais elle s'est rendormie.

J'acquiesce. Une certaine gêne s'est installée entre nous.

— Tu veux encore un peu de vin ? me propose-t-elle.

— Non merci.

Elle réprime un bâillement.

— Tu es éreintée et je ne suis pas vraiment frais non plus. Je pense qu'on devrait aller se coucher, expliqué-je.

— Tu as raison.

Elle se dirige vers la table et commence à débarrasser. Quant à moi, j'éteins les flambeaux un par un. Megan allume une petite lampe à l'intérieur. La maison est vraiment splendide. Les meubles anciens et les murs en pierre. On est très loin de l'austérité du château de l'Institut. Les couleurs sont chaudes. C'est un petit cocon.

Megan me rend mon sac. Je l'ouvre et découvre que mes deux armes s'y trouvent ainsi que mon couteau. Ce qui me prouve qu'elle me fait relativement confiance.

— Merci.

— Je t'en prie. Je te conduis à ta chambre ?

— Volontiers.

On passe devant un piano. Je stoppe.

— Un piano ? Pour qui ?

Elle triture un peu ses doigts. Pourquoi est-elle si nerveuse ?

— J'ai emmené Grace voir un concert à Aix-en-Provence et ça lui a tellement plu qu'elle a voulu apprendre. Elle a commencé, il y a six mois.

— C'est un peu jeune, constaté-je.

— Il paraît, élude-t-elle.

Et toujours ses souvenirs qui envahissent mon esprit et tout ce temps gâché. Nous montons. Il y a un grand couloir. Elle me mène jusqu'à une porte. Elle l'ouvre et m'invite à y entrer.

— La salle-de-bain est juste là.

La chambre est grande. Il y a un édredon de couleur rouge sur le lit. Des tableaux sont accrochés aux murs.

— Je te laisse. Bonne nuit, déclare-t-elle.

Elle passe la porte.

— Meg ? la hélée-je.

— Oui.

— Es-tu… heureuse ?

Je vois qu'elle semble déstabilisée par ma question. Elle hausse les épaules, puis me tend un sourire timide.

— J'y travaille. Ça viendra. Bonne nuit Morgan.

— Bonne nuit Meg.

Je referme la porte. C'était pas vraiment la réponse que j'attendais et en y pensant, je ne sais même pas pourquoi je lui ai posé la question.

Je range une de mes armes en hauteur dans l'armoire. L'autre vient se loger sous mon oreiller avec mon couteau. Après une longue douche, je me couche. La journée a été longue et il y a de grandes chances que demain soit pire.

Je dois encore convaincre Megan de me suivre en Angleterre et je sais que ce n'est pas la partie la plus facile à faire. Il y a trop de mauvais souvenirs là-bas pour elle. Mais il y a aussi tous les bons. Il faut que je lui prouve que les choses évoluent.

Je finis par m'endormir, complètement épuisé.

****

J'entends les oiseaux piailler. J'ouvre les yeux et distingue les rayons du soleil entrer dans la chambre. Je regarde l'heure sur ma montre : sept heures. J'ai bien dormi et j'ai la sensation que cela fait des siècles que ça ne m'était pas arrivé.

Après un rapide tour dans la salle-de-bain, je m'habille et descends. J'avoue que je suis assez perdu. Je trouve enfin la cuisine où Marie s'active en chantonnant « Carmen ».

— Bonjour, m'exprimé-je en français.

— Bonjour Monsieur Matthews.

Elle m'offre un sourire franc et sincère.

— Bien dormi ? poursuit-elle. Voulez-vous un thé ? Mademoiselle Morgan m'a dit que c'est ce que vous buviez ?

— J'ai été converti au café, souris-je.

— Bien alors un café.

Je la vois se diriger vers la machine.

— Ne vous donnez pas cette peine. Je vais le faire.

— C'est avec plaisir que je le fais.

J'abandonne. Elle me propose de m'apporter le petit-déjeuner dehors. Je l'aide donc à tout emmener, tandis qu'elle maugrée que c'est son rôle. Une fois installé à l'extérieur, j'apprécie la beauté du lieu.

— Megan dort toujours ?

— Oh non Monsieur, pouffe-t-elle. Cela fait un moment que Mademoiselle est levée. Elle est certainement allée voir les chevaux.

— Il est à peine sept heures et demie, constaté-je.

— Mademoiselle dort très peu et puis elle a du travail. En général elle s'arrange pour le faire avant que Grace ne soit debout. Mais en vérité, c'est très rare qu'elle y parvienne.

Je lui propose de s'asseoir. Elle refuse dans un premier temps, alors je lui explique que je veux simplement parler de Meg et l'encourage à partager un café avec moi.

— Depuis quand connaissez-vous Megan ? lui demandé-je.

— Je ne sais pas si je peux… explique-t-elle gênée.

— Je connais Meg depuis qu'elle est née. Je ne pense pas qu'elle vous en tienne rigueur.

Elle me sourit.

— Bien, je pense pouvoir vous faire confiance. Mais ne lui dites rien.

— Ne vous inquiétez pas, la rassurée-je.

— Eh bien, c'était il y a deux ans et demi. Je venais de prendre ma retraite, j'ai travaillé comme gouvernante dans beaucoup de pays et l'Espagne a été le dernier. Je m'ennuyais profondément, je n'ai pas d'enfant et mon mari est décédé d'une crise cardiaque, il y a dix ans. Megan enfin Mademoiselle Morgan, se reprend-elle, avait passé une petite annonce pour s'occuper de la petite Grace. Alors je me suis présentée et elle m'a choisie. Depuis je les suis, et je suis ravie de ma décision. Mademoiselle Morgan est vraiment quelqu'un de bien. Mais parfois je m'inquiète, elle s'occupe tellement du confort de ces deux enfants qu'elle s'en oublie souvent. Elle n'a pas vraiment de vie en dehors d'eux. Puis sa tristesse et sa mélancolie certaines fois sont difficiles à supporter.

Elle pose une main sur sa bouche, je l'écoute, attentif.

— Je suis navrée. J'en ai trop dit, s'excuse-t-elle en se levant.

Je pose ma main sur celle qu'elle a laissée sur la table.

— Rassurez-vous, je ne dirai rien et je connais assez bien Meg pour savoir tout cela.

Elle baisse un instant la tête, et s'en retourne à sa cuisine.

Je prends le journal devant moi et commence à le lire. Je survole plus que je ne le lis. Quand une petite blonde haute comme trois pommes fait son apparition au-dessus de ma feuille de choux.

— Bonjour.

— Bonjour Grace.

Je délaisse ma lecture et reporte mon attention sur elle.

— Tu as bien dormi ? lui demandé-je.

Elle secoue la tête pour répondre oui. Je sens bien qu'elle est encore dans les nuages.

— As-tu faim ?

Grace me répond de la même manière, tout en grimpant sur un fauteuil. Marie lui apporte son chocolat et commence à lui beurrer ses tartines.

— Je peux m'en occuper si vous l'souhaitez Marie ?

— C'est mon rôle, mais j'avoue que ce ne serait pas de refus. Mon Risotto m'attend.

— Allez sauver votre Risotto, je m'occupe de Grace.

— Merci.

Et elle repart aussi vite. Ce n'est pas si désagréable que ça de s'occuper d'une petite fille. Elle mange doucement, elle a l'air de vraiment apprécier. Megan s'en sort très bien dans son rôle de « maman ». Je regarde la petite manger avec appétit, tout en jetant un œil aux différents mails et messages que j'ai reçus sur mon portable.

Je réponds et donne mes ordres à Madame McAdams. Elle se contente de me souhaiter un agréable séjour. Comme si j'étais en vacances !

Grace a de la confiture un peu partout. Je me munis d'une serviette et essuie sa bouche délicatement. Son sourire ferait fondre Attila lui-même.

— J'ai plus faim, déclare-t-elle en montrant son ventre.

— C'était bon au moins ?

— Oui. Dis, tu vas rester ici beaucoup de jours ?

— Pourquoi ? m'enquis-je.

Elle hausse les épaules et sa frimousse me tend la plus jolie des moues que je connaisse.

— Je n'en sais rien, avoué-je. J'ai mon travail.

— Comme maman. Elle travaille tout le temps, soupire-t-elle.

Elle ferme un œil et penche sa tête sur le côté, tout en me dévisageant.

— Est-ce que t'es un prince ?

— Un prince ? m'esclaffé-je.

— Bah ouais comme le prince Philip de « La belle au bois dormant » ? Ou le prince Eric dans « La petite sirène ».

— Euh non… je serais plus Shrek, vois-tu, plaisanté-je.

La petite est hilare, tout comme moi.

— Tu es plus beau que Shrek. Il est tout vert, fait des prouts et rote tout le temps. C'est un cochon. En plus, il est pas très gentil avec l'âne, finit-elle par me chuchoter, la main devant sa bouche comme si elle ne voulait pas qu'on l'entende.

— Désolé. Mais je ne suis pas un prince.

— Tant pis. Pourtant t'es bien habillé et t'es très beau, rougit-elle.

— Merci du compliment, princesse.

Elle saute de son fauteuil, se plante face à moi et fait une révérence.

— Maman, elle a dit que je pourrai être ce que je veux quand je serai grande. Alors je m'entraîne, explique-t-elle déterminée.

Je me lève à mon tour et m'incline devant elle.

— Très réussi, Mademoiselle Grace. Vous êtes sur la bonne voie.

Elle me prend le bout des doigts et me fait avancer, son cou droit. Grace porte bien son nom. Elle salue de la main à la manière des princesses et des reines. Ce qui fait redoubler mon hilarité.

— Gracie n'embête pas Monsieur Matthews, intervient Marie par la porte-fenêtre.

— Elle ne m'embête pas, bien au contraire, assuré-je.

— Bah tu vois Marie.

Je la fais tourner sur elle-même, puis elle éclate de rire.

Le rire d'un enfant, quoi de plus magnifique en ce monde ?

— Eh bien je vois qu'on s'amuse bien ici.

— Maman ! s'exclame la petite en se jetant dans les bras de Meg.

Max, le chien, remue la queue, en les regardant.

— Bonjour Princesse Grace, plaisante Meg en embrassant sa joue. Morgan, me salue-t-elle.

— Meg.

— Morgan, il dit qu'il est Shrek, pouffe Grace.

— Shrek ? Vraiment ?

Le regard de Meg se fait lointain. Elle part dans ce souvenir en m'entraînant avec elle. Puis secoue la tête, comme pour revenir vers nous.

— Toutes les princesses se brossent les dents, Mademoiselle. Alors si tu as fini ton petit déjeuner…

— Oui maman.

Meg dépose délicatement la petite fille sur le sol. Grace me gratifie d'une nouvelle révérence et se retire pour aller faire ce que lui a dit « sa mère ». Max la suit en courant.

— Elle t'a fait part de ses plans de carrières on dirait.

— Tout à fait, et pourquoi pas ? C'est un rêve comme un autre.

— Oui, il parait que toutes les petites filles rêvent d'être princesse à un moment donné.

J'ai comme envie de lui dire : Sauf toi. Mais je m'abstiens.

— Je crois qu'elle t'aime bien, déclare Meg.

— Elle est adorable et très maligne.

— Attends de la voir faire un caprice. Tu changeras peut-être d'avis.

— Y a peu de chance.

Meg s'assied sur un des fauteuils. Je lui sers un café dans une des tasses. Elle me remercie. Même si je n'ai pas perdu mes objectifs, je connais suffisamment Meg pour savoir qu'il ne faut pas la brusquer.

Je reçois un texto de Matt.

T'es toujours en vie ?

Matt.

Je réponds.

Oui.

M.

T'avances ?

Matt.

Pas vraiment.

M.

Courage vieux ! Tu peux le faire !

Matt

— Qui est-ce ? demande Megan.

— Matt.

— Il s'inquiète ? Il pense que je t'ai donné en pâture à quelques requins ?

— Je crois qu'il s'ennuie en fait.

— Où est-il ?

— Dans un hôtel, pas très loin.

Megan semble réfléchir un instant. Elle fronce les sourcils et dodeline de la tête.

— Demande lui de venir ? propose-t-elle.

— Tu es… sûre ?

— C'est Matt. Il va finir par faire une connerie si tu le laisses seul trop longtemps.

— Comme tu voudras.

— Je serais ravie de le revoir.

Une petite pointe de jalousie s'infiltre en moi. Je ne sais pas vraiment si elle est ravie de me voir moi.

Je prends mon portable.

Meg propose que tu viennes nous rejoindre. A découvert cette fois.

M.

La réponse ne tarde pas.

Je prends mon sac, j'achète un maillot, et j'arrive !

Matt

— Il est d'accord.

— Bien, approuve-t-elle. Ton absence ne déclenche pas la troisième guerre mondiale à l'Institut, j'espère ?

37

— Rassure-toi. Il n'y a rien d'ingérable pour le moment. Ton frère a pris le relais.

— Il sait que tu es là ? murmure-t-elle.

Je me masse la nuque avant de lui répondre.

— Non.

— Tu lui diras ?

— Tout dépend.

— De quoi ? demande-t-elle en se mordant l'intérieur de la joue.

— De toi.

— Je vois… comment va-t-il ? esquive-t-elle.

— Je crois que ça va.

— Tu crois ? T'es son meilleur ami, non ?

— Nos rapports ont quelque peu évolué, soufflé-je.

Elle se passe une main dans les cheveux.

— Oh. Je suppose que c'est de ma faute.

— C'est un tout. Nous sommes toujours amis… mais différemment.

— Je suis certaine, tel que je le connais, qu'il est persuadé que mon départ est de ta faute.

— Ouais. On ne peut pas lui donner tort, maugréé-je.

— Morgan. C'était mon choix. Pas le tien.

— Tu ne serais certainement pas partie, si nos rapports n'avaient pas… changé.

— Je pense que si. Ce que j'ai… vécu m'aurait poussé à le faire tout de même.

Je recouvre sa main de la mienne.

— En es-tu certaine ?

Meg regarde nos mains l'une sur l'autre. Puis retire la sienne et se triture les doigts.

— Oui, murmure-t-elle.

Meg commence à débarrasser la table. Ce qui signifie la fin de notre conversation. Je lui donne un coup de main. Je pose tout dans la cuisine ne sachant pas vraiment où vont les choses.

— Bryan n'a toujours pas appelé Marie ?

— Non, Mademoiselle.

— Il va me rendre dingue.

— Il a vingt ans, il faut bien que jeunesse se passe Mademoiselle. Il doit certainement dormir.

— Vous avez raison.

Megan regarde l'horloge, elle s'inquiète réellement pour lui. Max s'allonge juste à côté. Puis elle s'éloigne, son portable à la main.

— Il est toujours chez son copain, déclare-t-elle.

Je m'approche et regarde son portable.

— Tu lui as collé un traceur ? m'indigné-je.

Elle m'entraîne loin de Marie.

— Oui.

— Je comprends quand il dit qu'il ne peut jamais rien faire tout seul.

— Non, c'est pas ça. Il ne le sait même pas. J'ai besoin de savoir où il est.

— Tu pourrais peut-être lui faire confiance ?

— Confiance ? Je lui fais confiance ! se défend-elle.

— Ah ouais ? J'avais pas remarqué, ironisé-je.

Je la suis à l'extérieur. Max sur nos talons.

— Je fais ça pour lui. Tu ne le connais pas !

— C'est exact. Mais où est donc passé la fille qui ne supportait pas qu'on surveille ses faits et gestes ou bien celle qui se rebellait contre mon père ?

— C'est différent !

— Ça ne l'est pas !

— Bryan a le chic pour se retrouver au milieu de bagarres. C'est juste une sécurité.

— C'est un mec et il a vingt ans. Bien sûr qu'il cherche la bagarre !

— Il est perturbé.

— Pas plus que nous au même âge !

Elle me fait volte-face, les deux poings sur les hanches.

— Mais de quel côté es-tu bon dieu ?

— D'aucun. Ça va finir par te retomber dessus, c'est tout.

— Je veux le protéger !

— Oui, mais il doit aussi apprendre de ses erreurs. Tu ne peux pas accourir dès qu'il a un problème.

— Tu m'as dit qu'on était en danger ! se justifie-t-elle.

— Hors sujet Meg ! Tu n'as pas installé ce traceur après que je te l'ai dit !

Elle ronchonne. Je baisse un instant les yeux et me retrouve face à Max. Il est entre nous et nous regarde tour à tour quand chacun parle. Comme s'il suivait la conversation.

— J'ai peur pour lui. Il est gentil, mais par moment, il est perturbé. Il manque de repères. Je dois aussi protéger ma couverture et sa sœur.

J'arque un sourcil et secoue la tête. Je ne suis pas du tout d'accord avec elle. J'ai détesté être surveillé sans cesse par mon père et elle aussi. Je ne comprends pas pourquoi elle réitère ce schéma.

— Megan. Fausse excuse. Ta couverture est grillée en ce qui nous concerne.

— Merde ! T'as pas changé hein ! Tu veux toujours avoir raison !

Le chien finit par s'éloigner. Il s'allonge à côté d'un arbre et pose ses pattes sur sa tête. Comme s'il ne voulait plus nous entendre. Mais c'est quoi ce chien ?

— J'ai raison ! Voilà tout et tu le sais !

— Megan. Nous, interrompt un homme.

Il a les cheveux châtains et des yeux marron. Je me racle la gorge.

— Oh oui David. Désolée. Je te présente Morgan Matthews. Morgan voici David Leclerc, mon bras droit, explique-t-elle, en reprend sa voix calme.

On se sert la main, il me détaille, essayant certainement de me jauger.

— Monsieur Carter attend votre avis sur un cheval, dans les plus brefs délais.

— Ok. Excuse-moi Morgan.

— Je t'en prie.

David lui apporte son ordinateur portable. Elle s'installe et lui se poste derrière elle. J'ai la sensation qu'il louche sur son décolleté plus qu'il ne regarde l'écran et franchement, ça ne me plaît guère. J'ai comme une forte envie de lui mettre mon poing dans la tronche. Surtout quand je vois son air suffisant me regarder.

Grace arrive en maillot de bain.

— Zut alors ! peste-t-elle.

— Qui y a-t-il gente demoiselle ?

— Je voulais aller dans la piscine, mais maman est avec David.

— Et ?

— J'ai pas le droit d'y aller sans qu'on me surveille et Marie est dans sa cuisine.

Elle croise ses deux bras sur sa poitrine et fronce les sourcils en boudant. Son petit nez se retrousse.

— Bien. Voudrais-tu que je te surveille ?

— Tu ferais ça dis ? Ses yeux sont pétillants de malice.

— C'est bien pour ça que tu es venue me voir non ?

Elle rougit et baisse la tête.

— Ok. Oui, c'est vrai.

— Alors vas-y, fonce.

— Merci ! s'exclame-t-elle en claquant un baiser sur ma joue.

À peine dit ça, elle saute dans la piscine, éclaboussant tout alentour.

— Morgan ! Regarde comme je nage…

Sa nage se rapporte plus à celui du chien qu'autre chose. Néanmoins, elle fait un véritable effort. Mes yeux papillonnent entre Grace et Meg. Cette dernière a attaché ses cheveux avec un crayon, tandis qu'elle en mâchouille un autre. Je trouve ce geste érotique et je me force à détourner le regard pour me concentrer sur Grace.

Je sens la patte de Max sur mon pantalon. Sa tête fait des allers-retours entre Meg et moi.

— Quoi ? maugréé-je.

Il aboie. Je sens les yeux de Megan se fixer sur moi. Je croise son regard. Elle sourit en secouant la tête. C'est à n'y rien comprendre. Grace nage toujours, elle appelle Max.

Il se jette à l'eau, Grace se met à rire et s'accroche au chien. Il la tire sur toute la longueur de la piscine et recommence dans l'autre sens. Grace ne cesse de rire, mais elle cherche sa mère des yeux et ne trouve rien à part une jeune femme plongée dans son travail.

J'ai presque de la peine pour elle. Au bout d'une heure, Grace sort de l'eau. Max s'ébroue sur elle tandis que Grace continue de rire. Elle se met à courir et le chien la suit en jappant.

Marie sort avec une serviette et appelle la petite fille pour qu'elle vienne s'essuyer. Grace s'enroule dans la serviette, tandis que Marie lui frotte le dos.

— Merci Monsieur Matthews, déclare Marie.

— De rien. Avec plaisir.

Je décide de quitter les lieux pour retrouver mon ordinateur. J'ai quelques dossiers à lire, et je dois approuver ou non certaines missions. Je reste dans ma chambre, les affaires de l'Institut ne concernant en rien les habitants de cette demeure, enfin si on omet Megan.

Le plus inquiétant vient d'un mail de Keylyan. Il semblerait que la menace se précise. L'individu reconnaît avoir blessé Keylyan volontairement et explique que la prochaine fois, ce ne sera pas le même résultat. Il exprime sa haine contre l'Institut et contre nous. Et il nous cite tous individuellement. C'est ce qu'il y a de plus gênant. Tout comme il sait que Meg n'est pas en Angleterre sans toutefois préciser où elle est. C'est une vengeance. Mais pourquoi ?

Une de mes mains frotte mon visage, je me masse les tempes. Ne pas savoir d'où vient le danger est pire que tout, je crois.

On toque à la porte, je referme vivement l'ordinateur. Megan apparaît dans le chambranle de la porte, et entre.

— Tu as l'air soucieux ?

Elle s'approche et passe juste deux doigts au-dessus de mes yeux. Puis se rendant compte de son geste, elle les retire aussitôt.

— Non. Ça va, nié-je.

— Pour un professionnel du mensonge, t'es pas doué.

— Megan, la supplié-je.

— Ça concerne l'Institut ? Y'a un problème ? Tu dois rentrer, dit-elle d'une voix presque déçue.

— Megan, rien qui ne puisse être géré par Keylyan.

Je mens. Elle le sent, mais ne dit rien.

— Il faut vraiment que l'on parle tous les deux, décrété-je.

— De ?

— Meg…

Elle croise ses bras devant sa poitrine, droite comme un i, me fixant de ses magnifiques prunelles.

— Tu ne partiras pas sans moi. Avoue-le, Morgan ?

Je fais un pas vers elle.

— C'est pour ça que l'on doit parler.

— J'ai ma vie ici… Gracie, Bryan… au fait merci de t'être occupée d'elle, tente-t-elle de changer de sujet.

— Je t'en prie. Mais justement, parlons-en de Grace. Elle t'a cherchée du regard tout le temps où elle était dans l'eau. Et toi, tu étais trop absorbée par ton travail…

— Morgan, si je travaille, c'est pour eux deux, me coupe-t-elle. Pour qu'ils ne manquent de rien si…

Elle laisse sa phrase en suspens.

— Si quoi Megan ?

Je sais qu'elle ne dira rien de plus. Elle se contente de secouer la tête.

— Peu importe. De toute manière, ça ne te concerne pas Morgan ! Matt est là.

Je lui montre le plat de mes mains en signe de reddition.

— Ok, merci.

Elle passe la porte et se retourne.

— Au fait, je ne savais pas que la tenue réglementaire avait tant changé.

Piqué par la curiosité, je la suis d'un pas pressé. J'arrive dans le jardin, Grace s'éloigne de Matt. Je me place à sa hauteur.

— Sympa ta fille, Morgan.

J'ai un mouvement de recul.

— Ce n'est pas ma fille.

— Ah bon ? Dommage.

— T'es devenu fou ? Et c'est quoi cette tenue ?

— Bah t'aimes pas patron ?

Il fait un tour sur lui-même. Il porte un short hawaïen et une chemise du même type. Je ne parle même pas des tongs. Il est tombé sur la tête !

Meg a sa main devant sa bouche et réprime un fou rire.

— On n'est pas en vacances !

— Bah on est vachement en manque de boulot par contre !

— Matt, désapprouvé-je.

— Alors Meg, quoi de neuf ? demande-t-il en s'affalant sur le canapé d'extérieur. T'as gagné une petite fille, un mec ? Raconte tout à tonton.

Il tapote la place à côté de lui. Megan s'installe auprès de Matt.

— D'un, elle n'est pas vraiment ma fille d'un point de vue biologique du moins et de deux, je n'ai pas de mec.

— Cool ! Un point pour Morgan.

— Matt ! grondé-je.

Meg enlace Matt et lui tapote sur l'épaule.

— Ne change pas, lui glisse-t-elle à l'oreille.

— Je n'en ai pas l'intention, se pavane-t-il.

— Sur ces bonnes paroles, à table.

— Bien Miss Morgan, raille Matt avec un clin d'œil.

Je masse mes yeux fatigués. Il va m'achever.

Grace s'assied à côté de Meg, Matt et moi face à elles.

— Lui, c'est sûr, c'est pas un prince, chuchote Grace.

— Pourquoi pas ? Je suis un prince moderne, se défend Matt.

— Non, tu ressembles à Stitch ! déclare Grace.

— Stitch ? C'est pire que je ne le pensais, grince Matt.

Megan et moi éclatons de rire. Matt part dans une imitation de Stitch qui fait rire aux éclats Grace. Seigneur ! Je commence vraiment à me demander ce que je fais ici.

Le reste du repas se passe bien. Matt détend l'atmosphère. Megan a raison, il est fidèle à lui-même et j'avoue que j'apprécie qu'il soit là. Une fois le repas terminé, Grace est fatiguée. Marie l'emmène se coucher.

Nous nous retrouvons tous les trois. Matt est allongé sur une chaise longue.

— Dis patron, on pourrait pas transférer l'Institut ici ?

— Pas possible Matt. Ou alors, faut que tu bosses pour les Français.

— Oups, pas possible. J'ai une dent contre Napoléon !

— Ce mec est vraiment dingue ! déclare Megan.

— Oui je sais, rétorqué-je.

David arrive en courant avec un portable à la main.

— C'est Gage, Meg.

— Et merde !

Meg attrape le portable et s'éloigne le plus loin possible. Mais rien à faire. Je l'entends crier et Matt aussi. Je ne sais pas ce qui se passe, juste que ça concerne un type sous escortes. A priori, il y aurait eu un échange musclé. Meg est en rogne et franchement, je les plains.

— Wow ! Y a pas que moi qui ne change pas ! Elle est remontée la p'tite !

Elle jette le téléphone dans les mains de David.

— Mais quels cons !

Megan est prise d'une violente quinte de toux. Elle s'accroche à la table. Je vais pour l'aider, mais David est déjà présent. Il la soutient et j'ai qu'une envie lui éclater la tête. Marie arrive au milieu.

— C'est bon ! dit Megan à l'intention de David.

— Vous devriez vous reposer Mademoiselle Morgan, lui conseille la vieille dame.

Megan acquiesce tandis que sa toux s'estompe. Elle tremble un peu.

— David va sur place !

— D'abord, je t'accompagne.

Je reste interdit. Je ne sais pas si Meg veut que je m'approche ou pas. Je fais quand même un pas vers elle, mais je sens la main de Matt sur mon épaule.

Marie aide Meg à rentrer et David la suit toujours.

— Si ça peut t'aider Morgan, j'aime pas ce type !

— Tu m'aides beaucoup Matt sur ce coup-là, ironisé-je. Moi, j'aime pas l'entendre cracher ses poumons.

— Elle a peut-être pris froid, suppose Matt.

Max entre à l'intérieur. J'attends un instant et me place sous la fenêtre.

— Bordel Morgan ! Qu'est-ce que tu fous ?

— Tais-toi !

— Ça ne se fait pas d'espionner les gens, me dispute-t-il.

— C'est dans les gênes, mais maintenant, ferme-là ! J'entends rien.

Je distingue les pas de deux personnes.

— C'est de pire en pire, s'affole Marie. Elle devrait se reposer plus souvent. À la moindre contrariété, ça recommence.

— Elle est juste un peu fatiguée.

— Et si ce n'était pas ça ? suppose Marie.

— Marie, tu t'inquiètes trop.

— Elle travaille trop, même Grace s'en est aperçue.

— Moi ce qui me préoccupe, ce sont les deux mecs dehors ? D'où ils sortent ces deux-là ?

— Ce sont des amis. Je sais que mademoiselle Morgan a confiance en eux.

— Alors pourquoi ai-je la sensation qu'elle s'en méfie ?

— Ils viennent de son passé. Voilà tout.

— Elle ne nous en a jamais parlé.

— C'est son choix David. Maintenant, tu devrais vraiment aller régler le problème avec Gage.

Les pas s'accélèrent en direction de la porte-fenêtre. Je m'éloigne. J'essaie d'analyser la situation au moment où David sort. Le regard qu'il me jette ne fait aucune place au doute. Il se méfie de moi et ne m'aime pas. J'allume une cigarette tout en le dévisageant.

Je sens la tension entre nous, je pense qu'il ne faudrait pas beaucoup pour qu'on en vienne aux mains. Pourtant, ça ne fait même pas vingt-quatre heures que je l'ai rencontré.

— Viens là mon pote. Va pas faire une connerie que tu regretterais.

Matt me pousse à le suivre.

Nous nous asseyons tous les deux à l'ombre d'un olivier.

— Parlons sérieusement cinq minutes Morgan. Tu as parlé à Meg ?

— Ouais.

— Elle va nous suivre ou pas ?

— Ou pas.

— Ou pas ?

— Je l'ignore.

— Tu lui as dit ?

Il me secoue les épaules.

— Bien sûr qu'elle sait !

— Et quoi ?

— Pour le moment, je n'arrive pas à la convaincre.

— Tu lui as parlé de vous deux ? De la raison de son départ ?

— Oui, m'agacé-je.

— Et ?

— Ça ne te concerne en rien.

Il n'insiste pas, il me connaît et sait que je ne dirai rien.

— Ok. Et le sexe ?

— Quoi le sexe ? demandé-je acerbe.

— T'as essayé ?

— Nan mais t'es dingue ! Ça fait quatre ans qu'elle est partie et tu crois que tout peut se régler en s'envoyant en l'air ! ?

— Ça marchait avant, sourit-il.

— C'était il y a quatre ans.

— Je sais, mais tu l'aimes toujours.

Je me remets sur mes pieds et fais les cent pas.

— Conneries !

— Tu sais que j'ai raison et elle t'aime aussi. Sinon, elle t'aurait collé une balle d'entrée de jeu ! Et c'est qui ces gosses ?

— C'est une longue histoire.

— Et bien, vas-y mon pote. Accouche !

Il ne me lâchera pas. Après tout, il est avec moi sur cette histoire. Alors je lui raconte comment Meg s'est retrouvée avec deux gosses en charge et le choix cornélien qu'elle a fait en les épargnants. Il comprend tout de suite ses réticences à nous suivre. Comme si ce n'était pas déjà assez difficile pour elle de rentrer.

— Ok mec... la situation est grave, mais pas désespérée ! On va s'y mettre à deux, on va y arriver.

J'ai plus que des doutes. J'avoue que je ne sais pas trop comment m'y prendre. J'ai peur de mal aborder le sujet. Peur de trop insister. Qu'elle se braque. Qu'elle s'entête et qu'elle refuse encore et toujours. J'ai l'impression que la bataille des nerfs ne fait que commencer.

Je change de sujet et lui explique les nouvelles que j'ai reçues de Keylyan. Lui aussi est inquiet, nous savons pertinemment que nous devons rentrer assez rapidement. Mais sans Megan, c'est impossible. Celui qui nous menace en sait beaucoup trop sur nous et sur le fait que Megan ne soit plus avec nous. De là à ce qu'il découvre où elle se trouve, il n'y a pas qu'un pas.

Je ne veux pas l'effrayer, mais je ne peux pas ne rien dire non plus. Si elle se mettait à penser que tout est de notre faute, elle plierait à nouveau bagage et disparaîtrait. Je refuse qu'une chose pareille arrive. C'est au-dessus de mes forces.

Matt, lui, finit par s'endormir contre l'arbre. Je l'envie lui et son esprit tranquille. Matt est quelqu'un de positif, de drôle dans toutes les situations et même si certaines fois, on a qu'une envie, c'est de l'étrangler. C'est bénéfique.

L'inactivité commence à me peser. Je me sens inutile. Enfin ce n'est pas vraiment ça. Je suis plus en stand-by, attendant de trouver les mots justes pour Meg. Je profite du calme apparent pour continuer la lecture du journal.

Je suis empêtré dans le monde politique quand Bryan arrive. Il a les cheveux en pétard. Son pantalon style baggy lui arrive sous les fesses et laisse apparaître son caleçon. Il semble crevé et s'avachit sur une chaise à côté de moi.

— Vous êtes toujours là, vous ? me reproche-t-il.

Je décide de jouer la carte de la politesse pour éviter de le braquer.

— Bonjour à toi aussi Bryan.

— Mouais.

— David, t'as ramené ?

— Non. Un pote. Elle est où Meg ?

Je plie le journal devant moi.

— Elle se repose, expliqué-je.

— Mouais. Comme souvent en ce moment. Elle va tomber si elle continue à bosser comme ça, maugrée-t-il.

— Elle le fait pour vous.

— À quoi ça sert si on ne la voit jamais ? dit-il en haussant les épaules. Ça pour gueuler après moi et me donner des recommandations, elle est forte.

— Tu crois pas que tu exagères un peu ? Elle s'inquiète pour toi. Tu ne peux pas le lui reprocher.

— Mais vous êtes qui vous d'abord ? Elle ne nous a jamais parlé de vous ! gronde-t-il.

— Je suis simplement Morgan. Quelqu'un de son passé.

— Elle ne parle jamais de son passé !

— Je sais.

— Elle faisait quoi avant ? Elle était dans la mafia ! ? Un truc du genre.

La mafia, quelle idée. Quoique si on y réfléchit, la réalité est aussi dingue. Mais ce n'est pas à moi de lui expliquer.

— La mafia ? Rien que ça, ris-je. Ce n'est pas à moi de te le dire.

— Elle ne dit jamais rien. Elle a dû faire un truc pas net.

— Pourquoi dis-tu ça ? Elle vous a sauvé, toi et ta sœur, il me semble. Si Megan était si mauvaise que ça, elle ne se serait pas encombrée d'un merdeux de seize ans et d'un bébé.

Je veux simplement qu'il sache que Megan m'a mis au courant. Ce qui a pour but de lui prouver qu'elle a confiance en moi.

— Elle vous a raconté, dit-il en baissant la tête.

— En effet.

— Pourquoi ?

— Je connais Meg depuis sa naissance.

— Je sais juste qu'elle est anglaise, et que Morgan n'est pas son vrai nom. Mais je sais aussi qu'elle nous a sauvé la vie et que malgré tout ce qu'elle peut dire ou faire, elle n'est pas heureuse. Vous ne me direz rien ?

— Non.

— Vous étiez son mec ?

Je ne réponds pas. C'est une question bien trop personnelle, et je ne le connais pas assez. Sans compter, que si Megan a choisi de taire son histoire, c'est qu'elle a de bonnes raisons. Elle n'est peut-être pas prête tout simplement.

— Ok. Il pose ses deux mains sur la table. Moi, j'vais me pieuter, j'en peux plus. Vous direz à Meg que je suis rentré ?

— Bien sûr.

Sur cette réponse, il va se mettre au lit. Il traîne les pieds. J'entends qu'il salue Marie et l'embrasse avant de monter. J'attends un peu. Je n'ai pas envie de me replonger dans la politique intérieure et extérieure.

J'entre dans la maison. Marie fait des mots croisés. Je monte à l'étage. Max se trouve devant une porte, je suis pratiquement sûr que c'est celle de Meg.

Je veux juste jeter un coup d'œil. Juste m'assurer qu'elle va bien. Juste la voir.

Je m'accroupis et flatte la tête de Max. Je tente de l'amadouer pour qu'il me laisse approcher. Il se redresse, et se place à côté de la porte docilement. Ma main se pose sur la poignée. J'ouvre, regarde s'il s'agit bien de la chambre de Meg et entre. Le soleil filtre à travers les persiennes closes. Un jeu de lumière éclaire Meg.

Je referme la porte et m'approche doucement. Je suis en pleine contemplation. Je la trouve encore plus magnifique que dans mon souvenir. Ses cheveux s'étalent parfaitement sur son oreiller. Son visage… on dirait un ange… mon ange.

Je sais qu'elle déteste cette appellation, mais pour moi, c'est ce qu'elle est. Je crois que Matt a raison. Cela fait quatre ans et pourtant mes sentiments pour elle n'ont pas changé, si ce n'est qu'ils sont plus forts. Comment est-ce possible ? Après la souffrance que j'ai ressentie quand elle s'est enfuie, pourquoi suis-je incapable de tourner la page ? Elle m'a envoûté. M'a rendu fou, et je crois bien que je donnerais tout pour la prendre à nouveau dans mes bras et avoir le privilège d'être à ses côtés quand elle dort.

Pathétique. Comme aurait dit mon père.

J'observe le grain de sa peau, sa bouche entre-ouverte, ce qui déclenche en moi, une palette d'émotions plus fortes les unes que les autres. Je déglutis. J'en appelle à tout le self-control dont je suis capable pour ne pas lui voler un baiser.

Je m'installe sur son lit délicatement. Je sens qu'elle bouge, elle se relève d'un coup et braque son flingue sur moi. Ce n'est pas ce qui m'attire le plus, ce serait plutôt son soutien-gorge rouge à balconnet. J'en perds tous mes moyens.

Elle s'en aperçoit, remonte le drap de sa main libre sur sa poitrine.

— Morgan ! me dispute-t-elle.

— Pardon. Désolé… je… tu peux baisser ton arme s'il te plaît ?

Elle s'exécute.

— Que fais-tu là Morgan ?

— Bryan est rentré.

Ce n'est pas vraiment la raison de ma présence ici, mais peu importe.

Elle expire.

— Je suis plus rassurée.

— Eh bien pas moi, lui avoué-je. Tu es malade ?

Ses yeux verts me fixent et j'y lis quelque chose que je n'arrive pas à définir.

— Non. Je suis asthmatique.

— Asthmatique ? Tu n'as jamais été asthmatique Megan.

— Il s'est déclenché plus tard. C'est le stress d'après le doc.

— C'est vrai qu'avant tu n'étais pas stressée ! ironisé-je.

— Ce n'était pas la même chose.

— Tu as un traitement ?

— Rien de précis. Du repos pour les crises.

Je la sonde du regard. Mes doigts frôlent sa joue, j'ai l'impression qu'ils réagissent en dehors de mon consentement. Elle me laisse faire, ses yeux se ferment un instant. Mes doigts glissent le long de son cou. J'admire l'absence de marque. Son pouls s'accélère tout comme le mien, puis la connexion est rompue. Je retire mes mains et ferme le poing pour éviter d'être tenté à nouveau.

— Max t'a laissé entrer ? demande-t-elle surprise.

— Max ? Oh ! Euh… oui.

— Y a dû laisser aller dans cette baraque !

Elle saute de son lit et manque de perdre l'équilibre. Et cette fois-ci, personne pour la retenir à part mes bras. Elle est en soutien-gorge et shorty assortis. Là, ça ne m'aide pas du tout. Je m'autorise à inspirer dans son cou. Elle frissonne.

J'ai l'impression de revivre un moment du passé.

— Morgan, souffle-t-elle. Je dois… m'habiller.

— T'habiller, répété-je comme un demeuré.

— Oui, enfiler des fringues.

— Oui… bien sûr.

Je la relâche à contrecœur, il faut bien l'admettre.

— Tu peux…

Elle me fait signe de me retourner. J'obéis, déjà conscient d'avoir dépassé les limites de l'acceptable.

Je la vois dans la pénombre grâce à une petite glace. Je ne peux empêcher mon regard de glisser sur ses formes et je commence vraiment à avoir un problème encombrant. Je m'excuse maladroitement tout en quittant la pièce.

Je m'enferme dans ma chambre, le dos collé à la porte. J'y cogne ma tête plusieurs fois. Je tente de reprendre contenance et essaie d'atténuer les effets de Megan sur mon entrejambe.

Il va vraiment falloir que j'avance, je risque à tout moment de franchir le pas entre nous, et je ne donne pas cher de moi.

Quelle merde !

Chapitre III

Nous sommes attablés et Matt nous régale de quelques souvenirs de jeunesses. Enfin, ceux que l'on peut révéler sans trop rentrer dans les détails. Meg se contente de sourire, alors que Bryan rit franchement. Je sais que les effets de sa crise d'asthme ne se sont toujours pas dissipés, mais Megan prend sur elle, pour Grace et Bryan je suppose.

À moins que ce soit pour David. Lui aussi est resté manger, et on ne peut pas dire que ça me comble de bonheur. Bien au contraire. Rien que l'idée me donne la nausée. Il la dévore du regard, louchant allégrement sur elle. Je trouve son regard déplacé.

Peut-être que c'est simplement la jalousie qui parle ?

Peu importe, je n'aime pas ce type et je n'ai aucune raison de me forcer à l'apprécier. Il a tenté plusieurs fois de parler affaires, mais à chaque fois, Meg l'a stoppé. Je pense que notre discussion de tout à l'heure sur le trop plein de travail, lui a un peu ouvert les yeux.

J'observe Megan et Grace. La petite s'est pelotonnée dans ses bras. Megan la berce et lui embrasse la tête par moment. Elle a un mal fou à garder les yeux ouverts. Je crois qu'elle veut simplement profiter de sa « mère ».

Elle a son pouce dans la bouche et son doudou sous son nez. Elle lutte irrémédiablement contre le sommeil. Je sors de ma contemplation et me retrouve nez à nez avec David. Il fronce les sourcils et tente de me faire peur. Un rictus méchant fend mon visage. On ne se lâche pas. S'il croit qu'il m'impressionne, il peut toujours rêver.

Je prends un coup de coude dans le bras. Je me retourne vers Matt, il fait un léger signe de tête en direction de Bryan qui n'a rien perdu de la scène. Je reporte mon attention sur la conversation. Megan parle du fait qu'ils n'aient jamais pris de vacances et je sens bien que Bryan le lui reproche.

La petite s'est endormie paisiblement. David encore lui, le lui fait remarquer. Elle acquiesce. Meg se redresse avec la petite dans les bras. David fait de même et lui ouvre la porte. Je me retiens, mon corps entier hurle la jalousie que je ressens.

Il entre à l'intérieur, juste derrière elle. Bryan soupire d'exaspération. Un point pour ce gosse !

— Quel faux cul ! crache-t-il. Des années qu'il tente de se la faire. Désolé, se reprend-il quand il s'aperçoit que nous l'écoutons.

Je fronce les sourcils. Je prétexte une envie d'aller aux toilettes pour entrer dans la maison. Je ne peux pas lutter contre mon envie d'aller voir ce qu'il se passe. Cette histoire me rend fou.

Je me planque aux toilettes, et j'attends. Pathétique, je sais. J'entends comme le bruit d'un baiser. J'entrouvre un peu la porte, mais résiste à l'envie d'y aller.

— David que fais-tu ? s'exclame Meg en le repoussant.

— Rien de mal.

— Alors, arrêtes tes conneries tout de suite !

— Quoi ? C'est à cause de cet Anglais ! crache-t-il.

— Ça n'a rien à voir ! se défend-elle.

— Alors, où est le problème ? ronronne-t-il en la coinçant contre un meuble.

Elle le repousse.

— On bosse ensemble ! On ne baise pas ensemble ! Nuance !

— Tu n'as pas toujours dit ça.

— C'était il y a plus d'un an, et ça n'a duré qu'un mois.

— Meg, je te connais… tu…

— Je ne crois pas non ! assène-t-elle. Tu connais de moi seulement ce que j'ai bien voulu te montrer !

— Mais qu'est-ce que tu as depuis quelque temps ? Je suis certain que ça a un rapport avec ce type ! C'était ton mec ? T'as couché avec lui ?

— Ça ne te regarde pas ! le prévient-elle.

— Il est quoi pour toi ? Tu ne vas pas rentrer en Angleterre tout de même ?

— Ce que JE fais ou VAIS faire, ne te regarde aucunement !

— Tu l'as dit, on bosse ensemble ! Ça me regarde bien plus que tu ne le crois ! Tu as fui cette vie.

— Tu n'es pas mon associé, mais mon employé ! Ne l'oublie jamais David, le menace-t-elle d'un doigt.

— Alors c'est tout ! Ça se résume à ça !

— Tant que tu ne t'enlèveras pas le côté sexe de notre relation, exactement !

— Il t'a rendue malheureuse ! Je ne parle pas que de sexe !

— Tu ignores tout de la relation que j'ai pu entretenir avec Morgan ! Et je t'interdis de juger quelque chose que tu ne connais pas ! C'est mon passé, ma vie ! Je fais ce que je veux ! Maintenant, rentre chez toi ! Y a du boulot demain !

— Tu vas t'enfoncer dans une merde noire si tu suis les deux Anglais ! Ne viens pas pleurer après !

— Je suis assez grande pour savoir ce que je fais et t'inquiète, j'suis pas du style à pleurer ! Maintenant sors de chez moi ! s'écrie-t-elle en montrant la porte avec son index.

David frappe ses deux poings sur la table et se retire. Ça ne peut pas me faire plus plaisir. Je sens Meg qui a dû mal à respirer, elle porte une main à sa poitrine et se plie légèrement en deux. Elle redresse un peu la tête et tente de faire bonne figure.

Je lutte contre l'envie d'aller près d'elle. Mais je ne veux surtout pas qu'elle comprenne que je l'épie, sachant qu'elle l'a très mal pris la dernière fois. Après avoir inspiré une bonne goulée d'air, elle retourne auprès de Matt et Bryan.

Je sors de ma cachette et cherche une idée pour me couvrir. Les toilettes ça marche cinq minutes. Alors je sors de la maison le portable à l'oreille, en faisant croire que je clôture une conversation. Matt me regarde et il a très bien compris les vraies raisons de mon absence.

J'arrive en pleine dispute.

— Ce qui se passe entre David et moi ne te concerne en rien Bryan ! Chacun sa place, il y a le boulot et il y a toi et Gracie !

Bryan se lève et sa chaise valdingue au sol.

— Eh bien des fois, je me l'demande Meg ! Vu le temps que tu passes avec David ! C'est à se demander si on existe pour toi !

— Tu n'as pas le droit de dire ça ! Vous êtes toujours passés en priorité ! hurle Meg en lui faisant face.

— Tu dis que je dois mériter ta confiance ! Mais toi Meg… toi… tu ne m'as jamais fait assez confiance pour parler de ce qui t'est arrivée ! De ces mecs aussi ! s'époumone-t-il. Alors, si tu comptes te barrer et nous laisser, dis-le ! Juste histoire que je débarrasse le plancher avec Gracie et qu'on ne t'emmerde plus.

La main de Meg s'abat violemment sur la joue de Bryan. Il se tient la pommette, en rage et part en courant. Meg va pour le rattraper, mais je l'intercepte au passage.

— Laisse-le réfléchir. Laisse-lui du temps.

Elle se laisse tomber sur une chaise et se prend la tête entre les mains. Matt et moi ne disons pas un mot. Meg doit regretter amèrement.

— Il suffit que vous débarquiez pour que ce soit la merde !

— Euh, je t'arrête là Megan. Tes problèmes avec Bryan ne remontent pas à notre arrivée, la contrée-je.

— C'est vrai. Désolée les gars. Je suis un peu… dépassée, explique-t-elle.

Matt nous ressert à tous les trois un verre de vin.

— Il a besoin de confiance Megan.

— Ah ouais et je fais ça comment Matt ?

— Tu dois lui dire, déclaré-je.

— Quoi ? Lui dire quoi ?

— Lui raconter ton passé. Il a besoin de savoir et de comprendre.

— Non. Je… il est si jeune… et par où commencer… ?

— Par le début. Il a le droit de savoir. Tu t'es occupée de lui et tu lui as prouvé que tu l'aimais. Maintenant, il a besoin que tu le traites en adulte et que tu lui prouves que tu as confiance en lui, tenté-je de la convaincre.

— Le vin, c'est pas assez costaud, décrète-t-elle.

Sur ces bonnes paroles, elle retourne à la maison puis revient avec trois verres et une bouteille de Whisky.

Ok. Là, je vois bien vers quoi on s'dirige.

Je pense que la journée de demain va être très douloureuse pour la tête. Elle me pique une clope.

— Et ton asthme ?

— Rien à foutre ! rétorque-t-elle.

— Oups. Meg est revenue ! rigole Matt.

Elle verse le whisky et nous offre les verres.

— À la tienne Meg ! trinque Matt.

— À la vôtre les mecs !

Nous prenons tous une gorgée et c'est vrai que ça fait du bien. Meg a déjà avalé le sien et se ressert.

— Jouons carte sur table les gars. Vous attendez quoi de moi ?

C'est bien du Meg tout craché, pas dans le détail. Elle rue dans les brancards. J'aime cette impulsivité chez elle.

— Que tu rentres avec nous en Angleterre, déclare Matt de but en blanc.

— Nan mais ça va pas ? s'exclame-t-elle.

— Tu crois quoi, qu'on s'est offerts des vacances pour faire la causette avec toi ?

— Matt, tempéré-je.

— Pourquoi je rentrerais ?

J'offre ma tournée de whisky.

— Parce que t'as pas le choix ma vieille. Enfin si tu l'as. Vous avez tous les quatre un taré au cul. Il a décidé de faire le ménage en vous éliminant et on ne sait pas pourquoi, ni qui il est. Mais une chose est sûre, c'est qu'il n'est pas là pour se marrer. C'est sérieux Meg. Ton frère en a perdu des côtes. La prochaine fois, ce ne sera certainement pas ce résultat, explique Matt.

— Et puis quoi ? Je devrais rentrer en Angleterre et me jeter dans la gueule du loup ?

Matt tourne son regard vers moi.

— Ou tu lui dis ou c'est moi Morgan ?

— Ok Matt, m'incliné-je. La personne qui en a après nous, sait que tu ne vis plus à l'Institut.

Megan prend une nouvelle cigarette et l'allume. Elle rejette son corps en arrière puis passe sa main sur son front.

— Je dois éloigner les gosses, le plus loin possible, déclare-t-elle.

— Oh putain Meg ! Ça ne changera rien et tu l'sais très bien ! On a les moyens de te protéger ! m'énervé-je.

Elle se redresse.

— Bah voyons ! Comme la dernière fois ?

— Meg t'es injuste ! claque Matt.

— Moi injuste, sérieusement ? Tu te fous de ma gueule ? J'ai failli y laisser ma peau et mon équilibre mental et tu trouves que je suis injuste ! Juste pour infos, qui s'est retrouvée avec ce pervers ? Toi ou moi ? tempête-t-elle.

— Les choses bougent à l'Institut, les règles évoluent. Seule, tu n'as aucune chance. Tu comptes faire quoi ? Cacher les mômes jusqu'à ta mort, et après ?

Je sens un frisson d'effroi la parcourir au moment où Matt prononce ces paroles. Il a dû taper là où il fallait et elle semble réfléchir.

— Maintenant, si c'est à cause du merveilleux petit cul de Morgan et que tu penses ne pas pouvoir y résister, il peut très bien s'auto-muter sur l'île de Whight, plaisante-t-il en poursuivant.

— Matt ! réprouvé-je.

— Bien Morgan, j't'écoute. D'après Matt, les choses bougent et les règles évoluent. Alors, balance ! ordonne-t-elle en sifflant son verre d'une traite.

Je fais de même avant de me lancer.

— La première est la récupération. L'Institut se doit de tout faire pour récupérer un agent en danger sur le terrain, et cela, dans les plus brefs délais. Le labo recherche actuellement un traceur intradermique efficace.

— Un traceur ? Et c'est moi qui fais de l'ingérence, raille-t-elle.

— On m'explique ? demande Matt.

— Non, répond Meg.

— Encore un truc sexuel.

Je secoue la tête de désappointement.

— Est-ce qu'on a le choix de travailler pour l'Institut ou pas ? Est-ce que les parents peuvent choisir de ne pas envoyer leurs enfants là-bas ?

Elle tape fort là.

— Oui et non ?

— Ce qui veut dire Morgan ?

— C'est simple, les parents issus de l'Institut sont obligés d'inscrire leurs enfants dans cette école. Comme les enfants des non-initiés ont le droit, eux aussi.

— Je le savais ! s'écrie-t-elle ! Rien n'a changé !

Je la force à s'asseoir, elle m'énerve quand elle fait ça !

— Putain Meg ! Tu peux me laisser finir !

Elle acquiesce.

— Mais ! Je dis bien mais ! À vingt-et-un ans, ils peuvent choisir de continuer à travailler pour l'Institut ou faire autre chose.

— Pourquoi pas dix-huit ans ?

Mais elle n'est jamais contente !

— C'est un compromis avec le Conseil, ce qui permet aussi qu'ils ressortent avec des études supérieures. Bien sûr, ils ont un contrat de non-divulgation.

— Et s'ils en parlent ? suppose Meg.

— S'ils en parlent, c'est le Conseil qui statuera. C'est bon ou tu veux savoir autre chose ?

— Et c'est valable quand ?

— Ça commence avec ceux qui auront vingt-et-un ans cette année. Une loi n'étant pas rétroactive.

— Est-ce qu'ils peuvent se marier en dehors de l'Institut ?

— Oui, mais toutefois, il revient au Conseil d'approuver ce choix ou pas. Il y en a eu deux ou trois le mois dernier. On se méfie toujours des espions potentiels. Veux-tu que l'on parle de l'uniforme ?

— Vas-y.

— Il n'est plus obligatoire à partir de vingt-et-un ans.

— Et il est en cours de rafraîchissement, en rajoute Matt. Morgan a fait retirer toutes les caméras dans les parties privatives de l'établissement. Plus moyen de faire des films cochons.

— Matt, mais t'es un dingue ! s'outre Meg.

— Bah quoi ? Pour la peine, c'est ma tournée ! annonce-t-il en remplissant à nouveau nos verres.

Megan a l'air perdu dans ses pensées à nouveau. Je l'observe pour tenter de comprendre.

— Si je rentre. Je dis bien si je rentre… quel est mon statut ?

— De quoi elle parle ? demande Matt

Je sais où elle veut en venir.

— Déserteur, soufflé-je.

Meg baisse un instant la tête et la redresse.

— Ok. Ça, c'est clair, répond-elle.

— Quoi ?

Matt est sous le choc.

— Écoute Meg. Ma grand-mère m'a assuré que tu ne risquerais rien. Tu as des circonstances atténuantes et je témoignerai pour toi.

Je suis sûr que l'espoir s'entend dans ma voix.

— Tu vas pas l'arrêter quand même, Morgan ?

— Il n'a pas le choix Matt, explique Megan doucement.

— Morgan t'es le doyen ! Tu peux peut-être…

— Une loi n'est pas rétroactive comme il l'a très bien dit.

— Bah merde alors !

Je pose une main sur l'épaule de Meg. Je prends son menton entre mes doigts et vrille mes yeux aux siens.

— C'est une procédure exceptionnelle, mais je te promets que le Conseil statuera dans les vingt-quatre heures qui suivront, tenté-je de la rassurer.

— Pourquoi exceptionnelle ? Meg ne doit pas être la première à se faire la malle ?

— C'est vrai, mais passé un délai de six mois, en règle générale, on ne les revoit pas.

— Et après ? Admettons que je m'en sorte sans trop de casse. Il se passera quoi ?

— Tu devras réintégrer l'Institut.

Elle s'échappe de mon emprise pour boire son verre.

— Pour les enfants ?

Question légitime venant de Meg.

— Je peux voir ce que je peux faire. Bryan est hors course de toute manière, il est trop vieux. S'il souhaite poursuivre ses études d'une manière classique, je peux m'arranger. Pour Grace, elle n'a pas l'âge de toute façon, donc on a un peu le temps pour aviser.

— Tu ne me donnes aucune garantie Morgan.

— Je te donne la garantie qu'ils seront en sécurité et qu'ils n'auront plus besoin de fuir.

— Je refuse qu'ils aient le même parcours que moi !

— Et je peux le comprendre. Mais je ne suis pas Dieu, Meg. J'ai du pouvoir, c'est certain, mais sans l'appui du Conseil, je ne peux rien faire. Je suis persuadé que ma grand-mère fera tout pour les convaincre.

— où logera-t-on ?

Sa voix est de plus en plus faible.

— Chez ma grand-mère, je suis sûr qu'elle vous accueillera.

— Je ne peux pas accepter Morgan. C'est impossible.

— Il reste ma maison de fonction, si tu préfères. Ou je te proposerai bien la cabane, mais vous y seriez vite à l'étroit, ironisé-je.

— Ça aussi, c'est impossible. Ta maison ! Qu'est-ce qu'Ils diraient ?

— Meg, ils n'ont rien à dire. C'est chez moi. Si Bryan souhaite être indépendant, ce n'est pas les chambres qui manquent sur le campus.

Megan se frotte le front et joue avec ses anglaises. Elle réfléchit, et je préfère ça à un non catégorique.

— J'ai mon boulot ici ?

— Tu as un bras droit, grogné-je. Quant à la négociation des chevaux, tu fais ça par mail il me semble ?

— J'ai la maison.

— Tu peux la louer ?

— Marie ? Mes chevaux ?

Je commence à perdre patience. Ses questions étaient légitimes, mais là, ça devient n'importe quoi !

— Bordel Meg, ce ne sont que des détails ! Marie est en âge de prendre sa retraite. Les chevaux, tu peux toujours les vendre ou bien, laisse-les à David.

— Et Max ! Je vais le vendre ? hurle-t-elle en tapant du poing sur la table.

— On peut l'emmener, affirmé-je.

— Ah ouais. Et que fais-tu de la réglementation ?

— Tu fais chier Meg ! Il est vacciné ? Suivi par un vétérinaire ? Pucé ? Traité ? Bon bah alors ? On ne le déclarera pas et puis c'est tout. Au lieu d'un chien français, ce sera un bon chien anglais ! Quelle différence ? s'énerve Matt.

— Il faut que j'en parle à Bryan et à David. Que vont dire Key ? Prue ?

Megan a les larmes aux yeux. Humainement parlant, c'est difficile pour elle.

— Ils seront juste heureux de te revoir au bout de quatre ans.

— J'en doute, murmure-t-elle.

Elle attrape la bouteille de Whisky et remplit son verre. Matt me fait signe qu'il abandonne puis monte se coucher. Je m'installe face à elle. Elle fuit mon regard, ses yeux fixant la bouteille. Elle reprend une clope.

J'ai la sensation désagréable d'avoir foutu sa vie en l'air pour la seconde fois.

— J'ai l'impression d'avoir fait ça pour rien, déclare-t-elle. Retour à la case départ.

— Ce n'est pas vrai et tu le sais. Tu as tenté de vivre après un traumatisme réel. Tu as fait ce que l'on t'a appris : survivre. Tu as sauvé la vie à deux enfants, tu t'en es sortie.

— Sincèrement, j'en sais rien Morgan. J'ai la sensation d'avoir tourné en rond et le pire, c'est que je savais que j'y retournerai un jour. On n'échappe pas à l'Institut. Je le savais.

Je joue avec la bouteille tout en l'écoutant.

— Tu regrettes ma venue ?

— Non, même pas.

Sa main se tend, elle caresse l'arête de ma joue et de mon menton, puis ses yeux se soudent aux miens. La tristesse que j'y vois me terrasse. J'ai du mal à la comprendre et je suis persuadé que ça n'a rien à voir avec le fait qu'elle va certainement rentrer en Angleterre. J'y vois aussi beaucoup de regrets. Mais je n'en saisis pas le sens.

Elle est accoudée à la table, sa tête reposant sur sa main et ses yeux qui pénètrent mon âme, qui m'ensorcellent, me rendent fou. Cette détresse me donne envie de la prendre dans mes bras, d'embrasser chaque parcelle de son corps, que la passion d'antan nous submerge à nouveau. De ressentir la plénitude et la tranquillité de l'esprit après avoir fait l'amour avec elle.

Je suis fou d'amour pour elle et ces quatre ans d'absence n'y changeront absolument rien. C'est viscéral. Une maladie incurable dont je ne voudrais surtout pas me défaire. Car même si tout est encore confus, j'ai le sentiment qu'il y a toujours de l'espoir pour nous.

Je me redresse légèrement et embrasse son front. Je ferme les yeux sous la sensation de sa peau contre mes lèvres. Je croise à nouveau son regard. Megan se mordille la lèvre, elle attrape les pans de ma veste et m'approche au plus près d'elle.

Nos bouches ne sont plus qu'à quelques millimètres l'une de l'autre et je ne sais pas ce qui me retient de l'embrasser, de m'abreuver à sa source. La situation commence vraiment à être délicate. Je décroche doucement ses doigts fins de ma veste. Ce qu'elle prend évidemment pour un rejet, mais à la place, je me saisis de sa main et me poste à côté d'elle.

Megan se relève à son tour, son cou se tend au maximum pour pouvoir me regarder et lire en moi. Je lui tiens toujours la main et la fais reculer jusqu'à un arbre. Elle y est adossée. Mes doigts s'enroulent autour de ses cheveux.

Sa main droite caresse à nouveau mon visage. Je crois que je ne respire plus. La température est montée d'un seul coup. Elle inverse notre position si bien que c'est moi qui me retrouve contre le grand chêne.

Elle est sur la pointe des pieds, ses pupilles font la navette entre mes yeux et ma bouche. On peut sentir l'air se charger en électricité.

Nos lèvres se frôlent sous son initiative, je sens son souffle court contre ma bouche. Je suis incapable de bouger, attendant simplement qu'elle se décide. Je refuse d'être l'instigateur. Sa main se pose dans mes cheveux, une des miennes est juste au-dessus de sa tête.

Enfin nos lèvres se soudent, maladroitement, furtivement, timidement. Comme si Megan hésitait encore. Elle revient à la charge, plus sûre d'elle. Mon bras s'enroule autour de ses reins pour pouvoir la serrer contre moi.

Quatre ans. Quatre ans à n'attendre qu'elle.

Le baiser se fait plus pressant, plus passionné. Je m'abreuve de ses lèvres fruitées et de ses gémissements. J'avais cru oublier la sensation de l'avoir dans mes bras, la sensation qu'à nous deux tout est possible. Elle fourrage mes cheveux avec force, je plie légèrement les genoux pour soulager Meg.

Mon corps est collé au sien, le désir que j'éprouve pour elle m'est impossible à cacher et pourtant, je sais que tout va prendre fin. D'un instant à l'autre, tout va s'arrêter, car même si mon besoin de ne faire qu'un avec elle est au-delà de l'imaginable, je ne veux pas précipiter les choses et encore moins qu'elle regrette demain.

Mais je ne sais pas comment mettre fin à tout ça. Ma volonté fond comme neige au soleil. Megan semble en être tout autant incapable. Plus nos lèvres se rejoignent, plus je veux que tout continue, comme si je pouvais rattraper ces quatre ans.

C'est finalement Max, en aboyant, qui met un terme à notre échange. Je baisse légèrement les yeux et tombe nez à nez avec lui.

— Max, va coucher ! lui ordonne Megan.

Il s'en va, sans demander son reste. Je me décolle un peu d'elle, puis prends une grande inspiration.

— Je suis désolée… Je sais pas… ce qui m'a pris, balbutie-t-elle.

Elle va pour fuir, mais je ne la laisse pas faire. Je la colle à nouveau contre l'arbre.

— Qui t'a dit que moi je l'étais ?

— Tu devrais l'être, explique-t-elle.

— Et pour quelles raisons je te prie ?

— On vient juste de se retrouver. Ma vie est un bazar sans nom. J'ai deux mômes sur les bras. Comme tu me l'as fait remarquer, je suis partie et tu as toutes les raisons de m'en vouloir… et je… je… je suis… désolée, murmure-t-elle.

Je veux être certain de comprendre pourquoi elle s'excuse. Elle tente d'échapper à mes yeux, mais je la force à maintenir le contact.

— Et pourquoi es-tu désolée ? demandé-je de la plus douce des façons.

Elle joue avec les boutons de ma chemise tout en mâchouillant nerveusement ses lèvres.

— Tu sais pourquoi, marmonne-t-elle.

Je secoue la tête négativement.

— D'être partie sans même m'être expliquée avec toi. D'avoir manqué de courage et de m'être comportée comme la dernière des lâches. J'ai pensé à te laisser une lettre. Mais… j'ai… j'ai pas réussi à l'écrire. Te quitter a été, je crois, la chose la plus difficile que j'ai faite dans toute ma vie… Il n'y a pas un seul jour où je n'ai pas regretté ton… absence.

Je crois qu'elle n'a jamais été aussi sincère avec moi depuis le début de notre relation chaotique.

Mes lèvres cherchent les siennes d'instinct devant cet aveu. Elles se trouvent. Ma langue franchit la barrière de sa bouche. Megan se laisse faire et c'est un baiser fiévreux qui s'ensuit. La sensualité qui se dégage de notre étreinte est palpable.

Je quitte ses lèvres pour finir par son cou. Je sais que c'est un de ses points sensibles. Je souris contre sa nuque devant son gémissement.

— Puisque nous en sommes aux confidences, déclaré-je. Ces quatre ans ont été l'enfer sur terre. Je me suis demandé mille fois pourquoi je n'avais pas su te retenir. J'ai tenté de tourner la page, mais… sans succès. Tout me rappelait nous deux… tout me rappelait aussi ce que nous ne serions certainement pas. J'ai appris ce qu'était la douleur quand tu m'as quitté…

Les yeux de Meg se gorgent de larmes.

— Je suis désolée. Vraiment désolée, sanglote-t-elle.

Je prends Meg dans mes bras et la serre fort contre mon torse. Megan continue de pleurer et j'avoue que je n'en mène pas large. Nous nous sentons tous les deux coupables de cette situation. Pour Meg, coupable d'être partie sans un adieu, pour moi, coupable de ne pas m'être rendu compte à quel point elle souffrait. Cependant, nous devons avancer. Rien n'est joué et surtout, rien n'est réglé. Apprendre à se pardonner nous-mêmes est la première étape.

Je refuse les malentendus et les doutes non expliqués. Je veux une base solide. J'aime Meg et je ferai tout pour ne pas la laisser s'éloigner à nouveau. Ça prendra sûrement du temps, mais après tout nous l'avons.

Nous restons ainsi un long moment. Je ne saurai dire combien de temps, pourtant plus rien n'a d'importance quand je suis avec elle. La terre pourrait, si elle le souhaitait, s'arrêter de tourner, je n'y ferais même pas attention.

— Je dois aller me coucher, déclare-t-elle. Si je veux parler avec Bryan, j'ai intérêt à être dans une forme olympique.

— Je serais là, si tu as besoin.

— Il va avoir beaucoup de mal à comprendre, je crois.

— C'est certain, mais tu le traiteras en adulte. C'est ce qu'il attend.

— Je pense que je l'oublie par moment. J'ai l'impression d'avoir devant moi le gosse terrorisé de seize ans.

— Mais il en a vingt maintenant.

— Je sais. Ce qui se passe entre toi et moi je… je préférerais que l'on garde ça pour nous. Du moins pour l'instant. J'ai peur que ça fasse un peu trop pour lui.

— Je comprends. Même si je suis à peu près persuadé que Matt va le deviner et qu'on aura des remarques détournées, grincé-je.

— On fera avec, sourit-elle.

Nous rentrons en prenant au passage ce qui se trouve sur la table. Je l'accompagne jusqu'à sa chambre. Max est devant la porte.

Il se lève en la voyant, elle entre et je l'embrasse.

— Il vaudrait mieux que… tu comprends. Je… m'explique-t-elle, penaude.

— Bonne nuit Megan.

— Bonne nuit Morgan.

Je l'abandonne donc devant sa porte, mais sans réelle conviction. Pourtant, c'est la seule chose intelligente à faire. Ne pas précipiter les choses.

Quatre ans ! me hurle mon esprit. Tu trouves que c'est précipité !

Je fais taire cette petite voix infâme qui s'échappe de mon cerveau pervers et obsédé. Je sais pourtant qu'une seule chose m'attend : une douche froide. J'ai beau avoir des résolutions, je ne suis qu'un mec et l'avant-goût de sa langue contre la mienne m'a rendu fou.

C'est le problème avec Meg, plus elle me donne d'elle-même et plus j'en veux. Son corps est un appel à la luxure et à la décadence. Mes souvenirs sont toujours aussi palpables et en attendant, même la douche froide n'aura pas raison de mes ardeurs. Seul mon soulagement personnel y arrivera. Comme un véritable adolescent que je ne suis plus depuis longtemps.

Pourtant, je suis persuadé que faire les choses correctement pour une fois est la meilleure des solutions.

C'est l'esprit un peu plus serein que je vais me coucher cette nuit-là. Bien sûr, mon esprit vogue toujours vers Meg, mais différemment de ces quatre dernières années. Il n'y a qu'un mur qui nous sépare et j'ai un mal fou à ne pas me faire passe-muraille pour aller la rejoindre.

Cependant, nous savons tous les deux qu'il faut laisser du temps au temps. La patience quelque chose que je n'ai toujours pas apprise à vingt-neuf ans.

Je m'endors, pas à l'aise du tout dans mon boxer, mais le sommeil finit quand même par m'emporter.

****

J'attends Meg dans la cuisine. Je me suis réveillé tôt exprès. Je veux juste passer un moment avec elle, tranquille, sans personne autour. Même Marie n'est pas encore là. J'attends avec un café à la main, elle finit par descendre quinze minutes après moi.

J'appuie sur le bouton de la machine à expresso, elle s'adosse au meuble à côté de moi. Je pense qu'elle ne sait pas trop ce que je fais là et même peut-être se demande-t-elle comment se comporter avec moi ?

Je me penche légèrement pour l'embrasser, elle passe les bras autour de mon cou pour approfondir notre étreinte. Elle se détache de moi le rouge aux joues.

— Bonjour à toi aussi, ris-je.

Je lui sers son café, elle me remercie et pose sa tête sur mon bras.

— Que fais-tu dans ma cuisine de si bonne heure ?

— Et bien disons que j'avais envie de t'accompagner dans ta promenade matinale. Enfin si tu n'y vois pas d'objection.

— Non. Je vais juste voir mes chevaux, m'en occuper et faire un tour.

Elle avale son café, nous sortons. J'allume une cigarette et elle en prend une. Je la regarde avec désapprobation, mais elle s'en contrefiche. Nous marchons sur un petit sentier, semi-ombragé. Je prends la main de Meg dans la mienne, elle me sourit.

Nous continuons et arrivons à un grand baraquement en pierre. Les chevaux hennissent à notre approche. Megan entre, elle va chercher la fourche. Je la regarde.

— Il y a l'avantage d'avoir des chevaux et le désavantage, raille-t-elle.

J'attrape une autre fourche.

— Je vais t'aider.

— Pas dans cette tenue Morgan, réprouve-t-elle.

65

— Et pourquoi pas ?

— Le lin n'aime pas le purin.

Je ris et la suis.

Megan a quatre chevaux, donc quatre box à nettoyer. J'admire son coup de main et la force de son caractère. Elle se donne à fond dans ce qu'elle fait, comme toujours. Après avoir regardé chaque cheval, elle leur donne à manger.

J'admire sa patience, mais je remarque qu'il n'y a aucun cheval de couleur noir, seulement des blancs et des beiges.

— Tu n'as aucun cheval noir ?

— Non, pas depuis Blackpearl. Sa voix se brise.

Je pose ma main sur son épaule.

— Il va bien tu sais. Disons que l'on s'est soutenus mutuellement.

— Tu t'en es occupé ? La surprise se lit sur son visage.

— Ouais. On a déprimé pas mal tous les deux et je pense qu'heureusement qu'il n'a jamais trouvé d'alcool parce que sinon on se serait saoulé ensemble, plaisanté-je à moitié.

Mais Megan ne le voit pas ainsi et je la vois se refermer comme une huître.

— Je...

— Hé. Lui aussi sera content de te voir. Si tu t'inquiètes pour son caractère, il n'a pas changé.

Elle ne réagit même pas. Elle se contente de fixer un point devant elle.

— Meg. Ce qui est fait est fait. On ne peut rien changer du passé, mais l'avenir lui...

Meg relève la tête, me fixe, et me sourit timidement.

— On va faire un tour ? propose-t-elle.

— Pourquoi pas ?

— Histoire d'achever ton beau costume de lin.

— Je crois que je n'avais pas pensé rester si longtemps, j'ai un peu trop suivi les conseils de Granny. Elle m'avait dit « prends du lin, il fait chaud », l'imité-je.

Megan se met à rire.

Nous sellons deux chevaux et partons. Megan démarre toujours aussi vite, j'accélère moi aussi. Elle connaît le terrain et en joue. J'aime voir son sourire quand elle galope, voir la liberté qui s'exprime sur son visage.

Quand je suis avec Megan, le temps n'est qu'une notion abstraite. Nous finissons par rentrer à la maison. Nous sommes en train de plaisanter quand je croise le regard de David. Il semble énervé de nous voir ensemble et je ne peux empêcher l'apparition d'un rictus provocateur sur mon visage.

— Morgan ! chuchote Megan fermement. Sois gentil. Je sais que tu sais, vu que tu nous as espionnés. Alors n'en rajoute pas.

— Qui moi ? demandé-je innocent.

— Oui toi. On en reparlera !

Megan accélère le pas, salue Matt, Bryan et Grace avant de reporter son attention sur David. J'évite de fanfaronner, mais j'ai un mal fou à me contenir.

Je vais me rafraîchir un peu, puis retrouve les autres.

Je claque un baiser sur la joue de Grace et me contente d'un bonjour général au reste de l'assemblée. Tandis que Meg est en pleine discussion animée avec David.

— Alors ? Bien dormi Morgan ? demande Matt.

— Parfaitement.

— Pas trop mal aux cheveux ?

— Aucunement.

Je me serre mon deuxième café de la journée. Bryan m'observe.

— T'as été voir les chevaux ? demande Grace.

— Oui.

— Ils sont beaux hein ? Mais maman, elle dit que je suis trop petite pour monter dessus.

— Je crois que maman n'a pas tout à fait tort. C'est un poney qu'il te faudrait.

— Ou un gros chien, me coupe Matt.

— Un chien ? Il est bête, rit Grace. Mais on n'a pas de poney, boude-t-elle.

— Ça, c'est dommage. Parce que Morgan, lui, en a plein, balance Matt.

Je lui lance un regard noir et Bryan sort de table en maugréant. Il met ses écouteurs dans ses oreilles et va s'installer plus loin.

— Pour de vrai Morgan ? m'interroge la petite fille, pleine d'espoir.

— J'en ai quelques-uns, confirmé-je.

— Où ça ?

— En Angleterre.

— C'est loin ça ?

— À environ deux heures d'ici, mais en avion, expliqué-je.

— Zut alors.

Mon téléphone sonne. J'abandonne Grace et Matt pour répondre.

— Granny ?

Je me gratte la tête.

— Oui Morgan. Tu aurais pu avoir pitié de mon âge et me tenir au courant tout de même.

— Désolé j'ai un peu manqué de temps.

— Comme cela est pratique ! Alors qu'en est-il ?

— Je pense que c'est en bonne voie.

— Tu parles de ton couple ou de son retour en Angleterre ?

— Granny. Tu fréquentes trop Matt. Son retour bien sûr. Mais elle n'est pas seule.

— Vraiment ?

Je peux entendre la surprise dans sa voix.

— Oui, elle est avec une petite fille et un gamin de vingt ans.

— Une petite fille ? Morgan tu n'as rien à me dire ?

— Absolument rien Granny. Je vais avoir besoin que tu les loges le temps que Meg passe devant le Conseil. Au fait, elle a un chien aussi.

— On en reparlera Monsieur Morgan Matthews. Appelle-moi quand tu décolleras.

Je n'ai même pas le temps de lui répondre qu'elle a déjà mis un terme à la conversation. Je donne un léger coup d'œil aux alentours. David semble s'exciter sur son ordinateur. Matt et Grace font une partie de Chifoumi et Megan est allée rejoindre Bryan.

Il a le regard complètement perdu, tandis que Megan lui parle de son passé. L'avantage de lire sur les lèvres. Pour l'instant Meg s'en sort très bien. Mais je sais qu'elle appréhende sa réaction.

Le ton monte, Bryan tente de fuir la conversation en se rendant sur le chemin, mais Meg ne le lâche pas. Elle continue de lui parler tout de même. Je n'entends pas ce qu'ils disent, et ils sont trop loin pour que je lise sur leurs lèvres dorénavant.

Megan tente de poser sa main sur son épaule, mais il se dégage violemment et s'en va en courant. J'aperçois le regard dépité de Meg. Elle abandonne, puis retourne dans la maison.

— Bryan est en colère après maman, constate Grace.

— Ça lui passera, la rassurée-je.

Megan ressort quelques dizaines de minutes plus tard. Elle nous rejoint et prend Grace sur ses genoux. La petite fille se blottit contre elle. Elle prend ses aises pour un câlin.

— Bryan ne veut rien savoir, soupire Meg. Il dit que je l'ai trahi.

— Je peux lui parler. Enfin si tu le souhaites.

— J'en sais rien.

— Eh ben tu sais maman, Morgan il a des poneys, déclare Grace de but en blanc.

— Je sais, répond sa mère.

— Tu sais ? Et moi, tu veux pas. C'est pas juste, ronchonne-t-elle.

— Ce n'est pas que je ne veux pas Grace. C'est surtout que je manque de temps pour t'en trouver un.

Grace se redresse, elle se tourne face à sa mère et caresse son visage.

— On pourrait aller voir ceux de Morgan. C'est pas loin en avion.

— Très bonne idée, en rajoute Matt.

Megan se masse les tempes, mais ne dit rien.

Elle est surtout concentrée sur ce que fait Bryan, c'est-à-dire frapper dans une pauvre racine qui ne lui a absolument rien fait. Je décide d'intervenir pour tenter de trouver les mots.

— S'il mord, tu me sonnes ! me hèle Matt.

J'avance vers Bryan. Il me voit arriver, mais ne fait aucun commentaire. Je lui propose de marcher un peu. Il n'arrête pas de me regarder, enfin de me dévisager.

— Dis ce que tu as à dire Bryan. Ne tourne pas autour du pot. Sois un homme, lui commandé-je.

— Vous avez travaillé ensemble ?

— Oui. Megan, Matt et moi. Elle t'a dit quoi au juste ?

Il hausse les épaules.

— Qu'elle est née en Angleterre, qu'elle a fait ses études dans un collège très particulier. Que c'était une espèce de flic, un agent, enfin un peu plus que ça. Mais il s'est passé quelque chose qui l'a poussée à partir. Qu'elle a un grand frère et qu'il fallait qu'elle retourne là-bas parce qu'ici nous sommes en danger. C'est ça ?

— Dans les grandes lignes.

— Pourquoi elle n'a rien dit avant ? maugrée-t-il.

— Parce que, normalement, nous n'avons pas le droit d'en parler. C'est un secret.

— Elle n'a pas eu assez confiance en moi. Pourquoi je l'écouterai ?

— Tu voulais être traité comme un adulte ? C'est ce qu'elle a fait. Je sais que votre sécurité est l'une des choses les plus importantes pour elle.

— Pourquoi veut-elle y retourner si elle a de mauvais souvenirs alors ?

On s'installe à l'ombre d'un arbre.

— Parce qu'elle n'a pas vraiment le choix.

— C'est à cause de vous tout ça ! crache-t-il.

— Tu as le droit de penser ce que tu veux, mais je devais la prévenir qu'elle n'était plus en sécurité.

— Alors quoi ? Faut que je plie et que j'accepte d'aller en Angleterre !

— Oui. Meg n'a pas vraiment le choix et toi non plus. Que vas-tu faire ? Rester ici tout seul, et laisser partir Grace et Meg. Elles sont ce qui se rapproche le plus d'une famille pour toi. Es-tu prêt à abandonner ta famille ?

— C'est bien ce qu'a fait Megan, non ?

Je pose ma main sur son épaule.

— Pas pour les mêmes raisons. Megan a fait ce choix à cause d'un événement traumatisant. Ce qui n'a rien à voir avec un caprice de gamin.

— Je ne suis pas un gamin ! se défend-il.

— Alors prouve-le ! Si tu ne veux pas qu'on te traite comme tel, comporte-toi en homme !

Je décide de le laisser réfléchir un moment. Il a la tête basse. Je retourne vers la maison. Grace s'est installée au sol et joue avec des petits personnages. Megan a dû rentrer, je ne la vois plus. Je regarde mes mails avant de retrouver ma place avec Matt.

— Tu as parlé à Bryan ?

— Oui.

— Et ?

— Il faut que ça mûrisse, Matt.

— Il me semble que Meg est allée discuter avec Marie. Alors ta nuit ?

— Normale.

Il me donne un grand coup dans l'épaule.

— Ouais je vais te croire.

— Ne me crois pas, mais c'est la vérité.

— Tu penses que j'ai rien vu ! Vous vous bouffez du regard tous les deux. Rien qu'avec la tension sexuelle qui se dégage, on pourrait éclairer Londres gratos pendant six mois.

— Tu racontes n'importe quoi !

Je mets un terme à la conversation. Je n'ai pas envie de poursuivre dans cette voie avec Matt. Marie sort de la maison, en essuyant une larme. Elle regarde la petite, puis secoue la tête en venant pour débarrasser le petit déjeuner. Je tente de l'aider, mais elle refuse catégoriquement.

J'entre dans la maison avec l'intention de bosser un peu. Meg est installée devant le bureau, elle vient de raccrocher le combiner et se frotte les tempes. J'arrive par derrière et masse ses épaules.

— Les chevaux sont vendus.

— Je suis désolé.

— Tu ne l'es pas, mais c'est gentil. David est prévenu, il deviendra gérant. Les papiers doivent arriver par email. Marie le sait aussi. Je lui ai donné un préavis le temps qu'elle range la maison et qu'elle la ferme. Elle est chargée de trouver des locataires et touchera un pourcentage sur les loyers en compensation, débite-t-elle. Quand partons-nous ? m'interroge-t-elle.

— Quand tu veux ?

Megan se lève.

—Bien. Je dois encore expliquer la situation à Gracie et préparer nos affaires. Tu as parlé à Bryan ? me questionne-t-elle, pleine d'espoir.

— Oui, il faut qu'il digère. Mais je crois qu'il a saisi. Ma grand-mère prendra en charge les enfants le temps que tu passes en commission.

—Merci. Je vais retrouver Gracie.

—Ça va aller Meg ?

Elle ne dit mot, puis part rejoindre la petite fille. Je l'observe, elle s'installe au sol à côté de Grace. Megan participe au jeu. Je grimpe dans ma chambre et attrape mon ordinateur portable.

Mais je sais que j'ai une chose à faire avant. Appeler Keylyan, afin de le prévenir.

— Salut Key.

— Salut Morgan. Tout va bien pour toi et Matt ?

— Ouais, mais il faut que je te parle. Nous ne devrions pas tarder à rentrer.

— Bonne nouvelle. Le Conseil me tape sur les nerfs. Enfin certains, se rattrape-t-il. Je dois justifier ton absence sans savoir où tu es, ni ce que tu fais.

— Je sais. C'est pour ça que je t'appelle. J'ai retrouvé Meg.

Un grand silence s'abat. Je pense que Key a besoin de réaliser. J'ai été direct, mais en général, j'évite de tourner autour du pot.

— Meg, répète-t-il.

— Oui. Elle habite en France.

— Tu savais en y allant, me reproche-t-il.

— Exact, mais j'ai préféré me taire. J'ignorais si elle accepterait de rentrer. Je ne voulais pas que tu te fasses de faux espoirs.

— Dis. Tu parles pour moi ou pour toi ? crache-t-il.

— Peut-être un peu des deux. Écoute Key. Je n'ai rien dit. C'est un fait, mais maintenant tu sais, alors on en reparlera quand je rentrerai.

— Elle sait ce qu'elle risque ?

— Bien sûr qu'elle le sait. Mais…

— Mais quoi Morgan ?

— Elle ne vient pas seule. Elle arrive avec une petite fille et un môme de vingt ans.

— Qui sont-ils ?

— Elle t'expliquera. Je dois te laisser.

— Morgan ?

— Quoi Key ?

— Déconne pas avec Meg.

— Oui papa, raillé-je en raccrochant.

Ça ne veut rien dire : Déconne pas !

Je me concentre sur les nouveaux rapports de mission. C'est loin d'être passionnant, pourtant, c'est mon job, du moins, tant que mon paternel ne sortira pas du coma. Ce qui n'est pas prévu pour demain.

Je suis en réseau sécurisé, j'en profite pour convoquer le Conseil pour après-demain. J'explique que j'ai retrouvé le Capitaine Tyler et qu'elle accepte de me suivre sans contrainte. Je sais que ça pèsera dans son dossier.

J'informe aussi les pilotes pour les prévenir de notre départ prochain, afin qu'ils soient prêts pour décoller. Mon sac est prêt, j'attends juste que Meg me fasse signe.

Je sors de ma chambre, puis m'aperçois que la porte de celle de Meg est ouverte. Je toque au chambranle et entre. Meg est face à une valise, pas très grande je trouve pour quelqu'un qui va vivre ailleurs. Max est juste allongé à côté.

— C'est tout ? remarqué-je.

— Quand on fuit, on apprend à voyager léger, rétorque-t-elle. Je n'ai besoin de rien d'autre. Je préfère garder de la place pour les affaires de Grace. Bryan est en train de préparer les siennes et je ne lui ai rien demandé. Je suppose que je dois te remercier.

Je ne réponds pas.

— Comment l'a pris Grace ?

— Plutôt bien quand je lui ai dit que Max nous accompagnait. Plutôt mal quand je lui ai dit que Marie restait ici. Mais elle a enchaîné sur tes poneys. Elle est contente de prendre l'avion, pourtant je la connais assez bien pour savoir que l'inconnu lui fait peur. Marie est avec elle pour l'aider à préparer ses affaires.

— Granny s'occupera d'eux le temps de régler les formalités.

— J'adore ! Tu parles de ça, comme si c'était juste des papiers à remplir, ironise-t-elle.

— As-tu confiance en moi Megan ?

— La question ne se pose pas.

— Alors tout se passera bien.

J'embrasse simplement son front et quitte la pièce. J'entends la voix de Matt dans le couloir. Il discute avec Bryan.

Je descends l'escalier. J'observe la grande pièce à vivre avec un peu plus de détails. Il y a des photos partout de Grace et Bryan et même certaines avec Marie et David. Mais aucune de Meg.

— Alors vous êtes satisfait ? grogne David.

— De ?

— Vous allez arracher Meg à sa vie ! La déposséder de ce qu'elle a construit !

— Ne dites pas n'importe quoi. Mon ton est à la limite de la condescendance.

Il m'entraîne à l'extérieur de la maison.

— Elle vous a fuis, vous et son passé. Je ne la comprends pas ! Elle aurait dû vous coller une balle dans le genou quand elle vous a vu arriver !

Je garde étrangement bien mon calme.

— Ne parlez pas de choses dont vous ne saisissez rien David.

Je tente de m'éloigner de lui, avant que mon envie folle de lui faire avaler ses dents revienne.

— Je connais Meg.

Mais c'est sans compter sur son insistance.

— Faux David. Elle vous l'a dit, vous connaissez seulement ce qu'elle a bien voulu vous montrer. On ne prétend pas savoir qui est Meg au bout de deux ans !

— Alors que vous... elle s'est barrée, vous laissant. C'est qu'il y avait une raison. Vous ne deviez pas lui apporter l'équilibre qu'elle avait besoin ! crache-t-il venimeux.

— Sous prétexte que vous avez baisé pendant un mois, tu sais de quoi elle a besoin ? C'est risible.

— Tu n'es qu'un con d'anglais, friqué, prétentieux, et tu mériterais une bonne correction ! gronde-t-il.

Je pointe un doigt accusateur vers lui.

— Ne me provoque pas ! Tu ignores qui je suis et ce dont je suis capable. Alors ferme-la avant de finir avec une balle entre les deux yeux !

— Bah viens, j'attends ma leçon. À moins que tu aies peur d'abîmer ton beau costume !

Je l'attrape par le col de son tee-shirt et plaque son dos contre le mur de la maison.

— Désolé, mais tu ne fais pas le poids !

— Megan ne t'appartient pas !

— Encore moins à toi mon pote. ! Tu crois quoi ? Désolé d'avoir cassé ton joli rêve avec Mademoiselle Morgan.

J'appuie bien sur mon prénom pour qu'il comprenne que c'est au-delà de ce qu'il peut enregistrer. Il se défait de mon emprise et quand je pense qu'il est enfin calmé, il tente de me mettre un coup de poing. Je l'intercepte et lui fais une clef. Il tombe à genoux au sol en grimaçant.

— Ça suffit ! s'écrie Megan. Morgan lâche-le ! ordonne-t-elle.

J'obtempère et lève les bras en signe de reddition.

— Connard, craché-je.

— Si tu la fais encore souffrir, je te jure qu'un continent et la Manche ne suffiront pas à m'empêcher de te tuer, me menace-t-il.

— Wow. Je suis terrorisé, dis-je d'une voix monocorde.

— Morgan, viens ici ! m'appelle Meg.

Je marche en reculant, histoire de ne pas le perdre de vue. Elle m'attrape par le bras, puis m'éloigne encore plus de la maison.

— Nan mais t'es malade ? Ça va pas ?

— C'est lui qui est venu me chercher.

— Rien à foutre ! Tu ne pouvais pas l'ignorer ?

— Hé ! C'est ce que j'ai essayé de faire !

— C'est compliqué pour David, explique-t-elle.

— Compliqué ? Pourquoi ? Parce qu'il a couché avec toi pendant un mois ?

Elle ouvre la bouche en grand.

— Tu n'es qu'un connard Morgan Matthews !

— Désolé, mais tu te rends compte que tu es restée plus longtemps avec lui, qu'avec moi ? Alors oui, j'ai le droit d'être en rogne !

C'est vrai quoi ! Je n'ai eu le droit qu'à quelques semaines, alors que lui a partagé son lit pendant un mois. Je suis certain, que ce qu'il y a eu entre elle et lui n'avait aucun rapport avec ce que nous avons vécu.

— Nan mais j'le crois pas ! T'es jaloux ? demande-t-elle surprise.

— Euh… et bien… oui ! affirmé-je.

— C'est pas comparable ! C'était juste comme ça avec David ! Y a jamais rien eu de profond avec lui.

Au mot « profond », je ne peux pas m'empêcher de grimacer.

— Ok. Ce que je veux dire, c'est que c'était mécanique. Sans prise de tête.

— Oui, comme nous au début ! cinglé-je.

— Non, nous, il y a toujours eu les prises de têtes ! Qui plus est, je repars AVEC toi. Enfin, il me semble que c'était clair hier soir.

Je soupire, me rendant compte de ma bêtise.

— Désolé, marmonné-je. Mais c'est lui qui m'a cherché.

— Morgan, quel âge as-tu bon dieu ?

— Ça dépend quand il s'agit toi. Je dirais limite adolescent, grommelé-je.

Elle éclate de rire. En plus, elle se fiche de moi.

— Je dois aller réparer vos bêtises maintenant, me dispute-t-elle.

Je la suis. Elle embarque David. Je grogne.

— Bon bah, je vois que ça change pas entre Meg et toi. J'suis rassuré, se moque Matt.

Je crois sincèrement qu'il est grand temps que nous rentrions. Parce que je vais devenir dingue ici. C'est certain.

Tout le monde se prépare et je sens bien un vent de nostalgie souffler sur Megan. Je sais que la situation est loin d'être évidente, mais je sais aussi que je suis là et que je la soutiendrai quoi qu'il advienne.

Chapitre IV

Nous venons de décoller, Megan jette un dernier regard sur la Provence, puis ferme les yeux. Nous sommes tous deux au fond de l'appareil. Je lui prends la main. J'entrelace nos doigts. Grace a insisté pour être à côté de Bryan, Max est à ses pieds. Matt est de l'autre côté.

Je sais que Meg est nerveuse, même si elle ne dit rien et c'est tout à fait logique. Elle s'inquiète pour son arrivée. J'aimerais pouvoir trouver les mots justes, mais je sais que rien ne marchera. Quitter Marie a été difficile pour tout le monde, mais particulièrement pour Grace. Elle a beaucoup pleuré.

J'ai même fini par me demander si c'était une bonne idée. Bien sûr, j'ai la réponse, et ce, depuis un moment.

Bryan fait contre mauvaise fortune, bon cœur. Il tient compagnie à sa sœur tout en lui racontant des histoires. Ce qui lui fait passer le temps. Malgré ses airs, il est certain qu'il tient à sa sœur et qu'il fera absolument tout pour elle. Je pense que Megan a raison, il est perturbé et se cherche.

Matt jette de temps en temps un coup d'œil vers nous. Il tente de vérifier ses soupçons, le connaissant, il ne lâchera rien.

Je reporte mon attention sur Megan, on pourrait croire qu'elle dort. Pourtant, ce n'est pas le cas. J'en suis persuadé, elle évite simplement de trop réfléchir. La nuit nous enveloppe. Je vois Grace, la tête appuyée contre le hublot. Le sommeil doit commencer à l'emporter.

Personnellement, je suis trop énervé pour dormir, même si je le souhaitais, je n'y parviendrais pas. J'appréhende le retour de Meg, je m'inquiète de sa réaction. Elle devra reprendre ses marques. Réapprendre à vivre au sein de l'Institut. En acceptant les nouvelles règles, mais ce que je redoute le plus, c'est qu'elle s'enfonce à nouveau dans sa mélancolie, sa tristesse et son mal-être passés.

Je ne suis pas idiot, j'ai conscience que Meg a changée. Je suis certain que ces deux enfants lui ont apporté un certain équilibre dans sa vie malgré les difficultés qu'elle a dues surmonter. Mais je la connais assez bien pour savoir que l'adrénaline lui plaît, elle ne peut pas s'en défaire, ça fait partie d'elle. Elle ne s'épanouit qu'avec un flingue à la main, tout comme moi.

C'est ainsi que nous avons été élevés et c'est plus fort que nous.

— Tu ne dors pas ? constate Megan.

— Toi non plus.

— Je n'y arrive pas.

— Eh bien, on est deux.

Son pouce dessine des cercles sur le mien tandis qu'elle regarde nos doigts entrelacés.

— Je vais devoir parler à nouveau à Bryan concernant la suite des événements. Je ne veux pas qu'il soit surpris quand nous arriverons.

— Justement, quand on parle du loup… remarqué-je.

Bryan s'avance vers nous en se tenant aux sièges. Megan décroche ses mains des miennes rapidement. Il s'assied en face de nous.

— Grace dort, déclare-t-il.

— Les enfants ont cette faculté déconcertante de dormir absolument partout.

— En plus d'être James Bond, d'avoir du pognon, ce type est une nounou hors pair, raille Bryan à mon intention.

— Bryan, pourrais-tu être sympa ? le dispute Megan.

— Je pourrais.

Pourtant, vu son regard, il n'en a pas du tout l'intention. Il m'en veut et cela peut se comprendre. J'ai débarqué chez lui et bousculé sa vie.

— Alors c'est quoi la suite du programme ? demande-t-il.

— La suite ?

— Oui Meg. Il va se passer quoi après ?

— C'est curieux que tu en parles. J'allais le faire justement.

— Je t'écoute.

Il grimace, ses pieds tapent nerveusement sur le sol. Megan inspire profondément.

— Quand nous arriverons en Angleterre, Morgan devra m'arrêter.

— Quoi ? demande-t-il choqué.

— Bryan, j'ai quitté l'Angleterre et l'Institut sans autorisation, ce qui est considéré comme une désertion et une trahison. Je dois passer devant le Conseil qui est géré par des anciens de l'Institut.

— Qu'est-ce qui va t'arriver ?

On peut entendre la réelle inquiétude dans sa voix. Elle pose une main réconfortante sur sa cuisse, puis lui ébouriffe les cheveux dans un geste affectueux.

— Je l'ignore.

— Rassure-toi, je veillerai à ce que tout se passe pour le mieux.

— Ce qui veut dire, Morgan ? grogne-t-il.

— Megan a des circonstances atténuantes et comme je lui ai dit, je témoignerai pour elle.

— Ils peuvent pas l'exécuter quand même !

— Respire Bryan, ce n'est pas arrivé depuis la seconde guerre mondiale, expliqué-je.

Son teint est blafard. Il panique.

— Et ça devrait me rassurer peut-être ! Vous n'êtes qu'une bande de grands malades !

— Bryan, la vie est faite de règles, si on les transgresse, on est puni. C'est ainsi.

— Comment peux-tu dire ça, Megan ? Après tout ce que tu leur as donné. C'est dégueulasse !

— J'assume ce que j'ai fait. Chaque acte a ses conséquences, Bryan.

Il secoue la tête, dépité.

— Combien de temps ça va durer ?

— Je pense qu'après-demain en fin de journée tout sera terminé. En attendant, Grace et toi irez chez ma grand-mère, développé-je.

— Tu verras Bryan, Lady Mary est quelqu'un de vraiment bien, le réconforte Meg.

— Et Gracie ?

— Il faudra que tu t'en occupes. Elle aura besoin de toi. Tu es son grand frère, ne l'oublie pas.

Il baisse la tête et passe la main dans ses cheveux.

— C'est pas vraiment des vacances, hein ? marmonne-t-il.

— Pas vraiment, confirme Meg.

Bryan se frotte le visage, il se remet sur ses pieds et embrasse Meg sur la joue. « Ça va aller » lui mime-t-elle. Il met ses écouteurs dans ses oreilles, puis retourne à sa place.

— J'ai peut-être été trop directe ? s'inquiète-t-elle.

— Connais-tu d'autres manières pour le lui annoncer ?

— Non. Il risque de se sentir perdu, je ne voudrais pas qu'il perçoive toute cette histoire comme un abandon de ma part. Il va débarquer dans un nouveau pays, chez une personne qu'il ne connaît pas et il aura sa sœur à gérer.

— Il veut être traité en adulte, et bien, c'est le moment, déclaré-je, sûr de moi. Ma grand-mère va très bien s'en occuper et quand elle sera avec le Conseil, Matt prendra le relai. Quant à Grace, ce sera certainement difficile pour elle cette nuit, mais demain, elle ira voir les chevaux. Il y a la piscine, elle aura de l'occupation ce qui évitera qu'elle pense trop à ce qui se passe, énoncé-je. J'essaierai de les convaincre de te laisser les appeler, mais il n'y a aucune garantie.

— Merci. Je ne sais pas si j'aurais eu le courage de faire ça toute seule, avoue-t-elle d'une toute petite voix.

— Faire quoi ?

Elle croise mon regard.

— Rentrer, dit-elle tout simplement.

— Meg. Je ne connais pas de personne plus courageuse que toi, admets-je.

— Oh si. Moi, je connais dix fois plus courageux. Toi, décrète-t-elle en posant son index sur mon torse.

Je secoue la tête, elle n'en démordra pas. Aucune raison d'insister. Elle pose sa tête sur mon épaule, puis ferme les yeux. J'embrasse son front et l'enlace d'un bras. Megan se blottit contre moi.

Ce n'est pas un voyage d'agrément, et Megan en a conscience. Mais elle tente de faire abstraction de tout ce qui l'entoure. Elle ne changera pas, du moins de ce point-de-vue-là. Je décide de faire la conversation.

— Tu es bien installée ?

— On a connu pire. Mais rarement meilleur que tes bras. Je dois bien l'avouer.

Un sourire rempli de fierté s'inscrit sur mon visage, malgré moi.

— C'est un compliment Meg ?

— On dirait.

J'embrasse son front.

— J'ai une question Morgan.

— Vas-y, Meg.

— L'ancien doyen. Avant ton père, c'était l'époux de Lady Mary ?

— Oui.

— Pourquoi le poste n'est pas revenu à ta mère, alors ? C'est elle qui aurait dû lui succéder.

Je me gratte la tête un instant.

— Le poste de Doyen est interdit aux femmes.

— Interdit ?

— Ouais.

— C'est pas juste ! Bande de machos ! gronde-t-elle.

— C'est ainsi.

— Alors ça se passe comment dans ces cas-là Morgan ?

— C'est pour cela que les mariages étaient arrangés. Le doyen, avec l'appui du Conseil, choisissait l'homme qui conviendrait le mieux pour l'emploi, en fonction de ses origines et de ses aptitudes. Donc ma mère n'ayant pas le droit, c'est mon père qui a eu le « privilège » de devenir Doyen, raillé-je.

— Je comprends mieux ton père et son besoin vital que tu lui fasses un petit-fils à l'époque, grince-t-elle. Et le Doyen actuel pense changer les choses ou pas ? m'attaque-t-elle.

— Le Doyen actuel, comme tu dis, ne peut rien faire sans le Conseil. Et pour le moment, il semblerait qu'il ne soit pas d'accord. J'ai répondu à ta question ?

— Oui, mais le Doyen actuel n'a peut-être pas assez insisté.

— Meg, vu le nombre de changements qui s'est opéré, on va éviter de les brusquer. Avec toi, c'est toujours tout, tout de suite.

Elle s'extrait de mes bras et me capture de ses yeux.

— Et c'est toi qui dis ça ? s'outre-t-elle.

— Oui pourquoi ?

— Parce que je connais quelqu'un qui n'était pas fichu d'attendre à une certaine époque.

Je me penche vers son oreille.

— De quoi parles-tu ?

— Tu sais exactement de quoi je parle.

— Si tu penses au sexe nous incluant toi et moi, il est vrai que j'ai rarement été patient, murmuré-je.

Les joues de Meg prennent une magnifique couleur rose.

— Morgan.

— Quoi ? J'ai des circonstances atténuantes.

— De quels genres ? marmonne-t-elle.

— Toi et ton corps, affirmé-je.

— Morgan, essaierais-tu de dévier la conversation de façon à ce que je ne pense pas à ce qu'il adviendra une fois qu'on aura atterri ?

Suis-je aussi transparent ?

— Et alors. Même si c'est le cas ? Ça marche, non ?

— Peut-être, mais on peut jouer à deux à ce jeu-là ?

Je frotte ma nuque, elle en est capable, je le sais. Mais ce n'est pas nécessaire du tout.

— Je n'ai pas besoin qu'on me change les idées, moi, nié-je.

— En es-tu persuadé ? minaude-t-elle.

Sa main se pose sur ma cuisse, elle me masse, enfonçant légèrement ses ongles. Ma mâchoire se crispe. La chaleur se diffuse dans tout mon corps.

— Tu as pourtant l'air tout tendu, poursuit-elle.

— Megan… ne commence pas quelque chose que tu seras incapable de finir, lui murmuré-je à l'oreille.

— Ne me tente pas.

Elle continue de malaxer ma peau avec force, tout en descendant à l'intérieur de ma cuisse.

— C'est ma phrase ! me rebellé-je.

— Je sais et alors ? Ce qui marche pour toi peut aussi marcher pour moi, non ?

— Exact, grommelé-je.

Elle ôte sa main, puis se réinstalle correctement.

— Néanmoins, je pense qu'il est nécessaire d'arrêter là. Nous allons éviter que tu te retrouves dans une situation… inconfortable, dirons-nous.

— Ce n'est pas parce que chez moi ça se voit à l'extérieur et toi non, que tu n'es pas dans le même état.

Elle grimace.

— Oui, mais ça, tu ne peux pas vérifier, me dit-elle fièrement.

— Je pourrais, si je le voulais. Mais on est un peu trop entouré à mon goût pour ça, expliqué-je suggestif.

Sa bouche forme un O magnifique et ses joues rougissent à nouveau. Je fais glisser mon doigt sur ses pommettes, puis finis sur son nez. Elle se cale dans son fauteuil. Je rigole devant son air choqué, elle me donne un léger coup de poing dans l'épaule.

Je sens l'atmosphère se détendre autour de nous et ce n'est pas du tout désagréable. Je crois que c'était même nécessaire. Bryan et Matt discutent ensemble. Meg a refermé les yeux. Je décide de la laisser se reposer avant notre arrivée.

Je regarde ma montre. Dans moins d'une demi-heure, nous serons à l'Institut. Le passé de Meg ressurgira totalement, plus question de faire abstraction de ce qu'elle a vécu. Elle devra assumer les conséquences de ses actes comme elle l'a très bien expliqué à Bryan.

Je regrette simplement que la vie ne puisse pas reprendre son cours normal, sans passer par le Conseil et tout ce qui s'ensuivra. J'observe simplement Meg. J'ai des difficultés à ne pas le faire, comme si mon esprit avait peur qu'elle ne soit qu'un mirage et que d'une minute à l'autre, elle risquait de disparaître. Meg sent certainement mon regard sur elle, mais ne dit mot.

Je la trouve vraiment belle, je pense qu'elle a pris quelques kilos et ça lui va parfaitement. Ses formes sont harmonieuses, ses joues moins creuses. Le voyage s'égrène ainsi, jusqu'à ce que le pilote nous informe que nous amorçons notre descente.

Meg ouvre les yeux d'un coup. Je suis sûr que son cœur bat à tout rompre. Elle n'a jamais été aussi proche de son passé et je sais qu'elle le craint. Elle a peur de l'accueil qui lui sera réservé par son frère et ses amis. Je crois que la partie « Conseil » ne la dérange pas outre mesure. Son inquiétude se reporte surtout sur Bryan et Grace.

À sa place, j'aurais l'impression de jeter deux agneaux en pâture aux loups et vue son expérience, on ne peut pas l'en blâmer.

L'avion se pose et freine au maximum. Grace s'est réveillée, Bryan lui tient la main. Megan se tourne vers moi, les yeux pleins d'interrogations. Je lui souris tendrement. L'avion s'arrête. Bryan défait sa ceinture et celle de sa sœur. Grace se précipite vers nous.

Megan a juste le temps de se lever, qu'elle se jette dans ses bras. Elle la serre contre elle, puis embrasse son front. Les petits doigts de la fillette s'enroulent autour de la nuque de sa mère. Meg respire les cheveux de Grace à plein poumon.

Les yeux de Meg se posent sur moi, je peux y lire le déchirement. Elle sait que très bientôt, elle va devoir la laisser. Bryan nous rejoint et débarrasse Meg de son précieux paquet.

— Je veux rester avec maman, déclare Grace.

— Tu ne peux pas ma chérie, explique Megan. Pas pour le moment. J'ai des choses à faire avec Morgan pendant quelques jours.

— Non ! dit Grace, catégorique.

Megan prend délicatement les joues de la fillette entre ses doigts, puis y dépose un baiser.

— Tu vas rester avec ton frère, juste le temps que je revienne. Tu dormiras chez la grand-mère de Morgan. Grace... si je pouvais, je resterais avec toi. Mais c'est tout bonnement impossible. Je fais aussi vite que je le peux, je te le promets.

Grace commence à pleurer, de grosses larmes venant s'écraser sur ses joues d'enfants. Elle tend ses bras vers Megan qui les ignore sciemment. Meg fait preuve d'une grande maîtrise en ne montrant aucune émotion de façon à éviter d'empirer les choses. Max s'agite. Il semble nerveux.

Elle s'accroupit un instant et flatte le chien.

— Du calme Max. Tout va bien. Veille sur eux, jusqu'à mon retour.

Le chien s'assied et attend.

— Maman ! Maman !

Sa voix déchirante me fait mal et pas qu'à moi.

Elle tourne le dos à la petite et me supplie du regard. Le copilote a déjà ouvert la porte. Meg fait face à la porte. Elle passe ses bras dans son dos.

— Tu es prête ? demandé-je doucement.

— Vite, avant que je ne change d'avis, grommelle-t-elle.

— Je suis navré, m'excusé-je.

Matt me tend une paire de menottes. J'hésite un instant et les lui passe aux poignets. Je n'ai pas le choix. Je la pousse doucement vers les escaliers.

— Non ! Maman ! hurle Grace en pleurant. Ne me laisse pas ! Je serai sage !

Je ne peux qu'imaginer ce que ressent Megan à cet instant. Le déchirement de laisser Grace dans cet avion, même si la situation n'est que temporaire. Megan ne tourne pas la tête. Voir la fillette serait certainement pire. Elle se contente d'avancer.

Deux gardes s'avancent vers nous, une fois que Megan se trouve sur le tarmac. Ils veulent prendre la relève. Matt est juste derrière nous.

— Je m'en occupe ! asséné-je.

— Mais monsieur… me contre l'un d'eux.

— Qui est le patron ? Vous ou Moi ?

— Vous, monsieur, grommelle le même type.

— Bien.

Il y a Prue et Keylyan face à nous. Granny est un peu en retrait. Il n'y a aucune expression sur son visage, même si je suis persuadé qu'elle est heureuse de voir Meg, malgré la situation.

Prue ne résiste pas bien longtemps. Elle arrive vers nous d'un pas pressé et enserre Meg fortement. L'un des gardes s'approche. Matt lui pose un bras contre sa poitrine pour éviter qu'il n'intervienne.

— Meg, tu m'as manqué, souffle-t-elle.

— Toi aussi.

Elle fait deux pas en arrière et repart à côté de Keylyan qui se contente d'un léger rictus et d'un signe de tête en guise de bienvenue. Toujours aussi expressif celui-là.

On avance toujours, un fourgon nous attend. Matt ouvre la porte, nous nous y engouffrons. Je m'assieds à côté d'elle, tandis que Matt se retrouve en face. Meg garde la tête haute, mais ne dit rien. Le van démarre, nous roulons vite. Megan est ballottée de droite à gauche, n'ayant pas la possibilité de se tenir.

À cette vitesse, nous y serons dans à peine dix minutes. Nous ne sommes pas censés parler à Meg pour le moment, nous respectons le protocole parfaitement.

Le van s'arrête, la porte s'ouvre. J'aide Megan à descendre aider de Matt. Nous nous arrêtons devant un grand bâtiment construit dans les années quarante. C'est ici que le Conseil se réunit et débat.

Nous entrons par un sas de sécurité. Officiellement, Meg a été fouillée dans l'avion. Je l'accompagne donc à sa cellule en plexiglas, elle y entre. Je défais ses menottes. Elle se frotte les poignets un moment, puis s'assied sur la paillasse qui lui sert de lit.

— Ça va aller ? demandé-je.
— Ouais.

Elle sait que je ne peux pas rester avec elle pour le moment, ni Matt. Je ferme la porte à clef, un garde se place face à la vitre de façon à toujours garder un œil sur elle. Il est temps pour moi de la laisser, un dernier regard pour être sûr qu'elle va bien et je sors du bâtiment.

Matt demande qu'une voiture nous soit amenée. J'allume une cigarette. Matt ne dit rien. La voiture arrive, Matt m'ouvre la portière. Je m'y installe et il démarre.

— Alors, on fait quoi Patron ?
— On va chez ma grand-mère, je dois discuter avec Granny.
— Ok. C'est parti Boss !

La voiture roule en direction du manoir. Je veux m'assurer que la petite va bien et qu'elle n'est pas trop déboussolée par ce qui se passe. Matt me dépose et repart.

À peine suis-je arrivé devant la porte qu'elle est déjà ouverte par Taylor.

— Bonsoir. Monsieur a-t-il fait bon voyage ?
— Oui. Merci Taylor.

J'entre, il referme.

— Lady Mary est avec la demoiselle Grace au premier étage dans la chambre rose.

— Merci.

Je me rends à l'étage sans prendre le temps d'ôter ma veste, puis me dirige directement vers la chambre rose, toute proche de celle de ma grand-mère et de la mienne. Je frappe et Granny m'invite à y pénétrer.

La petite est installée sous les draps. Max est allongé au pied. Quand il m'aperçoit, il relève sa tête, puis la replonge sur ses pattes en émettant une légère plainte.

— Morgan ! s'écrie-t-elle en me voyant.

Elle saute du lit et vient se réfugier dans mes bras.

— Maman n'est pas avec toi ? questionne-t-elle déçue.

— Non, elle a encore quelques petites choses à faire, mais rassure-toi, elle va très bien, tenté-je de la rassurer.

— Elle revient quand ?

— Certainement très bientôt. Peut-être demain soir.

Elle lève ses yeux pleins d'espoir vers moi. Elle est encore à la limite de pleurer et je donnerais tout pour éviter ça. Je pose mes deux mains sur ses épaules et m'accroupis.

— Écoute Grace. Je te promets que la journée de demain passera vite. Tu iras voir les chevaux avec ton frère, tu pourras même monter un des poneys. Il y a la piscine aussi, et je suis certain que si tu demandes à Madame Cane de te faire un gâteau, c'est avec plaisir qu'elle le fera.

Elle renifle.

— Je pourrai le faire avec elle ?

— Je pense qu'elle n'y verra aucun inconvénient, confirme Granny.

— Maintenant, il est temps de dormir Princesse, lui expliqué-je avec un sourire.

Je lui donne la main, Granny s'écarte du lit. Je l'aide à se mettre à l'intérieur. Je rabats la couverture et les draps sous le matelas pour qu'elle n'ait pas froid, c'est instinctif. J'ignore totalement si je fais les choses correctement.

— Tu fais comme maman, me dit-elle.

— Ce qui veut dire ?

— Maman, elle me borde aussi.

— Donc je ne m'en sors pas trop mal, finalement ? plaisanté-je.

— Non, ça va.

J'embrasse son front, Granny fait de même puis nous quittons la chambre.

— Cette petite est adorable, Morgan.

— Elle l'est.

— Elle n'est vraiment pas de toi ? me questionne-t-elle, presque chagrinée.

— Non Granny, et elle n'est même pas de Megan.

— Oh ?

Nous descendons tranquillement les marches du grand escalier, j'en profite pour lui raconter l'histoire des petits. Elle écoute, attentive, sans pour autant être surprise. Nous arrivons en bas, dans le petit salon.

— L'histoire de ses enfants, lui a certainement rappelé la sienne. Elle a voulu réparer une injustice passée à travers eux. Malgré ce qu'elle peut dire, on sait tous les deux que Megan n'est pas une femme froide au cœur de pierre. C'est sa façon à elle de se protéger

J'acquiesce.

— Où est Bryan, Justement ?

— Il est dans sa chambre depuis que j'ai emmené Grace au lit. Il n'a absolument rien dit, mis à part pour me saluer.

— Il est un peu perdu, supposé-je.

— Je pense en effet. Ce n'est pas facile pour lui. Il doit s'adapter. Ils ont à peine touché au dîner que Madame Cane avait cuisiné. Comment va Megan ? m'interroge-t-elle.

— Je pense que ça va. Elle prend les choses avec philosophie.

— Comme à son habitude.

Elle me sert un whisky et en prend un pour elle. Granny trinque au retour de Meg.

— As-tu discuté avec Keylyan, Morgan ?

— Non, je vais y aller tout à l'heure.

Je regarde ma montre.

— D'ici une demi-heure. Je pense qu'il m'attend, rajouté-je.

— Madame Cane t'a préparé quelque chose à manger avant qu'elle ne rentre, veux-tu dîner ?

— Non merci Granny, je n'ai pas très faim.

— Morgan, la journée va être difficile demain. Le Conseil se réunit à deux heures.

— Et bien nous verrons demain.

— J'ai décidé de soutenir Megan officiellement. Je la défendrai donc, comme les lois du Conseil me l'autorisent.

— Merci Granny.

Elle fronce les sourcils et m'incendie sur regard.

— Morgan Matthews, pensais-tu réellement que je laisserais cette pauvre Meg seule face à certains de mes confrères en manque de chair fraîche ? demande Granny, vexée.

— Bien sûr que non, me défends-je.

— Il vaudrait mieux pour tes jolies fesses. Parce qu'adulte ou pas et même Doyen, rien ne m'empêchera de te mettre une fessée.

Je ris.

— Sans te vexer, je cours un peu plus vite que toi, la taquinée-je.

— Connais-tu la fable *Le lièvre et la tortue* ? Figure-toi que ce n'est pas le lièvre qui gagne !

Je redouble d'hilarité, au moins elle arrive à me faire rire. Elle semble outrée, mais je pense qu'elle joue la comédie.

— Redevenons sérieux cinq minutes Morgan. Tu sais que certains accusent Megan d'être à l'origine de tous les bouleversements que tu as orchestrés.

— Et ils ont raison. Je lui en avais fait la promesse.

— Mais ça, ils ne sont pas obligés de le savoir, mon petit. Je ne suis pas sûre que ça aide Meg dans ce cas précis.

— Exact.

— Néanmoins, si tu l'avais épousée, ils…

— Granny stop ! On n'en était pas là et on n'y est toujours pas.

— Moi, ce que j'en dis…

Je n'y ai jamais pensé, vraiment pas. Megan mariée, c'est une chose que j'ai du mal à imaginer.

— Oui et bien ne dis rien et redeviens sérieuse.

Elle lève les yeux au ciel et secoue de la tête, comme pour me dire que j'ai tort. Je fais non de la tête.

— Comme tu voudras. Je disais donc que comme tu sais, les rumeurs de ta liaison avec elle ont fait le tour du conseil. Certaines personnes vont t'accuser de ne pas être objectif.

— Grand bien leur fasse. Je me contrefiche de ce qu'ils peuvent bien penser, déclaré-je.

— Et bien tu devrais te méfier, très peu de gens approuve son retour. Ils auraient préféré qu'elle disparaisse.

— De quel droit ? m'emporté-je.

— Mais n'aies pas trop d'inquiétude, il faut la majorité des voix pour que le Conseil statue, j'ai plus d'un tour dans mon sac.

Beaucoup me doivent plus d'un service, je compte bien faire en sorte qu'ils me les rendent tous un par un, déclare-t-elle déterminée.

Je décide d'aller me changer avant de retrouver Keylyan qui veut qu'on se retrouve au foyer. Mais avant tout, je fais un arrêt dans la chambre de Bryan. Il est allongé sur le dos, les yeux fermés, ses écouteurs dans les oreilles. Il ne m'a même pas entendu rentrer.

— Bryan ?

Pas de réponse.

— Bryan ? ! l'appelé-je plus fort.

Il sursaute et ôte ses écouteurs.

— Morgan ?

— Ça va ?

— Je... ouais. Ça peut aller et Meg ?

— Elle va bien.

Bryan hoche la tête, la conversation se termine là. Il n'a pas envie de poursuivre, et je ne veux pas insister. Après lui avoir souhaité une bonne nuit, je m'éclipse et sors pour mon rendez-vous. Je prends ma voiture et me gare face au bureau de l'administration. Je continue mon chemin jusqu'au foyer.

Au moment où je rentre, beaucoup se lèvent et me dévisagent. Je pense qu'ils se demandent tout ce que je fais là. Peut-être pensent-ils que je les surveille ?

— Repos tout le monde ! Je ne suis pas le doyen ce soir !

Quelques-uns s'en vont, mais la majorité retourne à leurs occupations. Ce sont des élèves de derniers cycles, certains donnent même des cours dans des domaines bien spécifiques, dont Keylyan. Il est accoudé contre les barrières de la mezzanine. Il me fait comprendre qu'il faut que j'apporte deux bières, ce que je fais.

Il a laissé pousser ses cheveux depuis le départ de Meg. Ils lui arrivent à hauteur des oreilles, d'un noir de jais, ce qui contraste avec ses yeux bleus. Quand il sourit, des fossettes apparaissent.

Il passe une main nerveuse dans ses cheveux quand je me retrouve assis face à lui. Je lui donne sa bière. Il me regarde un instant et soulève sa bière dans ma direction.

— Au retour de Meg ? propose-t-il.

— Au retour de Meg, acquiescé-je.

Nous buvons une gorgée. Je retire ma veste en cuir et la pose sur le dossier du fauteuil.

— Comment va-t-elle ?

— Ça peut aller.

— Où est-elle ?

— En cellule, jusqu'à demain.

Il soupire.

— Vous vous réunissez demain ?

— Oui, enfin je n'ai pas le droit de siéger.

— Pourquoi ?

— Parce qu'officiellement, le Doyen doit rester neutre.

Il se passe à nouveau la main dans les cheveux.

— À ouais… ça, c'est pas gagné.

— Je m'en fiche. J'ai le droit de témoigner pour elle à condition que nous ayons partagé la même mission. Donc…

— Et le côté où tu couchais avec elle… ?

— C'est de l'ordre du privé, et ça ne regarde personne.

J'insiste délibérément sur le dernier mot, car quand je dis « personne », je pense aussi à lui. Je porte le goulot à ma bouche et laisse entrer le précieux liquide.

— Tu comptes m'expliquer comment tu as retrouvé Meg ou non ?

Bien sûr que je vais lui expliquer et c'est ce que je fais. Il se rend compte que contrairement à lui, je n'ai jamais abandonné et n'ai jamais perdu espoir. Je sais qu'il se sent coupable par rapport à ça. Mais cela m'est égal. Je connais Key depuis que l'on est enfant, il est parfaitement rentré dans le moule comme un gentil petit soldat. Mais qui suis-je pour juger ?

Disons que le départ de Meg lui aura légèrement ouvert les yeux. Il s'est aperçu de ce qu'il avait vraiment perdu quand il s'est retrouvé seul.

— Et sinon, comment elle va ?

— Je te l'ai déjà dit ?

— Non, c'est pas ce que je veux dire. Je parle dans sa nouvelle vie.

— Oh ! Elle va bien, je crois qu'elle a trouvé un certain épanouissement dans sa vie, du moins un équilibre. Elle semble voir la vie moins en noir qu'avant. Je pense que les deux gamins y sont pour quelque chose. Elle appréciait sa liberté, mais…

Ma réponse reste en suspens. J'ai vraiment la sensation désagréable de l'avoir peut-être ramenée en enfer. J'enchaîne sur les circonstances qui ont poussé Megan à recueillir Bryan et Grace. Key semble surpris un instant, mais écoute attentivement.

— Et toi et Meg ?

— Quoi Meg et moi ?

— À ton avis ? J'te demande pas le temps que vous avez eu en France. Je veux simplement savoir où vous en êtes tous les deux et si elle t'a expliqué les raisons de son départ.

— En ce qui concerne les raisons de son départ, elle te le dira elle-même.

— Tu en es la cause ? demande-t-il hargneux.

— J'ai une part de responsabilité et pas des moindres à mon avis. T'es satisfait ? craché-je.

Il se cale dans son fauteuil et pose sa jambe sur sa cuisse.

— Pourquoi le serais-je ?

— Parce que tu m'as assez reproché son départ.

— Morgan, je pense que tu en as peut-être encore plus souffert que moi. Si tu as une part de responsabilité dans cette histoire, je suis certain que tu ne l'as pas fait sciemment. Je pense moi aussi que je ne suis pas étranger à son départ. Tout le monde est coupable et personne à la fois.

Je suis surpris et en même temps, ça lui ressemble tellement ce genre de discours. On n'en a jamais vraiment discuté, c'est à croire que l'on a passé les quatre dernières années à parler de tout sauf de ça. Notre plus grande souffrance commune. Sa disparition.

— Mais tu n'as toujours pas répondu à ma question. Toi et Meg, vous en êtes où ?

Je finis ma bière. Vaste question dont j'ignore la réponse.

— Je ne sais pas vraiment. Il y a un trou de quatre ans, ce n'est pas facile à combler. Nous sommes les mêmes qu'avant tout en étant différents.

— Ce qui veut dire concrètement ?

— Ce qui veut dire que notre passé commun est toujours présent. La communication n'a jamais été notre fort, c'est un fait. On en a discuté et pour le moment, on laisse venir. Il est certain que quelque chose subsiste de notre histoire, mais le temps doit faire son œuvre et je veux, enfin, nous voulons éviter de précipiter les choses. Content ?

— Pour le moment.

Le jour où il sera pleinement satisfait celui-là !

Ce n'est déjà pas facile pour nous de savoir où on va, mais alors l'expliquer à Keylyan, ça relève du défi insurmontable. On se quitte après deux autres bières. On a discuté de ce que risquait Megan, et de ces conséquences. Mais personnellement, je ne veux pas trop y penser.

Je rentre chez Granny. Je suis crevé et j'ai besoin de dormir un peu pour demain. J'entre dans ma chambre, je me déshabille et me jette sur le lit en boxer. Avant de dormir, mon esprit divague vers Meg et ce qu'elle peut ressentir sur sa paillasse froide. Je regarde une dernière fois la place vide à côté de moi et imagine ce que cela pourrait être si elle était là.

Je finis par m'endormir, mon cerveau refusant de fonctionner correctement.

****

Je suis dans mon bureau depuis huit heures ce matin. J'ai une tonne de papier à signer, et j'ai un mal fou à me concentrer. Madame McAdams est obligée de me rappeler gentiment à l'ordre plusieurs fois. Mais c'est plus fort que moi.

— Monsieur le Doyen, il faudrait être un peu plus attentif.

— Désolé. Mais si vous pouviez cesser de m'appeler ainsi quand nous sommes tous les deux.

— Bien Morgan, mais concentre-toi encore un peu.

Elle pose un dossier sur mon bureau et l'ouvre, avant de m'expliquer.

— Nous avons reçu cette demande des instances internationales pour une mission commune en Haïti afin de se renseigner sur la réalité du pays. Il y a certains mouvements révolutionnaires qui se mettent en place. À nous de prendre la température.

— Pour l'instant, c'est juste une mission d'observation ?

— Tout à fait.

— Bien, il me faudrait le listing des personnes disponibles pour cette mission.

Elle me tend un autre papier.

— C'est fait, m'annonce-t-elle.

— Je ne sais pas ce que je ferais sans vous.

— Absolument rien, rit-elle.

Je jette un coup d'œil et fais un premier tri dans les noms. J'affinerai mon choix avec Keylyan et Matt.

— La mission est pour quand ?

— Départ dans une semaine.

— Merci. Autre chose ?

— Oui, il faudrait approuver le paiement des derniers gilets par balle que nous avons commandés.

Elle dépose l'ordre de paiement sur mon bureau.

— Quand on dit que la vie n'a pas de prix, y en a qui ont bien compris ! Les rats ! déclaré-je. Quoi d'autre ?

— Lady Marge attend dans la salle d'attente.

Je grince des dents, et me gratte la tête. Je n'ai pas besoin d'elle ce matin. La journée s'annonce assez difficile comme ça.

— Je ne suis pas vraiment d'humeur.

— Tu n'es jamais d'humeur pour recevoir ta belle-mère.

— À qui la faute ?

— Morgan, tu dois apprendre à composer, même avec les gens que tu n'aimes pas. Surtout quand il s'agit de ta famille.

Je me lève de mon bureau.

— Elle n'est pas de ma famille !

— Morgan !

Je soupire et finis par accepter.

— Faites-la entrer, grogné-je.

Elle récupère certains dossiers, je range dans le tiroir de mon bureau les autres. Madame McAdams me fait signe d'être gentil. *Bah voyons.*

Je m'installe correctement dans mon fauteuil. Je croise mes bras sur ma poitrine, et j'attends sa visite. Elle fait son entrée dans mon bureau.

Elle est blonde, ses cheveux sont coupés au carré. Grande, élancée d'une quarantaine d'années. Elle porte un jean slim taille basse et un décolleté plongeant. Une grosse ceinture souligne sa taille fine. Ses yeux marron se font un peu trop aguicheurs à mon goût. Elle a des talons d'au moins dix centimètres.

— Morgan ! s'exclame-t-elle en tentant de venir me faire la bise.

Je la repousse d'une main, elle semble s'en offusquer, juste légèrement.

— Que veux-tu ?

— Savoir comment tu vas pour commencer.

— Depuis quand ça t'intéresse ?

— Ça m'a toujours intéressée Morgan, voyons.

Je bascule mon siège un peu en arrière. Elle s'installe en croisant ses jambes l'une sur l'autre. Elle s'accoude au bureau me donnant une vue parfaite sur ses avantages féminins. Je détourne le regard. Cette femme est vénale au possible.

— Mais oui bien sûr. Que veux-tu ? Et dépêche-toi, je n'ai pas que ça à faire.

— Pourquoi tant d'agressivité ? Je t'aime bien moi.

— Si c'est pour raconter des inepties pareilles, tu peux rentrer chez toi !

Mon agressivité ressort. Elle se cale dans son fauteuil.

— Et bien, je me suis rendue compte que certains de mes comptes ont été gelés, explique-t-elle.

— Tu te trompes. Ce ne sont pas tes comptes qui ont été gelés, mais ceux de mon père. Tu comprendras qu'en étant dans le coma, il n'en a pas l'usité pour le moment, rétorqué-je avec un sourire.

— Et moi, je fais comment ?

— Tu as largement assez pour satisfaire tes besoins. Je pense qu'avec dix mille £ivres par mois, c'est amplement suffisant. Maintenant, si sur ces mêmes dix mille £ivres, tu te sers de la moitié pour une paire de chaussures, ce n'est pas mon problème.

— J'ai le droit à un certain standing ! se défend-elle. En tant que femme du Doyen…

— Tu n'es pas la femme du Doyen. Je suis le Doyen ! la coupée-je.

Par intérim, certes. Elle se redresse d'un bond et pose ses deux mains à plat sur mon bureau.

— Tu es injuste ! Ton père me manque et j'ai besoin de compenser !

— Je ne suis pas injuste ! C'est ainsi. Si vraiment il te manquait à ce point, tu serais à son chevet tous les jours et d'après ce que je sais, c'est loin d'être le cas. Veux-tu que je te rafraîchisse la mémoire en ce qui concerne tes sorties londoniennes ? Ou bien que l'on discute de Richard ?

— Je ne vois pas de quoi tu parles, nie-t-elle.

Là, c'est moi qui me lève, je fais le tour du bureau et pointe un doigt accusateur vers elle.

— Je parle d'un de tes amants ! Il a tout juste la moitié de ton âge ! Ne me prends pas pour un idiot ! Si tu ne veux pas que mon père le sache, le jour où il sort du coma. Tu as plutôt intérêt à rebrousser chemin et à rentrer chez toi. Ce que tu fais avec ton cul, je m'en contre fou, mais que tu te serves de notre héritage pour assouvir tes besoins sexuels est inexcusable ! Alors maintenant rentre chez toi !

Elle blanchit à vue d'œil et se rembrunit. Mais elle ne se démonte pas.

— C'est toi qui me parles de ça ! ? Toi qui t'es servi de ton pouvoir pour retrouver une fille qui t'a plaqué il y a quatre ans !

— Ça n'a rien à voir ! C'était mon job de la ramener devant le conseil pour qu'elle soit jugée !

— Vraiment ? Et le fait qu'elle ait une petite bâtarde de toi n'a rien à voir non plus !

Je ne prends même pas la peine de répondre. Je sens mon être bouillir de l'intérieur. J'appelle Madame McAdams, non ce n'est pas exact. Je hurle son nom. Elle entre affolée dans le bureau.

— Madame McAdams, sortez Lady Marge de mon bureau avant que je fasse quelque chose que je regretterai, mais qui me soulagera sur le moment ! Je ne veux plus la voir ici ! JAMAIS ! Suis-je clair ?

— Bien Monsieur. Lady Marge, suivez-moi s'il vous plaît.

— Et si je refuse ? me défie-t-elle.

— Si vous refusez, je serais obligée d'appeler la sécurité, Lady Marge ? rétorque Madame McAdams calmement.

Elle l'invite à sortir en la prenant par le bras. Ma belle-mère se défend en s'arrachant à l'emprise de ma secrétaire, puis prend la porte fièrement.

— On en reparlera Morgan, me menace-t-elle.

— Au revoir Marge !

Elle claque la porte.

— Morgan, tu… je t'ai demandé d'être gentil.

— J'ai essayé. Mais elle est fausse. Elle me dit que mon père lui manque alors qu'elle passe son temps à coucher à droite et à gauche. Il est hors de question que je cautionne ça !

— Je comprends, mais…

Je soupire d'exaspération. Je crois que mes nerfs sont mis à rude épreuve.

— Morgan. Tu es stressé en ce moment et c'est compréhensible, mais il faut que tu apprennes à prendre sur toi. Il est temps que tu te rendes au Conseil désormais. Tout se passera bien, Morgan.

— Je sais.

J'acquiesce, puis referme ma veste. Je sors et monte dans une des nouvelles acquisitions de l'Institut : une voiture de golf. Ce qui permet de se déplacer d'un bâtiment à l'autre sans prendre la voiture. Ce qui est quand même un avantage. En moins de cinq minutes, je suis sur place.

À l'entrée, deux gardes me saluent. Je me rends directement dans la salle des délibérations où se trouve les membres du Conseil.

Ils sont au nombre de douze. Lord Peter Johnson, Lord Philip Barlow, Lord Jack Richardson, Lord John Raleigh, Lord Robert Nate, Lord William Hennessy, Lord Christopher Becket pour les hommes. En ce qui concerne ces dames, Lady Margaret Black, Lady Victoria McCormick, Lady Selena Pearl, Lady Helen Stanford ainsi que Granny bien évidemment.

Je présente mes respects à toute l'assemblée. Je repère déjà ceux avec qui ce sera difficile.

Ma grand-mère se rapproche de moi, resserre ma cravate, puis me tapote la joue. Leurs regards frisent le reproche. Toutefois, je reste courtois, comme en bon anglais que je suis. La séance devrait commencer dans moins de dix minutes, je commence à être impatient, mon cœur tambourine dans ma poitrine.

J'ai la sensation de passer un concours, même mes mains sont moites. Un homme que l'on peut considérer comme un huissier pour une cour de justice fait son entrée.

— Le capitaine Megan Erin Tyler est arrivée, annonce-t-il.

— Parfait, déclame Lady Margaret.

Ils se pressent tous vers la salle du conseil. Je les suis, fermant la marche. Je vois Megan pour la première fois depuis la veille. Elle porte un tailleur jupe noire avec des talons, je suppose. Elle se trouve derrière un bureau, les bras le long du corps. Ses cheveux sont tenus par une pince, mais le reste est libre et descend en cascade dans son dos. Elle s'est maquillée.

Je pense que Granny est passée par là. Elle est magnifique, sa posture est sûre d'elle sans être pour autant hautaine. Je me place un peu en retrait n'ayant pas le droit de statuer. Pour éviter les conflits d'intérêts, le Doyen ne doit pas prendre part au vote.

Lord Peter Johnson reste debout, il observe Megan et déclare.

— Capitaine Megan Erin Tyler. Vous comparaissez ce jour devant nous pour les raisons suivantes : Désertion et haute trahison.

Au moment où les mots « haute trahison » sont énoncés, Megan fronce légèrement les sourcils. Je ne suis moi-même pas d'accord avec ça. Sa désertion peut être considérée comme une trahison certes, mais en aucun comme haute trahison.

— Selon nos règles, une personne du Conseil pourra vous représenter et prendre votre défense. Il est bien entendu que vous serez dans l'obligation de respecter quoi qu'il arrive les décisions du Conseil, poursuit-il.

Granny prend la parole à son tour.

— Moi Lady Mary Carmichael, j'accepte de défendre par tous les moyens le Capitaine Megan Erin Tyler et de prouver que l'accusation de « Haute trahison » n'a aucun fondement. Je démontrerai que Le Capitaine Tyler a des circonstances atténuantes en ce qui concerne la désertion.

— Je pense que nous pouvons commencer, déclare Lord Johnson. Asseyez-vous Capitaine Tyler.

Megan croise ses jambes et mon regard les parcourt. Granny fait le tour et vient s'installer à côté d'elle. Je lis la désapprobation dans les yeux de ses alter egos.

Le dossier de Megan est parcouru, puis on lui demande de se lever pour répondre aux questions.

— Capitaine Tyler. Est-il vrai que dans la nuit du vingt-neuf mai au trente mai deux-mille-seize, vous avez quitté la demeure de Lady Mary sans en informer personne ? interroge Lord Johnson.

— Oui.

— Rappelez-nous pourquoi vous vous trouviez chez Lady Mary.

— Lady Mary m'a proposé de loger chez elle le temps de ma convalescence. J'avais besoin d'un endroit calme pour me remettre, explique Meg.

— Et vous avez profité de la gentillesse de Lady Mary pour vous enfuir ! accuse Lord Philip Barlow.

— Objection ! Spéculation ! intervient Granny.

— Je n'avais rien prémédité, se défend-elle.

— Racontez-nous les raisons de votre départ, demande Granny.

Megan déglutit, elle cherche imperceptiblement le soutien dans mon regard. Je lui fais signe discrètement de répondre.

— Après avoir été torturée pendant vingt-quatre heures par un sadique sexuel, j'ai cru que j'allais mourir. Charnel, la fille qui était avec moi, a subi les pires atrocités devant moi. Elle est décédée des suites de ses sévices. J'attendais la mort presque avec soulagement, mais elle n'est pas venue. J'avais besoin de me reconstruire, d'avancer et de mettre de la distance par rapport à ce qui venait de se passer. Alors je suis partie.

— C'est ce que l'on pourrait appeler le syndrome du survivant, déclare Granny.

— Certes, mais pourquoi ne pas avoir demandé l'assistance psychologique dans ce cas-là ? la questionne Lady Helen Stanford.

Megan baisse un instant la tête et la redresse presque aussitôt.

— Je ne suis pas vraiment habituée à demander de l'aide extérieure. Je me suis toujours plus ou moins débrouillée toute seule. J'aurais été bien incapable de demander quoi que ce soit à l'époque, explique-t-elle calmement.

— Qu'avez-vous fait pendant toutes ces années ? s'intéresse Lord Philip Barlow.

— Je me suis rendue dans plusieurs pays où j'ai travaillé avec des chevaux. J'ai fini par monter une société de négoce de chevaux pour de riches particuliers. J'ai aussi une entreprise de garde du corps.

Les membres du conseil murmurent entre eux. Certains désapprouvent et d'autres se contentent de commenter.

— Bien, nous souhaiterions entendre le témoignage du Doyen Morgan Matthews, simple Major au moment des faits.

Je me lève et vais prendre place au milieu de la pièce. Je croise un instant le regard de Meg, elle semble désolée. Je suis persuadé qu'elle aurait préféré que je ne sois pas obligé de témoigner. Je lui souris légèrement pour lui signifier que tout va bien.

— Pourriez-vous nous rappeler les circonstances de votre mission à l'époque Monsieur Matthews ?

— Bien évidemment Lord Johnson. Nous avons été envoyés sous couverture dans le milieu échangiste afin de mettre un terme à un trafic européen d'être humain. Des filles de l'Est étaient envoyées contre leur gré sur le sol anglais pour satisfaire les appétits sexuels d'hommes et de femmes riches. Un homme, Don Blackson était un pervers et un prédateur sexuel qui aimait torturer, violer et tuer. Il a assassiné une dizaine de jeunes filles que l'on a retrouvées dans la Tamise. Un homme l'aidait dans sa tâche : Daemon. Le doyen avait demandé à ce que l'on mette un terme à ce trafic, mais les deux affaires étaient liées. Sir James était tellement impatient qu'il a ordonné expressément au Capitaine Tyler de se rapprocher physiquement de Chris Blackson, car au départ, nous pensions qu'il était le coupable. Malheureusement nous nous sommes trompés de cible. Après avoir amassé le plus de preuves possible, nous avons organisé un assaut contre un des porte-conteneurs des frères Blackson.

Mais Don a échappé aux mailles du filet. Pendant que nous étions occupés à prendre les dépositions de ceux que nous avions arrêtés, le capitaine Tyler avait été envoyée à Londres, seule. Don Blackson a fini par comprendre que Meg, enfin le capitaine Tyler, n'était pas celle qu'elle prétendait. Il l'a donc enlevée juste après s'être débarrassé du gardien de l'immeuble. Une autre femme était avec elle : Charnel.

Je m'arrête là et observe un instant Megan. Je repense à cette période. La colère et l'injustice de l'époque me reviennent. C'est tellement loin et proche à la fois.

— C'est à ce moment précis que vous avez décidé d'enfreindre une de nos lois les plus ancestrales en allant la sauver, m'accuse Lord Jack Richardson.

Mon regard capte le sien, je veux lui montrer à quel point sa remarque est on ne peut plus déplacée.

— Exactement, parce que cette loi était une aberration qui a été abolie désormais et je ne peux qu'en féliciter ceux qui l'ont votée. Le capitaine Tyler ne méritait pas de mourir dans un immeuble désaffecté où même les rats n'auraient pas voulu y faire leur nid. Elle avait bien assez donné de sa personne pour l'Institut.

— Réellement, ne serait-ce pas simplement parce que vous et le Capitaine Tyler entreteniez une liaison totalement immorale alors que vous étiez fiancé à l'époque ? affirme Richardson.

— Objection ! intervient Granny. Nous ne sommes pas là pour juger une quelconque relation passée entre le Capitaine Tyler et le Doyen Matthews.

— Je pense quant à moi que tout est lié, affirme Johnson.

Je croise le regard de Meg, elle semble paniquer un instant.

— Ne venez pas me parler de moralité. Surtout quand l'Institut envoie des filles dans le lit des pires pervers ou trafiquants que la terre ait jamais porté ! Peu importe la relation que vous supposez qu'on ait eu ensemble. Là n'est pas la question. Je ne pouvais décemment pas laisser le Capitaine Tyler entre les mains d'un pourri pareil. C'est grâce à elle si on a obtenu toutes les informations qui étaient nécessaires au démantèlement du trafic. Si c'était à refaire, je recommencerais, expliqué-je avec détermination.

Les murmures s'amplifient suite à ma déclaration. Meg me fixe de ses yeux verts.

— Seriez-vous en train d'accuser l'Institut et nous-mêmes d'être responsable de ce qui est arrivé au Capitaine Tyler ? ! s'indigne Richardson en se levant.

— À vous de me le dire ! rétorqué-je avec aplomb.

— Nous ne sommes pas ici pour nous faire insulter ! s'outre Richardson. Il ne s'agit pas de juger les actions ni les choix passés de Sir James ou les nôtres !

— C'est tellement pratique ! craché-je. On a le droit de juger le Capitaine Tyler pour des faits qui se sont déroulés il y a quatre ans. Mais pas les vôtres. Vous n'assumez rien ! Jamais !

Megan blanchit à vue d'œil. Elle est mal à l'aise, mais je veux qu'Ils commencent enfin à réfléchir. Et à se rendre compte que ce sont des humains qu'Ils ont face à eux, pas de vulgaires pions que l'on trimbale de droite à gauche. Que malgré tout ce qu'Ils peuvent, Ils sont responsables autant que moi.

— Je pense que ce qu'essaie de nous faire comprendre le Doyen Matthews avec très peu de tact et de courtoisie, je dois bien l'admettre. C'est que le Capitaine Tyler a pris sa décision en toute connaissance de cause. Mais qu'elle n'en serait jamais arrivée à cette extrémité si le Conseil et l'Institut avaient été plus à l'écoute des besoins de nos agents de terrain, temporise Granny.

Tout le monde semble se laisser le temps de la réflexion. Je ne sais pas si les paroles de Granny les ont touchés, mais j'espère sincèrement que ce soit le cas.

— Capitaine Tyler. Levez-vous s'il vous plaît, demande Lady Helen Stanford.

Meg s'exécute. Je suis toujours au centre de la pièce, personne ne m'ayant demandé de me retirer.

— Qu'avez-vous à répondre de l'accusation de haute trahison ? l'interroge-t-elle.

— Je n'ai d'aucune manière que ce soit trahi mon pays, ni l'Institut. Mon identité et mon passé sont restés secrets jusqu'à présent. Je n'ai aucune preuve à vous apporter. Uniquement ma bonne foi.

— Et nous devrions vous croire sur parole peut-être ? la questionne Lord Robert Nate.

— Elle est ici devant nous, il me semble. Elle a suivi le Doyen Matthews sans discuter et est prête à se plier à nos décisions, intervient Lord William Hennessy.

— Capitaine Tyler. Si le conseil consent à vous réintégrer, pouvez-vous nous assurer que vous vous plierez de nouveau aux règles de l'Institut ? demande Lady Victoria McCormick.

— Oui, affirme Megan. Je m'y plierai et tiendrai mes engagements envers l'Institut.

— Bien, il suffit, je pense que nous pouvons nous retirer pour délibérer, déclare Lady Victoria McCormick.

— Mais ils n'ont pas répondu à la question sur la relation qu'ils entretenaient à l'époque ! tempête Johnson.

— Cela ne nous concerne pas ! Nous connaissons les raisons de son départ et c'était ce que nous voulions ! assène Lady Selena Pearl.

Je sais que cette femme a toujours été proche de ma grand-mère et j'avoue que je suis heureux que Meg l'ait à ses côtés aujourd'hui.

Les femmes se retirent, les lords n'ont pas d'autre choix que de les suivre. Granny murmure quelque chose dans l'oreille de Megan. Elle acquiesce et se rend, elle aussi, dans la pièce des délibérations. Nous voici seuls, enfin si on omet les gardes aux quatre coins de la pièce.

Je me retourne face à Meg et m'approche d'elle.

— Tu vas bien ?

— Oui. Tu crois que ça va être long ?

— Je ne sais pas. Grace et Bryan vont bien, la rassurée-je.

— Lady Mary me l'a dit.

Nous nous taisons et attendons. J'ai simplement l'impression que nous sommes là depuis des heures et c'est interminable. Je rêve d'une cigarette et d'un verre. Je rêve surtout que cette histoire se termine une bonne fois pour toutes.

La porte s'ouvre enfin et les membres du conseil font à nouveau leurs apparitions. Je n'arrive pas à décrypter leurs visages. Même celui de Granny est totalement fermé. D'un coup, une sueur froide me parcourt. Et s'ils avaient décidé l'impensable ? Granny ayant été incapable de les convaincre. Nous sommes tous les deux debout.

Je lutte contre l'envie de prendre la main de Meg dans la mienne. Au contraire, je me décale. Une fois qu'ils sont installés, Johnson prend la parole.

— Capitaine Tyler, après délibération, le conseil a statué et est parvenu à un consensus. Vous êtes reconnue coupable de désertion ! Mais néanmoins après étude du dossier, vous avez obtenu les circonstances atténuantes. En ce qui concerne la haute trahison, le conseil vous déclare non coupable.

Il fait une pause. Rien que ces mots me soulagent.

— Nous n'avons pas souhaité vous dégrader. Vous resterez donc Capitaine, mais votre grade sera gelé pendant les deux ans à venir. Votre salaire sera suspendu lui aussi pour la même période. Vous entraînerez les jeunes en arts martiaux plusieurs fois par semaine. Votre emploi du temps vous sera fourni par le Doyen Matthews. Un blâme sera bien évidemment ajouté à votre dossier. Vous êtes libres de quitter ce Conseil, finit-il presque déçu.

Je suis soulagé et Meg aussi. Je remercie Granny d'un signe de tête. Le Conseil quitte la salle, ainsi que les gardes. J'évite de prendre Megan dans mes bras, je sais que ce n'est ni le lieu, ni le moment, mais j'en meurs d'envie. On se contente simplement de sortir du bâtiment.

— Merci, souffle-t-elle. Mais tu n'étais pas obligé de…

— De quoi ?

— Ils n'ont pas apprécié ta déclaration. Tu vas te les mettre à dos.

Je prends son menton entre mes doigts.

— Ne t'inquiète pas, murmuré-je.

On monte dans la petite voiture de golf pour aller récupérer mon Aston Martin. Le parcours est silencieux.

Même si Megan est libre, elle sait pertinemment que les sanctions auraient pu être pires. Je pose une main sur son genou, juste pour lui signifier que je suis là et le serai toujours.

Chapitre V

Megan passe à peine le seuil de la maison que déjà Grace lui saute dans les bras. Megan la sert fort contre son corps. Bryan est juste à un mètre d'elle. Je pense qu'il attend son tour, mais la petite à un mal fou à laisser sa mère. Max jappe tout en remuant la queue.

Megan ébouriffe les cheveux de Bryan de sa main libre. Lui et Granny sourient. Ces retrouvailles font plaisir à ma grand-mère, même si Megan et eux n'ont été séparés qu'un peu plus de vingt-quatre heures. Elle est consciente du danger qu'elle a couru fasse au conseil.

Meg s'aperçoit que Granny n'est pas loin. Elle abandonne un instant Grace pour aller la voir.

— Merci pour tout, Lady Mary.

— Je t'en prie Meg. J'ai été ravie de pouvoir t'aider, j'aurai vraiment souhaité pouvoir le faire à l'époque.

Meg baisse un instant la tête.

— Vous avez déjà fait énormément, assure Megan.

Je sens qu'on tire mon pantalon. Mon regard se dirige vers le sol et les yeux de Gracie me capte.

— Tu as ramené maman.

Je m'accroupis.

— Je te l'avais dit que je le ferai.

— C'est vrai.

— Et tu as fait quoi aujourd'hui Grace ?

— Plein de choses. J'ai fait du poney avec Ben. Il est très gentil, c'était trop bien. J'ai été dans la piscine, Matt est resté avec moi, ensuite j'ai fait un gâteau au chocolat avec Madame Cane. Elle m'a même laissé lécher la casserole, chuchote-t-elle en riant.

— Tu ne t'es pas ennuyée ?

— Non, j'ai même pas eu le temps, pouffe-t-elle.

Elle passe ses petits bras autour de mon cou et dépose un baiser sur ma joue.

— Merci, murmure-t-elle.

— De rien.

— Je pourrai retourner voir les poneys ? demande-t-elle de sa voix enfantine.

— Dès demain si tu le souhaites.

— Oh oui ! s'exclame-t-elle juste avant de bailler.

— Je connais une petite fille qui est fatiguée, déclare Meg.

Grace abandonne mon cou et donne la main à sa mère. Granny nous propose de boire quelque chose en l'honneur de Meg. L'intéressée refuse comme toujours, mais on ne dit pas non à Granny. Nous nous retrouvons donc à l'extérieur du manoir, au frais. Il fait une chaleur peu commune pour un mois de juin. Max nous suit et se couche à la droite de Meg.

Grace est installée sur les genoux de sa mère, elle la berce doucement. La petite fille lutte contre le sommeil, je suppose qu'elle craint trop que Meg s'en aille à nouveau. Comme je la comprends.

Alyson décide de se joindre à nous. Elle porte un jean slim, taille basse qui met son corps en valeur. Un peu trop à mon goût d'ailleurs.

— Megan, ravie de vous revoir, déclare ma sœur. Bryan, Grace, Granny, les salue-t-elle. Heureuse de voir que tu vas bien Morgan. Tu aurais pu au moins me dire où tu étais ! Ou bien me passer un coup de téléphone, me dispute-t-elle.

— Désolé petite sœur, mais j'avais des choses à faire. Surtout que tu n'étais même pas dans ta chambre la nuit de mon départ.

— Parce que tu m'espionnes en plus ! s'écrie-t-elle les deux poings sur les hanches.

— Alyson, il suffit ! intervient Granny. Nous avons des invités.

— Mouais, désolée Granny. De toute façon, c'était simplement pour vous passer le bonsoir. J'ai une soirée en ville.

— Ah vraiment et avec qui ?

— Avec des potes Morgan. Monsieur le Doyen veut-il la liste ? raille-t-elle.

— Sans façon, mais ton frère lui... grogné-je.

Elle ne relève même pas, se contentant de suivre son idée.

— Et puis, je voulais voir si Bryan voulait venir.

Bryan observe ma sœur, il n'a pas trop l'air de savoir ce qu'il veut ou peut faire.

— Je ne sais pas Alyson. Il vient d'arriver et il ne connaît personne. Et...

— Et bien justement Megan. C'est le meilleur moyen d'en rencontrer. Vous avez confiance en moi ?

— Cherche pas Aly, c'est en moi qu'elle n'a pas confiance.

— Pas du tout ! se défend Meg. Si tu veux y aller, ça ne me pose aucun problème.

— Vraiment ? demande-t-il suspicieux.

— Oui Bryan, vas-y et amuse-toi.

— Merci, bonne soirée à vous tous, déclare Alyson.

Il claque un bisou sur le front de sa sœur qui dort déjà et détale comme un lapin avec Aly. J'ai un peu de mal à la cerner en ce moment.

— Ils ont l'air de bien s'entendre, constate Megan.

— Oui. Aly était à la maison cet après-midi. Ils ont discuté un bon moment et se sont rendus sur le campus, explique Granny. Grace dort, tu devrais la coucher. Elle n'a pas arrêté de la journée.

— Je pensais la ramener avec moi.

— Elle peut très bien rester ici encore une nuit avec Bryan. Tu la récupéreras demain. Ça ne me dérange absolument pas, je te dirai mieux, c'est agréable le rire d'un enfant. Cela fait des années que ce n'était pas arrivé dans cette maison.

Je soupçonne Granny de le faire exprès pour nous laisser seul. Peut-être supposait-elle que nous devions discuter.

— Lady Mary, je ne voudrais pas abuser de votre gentillesse, vous avez vraiment fait énormément pour nous déjà et avec le Conseil…

— Laisse-moi gérer le conseil Megan. J'ai plus d'un tour dans mon sac. Tu ne risques plus rien, enfin en ce qui les concerne, la coupe Granny, rieuse.

Je pose ma main sur son épaule.

— Ton frère voudrait te voir aussi, ainsi que Prue, Meg.

— Je m'en doute Morgan.

Megan se lève avec la petite dans les bras.

— Veux-tu que je la porte ?

— Non, je vais le faire.

Je l'accompagne jusqu'à la chambre de Grace. Max est collé à Meg. J'ouvre le lit. Megan déshabille Grace pour la mettre en pyjama. La petite ne bouge même pas. Elle dort profondément. Megan rabat les couvertures tout autour d'elle.

— Tu restes là ! ordonne Megan à Max.

Elle flatte sa tête. Le chien se couche au sol et ne bouge pas.

— Tu es un bon chien.

Après avoir embrassé le front de Grace et caressé ses cheveux, nous quittons la pièce.

— Je ne veux pas qu'elle pense que je suis à nouveau partie.

— Granny, lui expliquera. Ne t'inquiète pas et puis nous serons de retour demain matin.

Megan me tend un sourire timide et nous retournons auprès de Granny. La table a été dressée et les assiettes apportées en même temps que nous. J'observe Megan manger, mais sans réel appétit, je ne sais pas si c'est le stresse de ces derniers jours, ou bien le fait de revoir son frère tout à l'heure.

— Tu devrais te méfier de Johnson, Morgan. Il est le plus virulent du Conseil. Il n'aime pas les nouvelles réformes. Il attend qu'une seule chose.

— Je suis au courant.

— Pour l'instant, je le tiens, mais je ne te garantis pas que ça perdurera.

— Il veut quoi ? demande Megan.

— Ce que tout le monde veut, rétorque Granny.

— Le pouvoir, finis-je.

Les yeux de Meg font l'aller-retour entre moi et ma grand-mère. Elle fronce les sourcils.

— Il veut ta place, comprend-elle.

— Exact, répliqué-je.

— Mais tu m'as dit que l'on devenait Doyen de père en fils, sauf si c'est une fille…

— Donc… ce serait lui ? Mais comment pourrait-il devenir Doyen.

Je masse mes tempes avant de lui répondre.

— Il faudrait pour ça que le Conseil me destitue de mes fonctions, mais ce n'est pas si simple, ou bien que je meurs.

— Wow, ça ce n'est vraiment pas une bonne idée.

Je ris.

— Ça tombe bien, je n'en ai pas du tout l'intention.

— Et en plus, ça te fait rire, s'outre-t-elle.

— C'est ta réaction qui me fait rire.

Elle secoue la tête et lance un regard atterré en direction de ma grand-mère. Nous mangeons dans le calme. Granny me parle de l'organisation du bal de fin d'année. J'avoue que ce n'est pas vraiment la partie de mon boulot que je préfère, mais c'est une tradition ancestrale. Alors j'ai laissé le soin de l'organiser à ma grand-mère, ni connaissant absolument rien.

— Bien sûr, il te faut une cavalière.

Sachant pertinemment où elle veut en venir, je décide de tenter de l'en dissuader.

— Granny !

— Pourquoi ? Tu ne peux pas y aller sans cavalière, ça ne se fait pas ! Megan tu l'accompagneras.

Ce n'est pas une demande, c'est à la limite de l'ordre.

Megan a les yeux exorbités et ses lèvres se tordent dans une légère grimace.

— Lady Mary... c'est vraiment gentil d'avoir pensé à moi... mais... je ne crois pas... je veux dire... c'est une mauvaise... idée. Johnson et le conseil... ils..., balbutie Meg.

Le visage de Granny est dubitatif. La réponse ne lui convient pas, elle lui fait sentir.

— D'accord. J'irai, abdique Megan.

— Voilà qui est mieux. Parfait. Ça, c'est réglé.

C'est la fin du repas. C'est l'heure pour Meg d'aller retrouver son frère.

— Je vais t'emmener voir ton frère et Prue, déclaré-je.

— D'accord, mais il faudrait que je me change. C'est un peu trop classique à mon goût.

Je souris, j'aurais pu le parier.

— Ton sac est déjà chez moi. Ça va être difficile.

— Je vois, grimace-t-elle.

Je me redresse, elle fait de même. Meg serre chaleureusement la main de ma grand-mère et la remercie une nouvelle fois, puis nous prenons ma voiture pour nous rendre au foyer.

— Je suis désolé qu'elle t'ait forcé la main. Je sais que les bals sont loin d'être ta tasse de thé.

— Ce n'est rien.

— T'aime les bals, toi maintenant ?

— Toujours pas. Mais bon... c'est difficile de lutter contre « Granny », dit-elle en mimant les guillemets.

— Si tu ne veux pas, je peux comprendre et je lui en parlerai.

Megan pose une main sur mon bras.

— Non, j'ai dit que j'acceptais et puis il y a sûrement pire dans la vie que de se rendre à un bal avec toi. En y réfléchissant, on a fait bien pire tous les deux comme soirée.

— On a aussi fait beaucoup mieux, lui dis-je suggestif.

— C'est exact Morgan.

Je souris, je ne peux pas m'en empêcher. Meg mordille l'intérieur de sa joue. Je reporte mon attention sur la route, avant de l'embrasser sauvagement en conduisant. Je gare la voiture à moins de cent mètres du foyer.

Meg sort du véhicule. Elle me rejoint et inspire profondément. Je la sens stressée. J'attrape sa main.

— Je rêve ou tu paniques plus maintenant que devant le Conseil ?

— Ne te moque pas !

Elle me donne un coup de poing dans l'épaule. Je prends son visage entre mes doigts.

— Je ne me moque pas. Il n'y a que des gens qui t'apprécient ce soir.

— Pourquoi ? Il n'y a pas que Keylyan et Prue ? me demande-t-elle à la limite de la panique.

Je grimace. Ce n'était pas mon idée, mais bien celle de Matt, pourtant qu'est-ce que ça change ?

— Oups.

Elle est à deux doigts de faire demi-tour. Je serre sa main un peu plus fort dans la mienne.

— Il faudra bien que tu les revoies un jour Megan.

— Ça ne pouvait pas attendre ?

— Plus tu attendras et plus ce sera dur.

Elle acquiesce et je l'entraîne avec moi, en la tenant toujours par la main. Je lui ouvre la porte du foyer et abandonne sa main.

La première à se jeter dans les bras de Megan est Prue. Elle la serre contre elle et commence à sauter. Meg est un peu dépourvue, elle ne sait pas vraiment comment réagir. Puis Prue la lâche.

— Tu es magnifique Meg ! déclare Prue.

— Merci. Toi aussi, et j'adore tes cheveux longs.

La phrase est peut-être bateau, pourtant je connais assez bien Meg pour savoir qu'elle est sincère, mais elle ignore quoi dire d'autres. Prue ne s'en formalise pas au contraire, elle claque un baiser sur sa joue et recule un peu.

Keylyan s'approche de sa sœur, il secoue la tête légèrement de bas en haut et l'enlace. Megan passe ses bras autour de ses épaules et ferme les yeux un instant. Ils se séparent sans échanger aucun mot. Je sais qu'ils sont heureux de se retrouver, ils se parleront certainement plus tard. Mais loin des regards.

Billy, Scrat et Charly sont les plus démonstratifs. Ils la prennent chacun dans leurs bras et la font décoller du sol.

— Toujours aussi jolie Megan, déclare Billy.

— Et toi toujours aussi dragueur.

— On ne change pas une équipe qui gagne.

Scrat la prend par la main et lui fait effectuer un quart de tour pour la regarder.

— T'as pris du poids, mais au bon endroit. Y en a qui devrait bien s'amuser.

— Toujours autant de tact Scrat, constate Megan.

Pour tout commentaire, il se contente de sourire fièrement. Mark vient à son tour, il embrasse la joue de Meg, et lui dit à quel point il est heureux de la voir. Megan hoche la tête et sourit.

Matt distribue les bières.

— Ravie de voir que le conseil t'a libéré.

— Merci, Matt.

— T'as écopé de quoi ? l'interroge Matt.

Megan s'installe dans un des fauteuils, nous faisons de même.

— Je ne pourrai pas monter de grade pendant deux ans, mais je reste Capitaine. Je ne toucherai pas ma solde pendant ces mêmes années. Je vais être obligée de donner des cours de close-combat à des merdeux, mais on peut dire que je m'en sors bien.

— C'est clair, rétorque Scrat.

— Tu vas reprendre les missions ? demande Mark.

Megan avale une gorgée, ses yeux se posent un instant sur moi.

— Certainement.

— Tout dépend de Môssieur le Doyen, raille Scrat.

— Môssieur le Doyen n'est pas là ce soir, mais si je le vois, je te promets lui en parler, râlé-je.

— C'est comme ça depuis qu'il est Doyen, il souffre de dédoublement de la personnalité, affirme Prue en riant.

— Ça ne doit pas être facile pour toi, Monsieur le Doyen, se moque Meg.

— On s'y fait. J'arrive aisément à séparer mon moi officiel de l'autre.

— Quand j'te l'dis Meg ! s'esclaffe Prue.

— Alors et à part ça, quoi de neuf ? demande Megan.

— Pourquoi t'es partie ?

La question de Mark est peut-être légitime, mais je trouve qu'elle ne tombe pas au bon moment. Il aurait certainement pu attendre d'être en privé. Le silence s'impose. Keylyan fronce les sourcils, il n'apprécie pas l'intervention de Mark.

— Je devais partir, après ce qui est arrivé.

— Pourquoi ? insiste-t-il. Tu nous dois bien une explication.

— Je ne vous dois rien. Je l'ai fait par pur égoïsme à l'époque. C'est bien l'un des qualificatifs que tu as employés, grince-t-elle.

— Megan écoute…

— Non Mark, toi écoute, dit-elle en pointant un doigt accusateur devant lui. Tu n'as aucune idée de ce qui s'est passé dans cet immeuble désaffecté. Aucune idée de ce que j'ai pu ressentir ou subir. Je suis partie, parce que c'était vital pour moi que je m'en aille. C'est tout.

Un silence pesant s'installe. Je ne pourrai jamais oublier ce que moi j'ai ressenti quand je l'ai retrouvée, quand elle s'est effondrée pour avoir pris une balle qui m'était destinée. Et son regard… ses yeux… éteints.

Je secoue la tête pour revenir à la réalité.

— Des rumeurs ont circulé, intervient Billy.

— Tu sais ce que je pense des rumeurs, crache Megan.

Les yeux de Billy font la navette entre Meg et moi.

— Morgan et toi vous…

— Stop, le coupe Keylyan. Est-ce vraiment nécessaire de ressasser le passé, ne peut-on pas simplement apprécié le fait que l'on soit tous réunis ? propose-t-il.

— Il a raison, déclare Prue. Tu voulais les dernières nouvelles, alors par quoi commencer.

— Pam, offre Scrat.

— Ouais, bonne idée. Elle s'est mariée et a divorcé un an plus tard. Katherine et Lady Eleonor vivent en Suisse après qu'un scandale financier ait éclaté. Mark a épousé Beth.

— Félicitation Mark, dit Megan avec sincérité.

— Merci.

Keylyan et Prue se dirige vers le grand frigo. Prue en sort quelques bières, puis Key les récupère, on ne peut ignorer la complicité qui les unis, bien évidemment, ça n'échappe pas à Meg. Elle sourit, attendrie.

Ils reviennent et font la distribution.

Prue reprend sa place à la droite de Megan et Keylyan en face.

— Ça fait longtemps tous les deux ? demande Meg en regardant tour à tour son frère et sa meilleure amie.

— Que ? questionne Prue rougissante.

— Ce n'est pas parce que je suis partie pendant quatre ans que j'ai perdu mon sens de l'observation.

Je ris sous cape avant de boire une gorgée.

— Sacrée Meg ! déclame Scrat.

— Environ trois ans, avoue Keylyan.

— Et bien, c'est pas trop tôt !

Keylyan arque un sourcil.

— C'est toi qui dis ça Meg ! s'outre Prue en se tournant vers moi.

Megan hausse les épaules, Prue s'esclaffe et entraîne tout le monde. C'est vrai que de la part de Meg ça peut paraître surprenant. Elle qui n'était pas fichue d'assumer ses sentiments à l'époque, j'ignore même si elle en est capable à l'heure actuelle.

Prue et Meg trinquent toujours en rigolant.

— Alors il paraît que tu as ramené deux passagers clandestins dans tes bagages ? interroge Charly.

— Exact et un chien français. Les nouvelles vont vite.

— Bryan a traîné sur le campus aujourd'hui avec Alyson, développe Matt. Elle lui a fait une visite guidée.

— Je sais, grimace Megan.

— Ils ont à peu près le même âge, c'est normal que ça les rapproche. Il en a peut-être ras le bol des vieilles, déclame Scrat.

Megan le dévisage et l'incendie du regard.

— Tu crois que c'est mon mec ?

— Bah…

— Nan mais vous êtes des pervers ma parole ! Faut vous faire soigner ! C'est quoi cette manie de penser ce genre de truc. Il a vingt ans, bordel ! Je le connais depuis qu'il en a seize ! C'est un gosse ! s'énerve-t-elle.

Scrat se gratte l'arrière de la tête. Il a bien compris qu'il venait presque d'insulter Megan.

— Désolé Meg, s'excuse Scrat.

— Mouais.

— Et la gamine… les rumeurs, tu sais ce que c'est, se risque Billy.

La mâchoire de Megan se resserre et son poing droit aussi.

— Je vous arrête tout de suite les gars ! Elle n'est la fille de personne ici et encore moins la mienne, suis-je clair ?

— Nous ce qu'on en dit…

— Et bien tu sais quoi Scrat, dans ces cas-là, tais-toi !

— Alors tu m'expliques comment tu t'es retrouvée avec ces deux mioches sur le dos.

Megan souffle d'exaspération. Je suppose qu'elle en a marre de raconter toujours les mêmes histoires. Pourtant, c'est compréhensible de la part de nos amis de demander. Alors elle s'y plie pour eux et raconte encore... toujours. Elle y met simplement le détachement qu'elle juge nécessaire. Moi seul sais pour le moment, ce qu'elle a ressenti à cet instant précis.

— Ok, marmonne Scrat. Encore désolé. Mais t'aurais pu très bien te trouver un mec.

— Bah voyons en changeant de lieu tous les six mois au départ, j'étais pas en vacances.

— Un petit coup comme ça de temps en temps, insiste-t-il.

— Même si c'était le cas, je ne pense pas que ça te regarde Scrat.

— Me dit pas que tu vas devenir aussi chiante que Morgan sur ce point-là ! Avant, on ne l'arrêtait pas et maintenant, c'est tout juste si on ne doit pas le violer !

— Hé ! C'est de moi que tu parles ! J'ai des responsabilités maintenant. Je ne peux pas faire n'importe quoi avec n'importe qui !

— C'est bien ce que je te dis ! Y a pas que l'Institut, tu peux même trouver des pros ! sous-entend Charly en jouant des sourcils.

Je secoue la tête, complètement abasourdi par ce qu'ils osent raconter.

— Je ne suis pas désespéré à ce point-là ! Merci les gars, mais je pense que je suis capable de me démerder tout seul.

— Disons que te voir passer de Casanova à moine trappiste en quelques semaines ça choque ! en rajoute Scrat.

Je me masse les tempes. Matt et Keylyan rigolent comme des damnés, Prue se retient. Meg à l'air juste un peu étonné.

— Ce qui est dingue, c'est que ça correspond exactement au départ de Megan. Moi j'dis ça, j'dis rien, pouffe Charly.

— Donc moralité, on en revient à vous deux ! déclare Billy en jetant son dévolu sur Meg et moi. Vu votre relation, ça devait être explosif !

— Vous avez décidé quoi au juste ! Que je vous mette une raclée d'entrée d'jeu ! Non parce que là, sérieux les mecs, vous êtes lourds ! Vous parlez pour ne rien dire ! Ce que j'ai fait ou pas avec mon cul, il y a quatre ans ne regarde que moi et la ou les personnes intéressées, donc maintenant, fantasmez sur quelqu'un d'autre et lâchez-nous !

J'adore voir Megan défendre ses, enfin, nos intérêts. La façon qu'elle a de remettre tout le monde en place. Personne n'est censé être au courant pour nous à l'époque et pourtant, on a la sensation qu'ils prêchent le faux pour obtenir le vrai. Je ne suis pas naïf au point d'ignorer qu'ils n'ont pas fait le rapport entre mon état et le départ de Meg il y a quatre ans.

— Si on avait un doute, maintenant, c'est confirmé, c'est bien Meg. Elle est de retour les gars ! s'esclaffe Scrat en tapant dans les mains de Billy et Charly.

Ils sont toujours aussi tarés.

— Et quand bien-même les gars, juste les imaginer ensemble à l'époque avec leur putain de caractère, c'est quand-même jouissif, nous vend littéralement Matt.

Jouissif ça l'était, mais rarement une relation m'avait paru aussi compliquée à gérer.

Ils éclatent tous de rire en buvant leurs bières, seul Mark ne rit pas. Megan est atterrée, moi je ne dis rien. Je me contente de passer une main nerveuse dans mes cheveux et m'affale dans le sofa.

— Vous êtes des grands malades ! s'indigne Megan.

— On sait !

Matt se tape les côtes. Le calme a du mal à revenir, ils sont tous excités et continuent à débiter des bêtises plus grandes que les autres. Tu parles d'un retour en fanfare pour Meg.

— Et tu vas vivre où ? demande Prue, innocemment.

— Chez moi, déclaré-je avec aplomb.

Tout le monde nous regarde.

— Bah voyons, comme c'est curieux, rit Scrat.

— On est trois, on a besoin d'espace, et c'est juste en attendant de trouver mieux, se justifie Meg.

— Il n'empêche qu'on passe d'un extrême à l'autre, constate Scrat.

Je me redresse et me cale au fond du fauteuil.

— Ce qui veut dire ?

— Ce qui veut dire Morgan. C'est qu'il y a quatre ans, vous ne pouviez pas vous voir. On le sait parce qu'vous n'arrêtiez pas de le crier haut et fort et maintenant comme par miracle…

— Ça n'a rien à voir avec un miracle, coupé-je Charly. Les gens évoluent et prennent en maturité, surtout en quatre ans.

— Mouais, peut-être.

Charly, Scrat, Billy, et Mark semblent dubitatif. Je ne les ai pas convaincus, mais après tout peu m'importe. Ça ne regarde personne et eux encore moins.

Il est largement temps de rentrer, on quitte tous le foyer au même moment. Prue et Meg ont prévu de se voir demain. Megan entre dans la voiture, je la raccompagne chez moi.

— Pourquoi as-tu dit à Prue que c'était pas trop tôt pour elle et Keylyan ?

— Parce que Prue était déjà raide dingue de lui avant et ça depuis des années. Mais elle n'a jamais osé et tu connais Key, avant qu'il ouvre les yeux.

— Je l'ignorais. Vous n'êtes pas frère et sœur pour rien tous les deux.

— Ce qui veut dire ?

— Rien de plus que cette phrase, éludé-je.

Nous approchons de la propriété, c'est un grand cottage, le nombre de pièces est impressionnant. C'est pour ça que je n'y ai pratiquement jamais vécu. La maison n'a pas été habitée depuis plusieurs générations, mais l'entretien a été parfait. Elle n'est pas austère, bien au contraire. Ses murs épais et ses haies de rosiers même de nuit nous accueillent chaleureusement.

J'aide Megan à sortir de l'Aston Martin. Elle est stupéfaite.

— C'est immense ! déclare-t-elle.

— Trop, affirmé-je. Surtout seul.

— Je peux comprendre.

J'ouvre la porte, allume la lumière, Megan entre, écarquille les yeux. La décoration est simple et raffinée. Par d'amure, ni de tapisserie. Il y a quelques tableaux, les meubles sont en bois. On arrive dans un vestibule qui dessert les pièces principales, comme la cuisine, le grand salon et la bibliothèque. Je ne connais que très peu les lieux. Je n'y suis venu que rarement. Je sais qu'il y a cinq chambres à l'étage et autant de salles de bain. Dire que normalement, un cottage est censé être une petite maison.

Je me dirige vers la cuisine, Megan me suit. Je pense qu'elle ne sait pas trop où aller. Elle appuie son dos contre le plan de travail tandis que je sors deux bières du réfrigérateur.

— Pour quelqu'un qui n'habite pas là. Je te trouve bien équipé, sourit Meg.

— Et encore tu n'as rien vu, sous-entends-je. L'avantage d'avoir du personnel.

Elle décapsule sa bière.

— Rien que ça… du personnel, minaude-t-elle. Monsieur le Doyen et son personnel, ça sonne bien, se moque-t-elle.

— T'es jalouse parce que tu n'en as plus, mais je peux te prêter les miens.

— Morgan Matthews, on parle d'êtres humains ! s'outre-t-elle faussement.

113

On part d'un grand éclat devant nos bêtises dignes de deux enfants. C'est agréable de l'entendre rire. C'est vraiment là que je m'aperçois à quel point cela m'a manqué. Je l'observe attacher ses cheveux avec sa pince en un chignon lâche.

Je lui propose de venir s'asseoir un instant au salon. Elle s'attarde sur le piano, faisant courir ses doigts sur le noble instrument.

— Le piano, murmure-t-elle.

Je peux lire une certaine nostalgie dans son regard.

— Il n'est pas à moi, mais à la maison.

— Ça doit être un truc de doyen.

— J'crois pas. Mon père n'en a jamais joué et je n'ai pas souvenir que mon grand-père en ait utilisé un, un jour.

— Alors c'est un truc à toi, plaisante-t-elle.

— Ça doit être ça.

Megan enlève sa veste de tailleur et s'installe dans un fauteuil face moi. Elle croise ses jambes. Ses yeux sont sur moi, je sens qu'elle veut me demander quelque chose, mais elle n'ose pas.

— Quoi Meg ?

— Je me demandais…

— Oui, l'encouragé-je.

— Les rumeurs après mon départ… je veux dire… tu… enfin… pourquoi autant ? Notre liaison était cachée… on…

Elle baisse un instant la tête, ça l'inquiète.

— Elle l'était, mais j'en suis grandement le responsable.

— Comment ?

— Megan, c'était il y a longtemps.

— Oui je sais, mais j'aimerai simplement savoir. S'il te plaît Morgan, parle-moi.

Je me redresse et parcours de long en large le salon. Je n'ai pas vraiment envie de me replonger dans ce moment de mon existence. Je desserre ma cravate. Mes doigts massent mes tempes.

Je me pose sur l'accoudoir du canapé face à elle. Mes yeux scrutent les siens et je m'y noie littéralement.

— Je pense que ça a commencé au moment où j'ai appris que Don t'avait enlevé. Je n'arrivais plus à réfléchir correctement, je ne voulais que te retrouver par n'importe quel moyen. J'ai fortement maltraité Chris, en vérité, je lui ai cassé le nez. Keylyan avait décidé de ne pas intervenir. J'étais comme fou. Je ne saisissais pas pourquoi lui plus qu'un autre avait décidé de baisser les bras. Matt est venu me trouver, on a

114

simplement discuté. Il s'est demandé pourquoi je réagissais ainsi. Alors que j'étais si maître de moi-même face aux pires situations. Il a deviné, ce n'était pas la peine d'être Freud. Matt a promis de m'aider à intervenir malgré la Règle. La dispute qui s'en est suivi avec mon père a été plus que houleuse, le bureau a fini en miette. Les gardes ont dû intervenir pour m'empêcher de lui taper dessus.

Les souvenirs se bousculent dans ma tête. J'ai besoin d'un instant, ces moments sont encore si douloureux et même si je n'y pense plus autant qu'avant, c'est ancré en moi. J'allume une cigarette. Je pense que Meg vient seulement de s'apercevoir à quel point son enlèvement m'a touché à l'époque. En temps normal, jamais je ne m'en serais pris à mon père si violemment. Je me contentais le plus souvent de l'ignorer.

— J'ai été mis à pied, mon père m'a fait raccompagner par ses gorilles chez Granny, où j'avais ordre d'y rester jusqu'au lendemain soir. Il avait organisé un dîner avec la famille de Katherine. Comme si j'avais la tête à ça, maugréé-je. Le lendemain matin, Prue a débarqué avec toute la clique. Elle avait un moyen de faire cracher le morceau à Viktor, Chris ne sachant absolument rien, grâce à un sérum de vérité en cours d'essai. Tout a fonctionné et nous sommes allés te chercher. Tu as pris cette balle à ma place et ton cœur à cesser de battre… tu étais dans mes bras… les secours sont arrivés. Tu as passé des heures sur la table d'opération. J'attendais, mon père en a profité pour venir me dire que j'étais en retard pour le dîner Je lui ai tout avoué. Ce que je ressentais pour toi… quand j'y repense… Tu es tombée dans le coma. Je suis resté, j'en n'avais rien à faire de ce que pouvaient penser les autres. Les premières rumeurs ont vraiment débuté à ce moment. Mon paternel était dingue. Mais j'avais décidé d'assumer… Granny à proposer que ta convalescence se passerait chez-elle malgré la protestation du Doyen.

Je marque une légère pause avant de poursuivre.

— Puis t'es partie, je me suis retrouvé seul, sans plus rien à assumer. Je suis resté enfermé pendant des semaines dans la cabane sans voir personne. Ben est venu frapper pour me dire que Blackpearl était au plus mal et c'est comme ça que j'ai remis un pied dehors. Cependant, les ragots allaient déjà bon train. D'après certains, tu m'avais plaqué après avoir obtenu ce que tu voulais : foutre la merde à l'Institut. Pour d'autres, mon père, c'était purement débarrassé de toi… mais toutes nous concernaient tous les deux. Tu voulais savoir ? Tu sais.

Meg serre les poings. Ses yeux brillent, je crois qu'elle lutte contre les larmes. Je ne voulais pas rentrer à ce point dans les détails, mais la vérité est tout autre. J'avais et j'ai besoin de lui dire et encore ce n'est rien par rapport à ce que j'ai pu ressentir.

— Je suis désolée, chuchote-t-elle.

— C'est le passé, dis-je en balayant l'espace libre devant moi avec la main.

— Et toi Morgan. Tu as cru quoi quand je suis partie ?

L'inquiétude est claire dans sa voix.

— Megan. Pourquoi tu veux savoir ça maintenant ?

— J'ai besoin que tu me le dises.

Je me masse la nuque, Megan est si têtue qu'elle ne laissera pas tomber.

— J'ai cru simplement que tu ne m'aimais pas assez pour rester, avoué-je.

— C'est idiot, déclame-t-elle.

— Idiot ? répété-je ahuri. J'aurais dû penser quoi à ton avis ? Aucune explication, rien, le néant. Même pas une lettre, un mot, que dalle !

— Comme je te l'ai déjà dit, j'ai pensé à t'écrire, mais pourquoi faire. Ça ne servait à rien.

Cette fois, je suis debout et la dévisage. J'écrase ma clope et pose ma bière.

— À rien ? Me donner une explication à l'époque ne servait à rien pour toi ! J'y avais le droit, après ce qu'on avait vécu ! Tu me parles de ton besoin de savoir ! Mais t'es-tu préoccupée une seule fois de mon besoin de toi à l'époque ? Non, asséné-je.

Les mots s'échappent de ma gorge sans mon consentement. La colère et l'incompréhension du passé sont encore beaucoup trop présentes.

— Si je suis partie, c'est aussi pour te permettre de vivre TA vie qui était déjà assez compliquée comme ça. Sans te rajouter un problème supplémentaire sur le dos. Tu avais le droit d'être heureux et ça jamais je n'aurai pas pu te l'offrir !

Je fais les cent pas dans la pièce, à la limite de m'arracher les cheveux. Je crois qu'il n'y a qu'elle pour me mettre dans une telle colère. Le pire, c'est qu'elle est persuadée d'avoir raison.

— J'avais surtout le droit d'avoir le CHOIX Megan ! Ce n'était pas à toi de décider de ce qui était meilleur pour moi !

— J'ai agi en pensant que c'était la seule chose à faire.

— Pour qui ? Pour toi ? Parce que personnellement, j'aurai préféré être criblé de balle plutôt que de vivre ça ! Alors ne me dit surtout pas que c'était pour moi ! craché-je.

Elle aussi est debout, plantée face à moi et tente de m'affronter du regard. J'évite sciemment ses yeux. Ma mâchoire est contractée au maximum.

— Tu ne peux pas dire ça Morgan, pas après tout ce que tu as fait pour l'Institut !

— Tu ne comprends rien ! C'est pas pour l'Institut que je l'ai fait, mais pour toi ! cinglé-je.

— Morgan, je t'aimais. Je te l'ai dit.

Ces mots sont plus douloureux qu'un coup de poignard.

— Oui tu me l'as dit, juste avant de mourir dans mes bras ! Ma voix est à la limite du reproche.

— Tu ne devais pas mourir, ce n'était pas comme ça que ça devait se passer.

— Merde Meg ! Je ne te comprends vraiment pas !

Je suis complètement incrédule.

— J'aurai dû mourir ce jour-là, je l'ai toujours su. Je ne peux pas l'expliquer, mais toi non. Tu devais continuer et sans moi.

— C'est du grand n'importe quoi ! Ton sens du sacrifice était si élevé que ça ? Tu m'as sacrifié moi aussi par la même occasion !

— C'est faux, je t'ai donné une chance de faire ce qui était juste pour tout le monde.

Je la repousse, son dos heurte le mur derrière elle. Mon poing s'abat violemment à côté de sa tête. Elle campe sur ses positions et ça me rend complètement dingue. Elle acquiesce de la tête comme si elle tentait de s'en convaincre.

— J'ai essayé de passer à autre chose, mais sans résultat. Le monde n'avait plus aucune saveur ! Je me suis ouvert à toi, confié, je t'ai donné tout ce que je pouvais et pour rien ! T'as tout balayé, tu t'es barrée ! Rideau ! Terminé ! Moralité, j'ai passé ces quatre dernières années à te chercher ! Tu parles d'une chance ! raillé-je.

— Tu as dû me détester, souffle-t-elle.

— Même pas, murmuré-je. Je t'aimais trop pour ça.

Sa main se pose délicatement sur ma joue. Elle ose croiser mon regard.

— Je pensais que tu m'aurais vite oublié.

Je me saisis de son poignet, ne voulant pas de tendresse pour le moment.

— As-tu ne serait-ce qu'un instant écouté ce que je disais à l'époque quand nous étions ensemble ? lui reproché-je.

— Oui et j'ai essayé d'y croire, mais…

— Mais quoi ? Mis à part que tu n'avais pas confiance en moi !

Elle se libère de mon emprise.

— Morgan, j'ai toujours eu confiance en toi. Je ne serais pas rentrée avec toi sinon. Je n'avais pas confiance en moi et j'étais terrorisée par ce qu'il pouvait arriver.

— Terrorisée par quoi ?

— Par à peu près tout. Par mes sentiments pour toi surtout. La sensation de ne plus avoir aucun contrôle. Sur absolument rien. J'étais complètement dépendante de TOI. Tout ne tournait plus qu'autour de TOI. Je ne discernais plus rien d'autre. C'était déstabilisant. J'étais perdue…

Je connaissais ses peurs à l'époque, je prends simplement conscience de l'ampleur. Voir son visage à ce moment précis me fait comprendre combien elle a dû souffrir aussi. Les sentiments ne sont pas quelques choses de palpables, on n'a aucune emprise dessus et pour Megan, c'était pire que tout. Son besoin de contrôle sur elle-même était tel qu'elle ne pouvait pas les accepter.

Elle secoue la tête, comme si elle tentait de revenir au présent. Deux larmes perles de chaque côté de ses joues. Sa détresse est profonde. Un sentiment de gâchis m'envahit. Je prends son visage en coupe, mes pouces effacent doucement les traces de sa tristesse.

Je souhaite calmer le jeu entre nous.

— Je crois qu'on devrait arrêter. Nous déchirer ne sert strictement à rien.

Elle acquiesce et se masse le cou. La journée a été longue.

— Tu es fatiguée, déclaré-je.

— Rien n'est résolu Morgan.

Je caresse sa joue.

— Je ne dirais pas ça Meg. On avance doucement.

— Et maintenant ?

— Eh bien, on continue à avancer.

J'entrouvre mes bras, Meg si réfugie. J'inspire ses cheveux et embrasse sa tête. Même aujourd'hui, je suis incapable de lui en vouloir. Ses bras entourent ma taille. Je lui propose de lui montrer sa chambre. Nous sommes bras dessus, bras dessous et nous montons à l'étage. Sa chambre est au bout du couloir, face à la mienne.

Nous entrons dans la pièce, j'allume une petite lampe. J'ouvre la porte de la salle de bain pour vérifier qu'elle ne manque de rien. Quand je ressors, elle est à la fenêtre et scrute l'obscurité. Son sac est posé sur la grande commode avec son ordinateur.

— Que regardes-tu ?

— Rien. Juste le calme.

Je suis à moins d'un mètre d'elle, je l'observe. La déshabille du regard. J'ai un mal fou à refréner mes ardeurs. J'ai envie de me noyer dans ses effluves. Elle se retourne, ses yeux me capturent, mon pouce dessine le contour de ses lèvres entreouvertes. Elle dépose un baiser dessus.

Ma main glisse dans sa nuque et ôte sa pince. Ses cheveux retombent en cascade dans son dos. Je joue avec quelques mèches. J'ai un mal fou à me contrôler, j'ai envie de retrouver la sensation de son corps contre le mien. J'ignore si c'est trop tôt ou juste le bon moment.

Mais ma résistance est mise à mal, par cette jeune femme que je n'ai pas réussi à oublier. J'ose me pencher et chercher ses lèvres pleines. Megan fait le peu de chemin qu'il reste à parcourir en grimpant sur la pointe des pieds. Nos bouches se soudent l'une à l'autre, son dos se colle contre la grande fenêtre. Ses doigts se glissent dans mes cheveux. Je resserre ma prise sur elle, mon autre main se pose sur ses hanches, nous rapprochant inexorablement. Le contact de son corps contre le mien m'a affreusement manqué.

J'ai la sensation que notre histoire poursuit sa route, malgré les quatre années écoulées. Je ne peux l'expliquer. Ma langue rejoint la sienne, je m'abreuve littéralement de Megan. Notre besoin se fait plus pressent, le baiser s'intensifie.

Puis, il s'estompe de lui-même et s'endigue. Nos respirations sont complètement décousues. Je pose mon front sur le sien. Nous fermons les yeux, je sens son souffle sur mon visage. Mais je n'ai pas du tout envie d'arrêter là. Je n'arrive plus à lutter, déjà je me noie dans les profondeurs de ses iris. Je lui donne la main, j'ai un mal fou à déglutir. Elle se mord la lèvre inférieure. Je l'entraîne avec moi vers le lit. Elle ne dit rien, elle se contente de serrer ma main et de me suivre. Nous ne sommes plus qu'à quelques centimètres du lit quand je m'immobilise. Lui donnant la possibilité de dire simplement non, même si j'espère au fond de moi qu'elle n'en fera rien.

Au lieu de ça, elle me retire ma veste sans jamais briser le contact visuel, puis sa bouche se place sur mon cou, je frissonne. Mes mains glissent le long de ses côtes et caresse ses reins avant de s'installer sur ses fesses. Je joue délibérément avec sa jupe et ses cuisses. Frôlant de mes doigts ses bas. Elle soupire d'aise, rejette sa tête en arrière. Les boutons de ma chemise s'effacent de seconde en seconde. Ses paumes cajolent tendrement mes épaules avant que ma chemise ne se retrouve au sol.

J'ai comme l'impression de rêver. Mon sexe plus dur que jamais cogne contre mon boxer. Il tressaute aussi au moment où ses lèvres s'aventurent le long de ma mâchoire et sur mon torse. Ses gestes sont doux, tendres et me procurent un réel bien-être. Je lui retire son chemisier, appréciant parfaitement la vue de sa poitrine encore enfermée dans son carcan. Mes doigts cherchent l'attache de son soutien-gorge et en moins de temps qu'il le faut pour le dire, il disparaît.

Je l'allonge sur le lit. Délicatement, telle la plus fragile des fleurs. Son regard empli de désir me rend fiévreux. Je m'agenouille, me penche vers ses seins qui pointent vers moi. Ma bouche se rue dessus, ma langue jouant avec ses mamelons. Megan s'arque-boute et passe ses doigts dans mes cheveux, tirant légèrement dessus. J'avais oublié le goût de sa peau, la rondeur de ses seins dans mes mains. Ma bouche voyage jusqu'à son nombril, j'embrasse la cicatrice qui parcoure ses côtes. Elle tressaille. Mes doigts rodent sous sa jupe, caressant le saint des saints avec passion. Les gémissements de Meg enveloppent la chambre.

Je la veux complètement nue. Je lui ôte sa jupe et son string. Ma vision se perd sur ses bas. Je lui retire ses talons, je pose ses jambes sur mes épaules et fais rouler ses bas avec les paumes de mes mains le long de ses cuisses. Sa peau frissonne sous mon toucher, puis elle se redresse, s'attaque à ma ceinture et dézippe mon pantalon. Je l'aide un peu avec mes pieds et me voici en boxer devant elle. L'expression de mon désir plus flagrant que jamais. Une de ses paumes cajole ma turgescence. Je gémis et ferme les yeux un instant. Savourant pleinement sa caresse.

Nous sommes à égalité, Megan venant de retirer la seule barrière de tissus entre nous. C'est elle qui tend la main vers moi, m'invitant à la rejoindre. Je m'exécute et nos lèvres se retrouvent, s'apprivoisent. La peau de Megan a toujours été d'une douceur extrême, mais j'ai la sensation qu'elle l'est encore plus maintenant. Mon corps recouvre le sien. Les doigts de Meg partent à l'assaut de mon dos, de mes fesses, les griffant par moment. Je peux sentir son cœur tambouriner dans sa poitrine à moins que ce soit le mien.

Je glisse une main sous sa cuisse pour la surélever, mon sexe trouve aisément le chemin de son intimité. Un râle de plaisir ou de soulagement peut-être s'échappe de nos gorges au moment où nous ne faisons plus qu'un.

Être en elle est indescriptible, comme si toute mon âme ne réclamait que ça depuis quatre ans. Mes mouvements sont lents, j'ai délaissé ses lèvres pour l'observer. Ses traits sont tendus, sa bouche entrouverte. Je m'appuie sur mes avant-bras, elle s'accroche à mes biceps. Ses jambes s'enroulent autour de mes hanches. Elle se cambre donnant plus de profondeur à mes pénétrations. L'entendre gémir mon prénom est érotique à souhait. Je tente par tous les moyens de me contrôler pour ne pas venir trop vite. Quatre ans de frustration. Quatre ans à l'attendre. Quatre ans à ne rêver que d'elle. Je dois bien me l'avouer, je ne me suis jamais remis de son départ. Je ne connais rien de plus merveilleux que de faire l'amour à Megan Tyler.

Ses geignements sont de plus en plus forts, tout comme les miens. Nos corps s'imbriquent parfaitement. Ils sont en symbiose, son corps répondant parfaitement au mien. Elle appuie fortement sur mes fesses, me donnant un rythme plus soutenu. Elle se soulève en s'accrochant à mes épaules. Ses cris de plaisir envahissent la chambre, au moment où elle jouit, je ne peux me retenir plus longtemps. Mon corps se tend une dernière fois et je me déverse en elle dans un grognement guttural.

Je l'embrasse une dernière fois langoureusement, nous tremblons tous les deux. Je me retire d'elle, puis roule sur le côté, la prenant dans mes bras. Sa tête repose sur mon thorax. Ses doigts jouent avec les poils de mon torse. Je savoure simplement le fait de l'avoir dans mes bras.

Comme à l'époque, plus rien n'a d'importance. Je pensais réellement qu'on pourrait prendre notre temps cette fois-ci, essayer de faire face à notre passé avant de pouvoir envisager l'avenir. Mais la réalité est tout autre, je suis incapable de la moindre volonté quand il s'agit de Meg.

Et j'ai toujours la même inquiétude après avoir fait l'amour avec elle. La peur qu'elle regrette, qu'elle ne s'enfuit. Toutefois, j'ignore ce que je dois dire cette fois. Il y a une heure, nous nous déchirions et maintenant, nous sommes tous les deux nus dans ce lit. J'avoue avoir pris l'initiative, mais je n'ai aucun remord.

— En général, c'était toujours à ce moment précis que tu me demandais si ça allait, murmure-t-elle.

— Exact, rétorqué-je en caressant ses cheveux. Et ?

— Tout va très bien. Voir plus que bien et toi ?

— Je vais très bien Meg. Ça fait longtemps que ça ne m'est pas arrivé.

Elle se tourne vers moi, s'accoude sur mes abdominaux puis pose sa tête dans sa main.

— De quoi ? De coucher avec une fille ? demande-t-elle, espiègle.

— Non Mademoiselle Tyler. Même si je n'appelle pas ça coucher, mais faire l'amour, je parlais de me sentir bien, quoi qu'en définitive faire l'amour aussi, avoué-je.

— Faire l'amour me va très bien et tu n'as pas le monopole du bien-être Monsieur Morgan Matthews. Si on m'avait dit que je m'enverrai en l'air avec le Doyen, rit-elle.

Je ne peux m'empêcher de rire face à la situation.

— Megan. Tu es désespérante et romantique à souhait, raillé-je.

— Depuis quand es-tu romantique toi ?

— Depuis le jour où je t'ai emmené ton petit déjeuner au lit.

— Ok, Monsieur Matthews. Un point pour vous.

— Merci Mademoiselle Tyler. C'est le strict minimum, vous notez durement.

— Il paraît. Donc c'est ça que tu appelles avancer, Morgan ?

Mes doigts jouent toujours avec ses mèches.

— C'était pas vraiment prémédité. Pas du tout même. Mais c'est arrivé, je ne suis qu'un mec !

— Rhoo, celle-là, tu me l'as déjà servie !

— On ne change pas ce qui marche ! m'esclaffé-je.

— Et dire que tu parlais de romantisme, il y a moins de cinq minutes.

Je la renverse et la surplombe. J'embrasse son cou.

— L'un n'empêche pas l'autre, lui susurré-je.

— Si tu le dis.

122

Ses doigts parcourent mon visage, dessinant mes traits. Elle me détaille comme si c'était la première fois qu'elle me voyait. J'ai la sensation qu'elle est soucieuse.

— Quoi ?

— Rien.

Elle détourne le regard.

— Megan ?

— Je t'assure, je suis juste un peu fatiguée.

— Tu ne serais pas en train de me mentir des fois ? supposé-je.

— Pourquoi le ferai-je ? demande-t-elle en soudant son regard au mien.

— Je m'attends à tout avec toi.

Pour toute réponse, elle m'attire à elle. Je ne peux lutter, Megan a cette faculté de me faire oublier mes questions. C'est avec fougue que je me noie à nouveau dans les courbes de son corps.

Megan est sur le côté, je l'encercle de mes bras. Sa respiration est calme, je pense qu'elle dort. J'ai un mal fou à trouver le sommeil. J'ai peur de fermer les yeux et de les ouvrir pour m'apercevoir que tout cela n'était qu'un mirage. Pourtant, la chaleur que Meg dégage est bien réelle.

****

Je ne sais pas si j'ai vraiment dormi, je suis complètement dans le brouillard. Je me redresse et j'entends Megan tousser violemment. Le plat de sa main se soutient à la porte de la salle de bain, tandis qu'elle se tient la poitrine de l'autre. Je me précipite pour la rattraper au moment où elle tombe à genoux.

Elle a énormément de mal à respirer. Je ne sais pas quoi faire, je regarde désespérément autour de moi. Mais on est seuls et je ne peux pas la laisser ainsi. Son visage se tord de douleur.

— Megan.

Elle me fait un signe de la main, comme pour me dire que ça va passer. Néanmoins, j'ai un mal fou à la croire. Elle tremble, tout en continuant d'expectorer. Elle finit par se calmer après de longues minutes qui m'ont semblé interminables.

Je la porte dans mes bras jusqu'au lit, elle est aussi essoufflée que si elle avait couru un cent mètre.

— Ça va ? m'inquiété-je. Tu as besoin de quelque chose ?

— Un verre d'eau et toi.

Sa voix est enrouée et je sens qu'elle fait un véritable effort pour parler.

Je l'abandonne juste le temps d'aller chercher un verre d'eau et mon portable. Je remonte aussi vite que je peux. Elle avale l'eau tout en grimaçant. Je m'installe à côté d'elle.

— Je vais appeler le médecin, déclaré-je.

— Non ! s'écrie-t-elle précipitamment.

— Megan, tu devrais avoir un traitement, argumenté-je.

Sa main s'abat sur mon portable.

— Ce n'est pas la peine, m'explique-t-elle.

— Megan !

— J'ai déjà vu un médecin. Plusieurs même.

— Et bien moi, je refuse de te laisser comme ça. Il faut appeler le médecin !

Elle se redresse.

— Je sais ce que j'ai, déclare-t-elle gravement. Je n'ai pas été tout à fait honnête avec toi.

Je sens au ton de sa voix que ça n'a absolument aucun rapport avec de l'asthme et je commence sérieusement à m'angoisser. Elle prend ma main dans la sienne. Ses yeux me renvoient une détresse que je connais très bien. Je ne sais pas si à ce moment précis, j'ai envie de savoir. Mais je refuse le mensonge plus que tout, même si la vérité est encore plus douloureuse.

Chapitre VI

Meg évite délibérément mon regard, fixant un point imaginaire devant elle. Mon esprit est à l'arrêt. Je suis pendu à ses lèvres, tandis que sa poitrine se soulève rapidement suite à sa dernière crise. J'attends simplement qu'elle daigne faire le premier pas.

— Sache que de toute façon, je te l'aurai dit, mais j'aurai simplement voulu attendre demain, débute-t-elle.

Elle est assise, adossée contre la tête de lit, ses genoux remontés sur sa poitrine, son corps enroulé dans les draps. Elle n'ose toujours pas me regarder.

— Je t'écoute, l'encouragé-je.

— Il y a environ trois ans et demi. J'ai été malade pour la première fois de ma vie. J'avais de la fièvre, mal partout, une toux à faire trembler les murs. Les parents de Bryan et de Grace ont pensé que c'était la grippe. Ils ont appelé le médecin. J'étais clouée au lit, incapable de bouger. Il m'a ausculté, a fait des analyses et m'a donné un traitement. Il ne faisait pas d'effet alors il m'a mise sous cortisone en attendant les résultats. Ils sont arrivés quelques jours plus tard. Le doc est revenu, il m'a expliqué que je souffrais d'un rétrovirus qui s'attaquait directement à mon système immunitaire, comme le V.I.H. Sauf que ce n'est pas ça. Il ignorait totalement d'où venait cette affliction, il a fait des recherches avec d'autres confrères, mais n'a rien trouvé.

— Tu ne dois pas être seule dans ce cas.

— Non, en effet. Il y a environ mille cas déclarés par an.

— Combien survivre ?

— Quatre-vingt pour cent meurent en moins d'un an. Seize pour cent dans les dix-huit mois et les derniers quatre pour cent, dans les deux ans maximum. Il n'y a pas de traitement.

Je masse mes tempes, mon cerveau est embrouillé. J'ai peur de comprendre ce qu'elle est en train de me dire.

— C'est incurable ?

— Oui. Mortelle à cent pour cent.

Je refuse d'y croire. Je suis dans le déni total. Elle ne peut pas mourir. Pas après tout ce que j'ai surmonté pour la retrouver. Pas après ce qu'elle a vécu.

— Mais tu as explosé toutes les statistiques, tenté-je de la rassurer ou me rassurer.

— C'est une exception Morgan, d'après les médecins. Je ne le dois qu'à mon système immunitaire hors du commun. Mais toujours est-il qu'il s'affaiblit de jour en jour. J'ai des périodes où je vais relativement bien, puis d'autres où c'est l'horreur. Et ces derniers temps, ce n'est pas la joie.

Le silence tombe. Je l'attire vers moi et la prends dans les bras. Je n'arrive pas à réaliser ce qui vient de se passer.

— Il y a sûrement un moyen Megan. On a les meilleurs chercheurs du Royaume-Uni.

— Morgan, as-tu entendu ce que je viens de te dire ? Mortelle à cent pour cent.

— Oui au bout de deux ans et ça fait presque quatre ! C'est la raison pour laquelle tu as accepté de revenir ?

— Oui et non Morgan. J'ai deux vies à charge. Tu m'as reproché de trop travaillé, mais c'est pour eux que je le fais. Je dois mettre tout en ordre avant de… sa voix se brise. J'ai besoin d'être sûre que quelqu'un prendra soin d'eux, se reprend-elle.

Elle veut quoi au juste ? Que je m'occupe de Bryan et Grace quand elle ne sera plus là ? Ma colère l'emporte sur tout le reste.

— Alors quoi ? Tu as décidé de faire un dernier tour de piste avant de baisser les bras ! m'agacé-je.

— Je ne baisse pas les bras Morgan. Je suis partie il y a quatre ans pour pouvoir vivre et avancer en sacrifiant tout ! Et pour quel résultat ? Je reviens et me voici morte en sursis.

Je prends son visage entre mes mains et la force à soutenir mon regard. La détresse dans ses yeux me bouleverse. Elle semble si abattue et si certaine du dénouement.

— Écoute-moi bien. Il est hors de question que je laisse tomber Megan. Je n'abandonnerai pas, pas maintenant que je t'ai retrouvé. Je refuse la fatalité !

— Morgan on peut se battre contre des terroristes, des trafiquants d'armes, des dealers. Mais pas contre la mort, déclame-t-elle fataliste.

— On l'a déjà fait ! On a les moyens de trouver quelque chose, n'importe quoi, assuré-je.

— Tu ne peux pas faire ça. Utiliser l'Institut pour ton bénéfice personnel. C'est de l'abus de pouvoir. Tu risques de gros ennuis avec le Conseil.

Mais pourquoi faut-il que Megan voie les choses comme ça ?

— Bien-sûr que si je le peux et c'est ce que je vais faire. Juste une petite cellule travaillera sur ton cas et si ça peut sauver d'autres vies tant mieux, argumenté-je. Qui est au courant ?

— Personne à part toi et sûrement les médecins de l'Institut, une fois qu'ils auront les résultats de la prise de sang d'hier.

— Bryan ?

— Non, ce serait trop difficile pour lui, c'est trop tôt, explique-t-elle en secouant la tête.

— Et tu attends quoi ? Qu'il te voit à l'article de la mort ? Il a le droit de savoir au moins que tu es malade.

— Je sais. Je comprendrai si tu décidais de mettre un terme à notre relation.

— Waouh, Megan Tyler parle de relation, je suis choqué, raillé-je, acide. As-tu changé à ce point-là ? Cependant, je ne suis pas homme à abandonner devant la difficulté Miss Tyler. Alors non, tu ne te débarrasseras pas de moi comme ça. Si on se bat, c'est ensemble. Ne me pose plus jamais la question Meg ! grondé-je.

Mon ton est sans appel. Il n'est pas question que tout s'arrête entre nous parce qu'elle est malade. Plutôt mourir que de passer ne serait-ce qu'une journée loin d'elle.

— Je te dis que je vais mourir et toi, tu me parles de difficultés.

— C'est exact. On a connu pire mon ange.

— Non Morgan, on n'a pas connu pire. Et ne m'appelle pas « mon ange » !

— J'ai jamais compris pourquoi tu ne voulais pas que je t'appelle « mon ange », éludé-je.

— Parce que les anges ne tuent personne pour leurs boulots. Ce sont des êtres parfaits qui n'ont aucune once de violence et qui…

Je la fais taire d'un baiser, n'ayant franchement pas envie qu'avant la fin, elle s'accuse d'être la fille cachée de Lucifer. Je vois Meg se masser les tempes et froncer les sourcils.

— Meg ?

— Ce n'est rien, j'ai juste un peu mal à la tête.

— Tu me fais le coup de la migraine ? tenté-je avec humour.

Mais ce n'est qu'un faux semblant. Je suis partagé entre l'envie de la surprotéger et celle de faire comme si rien n'était changé entre nous. Megan détesterait la première.

Elle sourit.

— Le coup de la migraine à toi ? Oh non.

— Je te l'avais dit que tu ne pourrais plus t'en passer,

fanfaronné-je.

— Vantard.

Elle semble vraiment lasse. Je l'aide à s'allonger.

— Tu devrais te reposer.

— Oui.

Je la rejoins, elle se blottit contre moi. J'embrasse son front, elle ne tarde pas à s'endormir. Pour moi, tout est bien différent, je sais que j'en suis incapable. Mon esprit travaille trop pour ça. Je sais me battre avec n'importe qu'elle arme et contre n'importe qui. Mais je suis si impuissant face à la maladie, ça me débecte.

Une fois que je suis persuadé que Megan dort paisiblement, j'enfile mon boxer et descends. Il n'est que quatre heures du matin, pourtant je ne peux pas rester là à ne rien faire. Megan est celle que j'ai toujours voulue. Maintenant qu'elle est avec moi, je risque de la perdre encore et pour toujours cette fois. Je ne peux pas m'y résoudre. C'est impossible. Je suis certain qu'il existe un traitement. N'importe lequel.

J'envoie un message à Granny, la priant de bien vouloir me rejoindre ici au petit matin. Je rédige aussi plusieurs mails à nos chefs biologistes pour convenir d'une réunion. Je n'ai pas tout dit à Megan. L'Institut dispose d'un important recensement de virus mondiaux. J'espère que celui-là sera répertorié. C'est tout ce que je peux faire pour le moment. J'ai envie de hurler à quel point tout ça est injuste.

Je me rends dehors et allume une clope. J'ai la sensation que dès que je règle un problème, un autre surgit et que l'on ne s'en sortira jamais. Toutes les choses que je pensais possibles semblent compromises.

J'ai avalé plus de café et fumer plus de clopes qu'en deux jours. Je me suis assuré que Megan dormait plus d'une dizaine de fois. Je ne peux pas m'empêcher de veiller sur elle. J'ai revêtu un jean et un tee-shirt en attendant Granny.

Je suis devant un énième café, tout en cherchant des informations sur les différentes maladies liées à des rétrovirus, mais il y en a tellement que je m'y noie. Sans compter que je n'ai aucune formation en biologie. Je finis par abandonner au moment où on frappe à la porte. J'observe l'heure, il est sept heures.

J'ouvre sur une Granny au visage grave, elle semble, inquiète et a toutes les raisons de l'être.

— Tu n'as pas beaucoup dormi toi, constate-t-elle en posant

sa main sur ma joue.

— Pas vraiment.

— Tu ne m'aurais pas fait déplacer de si bonne heure pour une simple dispute avec Megan. Je me trompe ?

— Non, entre. Il faut que je te parle.

Nous sommes tous les deux dans la cuisine. Elle ôte son chapeau et s'assied. Je lui serre un thé et m'installe face à elle. Elle observe le cendrier rempli de mégots devant elle. Granny désapprouve et me le fait comprendre d'un simple regard.

— C'est si grave que ça ? Où est Megan ?

— Elle dort.

— Pourrais-tu s'il te plaît m'informer de ce qui se trame ? s'impatiente-t-elle.

— Évidemment.

Alors je lui parle de ce que m'a dit Meg, de sa maladie et du fait qu'elle va mourir. Enfin du fait qu'elle devrait mourir (restons positif). Granny reste de marbre pour le moment. Elle sait garder son sang-froid en toute circonstance et je l'envie par moment. Elle croise ses mains devant son visage, son menton à l'intérieur. Je finis mon récit, je suis comme vidé. Comme si le fait de lui raconter m'avait définitivement ouvert les yeux. Je me sens encore plus impuissant qu'il y a quatre ans et je ne pensais pas ça possible.

— Bien. Je vois. Le virus s'est déclaré il y a trois ans et demi, c'est bien cela ?

— Oui.

— Juste six mois après sa fuite de l'Institut.

— Je suppose. Pourquoi ?

Elle réfléchit et secoue la tête.

— Morgan. As-tu souvenir d'avoir été une seule fois malade ?

— Non.

Je ne vois pas du tout où elle veut en venir.

— Et ton entourage, ta sœur, tes amis peut-être.

— Non ! Où veux-tu en venir ? m'agacé-je.

— Morgan, il y a certaines choses que tu ignores de l'Institut. les agents ne sont jamais malades. L'Institut dispose de moyen contre les maladies de toutes sortes ce qui permet d'avoir des agents toujours disponibles. Ce que je vais te raconter maintenant ne sont que des rumeurs et elles ne sont pas de toutes premières jeunesses. Je supposais jusqu'à présent que c'était de simples ragots.

Elle marque un temps d'arrêt. Je me redresse plus qu'irrité par mon impatience.

— Granny ! lui ordonné-je.

— Il paraîtrait que l'Institut a mis au point, il y a des années, un rétrovirus. Il y a eu une époque très trouble pendant la première guerre mondiale, des agents fuyaient les « Instituts » du monde entier comme la peste. Je n'étais pas née, je te dis simplement ce que j'ai entendu. C'était un soulèvement international. Pour mettre un terme à cette fuite, l'Institut aurait créé un rétrovirus propre à chacun de nous, mais Ils auraient échoué en partie. Le Virus s'était propagé à la population mondiale. D'après la rumeur, si on s'éloignait trop longtemps de l'Institut, le Virus se réveillait. Il était si foudroyant qu'en trois mois, grand maximum tout était terminé.

Je jette ma tête en arrière et me prend le visage dans les mains. C'est une histoire de fou, ils ont toujours été tordus, mais pas à ce point-là. C'est impossible.

— Pourquoi créer ça ? Pourquoi ne pas les exécuter ?

— D'après ce que j'ai entendu, c'était pour plusieurs raisons. On ne les rattrapait pas tous, ils connaissaient trop de secrets et à l'époque, la stabilité du monde était encore pire que maintenant. Ça permettait aussi de faire peur aux autres. Il partait soi-disant avec leurs familles et tout le monde était décimé en peu de temps.

— Quelle année ?

— Ce ne sont que des rumeurs Morgan, élude-t-elle.

Granny est troublée, et c'est bien la première fois.

— Quelle année ? répété-je excédé.

— Mille-neuf-cent-dix-sept, répond-elle en baissant la tête.

Je donne un violent coup de poing dans un des placards.

— Putain de merde !

— Morgan, ton langage, me repend-elle.

— Tu es en train de me dire que notre Organisation est peut-être responsable de la « Grippe Espagnole » et tu voudrais que je surveille mon langage ! De toi à moi Granny, est-ce possible ? l'interrogé-je, dépité.

— Et bien, de toi à moi, je dirai oui.

— Comment en Mille-neuf-cent-dix-sept ? Je veux dire la Virologie… je ne sais même pas si le terme existait !

— Tu sais tout comme moi que l'Organisation a de l'avance sur tout. Si les êtres humains se retrouvent avec des téléphones portables ainsi que des ordinateurs, nous n'y sommes pas tout à fait étranger.

— Ok, mais de là à créer des Virus ! Megan avait raison. Nous travaillons pour le diable, débité-je, atterré.

— Morgan, pour l'instant on n'en sait rien d'accord. Ce ne sont que des ragots.

— Qui est au courant ?

— Je n'en sais rien, ni si c'est bel et bien arrivé. Ils ne s'en sont certainement pas vantés, mais je pense que la plus haute autorité de chaque Institut doit connaître la vérité.

— Les Doyens ?

— Oui.

— Je ne sais rien Granny.

— Et c'est logique. On devient rarement Doyen comme par magie. Il y a une formation avant. Celle que tu as toujours refusé de suivre avec ton père. Malheureusement pour toi, il n'est pas près de t'en parler.

Je me sens encore plus coupable, même si ce n'était pas du tout l'intention de ma grand-mère à la base.

— Il doit bien avoir des archives, supposé-je. Jamais Megan ne pourra me pardonner, si c'est bel et bien l'Institut le responsable de sa maladie.

Granny se lève et pose une main sur mon épaule.

— Tu n'es pas responsable des actes de tes aïeux, Morgan.

— Comme si ça allait changer quelque chose. C'est juste mon arrière-grand-père qu'y l'est.

Je m'arrête un instant et tente de recouvrer un calme apparent.

— J'ai rendez-vous dans la matinée avec le biologiste en chef, j'espère qu'il pourra aider Meg. Je ne veux pas qu'elle meurt, avoué-je.

— Je suis désolée de ne pas pouvoir t'aider plus Morgan. Mais Meg est forte.

— J'aurai dû comprendre qu'elle partirait. J'aurai dû aller avec elle.

— Morgan, si nous avons raison et que tu étais bel et bien parti avec elle, tu serais mort. Elle t'a sauvé la vie d'une certaine façon.

Je passe une main nerveuse dans mes cheveux, je m'affale allègrement sur la chaise et pose mon front contre la table. Granny me masse gentiment les épaules. Je suis éreinté et la journée ne fait que commencer.

— Et sinon, vous avez discuté ?

131

— Ouais.

— Et ?

— Ça suit son cours Granny.

— Tu ne me diras rien de plus ?

Je confirme de la tête. Juste à ce moment très précis. Megan débarque juste habillée de ma chemise de la veille. Meg se raidit en apercevant ma grand-mère, qui affiche un petit sourire satisfait. Moi, je déglutis difficilement à la vue de ses jambes parfaites. Manquait plus que ça !

— Ça suit son cours, c'est bien ça Morgan ?

— Bonjour Lady Mary... je... j'ai pas trouvé mon sac...

Meg tente désespérément de trouver une excuse, mais Granny ne s'y laisse pas prendre.

— Mais bien sûr Megan, qui dit le contraire ? Je suis heureuse de voir que tu vas bien, et c'est le principal. Morgan, on se voit tout à l'heure, je te rejoindrai à ton rendez-vous.

— À plus tard Granny.

Granny récupère son chapeau et quitte le cottage, presque en riant. Megan s'appuie contre le mur en triturant ses doigts.

— Désolée. J'ignorais qu'elle était là. J'aurais dû y penser, j'ai été stupide. J'aurais dû être plus prudente.

Je la rejoins et la soulève du sol pour embrasser son cou.

— Granny est pire que l'œil de Moscou et rien n'est pire que l'œil de Moscou. Elle sait tout, ce n'est pas grave. Elle est au courant et après ?

— Je ne suis arrivée qu'avant-hier, et je ne voudrai pas qu'elle s'imagine que...

— Que quoi ? Qu'on a fait l'amour cette nuit. C'est plus que de l'imagination, non ?

— Non, que je profite de la situation.

— Rassure-toi, on est deux à profiter de la situation.

— Je ne parlais pas de cette situation entre toi et moi, mais plus de TA situation.

— Alors ne sois pas inquiète. Ce n'est que Granny.

Ses petites mains s'accrochent à mon tee-shirt et redresse la tête vers moi.

— Tu lui as dit pour moi ? grimace-t-elle.

— Oui, j'avais besoin de me confier.

— Elle en pense quoi ?

J'évite délibérément de répondre. Je préfère passer à autre chose, je la soulève à nouveau et la pose sur l'un des plans de travail.

— Tu n'as plus la migraine ?

— Pourquoi ? Aurais-tu une idée derrière la tête ? demande-t-elle, aguicheuse tout en passant ses bras autour de mon cou.

— Pas qu'une. Tu sais que je suis incapable de résister à toi dans une de mes chemises.

— C'est bien pour ça que je la porte. Mais je n'avais pas inclus « Granny », raille-t-elle.

— Elle n'est plus là.

— Et tu proposes ?

Mon visage se fend dans un sourire coquin. La suite de la journée risque d'être assez compliquée comme ça. Autant profiter de l'un et l'autre tant que c'est encore possible. Car les limites que nous devrons nous imposer par la suite ne seront pas évidentes à respectées. Je me connais…

Ce besoin fiévreux qui s'empare de moi à chaque fois que Megan est à proximité, est pratiquement impossible à contenir, pour preuve la cuisine. La pauvre en voit de toutes les couleurs tandis que Meg et moi partageons un moment intense.

Après une douche à deux, j'enfile mon costume de « Doyen » et tente de faire un nœud de cravate, mais sans succès. Megan me rejoint dans ma chambre et sans que je le demande me le noue parfaitement.

— C'est à se demander comment tu faisais sans moi, pouffe Megan.

— Il me restait Granny ou bien Madame McAdams. Mais rien ne vaut tes doigts magiques, lui susurré-je.

— Tu vas être en retard Monsieur le Doyen.

— Je dois voir le chef du département des recherches biologiques à onze heures.

Elle époussette ma veste de costume dans un geste nerveux.

— Avec Lady Mary.

— Oui. Je vais te déposer chez elle. On pourrait peut-être déjeuner ensemble à midi, je te raconterai ce que j'ai appris. Disons midi au haras ? Je ne reprends pas avant trois heures.

— Pourquoi pas.

— Promets-moi de m'appeler si ça ne va pas, si tu ne te sens pas bien ou si…

Son index recouvre mes lèvres pour m'intimer le silence. J'embrasse le bout de son doigt.

— Ne t'inquiète pas. Je vais bien, me rassure-t-elle.

— Megan je…

— Moi aussi, répond-elle amusée.

— Tu es un cas Megan Tyler !

— Il paraît. Du moins, c'est ce que n'arrête pas de dire un type de presque deux mètres, beau comme un Apollon et qui fait l'amour comme un Dieu.

Sa phrase se répercute directement au niveau de ma libido.

— Meg, stop. Sinon jamais je n'arrivai au bureau.

Elle rit, et Dieu que c'est bon. Elle quitte la pièce et son rire la suit jusqu'au rez-de-chaussée. J'inspire un bon coup et la rejoins. Elle m'attend, une veste en jean sur le dos. Au moment où elle va pour ouvrir la porte, je l'en empêche du plat de ma main. Je veux juste goûter une dernière fois ses lèvres. Ma langue câline la sienne, Megan s'accroche à mes cheveux. Je prends sur moi et arrête tout.

— Juste pour la route.

— Morgan, c'est toi qui vas finir par me tuer.

Je me renfrogne juste un instant et lui ouvre. Nous grimpons dans la voiture et je la laisse comme prévu devant chez Granny. Je retourne à mon travail de Doyen, même si je n'en ai pas du tout envie. Je m'inquiète pour Meg, c'est plus fort que moi.

Des jeunes filles me saluent quand elles me croisent dans le couloir de l'administration. Je passe par le bureau de Madame McAdams pour lui dire bonjour avant de m'enfermer dans le mien.

Elle entre moins de dix secondes plus tard avec un café, pourtant je sais pertinemment qu'elle ne vient pas pour ça.

— Alors Morgan, comment va Mademoiselle Tyler ?

— Elle va bien, tout s'est très bien passé.

— Je te l'avais dit, même si certains se sont offusqués de savoir qu'elle vit chez toi.

— Laissez-les s'offusquer, répliqué-je.

— Je dis simplement ce que j'ai entendu. C'est juste qu'ils sont persuadés que tu es de parti pris.

Je souris et secoue la tête. Bien évidemment que je suis de parti pris, choisir entre Meg et le Conseil n'est pas difficile.

— Alors Madame McAdams, programme de la matinée ? éludé-je sciemment.

— Vous avez rendez-vous dans quinze minutes avec le Major Tyler ainsi que le Major Bird. Le Professeur Davis a confirmé pour onze heures au labo.

— Merci.

Elle quitte mon bureau pour retrouver le sien. Je sors les différents dossiers que nous avons présélectionnés pour la mission en Haïti. Je parcours les différents C.V. de chacun, pour être certain que je n'envoie pas n'importe qui.

J'ai toujours autant de mal à me concentrer, mais ce n'est pas pour les mêmes raisons que la veille. J'attrape mon téléphone et envoie un message à Megan.

Comment va Grace ?

M.

La réponse ne se fait pas attendre.

Bien, elle dormait toujours quand je suis arrivée. Bryan est rentré avec ta sœur en même temps que moi ;(

M

Ok ma sœur aurait pu réfléchir un peu. C'était la première sortie de Bryan, et je sais que Meg n'apprécie pas.

Désolé. Et toi ça va ?

M

Oui tkt pas et toi ?

M.

R.A.S. Tu me manques, c'est grave ?

Tu fais quoi ?

M

La réponse fuse.

Très grave, mais je te soignerai à la pause de midi.

De la peinture avec Grace.

M

J'y compte bien ;)

@plus XOXO

M

Je souris niaisement. J'aimerais être avec elles et ne pas être coincé derrière mon bureau. Madame McAdams, Dorothy, de son prénom, entre à nouveau.

— Les Majors Tyler et Bird attendent Monsieur.

— Merci Dorothy. Faîtes les entrer.

Elle acquiesce. Ils entrent et s'installent tous les deux face au bureau.

— Môssieur le Doyen, raille Matt.

— Salut.

— On pensait que tu aurais annulé pour cause de panne d'oreiller. Les retrouvailles n'ont pas été aussi bonnes que prévus ? m'attaque Matt. Quoi que tu as l'air fatigué. Nuit agitée ? en rajoute-t-il.

Même Keylyan a les yeux rieurs, mais il garde son sérieux comme d'habitude et en toutes circonstances.

135

— Merci Matt, mais un gentleman ne parle pas de ce genre de chose.

— Toi un gentleman ? Laisse-moi rire !

— Comment va-t-elle ? demande Key, sérieusement.

— Elle va bien.

Ce n'est qu'un demi-mensonge. Quand je l'ai quittée, ça allait. Mais ce n'est certainement pas à moi de lui raconter ce qui se passe avec sa sœur. Je sais qu'elle lui en parlera quand elle jugera que c'est le bon moment.

Je leur distribue les dossiers.

— Un topo ? propose Keylyan.

Je me lève et fait le tour du bureau pour me retrouver juste à côté d'eux.

— On a reçu une demande pour jouer les observateurs en Haïti, d'après ce que l'on sait. Un mouvement révolutionnaire s'éveille. Il faut simplement envoyer un groupe qui se fera passer pour des touristes afin qu'ils nous rapportent réellement ce qui se passe là-bas. Je rappelle que c'est une mission commune.

— Ça, c'est de la mission tranquille, déclare Matt. Pourquoi ce n'est jamais pour moi ce genre de truc. J'irai bien passer quinze jours de vacances moi ! râle-t-il.

— Les missions tranquilles ça n'existent pas, lui rappelé-je.

— Ok, donc on n'a qu'à choisir les « touristes », déclare Keylyan.

Après avoir choisi les quatre agents, autant de garçons que de filles. Nous préparons la mission. Ils se feront passer pour un groupe d'amis qui visite le pays. Je prépare l'ordre de mission et les convocations. Nous avons une petite cellule à l'année, je les préviens par mail sécurisé.

En moins de dix minutes tout est prêt. Je suis à nouveau derrière mon bureau.

— On s'invite chez toi ce soir Patron ! déclare Matt.

— Euh… chez moi ?

— Oui, on va visiter le cottage de Monsieur le Doyen !

On ne peut pas dire que Matt m'ait laissé le choix, j'accepte contraint et forcé.

— Autre chose, on a un match ce week-end contre Bristol, on manque de joueur.

— Et alors Matt ?

— Et bien, il serait temps que Môssieur le Doyen bouge un peu ses fesses avant de se retrouver obèse à l'âge de trente ans !

— Je n'ai pas vraiment le temps Matt et je suis loin d'être

obèse !

— Et bien, tu le prends Morgan ! Tu ne voudrais pas que l'on perde par forfait contre eux quand même ! Même sous ton père, ce n'est jamais arrivé, en rajoute Matt. Les juniors doivent jouer samedi. Aller patron ! Juste histoire de montrer à tes jeunes élèves que tu n'as rien perdu de ta splendeur d'antan. À quel point t'es sexy quand tu portes un short et un tee-shirt moulant !

Ce type est fou !

— Tu penses vraiment que tu vas me convaincre comme ça ?

— Je suis certain que ma sœur apprécierait, en rajoute Keylyan avec un sourire entendu.

— Tu vas pas t'y mettre ?

— Pourquoi pas ?

— On verra suivant le boulot.

— Y a un entraînement ce soir, explique Matt.

— J'en sais rien.

Keylyan et Matt se lève.

— Tu t'encroûtes mec ! lâche Matt.

— Si tu le dis. Je vous accompagne, j'ai un rendez-vous à l'extérieur.

Je les suis jusqu'à leur voiture de golf. Après m'avoir fait promettre de me rendre à l'entraînement de ce soir, ils s'en vont enfin. Je n'ai pas fait de match depuis quatre ans, j'ai fait des entraînements, mais jamais plus de match. J'étais trop hanté par la présence de Meg dans les vestiaires. Ce qui est complètement idiot, ce n'est pas là où j'ai le plus de souvenirs. Dans la cabane, c'est tout le contraire, je m'y sens bien. Il y a eu des moments de plénitude totale, de rire, de sexe. C'est dans cette cabane que je lui ai dit l'aimer pour la première fois.

Je me rends dans le lieu le plus sécurisé de l'Institut. Ce même lieu où se trouvaient Viktor et Chris il y a quelques années. Granny m'attend devant, toujours avec son chapeau. Elle discute avec son chauffeur. Dès qu'ils me voient, leur conversation prend fin et le chauffeur rentre dans son véhicule.

— Tu attends depuis longtemps ?

— Non, je suis arrivée il y a moins de cinq minutes. J'ai été retardée une petite fille haute comme trois pommes. Elle voulait me montrer comme elle jouait bien « Twinkle, twinkle litlle star », au piano et à deux mains, je vous prie, précise-t-elle. Ce n'est peut-être pas ta fille, mais elle a ton talent.

— Merci Granny. Je ne sais pas pourquoi, mais merci.

Son œil est rieur. Je ne sais pas vraiment où elle veut en venir.

— Cette petite est un vrai rayon de soleil. Tu ferais un excellent beau-père.

Je grimace, me raidit, là, elle va trop loin.

— Granny !

— Je ne suis pas encore sénile ! Ce n'est pas Megan que j'ai trouvée avec juste TA chemise sur le dos dans TA cuisine ?

— Admettons, elle portait MA chemise, mais de là à penser qu'on va se marier, tu ne crois pas que tu extrapoles un peu là ?

— Tu as vingt-neuf ans, ça fait quatre ans que tu l'attends. Je pense que tu es fin prêt.

Je tends les paumes de mes mains devant elle pour calmer ses ardeurs.

— Granny, t'as fumé quoi ce matin ? Nan mais sans blague, comme tu l'as si justement dit, on vient de se retrouver. Alors tu inspires un bon coup et tu te ressaisis. Je ne demanderai pas Megan en mariage. Suis-je clair ?

— Il faut d'abord la débarrasser de ce Virus !

J'ai l'impression de parler dans le vide.

— Tu as entendu ce que je viens de te dire ?

— Mais oui, mais oui. On en reparlera.

Je suis scié. Il y a certaines fois où je ne la suis pas. Elle pose son œil face au scanner, la porte s'ouvre, je lui succède. Elle entre d'un pas décidé et se dirige directement au département des recherches. Nous entrons dans un bureau et attendons que le Professeur Davis nous reçoive. Granny s'installe sur un des fauteuils. Quant à moi je tourne en rond. J'observe ma montre, il est onze heures.

Le Professeur Davis entre avec une jeune femme. Elle doit avoir environ mon âge, blonde aux cheveux courts, élancée et de jolis yeux marrons. Le professeur, lui est dégarni, rondouillard, la cinquantaine passée avec des lunettes. Il a un dossier à la main, noté : Megan Tyler.

Je le connais depuis quelques années, ils se sont beaucoup côtoyés avec mon père.

— Monsieur le Doyen, Lady Mary, nous salue-t-il, en serrant nos mains. Mon assistante, le Professeur Emma Dwight.

— Enchantée, déclare-t-elle.

Pour toute réponse, je me contente de hocher la tête. Je veux savoir et ne suis pas d'humeur pour les civilités.

— Asseyons-nous, propose le Professeur Davis.

J'obtempère.

— Vous avez eu mon message Professeur Davis, donc vous connaissez les raisons de notre présence ici.

— Oui Monsieur.

— Alors ne perdons pas de temps.

Il s'éclaircit la voix, puis jette un regard vers son assistance.

— Nous avons les résultats des dernières analyses du Capitaine Tyler. Malheureusement, elle souffre d'une dégénérescence du système immunitaire, lié à un Virus. Un rétrovirus, précise-t-il.

Le verdict tombe.

— C'est à peu près les mêmes caractéristiques que pour le V.I.H. Sauf que ce n'est pas une maladie sexuellement transmissible. On pourrait dire qu'il a muté, complète Emma.

— D'où vient le Virus ? les Interroge Granny.

— Lady Mary, Monsieur, c'est compliqué, c'est… balbutie le Professeur Davis.

— On ne vous demande pas si c'est compliqué ! On vous demande de nous dire où le Capitaine Tyler a attrapé ce virus ! asséné-je.

Les deux médecins se regardent, gênés. Je crois que je n'ai même pas besoin d'avoir la réponse. Je la connais déjà.

— Ce Virus a été fabriqué dans un laboratoire. Le nôtre pour être précis, répond Emma.

— Alors comment expliquez-vous que le Capitaine Tyler l'ait contacté ?

Le Professeur Davis tire un peu sur le col de sa blouse avant de prendre la parole.

— Et bien… chaque enfant qui est issu de deux agents, reçoit un rétrovirus spécifique à son empreinte génétique à la naissance. On leur inocule dans les vingt-quatre heures qui suivent leur venue au monde.

— Vous êtes en train de me dire que chaque bébé destiné dans le futur à travailler pour l'Institut est soumis à un virus spécifique ?

— Oui Monsieur.

— Pourquoi ? grondé-je.

— Je l'ignore Monsieur. Cela fait environ un siècle que ça se passe comme ça. Nous ne faisons que suivre l'ordre établi. Le protocole, complète-t-il.

La colère me gagne, je fais un effort incroyable pour ne pas tuer ces deux « Frankenstein ».

— Le virus se développe ou se réveille à quel moment ?

demande Granny calmement.

— Jamais en général. Il est tout simplement endormi par une forme d'inhibiteur qui empêche son développement.

— Vraiment Professeur Davis ! Alors comment expliquez-vous qu'elle ait développé la maladie ?

Il tousse, mal à l'aise.

— Si un agent ne prend pas d'inhibiteur pendant six mois, le virus est libéré en quelque sorte, il se multiplie et infecte le métabolisme de l'agent. Il tombe malade. L'Institut ne pouvant se permettre d'avoir des agents dans la nature.

— Il s'écoule combien de temps avant la mort ? lâchai-je.

— En général, pas plus de trois mois. Le Capitaine Tyler a une résistance incroyable, déclame le professeur Davis comme si c'était la découverte du siècle.

Granny me sent bouillir de l'intérieur.

— Le traitement ? propose Granny.

— Il n'en existe aucun. Une fois que le virus est libéré, on ne peut plus l'endiguer.

— Et bien, vous allez en trouver un ! leurs ordonné-je.

Le professeur Davis semble choqué, alors qu'Emma est honteuse.

— Mais Monsieur, c'est impossible, se défend Davis.

Je me lève en tapant des deux poings sur la table.

— Que se passe-t-il quand les agents partent à la retraite ? temporise Granny.

— Ils prennent un traitement à vie et sont surveillés régulièrement par l'Institut, expose Emma.

— Écoutez-moi bien tous les deux ! Je me fiche de savoir comment, ni le temps que ça prendra, mais vous allez trouver un traitement ! Suis-je clair ?

— C'est impossible, répète-t-il tremblant.

— Ne me dites pas si c'est possible ou pas ! Nous sommes responsables de son état, et c'est à nous de trouver une solution !

Emma murmure je ne sais quoi dans l'oreille de son patron.

— On vous écoute ! lui intimé-je.

— On pourrait travailler sur la base des cellules souches, saines cette fois.

— Je ne suis pas médecin… en langue humaine s'il vous plaît ?

— L'Institut conserve le cordon ombilical de chaque enfant né ici. Il est stocké et étudié. Nous travaillons depuis des années sur les cellules souches…

— Ce ne sont que des hypothèses, la coupe Davis.

— Professeur, la biologie et la médecine ne reposent que sur des hypothèses à la base. Mais ça nous demandera trop de temps malheureusement. Le Capitaine Tyler à certes un système immunitaire hors du commun, mais il s'affaiblit inexorablement. Tout est en train de se dérégler.

— Il lui reste combien de temps ? l'interrogé-je en me rasseyant.

— Quelques semaines, un mois tout au plus. Une bronchite, où même un gros rhume pourraient atteindre les poumons et elle succomberait à une insuffisance respiratoire.

Le monde vient de s'écrouler malgré la voix douce et compatissante d'Emma.

— On n'aura jamais le temps, déclare Davis.

— Et l'inhibiteur ? demande Granny.

Le silence s'installe un instant, Emma à l'air d'y réfléchir sérieusement.

— Non, lui répond Davis.

—Désolée, Professeur, mais je ne suis pas d'accord. Il pourrait peut-être ralentir la progression du virus. Si elle en prenait quotidiennement et à hautes doses bien évidemment. Elle éprouvera une très grande fatigue, mais je pense ne pas trop m'avancer en disant que ce ne sera pas pire qu'aujourd'hui. Alors, on gagnera peut-être le temps nécessaire à l'élaboration du sérum. Mais je ne peux rien garantir, nous sommes dans l'expectative.

— C'est mieux que le pronostic vital du début, déclare Granny, toujours aussi positive.

Je me redresse.

— Mettez en place une équipe, je veux qu'elle travaille jour et nuit, Professeur Dwight.

Davis est outré.

— Je préfère quelqu'un qui y croit et a moins de galon, plutôt qu'un Professeur renommé qui baisse les bras, me justifié-je. La vie d'un être humain est en jeu.

— Bien Monsieur, approuve Emma. Il faudrait commencer le protocole dès aujourd'hui. Je pourrai lui faire l'injection ce soir ? propose-t-elle.

— Une voiture viendra vous chercher, je la préviendrai, expliqué-je.

— Je vais me mettre au travail dès maintenant, Monsieur, si

vous permettez ?

— Allez-y, rétorqué-je.

Les deux professeurs quittent la pièce. Je ne dis rien pour le moment, mais la colère qui parcourt mon être est bien présente. Je sors du bâtiment, sans un mot. Granny monte dans la voiture de golf.

— Tu as le droit d'être en colère Morgan et de l'exprimer.

— Il vaudrait mieux que je ne l'exprime pas Granny, sincèrement. Je pourrai être capable d'exterminé tout le monde en commençant par mon père !

— Je comprends.

— Je ne crois pas, non ! Granny, la perdre définitivement n'est pas une option envisageable. Comment peut-on faire subir ça à un être humain ?

— Tu n'es pas responsable Morgan.

J'ai la sensation désagréable que je suis bien le coupable. Malgré ce que m'a dit Megan, j'ai une très grande responsabilité dans son départ. Si elle n'était pas partie, rien de tout cela ne serait arrivé.

— Je le suis Granny. Ma famille l'est, alors je le suis, rétorqué-je acide. Cette fois, c'est certain, jamais elle ne me pardonnera.

Granny a cessé de parler, elle sait pertinemment qu'elle n'arrivera pas à me faire changer d'avis. Je m'arrête devant le bâtiment administratif afin de récupérer ma voiture.

— Tu rentres déjeuner, Morgan ?

— Non, j'ai prévu de déjeuner avec Megan. Mais je te ramène si tu le souhaites, je dois simplement passer par les cuisines avant.

— Volontiers. Tu vas en profiter pour lui dire, n'est-ce pas ?

— Évidemment, ce n'est pas comme si c'était une option. Je vais appeler Madame McAdams pour lui signifier que je ne viendrai pas cette après-midi.

Mon ton est plus dur que je ne le voudrais. Ce n'est pas volontaire. Mais mes nerfs ont été mis à rudes épreuves aujourd'hui et la journée n'est pas encore finie. Je tente de ne pas trop anticiper la réaction de Meg quand je lui dirai. En fait, j'aimerais ne pas y penser, sans succès.

Je démarre, après un rapide arrêt par les cuisines pour récupérer le pique-nique, puis dépose Granny chez elle. Au moment de descendre du véhicule, elle me gratifie d'un sourire qu'elle veut rassurant.

Je continue ma route jusqu'au haras. J'attrape le panier et cherche Megan. Je m'avance près du box de Blackpearl, il est à l'extérieur avec Ben et Megan. Il semble la bouder, chose qui n'est pas complètement folle quand on connaît l'animal. Max se tient juste à côté de sa maîtresse, il ne bouge pas. On a la sensation qu'il veille sur elle. Meg m'a terriblement manqué et j'ai envie de la prendre dans mes bras pour m'assurer qu'elle est bel et bien là.

— Bonjour Ben.

— Bonjour Monsieur le Doyen. Je tique. Bonjour Morgan, se reprend-il.

— Megan, la salué-je, comme si nous ne nous étions pas vus ce matin.

— Morgan.

— Blackpearl fait des siennes ? demandé-je en caressant son encolure.

Il se retourne vers moi et frotte sa tête contre la mienne.

— Il ne veut pas que je l'approche, déclare Megan. Il est en rogne, il refuse même mes carottes.

J'attrape une carotte et la lui tend. Il la mange sans rechigner.

— Quand on le connaît, c'est étonnant, raillé-je.

— Ça ne durera pas Mademoiselle Megan, la rassure Ben.

— Sauf s'il a vraiment le même caractère que toi, ris-je.

Megan se tourne vers moi, les deux poings sur les hanches. Elle me toise, allongeant son cou pour tenter de paraître plus grande. Comme elle l'aurait fait il y a des années de ça. Max s'est redressé et fait un pas en ma direction. On se demande s'il ne l'imite pas.

— Je vous laisse. Bonne journée, jeunes gens, nous lance Ben en s'éloignant.

Très courageux de sa part en y pensant.

— Comment aurais-tu réagi si les rôles avaient été inversés ? Si j'étais parti sans rien dire.

Elle grimace, fais la moue, se gratte le front.

— Mal je suppose.

— Tu supposes ? répété-je dubitatif.

— Ok. Je l'aurais très mal pris et je t'en aurais certainement voulu à mort. Une folle envie de t'éviscérer aussi.

Au moment où les mots franchissent ses lèvres, Megan réalise quelque chose, pourtant je ne serais pas dire quoi. Je tends mes paumes vers le haut. Alléluia !

— T'es en train de me démontrer que t'es pas un mec

143

normal.

— Et c'est quoi un mec normal ?

— Un mec normal est un type qui m'aurait incendié, qui justement m'en aurait voulu. J'en sais rien, tu vois…

— Je suis parfait, plaisanté-je.

— Parfait ? Nan là, tu rêves.

Nous partons dans un grand éclat de rire.

— Bon, nous allons trouver une solution. Je monte Blackpearl et toi ma jument.

— Tu montes Blackpearl, toi ? Il te laisse monter ? m'interroge-t-elle, incrédule.

— Je te l'ai dit, nous avons beaucoup de choses en commun.

— C'est bien ce qui m'inquiète, maugrée-t-elle.

Je mène Blackpearl jusqu'à la sellerie, Meg va chercher ma jument et nous rejoint. Nous sellons les chevaux et partons. Je prends la tête, le panier entre moi et l'encolure de Blackpearl. Megan nous suit. Je sais parfaitement où l'emmener.

Au bord de la rivière, ce coin qu'elle appréciait tant, avant. Je saute de Blackpearl avant même qu'il soit arrêté.

— Prétentieux ! me crie Meg.

Je lui fais une révérence, au moment où elle arrive à ma hauteur. Je vais pour l'aider à descendre, mais elle s'en offusque presque. Megan ne changera jamais.

Au moment où elle pose le pied au sol, le vent soulève ses cheveux. Je la trouve magnifique. Elle replace ses cheveux d'un geste rapide. Ne jamais perdre de temps, Megan est ainsi. Mais avons-nous vraiment le temps justement ? Quand je suis près d'elle, j'en oublierai presque ce mal qui la ronge de l'intérieur. Comment faire autrement ?

Megan m'observe quand je pose la couverture sur le sol. Blackpearl lui s'en va se dégourdir les jambes et certainement faire du gringue à ma jument. Max qui nous a suivis s'abreuve à la rivière.

— Assieds-toi, lui proposé-je.

— Tu essaies de me démontrer à quel point tu es parfait ?

— Pas la peine de te le prouver, je le suis.

— Morgan, tu vas finir par t'étouffer avec ton arrogance.

— Ça me rappelle une conversation, ris-je.

Megan s'installe sur la couverture que j'ai placé sous un chêne. Je sors du vin, les différents sandwichs qui ont été préparés, ainsi qu'une salade composée et des fruits.

— Merde Morgan. Tes élèves ne vont plus rien avoir à

manger à midi. T'as dilapidé les frigos de la cafette ou quoi ?

— T'es toujours en train de râler. De ce côté-là, tu ne changes pas.

Elle hausse les épaules.

— Pourquoi je changerais ?

— On se le demande en effet, ironisé-je. Tu ne peux pas simplement apprécier, juste pour une fois ? la suppliée-je.

— Mais j'apprécie, l'un n'empêche pas l'autre.

— Tu es désespérante Meg.

Je lui serre un peu de vin et nous mangeons. Mais je n'ai pas vraiment d'appétit. Je sais que très bientôt, je vais devoir lui annoncer ce que j'ai découvert. Ça me terrorise. Je fume une clope tout en finissant de ranger nos victuailles.

— Tu as l'air soucieux Morgan ?

— Je… je dois te dire quelque chose.

Devant mon air grave, elle se raidit.

— Viens là.

Je lui fais signe de se rapprocher de moi. Elle déglutit tout en avançant. Je m'allonge sur la couverture, elle fait de même et pose sa tête sur mon bras, une main sur mon torse.

— C'est si grave que ça ? murmure-t-elle.

— Ça l'est, en effet.

L'ambiance est plombée, je crois même la sentir tremblée un instant. Je raffermis ma prise sur elle.

— Explique Morgan, ne tourne pas autour du pot.

J'inspire profondément avant de parler.

— Je me suis entretenu avec le chef du département de recherche médicale. Il avait tes résultats et a confirmé ta maladie. C'est bien un virus, mais ce que tu ignores, c'est que…

J'ai du mal à trouver les mots, ils se bloquent inexorablement dans ma gorge.

— C'est que quoi, Morgan ?

— Megan. L'Institut est responsable de ta maladie. Ils nous ont inoculé à tous un virus alors que nous venions de naître. Ils sont latents, contrôlés par un inhibiteur puissant. Néanmoins, quand tu as quitté l'Institut, ton corps n'a plus reçu les doses nécessaires pour que le virus reste endormi. Il s'est réveillé.

— Morgan, je m'en doutais, m'avoue-t-elle en se redressant.

Je l'imite, sidéré. Elle remonte ses genoux sous son menton et noue ses bras autour.

— Tu t'en doutais ?

— Morgan, personne n'a jamais été malade à l'Institut. Je

quitte les lieux et six mois plus tard, je me retrouve condamnée. Bien-sûr, j'ignorais comment Ils avaient fait… mais… je sais qu'ils sont assez tordus pour faire un truc pareil.

J'ai du mal à réaliser. Pourtant, son raisonnement est plus que logique.

— Pourquoi ne m'as-tu pas fait part de tes doutes ?

— Pourquoi faire ? Qu'est-ce que ça change Morgan ?

— Tout ! Tu devrais me détester !

Meg tourne son beau visage vers moi et sourit tendrement.

— Pourquoi te détester ? Tu n'y es absolument pour rien. C'est ainsi, dit-elle comme si tout était logique.

— Je leur ai ordonné de trouver un traitement, mais ça risque de prendre un peu de temps, car ce virus est propre à ton organisme.

— Et du temps, on en manque, n'est-ce pas ? Combien ?

Ses yeux me supplient de lui donner la réponse qu'elle attend. Je manque de courage, comme si le fait de le dire à haute voix rendait l'échéance encore plus réelle.

— Morgan. J'ai le droit de savoir, insiste-t-elle.

— Quelques semaines. Peut-être un mois.

Elle encaisse sans rien dire. J'admire son sang-froid et le crains aussi.

— Je dois régler mes affaires en cours au plus vite, déclare-t-elle naturellement.

— Megan, ce n'est pas fini. On a peut-être trouvé un moyen de ralentir la progression de la maladie. Cependant, il est impératif que tu commences dès ce soir. On va te donner de fortes doses de ce fameux inhibiteur, tu risques d'être très fatiguée. Mais on a une chance.

— Une chance… pourquoi te donner tant de mal ? Pourquoi rester avec moi ? Tu devrais…

— Quoi ? Partir ? Faire comme toi ? Je ne peux pas te laisser ! J'en suis incapable !

Megan se lève, je ne la comprends pas. Pourquoi baisser les bras ainsi ? Pourquoi suis-je le seul à vouloir me battre ?

— Ce n'est pas sain pour toi.

— T'es psy maintenant ? Merde Meg ! Tu pourrais éviter de décider pour moi encore une fois ?, m'écrié-je, hors de moi.

— Je ne décide pas pour toi. Mais je n'ai aucun avenir ! Nous n'avons aucun avenir ! cingle-t-elle.

Elle est au bord des larmes, et moi sur le point d'imploser. Elle se dirige vers le grand chêne. Je bondis sur mes pieds et mes mains se posent directement sur ses épaules. Je l'oblige à me regarder, son dos heurte le tronc.

— Il n'y a rien sur cette terre qui te retienne, qui te donne envie d'te battre ? Absolument rien ? demandé-je, acerbe.

— Bien sûr que si ! Grâce, Bryan, Key, Prue et… toi, murmure-t-elle. Mais que puis-je faire pour changer l'inexorable ? Sa voix se brise.

Mes mains prennent son visage en coupe, j'en dessine les traits. Mon pouce caressant ses lèvres.

— Bats-toi ! Laisse-moi t'aider ! Te soutenir ! Et surtout, laisse-moi t'aimer.

Elle glisse sa main dans mon cou, l'intensité de ses yeux me transperce. C'est douloureux. Je l'aime, c'est la stricte vérité. Je l'ai toujours aimée. Je ne peux pas faire autrement. Ça me prend aux tripes. C'est en moi. Cette boule sur mon estomac me le fait comprendre et quand j'imagine ma vie sans elle, c'est tout bonnement impossible.

Comme à l'époque, je suis prêt à tous les sacrifices et bien plus encore. J'ai vécu sans elle pendant quatre ans, ne sachant pas si elle était en vie. Je ne pourrai pas supporter qu'elle meure. C'est au-dessus de mes forces.

— Tu n'as pas le droit d'abandonner, pas maintenant. Jamais ! Je te l'interdis !

Elle baisse juste un instant le regard, et ce que j'y vois après me bouleverse. Ses pupilles brillent d'une lueur étrangement forte. Ses lèvres tremblent, j'ai la sensation qu'elle ne saisit pas ma démarche.

— Morgan, souffle-t-elle.

Ses lèvres se font avides sur les miennes. Les paumes de mes mains se posent à plat sur le tronc, je me nourris d'elle. J'ai désespérément besoin d'elle. Besoin qu'elle y croie. La situation m'échappe, ma bouche cherche son cou, sa clavicule, puis mes mains partent à l'assaut de son corps. Nos gémissements s'entremêlent.

Megan me repousse gentiment, elle passe ses doigts délicats dans mes cheveux. Nos souffles sont courts.

— Je commence ce soir alors, c'est bien ça ?

— C'est bien ça Meg.

— Et je gagnerai combien de temps ?

Je la serre dans mes bras.

— J'en ai aucune idée.

— Chouette perspective, grommelle-t-elle.

147

— J'aimerai pouvoir faire plus, avoué-je.

— Comme quoi ? Prendre ma maladie ?

Dans sa voix, je sens presque un reproche.

— Si ça pouvait te sauver la vie ? Oui, assuré-je.

— Morgan, tu n'es pas responsable de toutes les saloperies faîtes par l'Institut.

Je soupire de lassitude, je me sens indubitablement coupable. Elle aura beau dire ou faire ce qu'elle veut, c'est ainsi. J'embrasse son front.

— Tu ne lâcheras pas hein, Morgan ? poursuit-elle.

Le timbre de sa voix est un joli mélange d'espoir et de critique.

— Jamais, affirmé-je.

Elle se contente de me sourire, elle semble presque gênée de ma réponse. Je n'ai jamais connu quelqu'un d'aussi peu enclin à se laisser aspirer par les sentiments. Même si elle a réellement changé, le fait de savoir qu'elle est peut-être condamnée refait sortir ses vieux démons.

Cependant, moi aussi j'ai évolué, et je ne la laisserai plus jamais tenté d'envenimer les choses entre nous. Je refuse qu'elle gâche tout de peur que je ne souffre après. Si on ne se bat pas pour les gens que l'on aime, pour qui nous battrons nous.

Megan m'a tant appris sur moi-même. J'ai découvert qui je suis, et surtout ce que je ne voudrai certainement pas être. Rien que pour ça, je ne pourrai pas faire comme si elle n'existait plus.

MEGAN TYLER

Chapitre VII

Morgan vient de nous ramener au manoir en voiture, le trajet a été silencieux. Trop même. J'ai mal à la tête, mais je ne dis rien, sinon je sais que Morgan risque de s'inquiéter. Mon esprit est empli de pensées de toutes sortes. Morgan, ma maladie, Bryan, Grace, notre avenir. Tout ce mélange. Mais quand j'observe l'homme qui se trouve à mes côtés, je me demande simplement comment j'ai trouvé la force de partir.

J'ai tenté de me reconstruire, tenté d'apprendre à vivre sans me dire que tout était noir, sans lui. Mais la vie est quelques fois curieuse et la présence de Bryan et Grace en sont un bon exemple. La tendresse que j'éprouve pour eux est réelle. Je ne pensais même pas être capable d'aimer à nouveau en quittant l'Institut et pourtant j'aime ces enfants.

Cependant, ces quatre ans loin d'ici ont été dures par certains côtés, car même si j'avais ma liberté, je ne l'avais pas complètement avec l'obligation de changer de lieu tous les six mois. D'autant plus avec la maladie qui me ronge depuis tant d'années. Morgan est si naïf parfois. Je n'avais pas la preuve que l'Institut était coupable, mais pour moi, ça ne faisait aucun doute.

Quand j'ai revu Morgan dans les bois pour la première fois après ces quatre années, les émotions qui m'ont assaillie étaient diverses. J'ai cru un instant que l'Institut l'avait envoyé me tuer. Comment ne pas y penser ? Mais ses yeux bleus, son visage m'avaient frappée de plein fouet, comme si je venais simplement de me rendre compte de ce que j'avais perdu pendant toutes ces années.

L'intensité de son regard avait suffi à réanimer ma mémoire : le son de sa voix, la douceur de sa peau, les paroles qu'il a prononcées la dernière fois que je l'ai vu, les promesses d'amour qu'il m'a faîtes et la douleur de notre passé commun. Tout. Absolument tout m'était revenu.

Maintenant je suis là, il est là, juste à côté de moi et mon être entier brûle pour lui. Comme à l'époque, les obstacles se dressent et comme avant, Morgan refuse de s'avouer vaincu. J'admire sa force de conviction. J'admire aussi tout le chemin qu'il a parcouru. Lui qui était terrorisé à l'idée de devenir Doyen, je trouve qu'il s'en est très bien sorti. Il a toujours eu cette prestance, cette autorité naturelle qui le caractérise et c'est un homme juste. Enfin, la plupart du temps.

Je descends de la voiture et soupire. Je me demande simplement comment expliquer ce qui m'arrive à Bryan. Comment va-t-il réagir ? Ce n'est pas facile pour lui en ce moment. Il éprouve un grand besoin d'indépendance que je ne sais pas lui donner. Nous sommes souvent en désaccord. J'aimerais qu'il comprenne ma position, mais je sais aussi que je dois faire un effort. Max se place face à moi, sa patte se posant sur ma cuisse, comme s'il ressentait mon humeur. Je flatte son flanc.

J'ai très peu de temps pour tout ce que je voudrais faire, j'en suis consciente. J'ai la sensation étrange de replonger dans cette forme de fatalisme qui me caractérisait à l'époque. Peut-être parce que j'ai encore plus conscience de ce que je vais perdre. Certains moments, je ne comprends pas Morgan. Pourquoi s'obstiner à vouloir que l'on soit ensemble vu le peu de temps qu'il me reste ?

J'essaie tant bien que mal de chasser de mon esprit ces réflexions qui me donnent encore plus mal à la tête. Je sens une main sur mon épaule. Morgan s'angoisse silencieusement, je souris pour le rassurer. Nous entrons dans le manoir, chez Lady Mary, Max fait le tour de la propriété en courant.

Elle est dans le jardin et coupe quelques roses fanées.

— Je dois passer un coup de fil, s'excuse Morgan.

J'acquiesce et me dirige vers cette femme qui nous a toujours soutenus. Elle porte un grand chapeau de paille.

— Megan ! m'apostrophe-t-elle. Le déjeuner était bon ?

— Excellent, Lady Mary. Merci.

— Grace dort, m'informe-t-elle. Je pense que c'est le changement de climat, plaisante-t-elle.

Elle s'installe sur l'un des nombreux bancs de la propriété. Elle m'invite à faire de même, je m'exécute.

— Morgan t'a parlé ?

Ce n'est pas vraiment une question, je pense qu'elle ne la pose que pour la forme.

— En effet.

— Donc tu sais que l'Institut n'est pas étranger à ta maladie.

— Oui, même si je m'en doutais.

— On pourrait croire que tu souffres du syndrome de la

persécution, vu la façon dont tu le dis.

— Je pense que c'est bien plus qu'un syndrome dans mon cas. J'avais de bonnes raisons pour penser cela.

— Exact mon enfant. Morgan ne s'arrêtera pas tant qu'il n'aura pas un traitement. En as-tu conscience ?

Je secoue la tête.

— Je sais.

— On a tous des projets dans la vie, et cela, à tout âge, quels sont les tiens ?

— Survivre au mois, ris-je amer.

— Megan, désapprouve-t-elle.

— Je n'en ai aucune idée Lady Mary. Je ne sais pas pourquoi, mais j'ai un mal fou à me projeter dans l'avenir, raillé-je.

— Au moins, tu n'as pas perdu ton sarcasme. Si tu n'étais pas malade ?

— Je l'ignore.

Réellement, je ne sais pas. Je me suis rarement épanché sur le sujet. Jamais en vérité. En revanche, je savais ce que je ne voulais pas.

— Il te faut un but Megan, n'importe lequel que ce soit familial, amical, amoureux peut-être, énonce-t-elle avec un clin d'œil. Mais tu as besoin d'un but, de n'importe quoi à te raccrocher. Tu veux vivre ?

— Bien-sûr ! rétorqué-je du tac au tac.

— Et bien, c'est un but où je ne m'y connais pas.

Je détourne le regard un petit moment.

— Je suis désolée Lady Mary, mais Morgan n'a vraiment pas besoin de ça en ce moment et vous non plus.

— Détrompe-toi. Morgan a besoin de toi et ce n'est pas nouveau.

Je baisse la tête un instant, devant son ton déterminé. J'en suis gênée.

— Je ne sais pas, je lui attire plus d'ennuis qu'autre chose.

— Il n'a pas besoin de toi pour ça. Il sait faire ça très bien, sans aide extérieure, plaisante-t-elle.

Elle arrive à me décrocher un sourire. Elle sait pour nous deux, elle l'a toujours su, j'ignore comment, mais elle le sait. Curieusement, ça ne me dérange pas outre mesure. J'ai confiance en elle. Lady Mary ferait tout pour Morgan et c'est un soulagement pour moi.

Lady Mary rit désormais. Morgan se joint à nous.

— De quoi parlez-vous ? demande-t-il.

— De toi Morgan. Ça devient une habitude mon fils.

— Et je peux savoir de quoi on m'accuse ?

— De tout. Nous ne sommes que de pauvres femmes, il faut bien que les hommes paient, explique-t-elle en s'esclaffant. Moi, je retourne à mes fleurs. Bon après-midi les enfants.

Son ton est empli de sous-entendu, mes joues surchauffent.

— Elle est en forme, constaté-je.

— C'est rien de le dire.

Il est face à moi et m'interroge du regard.

— Vous parliez de quoi ?

— On vient te le dire.

— Mais encore.

— C'est confidentiel et tu ne devrais pas aller travailler ?

Il opine un non de la tête. Je fronce les sourcils.

— Je sèche, dit-il fièrement.

— Morgan, ce n'est pas raisonnable.

— Aurais-tu oublié à quel point je suis déraisonnable ?

Il me fait sourire.

— Ok, donc de ce point de vue-là, tu n'as pas changé.

— Je suis parfait. Pourquoi changer ?

Il prend son air le plus hautain pour le dire. Il y quelques années, j'aurais grincé des dents. Mais pas aujourd'hui. Il est trop drôle.

— On se l'demande.

— J'ai été parfait la nuit dernière et dans la cuisine ce matin. Du moins, il me semble, susurre-t-il, ce qui lui vaut un léger coup de poing dans le plexus.

— Morgan, y a ta grand-mère à moins de dix mètres ! le disputé-je.

Il hausse les épaules.

— Elle n'entend rien.

— Dis que je suis sourde comme une vieille peau Morgan Matthews ! Je t'en prie.

J'éclate de rire, alors que je devrais être franchement gênée et même plus que ça. Mais la tête de Morgan à ce moment précis vaut tout l'or du monde. Je me plie en deux sous la force de mon rire. Je tape le bras de Morgan. Il ronchonne et se gratte la tête.

Quant à Lady Mary, elle poursuit son chemin, mais non s'en m'avoir gratifié d'un clin d'œil.

— Ce n'est pas drôle, grommelle-t-il.

— J'te jure que si !

— Nan ! Elle est pire qu'une sorciè…

Je lui plaque une main sur la bouche.

— Tais-toi, tu risques encore de dire une bêtise, pouffé-je.

Il m'entraîne avec lui un peu à l'écart et me colle le dos à un arbre. Nous sommes en retrait par rapport à sa grand-mère, puis m'embrasse.

— Tu vois ma langue devrait toujours être là, dit-il en touchant ma lèvre du bout du doigt.

Je tente de le repousser.

— Je vois, mais c'est complètement irresponsable… même de ta part. Quelqu'un pourrait nous voir et…

— Et quoi ? Il n'y a que Granny et ses fleurs et quand bien même…

Il hausse à nouveau les épaules.

— Morgan, y a des moments où je m'inquiète pour ta santé mentale, désespéré-je.

— Moi, c'est pour toi que je m'inquiète tout court, déclare-t-il le plus sérieusement du monde.

— Je. Vais. Bien, insisté-je. Arrête de me materner.

— Tu sais de quoi j'ai envie là tout de suite ?

Argh ! Je crains le pire avec lui. C'est dingue, c'est à se demander s'il ne pense pas qu'à ça !

— Morgan. Ce n'est ni le lieu, ni le moment.

— Megan, sache que tu as l'esprit mal placé ! Je ne pensais pas au sexe.

— Vraiment ?

— Vraiment. Mais maintenant que tu le dis…

Il se penche vers moi, je fais un pas sur la droite pour l'éviter. Il pose ses grandes mains sur le tronc en soupirant.

— Alors à quoi pensais-tu ? demandé-je les deux poings sur les hanches.

— À Grace. On pourrait l'emmener faire un tour de poney après sa sieste ?

Ok, j'avoue que je suis surprise, je m'attendais à tous sauf à Grace.

— Pourquoi pas.

— Autre chose. Matt s'est invité ce soir au cottage avec toute la bande, se serait bien si Bryan venait. Il pourrait faire plus ample connaissance avec ton frère.

— Ils vont lui faire peur, ouais !

— Megan…

— Ok

— Veux-tu que je demande à ma sœur de l'accompagner. Au moins, il y aura quelqu'un de son âge.

— Je ne sais même pas où il est, me lamenté-je.

— T'as pas mis une puce électronique dans son caleçon ? se moque-t-il.

— Non et si tu veux tout savoir, j'ai même déconnecté le traceur de son portable !

— Waouh ! Je suis très impressionné. Tu deviens grande, dit-il, taquin.

Il m'horripile quand il fait ça ! C'est vraiment le mot !

— Je te déteste Morgan Matthews ! déclaré-je.

— Ça faisait longtemps, ricane-t-il.

J'abandonne et me dirige vers le manoir. Il se place devant moi et marche à reculons.

— Tu pars toujours au quart de tour, remarque-t-il.

Je hausse les épaules. Je suis comme je suis. Mon caractère impulsif est toujours présent, même si je me contrôle mieux. Max me suit fièrement. À ce moment précis, sort Grace qui vient à peine de se réveiller. Elle est encore dans le brouillard. Elle se frotte les yeux et m'enlacent.

Ensuite, elle lève les yeux vers Morgan avant de se jeter dans ses bras. Il a un don avec elle, ce n'est pas possible autrement. Grace n'est pas quelqu'un qui se lie facilement en général. Pourtant, avec lui et Lady Mary, tout semble différent. Je ne sais pas, peut-être que Gracie sent que ces gens ne lui veulent pas de mal.

Je ne connaissais pas ce trait de caractère chez Morgan. Mais cette facilité qu'il a avec Grace et Bryan me surprend. Il est vrai que les gens changent. Il est vrai aussi que je sais qu'il s'est toujours occupé de sa petite sœur. Gracie aura besoin d'être entourée et aimée quand je ne serai plus et je suis certaine que Morgan fera son possible avec eux.

Il y a aussi mon frère, mais je sais qu'il n'y a qu'avec Morgan qu'ils seront totalement en sécurités et c'est tout ce qui m'importe.

J'aime l'image que j'ai devant les yeux. Gracie fermant les yeux, la tête posée sur l'épaule de Morgan. Pourtant, mon cœur se serre et je suis à deux doigts de pleurer, sachant qu'il me reste si peu de temps à partager avec eux.

Il la berce de ses grands bras protecteurs, tout en caressant le haut de ses épaules. Je détourne les yeux juste un instant et vois Lady Mary observer la scène, attendrie. Max si protecteur d'habitude envers les gens qui approchent Gracie semble approuver.

Je me demande parfois où est donc passé cet homme si hautain et égoïste que j'exécrai. Je sais depuis quelques années que ce n'était qu'une façade. Je n'ai pas cherché à l'époque à le connaître plus, malgré les tentatives de mon frère. J'ai dépensé énormément d'énergie à le détester et désormais je m'en veux, il ne méritait pas mon acharnement de l'époque. C'est le passé et je ne peux rien n'y changer.

— Megan ?

Je secoue la tête légèrement pour revenir à l'instant présent.

— Oui.

— Si tu es fatiguée, je peux emmener Grace tout seul si tu le souhaites ? propose Morgan.

— Non, tout va bien. Je vous accompagne.

— Tu es certaine que…

— Oui, le coupé-je.

— Ok, alors je m'occupe du goûter, pendant que vous vous préparez mes demoiselles.

J'acquiesce et monte Gracie dans la chambre.

— Morgan est très gentil, déclare-t-elle.

— C'est vrai.

— Et Granny aussi.

— Depuis quand l'appelles-tu Granny ? demandé-je, étonnée.

— Tout à l'heure, c'est elle qui me la dit. Elle a dit que c'est plus simple.

Je souris, en l'aidant à mettre un pantalon et des chaussures, puis nous descendons. Morgan nous attend sur le perron. Nous grimpons dans sa voiture tandis que Max s'y engouffre en vitesse.

— Il est meilleur que certains gardes du corps ce chien, rigole Morgan. Jamais, il vous lâche.

Max grogne.

— Je l'ai très bien élevé, affirmé-je.

— En effet. Tu aurais pu te recycler, pouffe-t-il.

— Max, c'est mon meilleur copain ! déclare Grace.

Direction le haras. Grace est surexcitée, elle discute de tout et de rien. Passant de son frère aux poneys, à Max, au piano.

Morgan rigole tout en écoutant Grace. Une fois arrivé, nous lui ouvrons la portière. Elle trépigne d'impatience et son visage respire la joie de vivre.

— Bonjour Monsieur Ben ! chantonne-t-elle en le voyant.

— Bonjour Mademoiselle Grace, répond ce dernier avec un sourire.

Il nous gratifie d'un simple signe de tête, puisque nous nous sommes vus le matin même.

— Alors, prête Mademoiselle Grace.

— Toujours !

— Bien, allons voir Moon.

Gracie sourit de toutes ses dents et suit Ben. Mes yeux ne peuvent s'empêcher de regarder en direction du box de Blackpearl, il ne me pardonne pas de l'avoir laissé. Le connaissant, ce n'est pas étonnant. Blackpearl a été mon meilleur ami, et ça me touche profondément, même si Ben a raison et que ça ne durera pas. Morgan s'est parfaitement occupé de lui, je lui en serai toujours reconnaissante.

Grace revient avec Ben tenant la bride du poney. Elle porte sa bombe fièrement, les épaules bien droites. Elle est très concentrée sur ce qu'elle fait. Je suis admirative, je ne peux pas m'en empêcher.

Ben entre dans le manège et commence à la faire tourner. Morgan et moi sommes accoudés à la barrière. J'essaie de parer une éventuelle chute qui n'aura certainement pas lieu, mais c'est involontaire. J'ai toujours peur pour elle.

Cela fait plus d'une heure et a priori, elle n'a pas l'intention de s'arrêter.

— Bientôt elle va réclamer la taille au-dessus, Megan.

— J'en ai bien peur, mais elle est trop petite pour les chevaux, m'angoissé-je.

— On pourrait peut-être simplement la prendre avec nous quand nous montons ? propose-t-il. Au moins une fois.

Je grimace, nous avons beau être d'excellents cavaliers, si elle venait à tomber. Je me frotte le front.

— Je ne sais pas si… elle est tellement petite… je…

— Rappelle-moi à quel âge tu es montée ?

— C'était différent.

— La seule différence, c'est que tu t'inquiètes pour elle.

— Et c'est normal ! me rebiffé-je.

— J'ai jamais dit le contraire, se moque-t-il.

Je ne sais pas s'il se rend compte à quel point sa sécurité m'importe. Je suis responsable de sa vie et je refuse qu'elle se mette en danger pour rien.

— Elle se débrouille bien, admet Keylyan qui vient de nous

rejoindre avec Prue.

— Je trouve aussi, approuve Morgan.

— Elle est mignonne, déclare Prue. Vous avez l'air d'aller bien, constate-t-elle avec un clin d'œil.

— Ça va, rétorqué-je. Et vous deux ?

— Bien, on vous cherchait et on nous a dit que vous étiez là...

— Oui, on voulait rencontrer cette petite fille, le coupe Prue enjouée. Elle est très concentrée sur ce qu'elle fait.

— Toujours, en règle générale. Elle est comme ça.

— Wow ce serait presque une mini Megan, plaisante Prue.

— Hé ! m'insurgé-je.

— Non quand-même pas, intervint Morgan. Elle est trop gentille pour ça !

J'incendie Morgan du regard, tandis que Prue et lui s'esclaffent. Mon frère se contente de secouer la tête. Ben sort du manège avec Grace, elle nous fait coucou d'une main.

Elle revient quelques minutes plus tard en sautillant.

— Tu as vu maman ?

— J'ai vu.

— Je suis grande ! Pas vrai Morgan ?

Je sais pertinemment où elle veut en venir.

— C'est vrai.

— Oui Grace, c'est exact, mais n'y pense même pas. Tu es trop petite pour les chevaux.

— Mais maman, râle-t-elle.

J'acquiesce de la tête.

— Non Grace. N'insiste pas.

Elle m'offre sa plus jolie moue boudeuse, croise les bras sur sa poitrine, mais je ne céderai pas.

— Dur en affaire ta mère, se marre Key.

Il a dit « ta mère », je trouve l'attention charmante.

— Trop. T'es qui toi déjà ?

Grace n'a aperçu mon frère que la nuit de notre arrivée, je suppose à juste titre qu'elle n'en a aucun souvenir. Cette soirée a été difficile pour elle.

Mon frère s'accroupit et tend une main vers elle. Grace la lui serre.

— Je suis Keylyan le frère de Megan, se présente-t-il. Et elle s'est Prue.

— Salut, répond-elle. Moi, c'est Grace.

— Je sais, acquiesce Keylyan.

Il se relève, elle fronce les sourcils et l'observe un instant avant de chercher mon regard.

— J'ai faim ! déclare-t-elle.

— Ça tombe bien, sourit Morgan en montrant un panier.

On se dirige tous vers des tables de pique-nique sous un arbre. Morgan sort des cookies et du gâteau au chocolat ainsi que du jus d'orange.

Je vais vraiment finir par croire que ce type est vraiment parfait.

Keylyan et Prue observent Grace dévorer le goûter, je rigole devant son nez tout barbouillé de chocolat. Je lui essuie, elle grimace. Comme à son habitude.

— Ben a dit que bientôt il va m'emmener me promener en poneys, mais pas dans le manège, assure-t-elle.

— Wow. Félicitation Princesse Grace, applaudit Morgan. Vous serez très bientôt une cavalière émérite.

— C'est quoi « émérite » ?

— Très bonne question Grace, alors Morgan une explication ? se moque Prue.

— Émérite et bien, c'est... simple. Cela veut dire que tu vas devenir une cavalière brillante, excellente, très douée... Une championne.

Son regard est perplexe.

— Ça existe des princesses championnes ? demande-t-elle sérieusement.

— Pourquoi pas, rétorque Morgan. J'en connais même quelques-unes.

Un sourire lumineux fend le visage de Grace. Elle se lève et appelle Max. Gracie part en courant et le chien la suit en jappant. Je tente de graver dans ma mémoire tous ces moments de joie avec elle. Je sais que dans les instants difficiles, ils seront un réel réconfort.

Le regard de Morgan sur moi est limpide. Je sais qu'il veut que je parle de ma maladie à mon frère et Prue. Mais je n'en ai pas le courage. J'ai la sensation désagréable d'être une bombe à retardement qui menace à tout instant d'exploser.

— Alors, il parait que l'on se retrouve tous au cottage de Morgan.

— Il parait Prue. Matt, c'est invité, râle Morgan.

— On ne voudrait surtout pas... déranger, raille mon frère.

— Oui, surtout que Meg a vraiment l'air très fatiguée, surenchérit Prue.

S'il est vrai que je suis fatiguée, Morgan n'a rien avoir avec ce fait. Je préférerais d'ailleurs. Ma gorge me gratte, je me retiens de tousser. Je ne veux inquiéter personne et certainement pas Morgan.

Mon frère se contente de secouer la tête, Prue rit sous cape.

— Nous, on a quelque chose à t'annoncer Meg ! déclare Prue en s'installant sur les genoux de mon frère.

Keylyan grimace.

— Ça peut attendre Prue.

— Pourquoi attendre Key. Tout le monde est au courant, elle est là non ?

— Peut-être, mais on aurait pu lui dire ce soir.

— Hé ! interviens-je. Je suis là ! Pourriez-vous éviter de parler de moi à la troisième personne !

S'il y a bien une chose que je ne supporte pas, c'est bien que l'on fasse comme si je n'existais pas. Key et Prue le savent pertinemment. Je lance un regard dur à mon frère.

— On va se marier ! déclare Prue radieuse.

Mon visage se fend dans un sourire lumineux. Je suis vraiment ravie pour eux. Je vais enlacer Prue, tout en observant Morgan. Lui aussi sourit, mais pas totalement.

— Les félicitations sont de rigueurs, je crois ?

— En effet, réponds mon frère avec un clin d'œil.

Il se lève et m'enlace. Je profite de cet instant devenu si rare.

— Tu seras mon témoin Meg ! affirme-t-elle.

Je tique un instant, déglutis avant de répondre.

— Oui, c'est prévu pour quand ?

— Dans deux mois, ça va venir tellement vite, s'enthousiasme-t-elle.

Je cherche le réconfort dans les yeux de Morgan, il tente de me rassurer avec un sourire.

— En effet... trop. Ma fin de phrase n'est pas audible.

Je tourne la tête en direction de Grace qui joue toujours. Une grande lassitude s'empare de moi. Mais elle est plus psychologique que physique, même s'ils s'influencent l'un et l'autre. Je me rends compte de tout ce que je risque de manquer. J'ai besoin de m'asseoir un moment. Je recule et m'adosse à une table de pique-nique. Je me force à sourire, même si je n'en ai pas envie.

— Je vais vous ramener. Je dois me préparer, il parait qu'il y a entraînement ce soir, marmonne Morgan.

Mon frère s'esclaffe.

— Grace, Max, on rentre. On doit récupérer tes affaires au manoir.

— Déjà maman.

— Oui, ma chérie.

Une adorable moue s'étale sur son visage, mais elle vient quand même en tendant sa main vers la mienne. Je lui serre et regarde Morgan pour lui signifier qu'on est prête.

— À plus, tous les deux.

— Salut Meg. De toute manière, nous aussi on rentre, déclare mon frère.

Nous suivons Morgan jusqu'à la voiture. J'attache Grace tandis que Morgan dépose le panier dans le coffre. Le trajet est silencieux. Je ne peux pas m'empêcher de penser à mon frère et à Prue, je suis heureuse pour eux. Mais d'un autre côté… je ne serai certainement pas là pour le grand jour. Je sais que je dois leur en parler, mais je refuse que Prue ou bien mon frère soient tristes alors qu'ils vont se marier. J'expulse un long soupir.

À peine arrivés au manoir, je me rends dans la chambre qu'occupe Grace. Je prépare ses affaires, range ses sacs et ses peluches puis je m'installe assise sur son lit en serrant contre moi son doudou.

Je n'entends même pas la porte s'ouvrir, je sens simplement que le lit s'affaisse. Je secoue la tête pour reprendre pied dans la réalité en voyant les traits angoissés de Morgan.

— Ça va ?

— Oui.

— Meg ?

J'élude sciemment, me redresse et vais pour attraper les sacs. Je sens une grande main s'en saisir avant moi. Je relève la tête vers le haut et je suis accueillie par un sourire.

— Laisse, m'intime-t-il.

J'écarte les mains en signe de reddition et accepte son aide. Nous descendons, je vois Grace enserrer le corps de Lady Mary pour lui dire au revoir. J'attends sagement mon tour, puis elle m'enlace.

— Merci encore Lady Mary.

Elle se contente de sourire et relâche sa prise sur moi. Je tends ma main en direction de Grace, elle s'en saisit et nous sortons pour rejoindre la voiture. Max entre et j'installe Grace dans le siège à l'arrière, tandis que Morgan charge le coffre. Je prends place à l'avant et attends que Morgan démarre. Je n'ai vraiment pas envie de parler.

Je me remémore la discussion que j'ai eue avec sa grand-mère. Elle me parlait de but, le mariage de mon frère en est un, mais de là à ce que ça influe sur ma maladie, ça m'étonnerait. Je cale ma tête contre la vitre en soupirant, à l'arrière Grace discute avec Morgan. Je ferme les yeux un instant, mais je ne suis pas vraiment la conversation, je crois saisir « Londres », « piscine » « Granny » sans en être certaine.

La voiture s'arrête, ce qui me fait ouvrir les yeux. Je vois les sourcils froncés de Morgan, encore et toujours cette inquiétude qui déforme ses traits. Je soupire, j'aimerais tant que cela disparaisse. Il tend sa main pour m'aider à sortir de la voiture. Grace est déjà partie à l'aventure dans la maison.

Je vais pour aider Morgan à décharger, mais il a déjà tout pris en main. Je le suis, il pose une partie dans la cuisine et emporte le reste dans la chambre allouée à Grace. Je déballe simplement quelques affaires et quelques jouets, ainsi que ses doudous. Je sens le regard de Morgan dans mon dos. Je n'ai pas envie de discuter, mais vraiment pas. Un mal de crâne perfide s'est invité dans ma tête et je ne veux qu'une seule chose qu'il s'en aille.

Je retourne dans le salon, Grace flatte Max. Morgan arrive un petit moment après, il s'est changé et arbore un jean et un tee-shirt près du corps. Son sac de sport sur l'épaule.

— Je dois y aller, déclare-t-il.

Grace s'avance vers lui.

— Tu vas où ?

Morgan se penche pour lui répondre.

— À l'entraînement.

— De quoi ?

— De rugby.

Elle acquiesce, puis se tourne vers moi.

— On peut y aller maman ?

— Non ma chérie. On ira dimanche, il y a un match.

Grace semble déçue, mais pas plus que ça. Elle se contente d'aller bouder dans le salon en appelant Max. Je reporte mon attention un instant sur Morgan qui m'observe, les yeux plissés. J'ai envie de lui hurler d'arrêter de faire ça. Que je n'ai pas besoin qu'il s'inquiète à la moindre de mes réactions.

Il pose un doigt sur mes cernes.

— Repose-toi, me murmure-t-il. Je me charge de trouver Bryan.

Je me contente de hocher la tête, tandis qu'il sort de la maison. J'espère simplement qu'il va se défouler un peu et oublier tout ça. Je vais chercher mon ordi, des crayons et des feutres pour Grace. Je m'installe en tailleur sur le canapé et vérifie mes mails, donne mon avis à mes clients sur certaines futures acquisitions. Mais j'éteins rapidement, j'ai la sensation que ma tête va exploser. Je ferme les yeux, puis finis par m'endormir.

Quand j'ouvre les yeux un peu plus tard, j'ai toujours mal au crâne, même le sommeil n'a pas réussi ne serait-ce qu'à l'estomper. Je porte mes mains à ma tête et observe Grace. Elle est à plat ventre sur le tapis en train de dessiner, très concentrée sur ce qu'elle fait, Max roulé en boule auprès d'elle. Je regarde l'heure et me lève. Je me penche pour caresser la tête de Grace et me rends dans la cuisine pour tenter de trouver un médicament.

Je cherche dans les placards à ma hauteur, mais sans grand succès. Je soupire, la sensation d'être complètement perdue. Je ne pense pas que c'est un quelconque rapport avec la maison. J'erre sans vraiment savoir où j'en suis dans ma vie, ou du moins ce qu'il m'en reste. Je me retourne et pose mon dos contre le plan de travail en fermant les yeux tout en massant mes tempes. J'entends un bruit de porte de placard s'ouvrir. Ma tête suit immédiatement le son et me retrouve nez à nez avec Morgan qui dilue un cachet dans de l'eau avant de me le tendre. Son sac de sport toujours sur l'épaule et ses cheveux encore humides de la douche. Je me saisis du verre.

— Merci.

Il quitte la cuisine, j'avale la mixture et grimace.

— Maman !

Je la rejoins dans le salon. Elle est toujours allongée sur le ventre, les pieds en l'air et croisés. Elle semble contrariée.

— Oui mon ange ?

— J'arrive pas à dessiner Max, râle-t-elle.

Je grimace.

— J'suis pas doué en dessin, mais alors pas du tout.

Par contre, avec un flingue à la main, maman excelle.

Morgan descend l'escalier.

— Fais voir Grace.

Je regarde Morgan s'allonger à côté de Grace, lui prendre le crayon.

— Tu sais faire les chiens ?

— Je sais faire beaucoup de choses, dit-il en soutenant mon regard. Au fait, Bryan était à l'entraînement, m'annonce-t-il.

J'écarquille les yeux.

— Vraiment ?

— Oui, je lui ai proposé, il a accepté. Il sera là ce soir.

Je le dévisage un peu plus longuement et m'aperçois qu'il a un bleu au niveau de l'œil qui commence à apparaître. Je grimace.

— Il est dans quel état ?

Morgan sourit.

— On ne l'a pas abîmé si c'est ça qui t'angoisse. Il va bien.

Je soupire et retourne dans la cuisine afin de préparer le repas pour Grace. J'ouvre le frigo et trouve d'innombrables plats préparés avec soin. Je fronce les sourcils. Je sais que je n'ai jamais été douée en cuisine, mais je trouve ça légèrement insultant.

Je prends l'un des plats, le dispose dans une assiette pour le faire réchauffer. Je dresse la table pour Grace.

— Maman ?

Je me rends au salon, Grace est debout, les deux poings sur les hanches.

— C'est pas Max ça !

Morgan se relève et hausse les épaules en se retenant de rire.

— Désolé, Mademoiselle, mais c'est tout ce que je peux faire. C'est de l'art !

— Maman, regarde !

Le désespoir s'entend dans sa voix, comme si tout cela était un véritable drame. Elle se précipite vers moi, le fameux dessin entre les mains. Je ne peux m'empêcher de rire en le voyant : Une forme ovale pour le ventre, un rond pour la tête, des oreilles pointus, quatre bâtons en guise de jambes et idem pour la queue.

Grace tire mon pantalon vers le bas plusieurs fois.

— C'est pas drôle ! s'exclame-t-elle.

— Oh Gracie, tu viens juste de démontrer que cet homme n'est pas parfait.

Morgan ronchonne et croise les bras sur sa poitrine.

— J'avoue, elle a trouvé mon seul défaut.

— Ton seul… quoi ? demandé-je abasourdie.

— Défaut, m'affirme-t-il. Il m'en fallait un. J'ai pris le dessin.

Je lève les yeux au ciel et secoue la tête.

— Ce qu'il ne faut pas entendre.

Je retourne à la cuisine avec Grace. Elle s'installe à la table et mange. Je m'assieds face à elle, puis pose mon menton dans la paume de ma main tandis que je l'observe. Ses joues, son petit nez, sa bouche rose et ses jolis cheveux bouclés blonds. Elle ressemble à une petite poupée fragile.

— Maman, pourquoi tu m'regardes ?

Je me lève avec un sourire timide pour faire le tour de la table, puis ferme les yeux au moment où j'embrasse son front.

— Parce que tu es la plus jolie des petites filles Grace, affirmé-je.

Même si c'est la vérité, ce n'est pas seulement cela. Je crois que mon esprit essaie d'imprimer Grace au maximum pour que je puisse toujours me souvenir d'elle, même après mon trépas. Gracie se contente de sourire satisfaite de ma réponse, elle finit de manger. Mon regard croise celui de Morgan. Lui n'est pas dupe, il a tout compris.

Une fois qu'elle a terminé, je débarrasse son assiette et l'emmène se doucher. Je la coiffe, démêlant ses longs cheveux. Je prends tout mon temps afin de grappiller quelques minutes avec elle. Mais elle ne pense qu'à descendre pour finir son dessin, clamant haut et fort à qui veut l'entendre qu'elle fera mieux que Morgan.

Je la suis au salon. Elle passe la tête haute devant Morgan qui travaille sur l'ordinateur. Elle le snob littéralement, puis reprend sa place sur le tapis auprès de Max. Mon mal de tête s'est envolé et je remercie Dieu pour ça. Je ne me voyais pas supporter les autres dans ces conditions.

On sonne à la porte. Je ne bouge pas n'étant pas chez moi. J'hésite entre aller me planquer comme une ado prise sur le fait ou bien rester planter là. Je soupire et opte pour la seconde option, comme une adulte responsable. Morgan revient dans le salon accompagné d'une jeune femme blonde que je connais : Le docteur Emma Dwight. C'est elle qui m'a fait passer un examen complet quand je suis rentrée.

Grace relève la tête, fronce les sourcils avant de se remettre sur ses pieds et de filer dans sa chambre. Je la laisse faire sachant qu'en général, elle a beaucoup de mal avec les étrangers. Max qui s'est redressé, bouge la tête dans la direction qu'a prise Grace et la mienne. Je claque des doigts et lui montre l'étage de l'index, il monte retrouver Grace. Emma me tend un sourire que je ne lui rends pas du reste. Pour quoi ferai-je semblant d'être aimable à une de ceux qui m'ont condamnée à mort ?

— Meg, je te présente Emma.

Emma me présente sa main afin que je la lui serre. Pour

toute réponse, je croise mes bras devant moi et les enroule autour de mon abdomen. Morgan fronce les sourcils, car il désapprouve, mais franchement peu m'importe. Il se retourne vers le Docteur et s'excuse avec une grimace. Depuis quand Monsieur s'excuse-t-il à ma place ? Emma secoue la tête.

— Ce n'est rien. Je comprends, tente-t-elle de le rassurer avec un sourire.

— Je ne pense pas, rétorqué je, acide.

— Megan, me reprend Morgan.

Rien à foutre de ce qu'il pense. Je n'aime pas du tout la façon dont elle le regarde, mais alors vraiment pas. Elle tient sa sacoche fermement dans sa main. Je la dévisage un long moment. Je suis à mille lieues d'être aimable, je n'en ai pas la force. Du tout.

Morgan se masse les tempes.

— On va trouver un endroit plus tranquille, nous explique-t-il en soupirant.

Il avance et nous invite à le suivre. Je prends mon paquet de clope et en tire une du paquet. Je l'allume et les rejoins. Je le fais par défi, voilà tout. Même si j'ai changé pendant toutes ces années, j'ai toujours un foutu caractère.

J'entre en dernier dans le bureau. Quand Morgan aperçoit ce que je tiens entre mes doigts, il se dirige vers moi et récupère ma cigarette comme si de rien était. Je le fusille du regard et je pense que si Emma avait pu trouver un trou de souris pour s'y enterrer, elle l'aurait fait.

Je la vois ouvrir sa sacoche sans un mot et sortir plusieurs choses : Une seringue, un désinfectant, du coton, un tensiomètre et deux petits flacons. Morgan hésite à sortir de la pièce, craignant la confrontation. Du moins que je rentre dans la tête de ce joli toubib. Il n'a pas vraiment tort du reste. Morgan finit par soupirer et nous laisser, mais pas avant de m'avoir jeté un regard empli de sous-entendus. Je l'ignore et au moment où il referme la porte derrière lui, je vois le Doc m'observer, un sourire un peu crispé s'étalant sur son visage. Le tensiomètre dans les mains.

— Pourriez-vous relevez votre manche, s'il vous plaît ?

Dire non n'est pas vraiment une option, mais néanmoins le mot me brûle les lèvres. J'obtempère donc sans rien dire en relevant la manche de mon gilet. Elle tire la chaise du bureau.

— Pourriez-vous vous asseoir, je vous prie ?

Mon visage reste fermé, je ne dis pas un mot. Je m'installe

sur la chaise et relève ma manche. Elle enroule le tensiomètre autour de mon bras et commence à appuyer sur la poire. En maintenant deux doigts sur mon poignet. J'attends qu'elle finisse, tout en l'observant faire son travail.

— Votre tension est basse, déclare-t-elle en me scrutant.

Voyant que je refuse toute conversation, elle se contente de sourire timidement. Je me demande simplement pourquoi je m'évertuerais à lui parler. J'ai simplement la sensation d'être un cobaye, une espèce d'expérience malsaine : Combien de temps le sujet A mettra-t-il à mourir ?

Elle prépare une seringue tout en m'expliquant ce qu'il y a à l'intérieur des deux flacons.

— Une première injection pour l'inhibiteur. On espère qu'il ralentira la maladie suffisamment longtemps afin que nous puissions travailler sur le virus. La seconde est un cocktail de vitamines et de sels minéraux pour éviter au maximum les infections extérieures.

Je souris bien malgré moi à la phrase : On espère... l'Espoir. Peut-on vraiment se baser sur l'espoir, j'ai plus qu'un doute. Elle m'injecte les deux produits, je ne réagis toujours pas.

— Vous risquez d'être fatiguée, c'est un cocktail assez détonnant. Cependant, nous devons booster vos défenses immunitaires. Mais je suppose que c'est déjà le cas. Je vais vous poser quelques questions.

J'arque un sourcil pour lui signifier que je n'ai vraiment pas envie de discuter avec elle. Elle soupire.

— Écoutez. Je comprends que vous m'en vouliez, pourtant ces questions sont importantes. On doit vous soigner au mieux.

C'est à ce moment précis que Morgan entre dans la pièce. je suis persuadée qu'il attendait derrière la porte et qu'il a tout entendu. Le Doc l'observe de la tête au pied, manquerait plus qu'elle bave. Je me retiens de marmonner.

— Pourriez-vous nous laisser un instant ? demande Morgan.

Je soupire quand elle acquiesce et sort du bureau. Son regard est furieux.

— Bordel Meg ! Mais qu'est-ce que tu fous ?

Je hausse les épaules.

— De quoi tu parles ?

Il fait plusieurs pas dans ma direction tout en me fixant.

— De ton attitude envers elle ! Ne fais pas l'innocente. Moi qui pensais qu'il y avait un espoir avec ton foutu caractère !

Je me redresse en fronçant les sourcils.

— Je n'ai rien fait !

— Justement. Tu ne pouvais pas simplement répondre à ses questions ! C'était trop difficile ?

— Pourquoi le ferai-je ? Elle sait tout ce qu'elle a à savoir.

Il pointe un doigt accusateur vers moi.

— C'est faux !

Morgan pose ses deux mains sur mes épaules et serre légèrement.

— Elle connaît ce virus et même très bien.

— Elle n'est pas responsable !

Je me détache de sa poigne.

— En plus tu la défends ?

Il se frotte les tempes, agacé.

— Je ne la défends pas, mais elle n'est pas responsable de ce qu'il t'arrive. L'Institut et leurs règles désuètes en sont les seules coupables ! Elle souhaite simplement t'aider !

— Parce que tu lui as ordonné !

Je porte mes mains à mon visage, mais mon mal de crâne revient. Je respire profondément. Le sang bat dans mes tempes. J'entends Morgan soupirer.

— Tu veux vivre Megan ?

— Bien-sûr, rétorqué-je en le fusillant du regard.

— Alors, tu vas répondre à ses putains de questions !

Morgan ne me laisse pas le temps de répondre, il passe la porte et je l'entends discuter avec le Doc. Elle entre à nouveau avec lui. Il referme la porte puis colle son dos à celle-ci, les bras croisés sur sa poitrine. Je la sens très mal à l'aise.

— Je ferai court, je vous le promets. Avez-vous des migraines ?

J'acquiesce.

— Bien. Des vertiges, des moments de grandes fatigues ?

— Ouais.

— Des quintes de toux virulentes ?

— Ouais.

— Il y a-t-il du sang quand vous expectorez ?

— Non. Je grimace avec dégoût.

— Rien d'autre ?

— Désolée, mais non. Mon ton est acide, j'ai vraiment envie d'en finir au plus vite.

Elle sourit gênée, sort quelques médicaments de sa sacoche et les pose sur la table. Elle me montre le premier du doigt.

— C'est pour vos migraines, deux comprimés en cas de

douleur. Le rouge est un cocktail de différentes vitamines et sels minéraux à prendre en plus d'une injection qu'il faudra faire tous les matins. Je pourrai venir vous la faire sans aucun sou...

— Non ça ira, la coupée-je. Je le ferai.

— Mais je...

— Ça ira Emma.

La façon dont il dit Emma m'irrite au plus haut point et j'ignore pourquoi.

Bien sûr que si tu le sais, me hurle ma voix intérieure. Mot en sept lettres : J.A.L.O.U.S.E.

Je secoue la tête et tente d'occulter mon ressenti au plus profond de moi. Je m'imagine même en train de lui sauter dessus à pieds joints.

— Bien, je vais simplement vous montrer comment on fait l'injection. Soulevez le bas de votre sweat-shirt s'il vous plaît.

Je m'exécute plus pour en finir que pour obéir. Elle désinfecte avec un coton, aspire un peu de produit.

— Vingt milligrammes, mais ça, c'est pour l'inhibiteur. Je passerai tous les soirs pour faire cette injection.

Elle appuie légèrement sur la seringue pour en ôter le peu d'air qui pourrait rester. Elle s'approche de moi, applique le coton là où elle va planter l'aiguille, pince ma peau et pique. Je retiens une grimace, le produit est lourd. Je le sens s'insinuer dans mon organisme.

Je focalise mon attention sur le doc qui est en train de tout ranger, elle se lave les mains avec un produit à sec et ensuite récupère sa mallette. Elle nous sourit, me fait un signe de la tête puis se dirige vers la porte, donc vers Morgan. Elle lui tend un sachet en tissus.

— Il y a le nécessaire pour le traitement, explique-t-elle.

— Merci, répond Morgan poliment.

Il lui ouvre la porte et propose de la raccompagner tout en me gratifiant d'un regard lourd de sens. Je me contente de hausser les épaules. Je le suis et au moment où j'arrive dans le hall qui vient d'arriver, je vous le donne dans le mille : Keylyan, Prue, Matt, Scrat, Billy, Charly et Marc.

Génial, manquait plus qu'eux !

Matt est le premier à s'approcher, il fait le tour de la Doc en louchant allègrement sur sa plastique. Bah voyons...

— Bonsoir Mademoiselle... ronronne Matt.

Elle jette un regard à Morgan avant de répondre.

— Emma, je m'appelle Emma.

— Et moi Matthew, enfin vous pouvez m'appelez Matt, minaude-t-il.

Morgan croise les bras sur sa poitrine et fixe Matt.

— T'as fini ?

— Hé, tu pourrais nous présenter mal poli, ricane Matt.

— Elle est là pour le boulot.

Elle se retourne vers Morgan, puis tend sa main vers lui.

— À demain Monsieur le Doyen. Je vous souhaite une excellente soirée.

Il lui serre la main, puis la raccompagne à la porte. Je bouge un peu la tête pour les observer, elle lui sourit avant de passer la porte. Morgan fait demi-tour et je me redresse aussitôt.

Keylyan fronce les sourcils en posant les yeux sur moi. Prue le débarrasse des bières qu'il a dans les bras pour les emporter dans la cuisine.

— Toi au moins quand tu rapportes du boulot à la maison, c'est plus sexy qu'un simple dossier, rigole Scrat.

Morgan se contente de soupirer et de secouer la tête. C'est ce moment très précis que choisit Grace pour nous rejoindre. Elle descend lentement les marches, Max à sa suite. Elle regarde l'assistance et même si elle connaît la majorité, la façon dont elle se met entre mes jambes me dit qu'elle n'est pas du tout rassurée. Je la prends dans mes bras.

Prue s'approche pour lui caresser la joue. Gracie se contente de sourire.

— Salut Grace ! lui lance Matt.

Elle fait « coucou » de la main et niche sa tête dans mon cou en baillant. Je lui frotte le dos doucement. Je sens le regard de mes amis poser sur moi. Ils semblent troublés par mon comportement. S'il est vrai que la tendresse n'a jamais été mon fort, avec Grace et Bryan tout est différent, encore plus maintenant. J'ai besoin de ces contacts, de sentir l'odeur de Gracie. Elle claque un baiser sur ma joue, je lui souris.

— Tu es fatiguée ?

Elle opine de la tête.

— Tu veux aller au lit ?

Elle répond de la même façon. Je m'excuse. Ils souhaitent bonne nuit à Grace collégialement et je la monte pour la coucher. Je caresse ses cheveux un instant, jouant avec ses mèches d'enfant puis embrasse son front avant de sortir et de fermer la porte. Je colle mon front sur celle-ci et ferme les yeux juste un instant avant de redescendre.

Chapitre VIII

Je suis dans la cuisine avec Prue et Max. Morgan s'est arrangé pour qu'ils puissent voir le dernier match des Wasps à l'extérieur du cottage à côté du barbecue. Je sors la viande du frigo, tandis que les garçons s'occupent d'arranger les canapés extérieurs.

— Il faudra qu'on se fasse une sortie à Londres Meg.

Je lève les yeux vers elle.

— Pour ?

— Pour te trouver une robe pour mon mariage. Tu es mon témoin ! T'as déjà oublié ? râle-t-elle.

— Non, j'ai pas oublié, affirmai-je.

— Donc, il faut qu'on se trouve un moment et puis comme ça, on aura une occasion de se retrouver juste toi et moi. Comme avant.

Je souris, elle semble si heureuse que ses pieds pourraient littéralement décoller du sol. Je refuse d'être celle qui la fera atterrir brutalement.

— C'est une bonne idée.

— Tu m'as manquée, déclare-t-elle de but en blanc.

— Tu m'as manquée aussi.

Elle soupire.

— J'ai été surprise que tu partes. Non en fait, pas vraiment. Je me doutais que les choses ne s'arrangeraient pas comme ça et Morgan n'y pouvait rien.

— Prue…

Elle m'interrompt en levant son index face à moi.

— Non Meg, laisse-moi finir. Je sais que tu as vécu l'enfer. Je sais aussi que tu pensais être incapable de refaire surface après cette histoire. On t'a tendu la main et tu n'étais pas prête à l'accepter. Ton départ a été une terrible épreuve pour nous tous. Surtout pour Morgan. Il était prêt à tout envoyer promener pour toi. Il a tout balancé à son père. Mais tu es partie sans même lui laisser une chance. L'anéantissement a été total pour lui. Personnellement, ce qui m'a fait le plus de mal, ce n'est pas que tu sois partie. Car d'une manière ou d'une autre, j'y étais préparée, mais c'est que tu as été incapable de me l'expliquer. Un simple mot, même un texto ou bien une lettre. Quelque chose. Elle secoue la tête. Rien absolument rien. Tu t'es envolée, échappée. Sans qu'on ait le moindre espoir que tu reviennes et pourtant…

— Je suis là, murmuré-je. Prue, je suis désolée. Je serre les poings. Je ne sais pas quoi te dire d'autre. Je voulais fuir cette réalité et c'est ce que j'ai fait. Sans forcément penser aux conséquences.

— Bien sûr que tu y as pensé, sinon tu ne serais pas ici. Je me doute que ça n'a pas dû être facile pour toi. Néanmoins, quand je pense à l'état de Key et de Morgan, j'ai beaucoup de mal à te pardonner totalement.

Je baisse la tête, honteuse.

— Dorénavant, le sujet est clos, poursuit-elle. Je souhaiterais que tu me racontes ce que tu as fait pendant toutes ces années, qu'on tourne la page et qu'on ne ressasse plus le passé.

Si tu savais comme moi aussi j'aimerais que tout soit aussi simple ! pensé-je.

— C'est ce que je souhaite aussi, assuré-je.

Prue m'enlace et Morgan apparaît à ce moment-là. Elle attrape le plat de viande et sort de la cuisine en souriant. Ce qui est remarquable avec Prue, c'est sa capacité à clôturer le débat aussi vite qu'elle l'a amorcé.

Morgan ouvre le frigo et se saisit de quelques bières. Il ne dit rien et c'est bien ça le pire. Je soupire en le voyant faire. Je prends quelques sachets de chips, les ouvre et les verse dans un saladier. Morgan pose les bières, repousse le saladier de mes mains, puis soude son regard au mien.

— Je refuse de me retrouver dans la même situation qu'il y a quatre ans ! Tu ne m'embarqueras pas sur ce terrain-là !

— Ce qui veut dire Morgan ?

Il pose ses deux mains immenses au-dessus de ma tête sur les portes de placard et Max en profite pour se tirer.

Lâcheur !!

— Ça. Communication zéro. Faire comme si tout allait bien !

— Je ne vois pas de quoi tu parles.

Il secoue la tête frénétiquement.

— De ça justement. Ta capacité à tout oublier. Oublier n'est pas le mot. Nier serait plus approprié.

— Tout ça parce que je n'apprécie pas cette fille ?

— On te demande pas de l'apprécier Meg, juste de faire avec. Elle est là pour te soigner.

— Il me semble qu'elle est plus intéressée par toi que par ma santé !

Mon frère choisit ce moment pour apparaître dans l'embrasure de la porte. Morgan ôte ses mains d'au-dessus de ma tête et se frotte la nuque en se retournant vers lui. Keylyan a les sourcils froncés, il semble nous jauger.

— On manque de bière et je… il y a un souci ?

Morgan se tourne vers moi et me fixe de ses yeux aciers.

— Aucun, répond-il clairement.

Pourtant, je sais qu'il ne le pense pas. Je soupire lorsqu'il passe la porte en emmenant les chips, Keylyan le précédant avec les bières. Je me retourne et pose le front sur le frigo. J'inspire profondément avant de rejoindre les autres. Scrat et Matt sont autour du barbecue et rajoutent du charbon. Billy et Charly discutent en buvant leurs bières, Keylyan participe aussi à la conversation avec Prue. Morgan est face à l'écran plat, il recherche le match dans le menu du satellite.

Charly se lève et lui prend la télécommande des mains.

— T'es vraiment pas doué, reste Doyen va ! Change surtout pas d'carrière, mon pote !

Il ricane. Morgan lui donne une claque derrière la tête et va s'asseoir à l'extrémité du canapé où je suis installée. Prue me tend une bière, je la remercie d'un sourire et m'allume une clope sous le regard désapprobateur de Morgan. Max se couche à mes pieds.

J'ai comme une envie de lui hurler : Qu'est-ce que j'risque ? De mourir plus tôt ?

Charly a trouvé, il reprend sa place tandis que Matt et Scrat se précipitent sur leur siège.

— C'est parti pour une heure de bonheur ! déclare Scrat. Après l'sexe, c'est ce qu'il y a d'mieux !

Prue rigole en secouant la tête. Le pire, c'est qu'il a l'air sérieux ! Je regarde mes amis un par un, et la situation me fait sourire : ces moments m'ont manqué. Je capte les yeux de Morgan un instant, mais je baisse le regard puis me concentre sur l'écran. Les garçons sont totalement envoûtés par le match, ils crient, acclament, râlent également tout en buvant de la bière et en mangeant des chips. J'ai beau être présente parmi eux, en réalité, c'est faux, je joue la comédie. S'il est vrai que j'ai toujours adoré ce noble sport, mon esprit est trop perturbé pour se concentrer sur l'écran.

J'ai la sensation étrange que c'est le calme avant la tempête. J'ai tant de choses à gérer : les enfants, cette histoire de tueurs,

Morgan, mon frère, son mariage et ma maladie. Tant de choses à faire et disposer de si peu de temps, c'est injuste et révoltant. Morgan semble avoir une confiance totale dans ces médecins. En ce qui me concerne, c'est différent. Depuis que j'ai appris que j'étais malade, je suis en sursis, je grappille simplement un peu de temps et cette fois-ci, c'est inéluctable. On est loin du temps où j'étais persuadée de mourir. Cette fois, c'est mon corps qui me le dit, dans chaque mouvement que je fais. Chaque respiration, chaque battement de cœur me rapprochent un peu plus de l'inéluctable. En dépit de tout ce que j'ai essayé de faire afin de m'éloigner de mon passé, me voici de retour avec presque les mêmes perspectives d'avenir et c'est terrifiant. Terrifiant d'abandonner les gens que l'on aime. Pourtant, je n'arrive pas à me dire que j'ai fait une erreur en partant, même si je paierai ce choix de ma vie.

Je les entends toujours rire et je me contente de sourire, j'ignore pourquoi ils rient. Mais je tente de participer, faire comme si tout était normal, donner l'illusion que tout va bien et que la vie a repris son cours. Pourtant, ce sifflement quand j'inspire est bien présent, les sueurs froides également, sans parler de ces maux de tête qui me pourfendent le crâne.

C'est la mi-temps, Scrat profite du moment pour remettre un peu de bois dans le barbecue au moment précis où Bryan et Alyson nous rejoignent. Max se lève et fait le tour de Bryan en reniflant son pantalon. Bryan est un peu tendu, je le remarque à sa démarche. Il m'embrasse la joue avant de saluer tout le monde d'une main, puis les met dans ses poches avant en se balançant. Alyson nous lance un bonsoir collectif. Il s'assied à côté de moi, tandis qu'Aly se glisse par terre. Matt leur envoie une bière chacun.

— Alors quoi d'neuf la jeunesse ? demande-t-il.

— Pas grand-chose, répond Alyson en haussant les épaules.

J'observe le visage de Bryan et remarque un bleu au niveau de la joue. Je vais pour passer mon doigt, mais Bryan a un mouvement de recul.

— Ce n'est rien, vive le sport, sourit-il.

Scrat ricane et je le gratifie de mon regard le plus noir.

— On fait pas d'omelette sans casser des œufs Meg, tu devrais le savoir.

— C'est tes dents que je vais finir par casser Scrat si tu continues.

Keylyan se planque derrière sa bière pour rire. Bryan me

donne un léger coup d'épaule.

— L'entraînement était génial, on s'est éclatés, s'amuse Bryan.

— C'est surtout ta tronche qu'ils ont éclatée.

— Meg, intervient Keylyan. Ce n'est qu'un sport.

— Je sais et je n'ai jamais dit le contraire, sifflé-je

Prue se met à rire à gorge déployée.

— Tu devrais t'habituer assez rapidement pour ton bien, parce qu'il jouera le prochain match.

— Génial Marc, j'suis ravie, ironisé-je.

— Une vraie mère poule ! s'esclaffe Billy. Qui l'aurait cru ?

Je fronce les sourcils et le fusille du regard. J'ai quand même le droit de ne pas apprécier ce genre de stigmates sur le visage de Bryan ! Je me force à changer de sujet parce qu'à part écoper des railleries de mes amis, c'est tout ce que je vais gagner. Je n'en ai vraiment pas envie, mais alors pas du tout. Je me tourne vers Bryan, le match vient juste de reprendre.

— Tu as visité le campus ? l'interrogé-je le plus naturellement possible.

Bryan boit un peu de sa bière et jette un œil en direction d'Aly qui lui fait un clin d'œil en pouffant derrière sa bouteille.

— Euh ouais.

— Ouais ? C'est ta réponse ? Juste ouais ?

J'écarquille les yeux, dubitative. Il se contente de hausser les épaules.

— Que veux-tu que j'te dise ? J'ai visité, c'est un endroit génial et je suis certain que j'peux m'y plaire.

Son ton est nonchalant. Quant à moi, j'aurais préféré qu'il m'annonce qu'il déteste ce lieu, tout simplement.

— Tu as visité quoi ?

— J'ai assisté à certains cours, élude-t-il.

Je passe une main sur mon front. Morgan qui n'a rien perdu de la conversation fronce les sourcils en direction de sa sœur et hoche la tête négativement. J'arque un sourcil, mais n'ose pas en rajouter. Ce n'est ni le moment, ni le lieu pour aborder ce sujet plus qu'épineux à mon goût. Je me contente de soupirer. Bryan regarde le match cependant, je ne le sens pas vraiment concentré sur ce qu'il fait. Puis, au bout d'un quart d'heure et un regard complice entre Alyson et Bryan, ils déclarent qu'ils sont invités à une fête et qu'ils doivent partir.

Je sais. Au regard de Bryan, j'ai la certitude qu'il a visité bien plus de l'Institut qu'il aurait dû. J'ai la sensation étrange que ce qu'il a vu lui a plu, et je suis terrorisée à l'idée qu'il puisse envisager de s'engager dans cette voie. Je finis ma bière et me lève. J'ai besoin de faire un tour, j'ai l'impression d'étouffer.

Je quitte mes amis un instant, désirant simplement me retrouver un peu seule. Une grande lassitude s'empare de moi. Je m'assieds sur le banc derrière et scrute le ciel en maugréant. La tête de Max se niche entre mes jambes et il se met à couiner. Je soupire et lui caresse la tête dans un geste automatique. Décidément je n'y arriverai pas, c'est impossible. Je sens que quelqu'un s'installe à côté de moi, mais je ne fais pas vraiment attention.

— Je suis désolé.

Je garde les yeux vissés sur le ciel.

— De quoi, Morgan ?

— Alyson n'aurait pas dû.

Je soupire.

— La belle affaire. Il n'est pas idiot. Tôt ou tard, il aurait… enfin bref. Il se cherche et je refuse qu'il prenne cette voie !

— Il découvre, c'est tout.

— Bah voyons, les armes, le close combat et puis quoi encore ? Les explosifs ? Comment tuer un mec sans faire de bruit ? Tu ne comprends pas, murmuré-je en secouant doucement la tête.

— Bien évidemment que je comprends. Ça fait des années que tu tentes de les préserver de cette vie, et par la force des choses, ils se retrouvent exactement dans l'environnement que tu exècres le plus au monde.

Son ton est dur, acerbe, voire cruel. Comme si ses paroles lui brûlaient la gorge et qu'il devait les cracher aussi fort que possible.

Je ne veux pas l'accabler et pourtant c'est ainsi qu'il interprète ce que je viens de dire. Il le prend pour lui. Je ne veux pas qu'il le perçoive de cette façon, enfin même de ça je n'en suis pas certaine. En fait, je cherche quelqu'un sur qui me défouler, crier toute ma haine contre ce putain de système. Un sentiment d'injustice profond m'envahit, me submerge. Comme si j'étais la seule à souffrir de cette situation ! Je suis blessée dans ma chair, dans mon âme. Comment accepter qu'après mon trépas, Bryan choisisse de part sa volonté le chemin qui m'a mené jusqu'à ma perte ?

Je redresse la tête et croise le regard déchirant de Morgan. Ce regard qui me pourfend l'âme et me met le cœur au bord des yeux. J'ai tant besoin de lui, de son soutien, encore plus maintenant que par le passé. Rien n'a changé si ce n'est que c'est encore plus présent. Je ne dis pas un mot. Je me jette dans le creux de ses bras en embrassant sa chaleur. Il se contente de m'enlacer, posant son menton sur ma tête. Je l'entends soupirer. Je ferme les yeux un instant, me laissant bercer par les doux battements de son cœur si rassurant. Humant son odeur. Pourquoi la vie n'est-elle pas aussi simple que ça ? Vivre est cruel, aimer est douloureux, tragique.

Je ne saurai dire combien de temps je suis restée lovée dans ses bras. Mais il fallait bien que je les quitte. J'abandonne sa chaleur et lui offre un demi-sourire. Il caresse ma joue de son pouce.

— Tu n'es pas obligée de faire ça, m'explique-t-il d'une voix douce en soudant mon regard.

— Faire quoi ?

— Prouver tout le temps que tu es forte. Je sais que tu l'es. C'est inutile de jouer à ça avec moi. Laisse-moi te soutenir.

Je baisse les yeux. Comment lui dire que je risque de m'écrouler à tout moment ? C'est pour ça que j'agis ainsi. Il me connaît si bien que c'en est déstabilisant. Je ne veux pas m'avancer sur ce terrain glissant avec lui.

Des éclats de rire nous parviennent accompagnés d'un juron très profond de Scrat. Je prends l'initiative de me lever. Morgan n'attend pas de réponse et me suit. Nous retrouvons les autres. Scrat balance un grand seau d'eau sur la pelouse à côté de la terrasse. Elle est en feu. Matt se tient les côtes tellement il rit. Le feu est éteint. Scrat fixe Morgan en grimaçant et tente un sourire crispé.

— Euh… désolé Patron.

— Dis ça à la pelouse.

— J'ai pas fait exprès…

— Encore heureux, rigole Morgan.

— Une braise a sauté à cause de Matt.

Matt cesse de rire tout de suite.

— N'importe quoi !

— Si ! Tu m'as raconté une connerie au moment où j'étalais les braises.

— J'le crois pas ! Si t'es pas foutu de faire deux choses en même temps, rentre chez ta mère ! grogne Matt.

Morgan rigole et moi aussi.

— On se calme vous deux. C'est que de l'herbe !

Prue se lève en riant, elle attrape une des jardinières, la tire vers elle et bouche le trou cramoisi avec.

— Voilà les mecs, pas la peine d'en faire tout un plat.

— C'est ce qu'on appelle cacher la misère du monde Prue.

— Tout à fait Meg. À ce jeu, les femmes sont les reines.

— Ouais c'est l'habitude de se maquiller ! s'esclaffe Charly.

Juste un regard suffit entre Prue et moi pour que je comprenne. Elle se saisit du deuxième seau plein qui se trouve à côté du barbecue et le balance au visage de Charly qui dégouline d'eau.

— Voilà ce que te répondent les pros du camouflage espèce d'imbécile ! ricane Prue.

Charly reste couac juste un instant. Mais il fixe Prue, je sais qu'il a une idée derrière la tête.

— Cours Prue ! lui lançai-je.

— T'aurais jamais dû merdeuse.

Charly a la tête du type qui en prépare une. Prue recule les deux mains à plat devant elle. Tandis que Charly avance, Max jappe.

— Charly nan ! Keylyan ? appelle, Prue.

— Désolé chérie, tu l'as cherché, je suis la Suisse, s'esclaffe mon frère en buvant sa bière.

— J'ai défendu l'honneur de la gent féminine ! s'écrie-t-elle en me regardant.

Charly continue sa progression vers elle et Prue recule toujours.

— J'suis hors-jeu Prue.

— Tu es une lâcheuse Meg !

Prue finit par s'arrêter et faire face à Charly. Il sourit en coin avant de lever le bras et d'appuyer sur le sternum de Prue avec le plat de la main. Elle tente de reculer son pied pour garder l'équilibre, mais elle finit par tomber à la renverse le cul dans le bassin. Elle crie au moment où son derrière se retrouve dans l'eau tandis que nous éclatons de rire. Elle fusille Charly et mon frère du regard. Keylyan se lève et porte une main secourable à Prue.

— Ne me touche pas ! s'écrie-t-elle.

Elle est trop en rogne et trop fière pour accepter la main tendue de mon frère. Je prends la place de mon frère et tire ma meilleure amie de l'eau. Elle fronce les sourcils et se jette sur Charly pour un grand câlin humide. Il grimace, mais se laisse faire, plus surpris qu'autre chose. Elle retire son tee-shirt trempé devant tout le monde en ne manquant pas de regarder Key droit dans les yeux. Il écarquille les siens, elle lui balance le vêtement trempé en plein visage. Je l'attrape par l'épaule.

— On va te trouver quelque chose de sec.

— Tu aurais pu empêcher ça, me dispute-t-elle.

— J'aurais pu.

— Ce n'est pas pour ça que tu l'as fait.

— Exact. Je voulais simplement voir ce que manigançait Charly.

Elle fait un tour sur elle-même, dégoulinante d'eau.

— Satisfaite Megan ? Solidarité féminine, mon cul ouais.

Je rigole devant l'intonation de sa voix. Je n'y peux rien, c'est plus fort que moi. Elle me suit en ronchonnant. J'entre dans la chambre, mon sac est toujours sur la commode, pas défait. Je me dirige vers lui, attrape un pantalon, un top et les lui tends.

— T'as toujours pas déballé tes affaires ?

— Non.

— Tu comptes repartir ?

Sa question me prend au dépourvu, elle est si directe, mais c'est bien Prue.

— Non, j'ai manqué de temps.

Prue ôte son pantalon trempé et passe le sec. Elle enfile le haut et finit par regarder la pièce avant de se rendre dans la salle de bain. Elle en ressort quelques minutes plus tard avec un sourire triomphant et les mains dans le dos. J'arque un sourcil

— T'as trouvé ce que tu cherchais Prue ?

— Oui et bien plus encore.

Je fronce les sourcils.

— De quoi tu…

— De ça ! me coupe-t-elle.

Elle brandit fièrement un boxer d'homme et une chemise.

Merde, de merde, de merde…

Je ne sais pas quoi répondre. Et me voilà, bouche ouverte et surtout sans voix. Ce qui est quand même assez rare.

— Je… ce n'est pas ce que tu crois…

Je m'approche d'elle et tente de lui prendre des mains. Elle les brandit fièrement au-dessus de sa tête comme si c'était un véritable trophée. Je pose les poings sur les hanches et la toise.

— Et je crois quoi à ton avis ? sourit Prue.

— Euh… C'est juste un boxer… il s'est égaré du sac de Bryan.

Prue éclate de rire en regardant de plus près le boxer. Je le lui arrache des mains.

— C'est trop grand pour appartenir à Bryan.

— N'importe quoi !

— Je t'assure que oui ! Morgan fait la même taille que Keylyan, je suis devenue une experte.

Je soupire, je manque d'arguments.

— Surtout que c'est la chemise qu'il portait hier, poursuit-elle.

Elle me fait un clin d'œil. Je me prends la tête dans les mains. Oh bon dieu !

— Je… Prue, balbutié-je, gênée

Elle continue de rire.

— Je ne dirai rien. Après tout, ça ne regarde personne.

Elle sort de la chambre et descend retrouver les autres. Grillée par un boxer et une chemise, c'est quand même stupide ! Je rejoins mes amis non sans avoir jeté un coup d'œil à Grace qui dort profondément. Je suis affreusement mal à l'aise, j'évite de croiser les regards.

Prue caresse le poil de Max. Mon frère secoue la tête, il préférerait largement qu'elle s'occupe de lui. Keylyan vient vers moi tandis que je m'installe sur l'une des marches du perron. Il m'offre une bière et un sourire.

— Elle est vexée ? m'explique-t-il en me montrant Prue de la tête.

— Je dirais plutôt qu'elle te fait tourner en bourrique.

Il se passe une main dans les cheveux et boit une gorgée de bière.

— C'est récurant ces derniers temps. J'ignore si ça a un rapport avec le mariage.

— Elle est peut-être un peu nerveuse, il y a beaucoup à préparer.

Il se tourne vers moi avec un sourire.

— Et toi, Bryan s'est tiré ?

Je bois deux ou trois gorgées avant de lui répondre.

— Ouais, en ce moment, on est en désaccords sur tout. À croire qu'il me fait une crise d'adolescence à retardement.

Je pose ma bière et me passe les mains sur le visage.

— Il est dans un nouveau pays, il a appris des choses sur toi qu'il aurait dans un sens certainement voulu ignorer. Je pense qu'il est un peu perdu. Il cherche ses marques et plus tu t'opposeras à lui et pire ce sera.

— Génial ! maugréé-je. J'peux pas lui coller un flingue dans

180

la main et lui dire vas-y c'est comme ça qu'on fait ! m'exaspéré-je.

— Non pas comme ça, c'est certain. Pour le moment, il ne voit que le côté James Bond, mais je pense qu'Aly a les pieds sur terre et qu'elle lui expliquera.

— J'en sais rien, soufflai-je.

Nous sirotons notre bière tout en regardant vers l'horizon.

— Tu as l'air fatigué, déclare-t-il.

Je tourne mon visage vers lui et lui souris.

— C'est certainement le changement de climat.

Mon frère est surpris.

— Le climat ? Il n'a jamais fait aussi chaud pour un mois de juin que cette année.

Je hausse les épaules et finis ma bière.

— L'altitude ? Disons qu'il faut que je retrouve mes marques alors.

Il fronce les sourcils tout en me sondant du regard.

— Tu me le dirais si quelque chose n'allait pas ?

Je tente un sourire que je veux rassurant. Il passe son bras par-dessus mon épaule.

— Bien sûr.

— Mouais. J'ai un mal fou à te croire.

— La confiance règne, marmonné-je.

— J'ai mes raisons, tu ne crois pas ?

Bien évidemment que j'ai saisi. Je n'ai prévenu personne de mes dernières intentions et encore moins mon frère. C'est sa façon à lui de me le rappeler. Mais je ne vais certainement pas lui avouer ce qui se trame pour l'instant. Je viens à peine de revenir et je refuse de voir de la pitié ou de la tristesse dans ses yeux. Du moins pas maintenant. Le maintenir dans l'ignorance est tellement mieux pour lui.

— Alors tu vas te marier ?

— Ouaip ! On dirait bien. Ça te surprend ?

— Oui et non. Je suis heureuse pour Prue et toi.

— On a eu des moments vraiment difficiles, m'avoue-t-il.

Je déglutis.

— Dire que je suis désolée ne changera rien du tout je suppose. Toutefois, c'est l'exacte vérité. À l'époque, je ne voyais aucune autre issue.

Il acquiesce, son air est grave.

— Je le sais. Les choses se passent rarement comme on l'avait prévu au départ.

Il regarde Prue et ensuite Morgan en parlant, puis revient sur moi.

— Ouais.

— Ton enlèvement m'a fait comprendre certaines choses. J'ai réagi comme un gros connard sans cœur. Je voulais suivre les règles établies en n'intervenant pas. Il secoue la tête. Morgan m'a ouvert les yeux d'une façon violente mais efficace. Il t'aimait Meg. Vraiment. Je ne voulais pas le comprendre à l'époque. Il aurait fait n'importe quoi pour toi. Mes yeux fixent Morgan. Même quand tu es partie, il est resté cloîtré pendant des semaines. Mais par la suite, il n'a jamais perdu espoir de te retrouver. Il a remué ciel et terre. Sa relation avec son père s'est encore plus dégradée et le scandale qui a éclaboussé la famille de sa fiancée est tombé à point nommé.

Je me contente de l'écouter. La boule qui s'est formée dans ma gorge menace à tout moment de me faire éclater en sanglot. Il serre les poings.

— Si tu savais comme je lui en ai voulu. Je préférais croire que tu étais partie à cause de lui plutôt qu'à cause de moi ou de ce foutu métier que tu n'as jamais supporté. J'étais son meilleur ami et peut-être le seul véritable. Mais je l'ai laissé tomber, et il s'est retrouvé complètement isolé. Plus rien n'a été pareil après ça. Prue était effondrée. Nous nous sommes soutenus et les choses en entraînant une autre. Elle a fini par m'avouer ses sentiments, alors que j'étais déjà raide dingue amoureux d'elle. Il a fallu ton départ pour que ça arrive. J'aimerais vraiment que mes rapports avec Morgan redeviennent ceux d'avant, pourtant, je ne sais pas vraiment comment m'y prendre.

Je soupire. Je ne sais pas quoi répondre devant tout cet étalage. Il souffre de cet éloignement et j'en suis responsable.

Je profite de son bras légèrement écarté pour me blottir contre lui. Cette proximité m'a terriblement manqué, je dois bien l'avouer. Ses bras si réconfortants me donnent l'impression d'être totalement en sécurité, à l'abri de tout, comme quand j'étais enfant. Je ne fais pas attention aux autres me concentrant simplement sur le moment partagé avec mon frère. Il embrasse mon front dans un geste tendre. Je ferme les yeux et tente d'oublier toute cette merde collée à mes pompes.

Enfer et damnation voilà ce qui sera.

****

182

Mon frère et Prue sont les derniers à partir. La soirée a été plutôt bonne, du moins si on omet le trou béant qui me sépare de Morgan. Je soupire de lassitude, ne sachant pas vraiment comment on en est arrivés là. Mon cœur oscille entre l'envie qu'il me prenne dans ses bras éternellement et partir d'ici pour ne pas lui imposer ma fin inexorable. Je ferme les yeux, me laissant aller au calme de la nuit et à mes pensées. J'imagine certaines fois comment ma vie aurait été si tout avait été différent. Je serais peut-être mariée, avec des enfants, un travail qui me permettrait de rentrer tous les soirs à la maison. Un mari que j'attendrais impatiemment tout en préparant le repas. Les noëls, les anniversaires...

J'éclate de rire. Un rire amer, aigri, acerbe, macabre et sans joie, puis presque aussi rapidement, j'éclate en sanglots, les larmes se déversent comme une crue du Nil. Le constat est âpre, même si j'en ai une en partie, ce n'est qu'une contrefaçon de famille. Je n'ai rien apporté à ces enfants et je dirais même mieux, je vais les abandonner à mon tour. Une chanson d'Adele s'échappe de la maison : *Someone Like You.* Je ne m'en étais même pas rendue compte. Mes sanglots redoublent d'intensité. Je pleure pour de multiples raisons et aucune en même temps. Il n'a fallu qu'une pensée pour que je m'effondre comme un château de cartes. Ma poitrine est compressée, comme si on piétinait mon cœur. Mes poumons me brûlent. Je sens des bras m'entourer, mon nez se niche sur cette large poitrine tandis que mes doigts s'accrochent à sa chemise. Il me caresse le dos, embrasse ma tête, mais ne dit rien.

Mon âme se rebelle enfin contre toute cette injustice, contre toutes ces souffrances endurées pour rien et j'ai mal. Une douleur profonde, ancrée presque insurmontable parce que je vais perdre les seules choses que j'ai voulu dans la vie : Morgan et une famille. J'avais cru à l'époque faire le plus grand sacrifice de ma vie en le quittant, mais c'était faux. Je n'ai fait que sacrifier ma vie. J'ai perdu un temps précieux parce que j'étais persuadée que si je restais sur place, j'en mourrais. Je me suis lourdement trompée : je meurs parce que je n'ai pas su accepter et partager ce que je ressentais dans le temps. Je meurs parce que j'ai été lâche, j'ai baissé les bras et j'ai refusé de me battre. C'est comme si j'allais en combat, nue, sans aucune arme. L'addition est lourde, mon corps s'effondre un peu plus chaque jour, diminuant de vitalité. Je suis pareil à une bougie, dont la mèche est le fil de ma vie, je me consume lentement mais sûrement.

Comme j'aimerais lui crier que je n'ai rien oublié, que tout mon être se souvient du peu de temps où nous avons été ensemble. Que malgré toutes les problématiques en ce temps, je n'ai jamais été aussi heureuse que dans ses bras. Je sens qu'on me soulève, je ne bouge pas. Je me laisse faire comme un pantin désarticulé, je suis si fatiguée. Fatiguée de lutter contre moi-même.

Il me dépose au milieu du lit, mais je suis incapable de le laisser partir. Mes doigts sont crispés sur lui. Je ne me souviens pas d'avoir pleuré autant de toute ma vie. Je suis si faible à ce moment précis et ça me révulse mais je suis dans l'impossibilité de réagir.

Mon épuisement est total, le black-out qui s'ensuit aussi.

****

Le réveil est difficile. J'ai un mal fou à ouvrir les yeux, ils sont totalement collés. Je suis désorientée et quand je finis par ouvrir les paupières, la lumière qui se diffuse dans la pièce m'agresse. Je relève la tête et me retrouve nez à nez avec Morgan, ses bras rassurant toujours autour de moi. Il me scrute, me dévisage. Je baisse la tête, honteuse de m'être écroulée ainsi. Il redresse mon menton entre ses doigts et me force à le regarder. Il y a tant de choses dans son regard : l'inquiétude, la tendresse, la compréhension, l'absence de jugement et j'en jurerais de l'amour. Mes doigts sont tout engourdis et pour cause, je suis toujours accrochée à lui et sa chemise est trempée. Mes yeux me piquent, mais je n'ai plus rien à déverser. Je n'ai pas envie de parler et Morgan ne dit mot. Je lui en suis reconnaissante.

Il se contente de me regarder, bienveillant. Je dépose un baiser léger sur ses lèvres, peut-être pour le remercier ou bien tout simplement parce que j'en ai envie. Il caresse ma joue et sourit légèrement, mais je n'arrive pas à lui rendre. Le temps continue sa course, les minutes s'égrènent et je me rapproche de plus en plus de la fin. Je frissonne à cette constatation. Il resserre le drap autour de nous. Son téléphone sonne mais, il ne répond pas. Je suis capturée par son regard couleur acier et je me fonds en lui. Le téléphone sonne à nouveau et il ne sourcille toujours pas. Je ne sais même pas s'il l'entend. Je relâche ma prise sur sa chemise pour le libérer de mon emprise même si cet effort m'en coûte. Son portable braille encore.

— Tu devrais répondre. Ma voix est rauque, je tente de l'éclaircir en toussant.

Ce qui était une très mauvaise idée. La quinte de toux se propage, elle ne laisse aucun répit à ma respiration, mon cœur tambourine tandis que je me redresse pour chercher de l'air. Mes yeux s'embrument de larmes sous la violence de la quinte. Morgan est assis, face à moi, il panique puis se ressaisit pour courir à la salle de bain. Il revient avec un verre d'eau alors que je suis à genoux. Mes côtes sont douloureuses. Je bois un peu entre deux spasmes. Les quintes de toux s'estompent d'elles-mêmes.

Je rejette mon corps en arrière, mon thorax se soulève à une allure très rapide. Je ferme les yeux et me concentre sur ma respiration. La crise passe et quand je rouvre les yeux, Morgan est assis sur le lit et m'observe. Je cligne des yeux plusieurs fois et m'assieds. Je passe une main dans mes cheveux emmêlés. Le portable recommence à faire des siennes. Il finit par décrocher en soupirant et s'écarte du lit pour répondre. Je profite de ce moment pour me rendre à la salle de bain. Je passe de l'eau sur mon visage et me regarde dans le miroir. Mes cernes sont de plus en plus visibles et mes joues se creusent de jour en jour. Je perds du poids. Je secoue la tête et rentre sous la douche. Je laisse le jet brûlant purifier mon corps, du moins l'extérieur.

Je suis restée un long moment sous l'eau, je m'enroule dans une serviette. Je me sèche avec application. Je crois que je crains de retrouver Morgan de l'autre côté, dans la chambre. Il est bien là, il vient juste de mettre un terme à la conversation. Il me sourit.

— Ça va ? s'enquit-il.

Je me contente d'acquiescer. Il sort une seringue, un flacon et les dépose sur la table de nuit. Je soupire. Si je souhaite oublier un seul instant la situation, c'est impossible. Je m'habille rapidement en m'arrangeant pour que la serviette ne dévoile rien mais quand je me retourne, il regarde par la fenêtre. Je m'approche de lui. Il se retourne. Je soulève mon tee-shirt et regarde dans une autre direction.

— Finissons-en, déclaré-je.

Il soupire, passe un coton imbibé d'alcool là où il va piquer, puis, après avoir évacué l'air de la seringue, il me l'injecte. Je sers les dents et les poings, c'est toujours aussi douloureux. Je suis tendue comme un arc. Morgan jette tout, tandis que je place une main sur la fenêtre pour me soulager. Je sens sa main englober mon épaule. J'ai l'impression que la diffusion du produit dure un temps infini. Puis ça passe, la douleur disparaît peu à peu. J'expire longuement. Morgan prend ma main et embrasse mes doigts délicatement. Nous sortons de la chambre et nous nous rendons à la cuisine.

Morgan me fait asseoir avec interdiction de me lever. Il s'occupe du café, de la marmelade, du jus d'orange… je le vois s'activer et me poser deux cachets sur la table avec un verre de jus d'orange. Une fois que tout est prêt, il s'installe à son tour. Il ne me quitte des yeux qu'au moment où il me voit prendre mes médicaments. Je déteste cette situation.

J'ai la sensation d'être surveillée par une Nanny. Mais comme toujours, il veille sur moi, même si je n'arrive toujours pas à l'accepter. Il me sert mon café et tente même de me beurrer mes tartines. Je me sens si faible, si dépendante de lui que ça m'oppresse et m'empêche même de respirer.

— Morgan, arrête !

Il redresse la tête, les sourcils froncés.

— Arrêter quoi ?

— Ça ! Je montre la table d'une main. Je suis tout à fait capable de le faire et de m'occuper de moi, déclaré-je.

— J'en suis conscient, affirme-t-il. Mais j'ai envie de le faire.

— Moi pas. Tu me rends dingue. J'ai l'impression d'être une petite fille, rétorqué-je acide.

Je pense que je me suis assez épanchée comme ça. Il fronce les sourcils, pose ses coudes sur la table, son menton sur les paumes de ses mains.

— Alors quoi ? C'est toi qui décides à quel moment précis j'ai le droit de m'occuper de toi ? À quel moment je peux te parler ? À quel moment je peux t'embrasser ou même te faire l'amour ? Je vais faire un planning pour être toujours disponible et je vais acheter un sifflet, raille-t-il.

J'écarquille les yeux.

— Je… non, m'outré-je.

Il acquiesce lentement.

— Bien, parce qu'il est hors de question que le même cirque qu'il y a quatre ans recommence. Je refuse de marcher comme ça. Je veux que les choses soient claires entre nous dès le départ.

Claires dès le départ, je ne sais même pas de quoi il parle en vérité. J'ignore totalement où j'en suis avec lui. Comment le saurai-je alors même que je suis condamnée à brève échéance ? Morgan, quant à lui, semble déterminé, plus que jamais. C'est rassurant et terrifiant à la fois. Je baisse les yeux sur mon café.

— Tu ne comprends pas, n'est-ce pas ? Ses yeux me scrutent tout en secouant la tête.

— Pas vraiment, avoué-je dans un murmure.

Il soupire et allume une cigarette.

— J'ai passé quatre ans de ma vie à tenter de t'oublier, sans jamais y arriver, en me demandant à quel moment, j'aurais pu te retenir. À quel moment, t'es-tu décidée à quitter le pays ? Bon Dieu, j'ai essayé de me dire que c'était ton choix et que je devais le respecter ! Mais bordel, rien n'y faisait. Je ne pouvais tout simplement pas. Ce n'est pas quelque chose que je peux expliquer avec des mots, clame-t-il. C'est impossible. Tu es devenue ma quête du Graal. Je me suis persuadé que je devais simplement te retrouver pour m'assurer que tu allais bien. Mais c'était faux, j'étais dans l'incapacité de tirer un trait. La vie est une garce.

Je reste, bouche bée devant son aveu. J'ai toujours apprécié la franchise de Morgan, même si certaines fois, une envie folle de le tuer m'a effleuré l'esprit. J'ai la bouche sèche et je triture mon mug nerveusement. Je repense à la discussion que j'ai eue avec mon frère. Je n'ai jamais été à l'aise avec ce genre de déclaration. Je me renfrogne et baisse la tête. Il lâche un juron inaudible.

— J'ai jamais rencontré quelqu'un d'aussi hermétique que toi, maugrée-t-il en se levant pour quitter la pièce.

Je pose mon coude sur la table et frotte mon visage d'une main. Je ne sais plus quoi penser, surtout pour une histoire de tartine, même si je ne suis pas stupide au point de me douter qu'il n'y a pas que ça. C'est cet instant que choisit Grâce pour débarquer avec Max. Je lui offre mon plus beau sourire, enfin celui dont je suis capable maintenant.

— Bonjour maman !

— Bonjour Gracie.

Je repousse ma chaise et me redresse avant d'embrasser son front. Je lui sers son petit déjeuner et pendant qu'elle se restaure j'en profite pour débarrasser la table. Les mots de Morgan hantent mon esprit sans que je le veuille, mais je suis dans l'impossibilité de les repousser.

Une fois le petit déjeuner terminé, je monte avec Grâce à l'étage. Morgan n'a toujours pas réapparu, il s'est enfermé dans son bureau. Je me prends la tête dans les mains et essaye de ne pas y penser. J'habille Grâce, elle se brosse les dents tandis que je fais son lit, puis nous redescendons.

Morgan est toujours absent. On sonne à la porte. Je mets un moment à me décider à l'ouvrir. Je ne suis pas chez moi et j'ignore qui se trouve derrière. J'ouvre d'une main peu sûre. Je crains de tomber sur un des responsables du Conseil. Je réprime cette pensée et me retrouve nez à nez avec Lady Mary qui arbore un magnifique sourire.

— Bonjour Megan.

Je m'écarte de la porte un peu gauche, il faut bien l'avouer.

— Bonjour Lady Mary, je vous en prie, entrez.

Elle passe la porte, ôte les épingles de sa tête avant de déposer son chapeau sur le meuble à l'entrée et d'accrocher sa veste. Elle me détaille des pieds à la tête en souriant, j'ignore ce qu'elle cherche en me scrutant de cette manière. Lady Mary se dirige vers la cuisine, je cherche Gracie des yeux, mais elle n'est nulle part, sans doute est-elle partie jouer avec Max.

Lady Mary se prépare un thé, j'ignore si j'aurais dû lui proposer ou pas. Mais la vérité c'est que je ne suis pas chez moi. Elle pose une tasse de café fumante sur la table en me souriant et tire sa chaise pour s'asseoir le temps de savourer son thé. Je la remercie avec un sourire timide.

— Morgan n'est pas là ? s'enquit-elle.

— Dans son bureau… je crois, réponds-je, peu à l'aise.

Je bois une gorgée de café.

— Vous vous êtes disputés, affirme-t-elle.

— Non, juste un léger désaccord.

Lady Mary hausse un sourcil, tout en faisant tourner sa petite cuillère dans le thé. Je la regarde faire, elle tapote doucement et avec grâce sa petite cuillère contre le dessus de la tasse avant de la déposer sur la coupelle.

— Un léger désaccord, répète-t-elle. C'est très rare les légers désaccords entre vous. Je fronce les sourcils, ne saisissant pas. Ils sont tout sauf légers.

Je soupire longuement et bois un peu de café.

— Ce n'est rien, la rassuré-je. Disons qu'il est un peu trop aux petits soins. J'ai un peu de mal.

— Surtout quand on est autant habitué à son indépendance que toi, ce n'est pas évident de se laisser porter par quelqu'un. Accepter ses faiblesses devant une personne à laquelle on tient profondément.

Je grimace. Comment fait-elle pour toujours tout savoir ? Je sais qu'elle a raison, mais je n'arrive pas à l'accepter. Ça me rappelle trop bien que je suis aux portes d'Hadès et qu'il suffit d'un claquement de doigts de sa part pour que j'entre.

— Je sais, il se montre prévenant et il fait tout pour moi. Mais la vérité, c'est que je ne suis pas sûre de le mériter, pas après tout ce que je lui ai fait subir.

Mes yeux fixent le fond de ma tasse. J'ignore si j'y cherche une réponse. Mes idées sont plus qu'embrouillées. Je sens sa main sur mon bras et relève la tête.

— Tu ne crois pas qu'il serait largement temps que tu te pardonnes à toi-même ? Tu dois avancer.

— Comment fait-on pour avancer, quant au bout du chemin, on se heurte à un mur en béton armé ? Mes perspectives d'avenir sont quasiment égales à zéro, maugréé-je.

Elle fronce les sourcils. Elle désapprouve ce que je viens de déclarer. Elle resserre sa prise sur mon bras.

— Megan, tu n'as pas le droit de dire ça, ne serait-ce que par respect pour ceux qui t'aiment. Certes, ça semble inextricable comme situation, mais tu as des gens qui y croient autour de toi. Morgan y croit, tu dois te battre, tu l'as déjà fait. Alors continue, n'abandonne pas.

Grâce arrive dans la cuisine avec Max. Elle a un grand sourire étalé sur son visage d'enfant.

— Bonjour Granny, chantonne-t-elle en tentant une révérence ce qui fait sourire Lady Mary.

— Bonjour Mademoiselle Grâce. Un vrai rayon de soleil ma chère.

Lady Mary embrasse Grâce sur la joue avant de finir son thé, puis se lève.

— Tu n'as pas oublié Grâce, nous allons à Londres aujourd'hui.

— Oh oui ! s'exclame Grâce enjouée.

Elle sautille sur place et Max jappe devant son agitation. Morgan passe la tête dans l'entrebâillement de la porte, il sourit à sa grand-mère avant de déposer un baiser sur son front et de se servir un café. Il a revêtu son costume.

— Bonjour Morgan ! le salue Grâce.

— Princesse, lui répond-il avec un sourire. Tu vas à Londres ?

Elle rougit et tournoie.

— Oui, Granny m'emmène.

— Une sortie entre filles, confirme Granny.

— Je vais prendre ma veste, déclare Grâce en quittant la cuisine.

— Il y aura trois gardes du corps en permanence avec vous, plus ton chauffeur. Je m'en suis occupé ce matin. Ils seront les plus discrets possibles, il ne faudrait pas que la petite soit effrayée. Néanmoins, je préfère ne prendre aucun risque vu ce qu'il se passe en ce moment.

Je me raidis en pensant à ce dingue qui en a après nous. Je l'avais presque oublié celui-là !

— Je suis certaine que tout ira très bien, nous rassure Granny en me regardant. Faites ce que vous avez à faire, on reviendra sûrement tard. Je vous appelle à midi.

Lady Mary ajuste la cravate de Morgan avec un sourire et tapote sa veste doucement pour lui signifier que tout va bien.

Je rejoins Grâce qui se bat avec son manteau. Je l'aide à l'enfiler.

— Tu écoutes bien Lady Mary. Je veux que tu fasses comme si c'était moi. Je sais que tu seras sage.

— Toujours maman.

J'embrasse son front avec tendresse et la prends dans mes bras. Lady Mary remet son chapeau et tends la main vers Grâce. Celle-ci s'en saisit.

— J'adore les chapeaux, avoue Grâce.

— Je suis certaine que nous en trouverons.

Le visage de la petite s'illumine.

— Vrai de vrai ?

— Oui, certaine. Allons-y.

Je mime un merci à l'intention de Lady Mary. Elle se contente de me sourire. Morgan ouvre la porte et elles sortent. Max va pour les suivre. Je l'appelle.

— Non, toi tu restes ici.

Il jappe à nouveau et s'assied à mes pieds. Je regarde la voiture remonter l'allée. Morgan rentre et retourne dans le bureau. Je flatte le flanc de Max.

— C'est pas gagné, mon pote.

Je m'avance vers le bureau doucement. J'ai les mains moites, j'hésite un long moment. Je ne sais pas quoi dire ou faire. J'ai surtout une trouille bleue d'envenimer les choses. Je connais mon caractère de « rêves ». Je prends une grande inspiration avant de frapper et d'entrer.

Il ne relève même pas la tête de ses papiers. Je m'avance les mains dans le dos et mâchouille l'intérieur de ma joue. Je ne sais même pas ce que je fais là et surtout quoi lui dire. Je me poste face à son bureau et caresse le bois d'une main.

— Un problème ? demande-t-il froidement.

Ok, l'air est glacial.

— Je… en fait… je.

— Oui ?

Il ne me regarde toujours pas.

— Désolée, murmuré-je.

Il me regarde enfin et se détend un peu dans son fauteuil.

— À propos de quoi ?

L'enfoiré a décidé de ne pas me faciliter les choses.

— De ce matin, d'hier. Enfin tu vois ?

— Non.

— Oh bordel Morgan. J'ai merdé d'accord. J'ai été stupide et j'ai mal réagi. Désolée, j'ai du mal avec ta façon de faire.

— C'est-à-dire ?

Je marmonne.

— Ta prévenance. J'ai l'impression d'être inutile et de ne plus rien contrôler. Je sais que tu veux bien faire, mais je ne suis pas handicapée. Je suis malade, c'est un fait. Mais je suis encore capable de faire les choses par moi-même. J'en ai besoin.

Il pose ses coudes sur le bureau et pose son menton sur ses doigts croisés en me scrutant.

— Admettons, je peux comprendre. Toutefois, moi aussi, j'ai besoin de prendre soin de toi. Je veux simplement que tu te fatigues le moins possible. Est-ce un crime ?

Il fait le tour du bureau et pose une fesse dessus.

— Bien sûr que non. Mais les tartines, c'était franchement trop.

— J'ai vraiment l'impression de n'être là que dans les moments trop difficiles pour toi, comme cette nuit. Les moments où tu es tellement effondrée que de toute façon, la seule raison pour laquelle tu me laisses t'approcher, c'est que tu es incapable de lutter.

Mes yeux se posent sur le parquet.

— Pour cette nuit, je suis désolée. Ça ne se reproduira plus, murmuré-je.

— Bordel de merde ! s'emporte-t-il. Ce n'est pas ce que je te demande. Bien au contraire merde ! Je veux simplement que tu saches que quoi qu'il arrive, je suis là. Si ça ne va pas, et même quand tout va bien !

Il fait un pas vers moi et me force à le regarder. Je relève la tête vers lui.

— Je ne sais jamais avec toi. Ou j'en fais trop ou peut-être pas assez. J'ai l'impression que je n'arrive jamais à t'atteindre. Plus j'avance vers toi et plus tu fuis. Je suis censé faire quoi au juste ? Attendre que tu me fasses un signe ? Je refuse tout en bloc ! poursuit-il.

— C'est compliqué.

— Merci, ça je m'en étais aperçu, Meg.

— J'ai besoin d'un p'tit peu de temps pour m'habituer à tout ça. Mais le problème, c'est que je n'en ai pas. J'ai appris à me démerder toute seule pendant toutes ces années. Alors, n'attends pas de moi que je t'ouvre la porte en grand pour que tu puisses me soutenir. C'est quelque chose que je ne savais pas faire à l'époque et encore moins aujourd'hui.

Je soupire, je sens le mal de crâne pointer le bout de son nez.

— Alors on fait quoi ? J'attends que tu m'envoies un bristol à chaque fois que tu en as besoin, ou bien un SMS ? Son ton est acerbe.

— Je l'ignore, je fais ce que je peux. Mais ma vie est si compliquée. Putain, j'aimerais vraiment que tu en fasses partie, mais c'est difficile quand tu ignores si demain tu seras encore en vie.

Il fronce les sourcils avant de se passer une main nerveuse dans les cheveux.

— Ça, je peux le concevoir.

Le téléphone sonne. Morgan recule sans me quitter des yeux, tend le bras et décroche. Je vais pour sortir quand il me fait signe avec son doigt de rester en place.

— On arrive Madame McAdams. Faites-les patienter.

Il raccroche. J'attends qu'il dise quelque chose. Il fait à nouveau le tour du bureau et éteint l'ordinateur portable. Il récupère son cellulaire.

— On a une réunion avec Keylyan et les autres au bureau. On a un mec à trouver, déclare-t-il naturellement.

— Ok.

On sort de son bureau. Il me passe ma veste, je ne dis rien.

— Trop ? Pas assez ?

Il me cherche en plus.

— Laisse tomber, soufflé-je.

Il enfile la sienne et m'ouvre la porte. J'abandonne, de toute façon ça fait partie de son éducation et contre ça, on ne lutte pas. On grimpe dans sa voiture direction les bureaux de l'Institut. La route se fait dans un silence quasi religieux. Je descends de la voiture arrivée à destination. Nous montons dans les étages. Il passe par le bureau de Madame McAdams. Elle se lève, salue Morgan et vient m'enlacer fortement.

— Quel bonheur de te revoir Megan. Elle embrasse mes joues tendrement. Tu nous as manqué.

— Vous aussi.

Après un dernier sourire, elle montre la porte d'à côté à Morgan.

— Ils vous attendent Monsieur le Doyen.

Elle m'offre un clin d'œil, tandis que Morgan secoue la tête. Il entre dans la pièce d'à côté et me fait signe de le suivre. Tout le monde est là : mon frère, Prue, Scrat, Charly, Matt, et Billy.

— Salut Boss, Meg ! C'est cool les grasse mat' ?

— Salut tout le monde ! répond Morgan sans même relever la remarque de Matt.

Je fais coucou de la main. Le bureau a changé : il n'est plus aussi austère que par le passé. Je fais le tour. Les armures ont disparu et entre nous, merci seigneur ! Je m'avance vers le mur du fond. Il y a un paquet de photos punaisées. Je fronce les sourcils et déglutis quand je reconnais mes parents. Je trace leurs visages d'un doigt peu sûr. Je regarde les autres photos. Il y a ce qui reste de leurs voitures et en gros plan, des impacts de balles. Je poursuis mon inspection. Il y a la mère de Morgan, mais aussi son père et d'autres personnes que je ne connais pas.

J'observe les différentes photographies des voitures, puis détourne les yeux et m'assieds juste à côté de Keylyan avant de poser la question qui me brûle les lèvres.

— Vous pensez que tous ces « accidents » ont un lien ?

— On pense surtout que tous ces accidents n'en sont pas, répond Keylyan calmement.

— Comment ? l'interrogé-je. Ce que je veux dire c'est que le premier « accident » remonte à vingt-six ans. Ensuite, si je te suis, il y a eu nos parents, il y a vingt-quatre ans. La mère de Morgan, dix ans plus tard, pour arriver jusqu'à maintenant avec ton père et toi Keylyan.

Mon frère et Morgan acquiescent.

— Non mais c'est complètement dingue. Ça voudrait dire que ça fait vingt-six ans que ça dure ! C'est incroyable et pourquoi aussi espacé ? Pourquoi il y aurait autant d'écart entre celui de Lady Jane et maintenant ?

Je me lève et fais les cent pas, avant de prendre un feutre à ardoise en plastique et de noter tout ça au clair. Juste pour avoir une vision d'ensemble.

Keylyan me rejoint, prend du recul et observe en soupirant avant de se tourne vers moi.

— Une vengeance ?

J'écarquille les yeux.

— Sur vingt-six ans ! m'exclamé-je.

— Admettons, une vengeance. Pour la première génération, ça pourrait s'expliquer, mais pas pour toi Key, intervient Morgan.

— On est certains que ce ne sont pas de « vrais » accidents pour les premiers ? demande Matt.

Morgan croise les bras sur sa poitrine et anone de la tête.

— J'ai trouvé quelques vieux dossiers qu'on avait pris soin de mettre de côté, avec un gros confidentiel dessus. L'enquête de l'époque est claire. Il y a eu accident, mais aussi des impacts de balles et après exécution sauf pour votre mère, une balle dans la nuque pour tous les autres.

Je frémis en entendant ce que Morgan vient d'annoncer.

— Dans tous les cas, les freins ont été sectionnés. Je pense que l'accident par lui-même n'a qu'un but : les sonner avant de les abattre.

— Ce qui veut dire…

Je ne peux finir la fin de ma phrase, ce qui vient de se dérouler dans ma tête est difficilement nommable.

— Ce qui veut dire que la personne qui a fait ça t'a laissé volontairement en vie, complète Morgan.

Une chape de plomb s'abat sur nous. C'est comme si toutes les personnes présentes avaient cessé de respirer. Je sens tous les regards converger sur moi, ce qui me met très mal à l'aise. Je peux sentir les poils de ma nuque se hérisser.

— Du calme, on ne s'emballe pas, intervient Prue.

— Elle a raison, confirme Charly.

— Ouais, pourquoi t'avoir laissée en vie il y a vingt-quatre ans si c'est pour te menacer aujourd'hui, surtout si c'est l'même type ? analyse Scrat.

Morgan retourne à son bureau et récupère un tas de feuilles emballé dans une pochette en plastique pour les preuves. Il s'appuie au bureau et commence à les feuilleter.

— Pourtant les deux lettres du corbeau sont claires. Il parle des anciens meurtres et aussi de la tentative sur mon père et Keylyan. Il sait qui nous sommes, ce qu'est l'Institut, mais aussi que Megan n'était plus parmi nous.

— Juste un truc. Pourquoi si c'est le même type, il n'a pas

opéré de la même façon avec Keylyan ?

Ma question peut paraître idiote mais j'ai simplement du mal à suivre le raisonnement sur ce coup-là. Il n'a rien changé à sa façon de faire en vingt-six ans, alors pour quelles raisons maintenant ? Prue enlace ses doigts à ceux de mon frère.

— On suppose que c'était un avertissement, m'explique Keylyan.

— Mais pourquoi ?

— Je n'en ai absolument aucune idée, répond-il.

— On a des suspects ? m'enquis-je.

Morgan survole un vieux dossier poussiéreux avant de le refermer avec force.

— Pas le moindre et de toute façon, ils ont étouffé l'affaire.

— Ça ne les intéresse donc pas de savoir qui il est et pourquoi il fait ça ? demandé-je acide.

— Je l'ignore. À moins qu'ils sachent déjà pourquoi, intervient Morgan.

— Concrètement, on a quoi ? interroge Charly.

— Pas grand-chose, que des suppositions. On est quasi sûr que ça a un rapport avec nos parents.

— Une mission qui aurait mal tourné ? propose Matt.

Morgan écarte les bras et hausse les épaules.

— J'ai passé des heures à éplucher les vieilles affaires avec toi et Key, on n'a absolument rien trouvé qui abonde dans ce sens.

— Quelqu'un d'interne à l'Institut ? échafaude Prue.

— Je ne pense pas, quand bien même, pourquoi attendre entre chaque exécution ?

Un long soupire envahit la pièce.

— La seule et unique personne à pouvoir se rappeler des faits à l'époque est dans le coma, déclare Prue en appuyant son regard sur Morgan.

— Peut-être pas. Tu dis toujours que ta grand-mère sait tout, elle est probablement au courant de certaines choses qui nous échappent.

— Meg, je… ok, on lui posera la question, abandonne-t-il.

Il n'a pas l'air particulièrement ravi de cette perspective. Peut-être ne veut-il pas replonger sa grand-mère dans la disparition de sa fille. Ce que je peux comprendre, mais il va bien falloir aussi qu'on avance et pour l'instant on n'a rien.

— Ça pourrait être aussi un ancien, un qui aurait quitté l'Institut ? propose Charly.

— Impossible ! assène Morgan.

— Bordel, on n'est pas cons au point d'ignorer que s'ils veulent quitter l'Institut, ils peuvent le faire.

Charly m'envoie un regard appuyé.

— Si je te dis que c'est impossible, c'est que ça l'est, affirme Morgan d'une voix sans appel.

Impossible, enfin à court terme si, certainement pas sur vingt-six ans. Je me bats contre cette maladie depuis quatre ans, alors survivre à autant d'années, c'est irréalisable. Morgan dépose les deux lettres qu'il a reçues dans mes mains. Je les parcours des yeux. La première impression est que celui qui a écrit la lettre est en colère. Son style reste néanmoins courtois si on omet sa graphie hachurée. Ces lettres sont des avertissements, mais il n'y a aucune requête particulière. La seule chose qui en ressort, c'est qu'il déteste l'Institut et tout ce que ça implique. Ce qui est troublant, c'est qu'il soit au courant de tout ce qui se passe ici, alors qu'il vient de l'extérieur. Je me masse les tempes, ils nous menacent tous, tous ceux qui ont rapport direct avec nos parents.

Il y a un long passage sur le doyen, mais jamais il ne donne les raisons. Il parle de trahison, de souffrance et d'une perte irremplaçable. Je suis dans le brouillard. Une fois que j'ai terminé ma lecture, je rends les lettres à Morgan en soupirant.

— On les a fait analyser, mais nous n'avons que son profil psychologique. Rien de plus.

— Autant dire que nous n'avons rien Morgan, précisé-je.

Morgan fait plusieurs fois le tour de la pièce. Scrat s'avachit sur le canapé et ne quitte pas le mur des photographies des yeux. Prue est dans ses pensées, mon frère se triture le cerveau, pour preuve deux petites rides se sont formées au milieu du front. Billy, Charly et Matt passent les photos en revue.

J'ignore si je réalise que mes parents ont été exécutés, je crois que ça viendra plus tard. Ils sont morts et ça, rien ne pourra les faire revenir. Comme ça ou autrement. Pourtant, je devrais éprouver une certaine révolte. Le peu de famille qu'il me reste est menacé d'extinction.

Chapitre IX

Après la réunion, j'ai laissé Morgan au bureau. L'ambiance entre nous reste toujours aussi tendue. J'ai décidé de faire un tour dans le campus, seule. Peut-être que j'ai simplement besoin de revoir certains lieux. J'ai promis à Prue qu'on se retrouverait un peu plus tard. Après le cours de piratage informatique qu'elle doit donner.

J'ajuste mes lunettes de soleil avant d'avancer dans le parc, je me rends directement à la table en pierre, celle où j'aimais m'asseoir et écouter de la musique. Je caresse la pierre froide d'une main distraite. Je repense aux nombreuses discussions que j'ai eues avec mon frère à cet emplacement précis. Je fais le tour de la table, puis m'éloigne vers les grands chênes.

J'appuie mon dos à un des arbres séculaires et ferme un instant les yeux. Je profite du soleil sur mon visage. Je repense au nombre de fois où je me suis promenée ici juste pour faire le point. Je sais parfaitement où mes pas me guident cette fois. Je n'ai pas besoin d'y réfléchir. Je m'enfonce dans la forêt, je prends le petit sentier, les oiseaux piaillent, la lumière filtre à travers les feuilles. Je distingue la cabane. Je m'avance, un léger sourire aux lèvres en repensant aux moments que nous avons partagés tous les deux.

À certains moments, j'aimerais n'avoir jamais quitté cette cabane, car finalement, c'est le seul endroit où nous avons été totalement libres, du moins où j'ai ressenti que j'étais libre. Même si à l'époque ce n'était qu'une douce et brève illusion.

Vaincue par la curiosité, je pousse la porte. J'entre et mes yeux divaguent dans la pièce. Rien n'a changé. Je déambule dans la pièce, j'examine certains détails, comme la vieille photo de sa mère. Je m'assieds un instant sur le lit et soupire longuement. Quatre ans ! Que le temps passe vite, trop en vérité.

Je me relève au bout d'un long moment et sors de la cabane. Je regarde l'heure et m'aperçois que mon rendez-vous approche. J'envoie un texto à Prue, pour lui dire que je suis devant le dortoir. Je n'ai pas particulièrement envie d'y entrer.

Prue me rejoint moins de dix minutes plus tard, un sourire

éclatant accroché aux lèvres. Elle m'embrasse, me prend par le bras et m'entraîne avec elle. J'ignore totalement où elle m'embarque, mais elle est bien décidée et ses pas nous conduisent directement à sa voiture. J'arque un sourcil.

— On a bien le droit d'aller boire un café en dehors de l'Institut quand même ? Oxford est à nous !

Je ris, elle semble si emballée. Je monte dans la voiture qui est l'exacte réplique de l'ancienne dans une version un peu plus récente. J'attache ma ceinture et Prue démarre. La route défile à vive allure, elle allume la radio et la voix de Queen emplit l'habitacle. Preuve que Keylyan a dû la lui emprunter. Prue chante comme une dingue. Je l'accompagne en chantonnant parce que je sais que c'est ce qu'elle attend.

Prue se gare dans un parking juste à côté du centre-ville. Nous descendons de la voiture et entrons dans notre pub préféré. Ici aussi rien n'a changé en apparence.

Il y a toujours cette musique pop en sourdine, un serveur approche. Je commande une bière, Prue prend la même chose. Mon regard est attiré inéluctablement vers la rue, les gens qui passent, les couples amoureux. Mon esprit est à la recherche de la moindre menace ou comportement suspect venant de l'extérieur. C'est involontaire, je suis conditionnée à me comporter ainsi. Aucun moment de répit, le corps toujours en alerte, les sens en éveil. Avant mon départ de l'Institut, c'était ainsi. Par la suite idem, mais pas pour les mêmes raisons et dorénavant, quelqu'un en a après nous.

Comment trouver le repos et le calme nécessaire après tout ça ? Je sens le regard appuyé de Prue sur moi, elle sait pertinemment qu'elle pourra faire ou dire ce qu'elle veut, mon comportement ne changera jamais. Nos bières arrivent. Je paye le serveur, nous trinquons et buvons une gorgée.

— Je pensais qu'on pourrait se rendre à Londres après-demain, déclare Prue.

Je tourne la tête vers Prue, surprise de sa phrase. Je ne vois pas où elle veut en venir.

— Megan, râle-t-elle. Il faut que tu trouves une robe et tu pourras voir la mienne et puis ça fait très longtemps qu'on n'est pas allé à Londres toutes les deux. Un peu de shopping ne te fera pas de mal, débite-t-elle.

Le mariage.

— Oh oui, bien sûr Londres, le shopping, la foule.

Je grimace, rien qu'en pensant à cette dernière. Dire que

j'adorais ça avant. Je soupire. Comme tout ça me parait lointain.

— Meg.

Je lui présente le plat de mes mains et lui souris surtout pour la rassurer.

— Mais non tu sais que j'adore ça, donc va pour après-demain.

La joie illumine le visage de Prue, et rien que pour ça, ça vaut la peine de mentir, même si ce n'est pas vraiment un mensonge. Elle pose ses yeux sur moi, le regard inquisiteur.

— Alors, toi et Morgan ?

— Prue. J'ai pas vraiment envie d'en parler.

— Mais encore, insiste-t-elle.

— C'est…

— Laisse-moi deviner… compliqué, me coupe-t-elle. C'est pas nouveau.

Je joue avec ma bouteille de bière en la faisant tourner. Prue appose sa main dessus.

— Que veux-tu que j'te dise ?

— Tout, pour commencer, sourit-elle.

— Y a pas grand-chose à dire.

Elle soupire.

— Quand il s'agit de toi et Morgan, y a toujours à dire.

Je passe une main sur mon visage

— C'est pas si simple qu'il n'y parait. Il a ses responsabilités, j'ai les miennes et un fossé de quatre ans nous sépare. Je n'ai pas été tout à fait honnête avec lui, avec personne du reste et la vie a continué. On se retrouve quatre ans après et les conditions sont encore plus complexes.

— Donc c'est pour cette raison que vous couchez ensemble ? se moque-t-elle.

— On ne couche pas ensemble !

Elle arque un sourcil l'air de dire tu m'prends pour une idiote.

— C'est arrivé une fois, avoué-je.

Ce qui n'est pas totalement vrai, il y a eu la cuisine aussi.

— Ça commence toujours par une fois, plaisante-t-elle.

Ok, en même temps, c'est Prue. Donc impossible que je lui cache ce genre de chose. Je refuse de m'étendre sur le sujet, je risquerai trop de lui parler de ma pathologie mortelle. C'est vraiment pas le moment alors qu'elle va se marier très prochainement et qu'elle est si radieuse.

— Alors ce mariage, il va avoir lieu où ?

Bingo ! Son œil inquisiteur disparaît et un large sourire s'étale sur son visage avant de baisser la tête un moment. Oh, oh ça ne présage rien de bon tout ça. J'ai beau essayer de comprendre, je ne vois pas ce qui pourrait noircir le tableau idyllique.

— Au début, on avait pensé faire ça dans la région, mais disons que l'idée de s'éloigner n'était pas pour nous déplaire. Il y a trop de gens qu'on n'a pas envie de voir.

— Donc ?

— Euh… au Pays de Galles.

— Au Pays de Galles ? T'avais pas plus éloigné ? La Sibérie par exemple.

— Oui, à Gower. Enfin la péninsule de Gower, à côté de Mumbles.

Je fronce les sourcils. Je sais bien que le lieu est vraiment beau, mais j'avoue ne pas saisir pourquoi se rendre à trois heures de route de là où nous sommes. Encore moins au Pays de Galles, vu que notre père était natif de là-bas et que sa famille l'a rejeté.

— L'idée vient de qui ? l'interrogé-je.

Elle entortille ses doigts, mal à l'aise.

— Tu devrais en discuter avec ton frère. Je pense que ça serait mieux.

— Explique-moi, je ne vois pas pourquoi je devrais en discuter avec mon frère.

— Parce que c'est son idée.

Mon frère est devenu dingue, voilà l'explication ou alors un lavage de cerveau peut-être. Sûrement. Justement quand on parle du loup, on en voit la queue. Mais là, ce serait plutôt deux loups, dont un pas vraiment satisfait si j'en crois son regard. Je soupire et rejette mon corps en arrière sur le siège.

Mon frère embrasse Prue et s'assied juste à côté d'elle. Morgan se contente de poser ses fesses.

— Vous auriez pu prévenir que vous sortiez, déclare Morgan.

— Excuse-nous, la prochaine fois, on t'enverra un bristol, ironisé-je.

— Elle n'y est pour rien, explique Prue. Je l'ai enlevée pour l'après-midi.

— Peu importe, Prue. Vous devez nous prévenir.

Je lève les yeux au ciel. Finalement, j'ai l'impression que rien n'a changé.

— J'ignorais que nous avions besoin de laissez-passer pour sortir de l'Institut. J'ai même osé croire que j'avais été libérée. Je devrais peut-être m'installer dans la tour de Londres ? raillé-je.

— Cesse de raconter n'importe quoi Meg. Vu ce qui se passe ces derniers temps, ce n'est vraiment pas le moment de s'exposer et c'est valable pour toi aussi, explique mon frère en pointant Prue du doigt.

Prue attrape mon frère par le bras et pose sa tête sur son épaule avant d'enlacer ses doigts avec les siens. Bien sûr, il fond comme neige au soleil avant de lui embrasser le front.

— Alors de quoi parliez-vous ? s'enquit mon frère.

— Du mariage, répond Prue.

— Bien.

— Oui et justement, nous étions arrivés au moment où Prue m'apprenait le lieu de la cérémonie.

Mon frère grimace et se pince l'arête du nez.

— Oh…

— Ouais, oh. Très curieuse cette idée d'aller te marier au Pays de Galles. J'aimerai surtout en connaître les raisons.

Une serveuse se pointe à notre table. Pendant ce temps, Morgan commande des bières avant de se caler dans son siège. Je l'observe, à ce moment précis, je sais qu'il est au courant.

— Je t'expliquerai. Plus tard.

— Plus tard ? Et pourquoi pas maintenant ? proposé-je les bras croisés sur ma poitrine.

Mon frère soupire, puis boit une gorgée de bière.

— Parce que ce n'est ni le lieu, ni le moment d'aborder ce sujet.

— Vraiment ? Pourtant, il me semble que c'est un sujet assez simple.

— Megan s'il te plaît.

Je sais désormais que le sujet est clos pour l'instant. Entre le ton de sa voix et son regard tout est dit. Je n'en saurai rien de plus pour le moment. Je me contente de boire ma bière au milieu du brouhaha du pub. Mon frère fait la conversation à Morgan, ils parlent du prochain match de rugby et de la composition de l'équipe. Prue boit littéralement les paroles de mon frère. Mais de toute façon, je suis certaine qu'il pourrait lui parler du taux d'azote dans le purin de cheval qu'elle serait toujours aussi béate d'admiration pour Key.

Je les écoute d'une oreille distraite, mais je retiens quand même qu'il compte faire jouer Bryan. Je plonge aussi loin que je peux dans mes souvenirs, je me souviens de ce jour où mon frère nous a obligés à l'attendre dans ce restaurant. Je me demande finalement si ce n'est pas ce jour-là que tout a changé ?

La vie est curieuse. Il suffit d'une simple décision à un moment précis pour que notre monde s'en trouve changé à jamais. Est-ce un bien, est-ce un mal ? C'est ainsi.

Je reviens au moment présent quand mon prénom est prononcé dans la conversation. Prue tente de convaincre mon frère et Morgan du caractère urgent de nous laisser nous rendre à Londres en fin de semaine. Key expose les dangers d'une telle sortie et refuse catégoriquement de nous autoriser à nous y rendre. Prue soupire, tape du pied. L'accuse de vouloir lui gâcher leur mariage.

Morgan a les yeux rivés sur sa bière. A priori, Monsieur a décidé de ne pas s'en mêler et je pense sincèrement qu'il a raison. Pas la peine d'en rajouter, ils n'ont pas besoin de nous pour se bouffer le nez. Et puis, de vous à moi, j'ai vraiment pas envie d'intervenir dans leurs histoires de couple. Je me déclare neutre, la Suisse pour être exact. Morgan finit par ouvrir la bouche à la surprise générale.

— Je les accompagnerai et je ne serai pas seul. Prue a raison sur un point.

— Et pas qu'un ! le coupe ma meilleure amie.

— Si tu veux, mais, il vrai qu'on ne peut pas vivre à l'abri de tout. C'est son mariage, il est logique qu'elle souhaite l'organiser comme elle le veut.

Mon frère fronce les sourcils et tape du poing sur la table. J'ai juste le temps de rattraper ma bière au vol avant qu'elle se répande sur la table. Je souris niaisement au gens qui nous regardent, pensant qu'un vaudeville se joue à ce moment précis.

— Tu as dit toi-même que ce type est dangereux et qu'il est prêt à tout. Personne n'est en sécurité et encore moins Prue et Meg.

Les mots sont peut-être chuchotés, mais cela ne retire en rien la force avec lesquels il les profère.

— Si vous pouviez éviter de parler de moi sans mon consentement, ce serait cool. Vous savez que je déteste ça.

Je me fais renvoyer dans mon coin comme un malheureux boxeur à la différence, c'est qu'ils n'ont même pas besoin de s'exprimer. Je me lève et sors du pub pour aller m'en fumer une, rien à foutre qu'on désapprouve, les choses ne seront-elles jamais simples ? Tout est si compliqué.

Je lève les yeux vers le ciel, mais bizarrement, aucun nuage n'est présent. Il est si bleu, et cela, depuis que je suis rentrée. Je ferme les yeux un instant pour savourer les rayons du soleil réchauffer ma peau. Cependant, le calme ne dure pas, je me raidis d'un seul coup. Je scrute les gens autour de moi. Je cherche d'où vient le malaise que je viens de ressentir. Je passe discrètement ma main dans mon dos et pose la main sur la crosse de mon arme. Je suis toujours à la recherche de mon observateur. Je tire une dernière latte sur ma clope puis la jette dans le caniveau.

Je pourrais me précipiter à l'intérieur, mais je refuse de créer la panique chez mon frère et nos amis. Mon cœur accélère indubitablement sa course. Mes yeux se font perçants, mon corps est en pilotage automatique. C'est une situation tellement courante que je n'ai même pas besoin de réfléchir. L'instinct de survie est plus fort que tout. Je compte le nombre de civils qui se trouvent dans les environs. Je sais pertinemment que si une fusillade éclate, beaucoup seront touchés. Mon esprit carbure à plein régime pour trouver le moyen d'éviter ça. J'ignore pour le moment d'où vient le danger exactement. Pourtant, quelque chose me dit que s'il décidait de passer à l'attaque, rien ne pourrait l'en empêcher et certainement pas les gens autour de moi.

Une main se pose sur mon épaule, je me raidis et dans la foulé, je vais pour sortir mon arme.

— Du calme, m'impose Morgan. Quand il se rend compte de ma très grande nervosité.

— Il y a quelqu'un, expliqué-je de but en blanc.

— Où ?

— Je l'ignore, mais il m'observe depuis un moment. Je déteste le jeu du chat et la souris, surtout quand je tiens le rôle de Jerry.

— On devrait rentrer. Ce n'est pas prudent de rester à découvert ici. La foule est le meilleur endroit.

— J'ai l'impression qu'il se fout totalement de qui ou combien de gens innocents sont dans le coin. Je pense surtout qu'il sait exactement ce qu'il fait. Il nous provoque. Il est parfaitement conscient du fait qu'il est repéré. Il veut juste qu'on sache qu'il est là et qu'il a la possibilité de passer à l'attaque quand il le souhaite.

— Très juste analyse, Capitaine Tyler, confirme Morgan.

Je redresse la tête vers lui. Il surveille aussi les alentours.

— Voilà comment on se retrouve condamné à l'Institut jusqu'à la fin de cette histoire, ronchonné-je.

203

Il détache son attention un moment de ce qui se trame sous nos yeux avant de croiser mon regard. D'après les dernières nouvelles, nous sommes toujours fâchés, enfin lui surtout. J'attends ma sentence. Je m'imagine déjà enfermée à double tour au cottage et Morgan gardant la porte.

— Pas forcément. J'ai réussi à convaincre ton frère de vous laisser aller à Londres pour votre shopping à condition que je vous accompagne. Mais je ne serai pas seul, Il y aura aussi Matt, Scrat, Charlie et trois autres.

J'arque un sourcil.

— Ça fait vraiment beaucoup pour une sortie shopping. Je ne suis pas certaine que le Conseil approuve et tu risques d'avoir des ennuis.

— On s'en tape du Conseil. Je n'aurai qu'à expliquer que vous servez d'appât.

— Très réjouissante cette sortie. Je déborde de joie rien qu'en y pensant, ironisé-je.

— Tu sais que je déteste le shopping ?

Je pointe son torse de mon index.

— T'es un peu maso Matthews, je l'ai toujours su, souris-je.

— Faut l'être, surtout pour tomber amoureux de toi.

Je n'assimile pas vraiment ses dernières paroles, il m'attrape par le bras et me force à rentrer. La phrase se répète en boucle dans ma tête. Je ne sais pas s'il parle au passé ou du présent. Mon cœur se serre dans ma poitrine. Je ne comprends toujours pas pourquoi il ne me déteste pas ? Je récite la définition de masochisme dans ma tête : comportement d'une personne qui trouve du plaisir à souffrir, qui recherche la douleur et l'humiliation.

Il est vrai que c'est surtout au niveau du sexe ce terme. Je secoue la tête, car d'une part ce n'est vraiment pas le moment de penser au sexe, d'autre part, tout semble dingue, Et puis Morgan n'est pas maso, ou alors il l'est devenu ou alors…

Ou alors tu t'poses toujours trop d'questions. Ta cervelle va finir par bouillir ! m'interrompt la voix de ma conscience.

Je masse mes tempes avec mes doigts, ça carbure trop là-dedans. Un œil sur notre table et je vois bien que le malaise n'est toujours pas dissipé. Prue se lève et déclare qu'elle veut rentrer. Mon frère fait de même en repoussant la chaise loin dans son dos. Prue refuse de monter dans la voiture de Keylyan pour retourner à l'Institut. Elle me prend par le coude et me traîne à sa suite. Arrivée à hauteur de la voiture, elle donne un violent coup de pied dans le pneu et se parle à elle-même en pestant après mon abruti de frère qui ne comprend rien à rien. Je laisse passer l'orage, je pense que mon grain de sel au milieu, ce serait de trop.

— Et toi bien sûr, tu ne dis rien ! me dispute-t-elle en montant dans la voiture. J'arrive pas à croire que tu prennes le parti de ton frère ! Mais comme d'habitude en fait ! C'est normal, c'est ton frère ! Je suis qui moi pour toi ? Personne ! Juste ta meilleure amie ! Celle à qui tu n'as même pas expliqué que tu partais ! La geek de service ! Celle qui…

Je plaque ma main sur sa bouche pour la faire taire.

— T'as fini ? T'es calmée ? Je ne m'en mêle pas parce que ça n'a aucun rapport avec moi.

Elle tente de contester.

— La ferme Prue ! Qu'on le veuille ou non, mon frère a raison ! Il y a un mec pas net qui traîne et qui a la fâcheuse tendance à dézinguer notre camp et ça fait un moment que ça dure. Tu peux comprendre qu'il n'a pas forcément envie de finir veuf avant d'être marié ? Ce serait con d'avoir dépensé autant sans en profiter non ? Morgan a trouvé un compromis, alors accepte-le, discute avec mon frère, met tout à plat et surtout ne me mêle pas à vos histoires de couple. J'ai bien assez avec mon propre merdier en ce moment. Je veux bien te soutenir, te donner un conseil si je peux, mais je refuse de prendre parti !

Elle hoche la tête frénétiquement. Et dire que j'ai dit ça en un seul souffle. Je relâche la pression sur sa bouche. J'attends une réaction, mais il n'y en a aucune. Elle se contente de démarrer. Merci Seigneur. Au bout de cinq kilomètres, elle ouvre enfin la bouche.

— Je suis désolée. Tu as raison, c'est ton frère et je comprends que tu ne veuilles pas participer à nos disputes.

— Alléluia.

Je pose ma tête sur la vitre de la voiture et ferme les yeux. Je finis par m'endormir, vaincue par la fatigue, rassurée aussi que Morgan et Keylyan nous suivent en voiture. C'est le changement d'allure qui me réveille, nous traversons le parc de l'Institut et Prue prend garde de ne pas renverser quelqu'un. Elle s'arrête juste devant le bureau de l'administration. Je descends du véhicule, puis fais un pas en direction du bâtiment avant de me raviser et de faire demi-tour. Je pose une main sur le toit de la voiture et fais signe à ma meilleure amie d'ouvrir la vitre.

— Je vais te donner un conseil. Ne perds pas ton temps et

ton énergie avec des conneries pareilles. Dis-toi qu'il t'aime et c'est tout ce qui compte. Tu ne sais pas ce que demain sera, alors contente toi de profiter de ce que l'on vous offre. Même si ce n'est pas parfait.

Elle acquiesce de la tête.

— C'est vrai, c'est aussi valable pour toi.

Je souris tristement, avant de la regarder dans les yeux pour lui répondre.

— C'est juste trop tard pour moi.

— Bien sûr que non, affirme-t-elle, pleine de conviction.

— Oh si et puis tu connais l'adage : faîtes ce que je dis, mais pas ce que je fais.

Je m'écarte de la voiture.

— Merci, sourit-elle.

La vitre remonte en même temps que je prends une grande inspiration. Si elle savait à quel point c'est trop tard. Le véhicule démarre et je plonge mes mains dans mes poches en la regardant partir, Keylyan toujours derrière elle. Morgan est juste à côté de moi. J'ignore s'il a entendu ce que je disais à Prue, mais si c'est le cas, il ne laisse rien transparaître. Nous montons ensemble dans la sienne et rentrons directement au cottage.

****

Grace n'est toujours pas revenue de son escapade à Londres avec Lady Mary. Je reçois un simple SMS de Bryan qui m'annonce qu'il a rendez-vous avec des potes pour manger et que je ne le verrai pas ce soir. D'un côté, je devrais être satisfaite qu'il s'émancipe, qu'il trouve de nouveaux centres d'intérêts et des amis. De l'autre, je ne peux pas m'empêcher de penser qu'il est dans un véritable nid de vipère. Et que je ne serais pas là éternellement pour tenter de l'orienter autant que je le peux, pour l'aider à choisir le bon chemin. Toujours le temps qui me manque. Toujours l'aiguille qui poursuit sa route.

Je suis en train de boire un café quand on sonne à la porte. Je pense un moment qu'il s'agit de Grace mais je ne peux m'empêcher de grimacer quand j'aperçois le bon docteur Emma Dwight, alias le docteur Frankenstein. Elle est tout sourire, sa mallette contre elle. Elle tend sa main vers Morgan qui la lui sert. Je la singe, décidément je ne peux pas la voir, même en peinture. Je rince mon mug et les rejoins contrainte et forcée. Je tente de faire bonne figure, je retiens mes épaules qui ont une forte envie de se voûter, comme si elles portaient le monde.

— Bonsoir Capitaine Tyler. Comment allez-vous ?

— À vous d'me l'dire, grincé-je.

— Oui… bien évidemment, je suis le médecin.

Morgan lève les yeux au ciel et marmonne.

— C'est une formule de politesse.

— Nan c'est vrai ? Pas possible ?

Il me fusille du regard.

Civilisé Meg, on a dit civilisé !

— Bonsoir Doc, je pense que ça va. Je jette un œil à Morgan. Satisfait ?

— J'abandonne, maugrée-t-il avec emphase.

Le « bon » docteur ne sait plus trop où se mettre un instant. Cependant, elle reprend rapidement contenance, faisant preuve d'un professionnalisme exemplaire, puis m'invite à entrer dans le bureau. Morgan reçoit un coup de téléphone et s'excuse avant de rejoindre la cuisine pour y répondre.

J'entre la première dans le bureau, elle m'intime de rester debout le temps qu'elle prenne ma tension d'après elle, ce serait plus précis ainsi. Je me laisse faire. Elle voudrait échanger quelques banalités, je le sens, mais je m'y refuse. Viennent ensuite les questions qui ont un rapport direct avec ma maladie. J'y réponds me souvenant de ce que m'a dit Morgan la veille. Après une prise de sang, elle m'injecte le traitement. Nous quittons le bureau et rejoignons le hall. Morgan est toujours dans la cuisine, elle le salue d'une main avant de prendre congé.

Je frotte là où elle a piqué. J'ai l'impression que c'est de la lave en fusion qu'elle a introduit dans mes veines. Le produit me chauffe, m'irradie totalement le bras. Je grimace et continue de masser, espérant simplement que ce simple geste atténuera un peu la douleur, même s'il faut l'avouer, j'ai connu pire. Je dois devenir douillette aux portes de l'enfer. C'est bien ma veine.

J'attrape le premier livre qui me tombe sous la main et m'installe sur le canapé les pieds sous mes fesses. Je parcours les lignes des premiers chapitres, mais ce bouquin est tel ennuie que je ne peux retenir un bâillement. Max pointe son museau et monte sur le sofa pour s'allonger sur mes pieds. Je flatte un peu l'animal. Malgré la fatigue, mes yeux naviguent entre le livre et l'horloge. La soirée est déjà bien avancée et Grace n'est toujours pas revenue. Je dépose mon livre là où je l'avais trouvé et sors un instant sur le perron, Max sur mes talons. Je m'assieds sur les marches et scrute l'horizon. La patience n'a jamais été mon fort, mais encore plus dans cette situation. Je retourne à l'intérieur en soupirant puis entre dans la cuisine. Morgan se tient devant une planche à découper, il prépare des sandwichs. La phrase que j'ai dite à Prue me revient : « Tu ne sais pas ce que demain sera, alors contente toi de profiter de ce que l'on vous offre. Même si ce n'est pas parfait ».

Je me frotte le visage tout en soupirant.

— As-tu des nouvelles de Grace ? m'enquis-je.

Morgan m'observe par-dessus son épaule, essuie ses mains sur un torchon et se retourne en croisant ses bras devant lui.

— Granny l'emmène dîner et ensuite elles rentrent. Satisfaite ?

Je grince des dents. Je suppose que c'est un juste retour des choses, je ne l'ai peut-être pas volé cette réplique.

— Très... marmonné-je.

Je tourne les talons et au moment de passer la porte, je me ravise puis fais volte-face.

— D'accord... je suis peut-être un peu dure avec ce Doc, avoué-je.

— Un peu dure ? Tu l'es avec tout le monde et pas qu'un peu, réplique-t-il.

— Drapeau blanc ! proposé-je. Je sais que je suis encore plus difficile à vivre qu'en temps normal. J'en ai conscience, mais c'est simplement parce que je ne sais pas vraiment où j'en suis. Tu places tant d'espoir dans ce docteur et ses recherches sur le virus. Je suis incapable d'en faire autant. Je m'étais faite une raison et contrairement à ce que tu peux penser, c'était très loin de me satisfaire. J'ai l'impression d'être un véritable funambule avec les yeux bandés. J'ai appris à me débrouiller seule. Et ta façon de faire... toutes ses attentions... c'est juste que je ne suis pas certaine de pouvoir les accepter. Je ne suis pas certaine de les mériter non plus, expié-je.

Je me masse les tempes et secoue la tête. Je ne sais pas vraiment pourquoi je déblatère tout ça. Je croise son regard et remarque ses sourcils froncés.

— Laisse-tomber, soupiré-je.

— Attends ! ordonne-t-il alors que je suis sur le point de quitter la pièce. Mettons les choses au clair.

Je colle mon dos contre l'encadrement de la porte. Essayons de communiquer pour changer.

— D'une part, tu n'as pas à t'interroger sur le fait que tu mérites quoi que ce soit. Je suis le seul à décider si je souhaite ou pas te porter toutes ses attentions comme tu dis. D'autre part, que tu le veuilles ou non, on a besoin du Docteur Dwight. Plus tu seras coopérative et plus elle en apprendra sur ce virus.

— Tu as déjà fait énormément Morgan. Ce n'est pas...

—Meg ! Si je le fais, c'est que je le veux. C'est si compliqué pour toi de comprendre simplement ça ? J'ai sûrement déconné et exagéré ce matin, d'accord, j'ai saisi. Mais tu ne peux pas m'empêcher de m'inquiéter, ni même de vouloir prendre soin de toi.

Je fais plusieurs pas vers lui et pose ma main sur son torse qu'il recouvre de la sienne.

— C'est pas ce que je dis, enfin si peut-être. Je ne veux pas que l'on se comporte différemment avec moi sous prétexte que je suis atteinte d'une pathologie mortelle. C'est pour cette raison aussi que je ne veux rien révéler à mon frère ou nos amis. Ta façon de me materner me rappelle en permanence que je suis proche de la fin et ce n'est pas ce que je veux.

— Mais tu ne peux pas me demander d'occulter cette partie. J'ai pas envie de te perdre ni demain, ni dans un mois, ni jamais.

— Morgan, soupiré-je. Tu veux un scoop ? On est tous mortels.

Il pose son menton sur le sommet de mon crâne. Je ferme les yeux un instant.

— Je ne peux pas me battre seul, murmure-t-il.

— Je n'ai jamais dit que je voulais baisser les bras. C'est juste que tout s'enchaîne et j'ai un peu de mal à me retrouver. J'ai toujours pu compter sur toi, je le sais et j'ai conscience de la chance que j'ai. Je te demande simplement de ne pas exagérer.

Je relève les yeux vers lui, il acquiesce et scelle notre accord par un tendre baiser. Je reste un long moment dans ses bras. J'avoue que je ne m'en lasse pas.

****

Tout est presque prêt pour notre départ pour Londres. Grace dort toujours, la journée d'hier a été harassante. Lady Mary et elles sont rentrées avec une dizaine de sacs. Grace dormait déjà, épuisée. Nous avons décidé qu'elle resterait ici avec la grand-mère de Morgan. Il est inutile de l'exposé à ce fou furieux, qui joue avec nos nerfs et nos vies. De toute façon, la petite en a eu bien assez avec sa journée d'hier. Ce qui me plaît moins en revanche, c'est que je n'ai aucune nouvelle de Bryan. J'ignore même s'il est rentré. Je veux bien admettre qu'il puisse avoir envie de s'amuser. Cependant, il va falloir qu'il comprenne aussi qu'il y a des règles et que de me tenir informer est la première de toute.

Il est convenu que Morgan et Matt voyageraient avec nous tandis que Scrat et les autres prendraient une autre voiture. Nous sommes tous armés et la sortie s'annonce un peu tendue. Matt prend le volant alors que Prue prend place juste à côté de lui. Je me retrouve donc à l'arrière avec Morgan. Matt allume la radio et il nous offre l'Unplugged de Nirvana. Prue, malgré la situation, ne peut pas s'empêcher de sourire comme une gamine, ce qui est loin d'être le cas de mon frère qui nous observe de l'extérieur. On ne peut pas lui en vouloir de s'inquiéter pour sa future femme.

— La journée va être très longue, marmonne Morgan.

— Y a des chances, souris-je.

— De quoi tu te plains, t'adore ça.

— Beaucoup moins quand on a un détraqué au cul, affirmé-je.

Surtout quand je me souviens de la dernière fois où je me suis rendue en plein centre de Londres. On ne peut pas vraiment dire que ça s'est bien passé. Je réprime un frisson et inspire longuement. Je sens la main de Morgan se saisir de la mienne. Je lui souris poliment et porte mon regard vers la route. Je sais que de toute façon, il aurait bien fallu que j'y retourne un jour. Ce n'est pas comme si la ville allait disparaître en un coup de baguette magique. Et puis, en se penchant un peu plus sur le problème, je n'y ai pas que des mauvais souvenirs. C'est la journée de Prue après tout. Oui sa journée. Prue se lance dans un long monologue sur le déroulement de la journée.

— Pas très longue. Interminable, murmure Morgan.

Je ris. C'est vrai que c'est un sacré programme. Elle n'a omis aucun détail, mais la connaissant, on ne pouvait qu'en être persuadé. Matt se contente d'acquiescer et lui propose même de rajouter deux trois magasins supplémentaires. J'éclate de rire quand je reconnais la voix de Scrat dans l'oreillette des garçons qui se révolte. Il beugle tellement fort que Morgan grimace et plisse les yeux.

— J'ai compris Scrat ! J'suis pas sourd. Enfin maintenant si ! râle Matt

Il accélère l'allure, tandis que Morgan lève les yeux au ciel. Je me contente de poser ma tête sur la vitre et de fermer les yeux.

Pour le repos, ce sera toujours ça de pris. J'avoue qu'en plus, les voyages en voiture m'ont toujours assommée, ça me permet aussi de déconnecter un instant de la réalité. Je peux entendre Morgan répondre au téléphone. Je perçois juste sa voix comme si j'étais très loin de lui. Mon cerveau refuse même de tenter de comprendre ce qu'il dit. La fatigue m'a prise sournoisement à tel point que Morgan est obligé de me secouer pour me réveiller.

— Tu es sûre que tu vas bien ?

— Oui, rien de tel qu'une micro sieste pour braver cette journée, le rassuré-je.

Il est très loin d'être convaincu, pourtant il n'insiste pas. Nous sommes rejoints à notre sortie par Scrat et Charly tandis que les trois autres restent dans la voiture en couverture. Il est entendu bien évidement que nos deux amis se tiennent à une distance réglementaire. Inutile d'éveiller l'attention. Quatre gardes du corps pour deux filles, c'est très loin d'être discret. Prue veut tout de suite rentrer dans le vif du sujet. Nous sortons du parking et prenons directement le chemin de la maison de couture qui s'occupe de sa robe. Nous sommes encadrées par nos deux molosses qui sont les plus naturels possibles. Cependant, je ne suis pas assez stupide pour penser qu'ils ne surveillent pas le moindre comportement suspect. Je ne risque pas de les en blâmer, car je fais exactement la même chose. Je reconnais Sloane street, je me retourne tout de suite vers Prue.

— Seigneur, tu ne fais pas les choses à moitié !

— On se marie qu'une fois, du moins en général, même si les statistiques...

Je plaque ma main sur les lèvres de Prue.

— Je pense qu'on a saisi geek d'amour. C'est de la haute couture... c'est...

— Des fringues, me coupe Matt.

Prue ôte ma main de sa bouche.

— Ah non, c'est beaucoup plus que ça ! Sacrilège ! s'écrie-t-elle.

— Ok... ok, abandonne Matt.

Nous suivons Prue qui avance d'un pas décidé. Je jette un regard à Morgan qui porte un jean et une chemise. Sincèrement, ça me fait plaisir qu'il ait remisé son costume surtout quand je m'attarde un instant sur ses fesses parfaitement moulées.

Merde c'est pas l'moment.

Après tout, il n'y a pas que les mecs qui ont le monopole de l'observation. Je manque même de lui rentrer dedans quand il s'arrête devant la devanture d'une maison de haute couture. Morgan nous ouvre la porte et nous entrons. Une femme d'une quarantaine d'années vient à notre rencontre.

— Mademoiselle Malcolm, quel plaisir de vous revoir.

Prue lui offre un sourire radieux tandis qu'elle offre chaleureusement sa main. Elle nous salue tous et nous lui renvoyons la politesse.

— J'ai apporté quelques modifications à votre robe, explique-t-elle.

— Je suis certaine que ce sera parfait. Mais j'aimerai aussi que l'on puisse voir quelques modèles pour mon témoin, dit-elle en me serrant dans ses bras.

Je garde le sourire, il le faut même si je suis presque sûre que je n'aurai pas le temps nécessaire pour le grand jour. Morgan me sourit tendrement. La femme propose aux hommes de s'asseoir, quant à moi, Prue m'entraîne avec elle vers l'arrière de la boutique. Nous empruntons une porte qui débouche sur une grande salle où se trouve un promontoire au centre de la pièce. Il y a aussi une immense cabine d'essayage.

— Assieds-toi Meg.

Elle me laisse son sac, puis part s'enfermer dans l'immense cabine avec la femme qui nous a accueillis. J'ai les yeux rivés sur le rideau qui est à présent fermé. J'ai hâte de voir qu'elle robe, elle a bien pu choisir. La connaissant, j'opterai pour une robe assez simple, de doux et de gracieux. Je ne sais pas vraiment combien de temps s'est écoulé depuis qu'elle est entrée. Mais quand je la vois ressortir, je ne peux pas m'empêcher de me lever. Elle est tout bonnement splendide. Les mots se perdent dans ma gorge. Elle porte une robe bustier de couleur ivoire. La robe prend plus de volume dans son dos, elle touche le sol et la traîne est assez courte finalement. Je m'approche d'elle et découvre les détails du boléro qu'elle porte. Il est en fine dentelles laissant ses épaules dévoilées et des lacets discrets englobent ses avant-bras.

— Tu es magnifique, déclaré-je.

— C'est vrai, ça te plaît ? rougit-elle.

Je la prendrai bien dans mes bras, mais j'ai trop peur d'abîmer la robe. J'acquiesce, si je me laissais totalement aller, je crois que j'en pleurerais. J'aperçois aussi la dentelle finement brodée dans le bas de sa robe. Elle monte sur la petite estrade et la couturière s'affaire déjà. Je me demande bien qu'elle reprise, elle va faire, car pour moi, elle est parfaite. Une couturière prend les mesures en épinglant différents endroits.

— J'avais vraiment envie de partager ça avec toi, s'enthousiasme-t-elle.

Je lui souris, elle tend ses mains vers moi, je m'approche puis m'en saisis. Ses yeux brillent tellement qu'il pourrait aisément éclairer tout un quartier.

— Et je suis ravie d'être ici.

Mon ton est sincère, c'est la stricte vérité. Je suis heureuse de la voir rayonnante de bonheur, ses pieds ne touchent plus terre. Je m'écarte d'elle pour laisser la couturière terminer. Prue essuie une larme qui coule de sa joue et se met à rire de la situation. Après plusieurs minutes, Prue descend de son piédestal et se rend directement dans la cabine pour ôter sa robe. Elle finit par me rejoindre. Je lui tends son sac, elle le récupère avant de me prendre par le bras.

— Allons trouver ta robe maintenant. Je refuse que mon témoin soit en jean et basket.

— Tu sais qu'il y a des jeans qui valent plus cher qu'une robe de soirée ? la taquiné-je.

— Megan, soupire-t-elle.

C'est surtout que j'ai beaucoup de mal à me mettre dans l'optique que je survivrai jusqu'à ce mariage. C'est mathématique. Il est dans deux mois et on me donne au maximum un mois avant de… je ferme les yeux rapidement, je n'ai pas envie d'y penser. Ce n'est pas le moment. Les garçons sont installés, une coupe de champagne à la main. Morgan relève les yeux vers moi, je sais qu'il s'inquiète. Prue s'assied à côté de Matt, quant à moi, je prends place à la droite de Morgan.

— Nous sommes prêts, déclare Prue.

— Bien.

Elle frappe des mains et la première jeune femme défile. Elle porte une robe longue fuchsia. Elle a beau être magnifique, c'est vraiment pas mon style. Toutes sortes de tenues s'enchaînent, Prue s'enthousiasme à chaque nouvelle apparition. Je suis beaucoup plus mitigée, peut-être parce que je ne suis pas assez impliquée. Matt est en admiration béate devant les modèles, je doute que ce soit en rapport avec les robes, mais plutôt avec les jeunes femmes qui les portent. Morgan me donne un léger coup de coude alors que j'ai les yeux rivés sur Matt, j'entends Prue s'exclamer.

— Oh mon Dieu ! C'est celle-là !

J'ai un léger moment de flottement. Je reporte mon attention devant moi et j'avoue qu'elle est vraiment splendide. Je ne saurais dire pour quelles raisons elle se démarque de toutes les autres. La robe se compose en deux parties, le bustier décolleté est de couleur bordeaux, brodé finement de motifs fleuris noirs qui s'entrecroisent, soulignant la poitrine. La taille empire s'évase sous la poitrine. La jupe bordeaux, elle aussi, arrive à hauteur du genou. On y distingue deux couches de tissus superposés.

— Excellent choix. Elle est en soie et son jupon en tulle pour donner plus de volume, s'enchante la vendeuse.

Morgan acquiesce, j'ai comme l'impression qu'elle lui plaît aussi. Je repense à la conversation que j'ai eue avec Lady Mary sur le fait de trouver un but dans ma vie. J'en ai quelques-uns, mais j'ai bien peur qu'ils ne dépassent pas le mois.

Positive ma vieille !

Devant mon absence de réaction, la femme insiste.

— Venez au moins l'essayer, je peux vous dire d'ores et déjà qu'il n'y aura que très peu de retouche si on omet votre poitrine un peu plus voluptueuse.

Prue saute du canapé et me tire par le bras, pour m'encourager. J'abandonne la lutte après tout, je suis là pour lui faire plaisir. Je suis donc la femme dans la pièce qui s'occupe pour les retouches. Je passe la robe et éclate de rire quand je m'aperçois qu'elle s'attache dans le dos.

— Monsieur, vous ne devez pas...

Je fronce les sourcils au moment où la tête de Morgan fait son apparition à travers le rideau. Il débranche un instant son oreillette.

— Besoin d'un coup de main ? me taquine-t-il.

Je place mes mains sur ma poitrine.

— Elles font ça très bien, souris-je.

— Je n'en doute pas, mais je suis certain qu'avec moi, ce sera plus ludique.

— De... hors, ponctué-je.

— Tu es sûre ?

— Dégage !

Je ferme le rideau d'un coup sec et je peux l'entendre ricaner derrière. Je suis en soutien-gorge, la couturière demande la permission d'entrer afin de prendre mes mesures et me déposer une paire de talon. Cela ne dure pas plus de deux minutes.

— Parfait, je vous demanderai d'essayer la robe avec les chaussures. Je vous attends à l'extérieur.

J'acquiesce. Une fois le rideau refermé, je passe la robe en prenant garde de ne pas l'abîmer. Mes seins sont un peu trop à l'étroit à l'intérieur. Je remonte un peu le bustier et sors. Morgan et Prue sont bien là, assis à la place où je me trouvais il y a environ une demi-heure. Morgan affiche un large sourire, je secoue la tête. La couturière referme ma robe dans le dos, mais pas jusqu'au bout de façon à ne pas comprimer ma poitrine. Elle attrape plusieurs épingles qu'elle pose à des endroits stratégiques. Je relève mes cheveux comme demandé. Elle m'observe en penchant la tête. Je ne suis pas vraiment à l'aise, j'ai l'impression que ma poitrine est prête à bondir au moindre nouveau mouvement.

— Elle est déjà magnifique sur toi alors qu'elle n'est pas tout à fait ajustée. J'ai hâte de te voir la porter le jour du mariage, s'enflamme ma meilleure amie.

J'accroche mon plus beau – faux - sourire sur mon visage et descends enfin de mon perchoir. Je rejoins la cabine toujours avec la couturière qui m'aide à défaire ma robe dans le dos avant de s'éclipser. Je laisse le tout dans la cabine, puis retourne dans l'autre pièce où j'aperçois Morgan qui glisse quelque chose à l'oreille de la vendeuse. Je le vois remettre son oreillette et Prue se précipite vers moi avec mon sac puis embrasse ma joue. Après avoir laissé mon numéro de téléphone à la boutique, nous sortons.

— Alors, la suite du programme ? demandé-je.

— J'ai rendez-vous avec l'organisatrice du mariage. Elle doit me montrer les éléments de décoration.

— Ok. Et pour les fleurs, le traiteur ? m'enquis-je.

— Idem, c'est l'organisatrice qui gère. On doit juste donner notre avis, explique Prue.

Nous remontons l'avenue, Prue m'attrape par le bras pour m'expliquer ce qu'elles ont prévu pour le mariage dans les moindres détails. Elle est si enjouée par tout ça. Son sourire, son attitude, tout rayonne de bonheur en elle. Elle pose sa tête sur mon épaule tout en poursuivant son monologue, puis elle s'arrête devant une devanture. Matt qui n'a rien perdu de toute la conversation continue de la singer. Morgan nous ouvre la porte. À peine avons-nous posé un pied à l'intérieur qu'une femme d'une quarantaine d'années se précipite vers nous.

— Mademoiselle Malcolm, je suis ravie que vous ayez pu

215

vous déplacer enfin. Nous avons tellement de choses à voir. Votre mère est déjà passée et nous attendons votre validation, débite-t-elle.

Prue se met à rire devant l'empressement de la femme.

— Bonjour Elisabeth, je voudrais vous présenter Megan Tyler, c'est mon témoin de mariage.

— C'est un réel plaisir de vous rencontrer Mademoiselle Tyler.

Elle me serre la main fortement tout en souriant avant de saluer plus discrètement Morgan et Matt. Elle nous demande de la suivre. Nous traversons une grande pièce avec des tas de photos de mariage accrochées au mur. La pièce du fond est tout aussi grande. Nous pouvons y apercevoir des compositions florales ainsi qu'un étalage de petits fours salés et sucrés. Matt est en admiration totale à tel point qu'on peut se demander s'il ne va pas se jeter dessus. Mais il va devoir faire preuve de patience, car c'est les fleurs auxquelles nous portons attentions.

— Je vais vous présentez plusieurs présentations numériques que nous avons réalisé sur l'ordinateur afin que vous puissiez parfaitement imaginer le rendu et vous n'aurez plus qu'à choisir lequel vous plaît le plus.

Nous nous asseyons sur des fauteuils face à un grand écran. La femme se saisit d'une télécommande et envoie la vidéo. Toutes les ambiances y sont, rétro, moderne, champêtre et à chaque fois, le décor et les fleurs sont différents en fonctions du style choisi. Je peux entendre Prue s'extasier sur chacune des présentations. En même temps, ils n'ont pas fait les choses à moitié. À la fin de la vidéo, Prue se retourne vers moi un sourire éclatant sur le visage. La femme se retrouve face à nous et tapote la télécommande dans les mains.

— Alors, qu'en pensez-vous. Sachant que si ça ne vous satisfait pas, nous pouvons toujours le retravailler.

— Megan ? demande ma meilleure amie.

— Tout est vraiment splendide, affirmé-je sincèrement.

— Tu ne m'aides pas, bougonne Prue.

— C'est ton mariage, à toi de choisir, mais je suis certaine que tout sera parfait.

— Morgan ? s'enquit-elle.

— Meg a raison, à toi de voir. Je ne suis qu'un pauvre mec sans aucun goût, plaisante-t-il.

— Je suis certaine que Monsieur se trompe, sourit largement la femme.

Bah voyons !

— Matt ? couine Prue.

Il se contente de hausser les épaules. Je connais assez bien les goûts de Prue. Elle aime la simplicité, mais c'est à elle de choisir. Je décide de lui donner mon avis qu'une fois qu'elle aura décidé.

— J'aime beaucoup le style champêtre. Je trouve ça simple et très beau. Meg ?

— Je pense que ça te correspond parfaitement.

— Oui, mais ton frère, il en pensera quoi ?

— Il sera ravi quoi que tu choisisses, intervient Morgan.

Prue se tourne vers moi, j'acquiesce et lui souris.

— Je peux parfaitement faire un double du DVD, ainsi vous pourrez lui montrer et choisir ensemble. Vous n'aurez qu'à m'appeler quand votre décision sera prise, explique la femme.

Prue accepte et nous nous tournons enfin vers les petits fours pour la plus grande joie de Matt. Nous les goûtons, même si Matt, lui, les dévore. Ils sont approuvés à l'unanimité. Quand nous quittons les lieux, il est déjà plus de midi, et je ne serais pas contre une toute petite pause. Morgan, qui a dû le sentir, propose qu'on aille boire quelque chose au pub. Je me pose au fond de la pièce même si j'aurais largement préféré être à l'extérieur. Néanmoins, je sais que le principe de précaution prévaut sur tout. Morgan et Matt sont contre le mur face à nous, ils observent les lieux, étudiant chaque individu. Ils semblent détendus, mais ce n'est qu'une façade. Ils sont sur leur garde, prêts à toutes éventualités. Le serveur prend notre commande.

— On a terminé ? demande Matt.

— Non, non. Il nous reste un truc à voir, sourit Prue rêveuse. Ils ont rénové Victoria Secret et il faut à tout prix que Meg voit ça.

— La boutique de sous-vêtement ? bave Matt.

— C'est ça.

Inexorablement, mon esprit s'envole dans un autre temps, à une autre époque. Un seul regard avec Morgan me donne la certitude que nous pensons à la même chose. À cette boutique dans Londres avec ces deux filles. J'ai presque la sensation que c'était dans une autre vie. Je suis plongée dans les yeux de Morgan, hypnotisée par ce bleu profond.

— Meg ? Meg !

Je me tourne vers Prue aussi vite que possible et reviens au moment présent.

— Quoi ?

— T'as pas écouté, me reproche Prue. La dernière collection, tu l'as vue ?

— Je... non.

— Quel tort, elle est splendide, sexy, énumère-t-elle en jouant des sourcils.

Matt jette un œil à Morgan et moi avant de se mettre à rire sans faire de commentaire. Complètement inutile de toute façon, il n'a pas besoin de dire tout haut ce qu'il pense tout bas, ce qui m'arrange en vérité vu que nous sommes écoutés. Après avoir payé nos consommations, nous sortons du pub et reprenons la voiture pour le fameux magasin.

Nous poussons les portes de la boutique. Prue se précipite dans les rayons, talonnée de près par Matt tandis que Morgan reste à côté de moi. Il coupe son oreillette et son micro puis se penche vers moi.

— Tu crois que tu pourrais faire des essayages ? sous-entend-il.

— Je ne crois pas non, Monsieur Matthews. Une fois, mais pas deux.

— C'est vraiment dommage. Les souvenirs que j'en ai me laissent un goût aussi impérissable qu'inachevé, sourit-il fièrement.

— Pervers.

— À ton service, répond-il en me claquant les fesses de sa large main.

Je me retourne presque choquée tandis qu'il s'éloigne de moi en ricanant. Je finis par rejoindre Prue qui tient deux soutiens-gorge à la main. Elle a l'air de faire face à un problème cornélien.

— Lequel ?

— Tout dépend de l'occasion.

— Faire perdre la tête à ton frère.

— Je suis certaine que tu n'as besoin de rien de spécial pour ça, ris-je.

— Ok, admettons alors que je veuille qu'il tombe à mes pieds, le faire mariner.

— Te venger quoi ?

— Ouais.

Je ris légèrement, évalue les deux dessous.

— Le rouge à balconnet, chuchote Morgan.

Prue se retourne, écarquille les yeux avant de rougir de la racine à la pointe des cheveux. Mais elle se reprend rapidement sous les yeux hilares de Matt.

— Quoi, tu t'y connais même en dessous ?

— En dessous peut-être pas Prue, mais j'suis un homme et je connais les goûts de Key.

— Second truc, un ensemble sexy, un brin provoquant pour séduire un homme, le provoque Prue.

— Défi relevé ! accepte-t-il.

Il part dans les rayons. Certaines fois, je suis sidérée de son comportement. Je me contente de regarder deux-trois choses, même s'il faut bien l'avouer, Prue a raison. La dernière collection est vraiment splendide. Je prends un ensemble coordonné bleu assez sage et retrouve Prue.

— Tu comptes rentrer dans les ordres Meg ? demande Prue.

— Non. D'après moi, c'est le syndrome mère de famille, ricane Matt.

— On a le droit aussi d'aimer les choses simples, marmonné-je.

— Toi Megan Tyler ? Jamais pour les dessous, contre ma meilleure amie.

Je vais pour maugréer quand Morgan revient avec un ensemble rouge et noir en dentelle. Prue s'en saisit. Le décolleté est plongeant et couvre juste les mamelons, quant au bas, c'est un shorty dont les mailles en dentelle laissent apercevoir les fesses en transparence. Prue est sciée.

— T'as plutôt bon goût, décrète-t-elle.

— Même pour la facture, plaisanté-je.

Il est si fier de lui qu'il bombe le torse et passe devant Matt en ricanant. Nous passons à la caisse. Je paye mon achat, après avoir fait un dernier tour dans la boutique Prue règle les siens. À peine sommes-nous sortis du magasin que Prue me tend le paquet avec les dessous de Morgan en souriant.

— Voilà, sexy, un brin provoquant et séduction assurée. Tout ce qu'il te faut, s'esclaffe-t-elle en regardant Morgan et moi.

— Prue ! désapprouvé-je.

— Un cadeau ne se refuse pas et t'en as plus besoin que moi.

Matt éclate de rire quand elle me le colle dans les mains, alors que Morgan se passe une main nerveuse dans les cheveux. Je reste bouche bée, et je détecte même de la chaleur se répandre sur mes joues. En gros, je ne sais plus où me mettre. Je me demande bien quelle mouche l'a piquée.

— Je suis capable de me les choisir seule, bougonné-je.

— Oui, mais au moins, t'es sûre qu'ils plaisent à l'intéressé, murmure-t-elle avec un sourire entendu.

— Je n'ai jamais dit que...

— T'as pas besoin de le dire, me coupe-t-elle.

Au moment où nous allons pour reprendre la voiture, la même sensation que la dernière fois m'accable. Je me sens épiée, mes yeux naviguent dans la foule à la recherche de ce qui me trouble. Morgan adopte la même attitude que moi et demande à l'aide de son micro que les gars prennent les photos des gens autour de nous. Matt fait entrer rapidement Prue dans la voiture. Morgan à rapprocher la main de son arme et j'ai fait exactement la même chose.

— On rentre, ordonne Morgan.

— Alors quoi ? Nos vies vont être régentées par ce dingue désormais ?

Il passe un bras dans mon dos pour me faire asseoir sur la banquette arrière sans prendre le soin de me répondre. Il s'installe à son tour et tapote l'épaule de Matt pour qu'il démarre.

— On ne prend simplement pas de risque inutile, m'explique-t-il tout en envoyant un texto à mon frère.

— Donc même s'il ne nous tue pas, il gagne, soupire Prue.

— Tant qu'on ne l'aura pas chopé, oui, affirme Matt.

— Alors espérons qu'on l'attrape avant le mariage, se lamente Prue.

Je pose une main compatissante sur son épaule avant de reprendre ma place. Nous passons devant l'Opéra Royal et je remarque que Tosca est encore à l'affiche. Je soupire longuement et sens la main de Morgan prendre la mienne. Je l'observe, il me sourit tendrement. Cette soirée a vraiment été magique. Nous quittons Londres aussi vite que possible, escorter par la voiture de Scrat devant nous et une autre derrière nous. La journée détente est terminée. Le protocole est bien établi, ne pas s'arrêter sauf en cas de force majeur. Les kilomètres défilent à une vitesse folle et nous sommes de retour à l'Institut en moins de temps qu'il faut pour le dire.

Mon frère est sur le perron, il ouvre la portière de la voiture et extrait Prue aussi vite qu'il est possible. Il la serre dans ses bras et l'embrasse comme s'il ne l'avait pas vu depuis des siècles. Cette image me fait sourire et je ne peux pas m'empêcher de me moquer un peu.

— Seigneur, huit heures sans la voir, c'est terrible.

— Ouais, vérifie donc qu'elle n'ait pas perdu une mèche de

cheveux à Londres, le taquine Matt.

— Vous deux, ça va ! Y a un dingue qui traîne ! se justifie-t-il.

— Cinq pour les protéger, c'est une bonne moyenne Key, sourit Morgan.

— Six, rectifié-je.

— Six, si tu veux, ne relève pas Morgan.

— Bah voyons, me voici jeune fille en détresse, s'exaspère Prue.

Elle prend les mains de mon frère dans les siennes alors que Morgan donne l'ordre aux autres membres de l'équipe de « romper ». Scrat et Charly eux restent avec nous.

— Plus jamais ça, bougonne Scrat. J'ai mal aux pieds ! se plaint-il.

— Qu'est-ce qu'on devrait dire, dis-je en montrant nos talons.

— Vous êtes des femmes, vous aimez souffrir inutilement, en rajoute Charly.

— Pauvres petits hommes si faibles. C'est horrible.

— Ouais Prue. Ça prend du temps et mérite des sacrifices pour vous séduire messieurs, complété-je.

Scrat et Charly décident de nous lâcher alors que Matt rit comme un bossu, a priori pour lui, ça n'a pas été si insurmontable que ça.

— À quelle heure finis-tu ? demande Prue à Keylyan.

— J'en sais rien, d'ici une heure, je pense. J'ai un cours à donner.

— Une heure ! Dommage.

— Pour quoi ?

— Disons que je voulais te montrer une certaine acquisition, l'aguiche-t-elle en me faisant un clin d'œil.

— Ça vaut l'détour, en rajoute Matt.

Keylyan fusille Matt du regard alors que Morgan se gausse. Prue embrasse la joue de Key avant de s'éloigner, son regard plongé vers la croupe de sa future femme. En fait il a l'air très con pour le coup. Je sens bien son tiraillement et je sais que s'il avait la possibilité de laisser tomber son cours pour retrouver Prue, c'est ce qu'il ferait. Pour moi, il est grand temps de retrouver Grace qui n'est plus chez Morgan, mais chez sa grand-mère. Je tiens aussi à attraper Bryan au passage. Je pense que je lui ai suffisamment laissé d'espace et qu'il est plus que temps que nous ayons une conversation.

Chapitre X

Qui a dit que la vie était un long fleuve tranquille ? Certainement pas moi, je suis épuisée. Cette journée à Londres m'a achevée, pourtant la soirée est à peine entamée. Quand nous sommes arrivés pour récupérer Grace, elle était toujours dans la piscine. Elle avait prévu de confectionner un gâteau avec la cuisinière, de là à ce que Lady Mary nous propose de rester, il n'y avait qu'un pas qu'elle a rapidement franchi. J'avais beau être fatiguée, je n'avais pas le cœur à refuser. Lady Mary a avancé le fait qu'ainsi nous n'avions pas à nous préoccuper de faire à manger. Cette partie concernait plus Morgan que moi, en effet, la cuisine n'a jamais été mon fort et depuis que je suis revenue, c'est Morgan qui gère cette partie de la maison. Enfin lui où le personnel de l'Institut.

Pourtant, ce n'est pas la cuisine qui me préoccupe. Mais bien l'absence de nouvelle de Bryan, sauf par l'intermédiaire de Lady Mary, qui l'a aperçu en début d'après-midi avec Alyson. J'ignore même si je vais au moins pouvoir le voir ce soir.

Lady Mary boit un cherry tandis que Morgan est pendu à son téléphone. Nous sommes donc toutes les deux dans le jardin profitant au maximum de la douce chaleur du soir. Gracie quant à elle est toujours dans la cuisine à parfaire son éducation culinaire.

— Prudence a-t-elle pu faire tout ce qu'elle souhaitait ?

— En tout cas, tout ce qui était au programme, affirmé-je. Robes, fleurs, traiteur, décorations.

— Et toi ? As-tu trouvé une robe ?

— Oui. Je pense que le mariage de mon frère et de ma meilleure amie est un sacré objectif n'est-ce pas ? souris-je.

— En effet, c'est un début. Il paraît que vous avez été encore suivis ?

J'acquiesce et bois un peu de Chardonnay.

— Il joue avec nos nerfs. J'ignore pour quelles raisons. Si son but premier est de tous nous éliminer pourquoi n'agit-il pas ? Il sait tout de nous, le moindre de nos faits et gestes. C'est frustrant.

— Peut-être que vous éliminez n'est pas ce qui l'intéresse pour le moment.

— Je n'en sais rien, mais par contre ce que l'on sait, c'est qu'il connaît parfaitement le fonctionnement de l'Institut. D'ailleurs… hésitè-je.

— Oui, m'invite-t-elle à poursuivre.

— Nous nous demandions si vous n'auriez pas appris des choses curieuses qui se seraient déroulées à l'époque où nos parents travaillaient ensemble. Je sais que je vous en demande peut-être beaucoup… je…

— Non, me coupe-t-elle. Pour le moment, rien ne me vient, mais je te promets de me renseigner et de chercher.

— Merci.

Je me tourne en direction de Morgan, je ne suis pas certaine qu'il apprécie le fait que j'interroge sa grand-mère. Cependant, je sais aussi qu'il est hors de question que je passe les derniers temps qu'il me reste à regarder dans mon dos. Surtout que je ne suis pas la seule concernée. Il est toujours avec son téléphone, martelant le sol de ses pas. J'ignore la teneur de la discussion, mais elle semble animée. Je porte mon verre à nouveau à mes lèvres. J'essaye juste d'apprécier le moment présent. J'entends les éclats de rire de Grace à l'intérieur de la maison et je ne peux pas m'empêcher de sourire. Elle a l'air de s'être totalement acclimatée à son nouvel environnement et quelque part, ça me rassure. Je suis persuadée qu'on prendra soin d'elle ici.

— Le bal aura lieu dans une semaine, déclare-t-elle de but en blanc.

— Le bal ?

— Oui de fin d'année.

— Oh…

Je l'avais bel et bien oublié celui-là, ce qui inconsciemment était peut-être fait exprès. L'idée de me retrouver dans le même lieu que ceux du Conseil ne m'enchante pas du tout. Surtout si j'accompagne Morgan. Les ragots courent déjà bien assez comme ça. Je suis d'avis qu'il est inutile de rajouter de l'huile sur le feu. Toutefois, on ne peut pas dire que Lady Mary m'ait vraiment laissé le choix. Je tente un sourire qui se rapproche plus d'une grimace. Sans parler du dernier bal auquel j'ai assisté, il s'est fini on ne peut plus mal.

— Megan ?

Elle me sort de mes pensées et m'interroge du regard.

— Oui ! Je ne suis pas certaine d'être la plus avisée pour l'accompagner, expliqué-je.

— Et pour quelles raisons, je te prie ?

— Le Conseil, les rumeurs, je pense que tout ça est déjà beaucoup. Je ne veux pas affaiblir la position de Morgan encore plus. Je suis celle qui a désertée et d'après certains, celle qui l'influence beaucoup trop. Comme s'il avait besoin de moi pour ça, marmonné-je.

— Je comprends, mais Morgan est assez grand pour gérer ce genre de situation. Il a aussi besoin d'être soutenu et tu es la mieux placée pour ce rôle. De toute façon, je t'ai trouvé la robe parfaite.

— Merveilleux.

Je souris crispée. Je sais que quoi que je dise, elle ne changera pas d'avis. Morgan est toujours au téléphone quand Bryan et Aly décident enfin de faire acte de présence. Ils saluent Lady Mary et Bryan claque un baiser sur ma joue. Je ne peux pas m'empêcher de me sentir soulagée et irritée. Il aurait pu quand même envoyer un message, je ne sais pas moi, n'importe quoi !

— Wow quelle chance, tu nous fais bénéficier de ta présence !

— Quoi ? me répond Bryan.

— Aux dernières nouvelles, tu étais parti pour une soirée et tu reviens deux jours après. Sans même envoyer un message ! Tu trouves ça normal peut-être ?

Il hausse les épaules.

— Relax Meg, j'suis là.

Sa désinvolture me tape sur le système. Je me lève, lui attrape le bras, puis l'oblige à me suivre avant de nous excuser. Quand j'estime que nous sommes assez éloignés, je me retourne face à lui.

— Relax ? Tu t'fiches de moi là ? Tu sais pourquoi on est là ?

— Pour qu'tu r'colles les morceaux avec ton ex ? m'attaque-t-il.

J'inspire profondément et serre mes poings pour ne pas lui asséner une gifle qu'il aurait amplement méritée de mon point de vue.

— Non, espèce d'idiot ! Parce qu'il y a un dingue qui nous court après ! Alors que crois-tu que je peux imaginer quand tu ne donnes pas de nouvelles ? l'incendié-je.

— Que j'm'amuse, tu sais l'truc que tu ne sais pas faire !

— Je sais très bien m'amuser, là n'est pas l'problème ! Souviens-toi de ce flingue braqué sur ta tête et celle de ta sœur. De cette nuit où tu as cru que t'allais mourir. Souviens-toi aussi de l'odeur du sang, celle de la poudre ! Veux-tu vraiment revivre ça ? craché-je.

Il baisse un instant la tête avant de la secouer.

— Tu sais c'que j'voudrais ? C'est que tu me fasses confiance Meg ! Que tu arrêtes de me traiter comme un gamin !

— Tu veux que j'te fasse confiance ? Mais pour ça, il faudrait que tu l'mérites, faudrait que tu apprennes à agir comme un adulte responsable. En commençant par m'appeler ou bien m'envoyer un message. Je me fous du moyen du moment que je sais que tu vas bien bon Dieu ! Est-ce si difficile à comprendre ?

— Bientôt t'auras plus jamais besoin d't'en faire ! crache-t-il.

— Et je peux savoir pourquoi ?

— Je saurais me défendre, je veux intégrer l'Institut ! lâche-t-il avant de tourner les talons.

Je me masse les tempes, abasourdie. Je le regarde s'éloigner et je ne peux rien faire pour le retenir. Je croise le regard de Lady Mary ainsi que celui de Morgan. Merde comment on en est arrivé là ?

— Si tu crois qu'ça va faire de toi un surhomme ! Tu t'trompes lourdement ! lui hélé-je.

Il ne relève pas et poursuit sa route pour rejoindre Alyson. Il jette un regard suspicieux à Morgan puis lui et Alyson sortent de la pièce. Je lève les yeux au ciel et tente de retrouver une expression humaine avant de retourner auprès de Lady Mary et de Morgan.

— Ça a vingt ans et c'est certain de tout savoir, maugréé-je en m'installant.

— Ça lui passera, assure Lady Mary.

— J'en sais rien, soupiré-je.

— Peut-être que c'est simplement de la provoc Meg.

— Pour de la provoc, il semblait bien sûr de lui Morgan.

— On ne rentre pas comme ça à l'Institut, tu le sais. S'il n'a pas la volonté d'aller jusqu'au bout, il ne supportera pas les entraînements…

— Et s'il y arrivait ? m'inquiété-je.

— Alors tu ne pourras pas aller contre sa volonté, répond Lady Mary.

Génial ! Jamais je ne comprendrais ! Il sait ce que l'Institut représente pour moi, alors pourquoi il décide de se jeter dans la gueule du loup. Comme si mon expérience personnelle ne lui avait rien appris ? Je suis censée accepter la situation sans rien dire ?

Grace nous rejoint en courant, Max sur ses talons. Elle

respire la joie de vivre et je ne peux pas m'empêcher de sourire à nouveau en la voyant. Elle tourne sur elle-même faisant virevolter sa robe.

— J'ai fini le gâteau ! chantonne-t-elle. Il sent trop bon !

Max la suit en courant et en jappant, comme s'il était impatient d'y goûter lui aussi. Elle s'assied sur une chaise entre Morgan et moi. Je crois que je donnerais tout pour avoir pendant cinq minutes son insouciance et sa joie de vivre. Je ne me souviens même pas d'avoir été comme ça une fois dans ma vie.

— Je suis certain qu'on va se régaler, intervient Morgan.

— Bryan, il a dit qu'il avait pas faim. Y veut même pas goûter, boude-t-elle.

— Il pourra toujours en manger demain, enfin si on lui en laisse, sourit Morgan en lui faisant un clin d'œil.

Grace pose sa main devant sa bouche et se met à pouffer. Que Bryan m'en veuille, c'est un fait, mais Grace n'a pas à en pâtir. Je trouve son comportement déplorable envers elle. Mais j'avoue que je ne sais pas vraiment quoi faire pour changer les choses entre nous.

****

Ni Bryan, ni Alyson n'ont réapparu de toute la soirée. De toute façon, je n'aurais pas su quoi dire. J'aimerais lui faire changer d'avis. Néanmoins, j'ai saisi une chose, plus j'irai contre lui et plus il s'obstinera. J'ai couché Grace qui dort déjà et j'ai reçu mon injection. Max dort tranquillement devant la porte de Gracie. Je flatte son flanc avant de descendre les escaliers puis m'affale dans le canapé. La journée a été longue, je me masse les mollets et ferme les yeux un instant. Morgan a dû retourner au bureau pour une affaire urgente, mais j'ignore laquelle. Je pourrais très bien aller me coucher, je suis crevée, mais la décision de Bryan n'arrête pas de venir polluer mon esprit. Je me redresse, fais le tour de la pièce, étudie les tableaux un par un. Je suis nez à nez avec un tableau du seizième siècle quand Morgan entre dans la pièce.

— Très gai, déclare Morgan.

— En même temps, les représentations de « l'enfer de Dante » ne sont pas réputées pour être joyeuses.

— Mouais… je pensais que tu dormirais ?

Je tourne ma tête vers lui et hausse les épaules.

— Je pensais aussi, mais l'insomnie prévient rarement, soupiré-je.

— Bryan ? suppose Morgan tout en m'attirant sur le canapé.

— J'ai du mal à comprendre son choix, avoué-je.

— Peut-être qu'il s'est senti tellement impuissant à la mort de ses parents qu'il a besoin de prouver qu'il est capable de défendre sa petite sœur.

— Il n'a pas besoin de ça, je suis là moi. Enfin pour l'instant.

Je cale ma tête contre son épaule et soupire.

— C'est un mec Meg. Comme tous les mecs, il a besoin de prouver qu'il est le plus fort, qu'il a les moyens de protéger sa famille. Il a conscience que l'Institut peut lui donner cette possibilité. Mais je lui parlerai.

— Tu crois que ça va changer quelque chose ?

— On verra bien Meg. Madame McAdams m'a laissé un post-it sur le bureau pour m'informer qu'il a pris rendez-vous pour demain.

— De mieux en mieux.

— Je suis le patron, il est obligé de passer par moi.

Je peux comprendre que le côté James Bond puisse attirer les mecs, mais on est quand même vachement éloigné des romans. Ici les gens, quand ils meurent, ils meurent pour de vrai. On est amenés à faire des choses bien plus dégueulasses que dans les films. Pas de doublure, juste notre corps pour faire rempart. Alors ouais pour avoir fait ce boulot pendant quelques années, j'ai le droit de me demander qui voudrait se lancer sciemment là-dedans. Pourtant, je dois quand même avouer une chose, c'est que je le veuille ou non, je suis accro à l'adrénaline. Même si ces quatre dernières années, j'ai compensé autrement qu'en effectuant des missions. Je décide qu'il est temps de passer à autre chose. Si je m'obstine à essayer de comprendre, je sais que je n'arriverais à rien.

Je tourne la tête vers Morgan qui semble noyé dans ses pensées, fixant un point au loin.

— Qu'est ce qui ne va pas ?

— Rien, élude-t-il.

— Morgan ? Serait-ce un mensonge ? souris-je. Ah moins que ce soit un truc de Doyen, genre top-secret… genre motus et bouche cousue devant la rebelle, genre…

Je n'ai pas le temps de finir ma phrase qu'il m'embrasse, avant de se lever et de se servir un verre. Je le regarde faire jusqu'à ce qu'il s'installe sur la table basse face à moi.

— C'est pas ça, c'est juste que…

— Que quoi ? Vas-y. Je t'assure que niveau mauvaise nouvelle, j'suis blindée.

Pour la peine, je lui pique son verre et bois une gorgée avant de lui rendre. J'ouvre l'intérieur de sa veste et lui taxe son paquet de cigarette avant de m'en allumer une. On ne pourra pas dire que je ne suis pas prête comme ça.

— Ok. Une enveloppe est arrivée peu après notre retour de Londres par coursier. Il y avait une carte SD à l'intérieur et une lettre.

— Le traqueur-tueur ? supposé-je.

— Ouais.

— C'est inquiétant d'accord, mais ce n'est pas la première fois.

Je le regarde s'allumer une clope et siroter son verre.

— C'est différent cette fois. Il nous a fait parvenir des photos.

— Des photos de ?

— Essentiellement de toi et moi à Londres aujourd'hui.

— Et bien, nous avons simplement confirmation que nous étions bel et bien suivis.

Il écrase sa cigarette et la mienne au passage, pose son verre puis prends mes mains dans les siennes en sondant mon regard.

— C'est un peu plus que ça. Les photos qu'il a envoyées… sont assez…

— Merde Morgan ! Tourne pas autour du pot et crache le morceau ! m'impatienté-je.

— Disons qu'il s'est arrangé pour nous envoyer celles où nous sommes les plus proches, des moments assez complices entre toi et moi. Je ne savais même pas que notre attitude l'un envers l'autre pouvait être aussi intime à l'extérieur.

— Je suis certaine que tu l'interprètes de cette façon parce que tu es de parti pris, tenté-je.

— Je t'assure que non. J'assume totalement le fait d'être avec toi. Même après quatre ans, même si certains du Conseil désapprouvent, mais ce n'est pas ton cas.

— Ce n'est pas ça, grimacé-je. Je ne veux pas t'attirer plus d'ennuis que tu en as déjà avec eux.

Il fronce les sourcils comme si j'avais dit une énormité.

— Je pense pour ma part que nos plus grands ennuis pour parler poliment, c'est ce mec ! Mais il ne s'est pas arrêté aux photos. Dans sa lettre, il menace aussi Prue maintenant. Il parle de notre mission à Londres, il y a quatre ans. Il demande aussi pourquoi tu es toujours en vie après avoir quitté l'Institut pendant toutes ses années. Et dans combien de temps le virus finira par te tuer, car d'après lui, il ne connaît que deux personnes qui aient survécu.

Digérer… j'ai l'impression d'avoir avalé un bœuf entier et qu'il me reste sur l'estomac. J'ai la bouche ouverte tant je suis sidérée. Je vide son verre de whisky d'une traite avant de me lever et d'inspirer profondément.

— Okay… comment peut-il savoir tout ça merde ? Quelqu'un à forcément parlé, on se fout de nous !

— Meg, j'aimerais bien que ce soit aussi simple que ça, mais j'ai vérifié. J'ai fait venir la sécurité de l'Institut, ils ont tout épluché. Y a eu aucune fuite.

— C'est impossible merde !

— Et j'ai suspendu les autorisations de sortie pour Bryan et Alyson. Il y a quelques photos d'eux à leurs dernières soirées à Londres.

— Bon Dieu !

J'hésite entre prendre une bonne cuite ou prendre mon flingue pour me rendre à la pêche au gros, afin de faire un carton. Je me masse les tempes puis ferme les yeux un instant. J'aurais dû attendre demain pour poser des questions. J'avoue que ça fait beaucoup d'un seul coup et j'ignore comment gérer le tout. Je sens deux bras qui m'enlacent, je pose ma tête sur son torse et inspire son odeur.

— Une dernière chose, murmure-t-il.

— Au point où on en est, soupiré-je.

— Je ne vais pas pouvoir garder toutes ses infos secrètes très longtemps. Je parle de la lettre surtout. Il va falloir que tu leur dises pour le virus.

— J'ai jusqu'à quand ?

— On est vendredi, donc lundi grand maximum.

— Merde, de merde, de merde. Key et Prue vont se marier. J'ai pas envie de…

De tout gâcher, mais je ne le dis pas. Je sens une des mains de Morgan caresser mes cheveux et il me serre plus fort contre lui. Ce que je voulais éviter le plus à part mourir vient d'arriver. Je suis si fatiguée et il n'y a pas que cette journée qui en est responsable. Une chose ressort tout de même de cette histoire c'est que si l'auteur de la lettre dit vrai alors il y a bien deux personnes qui ont survécu à ce virus. Mais je ne suis pas idiote,

229

je ne vais pas placer mes espoirs dans un cinglé qui veut nous éliminer. Je ne sais pas vraiment comment je vais pouvoir leur dire ça.

— On devrait aller se coucher, la journée a été longue et je dois bosser demain.

— Même le samedi ? Qui a dit que le métier de Doyen était un métier pour grosses feignasses, tenté-je avec humour.

Le cœur n'y est pas, mais alors pas du tout. Nous montons ensemble, et il n'est pas question que je le laisse partir dans sa chambre tout seul. Là tout de suite, c'est de ses bras dont j'ai besoin. Si on m'avait dit ça il y a quelques années, j'aurai rigolé... ou pas. Peu importe, tout est différent maintenant. Je me blottis contre lui et espère que demain tout ira mieux. Que j'aurais les idées claires.

****

Morgan s'est rendu de bonne heure à son bureau. Je traîne dans le jardin, assise sur le perron avec ma tasse de café entre les mains. Il m'a fait au moins répéter dix fois de l'appeler s'il y avait quoi que ce soit. J'ai déjà eu le droit à mon cocktail détonnant ce matin, allié à une prise de sang. Morgan est parti juste après. À croire qu'il craint que je n'en vienne aux mains avec le docteur Dwight. Je ne l'aime pas, c'est un fait, mais pas au point de lui sauter dessus à pieds joints. Les rayons du soleil qui passent à travers les arbres, réchauffent mon visage. Je ferme les yeux et apprécie simplement l'instant, la truffe de Max repose sur mes genoux, je le caresse derrière les oreilles. Mon téléphone vibre, signe que j'ai un message. Il vient de David qui m'annonce que la vente des deux chevaux que j'ai choisis il y a moins d'une heure, a bien été enregistrée. Je range mon portable et jette un œil tout autour de moi. Je déteste l'inactivité. Ça me rend dingue.

J'ai l'impression d'avoir passé ce début de matinée à soupirer. J'ai beau retourner la situation dans tous les sens. Je ne vois pas comment annoncer à mon frère que je suis mourante et que cette mort m'est offerte pour service rendu à la nation. Je crains par-dessous tout que leurs regards sur moi changent, qu'ils me traitent différemment, sans parler de gâcher leur mariage. Je finis mon café, puis me lève pour aller nettoyer ma tasse. Je monte dans ma chambre et commence enfin à ranger mes affaires. Il était plus que temps, Prue me l'avait déjà fait remarquer. Des buts, il me faut des buts. Vider ses valises, c'est avoir l'intention de rester logiquement. Est-ce un but ou une façon de vouloir s'incruster à long terme ? Peu importe, le résultat est le même. Je pousse la valise du pied et m'assieds cinq minutes. J'inspire profondément et me relève, j'arrive même à ressentir la fatigue au moindre mouvement maintenant.

Pourtant, va bien falloir s'bouger ma vieille ! pensé-je.

À peine arrivée en bas, Grace débarque avec son doudou, les yeux encore fatigués. Je la prends dans mes bras et m'installe avec elle sur l'un des canapés. Elle pose sa tête sur mes genoux tandis que je caresse ses cheveux. Je m'abreuve au maximum de ces moments si précieux. Je crains tellement qu'ils disparaissent, que je ne sois plus capable de la prendre dans mes bras, d'embrasser son front ou bien même de discuter avec elle.

— J'ai faim !

Je souris, le câlin se termine, beaucoup trop rapidement à mon goût, comme toujours. Elle part directement dans la cuisine, je la suis pour lui préparer son petit déjeuner. J'ai à peine le temps de déposer tout sur la table qu'elle dévore ce qui s'y trouve. Elle mange avec un tel appétit, c'est à se demander où elle met tout ça.

****

Gracie a insisté et m'a traîné jusqu'au paddock pour voir les chevaux. Comme à chaque fois, elle arrive très bien à ses fins. Mais j'ai du mal à lui refuser ce plaisir. Elle court devant moi, ramassant des pâquerettes en chantonnant. Max la suit et tourne plusieurs fois autour d'elle. Dès qu'elle voit les box, elle se met à courir encore plus vite. J'accélère le pas, je ne veux pas qu'elle face peur aux chevaux en déboulant comme un chien dans un jeu de quilles. Elle manque de rentrer dans Ben qui sort d'un des box et s'excuse tout en baissant la tête.

— Vous avez l'air pressé Mademoiselle Grace ?

— Oh… euh… oui, je voulais voir Moon.

— Hé bien, je pense que vous pouvez y aller, sourit Ben.

— Merci ! s'écrie Grace.

Je salue Ben qui tente de rejoindre Grace qui poursuit sa route sans courir cette fois, mais en marchant vite. Je vais vraiment finir par avoir des difficultés à la suivre. Je passe devant le box de Blackpearl, je ne peux pas m'empêcher de soupirer. Je m'arrête devant un instant.

— Il est presque aussi têtu qu'toi, déclame une voix dans mon dos.

Je me retourne et tombe nez à nez avec Matt qui est tout sourire.

— Tant que c'est presque, ça laisse de l'espoir.

— Si tu l'dis Meg, ricane-t-il.

— Que fais-tu là Matt ?

— Promenade ? propose-t-il.

Je croise les bras sur ma poitrine et arque un sourcil. Pense-t-il vraiment que je vais le croire en plus ? Certainement pas, je sais pertinemment qui l'a envoyé.

— Oh vraiment ? Un ami commun ne t'aurait pas ordonné de me surveiller à tout hasard ?

— Te surveiller ? sourit-il. Non, il s'inquiète pour toi, tu vois la nuance ?

— Il s'inquiète ? De quoi ? Je suis à l'Institut. Qu'est-ce que je risque, de me faire écraser les pieds par une voiture de golf ?

J'avance vers le manège pour attendre que Grace sorte avec Moon. Je pose mes avant-bras sur la barrière, Matt prend la même posture.

— J'en sais rien. La seule chose dont je suis conscient, c'est qu'il s'inquiète réellement pour toi. Je pense que ça va au-delà de ce dingue.

Je me contente de lever les yeux au ciel trouvant l'instinct protecteur de Morgan disproportionné. Je lui ai promis que je l'appellerais s'il y avait quoi que ce soit, alors pourquoi mêler Matt à tout ça ?

— Meg ?

— Je suis persuadée que tu as autre chose à faire que de me servir de nanny.

— Pas vraiment. Écoute Meg, je suis pas totalement débile…

— J'ai jamais dit ça, le coupé-je.

— Ok, eh bien je vais être franc, déclare-t-il. Tu sais la femme qui était avec vous le soir où on a regardé le match : Emma Dwight. J'ai fait quelques recherches, histoire de la revoir. J'ai découvert un truc intéressant. Tu savais qu'elle était l'assistante du chef de service médical, qu'elle était spécialiste en virologie et en génétique ?

— Où tu veux en venir ? m'agacé-je.

— Tu vas très vite comprendre. Je ne crois pas à ton histoire de crise d'asthme. Morgan est bien trop préoccupé, il te regarde comme si tu allais disparaître d'un moment à l'autre. J'ai cru pendant quelque temps qu'il était persuadé que tu allais t'enfuir. Mais c'était totalement stupide vu que tu as accepté de revenir de ton plein gré et je me suis demandé pourquoi ?

— Matt…

— Non, laisse-moi finir. Tu aimes toujours Morgan, ça j'ai saisi, te fatigue pas à nier. Toutefois, tu détestes cet endroit. Tu tiens à ses enfants, t'aurais fait n'importe quoi pour qu'ils ne finissent pas ici. Megan, on sait tous les deux que t'as besoin de personne pour les protéger, t'aurais trouvé un autre endroit et tu te serais barrée avec eux. La seule chose qui pourrait t'en empêcher c'est que tu sois dans l'incapacité physique de l'faire. Y a encore un dernier truc. Quand on a émis l'hypothèse que le barge était un ancien de chez nous, Morgan a été tellement catégorique que s'en était presque flippant.

Je finis par me dire que Matt est vraiment trop observateur pour son bien. Il m'a totalement prise au dépourvu et je ne sais pas quoi répondre, enfin dire. Il sait… je n'ose pas le regarder, je ne veux pas croiser ses yeux emplis de compassion ou bien de tristesse, ou bien…

— Que veux-tu qu'j'te dise ? soupiré-je.

— Juste la vérité Meg.

Je ne le regarde toujours pas, mes yeux sont axés sur Gracie qui vient de faire son apparition sur Moon. Elle me salue de la main et son rire m'atteint au plus profond. L'amertume envahit mon cœur en plus de cette souffrance permanente désormais. J'inspire longuement avant de tout lui raconter. Il ne fait aucun commentaire, je ne le regarde toujours pas. Je me sens coupable de cette situation en quelque sorte. Si je n'étais pas partie, cette maladie ne m'aurait jamais atteinte. Les éclats de rire de Grace me font sourire tristement. J'attends simplement que Matt prenne la parole, mais je suppose qu'il digère la nouvelle.

— Soupçonner est une chose, avoir confirmation en est une autre. Juste quelques semaines ? T'es sûre ? demande-t-il perplexe.

— En tout cas, pas assez, murmuré-je. À moins qu'ils trouvent un traitement au labo.

— Ce sont des cracks dans leur domaine, affirme-t-il avec conviction. Qui est au courant ?

— En dehors de toi ? Uniquement Morgan et sa grand-mère.

— Ton frère ?

— Très bientôt. Je ne voulais pas gâcher le mariage, mais la vérité c'est que je n'ai pas le choix. Celui qui nous traque parle du virus dans la dernière lettre que l'on a reçu. Morgan ne peut pas garder cette info plus longtemps. J'ai l'impression d'avoir passé ma vie à tout foutre en l'air, avoué-je dépité.

Matt me donne un coup d'épaule, juste avant d'y passer son bras pour embrasser mon front, puis reprend sa place initiale.

— Ce n'est qu'une impression, Meg, t'as fait énormément pour les gens qui t'entourent. Ok, t'as pas un caractère en or. Mais c'est ce qui fait que tu es toi. Tu ne peux pas te rendre coupable d'une chose que tu ignorais.

— J'en sais rien. J'aurais dû me douter qu'on ne quittait pas l'Institut comme ça.

Le silence s'installe, j'ai toujours les yeux fixés sur Grace et Ben. Elle est totalement épanouie, son visage transpire de liberté. Je devrais sûrement être totalement effondrée par ma perspective d'avenir, enfin ma non-perspective pour être exacte. Pourtant, même si intérieurement c'est le cas, extérieurement, je ne peux pas me permettre de le montrer. Cette petite fille mérite de vivre dans l'innocence aussi longtemps que possible.

— J'peux pas imaginer qu'il n'y ait pas de traitement ! déclare Matt.

Je suis réticente à lui dire pour le contenu de la lettre et surtout, j'hésite à lui faire part des deux survivants que le traqueur évoque. Je ne veux surtout pas de faux espoir. Je veux garder la tête froide pour pouvoir affronter la suite. De toute façon, il est inutile que je lui cache quoi que ce soit vu que Morgan leur lira sûrement la lettre lundi.

— Il y a un truc dans la lettre… le traqueur parle de deux survivants.

Matt se tourne vers moi. J'ose relever les yeux vers lui, ses sourcils sont froncés. Il passe sa main dans ses cheveux.

— C'est plutôt positif ça ? À condition que…

— Qu'il ne mente pas, le coupé-je.

— Ouais… mais j'vois pas pourquoi il en parlerait dans ce cas ?

— Par pure vengeance ? proposé-je. L'espoir est une arme.

— Autre hypothèse. Et si c'était vrai. Encore une autre raison de lui mettre la main dessus, il pourrait nous dire comment ils ont fait.

Je m'adosse à la clôture en bois et hoche la tête lentement.

— Le problème, c'est que lui sait tous de nous, alors que de notre côté, ce type est un véritable fantôme. On ne sait même pas comment il fait. On n'a aucune emprise sur lui, il est comme

234

les courants d'air. Quand il est là, j'arrive à le sentir, mais je n'sais pas où il est. C'est…

— Frustrant, non ? Y a un truc que j'saisis pas. Il n'a laissé pratiquement aucune chance au Doyen. Alors que ton frère a juste perdu deux côtes. Il aurait pu le tuer. Alors la question est : pourquoi il ne l'a pas fait ?

— Il joue simplement avec nos nerfs ?

— J'crois pas non. Pour le Doyen, c'est de la vengeance à l'état pur. Alors que pour ton frère, on dirait plus un avertissement. Et puis, ça coïnciderait bien avec les messages qu'il a envoyés.

Je donne un coup de pied en arrière sur la clôture en bois.

— Putain ! Il veut quoi merde ?

— J'en sais rien. Mais finalement, il n'a pas l'air si hostile que ça.

— Bah voyons Matt, il a juste renversé mon frère en bagnole.

— Justement, c'est bien c'que j'dis, il est vivant.

Je secoue la tête lentement. D'accord, il avait la possibilité de se débarrasser de Keylyan et il ne l'a pas fait. Néanmoins, de là à dire qu'il n'est pas hostile, faut pas déconner. Je me masse les tempes et ferme les yeux un instant.

— Ça va ? s'inquiète Matt.

— Oui, voilà exactement pourquoi j'voulais qu'personne soit au courant, pesté-je.

— C'est ça l'truc avec les gens à qui l'on tient, on a tendance à s'angoisser. J'me suis aussi inquiété pendant quatre ans si tu veux tout savoir.

Il me fait un clin d'œil avant de rire franchement, puis me donne à nouveau coup d'épaule. Je lui rends d'un coup de coude dans les côtes. Il grimace.

— Qui rira, rira bien l'dernier, affirmé-je.

Je me retourne et me concentre à nouveau sur Grace qui prend de plus en plus d'assurance. Matt ne dit plus rien et ma maladie ne revient pas sur le tapis. Franchement, ça me soulage. Je refuse de voir les gens changer autour de moi. Peut-être qu'égoïstement, c'est ma façon d'occulter au maximum ce mal qui me ronge.

****

Il me reste un peu moins de vingt-quatre heures pour annoncer à mon frère et mes amis la sinistre vérité. Il n'est pas encore huit heures et je suis déjà debout. Je n'ai pas vraiment pu voir Morgan depuis avant-hier. J'ai accompagné Matt avec Grace pour assister à l'entraînement de rugby. Malheureusement, juste après, Morgan a dû partir pour une urgence au bureau. J'ai bien tenté de l'attendre, mais j'étais trop crevée et je me suis endormie comme une masse sur le canapé. Je me suis réveillée dans son lit ce matin, mais totalement seule. Ou il m'évite, ou alors, c'est le côté « Doyen » de la chose qu'il lui prend tout son temps.

En même temps, tu t'attendais à quoi ?

J'enfourne ma tête sous l'oreiller puis décide de me lever. De toute façon, je vais faire quoi ? Traîner au lit ? Ce n'est vraiment pas mon style, l'inactivité entière n'est pas mon style. Je me retourne pousse les draps, pars prendre une douche rapide et rejoins la cuisine pour me servir un café. Je regarde l'horloge et soupire. Le docteur Dwight devrait débarquer dans moins de dix minutes. C'est toujours un plaisir de débuter sa journée par une prise de sang et un remède de cheval. J'avale mon café, puis compte à rebours.

— Cinq, quatre, trois, deux, un…

On frappe à la porte, bingo ! Elle a dû travailler pour les Suisses dans une vie antérieure vu sa ponctualité. Je prends sur moi pour ne pas me montrer agressive et ouvre la porte au moment où Max me rejoint.

— Professeur Dwight, j'vous en prie.

J'ouvre la porte, j'ai réussi à la déstabilisée. Je le vois à sa manière de regarder derrière moi ainsi que celle de me scruter.

— Courtoisie, expliqué-je.

— Oh… eh bien… Bonjour Capitaine Tyler.

— Salut.

Elle passe la porte, je la referme avant de rejoindre le bureau.

— Comment vous sentez-vous ? demande-t-elle comme tous les jours.

— Fatiguée, avoué-je. J'ai aussi des douleurs dans les articulations.

Je tends mon bras pour qu'elle puisse prendre ma tension.

— Pour la fatigue, à part le repos, il n'y a pas grand-chose que je puisse faire. Imaginez si en plus, je ne vous administrais pas les vitamines. Les douleurs musculaires peuvent venir des injections.

— Un mal pour un bien ?

— Si on veut. Vous dormez bien ?

236

— Ça dépend. En général assez peu et mal. Cette nuit n'a pas été la pire.

Elle ne dit plus rien, je peux lire sur son visage une certaine inquiétude même si son expression n'a duré que quelques millisecondes.

— Vous êtes épuisée, votre tension est vraiment très basse. Il est essentiel que vous pensiez à vous reposer…

— Je vous arrête tout de suite Doc. Il est hors de question que j'attende tranquillement que la grande faucheuse vienne me chercher dans mon lit. Puisqu'il ne me reste que très peu de temps, je veux pouvoir profiter des gens qui comptent pour moi.

— Vous ne comprenez pas. Vos résultats sanguins ne sont vraiment pas bons, vos globules blancs sont…

— En bernes ? Je sais. Je sais aussi que vous avez fait très peu de progrès dans vos recherches. Inutile de le dire, vous ne me forceriez pas au repos dans l'cas contraire. J'vous d'mande juste une chose, n'alarmez pas Morgan, enfin le Doyen.

Elle ôte le tensiomètre de mon bras et le range avant de se munir de son stéthoscope.

— Je ne peux pas faire ça, je suis navrée. J'ai reçu des ordres clairs et je dois m'y tenir.

— Il a bien assez de choses à gérer comme ça. Lui dire que ma situation s'aggrave ne changera rien à mon état actuel. Il s'en fait déjà bien assez comme ça ! décrété-je.

— Il a le droit de savoir.

— Je suis la patiente, dois-je faire appel au secret professionnel ?

— Il est mon patron, je suis navrée, mais nous ne sommes pas dans un état de droit normal ici.

Merci de me le rappeler, mais je n'en avais pas besoin. Dans un monde normal, on administre rarement un virus mortel sciemment aux gens. Elle se sert du stéthoscope pour écouter les battements de mon cœur ainsi que ma respiration, elle me fait grâce de tousser. Elle continue son examen avant de m'injecter le méga cocktail de vitamine, puis me fait une autre injection contenant l'inhibiteur. Ils ne sont que deux à y croire, elle et Morgan. Je soupire, je sais pertinemment qu'elle va lui faire son rapport comme le gentil petit soldat qu'elle est. Merde ! Lui ne va pas pouvoir s'empêcher de s'inquiéter dix fois plus. Génial !

Je me suis murée dans le silence, même quand je la

raccompagne à la porte.

— Megan, donnez-nous du temps, supplie-t-elle.

J'ai un petit rire amer.

— Bonne journée Doc, dis-je en refermant la porte.

Donner du temps ? Alors que moi, je n'en ai pas. Elle est bonne celle-là. C'est plutôt à elle de dire ça non ? Je pose l'arrière de mon crâne contre la porte et soupire. Je me masse les tempes, mon mal de crâne revient. Je sors la boite de ma poche et avale deux comprimés. Puis je retourne dans la cuisine pour reprendre un mug de café afin de le boire dans le jardin.

Je suis à la moitié de ma tasse quand je vois débarquée Lady Mary avec ce que je suppose être une tasse de thé. Je soupçonne Morgan de me l'avoir envoyée. Je me lève des marches sur lesquelles je suis assise.

— Bonjour Megan.

— Bonjour Lady Mary, quel bon vent vous amène ?

Je grimace, me rendant immédiatement du ton ironique que je viens de prendre. Je tends une main ouverte vers elle et l'invite à venir s'asseoir à la table sous le parasol.

— Désolée, je suis un peu à cran, m'excusé-je.

— Il n'y a pas que toi ma petite.

— Génial. Le petit soldat Dwight a déjà fait son rapport au grand patron ? Quelle efficacité, ça vaut l'efficacité allemande, marmonné-je.

Je sens une main tendre se poser sur mon bras. Je relève les yeux et suis happée par le sourire chaleureux de Lady Mary. Certaine fois, j'envie Morgan et cette relation particulière qu'il entretient avec elle. Il a toujours pu s'appuyer sur sa grand-mère, se sentir aimer. Je me mords l'intérieur de la joue, j'aimerai pouvoir lui rendre son sourire, mais j'en suis totalement incapable.

—Megan, je peux comprendre que tu ne supportes pas d'être surveillée en permanence, mais tu ne dois pas le prendre comme ça. Est-ce vraiment si terrible d'imaginer que les gens puissent avoir simplement envie de passer du temps avec toi ? Je conçois que c'est gênant, mais accepte aussi que certaines personnes de ton entourage puissent tenir à toi et à ta santé. Alors oui, je te l'accorde, les gens qui nous aiment, ont une tendance naturelle à nous surprotéger. Je sais à quel point ça peut être pesant, mais c'est leur façon de se rassurer. Tu ne peux pas reprocher à Morgan de tout faire pour te garder en sécurité, surtout qu'il s'en veut toujours de ne pas avoir réussi la dernière fois.

Merde ! Je ne vais quand même pas le remercier de m'envoyer des chiens de garde. Surtout qu'il ne peut pas me protéger de ma propre santé. Jusqu'à preuve du contraire, il n'est pas Dieu. Le cas échéant, ça se saurait. Concernant la dernière fois, ce n'était pas de sa faute. Je suis tombée dans un traquenard, il ne risquait pas de le deviner. Le seul qui aurait dû se sentir coupable, était son père pour m'avoir renvoyé à Londres. Mais ça ne risquait pas d'arriver. J'observe le fond de ma tasse un instant et relève la tête.

— Ce qui est arrivé à Londres n'est pas de son fait. Je veux juste qu'il comprenne qu'être enfermée dans une maladie, c'est bien suffisant. Il ne peut pas lutter contre l'invisible. Je refuse de passer mes derniers jours dans un lit à attendre que ça vienne. Je veux profiter des gens que j'aime autant qu'il m'est permis.

— Et je t'assure que je comprends. Il vient à peine de te retrouver, il a peur de te perdre à nouveau, et définitivement cette fois.

— Je sais, soupiré-je.

— Bien. Grace est-elle prête pour aller voir le match.

Je remercie le ciel que Lady Mary change de conversation. Le sujet virus commence sérieusement à me taper sur le système. Il y a quatre ans, je ne voulais qu'une seule chose, quitter l'Institut pour me reconstruire. Apprendre à vivre, faire mes propres choix et maintenant, je dois lutter pour ne pas le quitter.

— Je pense que oui. Elle n'arrête pas d'en parler. Cependant, elle dort toujours.

Enfin ça, c'est ce que je croyais, car Grace arrive en courant. Max se redresse aussitôt pour aller à sa rencontre en remuant la queue. Elle traîne son doudou, ses yeux sont encore fatigués, mais son sourire est communicatif. Et c'est tout naturellement que je lui rends. Elle embrasse la joue de Lady Mary avant de s'asseoir sur mes genoux. Je pose mon nez dans ses cheveux et inspire longuement son odeur en fermant les yeux. Cette petite fille est un miracle, mon miracle. Je profite de chaque moment de ce petit rayon de soleil. Mais comme à son habitude, elle est affamée. Je me lève suivit de Lady Mary pour lui préparer le petit déjeuner. Elle dévore comme toujours et je ne peux pas m'empêcher d'être en totale admiration devant elle. Je l'observe ensuite débarrasser son bol avant de l'accompagner à l'étage pour l'aider à se préparer. Elle a insisté pour porter une robe bleue ciel avec un beau chapeau. Mon Dieu, déjà victime de la mode à son âge, c'est quand même terrible. Si je la laissais faire, elle porterait même des talons. Je ris toute seule en la suivant dans l'escalier. À peine arrivée devant Lady Mary, elle tourne sur elle-même avant de faire une révérence.

Cette petite fille est comme toutes les autres, enfin la majorité, elle rêve d'être une princesse. Ce n'était pas mon cas, mais je n'ai jamais fait les choses comme tout le monde.

— Eh bien, voilà une Demoiselle tout à fait gracieuse, sourit Lady Mary.

— Merci. On y va ? s'impatiente-t-elle.

Je plie les genoux et pose une main sur son épaule.

— Le match ne commence qu'à trois heures, tu as encore un peu de temps.

— Je sais maman, mais d'abord y a le pique-nique.

— Le pique-nique ? répété-je.

— Oui, je lui ai promis, explique Lady Mary. À moins que tu souhaites qu'elle reste avec toi.

Je caresse la joue de Grace et sourit. Même si je veux profiter d'elle au maximum, je ne veux pas la priver de son pique-nique. La retenir auprès de moi serait complètement stupide. Je me redresse.

— Non, on se verra au match. Profitez bien de votre pique-nique.

Max se met à aboyer et tourner autour de Grace. Inutile d'avoir un traducteur.

— Ok, toi aussi, j'ai compris.

Grace enserre ses bras autour de ma taille, j'embrasse sa tête. Ça ne dure jamais assez. Elle tend déjà la main vers la grand-mère de Morgan. Elles passent la porte tous les deux suivis de près par ce lâcheur de Max. Je rentre dans le cottage, une fois que la voiture a quitté l'allée. J'attrape un livre et reprends le chemin du jardin pour m'allonger sur l'herbe où je commence ma lecture. J'ignore si le problème vient du livre ou bien de moi, en tout cas, je finis par m'endormir sur l'herbe, mon corps réchauffé par le soleil.

Je suis dans un demi-sommeil, je sens qu'on écarte les cheveux de ma nuque et qu'on embrasse mon cou. Je crois que je pourrais reconnaître ses lèvres dans n'importe quelle situation. Je souris, totalement détendue. Je tourne la tête et trouve Morgan agenouillé dans l'herbe. Je m'assieds et le regarde. Je peux lire à la fois l'inquiétude et le soulagement dans ses yeux. Il ne s'est pas changé. Il porte toujours son costume, il a juste dénoué légèrement sa cravate. Je l'attrape par cette dernière et l'embrasse tendrement.

— Salut.

Oui, un simple salut. En même temps je ne vois pas trop ce que je pourrais bien lui raconter d'autre. J'aimerai simplement qu'il cesse de se préoccuper de moi quelques minutes.

— Salut, juste salut ?

— Je t'ai embrassé, c'est pas assez ?

Il fait non de la tête. J'ai toujours ma main sur sa cravate et cette fois, je l'attire au plus près de moi pour l'embrasser avec force.

— Alors ? demandé-je.

— C'est beaucoup mieux.

Il retire sa veste et la plie délicatement avant de la poser sur l'herbe et de s'asseoir juste à côté de moi.

— T'as terminé ta semaine de travail un dimanche. C'est pas mal.

— Je vais voir pour reporter les week-ends aux lundis et mardis, soupire-t-il. Tu es seule ?

— Totalement. Ta grand-mère a emmené Grace à un pique-nique, Max a suivi. Mais avant que t'embrayes, je vais bien.

— C'est pas ce qu'a dit le Professeur Dwight.

— J'n'en doute pas, Patron.

J'insiste bien sur le dernier mot. C'est de cette façon qu'elle l'a qualifié si mes souvenirs sont bons. Pourtant, je ne veux pas me disputer avec lui. Je soupire, puis, secoue la tête.

— J'ai juste besoin de savoir comment ça évolue.

— C'est stupide si tu veux mon avis. Ça t'inquiète inutilement, tu ne peux rien faire de plus. Alors je propose qu'on en parle plus pour les prochaines heures. Enfin, seulement si tu arrêtes de m'envoyer des nounous.

— Ok, on oublie le sujet quelques heures, abdique-t-il.

— Tu as vu Bryan ?

— Ouais, il était même là en avance. Très propre sur lui.

— Et ?

Il allume une cigarette avant de me répondre. Ok, je sens que je risque de ne pas apprécier la suite.

— Il insiste, il n'en démord pas. C'est ce qu'il veut. J'ai essayé de l'en dissuader, de lui faire comprendre qu'on était très loin d'une série télé, ou bien d'un film. Mais il semblerait qu'il a pris sa décision. Maintenant, il lui reste le plus dur, la formation. Peut-être que ça le découragera.

— Pourquoi j'ai l'impression que tu n'es pas convaincu. J'étais censé le préservé du danger, pas le jeter dans la gueule du loup, pesté-je.

— Megan, c'est son choix. On ne lui a rien imposé du tout. Tu dois respecter ses opinions. Tu dis qu'il doit grandir et assumer ses responsabilités. Alors laisse lui au moins le bénéfice du doute et puis dis-toi au moins que l'on pourra veiller sur lui.

— Bah voyons ça m'rassure vachement.

J'ai dû vraiment faire une saloperie dans une vie antérieure pour avoir mérité une vie pareille. Bon d'accord, ma vie n'est pas que pourrie. Enfin, si on omet que je suis condamnée et que j'ai passé mon temps à me battre. Je dois prendre sur moi. Je n'en peux plus de ressasser la situation, rien n'est définitif. Il est plus que temps d'essayer de m'accrocher aux points positifs. Je m'installe à califourchon sur lui, tire sur sa cravate pour l'en débarrasser, puis je déboutonne les deux premiers boutons de sa chemise tout en le regardant.

— Je peux savoir ce que tu fais ? demande-t-il.

— Moi ? Absolument rien, je pense qu'il est temps de ranger ton costume de Doyen, Superman. T'as un match de rugby cet aprèm. À moins que tu comptes y aller en costume ?

Il écrase sa clope et enserre ma taille en souriant.

— Je pourrais lancer une mode.

— M'empêchant ainsi de baver allégrement, sur ton tee-shirt et ton short moulant ? Ce serait un crime Monsieur Matthews.

— Depuis quand tu baves sur ma tenue de rugbyman ?

— Euh… laisse-moi réfléchir, minaudé-je. Toujours en fait.

— Toujours ? sourit-il. Même avant qu'on…

— Avant qu'on couche ensemble ? Ouais. En même temps, je n'allais pas me crever les yeux sous prétexte qu'on ne pouvait pas se saquer.

— Que tu ne pouvais pas me saquer, me reprend-il. Donc ton frère avait raison.

— Pour ?

— Il a essayé de me convaincre en disant que ça te plaisait.

— Elle est bien bonne celle-là.

Je rigole, mon frère arrive encore à m'étonner. Je le regarde et caresse sa joue, me demandant pourquoi je me suis tirée. Rien que lui méritait que je reste, surtout lui. Mais tout était si différent à l'époque. Je pensais réellement que c'était la meilleure solution pour lui, pour moi.

— J'ai été stupide, murmuré-je.

— De quoi tu parles ?

Je viens de me rendre compte que j'ai parlé à voix haute. Je secoue la tête et décide de jouer la carte de la franchise.

— D'avoir pensé que partir était la seule chose à faire pour nous deux.

— On ne peut pas revenir en arrière et puis tu avais tes raisons, même si je ne les cautionne pas. Je peux comprendre.

Je passe mes bras autour de son cou et l'embrasse tendrement. C'est tellement naturel que s'en est perturbant. Son téléphone sonne, je soupire avant de rejeter ma tête en arrière de rage. Merde ! Cinq minutes, je demande cinq minutes, c'est trop demandé ? Il s'excuse, je m'éloigne et me lève résignée. Je récupère mon bouquin.

— Ouais. Il regarde sa montre. Je viens de rentrer, je serai là dans un quart d'heure. Le temps de me changer. Il raccroche. Ton frère, le match.

— On n'est jamais trahi que par les siens, il parait.

Il sourit, attrape sa veste, passe un bras autour de mes épaules et nous rejoignons le cottage. Je n'ai pas l'intention de me changer, enfin sauf pour les dessous. Je porte une jupe, et je n'ai pas envie de crever de chaud en jean. Je prends simplement mon gilet en prévision. Quoi qu'il arrive, je suppose qu'il y aura une troisième mi-temps. Et puis, je dois leur parler. Je me regarde un instant dans la glace et grimace. Si je ne me change pas, je peux peut-être au moins éviter de ressembler à un cadavre. Je monte dans ma chambre, attrape ma trousse de maquillage et m'enferme dans la salle de bain.

Quand je redescends, Morgan est prêt, son sac de sport à ses pieds. Je remarque aussi la boite qu'il tient dans sa main, mon traitement. Je fais la moue et soupire. Il a raison, je sais, mais...

Je m'approche de lui, récupère la boite et la range dans mon sac en bandoulière. Il acquiesce et nous partons tous les deux pour le stade.

Quand nous arrivons, Prue a les bras autour du cou de mon frère, je ne sais pas ce qu'elle lui raconte mais en tout cas, ça le fait rire. Je ne peux pas m'empêcher d'avoir un pincement au cœur. Je ne sais pas si Morgan s'en est aperçu, mais je sens une main bienveillante se poser sur mon épaule. Je m'avance jusqu'à eux, Prue m'enlace.

— Tu m'as ruiné mon câlin, se plaint mon frère en souriant.

— Ça fait un partout, rétorqué-je de la même façon.

Morgan rigole, avant de passer une main dans ses cheveux.

Mon frère fronce les sourcils tout en nous regardant tour à tour.

— Et puis, t'as trois ans d'avance, intervient Prue avant de me lâcher.

Je sais que je vais devoir leur parler le plus tôt possible, mais j'avoue que je ne suis pas vraiment pressée. Néanmoins, je veux aussi que mon frère me parle de cette idée de se marier au Pays de Galles. J'avoue que ça m'intrigue vraiment cette histoire.

— Hé Bryan ! le salue Keylyan.

— Salut.

Le salut est très timide, il a les yeux vissés sur ses chaussures. Nous sommes en froids, mais cette situation ne peut pas perdurer. Il est temps d'arrêter les frais, surtout qu'il me reste peu de temps. Je ne suis peut-être pas d'accord avec son choix de carrière, c'est peu de le dire, mais j'adore ce gosse. Je ne peux pas me permettre de rester fâchée. Je lui mets un léger coup d'épaule, il redresse la tête et m'offre un léger sourire qui ressemble plus à une grimace. Je lui redonne un coup d'épaule, il me prend dans ses bras en embrassant le sommet de ma tête.

— Prêt à prendre des tampons ? souris-je.

— Non, surtout prêt à les éviter.

— C'est mieux, affirmé-je.

— Mais j'hésite. Il parait que les filles adorent les cicatrices.

— On se demande vraiment qui a pu te dire un truc pareil, rétorqué-je en regardant Morgan.

— Je suis innocent sur ce coup-là, je vous l'jure votre horreur.

Je lui donne un coup de coude dans le plexus, juste pour la forme, puis les garçons rejoignent les vestiaires pour se changer avant d'attaquer l'entraînement. Le match par lui-même ne commence pas avant une heure et demie. L'équipe arrive au compte-goutte. Matt nous passe devant en courant. Toujours à l'heure celui-là. Morgan, Keylyan et Bryan entrent sur le terrain. Ils se font des passes. Prue est totalement en admiration devant mon frère, comme quoi il y a des choses qui ne changent pas. Personnellement je ne me gêne pas non plus en ce qui concerne Morgan, surtout depuis que je sais ce qui se trouve sous le tee-shirt et dans le short. C'est impossible de faire autrement. J'ai l'impression d'être une vraie gamine dans ma tête. Merde, me voilà groupie !

— Alors, Morgan n'a plus égaré de chemise dans ta salle-de-bain ?

— Et mon frère a retrouvé le chemin de votre chambre ?

— Je ne pouvais pas rester fâchée indéfiniment, surtout depuis mon retour de Londres.

— Bah oui j'comprends. On s'habitue vite à ces p'tites bêtes dans notre lit, la taquiné-je.

— J'comprends pas comment t'as pu résister à Morgan, moi je peux pas résister à Key.

— Pour être franche, j'ai pas pu, si tu te souviens bien.

— Ouais et je comprends mieux pourquoi.

Elle me fait rire. Je pose ma tête sur la sienne, elle glisse son bras à l'intérieur du mien. Je pourrais même croire que les quatre ans loin d'ici n'ont été qu'un rêve. Quand je pense à notre bande de copain, je pense plus à eux comme ma famille. En même temps, c'est la seule que j'ai connue. L'équipe est au complet, Mark est toujours le capitaine. Ils se mettent tous en positions de gainages à quelques mètres de nous.

— Finalement, c'est peut-être le meilleur moment d'un entraînement, soupire ma meilleure amie en rivant son regard aux fesses de Key.

— T'es vraiment en train de parler du cul d'mon frère ? ris-je. Au pire, tu peux toujours lui d'mander de faire ses exercices dans votre chambre.

— Nu alors.

J'éclate de rire devant le naturel de Prue, sa fraîcheur m'a terriblement manqué. Je regarde Morgan se faire charrier par les autres. Au moins, il n'aura peut-être plus l'impression d'être Doyen pendant quelques heures et je pense qu'il en a besoin. Au fur et à mesure que l'entraînement se poursuit, les spectateurs commencent à arriver. Lady Mary en tête, accompagnée de Grace. Elles nous rejoignent et Max est déjà à mes pieds. Je flatte sa tête puis me retourne pour prendre Grace dans mes bras qui rayonne. Prue salue très poliment la grand-mère de Morgan.

— Alors ce pique-nique ? demandé-je.

— Y avait du gâteau au chocolat, sourit-elle.

— Que serait un pique-nique sans gâteau au chocolat, confirmé-je.

— Qu'est-ce qu'ils font ? demande-t-elle en regardant les joueurs.

— Ils s'entraînent, expliqué-je.

— En se grimpant dessus ?

Nous rions, mon Dieu, son innocence est adorable. Elle n'a jamais assisté à un match de sa vie.

— Non, en fait, la balle est dessous. Donc ils essayent de la récupérer.

— Et là… ils font une… tortue.

Cette fois, j'éclate de rire, en glissant mon nez dans son cou.

— Non Grace, c'est ce qu'on appelle une mêlée, explique Lady Mary.

— C'est compliqué, se plaint-elle.

— Assez, oui, intervient Prue.

Les garçons regagnent les vestiaires, j'ai les yeux rivés sur Morgan et même avec Grace dans les bras, je me prends un coup de chaud. Faut que je vérifie mon traitement, il doit y avoir des hormones non ? La petite veut que je la lâche, ce que je fais. Elle court vers Bryan, il se penche, elle embrasse sa joue. Il dépose ses lèvres sur son front. Elle fait coucou de la main à Morgan et Keylyan. Je trouve ça adorable, mais elle semble vraiment minuscule à côté d'eux. Elle revient vers nous.

— Il va falloir que j'aille accueillir le Doyen de Bristol, je dois remplacer Morgan.

— Ça n'a pas l'air de vous enchanter ? m'enquis-je.

— Non. Il est à moitié sourd et ne jure que par la chasse à cours.

— Tant qu'il ne vous propose pas d'y aller, plaisanté-je.

— Mais il l'a déjà fait. Grace, si tu souhaites me rejoindre dans les tribunes, c'est avec plaisir.

— Je ne suis pas sûre que le Conseil…

Elle m'interrompt d'un geste de la main.

— Le Conseil n'a absolument rien à dire. Au contraire, qu'il y en ait un seul qui ose et je saurais le recevoir.

Je décide de me taire, j'ai bien compris que je n'avais pas mon mot à dire de toute façon. Mais je ne suis pas vraiment fan des ragots. Surtout si ça concerne les spéculations sur le géniteur de Grace. Je suis persuadée que beaucoup de membres du Conseil pensent que le père de Grace est Morgan, même s'ils n'ont pas le courage de le dire tout haut. Je regarde Lady Mary s'éloigner. C'est quelqu'un quand même.

— Finalement, Morgan à très bon caractère, plaisante Prue.

— En effet.

J'observe Grace avec sa jolie robe et son chapeau. J'ai du mal à croire qu'elle s'est adaptée si vite à sa nouvelle vie. Moi qui étais persuadée que ça prendrait du temps. Elle a l'air totalement épanouie. J'ai le cœur un peu plus léger. En fait, non pas vraiment. J'ai moins d'appréhension en ce qui la concerne pour l'avenir.

Moins d'un mois, quelques semaines, je ne peux pas m'empêcher d'y penser. Lady Mary voulait que je trouve un objectif, mais je m'aperçois que j'en ai plus d'un en fait, et c'est bien ce qui me fait peur. Il y a le mariage c'est vrai, mais aussi Gracie. J'aimerais la voir grandir, survivre à son adolescence, la voir tomber amoureuse pour la première fois et devenir une femme accomplie. Pourtant, il n'y a pas que ça. J'aimerais aussi pouvoir avoir une vraie relation avec Morgan. Je ne parle pas d'officialisation ni quoi que ce soit de ce genre. Juste voir jusqu'où le chemin pourrait nous mener.

Ok, question buts j'ai le choix. Si seulement ça pouvait suffire. Je ne peux pas mourir sans me battre, Morgan a raison. Je n'ai pas le droit de baisser les bras.

— Ça va Meg ?

— Oui, oui Prue. Je réfléchissais.

— T'étais tellement concentrée que je me suis demandée si tu ne faisais pas un A.V.C.

— T'inquiète pas, je suis bien là.

Lady Mary revient avec la délégation de Bristol. J'aperçois aussi quelques membres du Conseil, et je me serais bien passée de certains, ça c'est sûr. Je n'ai pas vraiment mon mot à dire. L'équipe de Bristol s'échauffe à leur tour.

— Y a pas à dire, ils sont plus beaux les nôtres.

— C'est clair Prue. C'est pas comme si tu étais de partie pris, ris-je.

— Quoi ? C'est vrai !

— Mais j'ai jamais dit le contraire.

D'aussi loin que je me souvienne, j'ai toujours préféré être accoudée à la rambarde sur le rebord du terrain, être au plus proche de l'action. En fait avec Prue, c'est notre place depuis toujours. Je me retourne et observe, les « officiels » arriver dans la tribune. Certaines fois, on pourrait se demander s'ils assistent à un match de polo ou de rugby vu leurs tenues. Grace a au moins une excuse, c'est une petite fille et elle rêve d'être une princesse. Mais ceux-là, ça fait quand même un moment qu'ils ont passé le délai de prescription. Au moins, la grand-mère de Morgan a toujours la classe, en toute circonstance d'ailleurs.

Chapitre XI

Ma tête posée sur l'épaule de Prue. Tentant de prendre le meilleur de ce que l'on m'offre. Aly vient d'emmener Grace dans les tribunes. Je suppose qu'elle l'a fait surtout pour avoir une excuse concernant son retard. Le match va démarrer dans moins de deux minutes. Nous avons dû réintégrer le premier rang, parce qu'on nous a interdit d'être trop proche du terrain. Protester n'aurait servi à rien, donc nous avons obtempéré comme de gentils « p'tits soldats » que nous sommes. Une jeune femme enceinte nous sourit, je suis certaine de l'avoir déjà vue quelque part.

— C'est Beth, m'informe Prue qui la salue de la main.

Je me contente d'un signe de tête, on ne peut pas vraiment dire que je la connaisse vraiment. Je ne l'ai vue que quelques heures.

— Elle est enceinte, c'est génial.

— Ça te fait pas… bizarre Meg ?

— Euh… non pourquoi ?

— Mark était ton ex.

— Et alors ?

Je ne vois pas vraiment où elle veut en venir en fait. Pourquoi ça me ferait bizarre ? Je la regarde, interloquée.

— C'est ton ex, le premier de la bande à s'être marié et il va être papa.

— Je suis contente pour lui, c'est tout. En plus, j'ai l'impression que notre relation remonte à des siècles. Et vu mon implication dans notre histoire, je ne sais même pas si on peut parler de relation.

— Arrête, t'es restée quatre mois avec lui quand-même.

— Ah ouais ? demandé-je surprise.

— Ouais, rit-elle.

Merde, ça ne m'avait pas paru si long. Je n'en reviens vraiment pas, c'est aberrant de ne pas se souvenir de ça. Le pire, c'est que Prue s'en souvienne. Ça, c'est complètement dingue.

— Je suppose que ça devrait me faire quelque chose, mais non.

Elle secoue la tête et lève les yeux au ciel. Le coup d'envoi du match est donné, c'est Bristol qui a le ballon. Nous applaudissons pour encourager nos gars. Prue saute littéralement sur place et crie le prénom de mon frère. Je ne sais pas s'il a entendu, mais personnellement, j'ai dû perdre au moins dix décibels.

Et une mêlée une. L'introduction est pour nous. Prue trépigne, si on pouvait aller pousser avec eux, on irait. Je ne quitte pas la balle des yeux, j'attends qu'elle sorte. Le ballon est enfin libéré, il y a un trou dans la défense sur l'extérieur. Keylyan a la balle. Il a deux soutiens : Morgan et Matt qui sont juste derrière. Il tente un crochet, il passe, mais un adversaire surgit et le ceinture. Je grimace au moment de l'impact. Je pense à ses côtes et franchement, j'espère qu'il est totalement remis. Il a juste le temps de croiser Matt qui fonce aussi vite qu'il peut. C'est loin d'être gagné. Deux joueurs de Bristol se précipitent sur lui pour le prendre en tenaille. Il accélère, mais c'est peine perdue la balle échoue dans les bras de Morgan qui prend l'intervalle pour éviter la défense. Ce que je vois me fait sourire. Bryan vient d'apparaître juste derrière lui. Je ne pensais pas qu'il courrait aussi vite. Je l'encourage aussi vivement que je peux. Ils sont à moins de dix mètres de l'en-but. Morgan attend le dernier moment pour lui donner le ballon. Bryan le rattrape au dernier moment et l'aplatit derrière la ligne.

J'exprime ma joie et Prue aussi. Il est félicité par Morgan, je ne peux pas m'empêcher d'être fière de lui. C'est son premier essai. Pourtant, je sais que Morgan aurait pu très bien marquer tout seul, mais il l'a fait exprès. Belle manière de l'introduire dans l'équipe.

D'accord… je vais vraiment finir par croire qu'il est parfait. Non, c'est pas possible… on ne peut pas passer de super connard arrogant à ça en quatre ans ? On dirait bien que si. C'est officiel, je craque complètement pour cet homme. Toute l'équipe vient les féliciter juste avant que l'essai soit transformé.

Il faut être honnête, tout ça m'avait véritablement manqué. S'il est vrai que je déteste l'Institut, ça concerne surtout les décisions qu'ils prennent pour nous et l'absence totale de choix. Mais je sais qu'avec Morgan aux commandes, tout ça peut changer. Et ça a déjà commencé.

La partie reprend, l'engagement est pour eux. Nos adversaires avancent et nous on recule. Je peste intérieurement, pas si intérieurement que ça vu que mon poing est fermé. Le porteur de la balle de Bristol prend un énorme carton de la part de Keylyan, un bon coup de sécateur. Ils perdent la balle, Bryan la récupère, toutefois, il est séché par tampon terrible. Le bruit sourd me fait grimacer et toute mon attention se focalise sur lui. L'arbitre siffle une pénalité pour plaquage dangereux. Si je ne me retenais pas, j'irais sur le terrain pour fracasser la tête de ce salopard. Ok, ok, je ne suis pas vraiment objective même pas du tout. Il a du mal à se relever. Keylyan et Morgan viennent pour voir si tout va bien. Ils l'aident à se remettre sur pied. Morgan se retourne vers moi et me fait signe que c'est bon. Bryan pose sa main sur son épaule et rejoint sa place.

— Meg ?

— Quoi ?

— Tu ne veux pas revenir à côté de moi ?

— Hein ?

Je regarde tout autour de moi. Merde, je ne m'étais même pas rendue compte que j'étais à deux doigts de sortir des tribunes. Je retrouve ma place.

— Ton instinct protecteur est au taquet, rit-elle.

— On dirait bien.

— Il y a de grande chance que tu ne survives pas à la finale de la semaine prochaine si tu fais comme ça.

— Le dernier match de la saison, soupiré-je.

— Ouais et si on se débrouille bien, on peut remporter le championnat. Ça fait huit ans qu'on attend ça.

Pendant que nous discutons, le match avance. Nous tentons de percer leurs défenses, on dirait une vague qui se fracasse contre les rochers. On ne pourra pas hurler à l'absence de combativité en tout cas. Voici le deuxième essai pour nous et cette fois, c'est Morgan qui aplatit en plein milieu des poteaux. J'ai un sourire jusqu'aux oreilles. En définitive, je suis bien pire qu'une groupie.

Par la suite, le match se durcit, les impacts sont plus incisifs. Les soigneurs interviennent plusieurs fois. Les saignements de nez et d'arcades sont courants. Heureusement que la mi-temps va calmer un peu tout ce beau monde. Nous les regardons passer pour se rendre au vestiaire. Je ne peux pas m'empêcher de grimacer en voyant leurs visages. Ah ils vont être beaux ! Mais c'est le jeu. C'est un sport viril, quasi animal et je ne m'en lasse pas. Prue envoie un baiser de la main quand mon frère passe. Bryan semble fatigué, pas évident de garder le rythme, c'est sûr que ça le change de son ancienne équipe.

— Au fait Prue, tu as montré le DVD à Key de la présentation pour le mariage ?

— Oui, il trouve que le thème champêtre est parfait. Mais je le soupçonne de tout faire pour ne pas me contrarier.

— Mais non, s'il te l'a dit, c'est qu'il aime, la rassuré-je.

— Je veux juste que ça soit parfait.

— Ça le sera. Après tout, c'est toi qu'il épouse, pas la déco, affirmé-je.

Je regarde dans mon dos, Lady Mary est en pleine discussion avec le Doyen de Bristol. Grace est avec Aly, mais le regard que porte Lord Richardson sur Grace ne me plaît pas. Il la dévisage de manière si hautaine, comme si elle n'était qu'une fourmi qu'il n'aurait aucun mal à écraser. Son attention se reporte sur moi. Je lui offre mon sourire le plus faux cul et incline légèrement la tête. C'est lui qui détourne les yeux. Je suis à la limite de jubiler en fait. Je vais lui en coller « une liaison immorale ». Rancunière moi ? Pensez-vous. Je suis persuadée que s'il y a danger, c'est de lui qu'il viendra.

Je me retourne et reçois un message de David. Il m'informe qu'il a besoin de deux avis en urgence. Je lui réponds qu'il ne les aura que demain. Il ne semble pas satisfait de ma réponse, mais je refuse de quitter le stade.

L'arbitre siffle la reprise, les visages sont nettoyés et tout le monde est prêt pour le combat. Dans la seconde mi-temps, on écope d'une expulsion temporaire de chaque côté. Le match se corse et Bristol revient à un essai. Les encouragements se font beaucoup plus bruyants dans les tribunes. Je me retourne un instant quand j'entends qu'on scande le prénom de Morgan dans mon dos. Je vois six jeunes filles qui s'époumonent. Je serre les dents et soupire, me répétant que ce sont des merdeuses. C'est clair qu'on avait moins de raison de baver sur Sir James, mais quand même.

— Jalousie, jalousie, chantonne Prue.

— Même pas vrai.

— Tu parles, sourit-elle. Si tu pouvais les descendre, tu l'aurais déjà fait.

— C'est pas ça, c'est leur Patron, nié-je avec mauvaise foi.

— Menteuse, s'esclaffe Prue. Tu couches bien avec le Patron, non ?

— Et si elle faisait la même chose avec Key ? L'interrogé-je.

— Ça n'a rien à voir ma chère, elles savent qu'elles n'ont aucune chance. Il est à moi ! Officiellement qui plus est.

Je lève les yeux au ciel, un point pour elle. Donc je vais me contenter de supporter ça sans broncher. Les filles sont en train de sauter sur place. Elles sont hystériques. Je reporte mon attention sur le match. Keylyan à la balle, mais se retrouve stoppé par un adversaire. Morgan se lie à la taille de mon frère et pousse avec force pour le faire avancer. Les joueurs viennent se greffer de part et d'autre, on a une vue impayable sur les fesses du doyen. Même avec un short, ça vaut le coup. J'aime définitivement les mauls. La balle est libérée et c'est Matt qui part à l'essai. On applaudit et siffle. Morgan se retourne et je m'aperçois que son maillot est déchiré au niveau de ses abdominaux. C'est tout naturellement que je me prends un coup de chaud, alors que le groupe de midinettes se mettent à hurler. J'ai l'impression de me retrouver à un concert de Justin Bieber. Seigneur ait pitié. Le ton monte et deux joueurs en viennent aux mains. Morgan s'interpose et les sépare. Je rigole. Il fut un temps où c'est lui qui aurait démarré les hostilités.

Allez, plus que dix minutes, on mène de deux essais. Il n'y a pas de raison de perdre. La défense va tenir. Ils vont tenir. Pour gagner, il faudrait qu'il marque au minimum deux essais et une pénalité, ce n'est pas impossible, mais notre équipe est en forme. Je dirais même brillante. Il se place tous. Tout le monde connaît son boulot, pas de faute, pas d'erreur. Le temps s'égrène ainsi. J'ai bien envie d'une clope là tout de suite, mais ce ne serait pas raisonnable. Pas du tout.

Enfin l'arbitre siffle la fin du match, notre délivrance. Une explosion de joie s'échappe des tribunes et les applaudissements fusent. Les mecs serrent la main aux arbitres, ainsi qu'aux adversaires, puis se congratulent, se frappent dans les paumes, entrechoquent leurs torses. Ils sont heureux, soulagés. Ils rangent leurs protège-dents, dans leurs chaussettes. Les sourires sont bien présents, Matt saute sur le dos de mon frère comme à son habitude. Il court un peu avec lui sur le dos avant de le lâcher comme une vieille chaussette sale. Ensuite, ils prennent la direction des tribunes pour se rendre aux vestiaires. Prue ne peut pas résister plus longtemps. Je la suis alors qu'elle se jette dans les bras de mon frère pour l'embrasser. J'enlace Bryan et le félicite. J'aimerais pouvoir faire de même avec Morgan, mais je sais que ce n'est vraiment pas le lieu. Scrat et Matt me soulèvent tour à tour. Ils sont bien sales et le pire, c'est que ça les fait rire. Grace nous rejoint avec Alyson, elle claque un baiser sur la joue de Bryan. Morgan passe une main sur son visage pour essuyer le sang.

— Ça va être beau demain, souris-je. J'espère que t'avais rien de prévu.

— Juste un rendez-vous avec le conseil dans l'après-midi.

— Au moins, ils ne pourront pas dire que tu n't'investis pas, s'esclaffe Matt.

Lady Mary apparaît à son tour avec la délégation de Bristol.

— Félicitation les garçons, déclare-t-elle simplement.

Ils la saluent d'un signe de tête et tout le monde s'éloigne vers les vestiaires sauf Morgan. Je m'écarte un peu avec Grace, Aly et Prue. Mais les filles ont prévu de se rendre directement au foyer pour tout préparer. Grace court avec Max. Le Doyen de Bristol tend la main à son homologue, Morgan lui serre.

— Beau match et très belle victoire.

— Merci.

— Non content d'être le plus jeune Doyen, vous êtes aussi un sportif accompli.

— Merci encore.

— Tenez-vous prêt, nous aurons notre revanche la saison prochaine.

— On sera prêts, sourit Morgan une lueur de défi dans les yeux.

— Je ramène Grace au manoir, elle voulait profiter de la piscine, déclare Lady Mary. Vous devez fêter cette splendide victoire.

Sur ces belles paroles, Grace vient m'embrasser, décidément je ne fais pas le poids face à Lady Mary. Elle raccompagne la délégation. Je regarde tout autour de nous, le stade s'est complètement vidé. Je sens qu'on me tire par la main, je regarde Morgan surprise. Il a son petit sourire, ce fameux petit sourire comme il y a quatre ans. Il me mène derrière les tribunes, dans un renfoncement à l'abri des regards.

— Que fais-tu ? T'es dingue ?

— Absolument, répond-il avant de poser ses lèvres sur les miennes.

Mes mains partent inexorablement dans ses cheveux, mon corps se colle au sien, alors que mon dos trouve parfaitement sa place contre le mur de béton froid. Il glisse ses lèvres le long de mon cou. Merde, si je ne réagis pas, ça risque de vite dégénérer, je le sens. Je le repousse doucement, mais fermement. Il est trop sexy pour mon bien-être mental. Même avec ses cheveux lui arrivant devant le visage et sanguinolent, je craque.

— Morgan, on pourrait nous voir.

Il abandonne et regarde dans son dos. Je sais qu'il n'y a pas âmes qui vivent, mais ce n'est pas une raison pour manquer de prudence.

— D'un, il n'y a personne. Et de deux… et bien je crois que j'm'en fous.

— Morgan, le grondé-je.

— Quoi ? badine-t-il en caressant mon nez avec le sien.

— Il est temps que tu ailles te doucher, t'es tout sale, tout transpirant et ton maillot est… je passe ma main à l'intérieur. Comment dire… mort.

— Ça t'a jamais gêné que je sois tout sale et tout transpirant, insinue-t-il.

Il passe ses bras de chaque côté de ses côtes et se débarrasse de son tee-shirt. Je suis censée résister non. J'évite de le regarder, mais il est totalement collé à moi. Ma tête contre son épaule. J'appose mes mains sur son torse pour tenter de le faire reculer. Il bouge à peine, mais juste assez pour que je puisse m'échapper sous son bras. Il se retourne et s'adosse contre le mur en riant. Je lui fais coucou de la main, on a bien assez joué avec le feu.

— Trouillarde ! me lance-t-il.

— Non, non, juste prudente mon cher.

— Prudente ? T'es surtout à deux doigts d'craquer devant la perfection masculine.

— N'importe quoi. Ce qu'il ne faut pas entendre !

Il éclate de rire tandis que j'avance en reculant. Il a jeté ce qu'il reste de son maillot sur l'épaule, puis part en se pavanant. Merde ! Il me ferait presque regretter ma décision. Non, non. Je reprends le chemin du foyer alors que lui part prendre sa douche. C'est quand même dingue cette passion qu'il a de jouer avec le feu, je ne parle même pas de mon incapacité à tout simplement l'envoyer paître.

J'arrive au foyer, Aly, Prue et d'autres filles sont là. Il y a quelques mecs qui aident à transporter les fûts de bières. La soirée s'annonce chaude au moins d'un point de vue alcool. Quoi que si Morgan poursuit de la même façon, ça risque aussi de l'être autrement. Pour le moment j'évite de penser que je dois tout révéler. Je donne un coup de main en ouvrant les boites de pizzas. Je sens les bras de Prue qui enlacent mes épaules.

— Comme au bon vieux temps, Meg ?

— Ouais. On attend le retour des guerriers.

— Sauf, qu'on n'aura plus le droit à vos piques à toi et Morgan.

— Ah, mais ça, c'est pas dit. Ce serait dommage de perdre les bonnes habitudes.

Elle me fait pivoter, gardant toujours ses mains sur mes épaules.

— Megan… pitié.

— En même temps, on n'a jamais vraiment arrêté. C'est des piques différentes, insinué-je.

— Je veux même pas l'savoir.

— Menteuse ! m'esclaffé-je. Elle est où la fille qui voulait vivre sa sexualité à travers la mienne ?

— Elle a la sienne ! rétorque-t-elle.

Nous nous remettons au travail, ce qui me rassure, c'est que je ne sens pas de grosse fatigue comme ces derniers jours. Je me sens plutôt bien même. Je ne sais pas si c'est le fait d'être occupée, ou bien la présence des amis et de mon frère, mais ça faisait longtemps.

Tout le monde commence à arriver principalement ceux du dernier cycle. Le foyer se remplit doucement. Il ne manque plus que l'équipe en fait. Ils débarquent moins d'un quart d'heure plus tard sous une salve d'applaudissements, les sacs de sports sont empilés dans un coin. Key, à peine rentré, retrouve Prue. Matt, c'est la pizza. Chacun ses priorités, non ? Je peux voir certains se raidir à la vue de Morgan, difficile de se décoller de son statut de Doyen. Ils ont l'impression d'avoir un espion sous leur nez, et ceux ne le connaissant pas ont des a priori. Il s'arme de verres et les remplis de bière avant de faire la distribution. Une manière habile de se fondre dans la masse et de leur démontrer qu'il est comme eux.

Puis il revient vers nous les bras chargés de bières, je ne peux pas m'empêcher de le détailler. Il porte un tee-shirt moulant noir, qui met en valeur ses épaules, son torse et dessine parfaitement ses abdominaux. Mon frère lui donne un coup de main et nous trouvons notre place habituelle. Je ne sais pas si Morgan le fait exprès, mais il se place de façon à ne pas avoir trop de visuel sur le foyer. Je me retrouve installer entre mon frère et Morgan. Ça rappellerait presque le bon vieux temps, enfin sauf qu'en général, on gardait une certaine distance de sécurité entre Morgan et moi. Bryan trouve sa place naturellement à côté de Matt et d'Aly. Je le regarde avec insistance, il a un sacré coquart au niveau de l'œil gauche.

— Vive le sport Meg ! me charrie Matt.

— La virilité, c'est douloureux, hein Bryan ? me moqué-je.

Matt lui donne une grande claque dans le dos.

— Attends d'y laisser une épaule avant d'répondre, s'esclaffe Matt.

Bryan tousse suite à la tape « amicale ». Il a quand même réussi à sauver sa bière. Ce qui est un véritable miracle en soi.

— Ou un poumon, lâche Morgan, déclenchant l'hilarité générale.

— Oh aller Meg, qu'est-ce qu'un bleu, se moque Scrat.

— Ça dépend du bleu, rétorqué-je.

— Ceux-là comptent pas, intervient Morgan. Le dos d'un être humain est rarement fait pour s'encastrer dans la coque d'un bateau et le cou pour être étranglé.

Je ris doucement. Cette rencontre avec ce colosse est difficilement oubliable. Le bleu couvrait pratiquement les trois quarts de mon dos. Quand Morgan s'en est aperçu, j'ai eu le droit à un sermon complètement idiot sur le fait que je n'avais rien dit. C'est aussi ce jour-là qu'il a avoué m'aimer.

— C'est quoi cette histoire ? demande Bryan.

Scrat tape dans ses mains comme un gamin qui s'apprête à révéler le dernier potin du siècle. Key lève les yeux au ciel. En parlant d'épaule, il y avait laissé la sienne ce jour-là.

— On a dû arraisonner un cargo, enfin un porte-conteneur cette nuit-là. Tout se passait bien, enfin relativement bien. Mais un groupe s'était enfermé sur le pont et nous canardait. On avait besoin d'eux vivants. Donc notre chère Meg a eu une idée pour faire diversion. Passer par une espèce de fenêtre, un hublot plus exactement, assez petite, trop petite pour que Keylyan, Morgan et Matt puissent s'y engouffrer. Devine ce qu'elle a proposé ?

— D'y aller ? suppose Bryan.

— Ouais et étant le plus fin des mecs…

— J'aurais dit le plus petit, le coupe Keylyan.

— Gringalet. Ça marche aussi, surenchérit Morgan.

— Vos gueules ! Donc pour revenir à notre histoire, Meg passe par le hublot, je lui passe les armes et la rejoins juste après, non sans mal, c'est vrai. Manque de bol, on est repérés. Je me jette dans la mêlée…

— Euh, c'est eux qui se sont jetés sur nous, si je me rappelle bien.

— C'est vrai, Meg, t'es pas obligée de le dire.

— Bah voyons.

— Enfin, Morgan et Key, ainsi que le reste de la clique, font péter les gonds de la porte et entrent eux aussi. C'est un joyeux bordel en fait, sauf qu'il y a une espèce de mastodonte, un gros balaise aussi grand que large qui décide que c'est franchement plus drôle de fracasser le plus petit gabarit.

— Et ? s'impatiente Bryan.

— Et… pas grand-chose.

— Pas grand-chose qu'elle dit ! Après l'avoir étranglée, il l'a jetée contre le bateau…

— Hé j'me suis relevée Scrat !

— Oui, pour y retourner ! Elle s'est débarrassée de son casque, de sa cagoule juste avant ! intervient Morgan.

— J'allais pas abandonner ! m'outré-je.

— Te faire tuer, c'est vrai que c'était plus malin ! gronde Morgan.

— On s'calme ! s'écrie mon frère.

Et dire que Prue s'inquiétait du fait qu'on ne s'envoie plus de pique. Au moins, la voilà rassurée, ou pas, vu sa tête. Elle ressemble à une instit prête à disputer ses élèves.

— Elle lui a collé son pied dans les couilles, poursuit Scrat.

— Outch, grimace Bryan.

— Et bah non, l'horreur se relève, il se jette sur elle et continue de l'étrangler en lui collant une baffe !

— Ça, c'est fini comment ? demande Bryan impatient.

— Zorro est arrivé, dis-je en montrant Morgan de la tête.

— Ce salopard m'a donné du fil à r'tordre, avoue Morgan.

Je souris bêtement en me rappelant le moment où Morgan s'est assis sur lui pour reprendre son souffle. C'était épique comme bagarre.

— En gros, Meg ressemblait à la Schtroumpfette.

— Ça tombe bien, j'adore le bleu Scrat, expliqué-je.

— Quand ça vire au jaune, c'est bon signe, en rajoute Matt.

— N'importe quoi, déclame mon frère.

— C'est celui qui a pris une balle dans l'épaule qui dit ça, raille Matt.

Mon frère se lève, récupère les verres vides. Prue le suit comme son ombre. Ils reviennent avec de quoi boire, mais aussi à manger.

— Mon frère est le meilleur pour les bleus, je crois que je l'ai vu plus souvent avec que sans.

— Ça, ma chère Alyson, c'est parce qu'il ne refuse jamais une bonne bagarre, plaisante Matt. Au fait en parlant de bagarre, où est ce brave Sean ? demande-t-il en scrutant la salle.

257

— Ah non ! m'écrié-je.

— J'ai gagné un fric fou la dernière fois, surenchérit Scrat.

Oh non, il est hors de question que je me batte avec Sean, non merci. La dernière fois, c'était il y a quatre ans, ici même. Certes, je me suis défoulée, mais inutile de réitérer l'expérience. Je regarde tout autour de moi par réflexe, aucune trace de cet idiot de Sean, personne. Ce qui me convient totalement, il faut bien le dire. J'aime la tranquillité, enfin ma tranquillité. Scrat ne peut pas se retenir, il se sent obligé de raconter cette stupide confrontation avec Sean. Bryan boit littéralement ses paroles.

Je les écoute d'une oreille distraite, s'il est vrai que je suis bien avec eux, il est vrai aussi que j'ai du mal à être totalement focalisée sur cette soirée. Il y a toujours au fond de moi cette mélancolie. J'ai besoin d'un moment, je le sens. Je sors mon portable de mon sac, m'excuse puis quitte le foyer.

Je m'éloigne, j'ai besoin de mettre un peu de distance. Faire simplement le tri dans mes sentiments pour ne garder que le côté positif. Sans parler de tous ces souvenirs qui se bousculent dans ma tête, mon enlèvement, les tortures et l'intervention de Morgan. Pourtant, je refuse de m'apitoyer sur mon sort. Il est plus que temps d'être combative. Je ne veux pas abandonner, les quitter sans me battre. Je ne peux pas leur faire ça. Je pose l'arrière de ma tête en fermant les yeux sur un tronc d'arbre à l'écart de l'agitation et inspire profondément. Je reste comme ça un moment. Enfin jusqu'à temps que je perçoive une présence. J'ouvre les yeux et tombe nez à nez avec le regard, bleu et inquiet de Morgan.

— Avant que tu dises quoi que ce soit, je vais bien.

— Vraiment ? demande-t-il suspicieux.

— Oui.

Je soupire. Ça serait vraiment trop demander qu'il me croie tout simplement ? Il pose sa large main sur le tronc au niveau de ma tête et me scrute.

— Tu as quitté le foyer précipitamment et…

— Et tu ne t'es pas dit que j'avais simplement besoin d'air ?

— Depuis quand je t'empêche de respirer ?

— Ça n'a rien à voir avec toi. Je veux simplement être capable de profiter d'une soirée sans penser à… bref. Enfin tu vois.

— Je vois… tu stresses aussi à l'idée de leur annoncer la nouvelle.

— Ouais, j'aimerai pouvoir les préserver.

— Je sais que tu l'as dit à Matt…

— Je ne lui ai pas vraiment dit. Il a fait des recherches sur le doc… il a compris de lui-même. Il voulait simplement une confirmation.

— Mais son regard n'a pas changé.

— Mouais.

On ne peut pas vraiment dire que je suis totalement convaincue par ce qu'il vient de me dire. Il ne dit rien, c'est vrai. J'acquiesce, je dois juste arrêter de me prendre la tête.

Je lui souris, là tout de suite, je veux juste me blottir dans ses bras, mais je sais que ce n'est pas le moment. Gardons une distance de sécurité.

Il se penche vers moi, je dodeline non de la tête en mordant ma lèvre inférieure, ce n'est vraiment pas une bonne idée… non une très mauvaise. Pourtant, quand ses lèvres épousent les miennes, je ne peux pas résister, je n'ai aucune volonté dès qu'il s'agit de lui. Il glisse sa main libre sous ma nuque et approfondit notre étreinte. Je regrette de ne pas être chez lui, car je sais pertinemment ce qu'il adviendrait si c'était le cas. Je me laisse totalement chavirer par sa bouche, mélange parfait de douceur et de passion. Pourtant, il est plus que temps de mettre un terme à cette effusion. Je place une main sur son torse, mais alors que je devrais le repousser mes doigts s'accrochent à son tee-shirt. Il finit par poser son front contre le mien, la respiration totalement décousue. J'ai du mal à reprendre mes esprits.

— On devrait…

— Rentrer ? propose-t-il.

— Oui retrouver les autres, souris-je.

— J'pensais pas vraiment à ça.

— Je sais.

Je fais le tour de l'arbre pour éviter sciemment de passer devant lui. Au contraire, je m'éloigne le plus possible. Puis j'entre dans le foyer, mon portable toujours à la main. Je pense que les fûts de bière ont été bien attaqués vu l'état de certains. Je me réinstalle à ma place, alors que Morgan fait un arrêt pour se servir une bière. Bryan est mort de rire et j'ignore pour quoi, Scrat aussi et dire que tout le monde me regarde.

— Quoi ?

— J'comprends mieux certains trucs, rigole Bryan.

— Comme ?

— Ton aversion pour les rats.

Je grimace, les salopards ! Je fusille Matt du regard. Pourquoi on est toujours trahi que par les siens ? Cette histoire remonte à plus de huit ans.

— Hé pour ma défense, c'était une de mes premières missions !

— Pauvres rats ! s'esclaffe mon frère.

— Pauvres rats ? répété-je ahurie. Non, mais je me suis fait enfermer dans un labo avec des milliers de rats de laboratoire parce que ce couillon de Matt a ouvert la sécurité. Cet enfoiré s'est tiré ! m'indigné-je.

— Et toi, t'as tiré sur les rats ! me vend mon frère.

— La loi de la jungle, eux ou moi, le choix était vite fait.

— C'était un carnage, en rajoute Morgan.

— Je l'ai vu faire du lancer de couteau sur des souris, tout s'explique, plaisante Bryan.

— Meg ! s'outre ma meilleure amie.

— C'est moins bruyant qu'un flingue, expliqué-je avec sérieux.

J'ignore pourquoi je déclenche l'hilarité générale. Je hausse les épaules et bois un peu de bière. Les autres ne cessent pas de rigoler comme des bossus. Il semblerait que c'est la blague du mois.

— Mais moi je n'ai jamais tué de poupée gonflable ! asséné-je.

Bryan cesse de rire immédiatement et scrute mes amis un par un. Un petit sourire fier se fend sur mon visage.

— T'as pas l'droit d'raconter ça ! C'est pas d'ma faute !

— Ouais, bien sûr Matt, elle s'est jetée sur toi.

— Presque !

Là, c'est moi qui rigole alors que Morgan, Scrat et Keylyan tentent de cacher le fait qu'ils sont morts de rire. Parce que cette histoire vient d'eux bien évidemment.

— J'veux savoir ! déclame Alyson en riant.

— Moi aussi, surenchérit Bryan.

— Tout ça, c'est de la faute de Morgan !

— Moi ? Un homme à la respectabilité inattaquable.

Mon frère se racle la gorge avant de faire semblant de tousser, il est à deux doigts d'exploser de rire.

— T'étais dans le coup Keylyan ! Respectabilité mon cul ouais !

— Matt a eu la mauvaise idée de faire une blague à Morgan. Il a remplacé ses capotes par des ballons baudruches. Ce qui fait que quand il en a eu besoin…

— C'est bon tout l'monde a compris Scrat.

Je ris, ce n'est pas vraiment les détails de sa vie qu'on a envie de raconter devant sa sœur. Je croise son regard et il se renfrogne. J'essaye de reprendre mon sérieux, mais j'ai vraiment beaucoup de mal.

— Donc Morgan a décidé de se venger. Ils ont récupéré une poupée gonflable avec Keylyan, ils ont demandé mon aide, j'suis toujours partant pour aider des amis dans l'besoin. Ils ont simplement attendu qu'il dorme, puis ils ont délicatement glissé la poupée gonflable dans le lit de ce cher Matt. Ils se sont placés de façon à avoir une vue impayable sur lui et ont jeté un p'tit pétard. Quand l'bordel a explosé. Matt à fait un bond d'trois mètres, il a chopé son couteau qui se trouvait sous son oreiller et a lardé cette pauvre poupée avec. Juste avant de s'apercevoir que ce n'était pas un agresseur potentiel. Il en a profité pour buter l'matelas !

— On a une très belle vidéo d'ailleurs ! s'esclaffe Morgan.

L'art ou la manière de détourner le ridicule sur quelqu'un d'autre, alors là on peut dire que j'apprécie. Exit l'histoire des rats, maintenant, c'est Matt qui provoque les rires. Je gagne. J'inspire profondément et souris largement à Matt. Je lève mon verre comme si j'allais trinquer vers lui.

— Un partout ! déclamé-je.

— T'as oublié la règle numéro un, Matt, plaisante mon frère. Ne jamais chercher Megan.

— C'est quoi la règle numéro deux ? demande Bryan.

— La même que la une, soupire Morgan.

— Et on peut dire que ce gars en connaît un rayon, se moque Keylyan en montrant Morgan du doigt.

Ça, c'est certain, je pense que ça aurait même dû être reconnu comme sport olympique. Les deux « M » comme nous appelait Prue. On ne pouvait pas dire qu'on se faisait des cadeaux, bien au contraire. En général, les gens évitaient même de se retrouver au milieu. Je rigole devant l'ironie de la situation si on m'avait dit à l'époque que je partagerais son lit. Je l'aurais tué.

Il n'y a pas à dire, ces mecs sont quand même complètement dingues. Je sais que c'est leur façon de décompresser. C'est Bryan et Alyson qui se lèvent cette fois pour refaire le plein de bières et de pizzas. Leurs aînés ont l'air d'apprécier le geste.

— T'emmènes qui au bal ? demande Scrat à Matt.

261

— J'y travaille, dit-il.

— Tu rencontres de la résistance ? Finalement les filles censées ça existe, raille Prue.

— Oui, mais moi au moins, j'essaye. Je n'attends pas dix ans pour me lancer.

— Ce qui veut dire ? demande Prue.

— Absolument rien. C'est juste le temps qu't'as mis pour sortir avec Key.

— Matt… le prévient mon frère.

— J'parle même pas d'toi Key. T'as tellement ramé que t'as toujours des ampoules.

Moi, je fais tout pour me faire toute petite, véritablement. Je suis certaine que si je le souhaite, je pourrais même devenir transparente.

— Et de Morgan et Meg, on en parle ou pas ? insinue Matt.

— Terrain très glissant mon pote, alors oublie, rétorque Morgan d'une voix sans appel.

L'ambiance est légèrement plombée. Matt peut faire très fort quand il veut. Je me contente de siroter ma bière sans rien dire. Je n'ai pas l'intention de m'enfoncer davantage. Même si comme dirait l'expression, qui ne dit mot consent. Le silence est d'or.

— Moi j'y vais avec Melissa, annonce Scrat.

— La fille de la compta ? demande Morgan.

— Ouais. À moins qu'on soit obligé d'sortir entre agents d'terrain ?

— Non Scrat. T'emmènes qui tu veux, répond Morgan.

— Et toi Bryan ? s'enquit Scrat.

— On y va ensemble ! rétorque Aly.

— Ah ouais ? demande son frère.

— Ouais ! Il ne connaît pratiquement personne.

La réponse est vraiment très rapide, trop rapide et je sais que Morgan l'a aussi remarquée. Pour preuve l'œil inquisiteur qu'il jette sur Alyson et Bryan. S'il se passe quoi que ce soit entre eux, je ne suis pas au courant, mais je sais que comme tous les frères il n'apprécie pas qu'un mec tourne autour de sa sœur. Key lui a son petit sourire, comme si la situation lui plaisait. Je ne peux pas m'empêcher de penser que c'est une vengeance de « frère ».

— Et toi Meg ? questionne Prue avec un sourire.

— Hé bien… heu…

Oui, oui, euh… j'aurais dû me douter que la question me tomberait dessus. Curieusement, je m'en serais bien passée. Je me sens mal à l'aise avec tout ça. J'ai toujours l'impression de profiter de la situation. J'ai mon nez plongé dans mon verre.

— Avec moi.

— Avec toi ? relève Key.

— Oui moi, pourquoi ça semble si dingue ?

Ah… ce moment terrible, où on a qu'une envie c'est de disparaître dans un trou de souris. Je ne suis quand même pas stupide au point de me rendre compte que les yeux de nos amis font la navette entre Morgan et moi.

— Le conseil va adorer, ironise Key.

— Tu dis ça comme si j'en avais quelque chose à foutre.

Leur ton à tous les deux est beaucoup trop sec à mon goût, je sens de la tension et je déteste ça.

— Tu devrais Morgan.

— C'est une idée de Lady Mary, lâché-je.

Je n'ai aucune envie d'assister à un combat de coq devant les autres. La situation est bien assez compliquée, inutile d'en rajouter. Morgan tourne son regard vers moi tout en fronçant les sourcils.

Oh pitié ! Pas cette fierté masculine à la con !

— Pourquoi elle aurait fait ça ? demande mon frère.

— Eh bien quand t'auras cinq minutes, tu lui poseras la question, m'exaspéré-je.

Mon frère finit par abandonner, du moins pour le moment. Je pense que Bryan et Aly en ont assez de traîner avec les « vieux ». Car après nous avoir dit au revoir, ils quittent les lieux. Morgan a un regard plus que méfiant sur sa sœur et sur Bryan. Finalement, ils ont sifflé l'heure du départ. Matt et Scrat décide de passer à l'offensive sur deux filles qui discutent un peu plus loin. Prue semble fatiguée, mon frère se lève en lui prenant les mains. Ils nous souhaitent une bonne nuit et s'éclipsent.

On se retrouve donc comme deux cons. Je sais qu'il n'a pas du tout apprécié mon intervention. Je n'ai jamais vu un mec aussi susceptible.

— Tu penses vraiment que je n'avais pas l'intention de t'inviter ?

— J'ai simplement dit que c'était une idée de ta grand-mère.

— Donc tu penses que je n'en aurais jamais eue l'idée ?

— Mais merde Morgan, c'est pas ce que j'ai dit !

— Sache Megan que j'ai aucun problème pour assumer MES choix !

Et c'est r'partie ! pensée-je.

— T'es quand même terrible, je t'ai simplement évité de te justifier.

— Je n'ai pas à me justifier Meg ! Ni devant le conseil, ni devant ton frère. Ma vie personnelle ne regarde personne en dehors de toi et moi.

— Mais je voulais…

— Tu voulais rien du tout à part te préserver comme d'habitude !

Son ton est acerbe. Non mais c'est qu'il y croit en plus. J'ai la main qui me démange à tel point que ça me soulagerait de lui en coller une ici devant tout le monde.

— T'es vraiment très con par moment ! Ça n'a rien à voir avec moi !

— Ah ouais ?

— Ouais, mais tout avoir avec toi.

Il fixe mon regard et fronce les sourcils. Je lui ai coupé toute envie de rétorquer. Si j'avais l'esprit tordu, je pourrais même être fière de moi.

— Il va quand-même falloir te mettre dans la tête que je suis persona non grata pour le Conseil. En t'affichant avec moi, je ne suis pas sûre que ça serve tes intérêts. Que tu le veuilles ou non, tu as besoin d'eux, de leurs appuis tout du moins.

— Alors quoi ? Sous prétexte que j'ai besoin d'eux, je dois me soumettre et fermer ma gueule ?

— Tu interprètes ce que j'ai dit. C'est simplement qu'il serait plus raisonnable de…

— J't'arrête tout de suite Meg. J'suis pas raisonnable dès qu'il s'agit de toi et tu devrais l'savoir. Comme mon père aimait l'dire à l'époque, j'suis l'patron !

Certaines fois, je n'arrive pas à le comprendre. Pourquoi prend-il mal le fait que je veuille simplement le protéger ? Pourquoi lui aurait-il ce droit sur moi ? Je me renfrogne dans mon siège et soupire.

— C'est pas parce que tu es le Patron, que tu dois agir comme un con.

—Mon père a tenté de m'utiliser, j'me suis juré d'être aussi libre de mes choix que possibles, alors c'est pas eux qui vont décider pour moi !

— Je dis simplement qu'il est plus prudent de faire profil bas.

— J'pense que quatre ans, c'est assez pour faire profil bas ! assène-t-il.

Ok… là, c'est ce que l'on appelle une attaque en règle. Est-ce que je l'ai méritée ? Certainement. Je ne peux pas m'empêcher de regarder tout autour de nous pour être certaine que personne ne prête attention à notre conversation.

— Je refuse qu'on décide à nouveau de ce qui est le mieux pour moi, c'est aussi valable pour toi ! poursuit-il.

— Je n'ai pas décidé qu'pour toi y a quatre ans, si tu veux savoir. J'admets que je pensais que ta vie serait plus simple si j'disparaissais, mais je l'ai fait surtout pour moi. J'avais besoin d'oublier, me prouver que j'étais capable de reprendre ma vie en main.

Il vide sa bière, puis m'observe avec intensité tout en secouant la tête. J'aimerais savoir ce qui se passe à ce moment précis dans son esprit. Je me demande pourquoi la communication entre nous est toujours difficile ? Quelques fois, je me dis que nous ne sommes pas du tout sur la même longueur d'onde.

— Alors tu comprends sûrement pourquoi je déteste qu'on me dicte ce que j'dois faire.

— C'est pas c'que j'ai fait, je t'ai donné mon avis.

— Peut-être, mais me demande pas d'approuver.

Le silence s'est à nouveau installé, et curieusement, je déteste ça. Si parfois il est vital, nécessaire, à cet instant précis, je le trouve oppressant.

— Cent fois, j'ai pensé revenir, avoué-je faiblement.

— Alors pourquoi tu ne l'as pas fait ?

— J'en sais rien. Je n'avais pas le courage, je culpabilisais de vous avoir tous laissé, je pense.

— Tu devais toujours moins culpabiliser que moi, soupire-t-il.

Je ne saisis pas vraiment le sens de ses paroles. Ce n'est pas exact, je ne vois pas du tout où il veut en venir. Pour quelles raisons il parle de culpabilité ?

— De quoi parles-tu ?

— Pas ici, rétorque-t-il simplement en se levant.

Je le vois prendre son sac et se diriger vers la porte. J'ai besoin de savoir ce qu'il a en tête. Je pose ma bière dans un coin puis le rejoins dehors. Je le suis alors qu'il va vers sa voiture de golf. Il monte et m'attend. Je m'installe, et il démarre aussitôt. Je ne veux pas le brusquer même si j'ai une envie folle de lui poser des questions. Nous sommes déjà devant le cottage, je le précède toujours en silence alors qu'il ouvre la porte et allume la lumière. Je suis pendue à ses lèvres, mais ses dernières semblent

265

scellées. Je me place volontairement face à lui et pose une main sur son torse.

— Je pourrais savoir pourquoi tu culpabilisais ?

Il enserre sa main dans la mienne et se décide enfin à me regarder droit dans les yeux. Je ne sais pas s'il arrive à lire à quel point je suis perdue.

— Culpabilise, pas culpabilisait Meg. Tu vois la nuance ?

Ok… j'suis pas si nulle en conjugaison qu'ça, j'sais encore faire la différence entre l'passé et l'présent, pensé-je.

— Oui, mais je ne vois pas pourquoi ? expliqué-je avec sincérité.

Il délaisse mes mains, s'écarte de moi puis se serre un verre de whisky. Serais-je tombée dans la quatrième dimension ? J'ai l'impression de regarder un film au cinéma tout en étant arrivée en plein milieu de la séance.

— J'aurais dû attendre…

— Attendre ?

— Ce soir-là, j'aurais dû attendre. Je n'aurais pas dû repartir tout de suite. Si j'étais resté, j'aurais su qu'il y avait un problème.

Et c'est là que je comprends de quoi il parle. De ce fameux soir où ce taré de Blackson m'a enlevée. Nous n'en avons jamais discuté, c'est un sujet que j'ai toujours pris soin d'éviter. Cette histoire est véritablement trop sordide, je veux l'oublier, la jeter au plus profond de ma mémoire. Pourtant, je sais que pour lui ce n'est pas le cas. Je ressens son besoin de s'exprimer.

— Morgan, soupiré-je. Tu ne pouvais pas le deviner à moins d'avoir la capacité de voir à travers les murs.

— J'aurais dû t'accompagner, rester avec toi et m'assurer qu'il n'y avait aucun danger. Le seul moment de cette mission où tu avais besoin de moi, j'ai merdé.

— C'est faux Morgan, tu m'as sauvé la vie. Tu es venu me chercher en brisant LA règle. Les ordres étaient clairs. Tu n'aurais même jamais dû m'accompagner à Londres. Tu ne pouvais pas prévoir. Personne.

— Quelqu'un savait Meg ! Mon père !

— Il savait ? Comment ça il savait ?

J'observe Morgan faire les cent pas dans le salon. Finalement, je vais peut-être aussi me jeter sur le whisky.

— Quand j'ai pris sa succession, je suis tombé sur certains rapports. Je n'ai pas pu résister et j'ai lu celui sur cet enfoiré de Don. Il a été arrêté pour une tentative de viol quand il était mineur et plusieurs agressions sexuelles. Une de ses ex a porté plainte pour séquestration et sévices. Mais grâce à l'influence de ses parents, il n'a jamais été condamné. Mon père savait tout ça avant qu'il ne te renvoie à Londres. Il a menti, a caché les faits, en prenant garde que l'on ne tombe pas dessus… il t'a envoyé à Londres sciemment.

J'assimile aussi bien que possible ce qu'il vient de me révéler. Je voudrais faire l'étonnée, pourtant, c'est plus fort que moi. En mon for intérieur, j'ai toujours su qu'il l'avait fait exprès.

— C'est un salaud ? La belle affaire, ce n'est pas un scoop. Morgan tu n'as pas à te sentir coupable des actes de ton père, sinon t'as plus qu'à t'pendre.

— Comment tu peux prendre tout ça ainsi ?

— Tu préférerais que je fasse quoi ? Que je hurle, que j'te frappe peut-être ?

— J'en sais rien, souffle-t-il en se massant les tempes d'une main.

Je connaissais les risques à l'époque. J'étais consciente qu'en ayant une liaison avec Morgan, je m'exposais à des représailles. Le contraire aurait été véritablement étonnant. Je m'avance vers lui et le force à me regarder.

— Eh bien moi je sais. Il est inutile de ressasser le passé.

Il pose une main sur ma tête, puis effile mes cheveux entre ses doigts.

— As-tu une seule idée de ce que j'ai pu éprouver quand j'ai vu cette vidéo ? Quand ce fils de pute t'a coupé les cheveux ?

— Non, je sais simplement ce que moi j'ai vécu, la honte, la peur, la douleur. La seule certitude que j'avais, était que je devais le provoquer autant que possible pour qu'il mette fin à ce calvaire.

— J'étais terrifié, et en colère après tout, et surtout devant mon incapacité à pouvoir t'aider. J'étais si impuissant. Ton frère avait déjà abandonné tout espoir, il a juste baissé les bras.

Je peux encore entendre la colère dans sa voix. J'ignore contre qui elle est dirigée. Je pose une main sur sa joue et lui souris tendrement.

— Key a trouvé une famille, une raison de vivre grâce aux règles de l'Institut. Il n'est à l'aise que dans un cadre bien délimité.

— Bordel Meg, t'es sa sœur !

— Je sais, je ne lui en veux pas. De toute façon, il a changé d'avis non ?

— Ouais, j'ai failli le tuer deux fois c'jour-là.

Je ne peux pas en vouloir à Key, c'est au-dessus de mes forces. Je le connais trop bien. Il s'est totalement intégré au système et je ne peux pas l'en blâmer. Je suis certaine que ça avait dû lui demander un effort surhumain de ne pas nous dénoncer. Mais comme tout un chacun, il a dû évoluer. Il devait se rendre compte par lui-même que cette règle était complètement stupide.

— Alors cesse de te sentir coupable.

— Meg, si tu n'avais pas eu le malheur que je tombe amoureux d'toi à l'époque, rien de tout ça ne serait arrivé. Mon père ne s'en serait pas mêlé. Il ne t'aurait pas envoyé à Londres et tu ne serais pas partie.

En avant les violons, pensé-je.

Je me demande un instant si je dois sortir le fouet pour lui en asséner quelques coups. Juste assez pour le faire souffrir un peu plus.

— Par pitié arrête Morgan. Même si, je me serais bien passée de mon aventure à Londres, je ne regrette absolument rien.

Il pose son front contre le mien en soupirant, toujours en effilant une de mes mèches de cheveux entre ses doigts. J'ai toujours autant de mal à raisonner quand il est aussi proche de moi. Certaines choses ne changent jamais finalement.

— Et si je dis que malgré ces quatre ans, rien à changer. À la minute où je t'ai observé à travers ses arbres, je savais…

— Tu savais quoi ? demandé-je doucement.

Il déglutit, se décale légèrement puis vrille son regard azur sur moi. Ses yeux bleus me scrutent, me transpercent. Je peux y lire la souffrance véritable. Il délaisse mes cheveux, ma main glisse sur sa joue pour l'encourager à parler.

— Que rien n'avait changé. Mes sentiments pour toi. Putain Meg, je t'aime… peut-être encore plus qu'avant, m'avoue-t-il.

Je reste interdite devant cet aveu criant de sincérité. Je crois même que j'en ai oublié de respirer. Je mentirais si je disais que je ne m'en doutais pas, toutefois, il y a une sacrée différence entre s'en douter et se l'entendre dire à voix haute. Il détourne le regard en secouant la tête. Mais je ne veux pas que Morgan pense qu'il a fait une erreur en se déclarant.

— Morgan…

— Tu n'es pas obligée de dire quoi que ce soit Meg, dit-il avec lassitude.

Je le force à me regarder, il n'est plus vraiment temps de nier l'évidence de toute façon. S'il est vrai qu'il y a quatre ans, je fuyais dès qu'il évoquait le sujet, je ne suis plus vraiment la même aujourd'hui.

— Je n'ai pas l'intention d'attendre d'être sur le point de mourir pour te dire certaines choses.

Non, une fois avait bien été suffisante. Je marque une pause, j'ai réussi à capter son attention et c'est ce que je voulais. Je me suis assez menti à moi-même.

— Je n'ai aimé qu'une seule personne dans ma vie, toi, même à des millions de kilomètres. J'ai passé la majeure partie de ma vie à te détester, alors que mon cœur n'était destiné qu'à t'aimer.

Un sourire magistral s'étire sur son visage.

Merde plus de quatre ans pour en arriver là. Cette histoire est complètement dingue quand j'y repense. Sans parler de ma crise de mièvrerie.

— Ce qui veut dire en clair ?

Il reprend une attitude de mâle arrogant. Je lui donne un léger coup de poing dans le plexus.

— Je t'aime connard, souris-je.

— Connard, hein ?

— Connard, répété-je avant de l'embrasser.

— Bien maintenant que tout est éclairci, il serait temps d'aller au lit.

Je glisse volontairement mes mains sur ses fesses fermes, je n'ai pas du tout l'intention de dormir.

— Il serait surtout temps que tu me fasses l'amour.

Il arque un sourcil et m'offre un sourire en coin des plus craquants. Je fonds littéralement devant ses fossettes. Il semble à la fois surpris et intrigué. Je l'observe avec un regard brûlant, tout mon être frémit d'anticipation. J'ai besoin de lui. Mes mains malaxent ses fesses avec dureté, puis remontent le long de ses côtes, en glissant sous son tee-shirt. Mes doigts se délectent de la texture de sa peau.

— Meg… la chambre.

— Non, réponds-je en embrassant l'arête de sa mâchoire. Ici et maintenant, tu vas me faire le plaisir d'éteindre l'incendie que tu t'es évertué à allumer ce soir.

Je me saisis de son tee-shirt sur les côtés et l'en débarrasse aussitôt. Je dépose mes lèvres sur ses pectoraux libérés et caresse son dos, ses épaules. Mon corps se colle au plus près de lui alors que ma bouche continue sa douce exploration. Je me place dans son dos, colle ma joue contre son épaule. Je ferme les yeux et laisse mes mains divaguer sur ses abdominaux, son torse. Son corps frissonne et il rejette sa tête en arrière. J'ai toujours du mal à imaginer qu'il est entièrement à moi. Je me mets sur la pointe des pieds et mordille son épaule. Mes mains m'entraînent toujours plus bas. Je déboucle sa ceinture et laisse traîner mon index le long de la couture de son jean.

Je sais qu'il est à deux doigts de craquer. Si j'avais des doutes, le renflement de son pantalon les a totalement faits disparaître. Il arbore un sourire carnassier qui me fait fondre comme neige au soleil. De toute façon, j'ai cessé de résister il y a bien longtemps.

— Ici, maintenant et tout de suite donc ? Allumeuse, minaude-t-il.

— Je n'suis pas une allumeuse, j'éteins toujours les feux que j'provoque. Pas comme quelqu'un que j'connais.

Ma voix se fait velours, mon ventre et tout mon corps sont en surchauffes. Il me retire mon haut et siffle d'appréciation.

— C'est bien c'que j'crois ?

— Sexy, un brin provoquant et séduction assurée il paraît, susurré-je

— J't'assure que t'as pas besoin d'ça pour me séduire.

Ses yeux se dirigent directement vers ma jupe. Il y appose ses mains, mais je lui retire et fais un pas en arrière. Je sais à quoi il pense, après tout, un cadeau ne se refuse pas comme dirait Prue. Je retire ma jupe, puis fait un tour sur moi-même pour le laisser contempler ce qu'il a choisi.

— Bordel de merde.

Il déglutit, après m'avoir détaillé sous toutes les coutures. Il m'embrasse à perdre haleine. Le baiser est sulfureux, sa langue taquine la mienne avec fougue. Morgan me soulève, je crochète mes jambes autour de ses hanches. Mes fesses rencontrent le piano où je me retrouve assise. Comme toujours dans ses moments-là, je ne pense plus à rien, mon esprit est totalement focalisé sur cet homme qui me rend folle de désir et folle tout court. Il embrasse la naissance de mes seins, joue avec les coutures de mon soutien-gorge.

Je ferme les yeux, ses mains sur ma peau me procurent mille et un frissons. Sa tête s'enfouit entre ma poitrine. Mes doigts partent à l'assaut de ses cheveux blonds en bataille. Mon corps s'arc-boute et même si la position n'est pas idéale je ne la changerais pour rien au monde.

Il fait tomber les bretelles de mon soutien-gorge et ma poitrine se libère. Je peux sentir son souffle sur mes tétons, cette sensation est tellement grisante. Puis sa bouche continue son exploration et se pose sur mon shorty. Cette fois, je suis totalement perdue. Il hume à plein poumon mon intimité et passe une de mes jambes sur son épaule. Il en profite pour faire glisser mon sous-vêtement tout en embrassant mes cuisses, mes mollets. Je voulais mener la danse alors qu'en vérité, c'est lui qui a l'ascendant sur moi. Sa tête se cale entre mes cuisses. Mon corps entier vibre sous sa langue experte. J'enfonce une main dans ses cheveux tandis que de l'autre, je tente de me cramponner comme je peux au piano. Mon ventre et mes muscles se contractent de plus en plus. C'est trop. Il maintient fermement sa prise sur moi, et je sombre dans la plénitude la plus totale.

Je le force à se relever, j'ai besoin de le serrer dans mes bras, de l'embrasser, de le toucher. Une main toujours dans ses cheveux, l'autre fait sauter les boutons de son jean un par un. Je plonge ma main pour saisir sa virilité dans ma paume. Je me repais de ses lèvres en même temps. Il détache mon soutien-gorge et je me retrouve nue entre ses bras. Il gémit contre mes lèvres tandis que je cajole toujours sa turgescence.

— J'ai besoin… ahh… de, balbutie-t-il.

Je mordille le lobe de son oreille.

— De quoi ? chuchoté-je.

— De… toi. Tout de suite, supplie-t-il.

Il remue contre moi et je devine qu'il se débarrasse de ses chaussures. J'en profite pour faire descendre son pantalon et son boxer, mais je ne me gêne pas pour continuer de caresser son sexe gonflé. Je me délecte de la douceur de sa peau, du tressautement de son membre. Son désir me renvoie au mien. Mon bas ventre est en feu, je suis tellement excitée que je pourrais jouir sans qu'il me touche. Trop de temps s'est écoulé depuis notre dernière fois à mon goût. Le voici nu lui aussi, dans toute sa gloire masculine. Par la grâce de Dieu ! Jamais au grand jamais je ne pourrais me lasser de son corps. Ses bras passent autour de mes reins et il me rapproche au bord. Il se cale entre mes cuisses, ce qui m'aide à me stabiliser.

Mes bras s'enroulent autour de son cou. Il m'embrasse d'abord tendrement plusieurs fois avant que son baiser ne devienne plus fougueux. Il dégage une sensualité presque animale. C'est à se demander même comment j'ai tenu aussi longtemps avant de sombrer à nouveau dans son lit, il y a quatre ans. Il me fait glisser lentement, mais sûrement sur son sexe engorgé. Un gémissement venu du plus profond de moi s'échappe. Je m'accroche à ses épaules alors qu'il débute ses va-et-vient, mon corps ne peut pas être plus collé au sien. Nos peaux échangent leurs effluves et je me noie dans son odeur toute masculine. Ses pénétrations sont lentes, mais profondes. J'aime le Morgan fougueux, mais aussi le tendre. Je me laisse totalement noyer par les sensations. La position n'est pas des plus pratiques, mais je m'accommoderais de tout pour faire l'amour avec lui.

— Accroche-toi, m'intime-t-il.

Je resserre les mains autour de son cou. Il se redresse comme si je n'étais qu'une plume dans ses bras. Je fonds littéralement à la vue de ses biceps bandés au maximum. Je resserre volontairement mon vagin autour de lui, il grogne, je continue.

— Vilaine fille.

— Dis qu'ça t'plaît pas, murmuré-je avant de prendre sa lèvre entre mes dents.

Il donne un violent coup de rein qui me fait crier de bonheur et continue d'avancer.

— Et ça Meg, ça t'plaît ? demande-t-il avant de recommencer.

— Bon Dieu !

Je plonge ma tête dans le creux de son épaule, là tout de suite, je commence à plus savoir comment je m'appelle. Il me dépose sur la table en maintenant toujours notre connexion, puis s'emploie à torturer mes tétons tout en allant et venant en moi. Je m'arc-boute contre lui, collant nos intimités davantage. Ses larges mains se posent sur mes seins. Il me force à me maintenir en place alors qu'il s'enfonce violemment en moi. Je geins, des petits cris s'échappent de ma gorge. Mes cuisses sont enroulées fermement autour de ses hanches. Le froid de la table en chêne contraste totalement avec la chaleur que peut dégager mon corps. Il me plaque contre lui. Je profite allégrement de la situation pour peloter ses fesses. Sa main atteint mes cheveux et son front se pose sur le mien. Si ça continue, je ne tiendrais pas plus longtemps. J'ignore s'il a compris, mais son rythme ralentit. Il a décidé de me faire languir cette fois. Je resserre violemment mes parois intimes contre sa verge pour lui signifier mon total désaccord. Il s'écarte de moi, un sourire narquois planté sur son visage et fait non de la tête.

— Reviens-là tout d'suite, Matthews.

— Seulement si c'est moi qui mène la danse Tyler, sourit-il.

— T'en as autant envie qu'moi…

— J'ai beaucoup d'volonté, tu d'vrais l'savoir.

Ahhhh mais je m'en fous d'sa volonté moi !

Je veux qu'il reprenne sa place. J'ai d'autres atouts dans ma manche. Je descends de la table, empoigne sa virilité et le masturbe doucement. Je veux qu'il craque. Je veux qu'il me supplie de le laisser me prendre. En gros, c'est moi qui suis désespérée. Sa mâchoire se contracte.

Alors on a perdu son joli sourire ?

Je continue de le caresser et me délecte de ses pectoraux sous mes lèvres. Mais force est de constater qu'il a une volonté de fer ? Il est aussi têtu que moi, et c'est peu dire. On peut être deux à jouer à ce jeu-là. Je me frotte à lui effrontément, laisse glisser ma langue sur sa peau, malaxe ses fesses durement avec ma main libre.

Puis d'un coup, il se réveille. Je crie victoire enfin peut-être un peu trop vite. Il me renverse et mon ventre se plaque contre la table. Je sens sa verge dure comme le marbre contre mes fesses et je ne peux pas m'empêcher de remuer contre lui. Je sens qu'il se penche contre moi, il dégage mes cheveux.

— C'est bien ça qu'tu veux Tyler ?

Rhaaa merde, pourquoi dès qu'il emploie mon nom de famille, ça m'excite autant ?

— Et bien plus encore, haleté-je. Matthews veut dominer j'ai saisi.

Enfin, je serais prête à comprendre n'importe quoi du moment qu'il continue ce qu'il a commencé. C'est une véritable torture, un supplice même. Il écarte mes cuisses et entre en moi dans un violent coup de reins. Il siffle et moi je crie. Je suis à nouveau entière et rien que d'imaginer la suite, je me liquéfie. Je sens ses mains se poser sur mes hanches, alors que ses dents s'enfoncent doucement dans mon épaule. Je ressens l'absence de son torse sur mon dos et la partie peut reprendre.

Beaucoup plus forte cette fois, je dois l'admettre. Je m'accroche autant que je peux au bord de la table alors que ses pénétrations sont de plus en plus vigoureuses. Mes fesses claquent contre son pubis, et ce bruit mêlé aux sensations va finir par me rendre folle. Un de ses bras passe sous mon ventre pour me redresser. Je plaque une de mes mains sur son cou et l'autre sur ses fesses. Je me laisse marteler avec un plaisir non dissimulé. Ses mains malaxent mes seins qui ne demandent que ça. Je crois sincèrement que mon esprit à quitter mon corps. Je m'embrase de toutes parts.

— Plus fort Matthews !

Ma bouche formule tout haut ce dont mon corps à besoin. Je suis si proche. Je voue une adoration totale pour cet homme en temps normal, alors que dire à ce moment précis. Je ne suis plus que sensations, nos corps se coordonnent parfaitement. La jouissance finit par me submerger, elle irradie tout mon corps. L'air de mes poumons s'échappe dans un cri. Mon intimité se resserre violemment et mon être tremble. Morgan me rejoint dans un son rauque quasi animal, ce qui m'envoie directement au septième ciel pour la seconde fois. Ma respiration est lourde, heureusement que Morgan me tient parce que je crois bien que mes jambes auraient lâchées. Il embrasse mon cou et me maintient tout contre lui. Je sens son cœur tambouriner contre mon dos. Je ne crois pas être capable de faire le moindre mouvement. Il me retourne et me plaque sur son torse avant de m'embrasser passionnément. Je sens qu'il me soulève. Comment fait-il pour avoir encore de l'énergie ? Personnellement je suis épuisée, mais dans le très bon sens du terme.

Chapitre XII

Je m'éveille doucement, mes yeux clignent plusieurs fois avant de rencontrer deux billes bleues qui me fixent. J'avoue que quand je vois ça dès le réveil, ça ne m'incite pas du tout à quitter le lit. Je suis totalement fascinée, absorbée par ma contemplation malgré son coquard et sa lèvre fendue. Il est accoudé, la tête posée dans la main. Quelques mèches blondes tirant sur le roux lui tombent sur le visage. Je ne parle même pas de ses fossettes et cette bouche qui me sourit. Oui, c'est catégorique, je touche le fond de la béatitude et le pire, c'est que j'adore ça. J'étends mon bras et dessine le contour de ses lèvres. Il embrasse le bout de mes doigts. Je me hisse rapidement à califourchon sur lui. Par contre, je suis toute courbaturée, mais ça, il est hors de question que je le lui dise. Je ne le quitte toujours pas des yeux, je caresse ses cheveux délicatement alors qu'il enserre mes hanches de ses bras puissants. Je l'embrasse tendrement.

C'est dingue les progrès qu'je fais-moi, pensé-je.

— Salut, murmuré-je.

— Salut, bien dormi ?

— On ne peut mieux, assuré-je. Et toi ?

J'espère sincèrement qu'il me croit parce que c'est la plus stricte vérité. J'ignore si c'est le fait d'avoir eue Morgan avec moi dans le lit toute la nuit ou bien s'il y a un peu d'amélioration grâce au traitement de choc que je prends. Mais c'est un très bon matin. Je dessine des arabesques imaginaires sur son torse.

— Comme un homme repu de toutes les façons possibles.

— Ça existe ça ? le taquiné-je.

— Mais j'suis beaucoup moins repu c'matin.

— J'me disais aussi.

Il m'attire au plus près de lui, et je fonds littéralement devant la tendresse de son baiser. Je savoure pleinement la délicatesse de ses doigts sur mon dos. Je n'ai pas du tout l'intention d'interrompre ce moment, je vais dire mieux. Le premier qui s'y risque, j'le descends ! Ça n'a rien à voir avec la veille, nos gestes ne sont pas précipités, notre échange beaucoup plus doux. J'apprécie tout autant et mes courbatures encore plus. Je me laisse bercée par le rythme lent, doux, aimant. Oui aimant.

Je m'avachis ensuite sur lui, en travers du lit, la tête sur ses abdominaux. Je savoure encore un peu ce moment, alors que ses doigts caressent mes cheveux. Je l'entends soupirer, je relève les yeux vers lui.

— Il va falloir s'bouger.

— Je sais, marmonné-je.

— Plus vite, ce sera fait, plus vite… bref.

Ouais, il vaut mieux qu'il arrête là. Il s'extrait non sans difficulté du lit, tandis que je ne fais aucun effort pour bouger. Je n'ai vraiment pas envie de sortir de cette chambre. Ce cottage, c'est le seul endroit où nous pouvons être tout à fait nous-même. Il me tire du lit et me jette sur son épaule avant de nous embarquer dans la salle de bain. Une douche à deux. Une chose est sûre, c'est qu'il a de très bons arguments pour que je ne regrette pas le lit.

Après m'être habillée, je le retrouve dans la cuisine en train de servir le café. Au moment où il me tend une tasse, je ne peux pas m'empêcher de sourire quand je remarque sa cravate.

— T'as vraiment un problème avec les cravates.

— Elles ne m'aiment pas, se défend-il.

Je dépose ma tasse et viens à son secours. Une excuse de plus pour le toucher. Je récupère ma tasse et bois un peu. Je suis satisfaite qu'il ne m'ait pas servi le petit déjeuner comme la dernière fois. J'ouvre un placard et en sors une barre de céréales. De toute façon, je ne suis pas certaine de pouvoir avaler quoi que ce soit d'autre. Je regarde l'heure et grimace. Tout va s'enchaîner rapidement. Le Professeur Dwight va débarquer et ensuite, nous irons à son bureau pour que j'annonce aux autres mon état. Je suis perdue dans la contemplation de ma tasse quand je sens deux doigts sous mon menton. Je redresse la tête et lui souris tristement.

— Après ça, ce sera encore plus réel que ça ne l'est déjà, soupiré-je.

Miracle, j'arrive enfin à mettre le doigt sur le fond du problème. Il n'y a pas que le mal que je vais leur faire, mais je vais être aussi confronté à la dure réalité officiellement cette fois.

— En effet, mais rien n'est perdu. Tu le sais ?

J'acquiesce avant de poser ma tasse et de me blottir dans ses bras un instant.

C'est pas l'moment d'flancher ! me disputé-je.

Je reprends ma place et bois mon café tout en me forçant à

avaler cette satanée barre de céréales. Morgan est sorti sûrement pour fumer une clope, je souris devant l'attention. Même si je sais que ça ne m'empêchera pas de fumer si j'en ai envie. Je suppose que ça, il le sait déjà. Morgan réapparaît et se rend directement devant la porte d'entrée. Elle est là.

Mon « chère docteure » est invitée à entrer et je ne peux pas m'empêcher de soupirer longuement. Elle échange quelques mots avec le grand Patron. Un sourire par ci, un sourire par là. Une main posée sur son bras. Je la déteste. Non je la hais ! Elle me tend la main, ça me coûte, mais je la lui serre. J'ai promis de faire un effort, alors c'est ce que je fais. Pourtant, l'envie de lui éclater la tête n'est vraiment pas loin.

— Alors Capitaine Tyler, comment vous sentez-vous ?

— Plutôt bien.

— Votre sommeil ?

— Un bonheur, rétorqué-je en regardant Morgan.

Je l'avoue, c'est la jalousie qui parle. Le pire, c'est que Morgan affiche un petit sourire moqueur. Bien sûr, elle ne peut pas le voir.

— Bien. Vos douleurs aux articulations ?

— Pas trop mal.

— Maux de tête ?

— Pas depuis un moment.

— La fatigue ?

— Pas particulièrement aujourd'hui. Je dirais que dans l'ensemble, ça va mieux. Enfin que je me sens mieux, me reprends-je.

Elle acquiesce et je la suis dans le bureau. Je remonte ma manche pour qu'elle puisse prendre ma tension. Elle me sourit pendant toute l'opération. J'attends le verdict et Morgan aussi à en croire son attitude. Ses fesses sont appuyées contre le bureau, les bras croisés.

— Votre tension est remontée, ce n'est pas un bond gigantesque, mais c'est mieux.

— Et pour les résultats sanguins d'hier ? demande Morgan.

— Les globules blancs sont toujours très bas, moins que la veille. Mais on est loin d'un taux acceptable. On va vous injecter plus de vitamines et il faudra aussi que vous preniez des compléments alimentaires.

Cool, on va m'soigner à coup d'vitamines et d'compléments alimentaires ! pensé-je avec cynisme.

J'ai le droit à une nouvelle prise de sang. À ce rythme-là, c'est les veines qui vont me manquer. Elle remplit les précieux flacons avant de me poser un pansement dans la pliure du coude. Puis arrive le moment le moins appréciable de la journée. Je pose ma main sur le dossier d'un des fauteuils et attends qu'elle pique. Je serre les dents en attendant que le produit passe. J'ai de plus en plus de mal à le supporter. Elle finit par récupérer sa sacoche et nous sortons du bureau. J'aperçois le regard soucieux de Morgan, je sais qu'il est loin d'être dupe. Elle quitte enfin les lieux. Et dire que le même cirque va recommencer demain.

— Ça va ? demande-t-il.

— Ouais, comme quelqu'un qui va finir par fuiter avec tous ces trous dans la peau.

Il me serre contre lui et embrasse mon front. Je me laisse porté par le moment en soupirant, car la journée est loin d'être finie.

— T'as vu, j'ai été gentille avec la dame.

— Tu d'viens grande, se moque-t-il.

— Me d'mande pas d'l'apprécier Môssieur l'Doyen, ou « Patron », minaudé-je en mimant les guillemets.

— Jalouse, raille-t-il.

— Si vraiment j'l'étais, elle serait morte, assuré-je.

— C'est surtout que t'as pas encore trouvé la manière dont tu t'débarrasseras du corps.

_C'est pas faux.

Le temps du câlin est terminé, c'est l'heure d'aller affronter mon frère, ma meilleure amie et notre bande de copains totalement dingues. Je donnerais tout pour retourner dans ce lit. Pourtant, à la place, je suis conduite directement à son bureau. Je suis certaine que l'on pourrait faire des choses très intéressantes dans son bureau ou sur son bureau. Non, je m'emballe. Ça me permet surtout de ne pas penser à ce qui va suivre. Nous entrons dans le bâtiment. Les employés saluent Morgan avec révérence et moi, je tente désespérément de passer inaperçue sans succès. Je sens les regards appuyés dans mon dos avant de croiser une vieille connaissance.

— Monsieur le Doyen, Miss Tyler. Quelle joie de vous revoir Miss.

— Madame Tate, toujours pas à la retraite ?

— Toujours aussi impertinente à ce que je vois. Les Français n'ont pas arrangé vos manières et votre apprentissage du respect.

Je vais pour lui rétorquer d'aller se faire cuire un œuf et qu'elle peut se mettre son foutu respect au cul, mais le coude de Morgan s'enfonce dans mes côtes.

— Bonne journée Madame Tate, déclare Morgan.

— Faux cul, murmuré-je.

— On fait pas c'qu'on veut dans la vie.

— Sans déc'.

Je manque de lui rentrer dedans alors qu'il a stoppé net sa progression dans le couloir. Je passe ma tête par-dessus son épaule et grimace quand je crois la reconnaître. Je ne suis vraiment pas certaine que ce soit le bon jour. J'ignore s'il y a un bon jour pour ça.

— Non, Lady Marge, vous ne pouvez pas entrer. Monsieur le Doyen n'est pas à son bureau. Qui plus est, il ne souhaite pas avoir d'entretien avec vous.

Je lui proposerai bien de partir, mais il est déjà trop tard. On ne peut pas nier qu'elle est assez jolie avec ses cheveux blonds au carré, élancée et pleine de classe. En fait, le contraire de moi au naturel.

— Morgan ! s'écrie-t-elle. J'exige de te voir.

— Tu n'as rien à exiger ici ! assène-t-il en s'avançant vers elle.

— Je dois te parler ! Je n'ai pas reçu mon invitation pour le bal !

— Je t'ai déjà dit que je ne voulais plus te voir ici.

Elle pose ses poings sur les hanches, puis remarque enfin ma présence.

— Oh je vois… ta belle-mère n'a pas le droit de te voir, mais tu ramènes carrément une traîtresse dans nos murs. Devrais-je dire la traîtresse avec qui tu couches peut-être ?

On ne peut pas vraiment dire que je ne m'y attendais pas à celle-là. Pour être exact, j'aurai surtout espéré passer à travers. C'était trop compter sur ma bonne étoile. Je n'ai pas besoin de voir le visage de Morgan pour savoir qu'il est en colère. Tout son être s'est tendu en un seul instant. Sans parler de l'air très choqué de Madame McAdams.

— Dégage, dit-il calmement. Trop calmement.

— Hors de question ! Je veux mon invitation ! trépigne-t-elle.

— Sors d'ici ! vocifère-t-il.

Madame McAdams saisit le bras de Lady Marge pour l'escorter. Je ne dis rien, je n'ai rien à dire. Je ne veux surtout pas jeter de l'huile sur le feu, la situation est bien assez tendue. Inutile d'en rajouter. Elle me bouscule volontairement.

— Sale catin ! Tu aurais dû rester à ta place ! crache-t-elle.

— Charmant.

Génial, j'viens encore d'me faire une copine et dire que cette chose avait son mot à dire au Conseil.

Je sais que Morgan fait un effort surhumain pour ne pas lui rentrer dedans plus directement. Madame McAdams conduit Lady Marge jusqu'à deux types de la sécurité au bout du couloir qui la prennent en charge. Morgan a la tête baissée et se masse les tempes. Je m'avance vers lui sans rien dire. Me fondre dans le décor dans le passé, ça me réussissait plutôt pas mal. Madame McAdams entre dans son bureau et nous suivons tous les deux. Une fois la porte fermée, elle se jette sur moi et m'enlace avec force, puis pose ses deux mains sur mes joues en me scrutant.

— J'ai cru rêver ton retour, sourit-elle.

— Je suis bien là.

— Finalement, Marge a bien quelque chose de commun avec mon père. C'est une vraie gar…

— Morgan ! le dispute-t-elle. Tu devais bien te douter que ça allait te tomber dessus à un moment ou à un autre.

— J'espérais seulement que ça ne se passe pas au milieu du couloir.

— Je vais vous apporter du café, déclare-t-elle. Ravie de voir que tu te débrouilles mieux avec tes cravates, sourit-elle en me faisant un clin d'œil.

Elle finit par relâcher son étreinte. Nous entrons dans le bureau de Morgan, il y a toujours le grand tableau avec la chronologie des événements. Je m'en approche et observe les éléments un par un. Il nous manque un élément essentiel, j'en ai conscience. Je suis certaine que Morgan aussi. Nous avons besoin de plus d'infos. Je soupire puis me retourne quand Madame McAdams dépose le plateau sur une petite table à côté des canapés. Il me sert une tasse, mais je vois bien que quelque chose le tracasse.

— Qu'est-ce-qui se passe ?

— Rien.

— Ta belle-mère ? deviné-je.

— J'ai pas vraiment envie d'en parler.

— Comme tu veux.

Je respecte sa décision. Après tout, il n'est pas obligé de tout me dire, même si je crève d'envie de savoir. Il se débarrasse de sa veste de costume qu'il met sur un cintre dans un des placards muraux. Je bois mon café, alors qu'il parcourt le journal des yeux. Il est debout, une main posée sur le bureau, le corps légèrement penché en avant. J'ai une vue impayable sur ses fesses. Il a cette facilité déconcertante de me faire tout oublier, enfin presque. Je finis mon café et dépose la tasse sur le petit plateau. C'est à ce moment que la porte s'ouvre et que la secrétaire de Morgan fait entrer toute la petite bande. Morgan referme le journal.

— Salut Patron !

La bonne humeur de Matt fait partie intégrante de lui, autant que ses yeux vert clair et ses cheveux bruns. Les autres se contentent d'un signe de tête. Prue embrasse ma joue et elle a le sourire. Dire que dans quelques minutes, il va sûrement disparaître et tout ça à cause de moi. Ils prennent tous place dans les canapés. Morgan s'assied sur le rebord du bureau, ses mains posées de part et d'autre. Il hoche la tête dans ma direction.

— Il parait qu'il y a des nouvelles ? demande mon frère.

— On peut dire ça, marmonné-je. Mais avant ça, j'dois vous parler d'un truc.

— D'un truc ? me reprend mon frère suspicieux.

— Ouaip, confirmé-je.

Matt m'encourage d'un signe de tête. Je prends une grande inspiration avant de me lancer. Je me place de façon à être face à eux, je les regarde un par un, Scrat, Charly, Billy, Mark, Prue, et Keylyan.

— Avez-vous souvenir d'avoir été malade dans votre vie ? Rhume, grippe, bronchite, gastro, maladies infantiles comme la varicelle, la roséole ?

Je m'arrête un instant. Je les vois tous réfléchir et froncer les sourcils. Ils ne comprennent pas où je veux en venir, pourtant je sais que j'ai éveillé leur curiosité.

— Vous ne vous en souvenez pas pour la simple raison que c'est impossible. Depuis notre enfance, l'Institut et son service médical veillent à ce que leurs employés ne tombent pas malade en nous injectant différents produits. Vive les visites médicales mensuelles, raillé-je. Mais ce n'est pas tout.

J'inspire profondément. Je crois que mon courage commence à se faire la malle. Je prierais même pour un verre de whisky, mais vu l'heure, inutile d'y penser.

— Et ? m'encourage Prue.

— Chaque enfant issu d'employés de l'Institut reçoit un rétrovirus quelques heures ou jours après sa naissance, il est

281

propre à chacun d'entre nous pour éviter une propagation à la population…

— J'comprends que dalle, déclare Scrat.

— C'est simple. À ta naissance, l'Institut t'a injecté un virus, mais c'est comme ton A.D.N. Il n'y a que toi qui peux être affecté et tu ne peux pas le transmettre, explique Prue.

— Mais on devrait tous être malade, rétorque Mark.

— Non, parce que régulièrement, on nous injecte un inhibiteur, chargé de garder le virus en sommeil.

— Qu'est-ce qui se passe si on ne reçoit plus l'inhibiteur pendant un moment ? demande mon frère en me regardant.

Et là, je sais qu'il connaît la réponse à sa façon de m'observer. Key a déjà tout compris. Je ferme les yeux juste un instant.

— Eh bien, le virus se réveille, il se développe et envahit l'organisme.

— Combien d'temps ? questionne Key en se levant.

— En général ou dans mon cas frangin ?

Prue et les autres viennent enfin de saisir. Sa main est devant sa bouche comme si un cri menaçait d'en sortir à tout instant.

— En général, le virus se réveille dans les six mois. Quatre-vingt pourcents de ceux qui déclarent la maladie meurent en moins d'un an, les seize pourcents restant dans les dix-huit mois et pour les quatre pourcents de chanceux qui reste dans les deux ans maximums. Je suis en sursis depuis près de dix-huit mois. La chance à mon système immunitaire aussi teigneux que sa propriétaire, tenté-je avec humour. Quelques semaines, murmuré-je pour répondre à sa véritable question.

Prue se précipite dans mes bras en pleurant et je lutte de toutes mes forces pour ne pas sombrer. Mon cœur se serre violemment dans ma poitrine. Je déglutis tout en frottant son dos. Voilà pourquoi j'aurais voulu que personne ne sache. Je me contente de regarder le plancher afin de ne pas croiser les yeux de mes amis.

— T'étais au courant pour ce virus ? demande mon frère à Morgan.

— Non. Même ma grand-mère n'en savait rien. Il y avait certaines rumeurs d'après ce qu'elle m'a dit. Disons que si j'avais suivi la formation standard « devenir Doyen », mon paternel m'en aurait parlé. Du coup, j'ai compris pourquoi ils ne s'emmerdaient pas à récupérer les agents en fuites et ceux qui étaient prisonniers.

— J'suis l'seul à penser qu'ce sont des enculés ? marmonne Scrat.

— Non, assure Morgan. Le labo tente de trouver un sérum, une équipe travaille vingt-quatre heures sur vingt-quatre dessus. Ils ont besoin de temps.

— Et d'un miracle, rajouté-je.

La pilule a du mal à passer. Prue n'a toujours pas quitté mes bras. Je ne voulais vraiment pas lui imposer ça. La franchise soulage, certes, mais l'ignorance préserve. Je déteste cette ambiance plombée. J'aimerais que Scrat nous sorte une énormité qui nous fasse rire, mais je sais déjà que c'est impossible.

— Depuis quand es-tu au courant Morgan ?

— Je lui ai dit juste après mon arrivée à l'Institut et je lui ai surtout demandé de n'en parler à personne.

— Alors pourquoi maintenant ?

— Parce qu'il y a du nouveau Key sur l'enquête et c'est lié, explique Morgan.

— J'comprends mieux maintenant, voilà pourquoi tu disais que quitter l'Institut était impossible, relève Charly.

— Ouais, sauf que… vous verrez bien.

Prue redresse enfin la tête, elle essuie ses larmes d'un revers de manche. Je lui souris pour tenter de la rassurer autant que je peux. Elle ravale ses larmes et retourne auprès de mon frère. Morgan insère la carte SD dans l'écran plat. Il a la télécommande à la main.

— Voilà l'topo. Nous avons encore reçu des photos et une lettre. Comme vous pouvez le voir, il semblerait que le corbeau se concentre sur Megan et moi.

— Comme vous êtes mignons, un vrai p'tit couple, plaisante Matt.

— Ouais, bien assortis et tout et tout, se moque Scrat.

Ce genre de remarque m'aurait assez énervé à un moment de ma vie, mais pour le moment je leur en suis reconnaissante. Nous avons besoin que l'atmosphère se détende un peu. Les prochaines photos me font presque bondir. On y voit Bryan et Alyson en train de danser, de rire. Je le savais, néanmoins l'avoir sous les yeux, c'est très différent. Morgan laisse défiler les photos et nous distribue des copies de la dernière lettre du corbeau. Pour être bien au courant, le corbeau l'est.

— Donc ce salopard nous surveille, enfin vous surveille depuis tout ce temps ? Plus d'quatre ans ? Il a d'la suite dans les idées celui-là !

— On dirait bien Billy, confirme Morgan.

— Y a qu'moi qui m'demande pourquoi il se manifeste que maintenant ?

— Nan Mark, t'es pas le seul, assure Morgan.

— Il connaît deux survivants au virus ? relève Prue. On doit le croire ?

— J'en sais rien, avoué-je.

— Mais que veut-il bordel de merde ? s'emporte Scrat.

— Si on l'savait... marmonne Morgan.

Plus nous avons d'éléments et moins c'est compréhensible. Je me gratte la tête et soupire.

— Et s'il était lui-même un survivant ? proposé-je sans trop vouloir y croire.

— Ça expliquerait qu'il en sache autant, admet Morgan.

— Faut qu'on lui mette la main dessus ! déclare mon frère avec hargne.

— Et on fait ça comment ? Il a toujours l'avantage sur nous, rage Prue. Mais il est hors de question qu'il nous gâche la vie plus longtemps ! assène-t-elle.

Je fronce les sourcils et me concentre sur ce qu'il écrit à propos de Prue. Il y a quelque chose qui m'échappe. S'ensuit un brouhaha incompréhensible où tout le monde parle en même temps, exprimant son avis et c'est là que je mets le doigt sur ce qui me gêne.

— Oh ! La ferme ! réclamé-je avec force.

Tous les regards convergents vers moi. Au moins, j'ai réussi à capter leur attention.

— Il parle de deux survivants, on est d'accord ? Et si on s'était planté depuis le début. S'il y avait bien deux personnes distinctes. Ce ne sont pas vraiment des menaces dans ses lettres, on dirait plus un avertissement.

— Tu proposes donc ? demande Morgan.

— C'est juste une hypothèse. D'une manière ou d'une autre, ils se connaissent. Admettons que celui qui écrit les lettres ait conscience des agissements du premier, plus particulièrement des meurtres. Il est possible qu'ils aient travaillé ensemble. Ce n'est pas dans le personnel de l'Institut, mais dans les anciens, ceux portés disparus qu'il faut qu'on cherche.

— Ok, mais pourquoi s'en être pris à ton frère ? s'interroge Morgan.

— J'en sais rien. Peut-être que c'est véritablement l'assassin ou alors le corbeau lui-même pour nous lancer un avertissement.

— C'est loin d'être fini alors, s'attriste Prue.

— Bien sûr, ça reste une hypothèse, rappelé-je.

— S'il veut véritablement nous prévenir, pourquoi ne le fait-il pas simplement en se présentant ici ?

— S'il est bel et bien parti il y a plus de vingt-six ans, on peut comprendre qu'il n'ait pas particulièrement envie de revenir Scrat, démontré-je.

— Il nous surveille en permanence en dehors de l'Institut, c'est peut-être le moment de lui faire comprendre qu'on veut simplement lui parler.

— Et si j'me plante Morgan ? Et si c'est bien lui l'assassin ?

— C'est prendre un putain d'risque ! intervient Matt.

— Clair, mais on n'a pas vraiment l'choix. On a besoin d'infos sur le moyen de se débarrasser de ce virus et de mettre la main sur le meurtrier, explique Morgan.

Un grand soupir général se fait sentir. Je sais que nous faisons rarement dans la simplicité, mais baser une mission sur une théorie, c'est à la limite de la folie. Le diaporama continue de défiler et j'avoue, bien malgré moi, que Morgan a peut-être raison quand il parle de notre attitude. J'ignore si les autres l'ont remarqué, ce qui ne serait pas du tout étonnant. L'observation fait aussi partie de notre boulot.

Une chose étrange se produit. Tous nos portables se mettent à vibrer en même temps. Dans un même réflexe, nous regardons nos écrans et là, je me sens très con, mais alors, vraiment très con. C'est un MMS avec un intitulé plus ou moins étrange : « Le Doyen à nouveau en course, mais avec qui ? Les paris sont ouverts ! » On y voit clairement Morgan, sa main appuyée à plat contre un arbre, sa tête penchée sur quelqu'un. Et même si on n'aperçoit pas ce quelqu'un, je sais que c'est moi. Il y a une autre photo juste après. Cette fois, on peut le voir poser son front sur un autre. Mon cœur s'accélère en pensant qu'il reste une dernière photo. On distingue une fille de dos qui passe derrière un arbre alors que Morgan affiche un grand sourire.

J'le savais ! À trop vouloir jouer avec le feu, on finit par s'brûler.

Je m'impose de rester stoïque, faire comme si tout ça ne me touchait absolument pas. Une version du Dalaï Lama au féminin.

— Bah alors Boss, on est à nouveau dans la course ? se

moque Matt.

— Très belle extension d'la nuque, j'trouve, plaisante Scrat.

— J'pense que j'vais lancer les paris, renchérit Charly.

— On ne peut être tranquille nulle part, hein Boss ? Même pas planqué entre des arbres, en rajoute Matt.

Prue, mon frère et Mark ne disent rien. Prue, elle, a compris bien évidemment. Mon frère a sûrement des doutes plus que fondés.

— On continue d'faire les cons ou bien tu t'décides à parler, Patron ?

— Continue, j't'en prie Scrat. J'ai rien à dire.

Je sais au fond de moi que Morgan garde le silence pour moi. Pour me préserver.

— T'as rien à dire ? Ok, alors j'vais exprimer tout haut c'que tout l'monde pense tout bas.

— Non ! m'insurgé-je.

Pour le côté zen, on repassera. Je n'ai pas pu m'en empêcher, même si je sais que Morgan assume pleinement ses sentiments. J'ai beaucoup de mal à partager avec autrui ma relation avec lui. Il y a vraiment trop de complications en ce moment. Je sens une multitude d'yeux me scruter, ce qui en rajoute au malaise.

— Meg… une déclaration peut-être ? demande Scrat avec un sourire.

— Aucune, marmonné-je.

C'est pourtant le moment d'assumer. Après tout, ce sont mes plus proches amis. Qu'est-ce que je risque : me faire asticoter avec cette histoire pendant des jours. Morgan désapprouve, je le sens. Moi qui m'évertuais à affirmer que j'assumais notre histoire, finalement, je suis loin du compte. Scrat pose sa main sur son menton et commence à faire des allers-retours dans la pièce comme s'il était en train d'enquêter.

— Ok ! Alors cette fille, on la nommera comme ça pour le moment. Si on regarde bien sa tenue et son attitude…

— Stop ! M'écrié-je. Cette fille, c'est moi ! Satisfait ? Oui c'est moi, moi, moi et encore moi, m'emporté-je.

Morgan affiche un grand sourire, plein de suffisance et de fierté. Quand il est comme ça, j'ai envie de le frapper.

— Elle l'a fait ! s'écrit Prue les deux bras en l'air. Elle l'a dit !

— J'ai simplement dit qu'c'était moi, bougonné-je.

— Ah, mais c'est un grand pas, sourit-elle.

— Très grand, confirme Morgan.

— Oh toi ça va ! Je t'avais dit que c'était imprudent ! grondé-je en pointant mon doigt vers lui.

Il hausse les épaules et continue de sourire.

— Et moi, j't'ai dit que j'm'en foutais.

Il s'approche de moi et le fait que les autres nous regardent ne le gêne pas du tout. Ce n'est pas mon cas.

— Keylyan, tu nous fais un A.V.C ? s'enquit Charly.

— Si j'avais dû en faire un, je l'aurais fait y a quatre ans quand j'les ai surpris au lit !

— Bordel ! Les rumeurs étaient vraies ! réagit Billy.

— On ne peut plus vraies, confirme Morgan à quelques centimètres de moi.

— Si tu fais ça, j'te castre, le menaçai-je.

— J'prends l'risque, susurre-t-il. Regarde-moi bien.

Ah mais non. Je refuse. Oui, oui je refuse. Pas devant les potes, pas comme ça. Je déteste m'afficher, surtout quand on a passé notre temps à se planquer. Mais il a cette façon de me regarder qui me rend complètement folle et totalement incapable du moindre mouvement d'esquive. Il glisse sa main sous ma nuque et moi, je suis totalement hypnotisée par lui. J'ai perdu toute combativité. J'essaye de me raisonner et de le raisonner.

— On est dans ton bureau et tout l'monde nous regarde, tenté-je.

— Je sais.

Ce mec est foncièrement dingue. Ses lèvres prennent possession des miennes et comme à chaque fois, j'oublie totalement les raisons pour lesquelles je ne devrais pas le laisser faire. Pourtant, il est trop tard pour ça. Sa bouche ravage la mienne, je suis branchée en mode pilote automatique quand mes mains s'accrochent à son cou. La seule chose qui me fait revenir sur terre, c'est le cri de joie de Prue. Il délaisse mes lèvres et je le sens sourire contre celles-ci. L'enfoiré !

Il s'écarte de moi affichant un sourire victorieux. Je suis rouge comme une pivoine alors que les autres se marrent, même Mark et mon frère. Je me cache contre son torse. Mes émotions font du yo-yo. Je ne sais pas si je dois le détester ou bien l'aimer encore plus pour ça.

— Le spectacle est terminé, affirmé-je.

— Comme c'est dommage, on commençait juste à s'habituer, ricane Charly.

— On t'attend dehors Meg, déclare ma meilleure amie.

Je pense en effet qu'il est plus que temps de mettre un terme à cette réunion. Enfin s'il s'agissait vraiment d'une réunion. J'ai le cerveau en bouillie. Je pense que ça fait beaucoup de chose d'un coup. Je sais que pour lui aussi, c'est un pas vertigineux. Je n'ai jamais vu Morgan Matthews embrasser une fille comme ça devant ses amis, enfin nos amis. C'est une façon de réitérer ce qu'il a dit hier. Il assume pleinement notre relation et je suis certaine qu'il est prêt à se battre pour elle. Pour nous. Mais ceux du Conseil… ils sont loin d'être nos alliés. Je suis certaine qu'ils ne verront pas cette histoire d'un bon œil. Je refuse que ça retombe sur lui.

— Finalement, c'était pas si terrible.

— Parle pour toi Morgan. Scrat et les autres n'ont pas fini de nous tailler en pièce.

— Et alors, on sait se défendre non. À nous deux, c'est eux qui vont finir par demander grâce.

— T'es dingue Matthews.

— Et si j'm'écoutais, je le serais encore plus en t'allongeant sur ce bureau.

— Morgan ! Non, mais ça va pas ?

— Ose me dire que tu n'y as pas pensé ?

— Là n'est pas la question.

Ah ce sourire narquois. Certaines fois, je lui ferais bien avaler ses dents.

— Toujours est-il que tu ne leur caches plus rien. Pour ma part, c'est assez libérateur.

— Ouais, je vois ce que tu veux dire. Tu crois que tout le monde a reçu les photos ?

— Y a de fortes chances, mais personne ne sait que s'est toi. T'en fais pas, j'vais aussi mettre la main sur ce paparazzi en herbe.

— Pourquoi faire ? C'est nous qui avons manqué de prudence.

— C'est vrai, mais j'm'en fous.

Je secoue la tête. Il m'embrasse une dernière fois et je m'avance vers la porte.

— Au fait, j'suis fier de toi, déclare-t-il dans un sourire.

— Y a pas d'quoi. Vraiment.

Je quitte le bureau et me rend directement à l'extérieur du bâtiment. Prue et Keylyan m'attendent. Ma meilleure amie prend mon bras et nous montons dans la voiture de golf. Je ne sais pas où ils m'entraînent mais je n'ai pas du tout envie d'être toute seule. Nous arrivons à l'entrée du haras.

— On s'est dit que t'avais peut-être besoin d'un peu de tranquillité.

— Merci.

Keylyan passe son bras par-dessus mon épaule et embrasse ma tempe. Plus je passe du temps avec eux et plus je me rends véritablement compte à quel point ils m'ont manqué. Nous marchons quelques mètres et nous nous installons sur une table de pique-nique, dans une petite prairie à quelques pas des chevaux. Ils galopent ensemble dans l'enclos juste à côté, respirant la liberté, leurs crinières s'élevant dans le vent. D'une certaine façon, je trouvais à l'époque que je leur ressemblais beaucoup, entravée le plus souvent, mais toujours avec ce besoin de liberté qui courrait dans mes veines. C'est cette liberté que j'éprouvais avec Blackpearl. Je replonge dans mes souvenirs, jusqu'à cette journée où Morgan était venu nous retrouver. La veille de ce bal. Nous avons toujours vécu dans la difficulté finalement, à croire que nous passons notre temps à chercher un équilibre. Plus que ça même. Vivre comme tout le monde ? Comme Prue et Keylyan ? Si seulement on me laissait la possibilité d'essayer avec lui.

— Tu vas bien ? s'inquiète Prue.

— Ouais, je vais très bien. Vous inquiétez pas, j'vous assure que ça va. J'ai assez d'Morgan sur le dos, j'vous garantis.

— Un peu normal qu'il s'inquiète non ?

Prue s'éloigne et je sais ce qu'elle essaye de faire. Provoquer une discussion frère-sœur. Maintenant qu'il sait absolument tout, c'est sûrement une nécessité et un besoin même.

— Pourquoi ? Parce qu'il se sent coupable ou parce qu'il…

— T'aime ? Ça c'est certain et ça ne date pas d'hier, termine-t-il pour moi. Le connaissant, je suis certain que c'est un savant mélange des deux.

— Ouais… si on m'avait dit un jour que Morgan et moi on…

— Tomberait amoureux ? propose-t-il.

Je fronce les sourcils en le regardant. Il lui arrive quoi à mon frère, depuis quand il emploie ce genre de terme. Je ris intérieurement, Prue bien sûr.

— Qu'est-ce que t'essayes de me faire dire frangin ?

— J'te tire les vers du nez pour en apprendre plus sur toi et Morgan.

— Très subtile. Enfin non, pas du tout, ris-je.

— J'veux simplement être sûr que tu sais où tu fous les

pieds.

— C'est curieux, ça me rappelle une certaine conversation.

— Megan.

— Ok, oui il m'aime. Et oui, je l'aime. En fait, j'ai toujours les mêmes sentiments pour lui qu'il y a quatre ans. Je lui ai même avoué comme une grande fille. Si je sais où j'fous les pieds ? Disons que si on m'en donnait l'choix, j'préférais ne pas les mettre du tout. Malheureusement, vu la démonstration de ce cher Matthews aujourd'hui, lui semble plus que déterminé à nous exposer au grand jour.

— Megan, vous vivez dans la clandestinité depuis le tout premier jour, même s'il y a eu un interlude de quatre ans. Je peux comprendre qu'il n'ait plus envie de se cacher.

— Mais dis-moi, il est passé où le frangin qui m'assurait que Morgan était un baiseur invétéré et qu'il ne changerait jamais ?

— Il s'est planté. Morgan a changé.

— Wow…

— T'avoueras quand même que j'avais des raisons d'm'inquiéter non ?

— Oui, peut-être. Key, je ne veux pas lui attirer plus de problèmes qu'il en a déjà avec le Conseil. Pourquoi officialiser alors que je risque de…

Je ne termine pas ma phrase, je ne veux pas formuler tout haut mes craintes. Comme avant, alors que nous sommes assis sur la table, il passe un bras par-dessus mon épaule et m'attire à lui.

— Pourquoi tu ne me l'as pas dit tout de suite ?

— Je voulais le faire, mais Prue était si heureuse de se marier, si heureuse que je sois là. Je n'ai pas eu envie de lui briser le cœur et son petit nuage de bonheur par la même occasion. Je vous ai bien assez fait souffrir comme ça.

— Je crois que question souffrance, t'as eu aussi ton lot, non ? Pourquoi t'es revenue, je veux dire les vraies raisons.

J'inspire profondément et secoue la tête. Je me cale au plus près de lui et savoure pleinement sa présence. Dieu qu'il m'a manqué.

— Quand j'ai vu Morgan, j'ai cru qu'il venait pour finir le boulot. Ensuite, il m'a expliqué la situation avec ce malade. J'ai pensé à deux choses. D'un, que ce serait peut-être la dernière occasion de vous revoir et de deux, que je n'avais pas meilleur et de pire endroit à la fois pour protéger Grace et Bryan. Mais…

Je laisse la suite en suspens, car je viens de réaliser une

nouvelle chose, quelque chose de beaucoup plus personnelle, d'intime même.

— Mais quoi ?

— Face à Morgan, je m'en voulais. Curieusement, je voulais arranger les choses entre nous, sans oublier que je suis incapable de résister à son attraction. Je crois que quelque part, il me fascine. J'devais être aussi en manque d'un bon adversaire.

— N'importe quoi. En plus t'es maso.

Il éclate de rire et mon Dieu, que c'est bon. Je me sens réellement bien. Il n'y a plus de secret entre nous. Morgan avait raison, je me sens libérée d'une certaine façon.

— C'est quoi la suite pour toi ?

— La suite, soupiré-je. Je ne sais pas vraiment. Je vois le doc tous les matins, elle m'injecte un cocktail de vitamines et des doses massives d'inhibiteur. Pour le moment, ça va, mais je ne suis pas capable de te dire si ça sera le cas demain, ou après-demain. Si on ne trouve pas le sérum, je mourrai d'une infection respiratoire, d'un œdème pulmonaire… un truc comme ça.

Il me serre plus fort dans ses bras, pourtant je refuse de me laisser aller. J'ai dit que je me battrai et c'est ce que je ferai.

— Et pour Bryan, il ne sait rien, j'me trompe ?

— Non, je n'ai toujours pas trouvé le courage. Il n'a que sa sœur et moi.

— Il va falloir que tu le fasses.

— Je sais, c'est juste que j'ignore comment lui dire.

— Il vaudrait mieux qu'il l'apprenne par toi que par quelqu'un d'autre.

Je soupire une fois de plus. J'ai beau savoir qu'il a raison, j'ai beaucoup de mal à imaginer la scène. Je crains aussi de briser la confiance qui s'est instaurée en nous. Je voulais une vie tellement meilleure pour lui et sa sœur. Malheureusement, je ne suis pas certaine que je pourrai réellement leur offrir. J'ai comme une envie soudaine de changer de sujet, c'est même plus que ça. Surtout que j'ai une question qui me taraude depuis que Prue m'en a parlé.

— Au fait, juste comme ça. Est-ce que tu comptes me dire pourquoi tu veux te marier à tout prix au Pays de Galles près de Mumbles ?

Mon frère se raidit presque aussitôt. Il me cache quelque chose, j'en ai la certitude. Je me détache de son embrase et descends de la table pour me retrouver face à lui.

— Pas maintenant, d'accord Meg ?

— Oh non, il est hors de question que tu te défiles cette fois. J'exige de savoir pourquoi tu décides de te marier à moins de quelques miles de la demeure de nos grands-parents ?

— Il s'est passé beaucoup de choses pendant ton absence. J'ai cherché quelques réponses sur notre famille et Lady Mary m'a raconté ce qu'elle savait. Ensuite, elle m'a aidé à renouer avec…

— Avec qui Key ? le pressé-je.

— Sir Archibald, souffle-t-il. C'est notre grand-père.

Plus aucun son ne sort de mes lèvres, je commence à m'agiter, à tourner en rond. J'ai du mal à comprendre comment tout ça est possible. Comment mon frère a-t-il pu faire un truc pareil ? Puis le silence fait place à la colère.

— T'es en train d'me dire que t'as renoué avec le type qui a renié son fils, celui qui l'a déshérité ? Et qui n'a même pas été foutu de veiller sur nous après la mort de nos parents ? Putain ! Il nous a laissé croupir dans ce lieu merdique !

— Merde, Meg. Beaucoup d'orphelins n'ont pas eu notre chance !

Keylyan est debout à son tour, essayant de faire valoir ses arguments.

— Notre chance ? Être rejetés, considérés comme du bétail, t'appelles ça une chance ? Il t'a lavé l'cerveau ou quoi ? Même les chevaux étaient mieux traités qu'nous !

— Tu es injuste, tu ne connais pas toute l'histoire !

— J'en sais assez pour savoir que dans une famille normale, ça ne se passe pas comme ça ! craché-je. Tu t'es peut-être parfaitement intégré dans cette vie, mais pas moi Key ! Ça n'a jamais été l'cas et tu l'sais.

— J'te demande pas grand-chose. Il voudrait juste te connaître.

— Me connaître ? Me connaître ? Tu déconnes ? C'est une blague ? Il avait toute mon enfance pour faire connaissance ! Je ne veux rien avoir à faire avec lui ! J'ai qu'une famille Key, celle que j'me suis choisie ! scandé-je avec hargne.

Adieu joie, bonheur, petits oiseaux. Tout s'est envolé en moins de quelques minutes. Je préfère ne pas rester ici. Mon cœur s'accélère vraiment trop rapidement. Du coup, ma respiration suit le même chemin. Je me dirige vers les écuries, j'ai un besoin vital de retrouver ma sérénité et surtout mon calme. Je m'adosse au premier box devant moi, je me penche en avant la tête dans les mains. Cette matinée a été trop difficile en émotion pour moi. Je sens le souffle chaud d'un cheval sur mon épaule, je n'y prête pas vraiment attention, mais lève ma main vers lui par automatisme. Quand je touche ses naseaux, ma curiosité prend l'ascendant et je me retourne. Je souris tristement, en voyant qu'instinctivement mes pas m'ont dirigé vers lui. Il me donne des coups de tête.

Blackpearl semble décidé à enterrer la hache de guerre avec moi, du moins je l'espère. J'ouvre la porte et passe mes bras autour de l'encolure. Il pose sa tête sur mon épaule comme par le passé.

Je l'aide à sortir de son box.

— Et puis merde !

J'ai aucune envie d'aller le sceller, non vraiment aucune. J'attrape simplement le bridon accroché à la cloison puis lui passe. Il se laisse faire sans aucun souci. Ses humeurs changent aussi rapidement que les miennes. Je ne suis pas certaine que ça soit un bien. Mes doigts se positionnent sur sa crinière pour m'aider à monter. Une fois assise, je glisse mes fesses plus en avant pour épargner son dos et place mes jambes. Puis, je lui donne l'ordre d'y aller. La monte à cru, ça fait au moins cinq ans que je ne l'ai pas pratiquée avec lui. Beaucoup trouvaient que j'étais dingue de faire ça avec un cheval aussi caractériel, mais c'était aussi une façon de lui prouver que j'avais une totale confiance en lui.

Je le laisse aller à son rythme, Pour le moment, je refuse de lui imposer quoi que ce soit. Nous passons devant Ben qui n'a pas vraiment le temps de nous saluer, puis pousser par le besoin de se défouler, Blackpearl accélère. Je peux sentir le vent fouetter mon visage, les odeurs champêtres viennent titiller mes sens. Curieusement, je ressens à nouveau cette sensation de liberté, que seul Blackpearl m'apporte. Je m'accroche un peu plus, me repositionne et laisse le cheval partir au galop. Je sais que je pourrai fermer les yeux, j'ai une confiance aveugle en lui. La sensation unique de faire corps avec l'animal. Je sens ses muscles rouler sous mes cuisses. Jamais je ne m'en lasserai.

Je ne le guide plus, il est totalement libre de mener la danse, de m'emmener où il veut. Nous galopons un long moment tous les deux, jusqu'à ce qu'il se fatigue et qu'il ralentisse de lui-même. Il marche désormais. Je m'autorise à poser ma tête sur son encolure, puis ferme les yeux. Je me concentre sur sa respiration, sur la chaleur qu'il dégage. J'essaye de me fondre totalement en lui. Ne faire qu'un avec Blackpearl. Il s'arrête, j'ouvre les yeux. Il nous a mené jusqu'à la rivière. Je descends et le laisse s'abreuver longuement tout en caressant son poitrail. Je lui laisse un peu d'espace et il s'allonge, je ne peux pas résister plus longtemps, je le rejoins et pose ma tête sur son encolure, tout en le caressant. Je sais qu'il a de nouveau totalement confiance en moi.

— Je suis désolée d'être partie sans te dire au revoir.

Il remue légèrement. Je ne suis pas complètement dingue de penser qu'il va me répondre. J'ai juste besoin de dire tout haut ce que je pense tout bas. J'inspire profondément et m'autorise à fermer les yeux, appréciant les rayons du soleil sur mon visage et me détendant au rythme de sa respiration.

— Il s'est passé tant de choses pendant ces quatre ans, expié-je dans un souffle.

Comme par le passé, j'éprouve le besoin de m'épancher à ses côtés. Je lui raconte tout, n'omettant aucun détail. Il a toujours été mon unique confident. Finalement, le seul être qui puisse se darder de me connaître totalement est un cheval. Ça pourrait faire sourire, mais c'est la vérité. Je me sens un peu mieux, la colère contre mon frère est redescendue. Mais le chemin sera difficile avant que je puisse lui pardonner.

D'un coup, il redresse la tête. Je me décale et il se relève. Je scrute l'horizon, aperçois un cavalier au loin et assez chargé d'après ce que je peux distinguer. Je pourrais reconnaître cette posture n'importe où. Je place une main au-dessus de mes yeux pour ne pas être éblouie et l'observe galoper. Curieusement, on a toujours eu ce point commun : l'amour des chevaux. Il m'a fallu des années pour m'en rendre compte. À quelques mètres de moi, il stoppe sa jument et descends. Il a une selle avec lui et aussi une bombe qu'il tient à l'intérieur de son coude.

Je lève les yeux au ciel. Trop de sécurité, tue la sécurité. Il pose le tout au sol et se place face à moi. Comment fait-il pour toujours me retrouver ?

— Qu'est-ce que tu fais là. T'étais pas censé être au bureau ?

— Disons que j'avais une pose et…

— T'as surtout reçu un appel de mon frère, affirmé-je en croisant les bras sur ma poitrine.

— Aussi, il était inquiet. Je ne parle même pas de ce pauvre Ben qui t'as vu filer sur Blackpearl sans selle. Au moins, vous êtes réconciliés.

Il laisse sa jument se défouler et se passe une main dans ses cheveux.

— Ouais, je me suis rendue à son box sans faire attention et disons qu'il m'a montré à sa façon qu'il ne m'en voulait plus.

— Ton frère m'a expliqué.

— Il t'a expliqué quel monstre d'égoïsme j'étais ?

On marche tous les deux l'un à côté de l'autre.

— Il m'a surtout expliqué à quel point tu étais bouleversée.

— Bouleversée ? C'est bien plus que ça ! Je suis véritablement en colère et je me sens trahie par mon propre frère !

— Trahie ? répète-t-il.

— Cet homme a renié mon père, nous a laissé croupir à l'Institut alors qu'on avait tout perdu. Et sous prétexte que plus de vingt ans se sont écoulés, j'devrais tout oublier et dire Amen ? C'est franchement mal me connaître !

— Tu ne peux pas non plus lui reprocher de s'être rapprocher de la seule famille qu'il lui restait après ton départ.

Je me stoppe et me tourne vers lui en fronçant les sourcils. Comment peut-il dire ça ?

— Une famille est censée être là quand tu en as besoin, non ? Il était où quand nos parents sont morts ?

— Meg, je comprends, mais tu n'as pas non plus tous les éléments pour juger.

— Parce que toi si peut-être ?

Il grimace puis passe une main devant son visage. Je l'interroge du regard toujours les sourcils froncés.

— Je l'ai rencontré. Il est venu ici plusieurs fois.

— Quoi ?

— Oui, il est venu voir ton frère et ma grand-mère. Il voulait en savoir plus sur ses petits-enfants et surtout sur toi, grimace-t-il.

— Vraiment ? En savoir plus sur moi ? De quel droit ? Il avait tout l'temps d'le faire avant non ?

— Les choses ne sont pas aussi simples que ça.

— Pas aussi simples ? Pas aussi simples ? Pour qui Morgan ?

— Il a participé à sa façon et comme il a pu. Disons qu'il vous a envoyé de l'argent tous les mois, tente-t-il.

Je crois qu'en fait, cette dernière révélation achève totalement mon self-control. Tout mon être bouillonne. C'est la goutte d'eau qui fait déborder le vase.

— Putain ! m'emporté-je. Depuis quand l'argent remplace le besoin d'amour et la tendresse ? Alors, sous prétexte qu'il envoyait du fric, ça fait de lui un être aimant ? Un grand-père ?

Mais j'avais pas besoin d'pognon Morgan ! J'avais besoin qu'on m'guide, qu'on m'apprenne à me respecter ! Qu'on m'apprenne à aimer ! m'emporté-je pleine de hargne. Le seul avantage, c'est que j's'rais sûrement cannée avant c'mariage !

Là, je m'aperçois que mes derniers mots ont dépassé ma pensée. Je sens mes épaules s'abaisser et je sais que c'est à Morgan que je viens de faire du mal et à moi-même. Je savais qu'on aurait dû rester au lit ce matin. Quelle journée de merde ! Je dodeline de la tête et me retourne vers lui avant de m'engouffrer dans ses bras.

— Je suis désolée, murmuré-je. Désolée.

Puis enfin, il enserre mon corps et pose sa tête sur mon front. Il me berce tendrement. Je profite de cet instant de calme. Je n'ai jamais eu bon caractère, mais sous l'énervement, c'est pire. Je peux vraiment être une véritable garce. Je suis très douée dès qu'il s'agit de taper là où ça fait mal, ne m'épargnant pas au passage. Ses mains se posent sur mes joues et il relève ma tête vers lui pour embrasser mes lèvres.

— Je sais.

— J'suis mauvaise comme la gale quand j'm'y mets. J'me demande bien comme tu as fait pour tomber amoureux de moi, marmonné-je.

— J'ai pas eu le choix, c'était compris dans l'forfait. Package complet, toutes options, ni repris, ni échangé, plaisante-t-il.

Il m'arrache un sourire, je secoue la tête, puis l'embrasse. Mais je sens à nouveau ce voile de tristesse m'étreindre le cœur. Il me prend par la main.

— Au fait, tu m'as retrouvé comment ?

— Facile, il suffisait de suivre la terreur dans les yeux des gens. Ils répétaient, elle va tomber ! Tu te rends quand même compte, que ce n'est pas vraiment la meilleure période de ta vie pour la monte à cru ?

— J'ai pas réfléchi, j'avais juste besoin de…

— Ouais, pour être honnête, je sais que tu adores cet endroit et que Blackpearl aussi. Je te propose quelque chose. On n'est pas très loin du manoir. On pourrait y aller, tu resterais avec Grace.

— Tu as rendez-vous avec le Conseil, lui rappelé-je.

— En effet, mais à quinze heures.

— Tu vas devoir te changer, ça fait quelques siècles qu'on ne monte plus à cheval en costume.

— Désolé, j'ai laissé mon costume de Superman au bureau.

Nous sifflons les chevaux. Morgan m'aide à installer la selle. Ce n'est pas comme si j'avais besoin de lui, mais je pense qu'il est essentiel que je me fasse pardonner. Il prend la bombe et me l'attache. Je lève les yeux au ciel pour la forme, puis retrouve le dos de Blackpearl. Nous galopons, ne pouvant pas nous empêcher de faire la course. Il rigole en voyant mon visage concentré à l'extrême sur le chemin. Puis comme il y a quatre ans, je ralentis à la vue de l'allée bordée de châtaigniers. Nous laissons les chevaux dans le petit enclos, je dépose ma bombe juste à côté et remets de l'ordre dans mes cheveux. La porte s'ouvre à notre approche.

— Bonjour Monsieur le Doyen.

— Bonjour Taylor, mais Morgan suffit amplement, supplie-t-il en grimaçant.

— Comme il plaira à Monsieur. Mademoiselle Tyler, la petite Grâce sera ravie de votre présence, elle est au jardin avec Lady Mary.

— Bonjour Taylor et merci.

Il nous laisse entrer et je suis toujours autant impressionnée par les lieux, par tous ces tableaux accrochés aux murs. Morgan pose une main sur mon épaule et nous fait avancer. Taylor ouvre les grandes portes qui donnent sur le jardin. Lady Mary porte son sempiternel chapeau de paille et semble enseigner les différents noms des rosiers à Grace. Je souris, Gracie semble totalement hypnotisée par ses paroles. Max s'étire rapidement avant de venir me retrouver et me faire la fête. Je tapote son flanc et lui caresse la tête.

— Maman ! s'exclame Grace en courant vers moi.

Je la prends dans mes bras et la soulève. Elle encercle ma taille de ses jambes et j'embrasse son front avec douceur. Je respire à plein poumon l'odeur de ses cheveux blonds.

— Mon cœur.

— J'ai nagé dans la piscine, j'ai fait un gâteau, j'ai fait de la peinture. Tout à l'heure, j'ai fait du piano et j'apprends les fleurs ! s'enthousiasme Grace.

— C'est un emploi du temps de ministre.

— Et toi ? demande-t-elle.

Je descends les marches menant au jardin avec elle. Je ne vois pas vraiment ce que je pourrais lui raconter. On passera délibérément sur le réveil et le petit déjeuner.

— Moi ? Eh bien pas grand-chose en fait. J'ai été à une réunion, ensuite j'ai passé un moment avec Prue et j'ai monté

Blackpearl.

Je préfère parler de Prue et ignorer totalement ma discussion avec mon frère. Morgan embrasse Grace, puis sa grand-mère. La petite se tortille pour que je la laisse descendre et qu'elle puisse se précipiter vers un des rosiers.

— Il s'appelle « Paul's scarlet ». Là, c'est « English » et lui « The Pilgrim », rigole-t-elle.

— Alors c'est lequel que tu préfères ? demande Morgan.

Elle s'avance vers nous pour lui prendre la main et le tire derrière elle.

— Celui-là, « The May Flower ».

— Rosier rose bien sûr, s'amuse-t-il.

— C'est ma couleur préférée ! Ma robe pour le bal... maman ! s'exclame-t-elle se souvenant sûrement de quelque chose. Tu savais, y a un bal samedi ?

— Je sais, oui.

— J'aurais une robe de princesse !

Elle est si joviale, si heureuse. Elle tourne sur elle en fredonnant, puis elle part en courant en appelant Max. Il ne se fait pas prier. Je la regarde courir, rire et sautiller. Je sens le bras de Morgan encercler mon épaule et m'attirer contre lui. Je devrais sûrement être gênée, mais ce n'est pas le cas. Mon avant-bras passe sur sa taille. Je soupire en observant Gracie, puis je croise le sourire lumineux de Lady Mary qui a ses yeux braqués sur nous. D'accord, là je suis un peu moins à l'aise. Mais comme dirait Morgan « On ne peut rien cacher à Granny ». Elle retire ses gants et s'approche de la table de jardin avant de s'y asseoir. Nous l'imitons. Taylor se place à sa droite.

— Dois-je dire en cuisine de préparer le déjeuner, Madame ?

— Oui Taylor, nous serons quatre, sourit-elle.

— Bien Lady Mary.

Puis, il s'éloigne. Ce type est un rock, toujours d'humeur égale. C'est certain que ce métier n'est pas pour moi, si j'avais encore des doutes sur mon choix de carrière bien entendu.

— J'ai entendu dire que tu avais eu une visite ce matin ?

— Oui, ma « très chère belle-mère » qui se demande pourquoi elle n'a pas reçu d'invitation.

— C'est curieux, elle se sera certainement perdue en chemin, nie-t-elle. C'est malheureux que nous manquions de temps pour réitérer l'invitation.

— Je vois.

— Je me suis doutée que tu ne serais pas ravie de la voir.

— C'est peu de le dire Granny.

— Et cette réunion ? s'enquit-elle en me regardant.

— Ils sont au courant de mon état et nous avons émis quelques hypothèses sur notre traqueur.

Lady Mary semble vraiment intéressée. Morgan se charge donc de narrer nos analyses, nos suppositions et surtout le fait de tenter de rentrer en contact directement avec le corbeau. Elle approuve d'un signe de tête. Entre temps, Taylor s'est chargé de nous apporter des rafraîchissements.

— Bien, je vois que vous avez les choses en mains, approuve-t-elle. Néanmoins, j'ai reçu un étrange message ce matin et je ne suis pas la seule Morgan. Tout le monde l'a reçu.

Si j'avais une pelle à ce moment précis, je pense que je m'en servirais. Je serais même capable de creuser un second tunnel sous la manche, battant aisément le record de construction du premier. Morgan me regarde du coin de l'œil.

— Je sais.

— Le Conseil a vivement réagi. J'ai reçu quelques coups de téléphone, surtout pour me dire que certains exigent de savoir qui tu fréquentes. Certains malotrus ont insinué que c'était sûrement une élève. Il est évident que je leur ai rappelé que tu étais le commandant de ce navire. Mais…

— Mais quoi Granny ? demande-t-il.

— Je comprends que tu ne veuilles pas que votre relation ne s'ébruite. Pourtant, je pense aussi qu'il est nécessaire pour ton bien, votre bien à tous les deux d'officialiser les choses.

J'ai totalement arrêté de respirer, je suis en apnée. Je pense même que j'ai dû blanchir à vue d'œil. Mon cœur se met à tambouriner violemment dans ma poitrine. La main de Morgan serre la mienne sous la table. Un vent de panique vient de s'emparer de moi.

— Granny, je n'ai pas de compte à leur rendre.

— Sur le papier, c'est exact. Pourtant, si tu, enfin, si vous décidiez de révéler la nature de votre relation, les choses seraient beaucoup plus simples pour Megan.

— Megan ? m'interroge Morgan.

— Certains du Conseil m'ont prise en grippe, je ne veux pas que ça desserve Morgan. On ne peut pas non plus dire que j'aime attirer l'attention, enfin sciemment.

— Je vais être aussi clair que possible Megan. Morgan ne fera rien sans ton accord. Je peux t'assurer néanmoins que le Conseil ne peut pas aller contre sa décision. Il ne peut pas non plus se servir de ça contre lui. Nous parlons trop souvent de ceux qui n'approuvent pas les choix de Morgan, pourtant il est soutenu par une grande majorité. En rendant publique votre relation, le Conseil et l'Institut n'auront pas d'autre choix que de l'accepter et ça facilitera l'aide aux ressources pour la recherche sur ce virus. Morgan ?

Il me regarde longuement, nos doigts toujours entrelacés, caressant tendrement le dessus de ma main. S'il est vrai que je voulais avoir une relation normale avec lui, le fait d'être sous les « feux des projecteurs » me pose un véritable problème. Il s'excuse auprès de sa grand-mère et m'entraîne un peu à l'écart.

— Je te le répète, je n'ai aucun problème à assumer notre relation au grand jour. Je comprends tes a priori, je sais déjà que tu as fait beaucoup d'efforts pour accepter tes sentiments, mais je pense qu'elle a raison. Avec ces photos, les rumeurs vont enfler. Même si on révèle tout, ça ne changera pas grand-chose à ta vie de tous les jours pour l'instant, chuchote-t-il.

— Admettons Morgan, mais mon niveau social, ça, c'est un problème.

Il se tourne vers sa grand-mère.

— Megan, dois-je te rappeler que tu es petite fille de Lord ? intervient Lady Mary.

Ah oui, rappelle-toi le grand-père que tu r'fuses de voir ! pensé-je.

— Il y a aussi Bryan et Grace.

— Grace m'adore, fanfaronne-t-il.

— Elle fait déjà partie de cette famille, rajoute Lady Mary.

— Wow…

J'ai l'impression d'avoir pris le train en marche. Je me réinstalle à la table, les yeux de Lady Mary toujours braqués sur moi.

— Sir James va en faire une syncope, déclaré-je.

— Il y a peu d'espoir qu'il se réveille pour en faire une, dommage d'ailleurs, j'aurais aimé voir ça. Quand bien même, je pense que mon choix est beaucoup plus judicieux que le sien, dit-il en me gratifiant d'un clin d'œil.

— Alors on fait ça comment ?

Je n'ai pas le temps d'avoir la réponse que Morgan m'embrasse avec fougue. Va vraiment falloir qu'il arrête ça en public. Je sais qu'il est heureux, c'est ça le plus dingue. Il m'avait promis de trouver une solution pour nous deux il y a quatre ans et finalement, il la fait. J'entends le rire léger de Lady Mary.

— Déjà le fait que vous alliez au bal, ne passera pas inaperçu.

Ensuite quelques danses et je suis certaine que vous trouverez un moyen.

— Avouez que vous aviez déjà tout prévu ?

— Je ne suis qu'une pauvre grand-mère sourde et aveugle d'après mon petit-fils. Mais si ta question concerne vos sentiments, je dirai simplement que je l'ai su à la minute où vous êtes venus me voir il y a quatre ans.

— Je ne le savais même pas moi à l'époque.

— Tu n'avais pas réalisé Megan, c'est tout.

Résumé de cette matinée un peu bizarre, on va le faire. J'ai du mal à me rendre compte que je vais vraiment faire ça. Officialiser ma relation avec Morgan, je ne sais même pas vraiment ce que ça veut dire. Pourtant, c'est bien ce que l'on va faire. Morgan semble plus que satisfait de la tournure des événements. Quant à moi, il me reste à révéler à Bryan et Grace ce qui se passe entre Morgan et moi, sans parler de ma maladie. Grace est trop jeune et c'est volontairement que je décide que je ne lui dirai rien. Néanmoins, je vais devoir tout révéler à Bryan, en espérant qu'il ne me haïsse pas pour ne pas lui avoir dit plus tôt.

Au moins, le reste de la journée s'est passée plus calmement. Le repas était agréable, j'ai ramené Blackpearl au haras et Grace m'a rejointe. Elle a fait du poney toute l'après-midi, dans le pré cette fois-ci. Elle était si fière, mais pas autant que moi d'elle. Matt et Scrat sont venus me retrouver, sur les ordres de mon « ange gardien », je suppose. L'avantage, c'est que je ne risque pas de m'ennuyer avec eux.

Chapitre XIII

Le bal aura lieu dans deux jours, et je n'ai vraiment pas vu le temps passer. J'ai épluché un paquet de dossiers avec les autres sur les agents portés disparus depuis plus de vingt-quatre ans. Nous concentrant, surtout sur la promotion de nos parents. J'ai la sensation de chercher une aiguille dans une meule de foin. Cette occupation a l'avantage de ne pas me faire trop penser à mes globules blancs qui se font la malle ainsi qu'au bal de samedi. Question santé, je dirais que ça ne va pas trop mal. Enfin toujours de mon point de vue, qui diffère un peu avec celui du Doc. J'ai aussi rendez-vous dans la soirée avec Bryan pour tout lui dire. En ce qui concerne le message envoyé à tous les portables de l'Institut, Morgan a fini par mettre la main sur l'apprenti paparazzi, je peux garantir qu'il a passé un sale quart d'heure. Je pense qu'il va même hésiter à faire des selfies à partir d'aujourd'hui. Mais les paris vont bon train d'après ce que je sais. Au moins, ça occupe la jeunesse.

Morgan a organisé une sortie en dehors de l'Institut demain, afin de mettre en application notre plan. Il est prévu que nous sortions avec Prue et… mon frère. Là encore, le problème est très loin d'être réglé. J'ai beaucoup de mal à lui pardonner, de ce fait, nous ne nous sommes toujours pas reparlés. Je sais que c'est mon frère, mais je n'arrive pas à me raisonner. Je passe aussi pas mal de temps chez Lady Mary. Grace ayant élu domicile chez elle. Il y a plusieurs raisons à ce choix, pour commencer, les visites quotidiennes du Professeur Dwight. J'ai expliqué à Morgan que je ne voulais pas que Grace soit au courant et il a accepté ma décision. Ensuite, je ne suis pas assez présente au cottage et vu à l'heure à laquelle je pars le matin, il fallait à chaque fois que je la réveille aux aurores. J'ai quand même trouvé le temps d'envoyer mes avis à David sur les chevaux.

Je repousse les dossiers qui se trouvent devant moi. Il est temps d'arrêter. Je passe une dernière fois devant le tableau blanc et étudie une nouvelle fois la situation.

— Tu penses que la réponse va te sauter au visage ?

— J'aimerais bien Madame McAdams, j'aimerais bien, marmonné-je.

— À part t'épuiser, c'est tout ce que tu vas gagner Megan. Ce n'est pas raisonnable. Le Doyen Matthews m'a laissé un message, il est au dojo avec Bryan. Il va prendre sa première vraie leçon.

— Quelle joie ! ironisé-je.

Je sens deux mains se poser sur mes épaules et me forcer à me retourner.

— Bryan est entre de très bonnes mains.

— Si ces mêmes mains pouvaient lui faire rentrer du plomb dans le crâne…

Oui, je ne suis toujours pas d'accord avec son choix de carrière. Pourtant, j'ai promis de faire des efforts et c'est ce que je fais. Elle me tend mon gilet et me pousse littéralement vers la sortie. Sacrée Madame McAdams ! J'arrive dehors, j'hésite à prendre la voiture de golf, mais finalement, je sens que j'ai besoin de marcher. Je me demande quand ce merveilleux ciel bleu va finir par disparaître pour nous offrir la saucée du siècle ? Je connais suffisamment le temps anglais pour savoir que ça dure rarement.

En attendant, j'apprécie la douce chaleur du soleil. Je croise plusieurs élèves allongés sur l'herbe, un couple d'amoureux qui se tient la main, puis mes yeux se dirigent inexorablement vers la table, notre table à Keylyan et à moi. Je secoue la tête pour chasser mon frère de mon esprit, tout en allumant une cigarette. La première de la journée, il y a du progrès. Je sais que j'aurais juste le temps de la fumer avant d'arriver. Je l'éteins juste avant de pousser les lourdes portes du dojo. Je suis aux pieds des tatamis et j'ôte mes chaussures pour pouvoir déambuler tranquillement. Je connais ce lieu par cœur, mais cela fait bien longtemps que je n'y suis pas revenue. La dernière fois, c'était juste avant la convocation de Sir James dans son bureau où il devait nous annoncer que Morgan et moi étions affectés sur la même mission.

Pendant ce dernier entraînement, je devais combattre l'ex de mon frère. Le combat a tourné court. Elle refusait de se battre et quand j'ai décidé de la faire réagir un peu, elle a crié à l'attentat parce que je lui avais cassé un ongle. Mais la dernière partie avait été plus intéressante. Je m'étais retrouvée face à Morgan, aucun de nous deux voulant laisser tomber. Je ferme les yeux et je me souviens parfaitement de nos corps en sueurs qui se frottaient l'un contre l'autre.

Je sors violemment de ma rêverie quand Matt et Scrat se

plantent devant moi en tenue.

— Alors prête ?

— À quoi Scrat ?

— Tu vas pas ignorer l'appel du tatami quand même ?

Il pose chacun leurs bras par-dessus mon épaule. C'est qu'en plus, ils me cherchent. Nous nous avançons tous les trois vers le centre.

— Vous devriez me lâchez tous les deux, préviens-je.

— Allons, allons Meg. Comme au bon vieux temps.

Ils resserrent leurs prises sur mes épaules. Ok j'ai compris.

— C'est qui cette fille ? lancé-je.

Ça ne manque pas, ils relâchent leur attention sur moi, je sens mes épaules qui se libèrent d'un coup. J'attrape Scrat par le col et lui fait une balayette. Je ne veux pas laisser le temps à Matt de comprendre quoi que ce soit, j'enchaîne directement avec un uchi-mata. Matt passe par-dessus moi et retombe violemment sur le dos. Scrat est déjà de retour. Je n'ai pas vraiment le temps de faire attention aux élèves qui viennent d'arriver, ni même à Morgan. Scrat se précipite, face à moi alors que je sens Matt derrière moi. Mon instinct prend le dessus. J'attrape le pied de Scrat et le fait vriller, alors que ma jambe droite va directement s'écraser dans l'estomac de Matt qui recule de bien deux mètres.

Scrat semble décidé à prendre sa revanche. Il me ceinture et me fait basculer en arrière. Je me serre de la force du mouvement pour le faire passer par-dessus moi et je me retrouve à califourchon sur lui, mon avant-bras sur sa carotide. Je serre de toutes mes forces les jambes pour le bloquer totalement. Je desserre ma prise quand Scrat devient tout rouge, je me jette sur mes jambes, puis me retrouve nez à nez avec Matt qui se tient l'estomac. Je grimace, j'ai peut-être un peu mal dosé ma force. Je tends une main à ce pauvre Scrat. Il l'accepte et se relève.

— Merde Meg, t'as triché ! s'insurge ce dernier.

— Parce que tu crois que tes adversaires se battront tous à la loyale ? souris-je.

— T'as au moins retenu quelque chose, intervient Morgan.

— Un truc ou deux, ris-je.

— Au fait les mecs, à deux contre une fille, c'est pas tricher ? demande Morgan.

— C'est pas une fille, c'est Meg, ricane Matt.

Je le fusille du regard.

— J'déconne Meg !

— La preuve qu'il ne suffit pas d'être fort pour gagner un combat, même à deux contre un, déclare Morgan.

Je me retourne et me retrouve nez à nez avec lui et aussi des jeunes de derniers cycles. Bryan semble choqué, Alyson aussi du reste. Je souris mal à l'aise. Morgan se penche vers mon oreille.

— Ça va ?

— Très bien.

— Tu m'assistes ? propose-t-il.

— J'ai pas vraiment la tenue adéquate.

— Ça n'a pas l'air de t'entraver.

— Rien n'm'entrave, murmuré-je. Tu devrais le savoir.

Pour toute réponse, il sourit. Je préfère m'éloigner avant d'avoir des idées tordues, comme lui arracher son kimono. Je retire mon gilet et rejoins mes deux acolytes qui marmonnent.

— Pistonnée, raille Matt.

— P'tit joueur ! rétorqué-je.

Je me focalise sur Morgan en maître de cérémonie. Il donne le ton à l'échauffement. Je m'exécute bêtement comme mes deux compères même si après ce qui vient de se passer, je ne suis pas certaine d'en avoir besoin. Je suis pourtant sûre que l'exercice serait beaucoup plus instructif s'il était torse nu. Quoi que non, c'est véritablement une très mauvaise idée, surtout vu comment certaines le regarde. Je me sentirais obligée de tué la moitié des copines d'Alyson. Les exercices s'enchaînent, ils sont maintenant un contre un. Nous faisons le tour des élèves surtout pour vérifier leurs postures, redresser des épaules, faire un chassé du pied pour prouver qu'ils n'ont pas d'appui. Morgan s'occupe particulièrement de Bryan, il ne le lâche pas. Je le connais, c'est une teigne quand il s'y met. Je ne peux que l'en remercier. Si Bryan veut vraiment faire ce boulot, il va devoir le prouver. Quant à moi, j'espère toujours qu'il renonce.

Morgan annonce les prochains combats à venir. Les deux premiers se placent l'un en face de l'autre. Ils se saluent et démarrent les choses sérieuses. Je les observe, note les bonnes attitudes et surtout les mauvaises. Les adversaires changent et les combats s'enchaînent. Je me concentre surtout sur celui de Bryan. Il a beau être bagarreur, ça s'avère compliqué pour lui, mais je lui donne un point pour sa pugnacité. Il n'a pas acquis les automatismes nécessaires, ça finira par venir. Il n'est pas prêt d'aller en mission, ce qu'il faut bien avouer, est un véritable soulagement pour moi.

La séance se termine. Aucune fille ne s'est plainte d'avoir

perdu un ongle, pas de bobos, rien à signaler. Tout le monde rejoint les vestiaires pour prendre une douche et je me retrouve seule avec Morgan.

— T'as failli tuer Scrat, plaisante-t-il.

— Seulement son ego, rassure-toi.

— Ceux-là, ils sont encore plus dingues que tous les autres réunis.

Son kimono à légèrement bougé et j'ai une vue impayable sur une partie de son torse. J'ai véritablement un coup de chaud. Ses lèvres s'étirent en un sourire.

— Tu vois un truc qui t'plaît ?

— J'dirais même que ça m'donne faim.

— Meg… regarde-moi là, demande-t-il en relevant ma tête.

— Merde, j'suis censée réagir comment moi ? Je sais ce qu'il y a dessous, murmuré-je.

Je devrais peut-être faire une cure de désintoxication, parce que si je ne me retenais pas, je lui sauterais dessus. Mon cerveau est même en train de calculer combien de temps je mettrais à le déshabiller. Je secoue la tête et me répète que nous ne sommes pas seuls, que certains des étudiants vont arriver dans un moment.

— J'vais p't'être aller prendre une douche finalement.

— Ah ouais ? Je pourrais peut-être t'aider à enlever cette chose ?

— Ok, on oublie la douche, mais arrête ça.

— Ça quoi ?

— T'as façon d'me regarder, j'ai qu'une seule envie là. Te plaquer contre un mur et te prendre.

Là, on arrête les conneries. Je viens de prendre dix degrés d'un seul coup. Je vais vraiment finir par me demander si ce n'est pas des hormones qu'ils me refilent finalement. Je fais deux pas en arrière.

— Ok, t'as raison.

— Je rêverais d'un combat toi et moi, ici, mais je peux t'assurer qu'il ne finirait pas comme la dernière fois, insinue-t-il.

— Regarde, je m'éloigne, je pars même. Je vais t'attendre… dehors… oui dehors, au frais. C'est ça.

Il semblerait que je n'ai toujours pas trouvé la marche avant, parce que je m'éclipse à reculons. Je suis incapable de ne pas le regarder. Note à moi-même : ne jamais le voir en maillot de bain, du moins en public. Je récupère mon gilet, enfile mes chaussures puis quitte le dojo. Je secoue la tête pour évacuer toutes les images peu catholiques qui envahissent ma tête. Ce mec aura ma peau un jour, Bryan sort dans les premiers avec Alyson.

— Alors Bryan ?

— T'as vu non ? grogne-t-il.

— C'est du travail, on ne t'a jamais dit que ce serait facile. Mais ça viendra, tu verras.

— Quand j'vois comment t'as fait avec Scrat et Matt, j'me dis que j'en suis très loin.

— Disons que prendre des coups dans la tronche t'aide.

— Mouais, tu pourrais m'aider ?

— À t'coller des coups dans la tronche ? ris-je.

— Au moins à m'entraîner.

— Pourquoi pas.

— Merci. À plus Meg.

Ok. Le moral est au plus bas. Et dire que je vais lui en rajouter une couche dans quelques heures. Cette fois, ma libido s'est totalement effondrée au fond de mes chaussettes. Je m'écarte un peu de l'entrée et allume une cigarette. Les étudiants sortent au fur et à mesure. Matt et Scrat sont en train de se charrier comme d'habitude. Ils me font un signe de la main et saute dans une voiture de golf. Le dernier à sortir, c'est le Patron. Logique, vous me direz. La première chose qu'il repère c'est ma clope et j'ai le droit aux gros yeux. Je l'écrase parce qu'elle est finie et non pas à cause de lui, mais ça il le sait. Il me rejoint, ses cheveux dégoulinant encore d'eau.

— J'le crois pas. T'as pris une douche.

— C'est d'ta faute, j'avais un souci encombrant.

— Je dirais même plus, très encombrant, le taquiné-je.

— Meg, tu vas prendre la fessée si tu continues.

— Ah ouais ?

Il me fixe de ses yeux bleus. Je me contente de sourire et surtout de rester sage. Inutile de le provoquer plus que ça. Nous prenons la direction de l'administration.

— Alors, la suite du programme ?

Il regarde sa montre, je m'attends au pire.

— Eh bien, ce qu'il y a d'assez exceptionnel, c'est que ma journée est finie.

— Ah ouais ? Pas de réunions, de distributions de baffes, de rapport de missions à valider, de visioconférence…

— Stop ! Non, rien de tout ça. Mais toi, tu as rendez-vous chez Granny à propos d'une robe.

— C'est obligé ?

— Non, à moins que tu souhaites qu'elle vienne te chercher directement.

— Ok, j'ai compris, bougonné-je. Et toi, tu vas faire quoi ?

— J'ai promis un cours de piano à une future princesse, sourit-il.

— Les poneys, le piano, la piscine, je comprends. Tu fais tout pour te la mettre dans la poche en fait.

— Ouaip, et ça marche.

Je monte dans la petite voiture de golf, il démarre et nous emmène directement au manoir de sa grand-mère. Gracie attend devant la porte et saute dans les bras de Morgan. Je compte moins qu'un cours de piano. Je vais finir par m'y habituer. Morgan m'offre un sourire lumineux et en plus, il compte les points. Taylor nous salue, nous informant que Lady Mary prend son thé à l'extérieur. Je la rejoins donc, tandis que Morgan emmène Grace au piano.

— Bonjour Lady Mary.

— Bonjour Megan. Voudrais-tu une tasse de thé ou bien même un café. Je crois que tu le préfères.

— Non merci.

Lady Mary repose sa tasse avec grâce, puis se lève. Elle passe son bras dans le mien et nous rentrons toutes les deux dans le manoir. J'entends Gracie jouer et souris aux conseils que lui prodiguent Morgan. Nous montons les escaliers et traversons un long couloir orné de tableaux ainsi que de quelques statues, puis Lady Mary délaisse mon bras pour ouvrir la porte. Je connais parfaitement cette chambre, c'est celle que j'occupais pendant ma convalescence. Rien n'a changé, ni la couleur des rideaux, ni même de l'édredon. Lady Mary se dirige vers le placard, l'ouvre pour en sortir une housse, la pose délicatement sur le lit et dézippe la fermeture Éclair. Fièrement, elle extrait la robe de sa protection.

— Dès que je l'ai vue, j'ai pensé à toi, sourit-elle.

— Vraiment ?

— Oui. Elle semble simple de prime abord, mais si on l'observe, on s'aperçoit qu'elle est finement ouvragée. Un brin provoquant avec son dos nu. Un peu comme toi.

Je reste sans voix. Elle est absolument magnifique. De couleur champagne, c'est une robe style empire avec un bustier en forme de cœur brodé de perles et sequins, dénudée jusqu'au milieu du dos. Lady Mary me la tend. Je sais, rien qu'à la texture, qu'elle est en mousseline de soie. Elle me montre la salle de bain du menton pour m'inviter à l'essayer. Je m'exécute. Je referme la porte et me déshabille. Je retire mon soutien-gorge et revêts la robe. Elle glisse sur ma peau comme une caresse. Il est évident par contre qu'il me faudra des talons pour ne pas marcher dessus. Elle est si vaporeuse, d'une légèreté exquise. J'inspire profondément et ose sortir de la salle de bain. Je m'avance à pas feutrés jusqu'au grand miroir. Lady Mary joint ses mains et avec une certaine rapidité, me tend une paire de chaussures. J'écarquille un peu les yeux, surprise. Je les enfile, la taille est parfaite. Elle se place derrière moi et me relève légèrement les cheveux.

— Tu es absolument stupéfiante Megan. La robe te va à la perfection. Je devrais sûrement remercier Morgan.

— Morgan ? m'étonné-je.

— Oui, il a été assez précis pour tes mensurations.

Me voilà rouge pivoine. Heureusement que je ne suis pas en sucre, sinon ce serait un joli petit tas de caramel qu'on retrouverait à ma place.

— Il a un don. Il a même deviné celle de Prue une fois.

— Il pourra toujours se reconvertir dans le stylisme, pouffe-t-elle.

— Je paierai pour voir ça, mais il ne vaut mieux pas qu'il vende des cravates.

— Oui tu as raison, s'esclaffe-t-elle.

— Il en pense quoi de la robe ?

— Absolument rien, il est hors de question qu'il la voit avant. Il faut du mystère. Nous sommes des femmes, à nous de jouer de nos atouts.

J'inspire profondément, il n'y a pas que le bal en jeu samedi. Je sens toute cette pression m'étreindre. Tout ce monde, cette foule qui épiera nos moindres faits et gestes. C'est terrorisant. Je ne mentais pas quand je disais préférer affronter un cartel plutôt que de participer à un bal. Enfin, c'est surtout la pression qui me fait penser ça.

— Tout va très bien se passer Megan. En acceptant, tu fais le bon choix. Morgan a besoin de toi, il a besoin que tu puisses le soutenir officiellement. Tu as la tête sur les épaules.

— J'ai aussi très mauvais caractère.

— Tout comme lui. Morgan a besoin qu'on lui tienne tête.

— Nous pouvons dire qu'il est servi de ce côté. Je ne comprends rien à ce monde, faire des courbettes, c'est pas mon truc. Il n'y a pas très longtemps, Madame Tate m'a saluée. Je n'ai pas trouvé mieux que lui demander pourquoi elle n'était pas à la retraite.

Lady Mary se met à rire sans discrétion. Comme si c'était la blague de l'année.

— Madame Tate ose scander qu'elle apprend la discipline et le respect à nos étudiants, alors qu'elle ignore tout du dernier concept. Megan, il est temps que l'on dépoussière l'Institut. Tu es le meilleur atout de Morgan.

— Je ne suis pas certaine, je suis impulsive.

— Ne croit pas que les gens du Conseil soient si différents de toi. Ils ont tous vécu ici, vécu les missions, perdus des gens auxquels ils tenaient. Sers-toi de ce qu'on t'a enseigné, tout ça n'est que comédie. Une façade. Tu es capable de les toucher, joue sur leurs cordes sensibles, sur leurs faiblesses et surtout, n'oublie pas que tu n'es pas seule.

Elle se positionne face à moi et me serre dans ses bras, puis tire légèrement sur mes épaules afin que je me baisse. Je sens ses lèvres fraîches sur mon front.

— Merci.

Elle ne dit mot et hoche la tête. J'inspire profondément et retourne dans la salle-de-bain pour me changer. Une fois fait, je rends la robe à Lady Mary, l'observe la remettre dans sa housse puis avec un sourire, elle la range dans le placard.

— Une bonne chose de faite, déclare-t-elle.

— En effet.

— Allons voir les progrès de Grace.

Je ne peux qu'approuver. Finalement, on est quand même très loin de la torture que j'imaginais. Lady Mary est fidèle à elle-même, douce, raisonnée et attentionnée. Je suis heureuse que Morgan ait eu quelqu'un comme ça dans a vie pour l'épauler, le guider. Il ne serait certainement pas devenu l'homme qu'il est, si elle n'avait pas été là. Nous rejoignons le grand salon où Morgan joue tandis que Grace l'écoute. Je connais cet air, mais j'avoue que le titre ne me revient pas. Je ne peux pas m'empêcher de sourire comme une idiote. Quand je pense à quel point il est délicat quand il joue. Ça n'a absolument rien à voir quand il a un flingue à la main ou bien quand il se bat. À croire que ce n'est pas le même homme en fait. Je suis béate d'admiration devant lui et je n'en ai même pas honte, enfin je n'en ai plus honte.

— C'était quoi ? questionne Gracie.

— Le chant du cygne de Schubert, réponds Lady Mary.

— Encore Morgan.

— D'accord, que dirais-tu de Bach ? Prélude et fugue numéro 2 en C minor.

Gracie donne son accord de la tête. Je me place sur le côté pour voir ses mains. J'ignore comment il fait, la vitesse à laquelle vont ses doigts est absolument extraordinaire. J'aime l'entendre, j'aime la passion qui l'anime, car il ne joue pas, il vit la musique. Je suis toujours aussi impressionnée. Le rythme est si rapide, c'est tout bonnement incroyable. Grace applaudit des deux mains, Lady Mary est aux anges et moi je suis littéralement sur une autre planète.

— Une dernière ! supplie Grace.

— Une dernière ? D'accord, une idée ? demande Morgan.

— Chopin, nocturne numéro 15.

— Pourquoi ça ne m'étonne pas de toi Granny ? rit-il. Mais soit, allons vers Chopin.

Celle-là je la connais, il me l'avait joué à Londres et c'est avec la même émotion que je l'écoute à nouveau. J'ai fermé les yeux me laissant entraîner par le rythme doux et mélancolique du début. Puis le rythme change, il devient plus lourd, je dirais même plus désespéré. La dernière note est là.

— C'est trop triste, déclare Gracie.

— C'est vrai, mais c'est merveilleusement beau. Merci Morgan.

— De rien Granny.

— Ma chère Gracie que dirais-tu d'aller voir ce que Madame Cane a préparé pour le dîner.

— Oui ! s'exclame-t-elle.

Elle claque un baiser sur la joue de Morgan puis disparaît avec Lady Mary. Morgan tapote la place libre à côté de lui. Je ne me fais pas prier plus longtemps et m'installe. Il continue de jouer, j'ignore ce que c'est.

— Alors la séance de torture est déjà finie ? s'enquit-il.

— J'ai connu pire comme torture. Aucune retouche. Il semblerait que tu connaisses mieux mes mensurations que moi.

— C'est un don.

— C'est ce que j'ai dit à ta grand-mère. Avoue que le piano te manquait ?

— Oui, je n'ai plus vraiment le temps. Une question ? Est-ce que tu aimerais retourner à l'opéra ?

— À l'opéra ?

— Oui, l'opéra, mais avec nos vrais noms, nos vraies vies.

— Serais-tu en train de me proposer un rendez-vous Morgan Matthews ?

— En effet, tu te rends compte qu'on n'en a jamais vraiment eu ? Je pensais que ça serait une bonne idée.

— Et pour voir quoi ?

— Tosca au London Coliseum, sinon il y a Carmen à l'Opéra Royal.

— Ton cœur bat pour Tosca, minaudé-je.

— C'est vrai, mais j'aime beaucoup Bizet. Ça me permettra de réviser mon français, sourit-il.

— Bien, alors va pour Bizet et sa Carmen. Encore une histoire de femmes.

— Oui, mon cœur va surtout à celles qui ont du caractère.

— Le contraire m'aurait inquiété.

Il abandonne le piano, passe ses mains autours de mes hanches et m'embrasse chastement. Inutile de faire état de certains autres de ses dons en public. Je quitte ses bras et regarde l'heure. Bryan va bientôt arriver et le stresse revient comme un cheval au galop. Un seul regard vers Morgan, il a déjà compris ce qui me perturbe. Pas la peine de le formuler à haute voix de toute façon.

****

Grace est déjà couchée depuis un moment, il ne reste donc plus que Morgan, Lady Mary, Alyson, Bryan et moi-même. S'il paraît que l'appétit vient en mangeant, le mien ne s'est jamais manifesté. Sûrement parce que mon estomac se retourne à chaque fois que je me dis qu'il va falloir que je parle à Bryan. D'ailleurs, je pense qu'il est plus que temps. Morgan a été chercher mon gilet à l'intérieur et il me l'a gentiment déposé sur les épaules. La nuit devient fraîche. Je le remercie d'un sourire, puis Bryan s'excuse et se lève prétextant avoir besoin de se dégourdir les jambes. Je le suis, passe ma main dans son dos et pose ma tête sur son épaule en soupirant.

— Je dois te parler.

Je prends rarement des pincettes quand je dois dire les choses, mais cette fois, c'est quand même différent. Je ne veux pas être dure, ni même sombrer dans le larmoyant. Je ne veux pas non plus qu'il s'inquiète outre-mesure et surtout, je veux qu'il garde en tête que rien n'est perdu. Je prends une longue inspiration et lui explique la situation. Il m'écoute sans rien dire, sans poser de question. Je pense qu'il est incrédule pour le moment. Je lui donne autant de détail que je le peux, sans sombrer dans les termes médicaux que même moi, j'ai du mal à saisir. Nos pas se sont arrêtés au pied d'un arbre. Je tente de passer une main réconfortante sur sa joue, mais il fait un pas en arrière.

— Tu savais quand tu nous as récupérés ? Tu savais que tu allais mourir ?

Une boule se forme dans ma gorge. Je ne m'attendais pas à ce qu'il le dise aussi explicitement.

— Oui, je le savais.

— Alors pourquoi t'encombrer de merdeux en sachant pertinemment que tu finirais par nous abandonner ?

— Je voulais croire qu'il y avait un espoir, que je pouvais aussi vous offrir une meilleure vie.

— Une meilleure vie ? ricane-t-il. Tu vas nous laisser, Grace va perdre sa mère pour la seconde fois !

— Je ne suis pas encore morte Bryan. Le labo recherche un traitement. On ne baisse pas les bras.

— Tu ne baisses pas les bras ou c'est Morgan qui ne baisse pas les bras ?

— Je me bats depuis des années contre cette saloperie, alors non, je ne baisse pas les bras !

— Et après ? Y va s'passer quoi pour les deux orphelins ?

— Vous avez largement assez de fond pour vivre, tout est à votre nom, à tous les deux. Morgan est d'accord pour que tu restes à l'Institut. Grace sera entourée de Lady Mary, de Morgan et sûrement mon frère.

C'est plus un espoir qu'autre chose. Enfin si d'ici là, j'arrive à me réconcilier avec lui. Pourtant, je sais que la réponse ne lui convient pas, aucune ne pourrait lui convenir de toute façon.

— T'as tout décidé, tout planifié comme d'habitude. Le pragmatisme avant tout, avant les sentiments, l'affect ? On est une famille Meg ! Tout ne se règle pas en planifiant les choses ! Tu aurais dû être honnête avec moi et avec toi-même.

— C'est c'que j'fais !

— Oui Meg, parce que tu n'as pas l'choix ! Comme d'habitude, tu décides et nous on suit ! T'as voulu v'nir ici, on t'a suivi. Tu sors avec Morgan, pas d'souci ! À la limite ça, ça nous r'garde pas, Grace peut-être.

— Tu es injuste ! Ce que j'ai fait, je l'ai fait pour vous ! À part pour Morgan.

— Mais Meg, on s'en foutait nous du pognon. On voulait se sentir en sécurité, aimé et surtout en confiance ! Comment crois-tu que va réagir Grace ? J'suis censé faire quoi ? Lui dire que c'est pas grave parce qu'on a du fric à plus savoir qu'en faire ! C'est pas ça une famille !

Sur ces derniers mots, il tourne les talons et s'en va. Je baisse la tête. Si je réfléchis à cette histoire de pognon, je m'aperçois que je ne suis pas mieux que mon grand-père finalement. Sauf que ces gosses auront bénéficié de ma présence pendant toutes ces années. Je me demande si finalement, je n'aurais pas dû trouver une meilleure solution pour eux. Leur trouver un autre endroit, une autre famille, des gens qui auraient pu veiller sur eux, les accompagner jusqu'au bout. Je me prends la tête dans les mains.

— Ne fais pas ça.

— Ça quoi, Morgan ? soupiré-je.

— Penser que tu as pris la pire décision de ta vie quand tu les as recueillis.

— Comment tu ?

— J'te connais, c'est tout.

J'ai l'impression d'avoir passé toute ma vie à faire souffrir les gens que j'aime, à les décevoir aussi. Les larmes me montent aux yeux et je n'arrive plus à les réprimer. Elles débordent et une vague d'émotion m'engloutit.

— Prends-moi dans tes bras, supplié-je en larme.

Il ne se fait pas prier et je sens ses bras puissants et protecteurs me serrer contre lui. Je niche ma tête contre son torse et pleure tout mon saoul. Je pleure sur ce que je vais perdre, mais surtout sur ce que je ne veux pas perdre, que ce soit Morgan, mon frère, Prue, Bryan et Grace. Même la bande de taré qui me sert d'amis. Il me berce, alors que mes doigts s'accrochent à sa chemise de toutes mes forces. Il embrasse le sommet de ma tête en me murmurant des mots de réconfort.

— Je suis terrifiée, avoué-je dans un sanglot.

— Je sais et moi aussi.

Mes pleurs redoublent, mais au moins, j'ai réussi à exprimer ce que je ressens au plus profond de moi. Je crois que je n'ai jamais eu autant besoin de quelqu'un que de Morgan à cet instant. Je m'abandonne totalement à ses bras, à sa force, à son amour pour moi. Je me surprendrais même à prier pour ne pas y laisser ma peau. Je veux vivre, je veux continuer à faire des erreurs et apprendre de ces dernières. Je veux prouver à Bryan qu'il a tort, que je serai toujours là pour eux. J'ignore d'où me vient ce sursaut, je ne peux pas me permettre d'abandonner le combat. Je relève la tête, essuie mes larmes. Morgan me tend un mouchoir, je le remercie d'un signe de tête. Je me calme doucement au fur et à mesure que je reprends le dessus sur mes émotions. Mes yeux regardent la direction qu'a prise Bryan.

— Laisse lui un peu de temps pour digérer.

— Il m'a reproché là même chose que j'ai reprochée à mon grand-père.

— Il est en colère, il faut qu'il accepte.

Je sais, même si je pense que c'était une des choses les plus difficiles que j'ai eu à faire. Il a passé son bras par-dessus mon épaule et nous retrouvons Lady Mary avec un sourire contrit. Morgan me verse un verre de vin. J'aurais plus voté pour un whisky si j'avais pu choisir. Je bois mon verre, puis me rassois. Je cherche Alyson du regard.

— Elle est allée retrouver Bryan, m'apprend Morgan.

Ce qui me rassure, c'est qu'il a au moins quelqu'un avec qui parler. J'aurais préféré que ce quelqu'un soit moi, mais je comprends que pour le moment, il m'en veuille trop. J'espère simplement qu'il me pardonnera. Morgan décrète qu'il est temps de rentrer et j'adhère totalement, je me sens véritablement fatiguée. Demain sera un nouveau jour et j'espère vraiment qu'on va finir par avancer dans notre enquête.

De plus, personne ne dit rien, ni le professeur Dwight, ni Morgan, mais je sais que pour le moment, ils n'ont pas le début d'un véritable traitement. Je suis persuadée que la seule chance qui me reste, c'est de mettre la main sur ce corbeau. Nous rentrons au cottage et gagnons la chambre. Je me blottis contre lui, toute envie lubrique a été totalement anéantie après ma discussion avec Bryan.

****

Nous quittons l'Institut pour un tour dans Oxford afin d'attirer le corbeau et de lui passer un message. Nous avons opté pour deux voitures. Key avec Prue. Morgan et moi dans son Aston Martin. Je n'ai toujours pas reparlé à mon frère, je sais aussi qu'il le faudrait. Les désaccords entre nous sont assez rares. Même quand il avait appris pour Morgan, nous nous parlions toujours. Je suis noyée dans mes pensées quand je sens la main de Morgan serrer doucement ma cuisse.

— On parie que j'devine à quoi tu penses ?

— Vas-y.

— Ton… frère ?

— Et notre super gagnant du jour est Morgan. Félicitations. Il remporte un joli robot multifonction.

— J'sais pas trop c'que j'vais en faire, mais merci. J'ai discuté avec lui, enfin pour être exact, il est venu me voir.

— Laisse-moi deviner ? Tu as eu droit au couplet du grand-frère.

— Non, il m'a surtout parlé de ses craintes te concernant et aussi de votre dispute au sujet de votre grand-père.

— Bah voyons, tu penses aussi qu'j'ai tort !

Il arrête la voiture sur le bas-côté et se retourne vers moi avant prendre mon menton entre ses doigts.

— Meg, je pense surtout que tu n'as qu'un frère. Vous avez tout enduré ensemble. Vous vous êtes toujours soutenus, à tel point qu'on s'est souvent cassé les dents à essayer d'entrer dans vos vies. Alors c'est pas le moment de lui en vouloir. Vous avez le droit de ne pas être d'accord sur tout. Tu n'veux pas voir ton grand-père, libre à toi. Ignore-le, fais comme s'il n'existait pas, mais tu n'as pas l'droit de repousser ton frère Meg. T'es sa sœur, son sang, sa plus proche parente et il a besoin de toi.

Et dire qu'il a dit tout ça sans respirer. Je réfléchis à ses paroles et hoche la tête. Il a raison dans un sens et ce n'est pas comme si je pouvais me permettre de perdre du temps à lui faire la gueule. Il embrasse mon front et nous reprenons la route. Nous avons rendez-vous dans notre fief, notre pub fétiche. Morgan gare sa voiture qui ne passe toujours pas inaperçue et nous nous engouffrons dans le pub. Toute la gent féminine est au taquet, les dos se redressent, les poitrines se gonflent, les jambes se croisent et les regards se font appuyer. Elles ne se gênent pas pour mater outrageusement ses fesses. Si je m'écoutais, j'empoignerais ce joli petit cul, juste pour leur signifier que ce « mâle » est le mien.

— Qu'on leur jette un seau d'eau ! Merde !

— Je crois sentir l'odeur âpre de la jalousie, murmure-t-il amusé avant de s'asseoir.

— T'as toujours aimé ça ?

— Ça quoi ?

— Te pavaner, aguicher ces pauvres filles.

— J'adorais ça, j'suis pas égoïste. Je partage avec d'autres le cadeau que dame nature m'a fait.

Je m'approche de lui et lui fais signe de tendre l'oreille. Il penche la tête.

— Partage pas trop, sinon y a de fortes chances que tu perdes le plus précieux de tes cadeaux, sous-entends-je.

— Ah, mais détrompes toi. Je continue d'partager, mais qu'avec une seule personne, c'est tout. J'te jure qu'à partir de demain soir, t'auras l'droit de te jeter sur moi en public, plaisante-t-il.

— Qui t'dit qu'j'en ai envie, marmonné-je.

— Tes yeux.

— Pfff.

Réaction véritablement très mature, je le conçois. Un serveur s'approche, il me regarde avec insistance et sans l'avoir cherché, j'obtiens ma revanche. Je m'accoude et pose mon menton dans ma main en faisant à moitié semblant de lire la carte. Je sais déjà ce que je vais prendre en attendant Prue et mon frère. Je minaude, je me venge, je sens Morgan s'agiter à côté de moi, alors je décide de mettre un terme au calvaire et opte pour une simple bière. Je repose la carte et le serveur m'offre un large sourire avant de s'éloigner.

— Tu disais Morgan ? Ah oui, la nature… distribuant ses cartes, déclaré-je avec emphase.

— Tu sais que j'pourrais tuer c'mec avec une main ?

Le pire, c'est qu'il est sérieux. Je lève les yeux au ciel. Ces mecs ! Ce qui est marrant avec eux, c'est qu'il y a toujours deux poids, deux mesures.

— Tu sais aussi que je pourrais tuer ces midinettes en moins de temps qu'il faut pour le dire. D'ailleurs au match, ce n'est pas passé loin, je peux te l'assurer.

— C'est différent.

— Vraiment ? Quand tu te fais reluquer, j'ai pas mon mot à dire, mais si c'est moi, c'est un drame.

— Je te promets qu'à partir de dimanche, y en a pas un qui osera te reluquer.

C'est bien plus qu'une promesse, je le lis clairement dans ses yeux. C'est son instinct de propriété qui prend le dessus. Je devrais m'en offusquer, être outrée qu'il me revendique de cette façon. Pourtant, c'est tout le contraire, mon corps vient de prendre dix degrés d'un seul coup. J'inspire profondément et évite de croiser le regard du serveur qui vient de rapporter nos bières. D'ailleurs en ce qui concerne les regards, Morgan sait

317

très bien faire ça, mais en beaucoup plus glacial. Je bois une gorgée de bière au moment où mon frère et Prue nous rejoignent. Elle m'embrasse sur la joue juste avant de s'asseoir face à moi.

— Quoi d'neuf ? demande-t-elle comme si de rien n'était.

— Pas grand-chose.

— Pas de trace de notre ami ? interroge mon frère.

Il lève la main pour appeler un serveur et ce qui est assez curieux, c'est que ce n'est pas le même que tout à l'heure. Morgan a dû lui coller la frousse de sa vie.

— Aucune, répond Morgan.

— On fait quoi ?

— Ce qu'on est venu faire Meg. Manger un truc rapide et lui laisser un message. En espérant…

— En espérant qu'il le reçoive, termine mon frère.

— J'trouve qu'en c'moment, on compte un peu trop sur l'espoir, marmonné-je plus pour moi.

La main de Prue se tend puis se pose sur la mienne. Elle n'a pas besoin de parler. Je sais qu'elle essaye de me réconforter. Je lui souris.

— Il va falloir qu'on retourne à Londres, m'annonce-t-elle.

— À Londres pour ?

— Ta robe a été reprise, ils ont appelé pour que tu viennes l'essayer.

— Prue…

Je ne suis pas capable de dire autre chose, je me demande à quoi ça sert tout ce cinéma. J'ignore comment je serai demain, alors dans moins deux de mois.

— Ah non Meg ! Ce n'est pas fini, tant que ce n'est pas fini ! Je refuse de le faire sans toi et s'il faut, on avancera la date.

— Non Prue, tu n'avanceras rien du tout, c'est clair ? Si j'dois être présente, ce sera à la date initiale.

Ma décision est irrévocable. Par la même, je viens de m'apercevoir sans m'en rendre compte que si je survis jusque-là, j'irai faire un tour aux Pays de Galles. Où forcément je tomberai sur le grand-père que je n'ai pas du tout envie de voir. Prue est douée, elle aussi pour me faire faire n'importe quoi. Mon frère me fait un signe de tête, mais je lui fais bien comprendre que c'est pour elle que je le fais et aussi pour lui, mais certainement pas pour Sir Archibald. Du reste, je compte bien faire tout ce que je peux pour l'éviter.

Je grignote plus que je mange, mais je n'oublie surtout pas

mes compléments alimentaires super géniaux. En fait, mon corps est une vraie pharmacie ambulante. Les garçons mangent pour quatre, mais ce n'est pas comme si nous n'en avions pas l'habitude. Une fois mon café avalé, je sors pour fumer une cigarette. Ce n'est pas Morgan qui me rejoint, mais bien mon frère. Il ne fait aucun commentaire sur mon addiction, je sais qu'il n'en pense pas moins.

— Je te remercie pour elle.

— Mouais, je pense qu'il vaudrait mieux éviter de parler de ce qui se trouve aux Pays de Galles. Tu fais comme tu veux, mais respecte mon choix de ne pas vouloir lui parler.

— J'ai compris le message Meg, inutile de m'le dire.

— Ouais.

Le silence s'est installé, il n'est pas pesant. Je ne dirais pas qu'il est salvateur non plus. C'est juste que nous avons conscience tous deux qu'il vaut mieux ne pas rompre cette trêve. Les sujets Pays de Galles et grand-père sont clos.

— Bryan a débarqué ce matin, m'annonce-t-il.

— Pourquoi chez toi ? Surtout, comment il va ?

— J'suis ton frère, il sait qu'on est, ou, était proche du moins. Mal. Il allait mal.

— Qu'on est, pas était. Enfin j'espère. Il m'en veut.

Il me donne un léger coup d'épaule en souriant.

— Disons que son petit monde serein en a pris un coup ces derniers temps. Il était en colère, ce qui est normal. Il n'a pas compris pourquoi tu ne lui as pas dit plus tôt.

— Nous déménagions tous les six mois au début. Je ne pouvais pas lui offrir de stabilité. Bryan était très perturbé et dans un sens, il l'est encore. Difficile de lui dire que mon temps était compté, soupiré-je.

— Je sais et c'est bien ce que je lui ai dit. Je pense qu'il a compris, maintenant il doit l'accepter, comme nous tous, mais en gardant l'espoir.

— Espoir, mot compte double. Je vais me le faire tatouer sur le dos.

— J'veux bien me le faire tatouer aussi. Pour en revenir à Bryan, il sait que ma porte sera toujours ouverte.

— Merci.

Je ne peux pas être plus sincère cette fois. Je soupire et termine ma cigarette avant de l'écraser dans le grand cendrier. Au moment où je me retourne, la même sensation m'étreint. Je me raidis automatiquement, mon frère fait de même. Je scrute la foule essayant de le repérer, mais je ne vois rien. S'il a bel et bien fait partie de l'Institut, il doit connaître nos codes. Je signe avec mes mains que l'on souhaite le voir pour en apprendre plus. J'ignore si ça a marché, nous avançons à l'aveugle dans cette histoire. Nous allions retourner au pub, mais Morgan et Prue nous rejoignent. Nous expliquons rapidement la situation avant de récupérer nos voitures, direction l'Institut.

****

Cette fois, nous y sommes. J'ai la robe, la coiffure, les chaussures et je suis pétrifiée devant mon miroir. Je vérifie une dernière fois mon maquillage, mes ongles. J'ai l'impression de devoir passer un véritable examen. Je déteste ce genre de situation. Détester est un mot trop fort, mais j'appréhende trop pour pouvoir être détendue. La porte s'ouvre et je sursaute. Lady Mary apparaît vêtue une magnifique robe bleue nuit droite, la taille est haute, sans manche. Elle a jeté une étole de la même couleur sur ses épaules. Elle est apprêtée, maquillée avec soin. Lady Mary malgré son âge est quelqu'un de moderne, avec un goût sûr. Ce soir impossible d'en douter.

— Vous êtes magnifique, déclaré-je avec sincérité.

— Aie pitié d'une vieille dame. Tu es merveilleuse. Mais il te manque quelque chose.

Son sourire est énigmatique, ses yeux rieurs. Je ne sais pas ce qu'elle prépare. Je la vois ouvrir un coffret, elle s'approche de moi avec un collier « princesse ». J'écarquille les yeux, la bouche ouverte comme un poisson hors de l'eau. J'ai une attitude vraiment pas glamour pour le coup. Elle me sourit et me le passe autour du cou.

— Il appartenait à ma fille. Nous lui avions offert pour ses vingt ans. Ces feuilles en diamants ont été réalisées avec la plus grande finesse. J'aimerais que tu le portes.

—Je… je… Lady Mary, c'est trop… je, balbutié-je.

— C'est trop, vraiment ? rit-elle. C'est dommage que tu penses ça, parce qu'il y a aussi les boucles d'oreilles.

Je reste sans voix, un tas d'arguments se bousculent dans ma tête sur les raisons de ne pas accepter. Mais ma gorge est si serrée que je n'arrive pas à les formuler. Le collier est magnifique, sans être ostentatoire. Les boucle d'oreilles tombantes s'accordent parfaitement avec le collier. Elle me tend l'intérieur de sa main pour que je m'en saisisse.

— J'insiste, cela fait déjà trop longtemps qu'ils sont enfermés.

— C'est Alyson qui devrait…

— C'était aussi mon idée, sourit cette dernière en arrivant.

Elle ne me laisse pas le temps de réagir que déjà la sœur de Morgan me glisse la première boucle d'oreille dans la main. Je crois que je n'ai jamais été aussi nerveuse. Si je les faisais tomber ou bien que je les perdais. J'inspire profondément et finis par les accrocher. Je m'observe un instant dans le miroir. Il y a Lady Mary à ma gauche et Aly à ma droite, elles sourient toutes les deux. Aly porte une robe courte de couleur bleu turquoise, avec de la dentelle sur le bustier, une large bande de tissu en satin enserre sa taille fine avec un nœud et des strass sur le cœur de celui-ci. La jupe est évasée et on discerne au moins quatre épaisseurs de tissus.

— Merci.

— De rien Meg. J'ai hâte de voir leurs têtes, à tous ces…

Un seul regard de Lady Mary a suffi à la faire taire. Elle se contente de pouffer en mettant sa main devant sa bouche.

— Jeunes filles, il est temps d'y aller, annonce Lady Mary.

Je récupère l'étole posée sur le lit et la jette sur mes épaules. J'inspire profondément, il est temps d'y aller et d'affronter l'Institut en grandes pompes. Nous descendons toutes les trois le grand escalier. Morgan est bel et bien en bas avec Grace, habillé d'une robe de princesse rose portant un diadème sur le sommet de sa tête et une paire de gants assortis. Elle est splendide. Mes yeux détails avec soin Morgan, il porte un costume trois pièces gris anthracite avec une cravate bordeaux, parfaitement placé pour une fois. Remercions le veston. Je suis totalement sous le charme, finalement rien que pour ça, ça valait le coup. Il fait la même chose en ce qui me concerne et je finis par me liquéfier totalement devant son sourire en coin.

Une fois arrivée en bas de l'escalier, il me tend la main. Je m'en saisis sans hésiter. Il m'offre un baisemain délicat qui me fait rire. Grace nous gratifie d'une révérence.

— Je suis une princesse.

— Oh Gracie, il n'y a plus aucun doute.

Elle passe ses bras autour de mes hanches et me serre fort contre elle. Je caresse sa joue avec ma main libre.

— Tu es belle, déclare-t-elle.

— Et bien plus encore, renchérit Morgan.

— Ta cravate m'impressionne, le taquiné-je.

— Remercie Taylor, chuchote-t-il.

Taylor est prêt, il a une main sur la poignée. Lady Mary a décidé que c'est lui qui les emmènerait, tandis que Morgan et moi irions tous les deux. Elles sont déjà en route. J'ai encore une appréhension, je me regarde une nouvelle fois dans le miroir. Il se place derrière moi et passe ses bras sur mon ventre en posant son menton sur mon épaule.

— Belle, c'est trop faible, magnifique trop courant, époustouflante ?

— Vil flatteur et dragueur.

— Je préférerais séducteur.

Il embrasse mon cou et passe un doigt délicat sur le collier de diamant. Je frissonne et surtout je me sens gênée.

— En plus t'es exigent. C'est une idée de ta grand-mère et d'Alyson.

— Elles ont bien fait. Tu es prête ?

— Pas vraiment, avoué-je.

— Tout va très bien se passer, je te le promets.

Une promesse de plus, mais je ne peux pas nier qu'il les a toutes tenues jusqu'à présent. Il me prend la main, nous sortons du manoir puis récupérons la voiture. Je joue avec mes doigts pendant le trajet. Ma nervosité est à son apogée.

— Je suis censée faire quoi ce soir.

— Danser avec moi.

— Plus de précisions, c'est possible ?

— Ok. Eh bien, en premier lieu, je vais devoir saluer tous les gens importants, pendant ce temps-là, ou tu m'accompagnes ou tu rejoins les autres. Ensuite, ils vont se jeter sur la bouffe et l'alcool comme d'habitude. Juste après, je viendrai te chercher en te prenant par la main, pour qu'ils en avalent leurs ronds de serviette et on ouvrira le bal.

— C'est tout ? Et tu comptes officialiser notre relation comment ?

— Ça, tu verras, même si la touche de Granny ne passera pas inaperçue, pouffe-t-il. Megan, t'auras qu'à imaginer que t'es en mission.

C'est quelque chose que je sais faire, donc je dois juste me mettre dans la peau de mon personnage en faisant totalement abstraction de la réalité. J'en suis totalement capable même si je préférerais vivre mes propres émotions. Il existe peut-être un moyen d'allier les deux. J'accroche mon plus beau faux sourire à mon visage quand nous arrivons dans l'allée. Il fait le tour de l'Aston Martin, puis ouvre ma portière, coupant l'herbe sous le pied au voiturier. Ce n'est pas du tout protocolaire, mais soit. Je prends sa main et le rejoins. Il porte ma main à ses lèvres puis la passe dans le creux de son bras. Nous montons les marches et arrivons dans le grand vestibule. Morgan salue les gens d'un signe de la tête, je me contente de leur offrir un sourire. Même si je me fais l'effet d'une biche prise dans les phares d'une voiture. J'écoute le crieur.

— Lady Mary Carmichael, Mademoiselle Alyson Matthews accompagnées de Mademoiselle Grâce.

Même si je ne vois rien, je peux aisément imaginer Grace un sourire accroché jusqu'aux oreilles, tenant sa tête fièrement. Le fait que Grace soit la petite protégée de Lady Mary lui donne droit à quelques faveurs. Mes amis, mon frère et Bryan sont déjà à l'intérieur, je ne suis qu'avec Morgan parce que je suis sa cavalière. J'avoue que je ne serais pas contre d'être avec eux finalement. Surtout quand je croise le regard outré de quelques Lords : Johnson, Barlow et Richardson. Il faut bien le dire mes meilleurs potes. Je peux les entendre chuchoter, ils semblent tout bonnement scandalisés. Je ne me dépeins pas de mon super sourire, je n'ai pas non plus envie de leur faire ce plaisir. Je cherche des yeux des alliés et je finis par en trouver, trois Ladys : McCormick, Pearl et Stanford qui me font un signe de tête plein de déférence. J'ai aussi l'agréable surprise de recevoir les mêmes hommages des Lords Hennessy et Nate. Pour le dernier, je n'aurais pas misé un kopeck dessus.

— Je n'ai pas menti en te disant que certains t'appréciaient, murmure Morgan.

— Ouais, ça compense avec les trois autres qui aimeraient bien me voir décapitée.

— Ta tête est très bien là où elle est. Nous serons appelés en dernier.

— Super.

Il se met à rire, moi je suis tout à fait dans mes petits souliers. Le crieur continue ses annonces et le vestibule se vide petit à petit. Au fur et à mesure, je sens mon cœur qui s'accélère violemment dans ma poitrine. Je force mon esprit à se focaliser uniquement sur l'une des tapisseries au mur. Je sens Morgan se raidir, je regarde dans la même direction que lui et grimace. J'espère vraiment que cette soirée ne va pas tourner au drame.

— Lady Marge Matthews ! annonce le crieur.

— Il faut toujours un élément perturbateur dans un bal,

sinon ce n'est pas drôle, grimace-t-il.

— Oh, je croyais que c'était moi cette fois.

— Toi, t'es mon élément perturbateur de tous les instants, me taquine-t-il.

Si je ne le connaissais pas, je pourrais être vexée. Il reste encore deux couples devant nous. J'ai à peine le temps de réaliser que déjà Morgan nous fait avancer. Il y a plus de quatre ans, je ne voulais qu'une chose, lui mettre mon poing dans la tronche et me voici maintenant accrochée à son bras. La vie fait vraiment de drôle de plaisanteries parfois. Nous attendons aux niveaux des portes, j'inspire profondément.

— Respire et tout ira bien, me souffle-t-il.

— Le Doyen Morgan Matthews et Mademoiselle Megan Erin Tyler.

Je suis tellement habituée à Megan ou Meg que j'en oublie toujours que j'ai un prénom composé. Le silence est pesant, je peux entendre un léger brouhaha pendant que nous descendons les marches. Je trouve Prue qui a le pouce en l'air et Lady Mary qui m'encourage d'un signe de tête. Je pense que tout le monde est capable de décrire ce que je porte avec une très grande précision tellement ils me scrutent. Morgan ne se départit pas de son sourire, beaucoup plus vrai que le mien d'ailleurs. Si les yeux de Lady Marge avaient pu tuer, il est certain que je serais six pieds sous terre depuis un bail. La descente se termine enfin et certains commencent déjà à vaquer à leurs occupations.

— Détends-toi Meg. C'est pas pire que le club échangiste.

— Figure-toi que j'en suis pas sûre.

— Alors, tu m'accompagnes ou tu préfères rejoindre les autres ?

— Tu veux quoi toi ?

— Si j'avais le choix, tu serais toujours avec moi.

— On finirait par s'étriper.

— Ça rajoute du piment à la vie. On va commencer par le Conseil.

— Oh joie, oh bonheur.

Ce mec est définitivement dingue, mais comme dit l'adage : « garde tes amis proches de toi et tes ennemis encore plus proches ». C'est comme ça que je me suis retrouvée à faire le tour des gens du Conseil, ceux-là même qui m'ont jugée à mon arrivée. C'est volontairement que Morgan « court » directement vers mes trois Lords préférés et leurs épouses. Après les politesses d'usage, les hostilités peuvent commencer.

— Bien heureux que vous n'ayez pas fini enfermée, je me demande comment notre cher Doyen aurait fait, déclare Johnson.

— J'aurais été la libérée pour la soirée, bien sûr, rétorque Morgan.

— Et puis, de vous à moi, les combinaisons jaunes ne me vont pas du tout, plaisanté-je.

J'arrive à faire sourire Barlow, son épouse ainsi que celle de Richardson. Je sais que les combinaisons des prisonniers ne sont pas faites pour être jolie. Mais tout de même. Nous quittons le groupe, j'ai toujours ma main dans le bras de Morgan. Il va finir la soirée avec une crampe si ça continue. Nous avons presque fait le tour du Conseil, même si je ne suis pas dupe et que je sais qu'il restera encore des personnes à saluer. Finalement, ce n'est pas aussi pénible que l'on pourrait le penser. Morgan salue McCormick, Pearl et Stanford accompagnées de leurs époux. Enfin des alliées féminines.

— Ma chère, vous êtes radieuses, me lance Lady McCormick.

— Merci, vous l'êtes tout autant.

— C'est faux, mais ça fait toujours plaisir, merci. Mon mari a dû l'oublier en vingt ans de mariage, pouffe-t-elle.

Nous sommes très loin de l'austérité du procès et je crois que je pourrais même l'apprécier. Je ris doucement.

— Ma chérie, j'oublie simplement de te le dire, car c'est l'évidence même, répond ce dernier en faisant un clin d'œil.

— Menteur, s'esclaffe-t-elle.

— Quel magnifique collier, relève Lady Pearl.

— Oh… et bien… merci.

— Il était temps que quelqu'un le porte, dit-elle avec sincérité.

— En effet, confirme Morgan.

Je viens de comprendre la phrase de Morgan dans la voiture à propos du collier.

Ne pas rougir, surtout ne pas rougir, t'es une femme forte, pas une de ses minettes qui rougit ! me disputé-je inconsciemment.

Le pire, c'est que ça fonctionne parfaitement, je reprends le contrôle de mes émotions. Morgan échange quelques banalités avec elles encore un instant, puis nous repartons vers de nouvelles aventures. Je rencontre le maire d'Oxford, quelques Doyens des grandes écoles, puis enfin nous retrouvons Lady Mary.

— Félicitation Megan, je pense que tu as marqué des points,

m'annonce Lady Mary.

— J'ignorais que c'était un match.

— C'en est un, assure Morgan. Je me demande bien de quoi tu avais peur, tu excelles dans l'art de jouer la comédie. Un petit mot pour chacun, des sourires. T'as tout compris. Je vais aller chercher à boire.

Il disparaît aussitôt. Me voilà dans un nouveau statut, celui de plante verte. Alyson est partie discuter avec ses amis et Grace me fait sourire. Elle est en pleine conversation avec un petit garçon qui doit bien avoir six ans. Matt est avec Emma Dwight. En même temps, je m'en doutais, mais il a toute la bande autour.

— Le collier a toujours fait partie du plan ?

— Bien évidemment Meg, en le portant, nous t'intégrons officiellement dans notre famille, sourit Lady Mary.

— Pourquoi ne pas l'avoir dit ?

— Tu étais bien assez sous pression comme ça.

Morgan revient avec des coupes de champagnes pour nous trois, il trinque et nous buvons un peu. Je cesse tout mouvement quand Lady Scandale fait son apparition. Elle semble plus que déterminée à parler à Morgan. Belle-maman s'accroche et pas qu'un peu. Je vais pour faire un pas en arrière afin de m'esquiver, mais Lady Mary et Morgan qui avaient dû sentir le coup venir, me bloque le passage. Je me retrouve entre eux.

— Ai-je perdu tout rang pour que tu ne daignes même pas me saluer ?

— Je pensais que tu avais perdu ton invitation ?

— On ne me l'a jamais envoyée surtout. Morgan, nous ne pouvons pas continuer à nous déchirer de la sorte.

Hamlet Acte 1 Scène 1, pensé-je.

Je suis très loin d'exceller Lady Marge en comédie. Elle fait fort, même la main qu'elle veut maternelle sur son épaule. Morgan est intransigeant, il n'a pas du tout l'intention de lui céder du terrain.

— Donc, tu m'accorderas que si tu n'as aucune invitation ? Tu n'as rien à faire ici.

Morgan va pour lever la main et appeler les chiens de garde. C'est là que je comprends, s'il avait été vraiment mon ennemi par le passé, je pense que je l'aurais senti passer. Lady Marge tire sur le bras de son beau-fils.

— Je pense sincèrement que vous vous êtes assez donnée en spectacle Lady Marge.

— Vous ! Vous n'êtes qu'une sorcière Lady Mary et toi, espèce de garce, tu disparais pendant quatre ans, tu reviens avec une mioche et personne ne se pose de question ! Tout le monde savait à l'époque que tu couchais avec Morgan…

Elle continue de vociférer alors que Morgan l'embarque par le bras dans une pièce juste à côté. Lady Mary suit le mouvement et je fais de même parce que là, tout de suite, je n'ai qu'une envie, lui coller mon poing dans sa tronche de garce.

— Et comme de bien entendu, elle t'accompagne au bal de fin d'année. Tu l'as présentée à tout le monde alors qu'elle a déserté ! Et elle porte le collier d'ta mère ! s'époumone-t-elle.

— Écoute-moi bien, Marge ! Maintenant, il est plus que temps que tu la fermes ! Alors tes conneries d'enfant illégitime, tu vas t'les mettre où j'pense ! J'ai pas à me justifier surtout pas devant la femme de mon père qui passe son temps à s'envoyer en l'air dans tous les coins, en jurant ses grands Dieux combien elle aime son mari. Elle porte le collier de ma mère, parce que je veux qu'elle le porte et parce qu'elle en sera toujours mille fois plus digne que toi ! J'veux plus jamais t'voir à l'Institut ! Dégage !

Il fait un signe aux deux types de la sécurité pour qu'ils s'en chargent.

— Si elle remet les pieds à l'Institut, jetez là au trou !

Elle se débat, mais c'est peine perdue, ils la maintiennent fermement. Ma colère est redescendue. En fait, elle me fait pitié, même s'il est vrai que j'aurais préféré éviter le scandale et surtout ne pas me retrouver dans la ligne de mire. Pourtant, je devrais avoir l'habitude maintenant. La soirée se passait vraiment trop bien. Lady Mary s'éclipse, la respiration de Morgan est lourde. Il aborde la même attitude que dans le couloir, corps penché en avant et les mains devant son visage. Je m'approche de lui, avance ma main pour lui caresser l'épaule. Il se retourne, toujours la tête baissée. Je tire légèrement sa tête pour qu'il me regarde.

— Hé, tu as dit qu'il fallait un élément perturbateur à chaque bal.

— Cette salope t'a insultée, j'aurais dû…

— Quoi ? La foutre dehors, c'est ce que tu as fait. Je t'assure en plus que garce n'est pas le pire des noms qu'on m'a donnés. Quant à la rumeur sur Grace, elle court depuis un moment, un test de paternité résoudrait le…

— Non, me coupe-t-il. Il est hors de question que je rentre

dans ce jeu. Ils peuvent croire ce qu'ils veulent, j'm'en tape.

— Alors puisque tu t'en tapes, je m'en tape aussi. Vraiment, rien à foutre.

Il finit par sourire, enfin, puis m'embrasse délicatement avant de me prendre dans ses bras. Il frotte son nez contre le mien.

— Il vaudrait mieux qu'on y retourne.

— Haut les cœurs. On pourrait peut-être faire un crochet par les copains.

Il acquiesce, m'ouvre la porte et nous rejoignons la salle de bal. Je sens bien que les gens nous regardent, les messes basses ne laissent aucune part au doute. J'accroche mon plus beau sourire et je me dirige vers mon frère. Prue est rayonnante dans sa robe rouge et Beth arbore une robe crème qui fait ressortir son ventre rond.

— Pas à dire, y en a qui savent mettre de l'ambiance ! se moque Matt.

— Que veux-tu, je suis douée pour me faire des copines.

— En tout cas, t'es à tomber Meg.

— T'es plutôt canon toi aussi Prue.

— Combien de centimètres les talons ? demande Prue.

— Cinq ou six.

— T'imagines pour arriver à ta taille, je devrais au moins porter des talons de drag queen, se plaint Prue.

— Tout ce qui est petit est mignon, plaisanté-je.

— Ces filles ! Toujours en train de parler chiffon.

— On parle chaussures Scrat, pas chiffon. Suis un peu.

Prue a dit ça comme s'il venait de dire l'énormité du siècle. On ne rigole pas avec les chaussures, ni avec les sacs à main d'ailleurs et pas même avec les fringues.

— Et sinon, t'as vu le dernier Beretta qu'ils ont sorti Scrat, raille Matt.

— Perso, je préfère largement la génération quatre du Glock dix-neuf. Détente double action, calibre neuf, quinze coups dans le chargeur et tout ça pour un poids de cinq-cent-quatre-vingt-quinze grammes. La fiabilité du Glock en plus bien sûr.

— Bien sûr Meg, se marre Morgan.

— Quoi ?

— Rha Meg, on voulait, j'sais pas moi, vous mettre en boite.

— Raté, déclare mon frère hilare

Au moins, l'atmosphère est plus détendue. J'aurais pu préciser que le Glock dix-neuf tient parfaitement dans un sac à main. Mais je pense que je les aurais achevés. Les discussions se poursuivent, Morgan m'observe, c'est bientôt l'heure de se donner en spectacle, enfin d'ouvrir le bal plus exactement. Je pense de toute façon que j'ai enduré le plus difficile.

Chapitre XIV

Comme l'avais prédit Morgan, les invités se ruent sur les petits fours et le champagne. Nous continuons de discuter avec nos amis. Prue est absolument fascinée par le ventre de Beth. Elle l'assomme de question et j'admire la patience de la future maman. Elle semble aussi heureuse d'échanger sur sa maternité. Keylyan lui par contre n'a pas l'air totalement subjugué par la conversation. Personnellement, je me contente d'observer le doc avec Matt. Il use de tous ses charmes et le pire, c'est que vu son attitude ça à l'air de pas trop mal fonctionner.

Mon doc avec Matt ! Pouah ! On peut pas trouver plus glauque ? pensé-je.

J'avoue, elle est plutôt mignonne, loin d'être idiote. En plus, si elle se trouve un mec peut-être, je dis bien peut-être, que je pourrais avoir un peu moins envie de l'étriper. Me connaissant, c'est très loin d'être gagné, à des années lumières même. Pourtant, comme dirait l'autre, l'espoir fait vivre.

— Alors, tout le monde est prêt pour le match de demain ? s'enquit Mark.

— Ouep ! On va la gagner cette coupe.

— Je dirais même plus Matt, on va leur faire bouffer la pelouse à ces enfoirés, renchérit Scrat.

— Je devrais peut-être dire au service médical de se tenir prêt, sourit le doc.

— La morgue serait plus sage ! rétorque Scrat.

— Morgan, t'es d'la partie ? demande mon frère.

— Pas de risque que j'manque ça.

— Il adore s'autocongratuler, en rajouté-je.

— J'aime surtout me pavaner en short, minaude-t-il en me faisant un clin d'œil.

La Doc n'a pas l'air d'être choquée par les paroles de son « Patron », un point pour elle. Même si je me doute bien que ce n'est pas évident de dissocier les moments où il est le chef, avec les moments où il tente d'être lui-même. Pourtant, je suis sûre que certains ne comprendrons jamais ça. Morgan regarde sa montre. Alors quoi, tout est chronométré ? Je veux bien avouer que je retarde l'échéance autant que je peux. Mais c'est simplement parce que je suis très bien là, entourée de mes amis et de mon frère. Il se rapproche de moi, j'entends la musique du quatuor s'élever. Alors c'est comme ça ? Vraiment ?

— On y va ?

Il m'offre son plus beau sourire, me tend la main. Je hoche la tête d'assentiment et prends sa main dans la mienne.

— C'est pas meugnon, ça ? nous taquine Matt.

— Montre-leur qui est l'maître, s'esclaffe Scrat.

— T'es la meilleure Meg, scande Prue.

— Allez-y, j'vais gagner un pognon monstre ! exulte Scrat.

— T'as parié sur les photos ? demande Morgan.

— J'vais m'gêner tiens !

— Des barges, soupire Morgan.

— C'est pour ça qu'on les aime.

— Ou alors on est aussi barges qu'eux.

En y réfléchissant, c'est bien possible. Il entrelace nos doigts et je peux lire la stupeur dans les yeux des invités et surtout quelques voix qui réprouvent son acte. Je refuse d'y penser. Je le fais pour lui, mais aussi pour moi. Pour que l'on arrête de se cacher, pour que nous cessions d'être sur nos gardes en permanence. Nous avons bien assez à faire dans notre vie de tous les jours, nous avons-nous aussi le droit de grappiller quelques moments pour nous, sans nous soucier du qu'en dira-t-on. Il me guide comme souvent, je dois bien l'avouer, au milieu de la salle. Un large cercle s'est formé. Il abandonne ma main non sans un baisemain, je crois que si je n'étais pas si obnubilé par lui, j'en aurais rougi. Quelques-uns crient au scandale, mais je ne les entends pas. Il est face à moi et son sourire est à couper le souffle.

Je le lui rends bien incapable de résister. Je relève légèrement ma robe et passe la lanière de tissus à mon poignet. Il fait signe au quatuor, puis incline la tête vers moi, une main posée sur son abdomen. Je fais une légère révérence, tandis qu'il s'avance, me tend la main et glisse l'autre dans le creux de mes reins. Encore une entorse de plus, elle aurait dû être placée au milieu de mon dos. C'est peut-être à ce moment-là que je devrais remercier l'Institut de m'avoir appris toutes les danses de salons. Néanmoins, la valse est peut-être la plus simple d'entre toutes. Ma main se pose sur son épaule, il me rapproche de lui sciemment, bravant la distance imposée par l'étiquette.

— Confiance, me souffle-t-il à l'oreille.

— Toujours.

Je me laisse donc guider par ses pas et par la musique de

Chopin et sa valse qui a été découverte après sa mort. Je sais que c'est un de ses compositeurs préférés. Je ne sais pas si c'est lui qui a choisi, mais le rythme est doux, avec quelques accélérations. Je suis ses pas. Il semblerait que Môssieur le Doyen innove, parce qu'il a capté mes yeux avec les siens, chose qui ne se fait pas à l'Institut en dehors des couples. Je me laisse happer par ses iris bleus, m'y noyant avec un plaisir non feint. Il va vraiment finir par leur provoquer une syncope si ça continue et surtout la mienne. La valse se termine, nous nous séparons et inclinons la tête.

Il semblerait qu'il ait décidé de continuer de danser, je pourrais reconnaître son œil rieur à cent mille à la ronde. Les salutations reprennent et cette fois, je reconnais « la valse de l'Empereur » de Strauss fils. Le rythme est un peu plus soutenu, nous dansons encore une minute, seuls avant que Morgan, d'un signe de tête, donne son accord pour que les autres danseurs rejoignent la piste. Il ose même me faire tourner sur moi-même d'un mouvement fluide puis notre danse reprend. Je n'ai absolument rien à faire, juste laisser mes pieds glisser. Je suis de plus en plus à l'aise, difficile de faire autrement de toute façon, je ne vois que lui. La musique accélère, me laissant totalement emportée et je finis même par éclater de rire dans ses bras à la fin de la valse. Il rit avec moi et embrasse mon front avant de déposer un baiser chaste sur mes lèvres.

Je suis totalement à sa merci, je n'ai plus conscience des gens qui nous entourent, de ce qui est correct et ce qui ne l'est pas. Il passe son bras sur mes reins et nous quittons le rond central. Je réalise seulement quand j'entends nos tarés de copains siffler, choquant le quart de la salle par la même occasion, alors que d'autres gloussent. Il me fait tourner une fois de plus et replace son bras. Je sens qu'il est heureux et j'avoue que je le suis aussi. Toutes mes peurs de l'avenir se sont envolées. Je veux avoir confiance dans le futur, croire que tout s'arrangera. Il m'entraîne sur le grand balcon. Il pourrait me conduire en enfer, je le suivrais sans poser de question. Il m'attire à l'extrémité, me soulève et me fait tourner alors que je discerne la musique du « Beau Danube bleu » du même compositeur.

— On l'a fait ! s'exclame-t-il. T'as vu leurs têtes ?

— T'es dingue, m'esclaffé-je.

Il m'embrasse, mais cette fois, ça n'a rien à voir avec le baiser chaste de tout à l'heure. Ce baiser est passionné, Fougueux. Il me fait glisser le long de son corps et mes pieds touchent enfin le sol, du moins physiquement, parce que j'ai plutôt l'impression de flotter dans les airs. Mes bras encerclent son cou et sa langue vient taquiner la mienne.

— Je t'aime, souffle-t-il sur mes lèvres avec sérieux.

— Je t'aime aussi.

— Trois fois que tu l'dis. Fais gaffe Meg, tu commences à y prendre goût.

— T'as raison, il vaut mieux que j'm'arrête là.

— Surtout pas.

— On va finir par s'encroûter et vivre dans le merveilleux pays des contes de fée ?

Nous nous regardons un instant et éclatons de rire.

— Nannnn ! affirmons-nous d'une même voix.

— Alors Monsieur le Doyen, êtes-vous prêts à subir les quolibets ?

— Et toi ?

— J'ai vécu ça toute ma vie.

Je hausse les épaules, mes bras toujours autour de son cou. Il fredonne l'air du « Beau Danube bleu » et me fait tourner. Je suis obligée de lui tapoter l'épaule pour qu'il arrête quand je vois Lady Mary devant la porte.

— Je suis navrée de vous interrompre tous les deux, croyez le bien. Néanmoins, il serait temps de réintégrer les lieux au moins pour quelque temps.

— Désolé Granny, je ne pensais pas que nous étions partis si longtemps.

— L'amour nous fait perdre toute notion, se moque-t-elle.

— C'est ça, confirme Morgan.

— Pendant que j'y pense, très belle prestation, même si certains seraient ravis de te rappeler le protocole Morgan, surtout Madame Tate. D'un point de vue plus personnel, j'ai adoré.

Cette chère Madame Tate, je suis le diable pour elle. Morgan prend à nouveau ma main. Nous regagnons la salle et Il file directement voir mon frère. Grace est là avec un grand sourire. Elle me tend les bras, je ne me fais ne pas prier.

— Moi aussi, je veux danser comme ça ! annonce-t-elle.

— Alors le piano, le cheval, le jardinage et maintenant la danse, énuméré-je.

— Oui ! affirme-t-elle. C'est vraiment obligé d'avoir un amoureux pour danser ? questionne-t-elle sérieusement en regardant Morgan.

— Non mais c'est mieux, répond-il.

— Alors il me faut aussi un amoureux, affirme-t-elle.

Elle déclenche l'hilarité générale, elle semble si déterminée. Ça pourrait presque faire peur. Dire qu'elle va seulement avoir cinq ans. Je me suis abreuvée de livres en tous genres sur les enfants, mais j'avoue que Gracie est quand même hors norme.

— T'as encore le temps va, assure Morgan.

— Combien ?

— Au moins seize ans.

— Seize ans ? répète Grace.

— T'exagères pas un peu là ? intercédé-je.

— Si on se base sur sa mère, je lui laisse même une marge d'un an.

— Espèce de…

— Maman !

— C'est la fille qui reprend la mère à l'ordre ! On aura tout vu ! s'esclaffe Scrat.

— Ce que Morgan ne dit pas, c'est qu'il lui a fallu vingt-cinq ans, en rajoute mon frère.

— Je m'économisais.

— J'ai jamais rien entendu de plus idiot, affirmé-je, catégorique.

— Ah ouais et c'est quoi ton excuse à toi ? demande Morgan.

— Et c'est r'parti, déclame Prue en m'enlevant Grace des bras.

— Je ne croyais pas en l'amour.

— Et ça, c'est pas idiot peut-être ? T'avais peur ouais !

— Non !

— Si !

— Non !

Je ne sais pas vraiment ce qui se passe, je sens juste une petite main qui recouvre mes lèvres et c'est la même chose pour Morgan.

— C'est bien Gracie, t'as trouvé le volume. Ça fait plus de vingt ans qu'on le cherche, déclare mon frère hilare.

— En même temps, s'ils ne se disputent pas d'temps en temps, on va finir par s'inquiéter.

Ainsi parla Matt, sage parmi les sages. Grace finit par enlever ses mains. Il est évident qu'elle n'a jamais assistée à une de nos vraies disputes et encore heureux. Quand on voit de quoi nous étions capables, je pense qu'elle aurait eu la peur de sa vie. Le bras de Morgan reprend sa place sur ma taille. La musique entêtante de « La valse des fleurs », tiré de « Casse-noisette » me fait fredonner.

— Allons achever Madame Tate ! décide-t-il.

— Que… quoi ?

Je n'ai pas vraiment le temps de dire quoi que ce soit de plus, que déjà nous avons rejoint la piste. En n'omettant pas de s'être excuser au passage. Je souris, il semblerait que Prue ait décidé Keylyan à nous rejoindre. La danse n'a jamais fait partie des préférences de mon frère, bien au contraire. Pourtant, il serait capable de tout pour contenter sa future épouse.

— Tate est à deux doigts de la crise cardiaque, remarque-t-il.

— Elle va finir par m'envoyer sur le bûcher pour sorcellerie.

— Si c'est pour envoûtement, elle n'aurait pas tort. Sur ta droite, Ben semble aussi bien manier la valse que les rênes.

En effet, Madame McAdams a l'air de vraiment apprécier la danse que lui offre son mari. Le Doyen de Cambridge a invité Lady Mary.

— Ta grand-mère est impressionnante de vitalité, souris-je.

— Ouais, ça change de Johnson et sa femme, ils ont dû s'asseoir sur le manche d'un ballet.

Je ne peux pas empêcher l'image d'apparaître dans mon esprit tordu. Je me mets à rire, en gardant autant de discrétion que possible. Visiblement pas assez au vu des yeux plus que réprobateur de Madame Tate. En parlant de balai, je pense qu'elle a dû en essayer quelques-uns. Je suis totalement sous le charme au moment où Gracie tente de danser avec le petit garçon de tout à l'heure. Il est impressionnant, se tenant si droit, c'est si formel que ça ferait presque peur.

— Grace cherche vraiment un amoureux. Il n'est pas un peu vieux pour elle, m'interroge-t-il.

— Oh si, il a bien deux ou trois ans de plus qu'elle, me moqué-je.

— Quoi ? On ne sait même pas qui est ce gosse.

— Sûrement un futur terroriste en puissance, raillé-je.

— Hé, te moque pas.

— Fais gaffe, tu as ta fibre paternelle qui s'éveille.

Il ne répond pas et se contente de hausser les épaules. Nous virevoltons toujours, suivant la musique. Je crois que je vais me faire une crampe à force de sourire comme une idiote. Si je réfléchis bien, je n'ai jamais autant souri de toute ma vie. Puis la musique s'arrête. Je reprends mon souffle. Il me regarde en fronçant les sourcils. Pourrait-il juste arrêter de s'inquiéter cinq petites minutes ?

— Mon cher Morgan, pourrais-tu aussi m'inviter à danser ? demande Granny.

— J'en serai tout bonnement honoré Lady Mary, répond Morgan avec un clin d'œil.

Je les abandonne donc avec « Sobre las olas » de Juventino Rosas. Je prends une coupe de champagne sur un des plateaux, puis regarde Lady Mary et Morgan danser. Il est vrai que c'est beaucoup plus respectueux de l'étiquette. Je me retire un peu et observe Richardson venir vers moi du coin de l'œil. Le Lord fait plus d'un mètre quatre-vingt, il est brun et des yeux aussi noirs que l'onyx. C'est un homme hautain qui en impose.

— Je devrais peut-être vous féliciter ? suppose-t-il.

— Pour mon sens du rythme sûrement ?

— Votre sens du rythme… à l'horizontal.

— À l'horizontal ? Vous êtes d'un classicisme et d'un ennui Sir Jack.

Il n'a pas apprécié ma dernière remarque. Je lui souris faussement, je veux lui prouver qu'il en faut beaucoup plus pour m'impressionner. Je fixe mes yeux sur la piste de danse et porte le verre à mes lèvres.

— Je suis… curieux. Comment avez-vous fait ?

— Eh bien, en général, on compte un, deux, trois.

— Je ne vous parle pas de la danse.

— Fait quoi ?

— Il y a quatre ans, vous l'avez séduit, détourné de son devoir. Vous avez fait exploser son petit monde pour l'abandonner juste après. Sir James a même cru que son fils n'y survivrait pas. Et vous voilà quatre ans plus tard, dans cette salle, à son bras, le forçant ainsi reconnaître devant toute l'assemblé votre relation et le fait qu'il vous a pardonnée.

— Premièrement, vous devriez savoir que personne ne force Morgan à faire ce qu'il ne veut pas, c'était son idée. Deuxièmement, une notion essentielle vous échappe Sir Jack. Un concept vieux comme le monde, tout à fait dans vos cordes pourtant : l'amour.

Mon corps se redresse avec fierté, il est hors de question que je baisse les yeux devant ce salopard ambitieux.

— Que croyez-vous qui se passera quand il vous aura perdue, définitivement j'entends ?

Je me penche délibérément vers son oreille. Je veux qu'il

entende pleinement ce que je vais lui annoncer. Je sais parfaitement où il veut en venir.

— Écoutez-moi bien Sir Jack, vous m'avez envoyée à la mort plus d'une fois, l'apothéose ayant été il y a quatre ans. Pourtant, je suis revenue. À chaque fois. Je suis une survivante. Ne m'enterrez pas trop vite, ne faîtes pas la même erreur que Sir James. Je suis très combative et je me battrai pour Morgan, pour mon frère et aussi pour voir vos illusions, ainsi que vos rêves de grandeur se briser, articulé-je.

Il m'attrape l'avant-bras au moment où j'allais m'écarter de lui.

— Ne joue pas à ça avec moi. Tu ne sais pas de quoi je suis capable, crache-t-il entre ses dents serrées.

— Vous avez un avantage. Relisez mon dossier et voyez de quoi moi, je suis capable. Prenez-vous-en à moi si vous voulez, j'ai le dos large. Mais si vous vous avisez de comploter contre Morgan ou même ma famille, je vous jure que vous regretterez de ne pas m'avoir achevée vous-même, le menacé-je avec conviction. Passez une bonne soirée Sir Jack ! souris-je.

J'arrache mon bras à son étreinte et m'éloigne de lui tout en buvant ma coupe de champagne. Je déteste ce genre de type, le genre qui croit tout savoir et qui se pense supérieur sous prétexte qu'il est né du bon côté de la barrière. Je m'imaginerais bien lui déverser une remorque de purin sur la tête. Je suis tellement focalisée sur mes idées que je ne vois même pas Morgan me rejoindre.

— Que te voulais Richardson ?

— Échanger des amabilités.

— Et le regard noir à la fin…

Je pose un doigt sur ses lèvres et lui souris. Je pense qu'il en supporte bien assez comme ça. Je suis bien capable de gérer Richardson. Il dégage ses lèvres de mon doigt. Morgan fixe ce salopard, je tire sur son bras pour le détourner de son objectif.

— C'est rien, je t'assure. Alors cette danse ?

— Meg ? S'il t'a menacée…

— Hé. Tout va très bien, lui assuré-je.

Je vois bien qu'il ne me croit pas, sa mâchoire se contracte, son œil est inquisiteur.

— Dis-moi, t'as pas un discours à prononcer ?

— Non, la semaine prochaine à la remise des diplômes. Essayerais-tu de détourner mon attention.

— Disons, que si on serait seuls, j'aurais de meilleurs

arguments, minaudé-je.

— Dix fois meilleurs.

Je me risque à poser ma main sur sa joue. Au diable le protocole et tout le saint-frusquin, il la recouvre de la sienne. Cette fois, je sens que la pression est redescendue, il embrasse ma paume avant que je la retire. Une musique un peu plus rythmée envahit la salle.

— Place aux danseurs de Fox-trot, soupire-t-il.

— En général, c'est à ce moment que je disparaissais.

— Et là ?

— J'attends le signal.

Je ne vais quand même pas le laisser seul, pourtant il me connaît assez pour avoir conscience qu'en restant, je fais un véritable effort. Nous retrouvons nos amis qui commencent aussi à s'ennuyer. Ils préféreraient largement se retrouver au foyer à boire des bières plutôt que de se vautrer dans le champagne et les petits fours. Comme je les comprends. Je trouve qu'il y a quand même beaucoup de faux semblant.

— C'qui s'rait cool, c'est d'faire la soirée d'fin d'année le même jour que l'bal, propose Scrat.

— T'es dingue ? Tu veux les tuer ? intervient Matt.

— Chacun chez soi, approuve Morgan.

— Alors pourquoi nous, on est obligé d'être là ? se plaint Scrat.

— Parce que vous n'êtes plus étudiants, vous êtes de véritables agents.

— On aurait dû rester étudiants, peste Billy.

— Ça s'appelle grandir, se moque Morgan.

— Ouais, l'truc qu'on n'a jamais réussi à faire ! plaisante Charly qui vient d'arriver avec une flûte à champagne.

— La bouffe est meilleure par contre, constate Billy, un petit four dans la bouche.

— Et puis ça valait l'coup, intervient Charly.

— Vraiment ? demande Morgan suspicieux.

— Ah, mais clair. Voir la tronche de tous ces peignes culs quand tu l'as embrassée, c'était bandant ! s'amuse Charly.

— Ils vont en faire des cauchemars ! renchérit Billy.

— Ça va p't'être leur faire sortir le balai qu'ils ont dans l'cul ! s'esclaffe Scrat.

— Quelle classe les gars ! déclare Prue en levant son verre.

— On s'échauffe juste ! pouffe Charly en tapant dans la main de Scrat.

Y a pas à dire, ils font légèrement tâches dans le décorum, mais en tout cas, c'est très récréatif. Le pire, c'est que le langage devient de plus en plus fleuri. Le Doc reste impassible, encore un point pour elle. Si Emma arrive à survivre à une soirée complète avec eux, cela voudra dire qu'elle est peut-être digne de faire partie de notre cercle. Ne nous emballons pas, c'est pas gagné, c'est mon Doc. Je la vois déjà bien assez tous les jours comme ça. Inutile qu'elle s'incruste davantage dans ma vie. C'est même fortement déconseillé. Grace arrive au bras du petit garçon de tout à l'heure. Il semble impressionné, mais affiche une certaine confiance en lui. Les mecs arquent un sourcil en le voyant alors que Prue et Beth le trouve choux. Seigneur ! Il se place devant Morgan.

— Doyen Matthews, je suis Peter, George, Eugène Johnson troisième du nom. C'est un honneur, se présente-t-il en tendant sa main.

Nous restons tous très cons, c'est le mot véritablement. Scrat écarquille les yeux, mon frère le regarde comme s'il avait un troisième œil, Prue réprouve un frisson tandis que Morgan lui serre la main, stupéfié.

— Un vrai terroriste, hein Morgan ?

— T'as quel âge bon dieu ? demande Matt.

— Je suis dans ma huitième année. Il se tourne vers moi. Madame, c'était un privilège de passer la soirée avec Grace. Merci.

Donc, il a sept ans… effrayant. Je ne sais pas quoi répondre, je lui offre un sourire crispé et hoche la tête. Grace, elle, a l'air de le trouver tout à fait à son goût. Si c'est l'idée qu'elle se fait du prince charmant, je pense la faire très rapidement redescendre de son petit nuage. En plus, fréquenter le fils de Lord Johnson, je ne suis pas certaine que ça arrange mes affaires. Il claque des talons, tout en inclinant la tête puis s'en va. Je le suis du regard jusqu'à croiser les yeux de Johnson et de sa femme.

— Bah merde ! Ils naissent directement avec ce putain d'balai en fait, s'exclame Scrat.

— C'est absolument terrifiant, intervient Prue.

— Maman, Scrat il a dit deux gros mots.

Je me retourne vers Grace et fais les gros yeux à mon ami.

— Vilain Scrat. J'ai rêvé ou il m'a appelée madame ? demandé-je dubitative.

— C'est vraiment tout ce que tu as retenu ? sourit Morgan.

— Ça et aussi que c'est le fils de Johnson, grimacé-je.

— Il est gentil, il parle bien, il m'a même dit vous.

— Okay… s'il faut parler comme ça pour faire craquer une fille, j'rends mon tablier ! J'refuse tout net, annonce Matt.

— Tu l'aimes pas ? me demande Grace.

— J'ai jamais dit ça, c'est juste que c'est… surprenant.

— Et terrifiant aux risques de me répéter, marmonne Prue.

— Ouais, aussi, approuvé-je.

Morgan pose les mains sur les épaules de ma fille pour capter son attention, dans un geste que je qualifierais de très paternaliste.

— Ma chère Grace, je pense qu'il est temps que tu rencontres des enfants de ton âge. Vraiment de ton âge, et…

— Ouais, style ceux qui bouffent du sable, le coupe Scrat.

— Ou bien ceux qui s'amusent à détruire les châteaux d'sable, en rajoute Charly.

— Ou même ceux qu'on pas peur de s'jeter dans la boue, un p'tit rugbyman, c'est bien ça. Très bien même, complète Billy.

— Je veux un prince ! déclare-t-elle en croisant les bras devant elle.

— Ok, j'suis sûr que certains princes aiment le sable et l'rugby. Mais pitié pas ça, supplie Matt.

— Vrai ? questionne-t-elle.

— Tu sais Grace, il y a des hommes qui ne sont pas prince, mais qui sont capables de traiter la femme qu'ils aiment en princesse. Le titre seul ne suffit pas, c'est l'attitude qui prime. Et puis, tu as le temps, décrète Morgan.

Sur ces bonnes paroles, Grace décide de rejoindre Lady Mary, sûrement pour lui exposer son problème cornélien. Je soupire. Je crois qu'on n'a pas fini d'en voir avec elle. Je ne sais vraiment pas d'où lui viennent toutes ces idées, mais certainement pas de moi. J'avais déjà du mal à croire en l'amour, alors aux princes charmants encore moins. Je grimace.

— Meg ! Arrête de lui faire voir des Disney ! Ça lui pourrit la tête de conneries ! Il lui faut une bonne désintox, là !

— Ah c'est vrai que les princesses et les princes c'est tout à fait mon trip ! Les contes de fées et les fins heureuses, c'est ma spécialité ! Tu t'drogues Scrat ?

— Ça vient d'qui alors ? questionne Scrat.

— Elle va avoir cinq ans, elle rêve de châteaux, de princes et de Happy End. C'est normal, à son âge toutes les filles ou presque rêve de ça.

— Vous êtes psy aussi ?

— Non Megan, rit-elle. J'ai simplement une nièce du même âge, explique le doc. C'est dans les gênes des filles.

— On peut éviter d'parler boulot ce soir ? Gênes, numération globulaire… ce genre de truc quoi, supplié-je.

— Bien sûr, désolée, s'excuse-t-elle. Mais la mettre en contact avec des enfants de son âge est une très bonne idée, approuve-t-elle.

On a dit gentille avec la dame Meg !

Morgan a dû supposer et à juste titre que j'avais besoin de bouger. Nous faisons à nouveau le tour de la salle de bal alors que certains commencent enfin à partir. Morgan serre encore des mains et je reprends mon rôle de plante verte. Finalement, ça me va plutôt bien. Le moment d'anthologie arrive enfin. Richardson et sa femme sont sur le départ. La poignée de main est virile.

— J'espère que la soirée a été agréable Sir Jack ? interroge Morgan.

— Instructive, pleine de surprises même, voire divertissante et avec juste la dose de mordant qu'il faut, rétorque-t-il en me regardant.

— Réellement… étonnant.

Morgan me regarde rapidement avant de donner congé au plus grand connard de la soirée. J'arbore toujours la même attitude. Je suis sereine, je n'ai rien à me reprocher, il est absolument hors de question que je lui parle de notre entrevue et ça quoi qu'il arrive ou pense. Pourtant, je sais que je vais surveiller ce Lord deux fois plus qu'avant. Heureusement que la soirée se termine parce que je crois que j'arrive au bout de ce que je peux supporter. Grace dort et c'est Bryan qui la porte. Il ne m'a pas adressé un mot de toute la soirée. Je ne sais pas vraiment quoi en penser. J'espère juste que cette situation ne perdurera pas trop longtemps. Lady Mary embrasse nos deux joues et c'est avec un plaisir immense que tous les invités sont partis. Il ne reste que nous. Le quatuor est en train de remballer ainsi que les serveurs. Morgan les remercie tous et soupire de satisfaction, avant de passer son bras par-dessus mon épaule.

— Va falloir que toi et moi, on discute de Richardson.

— Je n'ai absolument rien à dire.

— Je crois le contraire.

— Tu t'souviens de ce mot : confiance ?

— Ok.

Il abandonne un peu trop facilement à mon goût, je suis certaine qu'il va revenir dessus dans très peu de temps. Il est incapable de faire autrement. Nous quittons la salle de bal et récupérons sa voiture, direction le cottage. Il continue la carte de la galanterie et m'ouvre la portière. Je n'ai pas le temps de sortir que déjà ses lèvres fondent sur les miennes. Nous rentrons rapidement à l'intérieur. Il m'incite à le suivre jusqu'au grand salon en me tirant par la main. Là je suis certaine qu'il a une idée.

— Reste-là.

— Morgan ?

Il s'éloigne un instant, sort son téléphone et appuie sur les touches. Je l'observe faire un moment. Il se retourne et ouvre ses bras alors que « These arms of mine » d'Otis Redding envahit la pièce.

— Danse avec moi ? propose-t-il.

— Tu me fais un remake de Dirty Dancing ?

— J'suis beaucoup plus bad boy que Johnny, affirme-t-il.

Plus aucune distance réglementaire à respecter, je passe mes bras autour de son cou et les siens enserrent mes hanches. Mon étole s'envole jusqu'au sol. Je suis parfaitement calée contre son corps, ma joue collée à son torse, je ferme les yeux et me laissent totalement aller. C'est lui qui donne le ton. J'inspire pleinement son odeur et savoure simplement le fait de l'avoir rien que pour moi. Ses mains caressent mon dos nu, ses lèvres se posent sur mon cou. Ma peau frissonne au fur et à mesure que ses doigts frôlent ma colonne vertébrale. Alors que nous dansons toujours, il s'évertue à retirer une à une les épingles de mes cheveux, elles tombent sur le sol. Je redresse la tête et me noie à nouveau dans ses yeux bleus. Son sourire me fait entrapercevoir ce qu'il a prévu pour la suite, sensuel et pleins de promesses. Une de mes mains rejoint sa nuque et caresse la base de ses cheveux. J'attire son visage vers le mien tout en montant sur la pointe des pieds et l'embrasse.

Le baiser est tendre, aucune précipitation, nous avons tout notre temps. Je veux savourer chaque instant, je veux me repaître de cet homme de mille et une façons. Mon chignon n'existe plus et mes boucles brunes retombent en cascade dans mon dos. Il me serre plus fort contre lui et contre ses lèvres tentatrices. Sa langue caresse ma bouche dans une invitation silencieuse, je l'accepte bien volontiers et me plie à ses effleurements avec bonheur. Notre baiser se prolonge, sa main s'aventure plus bas, beaucoup plus bas. Il plie légèrement les jambes et remonte doucement ma robe, caressant ma peau nue, mon corps frissonne, vibre pour lui. Je déboutonne lentement son veston, puis pose mes mains sur ses épaules pour l'en débarrasser. Il lui reste encore son gilet, sa cravate bordeaux et sa chemise. Mais on a tout notre temps. Quoi que s'il continue de caresser mes cuisses et mes fesses de cette façon, j'ai bien peur de ne plus répondre de rien.

Il mordille la peau de mon cou et je rejette ma tête en arrière, incapable de résister à sa douce torture. Je me liquéfie sur place alors que sa langue parcourt mon épaule et que ses cheveux me chatouillent délicieusement. Le pire, c'est qu'il arrive à faire tout ça en menant la danse. Mes doigts tremblent bien malgré moi au moment de défaire les boutons de son gilet. Je ne lui retire pas pour le moment. Je dénoue juste un peu sa cravate et fais sauter les trois premiers boutons. Je passe mes doigts sur sa peau et je me hisse à nouveau pour embrasser son torse, puis ma bouche s'aventure toujours plus bas alors que mes doigts s'activent pour libérer sa peau de toute entrave. Ma langue s'en mêle et je goûte à la saveur de ses abdominaux, jouant autour de son nombril avec délectation. Sa respiration est lourde et ses mains s'engouffrent dans mes cheveux. Je tire les pans de sa chemise pour la délivrer de son pantalon.

— Meg, souffle-t-il.

Je continue mon aventure, mes paumes se baladent sur le bas de son dos. Il me redresse et prend possession de mes lèvres à nouveau. Ses doigts s'emploient à faire descendre la fermeture Éclair de ma robe. Il me fait reculer jusqu'à l'un des canapés. Ses yeux sont de braises, ils m'enflamment. Je l'empêche d'enlever le reste de ses vêtements, je veux le faire. Le découvrir comme si c'était la première fois et en quelque sorte, c'est notre première fois. La première depuis que notre relation n'est plus secrète. Je prends tout mon temps pour le débarrasser de son veston, puis mon index dessine des courbes imaginaires sur sa peau enfin dévoilée. Je cajole son torse musclé, ses épaules carrées, je me redresse autant que je peux et mords délicatement son épaule. Je ne me lasse pas de caresser ce corps parfait.

Je décide qu'il est plus que temps de lui retirer sa chemise, mais je tire volontairement sur sa cravate pour me délecter de ses lèvres. Il grogne. Je coince sa lèvre inférieure entre mes dents juste avant de le libérer. Je dénoue enfin sa cravate, il est torse nu et je me délecte de cette vision paradisiaque un instant.

Il a décidé lui aussi de passer à l'attaque, ma robe se retrouve au sol et je suis en shorty et talon. Il n'y a pas de raison que je sois la seule. Je déboucle sa ceinture, ses yeux sont rieurs au moment où je le débarrasse de son pantalon et j'ai une vue impayable sur sa massive érection dans son boxer.

— Un essai partout, remise en jeu, déclare-t-il.

— Il faut que tu transformes l'essai, badiné-je.

— Direct entre les poteaux, murmure-t-il à mon oreille.

Mon corps est en surchauffe, il m'allonge sur le canapé, je me laisse totalement faire. Il m'ôte une chaussure. Puis prends mon pied dans sa main et embrasse délicatement ma peau, jouant de sa langue dans le creux de mon genou avant de se concentrer sur l'intérieur de mes cuisses. Une fois rassasié avec cette jambe, il fait exactement de même avec l'autre. Il recouvre mon corps du sien, ma bouche par à l'assaut de la sienne, mes mains se glissent naturellement dans ses cheveux. Je pourrais passer des heures ainsi. Il se saisit d'un de mes tétons entre ses lèvres, puis me torture, le suçotant, le mordillant, titillant mes sens avec délice. Je gémis et la chaleur entre mes cuisses augmentent inexorablement. Les deux subissent le même sort et je me cambre contre lui. Sa bouche explore mon corps de multiples façons, s'attardant longuement sur mon abdomen. Mes ongles se plantent dans le canapé au moment où il fait glisser sa langue le long de la bordure de mon shorty. Je ne sais pas comme il fait, mais Morgan enlève ma culotte avec ses dents uniquement tout en captant mon regard. Rien que cette vision déclenche une série de vibrations dans mon corps. Cette fois, je suis totalement nue devant lui.

Il est debout et retire ce qui lui reste de tissus. Son érection jaillit et je ne peux pas m'empêcher de regarder sa gloire masculine. Je tente de me relever pour toucher son membre épais. Mais il m'en empêche en s'allongeant sur moi. Il entrelace nos doigts et sa tête s'enfouit dans mes plis intimes. Un gémissement aigu s'échappe du plus profond de moi. Sa langue s'insinue en moi, sa bouche ravage mon intimité avec passion. Il me maintient parfaitement en place, je serre ses doigts avec les miens. Mon corps s'embrase alors que mon cœur s'accélère. Je suis incapable de me retenir plus longtemps, mon dos se soulève au moment où toutes les terminaisons nerveuses de mon être réagissent. L'orgasme est violent, il déferle en moi s'insinuant dans chacune de mes molécules. Je retombe mollement sur le canapé, ma respiration a du mal à retrouver un rythme normal.

Ses lèvres effleurent ma peau, je frissonne. Il remonte le long de mon corps, nos doigts toujours entremêlés. Il passe mes bras au-dessus ma tête, sa langue lèche cet endroit si sensible de mon cou. Je me débats légèrement, j'ai besoin de le toucher, de sentir ses muscles roulés sous mes doigts. Il bouge ses hanches à l'intérieur de mes cuisses, j'écarte largement mes jambes et les croises dans son dos. J'ai besoin de lui en moi et il le sait. Sa verge frotte mon clitoris et je geins fortement. Ses yeux emprisonnent les miens alors qu'il me pénètre lentement. Son visage se crispe, luttant contre l'envie d'aller plus vite. Notre connexion est complète, il libère enfin mes mains, elles trouvent leurs places naturellement dans le creux de son dos, alors qu'il se redresse sur ses avant-bras. Il bouge uniquement son bassin tout en poussant profondément en moi, je griffe ses reins.

Morgan se décide enfin, il se retire légèrement avant de s'enfoncer à nouveau. C'est tout en douceur qu'il va et vient dans mon antre bouillonnant. Mon corps se colle au plus près du sien. J'aimerais qu'il puisse ressentir ce que j'éprouve pour lui. Ce que je ressens au plus profond, le rythme est lent, nos êtres totalement en symbioses. J'enfonce mes ongles dans ses fesses et il daigne aller un peu plus vite tout en m'embrassant. C'est si doux, si tendre, je manque de mot pour exprimer ce que j'éprouve. Je sais qu'il m'aime et si j'avais pu avoir un doute à ce moment précis il aurait été totalement dissipé.

Je me redresse volontairement, puis place mes mains derrière mon dos et fais bouger mon bassin alors qu'il est à genoux. Il passe un bras sous mes hanches et il empaume mes seins avec sa main libre. Je m'enfonce en lui dans un long soupir de contentement. Je ferme les yeux me focalisant totalement sur mes gestes et sur mes sentiments. Il pose sa tête sur mon abdomen et embrasse mon ventre, avant de m'attirer tout contre lui, mes jambes s'enroulent autour de lui et je suis totalement assise. Il empoigne mes fesses et donne le rythme, je m'accorde parfaitement à ses mouvements. J'ondoie, c'est une autre forme de danse, érotique, amoureuse et voluptueuse. Il m'embrasse avec fougue, une main dans mes cheveux et l'autre toujours sur mes fesses.

Cette sensation que je connais bien m'incite à bouger plus vite sur lui. La boule dans mon ventre grossit à mesure que le besoin d'être libérée se fait plus violent. Je gémis bruyamment contre ses lèvres, mon corps frémit et j'ondule de plus en plus rapidement. Je m'accroche à ses épaules, c'est mon point d'encrage. Je ne contrôle plus aucun son qui sort de ma bouche, et cela, malgré ma langue qui se livre à une véritable bataille avec la sienne. Puis mon corps se met à trembler, mon ventre et mon intimité se contractent avec force. Mes muscles se tendent et je plonge avec brutalité dans les affres de la jouissance. Morgan dans un grognement rauque se laisse aller lui aussi à l'orgasme me serrant plus fort dans ses bras. Mon cœur bat à tout rompre, l'épuisement est salvateur, je frissonne. Je suis comme dans du coton, ma faim de lui est totalement rassasiée. Il frotte son nez contre le mien, sourit béatement et je suis à peu près sûre d'avoir le même. Je pose ma tête sur son épaule, alors que ses doigts câlinent mon dos avec tendresse.

Nous reprenons une position allongée dans le canapé,. Je suis à moitié avachi sur lui, une de mes jambes posées sur les siennes. Ma tête repose sur ses pectoraux. Mon index jouant avec les poils de son torse, alors qu'il continue ses douces caresses dans le creux de mes reins. Otis Redding chante toujours, dire qu'il a mis la chanson en boucle et je ne m'en suis même pas aperçue.

— Tu n'as pas froid ? me demande-t-il en embrassant le sommet de ma tête.

— Pas du tout. Je suis très bien.

— Avoue que cette danse était la meilleure de toute.

— Sans hésiter.

Je refuse de penser à Lord Connard et ses insinuations à deux £ivres sur la danse horizontale. Il est hors de question qu'il vienne perturber ma bulle de bien-être.

— Pas de protocole, d'étiquette, énumère-t-il.

— On aurait dû faire des photos pour Madame Tate, avec nos annotations sur bien ou pas bien.

Il éclate de rire. C'est certain qu'on la tuerait. Je me laisse bercer par la musique et par sa respiration. Je ne parle même pas de ses caresses. Je suis dans un état semi-comateux et ça me va parfaitement.

****

Nous voici à l'heure du match le plus important de l'année. Prue est à côté de moi, excitée comme une puce. Lady Mary est juste au-dessus avec sa petite fille et Grace. Elle m'a bien proposé de les rejoindre, mais j'aime trop ma place pour bouger. Je n'arrive pas à me dépareiller de mon sourire, surtout si je repense à ma nuit avec Morgan. Par contre, j'ignore comment je me suis retrouvée au lit. Je n'en ai aucun souvenir, entre le deuxième et troisième round sûrement. Merde et je ne compte même pas ce matin. Je pourrais rougir. La seule ombre au tableau, c'est qu'il a dû repartir juste après le petit déjeuner pour le bureau. Un papier urgent à signer. Donc je ne l'ai pas revu depuis, mais je suis bien capable de me passer de Morgan Matthews pendant quelques heures. C'est ce que j'espère du moins. Mon arrivée sur le stade a été remarquée, je le sais vue les murmures que j'ai déclenchés sur le chemin. Je pense que la nouvelle a déjà dû faire le tour. Est-ce que vraiment important ? En vérité, absolument pas. Curieusement, je m'en fous foncièrement.

— Les voilà ! clame Prue.

— Je vois ça.

— Cache ta joie.

— Qu'est-ce que tu veux que je dise ou fasse ? Que je sorte les pompons ? Désolée, j'ai oublié ma tenue de pom-pom girl.

— Ton mec joue ! Ton mec Meg ! C'est officiel t'as un mec !

— Je sais Prue, je suis au courant et si jamais j'oublie, j'ai juste à repenser à cette nuit.

— Un peu plus d'enthousiasme, c'est tout ce que je te demande.

— Laisse-moi du temps d'accord ? J'ai appris à me contenir, peut-être trop c'est vrai.

— Tout le monde ne parle que d'ça depuis ce matin.

— Tout l'monde n'a qu'ça à foutre Prue, c'est tout.

Elle lève les yeux au ciel, je hausse les épaules. Morgan et les autres entrent sur le terrain. Il se retourne et me sourit avant de reprendre sa course. Il faut à tout prix que j'arrête de sourire comme une idiote dès que je le vois. Je replace mes lunettes de soleil et je mate outrageusement mon… mec. Ouais mon mec. Merde, Prue à raison. J'ai un mec, officiellement. J'ai un peu de mal à m'y faire en fait. Les nôtres jouent en bordeaux, couleur officielle de l'Institut, dire que fut un temps où je détestais cette couleur.

Le match risque d'être tendu, jouer contre Cambridge n'a jamais été une sinécure. Bien au contraire, les trois quarts du temps, ça se finissait en bagarre générale. Ça m'étonnerait que ça ait changé en quatre ans. Ça siffle dans les tribunes, ça chante aussi. Les voix s'échauffent. Il y a un monde fou aujourd'hui. Le Conseil est là, au grand complet.

L'arbitre siffle le début de la rencontre et les premiers contacts sont violents. Le fait que Bryan soit sur le terrain ne me rassure pas du tout, même s'il est prévu qu'il ne joue pas toute la partie. Je sais que ça n'évite pas les coups. La tension est palpable et je trouve que l'on perd beaucoup trop de ballons à mon goût et nous concédons trop de terrain aussi. Le premier quart d'heure se passe dans la douleur. Mark harangue ses joueurs et même Morgan pousse une bonne gueulante. Difficile de chasser l'autorité naturelle, mais ça n'empêche pas Cambridge de marquer. Je grimace, Morgan et les autres sont en rogne. Quant à nos adversaires, ils se pavanent un peu trop.

Morgan et Mark interviennent pour séparer les joueurs en venant aux mains. Il reste cinq minutes avant la mi-temps. Je pense qu'elle va être nécessaire pour recadrer tout ce petit monde, Bryan finit au sol après avoir eu le droit à une belle cravate. Il est à terre, totalement dans les vapes. Je vais pour descendre sur le terrain, mais Prue m'en empêche. L'équipe médicale intervient, je trépigne et cherche un quelconque signe de son état. Il se relève quelques minutes plus tard, mais sort du terrain. La finale est terminée pour lui. Pour en revenir à l'assassin de l'équipe adverse, l'arbitre prend sa décision. Il écope d'un carton rouge et on nous offre un coup de pied de pénalité. C'est Matt qui s'en charge, Prue sautille sur place. Le silence s'est installé et nous avons tous les yeux rivés sur lui. Il botte et sa passe ! Il reste deux minutes dans le temps additionnel, nous avons beau avoir la supériorité numérique, notre jeu est merdique. L'arbitre siffle la mi-temps salvatrice. Ils sortent du terrain, l'équipe à la tête basse.

— C'est pas gagné, peste Prue.

— Ils vont s'prendre un sacré savon, assuré-je.

— Par qui ? Le capitaine ou le Doyen ? sourit-elle.

— Par les deux, j'en mettrai ma main au feu.

Je me tourne et observe les filles devant moi. Il y a toujours le fan club de Morgan avec des superbes banderoles. Les écritures sont en roses, c'est certain que ça va le motiver. Je préfère ne rien dire. Il vaut mieux. Calme et sang-froid. Je reporte mon attention sur l'entrée des vestiaires, l'équipe revient avec Bryan qui s'assoit sur le banc de touche pas très loin de l'accro de la cravate. Lui, si je m'écoutais, il aurait le droit à autre chose qu'une cravate. Cependant, je ne m'écoute pas. J'ai dit calme et sang-froid.

L'équipe à l'air gonflée à bloc et franchement, ils ne peuvent pas être plus mauvais qu'en première mi-temps de toute façon. Les groupies du Doyen sont déchaînées, elle scande le nom de Morgan et hurle des encouragements.

— Le meurtre est puni par la loi Meg.

— Je sais, grogné-je. Et la torture ?

— Aussi, rit-elle.

Je mets le troupeau de pimbêches le plus loin possible de mon esprit et me concentre totalement sur le match. Le coup d'envoi est donné, les gars montent en même temps que la balle. Key l'intercepte, il croise avec Matt pour éviter des adversaires, puis Matt croise ensuite avec Morgan qui va aplatir au milieu des poteaux rageusement. Le revirement est total, comme à la parade, nos adversaires n'ont absolument rien compris. Les supporters exultent, les gamines deviennent hystériques au moment où Morgan jette son poing en l'air. L'homme de Neandertal n'est jamais loin. Ses coéquipiers viennent lui taper dans le dos et ébouriffer ses cheveux.

Matt transforme l'essai et nous revoilà dans la course. Je sais que s'est très loin d'être gagné, Cambridge s'est fait surprendre, mais ça m'étonnerait qu'il se laisse avoir deux fois, même avec un joueur en moins. En effet, la défense se resserre et tient bon. Cambridge a verrouillé les portes, mais du coup, ils ont un mal fou à passer les avants. Difficile de marquer sans prendre le moindre risque. Leur entraîneur beugle sur le banc. D'un coup, je me pose une question existentielle. Pourquoi on n'a plus d'entraîneur au fait ?

— Prue ? Je sais que Monsieur Williams est parti à la retraite, mais c'était il y a quatre ans. Pourquoi ils n'ont pris personne pour le remplacer ?

— Très simple, aucun entraîneur ne reste assez longtemps.

— Pourquoi ?

— Tu sais comment ils sont ? Le jeu consiste à le faire abandonner le plus vite possible.

— Merdeux.

— Tu devrais les entraîner, c'est eux qui craqueraient, s'esclaffe-t-elle.

Je rigole avec elle, je n'ai pas vraiment les compétences requises. J'en suis loin même. Cambridge prend enfin des risques, on ne peut pas vraiment dire qu'on en bénéficie.

— Mais bougez-vous bordel ou j'lâche le chien ! beuglé-je, dans un moment de silence.

Scrat, Key et Morgan se retournent vers moi et pas qu'eux.

Encore mon impulsivité qui a parlé pour moi. Ils se frappent dans les mains avant de se lier pour entrer dans la mêlée. Nous avons la balle, elle se libère et tout le monde monte. Je croise les doigts pour qu'ils retrouvent le rythme de la semaine passée. Ils accélèrent et sont parfaitement positionnés. Prue sautille sur place, moi je suis accrochée à la barrière, je ne quitte pas l'action des yeux. Ils remontent le terrain et cette fois, c'est Key qui aplatit la balle. Ce n'est pas trop tôt. J'espère que ce second essai va libérer toute la pression accumulée. Il faut qu'ils se relâchent, c'est comme s'ils étaient bridés. La combativité est de retour, enfin, c'est comme si l'immense chape de plomb qui s'était abattue sur eux avait disparu. Les visages sont moins crispés et le jeu a gagné en fluidité.

Le match n'est pas fini, loin de là, mais j'ai un peu plus confiance pour la suite. Par contre, la tension monte d'un coup entre les deux équipes et les coups commencent à pleuvoir. Il faut l'intervention de deux « gros » de chez nous pour calmer l'assemblée. Si ça ne finit pas en bagarre générale, je m'appelle plus Megan Tyler. Il reste dix minutes, nous sommes très loin du match du siècle, mais il y a beaucoup de mieux. Les nôtres ont fini par comprendre qu'il n'avait rien à perdre. Mais j'avoue que même réduit à quatorze, la défense de Cambridge est très solide. Les pimbêches et les spectateurs encouragent tout ce beau monde avec ferveur. Moi, j'ai toujours les doigts accrochés à ma barrière. Prue tape dans ses mains et scande le prénom de mon frère. À moins d'une minute de la fin, un pilier de Cambridge décide que c'est plus marrant de jouer des poings et c'est Matt qui en fait les frais. Du coup, ce qui couvait depuis le début se déclenche. Matt rétorque et alors que Morgan va pour les séparer, un de ses adversaires lui donne un coup de poing dans la pommette droite. Je grimace et me tiens la joue.

Le Doyen, n'est plus Doyen, rend le coup deux fois plus fort, son attaquant est séché sur place. L'arbitre fait tout ce qu'il peut pour contenir les participants, mais ça devient très compliqué. Lady Mary rejoint le terrain avec le Doyen de Cambridge. Ils s'arrêtent tous rapidement en voyant la grand-mère de Morgan débarquer. Elle leur ordonne de se contenir et de se comporter en gentlemen. Inutile de se demander d'où Morgan tient son autorité naturelle, même si pour le moment, il ressemble beaucoup plus à un chien fou. L'arbitre siffle la fin de la rencontre et je soupire de soulagement. Les visages sont marqués et c'est peu de le dire. Ça n'empêche pas les nôtres de se congratuler et ceux de Cambridge de faire la gueule. Morgan s'essuie le visage d'un revers de manche et Prue se précipite vers mon frère qui a l'arcade ouverte. Ce sport si beau, si fraternel...

Je prends tout mon temps pour descendre et j'entends les commentaires sur Morgan et sa virilité. Merde, faut vraiment qu'elles se fassent soigner ou bien qu'elles trouvent un mec et surtout qu'elles foutent la paix au mien. J'arrive à l'avant-dernière marche et je me retrouve face à Morgan qui me prend dans ses bras et m'embrasse plusieurs fois avant de me reposer au sol. Ce qui nous vaut des sifflements de toutes parts.

Rumeur confirmée ! Vengeance ! Prenez ça les pimbêches !

Je fronce les sourcils en observant sa pommette et passe mon doigt juste en dessous. Les sifflets sont toujours présents, mais je n'y fais pas trop attention. Lady Mary s'est éloignée avec Monsieur « Cambridge », ils rejoignent le grand représentant de la ligue de rugby pour les grandes écoles.

— Dis-moi, le Doyen n'est pas censé ramener l'ordre ?

— On n'est pas non plus censé frapper l'Doyen.

— C'est toi qui dit que sur le terrain t'es un joueur comme les autres.

— Bah ouais, du coup, j'ai répondu comme un joueur, sourit-il avant de grimacer de douleur. On a gagné.

— Dans la souffrance, mais ouais. Ce qui est bien, c'est que ce joli bleu va s'accorder parfaitement avec le jaune de ton coquart de la semaine dernière.

Il passe ses mains autours de mon cou et pique mes lèvres de baisers tendres. Il est tout sale et tout transpirant, mais là où il avait raison, c'est que ça ne m'a jamais gêné.

— On a joué comme des brèles, affirme-t-il.

— C'est pas moi qui te contredirais.

— T'es intransigeante hein ?

— J'vais pas t'mentir, ni faire de faux compliments. Le premier essai de chez nous était beau, approuvé-je.

— C'est parce que c'est moi qui l'ai mis. Tu n'peux pas résister à mon joli p'tit cul en short.

— Vantard !

— Réaliste, c'est tout.

Il m'embrasse à nouveau, faisant fi des autres autours. Ah cette petite bulle de bonheur, j'échangerai ma place pour rien au monde.

— Quand Monsieur Morgan Matthews en aura fini avec ma sœur, ce serait bien qu'il nous rejoigne. On s'douche, on récupère la coupe et après t'embrasse ma sœur. Enfin tu fais c'que tu veux…

— Keylyan ou la voix de la raison, soupire-t-il.

— Va falloir trouver un juste milieu tous les deux. Ou c'est rien pendant des années ou c'est tout en moins de vingt-quatre heures, se moque mon frère.

— Justement, on a du temps à rattraper, se plaint Morgan.

— Allez oust, dégage, va retrouver tes potes, lui ordonné-je

Je le repousse, il se débarrasse de son tee-shirt, me le jette dans les mains, me claque les fesses en réponse avant de rejoindre les vestiaires. Les messes basses ont repris de plus belle. J'ai comme l'impression d'avoir une cible dans le dos cette fois.

— On peut dire que vous faites sensation tous les deux, déclare Alyson. Je ne l'ai pas vu heureux comme ça depuis… en fait, je ne m'en souviens pas.

— Sensation ? l'interrogé-je.

— Oh arrête, Meg, ils parlent tous que de ça. Du Doyen et de la fugitive. Ennemis et amants.

— Beurk, on dirait du Shakespeare, ton truc Aly, rétorqué-je.

— Être ou ne pas être amoureuse de Morgan, déclame ma meilleure amie. Ça a duré un moment.

— Ok, j'avoue. Mais on n'en est plus là.

— Mon pauvre frère…

— Non, je ne dirais pas ça Aly. Il m'en a fait voir aussi.

— Seulement parce que tu refusais l'évidence, en rajoute Prue.

Vive la solidarité féminine !

— Dois-je rappeler le contexte de l'époque ? Ses fiançailles, son père, cette mission et son caractère… qui n'a pas changé en définitive.

— C'est vrai que question caractère, tu peux parler !

— Dis-moi Prue ? T'es ma meilleure amie, t'es pas censée m'soutenir ?

— Ah si ! Mais j'suis censée aussi dire quand tu déconnes.

Ok, j'abandonne. Je préfère me concentrer sur ce qui se passe dans les tribunes, à savoir la future remise de la coupe. Max doit avoir besoin de se défouler les pattes parce qu'il descend nous rejoindre un moment avant d'aller courir. Des clameurs s'élèvent des vestiaires. A priori, ils ont déjà commencé à faire la fête. Si on se base sur la saison et non sur le dernier match je dirais qu'ils l'ont amplement mérité d'après ce que je sais. Ils sortent enfin les uns derrière les autres, Cambridge d'un côté et nous de l'autre. Puis ils se placent tous en ligne face à la tribune. Lady Mary représente parfaitement son petit-fils, elle affiche un sourire de circonstance. Mark et les autres portes le costume des sorties officiels. Costumes bordeaux avec blason et chemise blanche à col Mao, donc sans cravate. Un point pour Morgan, mais je suppose que c'est son idée, car il y a quatre ans, ce n'était pas du tout les mêmes. Les discours s'enchaînent. Nous avons même le droit à un sermon sur les valeurs du rugby.

Les perdants montent en premier, reçoivent une médaille et serrent les mains des officiels. Vu leurs visages, eux aussi ont morflé. Les têtes sont basses, sans sourire. La défaite est amère. Puis vient le tour des vainqueurs sous un tonnerre d'applaudissement. Mark, en tant que capitaine, grimpe le premier, Beth frappe des mains aussi fort qu'elle le peut. Son visage transpire la fierté. Les poignées de mains sont fermes, puis c'est l'explosion de joie quand ils reçoivent la coupe. Des années qu'ils attendaient ça ! Ils se congratulent au fur et à mesure que la coupe passe dans les mains, j'ai un très large sourire quand le trophée atterrit dans les mains de Bryan. Après dix bonnes minutes, ils réintègrent le vestiaire. Les officiels se retirent et Lady Mary descends nous voir avec Grace. Je prends la petite dans mes bras alors que Max revient de sa promenade.

— Pas mécontente que ce soit terminé, déclare Lady Mary.

— Sans mort en plus, approuvé-je.

— Mais un match contre Cambridge sans bagarre, c'est pas un match, affirme Aly.

— Sauf que ton frère n'était pas obligé de rétorquer.

— Granny, c'était juste un petit coup poing.

— Qui a mis l'autre K.O. tout de même.

— En même temps, faut pas être net pour lui taper dessus, le défends-je.

— Tu n'as pas tort, approuve Lady Mary en riant.

Il a beau être Doyen, son passé tout le monde le connaît et surtout les joueurs adverses. On ne change pas comme ça du tout au tout. C'est impossible.

— Alors ton programme Gracie ? demandé-je.

— Granny m'emmène faire du poney, annonce-t-elle fièrement. Après, on arrosera les fleurs, et y a encore la tarte aux pommes que je dois faire avec Madame Cane.

— Tu es très occupée en effet, relevé-je.

Grace embrasse ma joue puis s'éloigne en tenant la main de Lady Mary, Max les suit comme leurs ombres. Il est plus que temps d'aller au foyer afin de tout préparer pour l'arrivée des héros du jour. Le foyer n'est pas très loin, en moins de cinq minutes, nous y sommes. Dès que nous entrons, le silence tombe. Je regarde tout autour de moi, ils me dévisagent.

— Relax, j'suis la même qu'avant-hier, affirmé-je.

— Et elle était déjà avec Lui. C'était elle sur les photos, en rajoute Prue.

— Ouais, elle couchait avec lui bien avant qu'il soit Doyen.

— Hé ! Merci Aly, vraiment merci, marmonné-je. Faîtes comme si j'étais pas là ! Lui et moi, on a autre chose à foutre que de discuter de vous tous !

Je décide de faire comme si eux n'étaient pas là, ce qui est encore plus simple. J'ai la sensation désagréable d'être un monstre de foire. Ce n'est quand même pas de ma faute si celui que j'aime est le taulier ? J'ouvre les cartons de pizzas et les poses sur des plateaux, comme j'ai fait la dernière fois. Alyson s'occupe de la musique, Prue sort les verres en plastiques, mais j'arrive encore à sentir certains regards sur moi. C'est très loin d'être gagné. Je soupire puis me concentre totalement sur ma tâche, essayant tant bien que mal de me fondre dans la masse. En moins d'un quart d'heures, tout est prêt, plus rien à faire et je me retrouve à nouveau au centre de certaines messes basses. J'ai le dos large. J'entends les pimbêches balancer des conneries sur moi.

— J'vois pas c'qu'elle a d'plus que nous, crache la blonde.

— Un cerveau ! rétorqué-je acide. Depuis quand ça parle une morue ?

Mon calme s'est enfui, en embarquant mon sang-froid par la même occasion. Je veux bien être cool, du moins essayé de l'être. Ce ne sont que des petites merdeuses, je sais.

Pas taper, pas taper ! me disputé-je.

— Quand j'pense que tu m'as fait croire que mon frère avait couché avec toi y a quatre ans. Si j'avais réfléchi à l'époque, j'en aurais ri tellement c'est stupide !

— Aly a raison, oublie ton fantasme et trouve-toi un mec, ça devient urgent, renchérit Prue.

— Oui, laisse jouer les adultes. C'est mieux pour toi.

Je suis en mode pit-bull. Je ne sais même pas pourquoi je me rabaisse à leur parler, parce que toutes ces insinuations m'énervent profondément. Et ce qui m'énerve encore plus, c'est qu'on se permette de les faire dans mon dos. J'inspire profondément, j'ai besoin d'une clope, mais je sais que je n'ai pas le temps. En effet, moins de deux minutes plus tard, l'équipe débarque au grand complet. Ils se sont tous changés, jeans et maillot de rugby hyper moulant. De quoi donner des chaleurs à plus d'une. Je fusille les pom-pom girls du regard. S'il y en a une seule qui se permet une réflexion, je l'emplâtre. Ils sont accueillis avec des sifflets, des cris et des applaudissements. Mark brandit la coupe, aussi haut qu'il le peut et les acclamations se font encore plus vives.

J'ai toujours un peu de mal à retrouver mon sang-froid et surtout mon calme. Mais j'affiche un sourire, même s'il n'est pas totalement naturel. Mark la pose derrière le comptoir et l'admire fièrement, puis il retrouve sa femme pour l'embrasser. Morgan agit de la même façon que la dernière fois en servant la première tournée de bière. J'ai toujours un œil sur les groupies, c'est plus fort que moi.

Prue tombe dans les bras de Keylyan. Bryan est un peu en retrait, je sais qu'il faut qu'il digère, mais je trouve que ça prend trop de temps. Je soupire et c'est ce moment que choisit Morgan pour m'apporter une bière. Je le remercie avec un sourire avant de jeter un regard dans mon dos.

— C'est quoi l'problème avec ces filles ?

— Toi.

— Quoi moi ? J'ai fait quoi encore ?

— Absolument rien, c'est ton fan club, mais vraiment pas le mien.

— Depuis quand le Doyen a un fan club ?

— Depuis que le Doyen est trop sexy pour être honnête. Sérieux Morgan, tu ne t'en es jamais rendu compte ?

— Non.

— Attends, elles ont des banderoles pendant les matchs, elle gueule plus fort que Scrat et Charly réunis.

— Je n'ai jamais fait gaffe, m'assure-t-il. Quand je joue, la seule voix que j'entends en dehors du terrain, c'est la tienne. D'ailleurs t'étais prête à lâcher ce pauvre Max sur nous.

Nos amis ont rejoint notre coin fétiche et nous faisons de même. Chacun prend sa place, je m'assieds à côté de Morgan.

— Ah non, mais vous auriez mérité. Seulement, j'avais trop peur de traumatiser ce pauvre chien.

— Très drôle Meg ! s'esclaffe Scrat.

Je le fusille du regard, à croire qu'il ne me connaît pas

réellement.

— Sans dec' Meg ?

— Sans dec' Scrat.

Mon frère se met à rire et tout le monde suit devant un Scrat devenu livide d'un seul coup. Sa tête vaut tout l'or du monde et je regrette même un instant de ne pas avoir immortalisé ce moment.

— T'es dingue, vraiment dingue Meg. On l'dit pas assez, cette fille est dangereuse ! déclame Scrat.

— J'suis dangereuse qu'avec mes ennemis et intransigeante avec mes amis. Enfin, il paraît.

— Il paraît qu'elle dit ? Je confirme, oui. Peut-être moins maintenant, affirme Prue.

— Disons qu'elle était à peu près aussi exigeante avec les autres qu'avec elle-même. Un cauchemar ! en rajoute mon frère.

— J'vous signale que « Elle » est là ! m'insurgé-je.

— « Elle » est bien là ! se moque Morgan.

— Hé ! Oui j'suis là !

— On parle de qui ? De celle qui s'interdisait la moindre faiblesse, le moindre faux pas, la moindre émotion ou bien de celle qui s'est jetée sur une balle pour moi ? questionne Morgan.

— Ou celle qui est revenue me chercher pour m'extraire d'un cartel en Colombie ? interroge Scrat.

— Je ne m'interdisais pas la moindre émotion, c'est juste que j'avais une préférence pour les émotions négatives. Pour ce qui est du reste, j'ai fait ce que j'avais à faire et toi tu ne comptes pas, dis-je en montrant Morgan du doigt.

— Négatives, ça, c'est rien d'le dire, approuve mon frère.

Je n'ai pas vraiment envie d'épiloguer sur le sujet Morgan et ce fameux jour à l'entrepôt. Je me suis interposée par amour, pas par devoir. Quoi que je l'aurais peut-être aussi fait par devoir. Je n'en sais rien après tout.

— Comment ça j'compte pas ? s'outre-t-il.

— J'parlais pas d'compter dans l'sens compter.

— Ok, et tu « compter » comment alors ? demande Morgan en mimant les guillemets.

— Que celui qu'y pige que dalle lève la main ! s'immisce Scrat.

Tout le monde lève la main sauf mon frère.

— C'est parce que justement toi tu comptais que ça ne comptait pas, révèle mon frère.

— Hein ?

— Merde Morgan, c'est pourtant clair, tenté-je.

— J't'assure que non.

— On n'est pas seuls, marmonné-je.

— J'vois pas l'rapport ?

— Sujet perso, réponds-je.

Il arque un sourcil, si bien qu'on pourrait croire qu'un troisième œil vient d'apparaître miraculeusement au milieu de mon front.

— Hannn ! J'ai compris ! déclare Prue.

— Non.

En plus de le lui dire, je joins le geste avec ma tête. Si c'est vrai que je suis plus à l'aise avec mes sentiments, il est toujours très difficile d'en parler devant eux, mes amis. Je ne sais pas pourquoi, mais c'est comme si je dévoilais une trop grande partie de moi-même.

— J't'écoute Prue.

Je vais pour me lever afin de l'empêcher de parler, mais Morgan a une technique bien particulière pour m'arrêter. Il me fait asseoir sur ses genoux et passe ses bras sur mon ventre. J'essaye de me débattre, mais sans succès. En même temps, ce mec arrive à plaquer des mecs qui font presque une fois et demi son poids. Ses muscles se bandent et je serai presque tentée de continuer juste pour voir ça. Mais à part m'épuiser, c'est tout ce que j'y gagnerais.

— Quand elle dit que tu comptais, c'est dans le sens trop.

— Je suis là merde ! Arrêtez d'parler moi à la troisième personne !

— Tais-toi où j'te bâillonne ! m'ordonne Morgan.

— Essaye pour voir et j'te garantis que t'auras de virilité plus qu'au niveau d'ton prénom !

— Finalement, elle ne change pas, s'esclaffe Scrat, en faisant semblant d'être ému.

Scrat, Matt, Billy et Charly éclatent de rire à l'annonce de ma menace. Je me tortille et essaye de me libérer. Ça devient vraiment épuisant tout ça. Je vais tuer Prue.

— Tu s'rais bien embêtée, chuchote-t-il. Continue Prue, ça d'vient très intéressant.

— C'est simple, elle, enfin Meg s'est interposée parce qu'elle t'aimait, pas parce que le sens du devoir lui dictait de le faire.

Je grimace tout en imitant Prue et lève les yeux au ciel. J'ai un coup de chaud. Je me planquerais bien, mais je n'ai aucun moyen de repli, à part lui mettre un coup avec l'arrière de ma tête pour lui briser le nez. Mais il ne faut pas exagérer non plus.

— Bordel de merde ! Meg qui rougit ! J'aurais jamais cru voir ça ! se gausse Matt.

— J'rougis pas ! Jamais ! me défends-je.

Morgan rit dans mon dos, déplace mes jambes sur le côté pour qu'il puisse me regarder, maintenant toujours fermement mon corps dans ses bras.

— Ah ouais ? demande Morgan.

— Fais pas comme si tu l'ignorais, bougonné-je.

— Matt a raison.

— Matt est un con, marmonné-je.

— T'as raison, souffle-t-il.

— Hé j'suis pas un con !

Mais il y a bien longtemps que je n'entends plus Matt crier au scandale. Je suis totalement happée par ses deux fentes bleues qui me scrutent et par ses lèvres tentatrices. Il relâche la pression de ses bras sur mon corps, puis prends mon visage en coupe avant de m'embrasser avec fougue.

— On est là ! se plaint mon frère.

Je me décale juste assez de façon à ce que mes cheveux fassent écran entre eux et nous. Je devrais rougir dix fois plus, pourtant je suis à nouveau dans une bulle ou seul lui et moi comptons. Qu'importe ce que peut dire mon frère, ou bien quelqu'un d'autre. Pour l'instant, c'est lui et moi.

Chapitre XV

Les étudiants sont en examens jusqu'à la fin de la semaine, ensuite, ce sera les vacances pour eux. Ils vont pouvoir rentrer dans leurs familles, passer du bon temps. Certains diplômés mettront à profit ce qu'ils ont appris dans diverses missions. Pas de repos pour les braves. Je me souviens que je détestais cette période. Prue quittait l'Institut, me laissant seule avec mon frère et Morgan que j'évitais comme la peste. Si je ne travaillais pas, je passais tout mon temps avec Blackpearl. Paradoxalement, c'est aussi cette période que j'appréciais le plus, car j'étais totalement libre de mes mouvements, hors mission bien entendu.

Ce n'est pas un bon jour, c'est un de ces jours où je suis fatiguée à m'endormir debout. Je prends sur moi pour Morgan, mais aussi pour cette liste de personnes disparues. Nous avons réussi à la réduire à cinquante agents, trop encore, c'est vrai. Pourtant, rien à voir avec les cent cinquante du début. J'ai du mal à croire que tant de personnes aient été abandonnées. Je me masse les tempes, mes globules se sont encore effondrés, nous avons donc augmenté les doses de vitamines et de sels minéraux. Pourtant, je ne sens pas de différence. Je veux simplement être assez en forme pour me rendre à l'opéra demain soir avec lui. Il y a aussi la sortie à Londres avec Prue en fin de semaine.

Comme on pouvait si attendre, les ragots vont bon train. Ça discute clairement dans notre dos, mais je m'y fais de plus en plus. À moins que ça me touche de moins en moins. Nous sommes un couple et ouais comme quoi, même le plus improbable peut arriver. Je pense qu'on ne s'en sort pas trop mal. Nous arrivons mieux à gérer nos rapports quand il porte son costume de Doyen, même s'il navigue entre tous les fronts depuis hier, les cours, les examens et la fête des étudiants vendredi. J'ignore comment il a fait pour s'adapter à tout ça du jour au lendemain. Est-ce que finalement, c'est inné ?

Pour en revenir à Bryan, il a daigné me dire bonjour hier. Ce n'est pas non plus la discussion du siècle, mais au moins, ça prouve qu'il ne m'a pas totalement éjectée de sa vie. Si ça ne dépendait que de moi, il aurait tout le temps nécessaire, mais j'ai bien peur de ne pas en avoir assez à lui offrir. Je me reprends avant de sombrer totalement dans le spleen surtout que l'on n'a toujours pas de nouvelles du corbeau. Les jours passent et mon potentiel capital santé s'en va avec lui. Je ne saurai l'expliquer, mais je le sens au plus profond de moi.

Je fais à nouveau défiler les images sur l'écran à la recherche d'un indice, de quelque chose qui me mettrait sur la piste, puis mes yeux se portent sur la vieille photo de promo de nos parents. J'ai toujours autant de mal à croire que Sir James, cet homme si aigri, si exécrable, ait pu être l'un des meilleurs amis de mes parents. Cinq agents se sont volatilisés sur cette photo, une femme et quatre hommes. J'ai rien trouvé, c'est le néant. Je m'accoude sur le bureau et pose ma tête dans mes mains tout en tapotant mes joues. Concentrée au maximum, je peux sentir les rouages de mon cerveau tenter de voir ce qui se trouve sous mes yeux. Je suis sûre que c'est là. J'en suis certaine. La frustration commence à avoir un mauvais effet sur moi. Je pense que je vais finir par devenir totalement dingue.

— T'as vu l'heure ? me reproche Morgan dans l'encadrement de la porte.

— Non, soupiré-je.

— Madame McAdams m'a appelée en quittant le bureau, elle était inquiète. D'après elle, tu passes trop de temps dans ces archives et j'suis du même avis.

— Il est très bien ton bureau. ·

— Je ne parle pas d'mon bureau, et tu le sais.

— Je sais, mais que veux-tu que je fasse d'autres ? Que j'attende tranquillement au fond du lit que les réponses arrivent.

Il passe la porte et pose ses deux mains sur mes épaules.

— C'est pas ce que je dis, mais il y a un juste milieu entre beaucoup trop et rien. Tu n'es pas la seule à travailler sur cette affaire.

— C'est vrai, mais j'ai peut-être des raisons d'être la plus motivée, s'il n'a pas menti bien-sûr.

Il s'assit sur le rebord bureau à côté de moi de façon à voir mon visage, puis relève mon menton avec son pouce et son index pour que je redresse la tête vers lui.

— Y a pas plus motivé que moi, affirme-t-il. Je pense que pour ton frère, Prue, Matt et les autres, c'est la même chose.

— Ouais, soufflé-je.

— Je sais qu'aujourd'hui tu ne vas pas bien, m'avoue-t-il.

— Dois-je remerciée de Professeur Dwight pour cette info ? raillé-je.

— J'ai pas besoin d'elle pour le voir Meg, j'ai juste à te regarder.

— C'est sympa, marmonné-je.

Il caresse ma joue doucement avant de tirer sur mon bras pour que je me lève. Je me blottis contre lui en fermant les yeux. Il embrasse le sommet de mon crâne avec tendresse.

— Tu es fatiguée, alors on va rentrer manger un morceau. Tu prendras un bain chaud et au lit !

— Un bain ?

— Meg sois sage ! ordonne-t-il.

— Mais je suis sage, je suis plus que partante pour un bain, seulement j'ai dû mal à me frotter le dos toute seule, minaudé-je en tapotant son torse d'un doigt.

— C'est pas raisonnable du tout.

— Wow, tu connais c'mot, sans blague ? T'es pas un mec raisonnable.

Il lève les yeux au ciel. En même temps il devait bien se douter qu'un jour, je lui servirais. Je déteste le voir inquiet, surtout à mon sujet. Cependant, je ne peux pas effacer ce qu'il ressent et il m'est impossible de le rassurer.

— J'suis un mec raisonnable quatre-vingt-dix pour cent de la journée, alors on va dire que j'suis pas encore dans les dix pour cent restants.

Je passe mes bras autour de son cou puis embrasse l'arrête de sa mâchoire.

— Et si j'fais tout pour qu'tu sombres dans les dix pour cent... tu vas me mettre la fessée ?

— Megan Erin Tyler, qu'est-ce que j'vais faire de toi ?

— Me mettre au bain et après dans ton lit ? proposé-je.

J'arrive à lui décrocher un sourire, puis il me déplace pour pouvoir me prendre la main et m'entraîner à l'extérieur du bâtiment. Même si le cottage n'est pas très loin, je lutte contre l'envie de m'endormir. Je suis vraiment crevée, il n'y a rien à faire. Je mange, mais c'est surtout pour lui faire plaisir et pour éviter de trouver sur son visage, l'anxiété.

Ensuite, je vais bel et bien prendre un bain. Il m'accompagne, mais pas vraiment comme je l'avais prévu au départ. Il s'accroupit au bord de la baignoire et frotte délicatement mes épaules avec une véritable éponge. Je me souviens juste d'avoir fermé les yeux sous l'effet de l'eau chaude et ses gestes délicats. Après plus rien.

J'ai un mal fou à ouvrir les yeux et quand j'y arrive enfin, c'est un mal de crâne carabiné qui m'attend. J'ai l'impression que Big Ben a élu domicile dans ma tête. Je me redresse sur mes coudes et regarde tout autour de moi. Je suis dans le lit, mais je n'ai aucun souvenir de comment j'y suis arrivée. J'entends que l'on chuchote derrière la porte, je tends l'oreille.

— J'ai préféré la laisser dormir ce matin, explique Morgan inquiet. Elle était tellement épuisée hier qu'elle s'est endormie dans la baignoire. Je n'ai même pas réussi à la réveiller.

— Ses analyses ne sont vraiment pas bonnes, En plus, elle a de fortes carences en fer, en magnésium, en zinc et en vitamine D. Son calcium est juste aussi, énumère le Professeur Dwight.

— Je ne comprends pas, avec les injections pourtant…

— Il ne s'agit plus de ça, Morgan. Son organisme ne les fixe plus, l'interrompt le doc.

Hé ! Depuis quand elle appelle son patron Morgan ? Je sais, résumer sa phrase à ça, c'est stupide. Je devrais plutôt m'inquiéter du reste.

— Il nous reste quoi comme option ? demande-t-il.

— Je ne sais pas trop. Il faudrait que l'on trouve un moyen d'aider son organisme à le fixer. Il est impératif qu'elle se repose.

— Plus facile à dire qu'à faire.

— J'en ai conscience. Cependant, la mise en culture prend du temps. Il est essentiel qu'elle permette à son corps de reprendre des forces. On pourrait peut-être gagner du temps en la plongeant dans un coma artificiel. Ça nous permettrait de combler en permanence les besoins de son corps.

Que ? Quoi ? Me mettre dans l'coma ? Nan mais est-ce que j'ai une tronche à jouer la belle au bois dormant ? pensé-je.

— Plonger Meg dans le coma ? Elle n'acceptera jamais un truc pareil.

C'est qu'il commence à me connaître. Dans le coma et puis quoi ? Autant me tuer tout de suite pendant qu'ils y sont. Si au moins, c'était sûr à cent pour cent qu'ils trouvent quelque chose, j'envisagerais peut-être la chose. Mais là, c'est tout bonnement impossible.

— Alors, il serait préférable que vous mettiez la main rapidement sur ce corbeau. S'il a la moindre information, ce sera utile de toute façon.

— On ne parle plus en semaines n'est-ce pas ? interroge Morgan inquiet.

— J'ai bien peur que non, soupire-t-elle.

Cette fois, j'ai bien l'impression de me retrouver dos au mur. En même temps, ce n'est pas comme si j'ignorais que ce jour arriverait même si j'espérais réellement qu'il vienne plus tard. Je tente de me redresser dans le lit et une douleur dorsale me fait grimacer. Dorsale ou autres, j'ai l'impression d'être passée sous un train ou sous un pack d'avant. La porte s'ouvre au moment où j'essaye de me lever. D'un simple regard, Morgan comprend que je n'ai rien raté de la discussion du couloir.

— Bonjour Capitaine Tyler, comment vous vous...

— Stop, l'arrêté-je. Inutile de tourner autour du pot ou bien de faire semblant que tout est beau dans le meilleur du monde... et oui, mes oreilles fonctionnent parfaitement, elles.

C'est toujours bon à signaler, voir essentiel. Au moins une chose qui marche très bien et vu la discussion qui a eu lieu dans le couloir, tout est bon à prendre. Le professeur Dwight m'offre un sourire contrit avant de commencer son auscultation. Je me laisse faire tandis que Morgan entreprend de creuser une tranchée dans la chambre. Il est nerveux, totalement incapable de tenir en place plus de deux minutes. Je le suis des yeux, alors que l'examen se poursuit. Elle tente même de sourire, mais nous sommes tous conscients que ce n'est qu'une façade. Je donnerais tout ce que j'ai pour gagner encore un peu de temps. Elle finit par m'injecter une dose massive d'inhibiteur sans parler du cocktail de vitamines. Les injections sont de plus en plus douloureuses, je serre les dents en attendant que ça passe, sans parler de mes doigts qui s'accrochent aux draps.

Elle finit par mois laisser en nous répétant que nous devons l'appeler à la moindre évolution et je suis certaine qu'elle ne parle pas d'évolution positive.

— Tu devrais être au travail Morgan.

— Je m'y attelle, assure-t-il en s'asseyant sur le lit.

— Je parle de ton vrai travail.

— Ah, mais j't'assure que t'garder en vie, c'est un vrai travail. De tous les instants même.

— Mais que tu sois ici ou au bureau ne changera pas la situation.

Je pose une main sur sa joue qu'il recouvre de la sienne. Je peux lire dans ses yeux cette angoisse profonde et cette fois, il est incapable de la cacher. Je m'en veux tellement de lui imposer ça.

— Je peux travailler d'ici, je n'ai pas de rendez-vous aujourd'hui.

— Morgan, tu dois préparer la remise des diplômes.

— Cesse de discuter, je ne veux être nulle part ailleurs qu'ici.

Je secoue la tête, refusant qu'il arrête tout sous prétexte que je me retrouve cloué au lit. Finalement, ma plus grande crainte vient de se réaliser. Il embrasse mon front avant de quitter la chambre, mais je sais qu'il restera au cottage et qu'il n'ira pas bosser aujourd'hui. Je trouve ça ridicule, car quoi qu'il arrive, il faudra bien qu'il retourne au boulot. J'ai les yeux vissés au plafond quand il revient les mains chargées d'un plateau. Petit déjeuner au lit... j'aurais largement préféré que ça se passe différemment, je l'avoue.

Je m'installe correctement et sans soupirer, je ne veux pas l'accabler plus qu'il ne l'est déjà.

— Peut-être que j'irai mieux ce soir et qu'on pourra aller à l'opéra, déclaré-je avant de boire une lampée de café.

— On pourra sûrement s'y rendre un autre jour.

S'il y a un autre jour, pensé-je.

Je garde bien évidemment cette pensée pour moi, inutile de la formuler à voix haute. J'aimerai pouvoir rester positive, mais rien n'y fait. Surtout pas quand mon corps est si douloureux. Il m'observe un moment avant que son téléphone se mette à sonner. Que je déteste cette situation. Il sort de la chambre pour répondre, j'en profite pour avaler la fin de mon café et tenter de me lever. Il est hors de question que je lui demande de m'emmener aux toilettes et puis quoi encore ? Autant me mettre une balle dans la tête directement.

Je visualise la salle de bain qui est à quelques mètres à peine du lit. Je pose mes pieds au sol tout en prenant garde de ne pas renverser le plateau, Je prends une grande inspiration, enfonce mes deux poings dans le matelas puis pousse sur mes bras. Mes jambes tremblent, j'ai beaucoup de mal à tenir l'équilibre et dire que je n'ai pas encore fait un pas. Je commande à mes jambes d'avancer. Je sens que si je ne me lance pas totalement, je risque de m'effondrer sur le sol. J'enchaîne les pas et je suis certaine de ressembler à un pantin désarticulé. Mes mains se posent à plats sur la porte, je sens bien que je n'aurais pas pu faire un pas supplémentaire sans tomber. Ma respiration est saccadée comme si j'avais couru un cent mètre, je me plie en deux pour recouvrer mon souffle puis ouvre la porte.

Dire qu'avant j'espérais être sénile avant de ne plus pouvoir aller aux toilettes toute seule. Quelle chienne de vie !

Je décide de profiter d'être debout pour prendre une douche, même si rien que le fait de se déshabiller s'avère être une affaire dès plus compliquée. Mes mains tremblent, mon corps entier est pris de spasmes douloureux. J'ouvre l'eau et me glisse à l'intérieur, je colle mon dos contre la paroi pour me soutenir et éviter de tomber. Je ferme les yeux et laisse l'eau chaude me recouvrir. Je ferme les yeux et fais le vide dans ma tête autant que possible. Le savonnage est très loin d'être une sinécure, mes jambes luttent pour ne pas fléchir. Tenir bon quoi qu'il en coûte, mais le plus dur reste à faire, sortir de là sans me briser un os. Je tends la main vers ma serviette et l'attrape tout en m'accrochant au mur de l'autre. Je m'assieds sur le rebord de la baignoire pour me sécher. Pourtant, malgré toutes ses précautions, je sais qu'il ne m'en faudrait pas beaucoup pour perdre l'équilibre. Je coince ma serviette autour de ma poitrine. Je vais devoir sortir de là. Je visualise la porte et tends le bras au maximum pour pouvoir m'y accrocher, mais ma main glisse et je me rattrape à la poignée… très mauvaise idée…

Je me vautre minablement sur le sol, incapable de me retenir. Je martèle le sol d'un poing rageur, prise d'une colère et d'une amertume profonde. Je n'entends même pas Morgan entrer. Je sens simplement deux bras puissants m'enserrer puis me soulever du sol avant de me déposer au milieu du lit.

— Pourquoi tu ne m'as pas demandé de t'aider ? réprouve Morgan.

— Peut-être parce que j'espère encore être capable de pisser toute seule.

Mon ton est beaucoup plus sec que je le voudrais et bien sûre, je m'en veux. Je trouve simplement cette situation humiliante, oui le mot n'est pas faible. Morgan ne relève pas, il se contente d'ouvrir le placard et de me donner de quoi me vêtir, ce qui comprend des dessous, un short et un débardeur en coton. Je le remercie d'un signe de tête. Il se retourne, j'ignore si c'est simplement pour respecter ma pudeur qui est toute relative par rapport à lui ou bien une façon de me laisser me débrouiller toute sculc. Toujours est-il que je ne savais pas qu'enfiler une culotte pouvait être si compliquée.

— Ton frère et Prue vont passer, m'annonce-t-il.

— Que… quoi ?? Il est hors de question que je les vois du fond de mon lit de…

Je m'arrête juste à temps, un peu avant le mot mort. J'en frissonne, rien qu'en y pensant. Mais toujours est-il, que je refuse de voir qui que ce soit alors que je suis alitée. Il se retourne, je n'avais même pas remarqué qu'il n'avait plus sa veste et que sa chemise était ouverte de plusieurs boutons.

— Alors, il ne me reste plus qu'à te descendre au salon.

— Me descendre ? l'interrogé-je.

— Un truc qui consiste à te prendre dans mes bras. Pas que ça me gêne en plus.

Je croise les bras sur ma poitrine comme une petite fille butée.

— Tu vois, c'est exactement pour ça que j'veux aller pisser toute seule !

— Ok, t'as deux choix. Soit tu les vois ici, soit en bas… donc ?

— Troisième choix, ils ne viennent pas, proposé-je.

— Megan, tu n'peux pas te couper de tout l'monde, comme tu n'peux pas nous empêcher d'être inquiets. Même si avouons-le, j'ai dépassé ce stade.

Je soupire, de toute façon, je crois que je suis trop épuisée pour argumenter avec lui.

— Ou alors, je descends sur mes deux pieds et tu me soutiens.

Ça m'arrache pratiquement la langue de lui dire ça, pourtant j'ai conscience que je ne peux pas descendre toute seule, surtout au vu du résultat de la salle de bain.

— C'est ce que l'on appelle un compromis et je l'accepte, même si je préfère t'avoir dans les bras.

— Tant qu'tu m'as pas sur le dos.

Au moins, j'ai réussi à lui arracher un sourire. Il se place face au lit et tend ses mains vers moi. J'acquiesce et glisse jusqu'au bord avant de m'en saisir et de pousser sur mes jambes pour me redresser. Son bras vient se caler sous mes reins, il me colle contre lui. Ce qui est certain, c'est que je ne tomberai pas. Dieu que j'aurais voulu lui épargner tout ça ! Nous descendons les marches en prenant le temps qu'il faut. Il se cale à mon rythme et non l'inverse. L'arrivée sur le canapé m'a semblé interminable.

— J'me sens vielle et en plus, j'vais finir acariâtre.

— T'es plutôt sexy malgré ton grand âge et le côté acariâtre… disons que vu ton caractère, ça risque fort d'arriver. Toutefois, j'suis prêt, assure-t-il avec un sourire tendre.

— Et de ton côté acariâtre on n'en parle ou pas ? rétorqué-je.

— On s'ra le fléau d'la jeunesse. On va s'régaler.

Je ne sais pas comment il fait pour y croire encore, à moins qu'il tente simplement de s'en convaincre. Je l'ignore, mais je le préfère ainsi. Morgan m'apporte plusieurs livres et pose la télécommande entre mes mains. J'arque un sourcil, il veut vraiment que je ne fasse rien ? J'ignore comment on fait ça. Je suis même totalement paniquée à l'idée de végéter sur un canapé. Il s'installe à l'extrémité du sofa et pose mes pieds sur ses genoux, puis se munit d'une tablette tactile. Je le regarde travailler. Par moment, il fronce les sourcils et une ride se creuse en plein milieu de son front. Je pourrais lire, allumer la télé, mais il est tellement plus intéressant à observer.

— Quoi ? demande-t-il en se tournant vers moi.

— Rien, j'me dis qu'le rôle de Nanny te va comme un gant.

— Nanny, hein ?

— Ouais.

Il dépose sa tablette sur la petite table en face du canapé, puis se penche vers moi pour m'embrasser tendrement. Je peste intérieurement parce que je sais pertinemment ce qui adviendrait si je n'étais pas si malade. Mais soyons réaliste, c'est au-dessus de mes forces et de toute façon, je sais que Morgan refuserait pour soi-disant m'éviter plus de fatigue.

— Ok, une Nanny très particulière, très sexy aussi, développe-t-il.

Il reprend sa place en souriant légèrement puis récupère sa tablette. Je continue de m'abreuver de l'image de Morgan en plein boulot, avant que mes yeux ne se ferment inexorablement. Je suis trop éreintée pour lutter contre la fatigue et je finis par m'écrouler lamentablement sur le canapé.

Quand j'ouvre les yeux à nouveau, on ne peut pas dire que j'ai vraiment les idées claires. Je sais juste que je n'ai plus mal au crâne et que je suis allongée sur le canapé. J'arrive à m'asseoir sans trop de difficulté, ce qui est très certainement un bon point. Morgan n'est plus là, mais j'entends que ça discute à côté. Enfin, c'est plus des chuchotements qu'autre chose.

— Hé Meg.

— Salut Prue.

Prue est loin d'être aussi enjouée que d'habitude, ce n'est pas si étonnant, vu les circonstances. Elle porte des Blu-ray dans une main et aussi un énorme pot de glace dans l'autre, des cuillères posées dessus.

— Alors, j'te propose un film de fille avec un pot de glace vanille, caramel et noix de macadamia.

— Ah, mais carrément, approuvé-je.

367

— En plus, la noix de macadamia est riche en huile, surtout en acide gras saturé et insaturé, ainsi qu'en minéraux, glucides, calcium, phosphore, protéines et vitamine A, B1 et B2. Tu savais qu'elle stimule le système nerveux et favorise la régénération cellulaire ?

— Prue, recrache tout d'suite l'encyclopédie d'méd'cine que t'as avalé, mais j'dois avouer qu'c'est meilleur que les injections.

Elle retire ses chaussures et s'installe juste à côté de moi, les pieds sous ses fesses, puis me tend les Blu-ray. Je souris. Quand elle parlait de film de filles, je n'avais ni pensé à « Orgueil et Préjugé », encore moins « Raison et Sentiment » et que dire de « Jane Eyre ». Je délaisse volontairement « Les Hauts de Hurlevent ».

— Sérieux Prue ? Tu veux que j'sombre dans la dépression ?

— Cette histoire est magnifique.

— Elle est dramatique, atroce et les personnages cruels. Merci, mais non.

Je dépose aussi Jane Eyre en soupirant. Je n'ai vraiment pas envie de déprimer, car même si l'histoire se termine « bien », avant d'y arriver les drames y sont à peu après aussi nombreux que dans ma propre vie. J'exagère, mais la jeunesse de Jane Eyre dans cet horrible pensionnat à tendance à trouver écho chez moi. Même si avouons-le, l'Institut n'a jamais été aussi cruel du moins en ce qui concerne les punitions et les privations.

— Quoi ? C'est une belle histoire d'amour.

— Bah voyons, une éducation violente sous fond de tuberculose avec des êtres abjects. Jane qui tombe amoureuse d'un mec aussi taré que sa propre femme enfermée dans le grenier…

— Il n'est pas dingue ! le défend-elle. Il aime Jane profondément, mais il est piégé dans ce mariage.

— Ouais, c'est pour ça qu'il oublie d'lui dire qu'il est déjà marié et qu'elle doit attendre le jour de son mariage pour l'apprendre, génial Prue !

— Elle s'enfuie et finit par revenir vers lui.

— Ça t'prouve à quel point elle n'est pas nette non plus dans sa tête…

— Non, elle entend sa détresse et d'instinct, elle part le retrouver, intervient-elle.

— Ouais pour découvrir que sa femme a foutu le feu à la putain d'baraque. Le pire, c'est qu'il est handicapé d'une main et perd la vue pour cette folle qui s'est jetée du toit.

— Il recouvre la vue deux ans après leur mariage, enfin il est borgne.

— Oh joie ! Oh Bonheur ! Il n'est que borgne et Jane à plein d'pognon ! Waouh…, ironisé-je.

Il ne me reste que deux choix possibles. je soupèse l'un et l'autre dans mes mains et finis par faire mon choix.

— Monsieur Darcy, marmonne Prue.

— Quoi ?

— Rien. T'es du style à aimer Darcy, ton frère avait raison.

— J'ai aucun mérite depuis que j'sais qu'elle kiffe les mecs arrogants ! Salut sœurette.

Keylyan embrasse mon front avant de prendre lui aussi place sur le canapé. Je fais non de la tête et souris en apercevant Morgan derrière mon frère.

— J'suppose que c'est moi l'mec arrogant, déclare Morgan.

— En fait, c'est Lizzie. C'est elle mon perso préféré. Elle est assez indépendante et elle a une très forte personnalité avec un caractère bien trempé. Elle ne veut pas simplement se marier, mais aimer. Elle est Atypique pour son époque et n'hésite pas à balancer les conventions.

— Elisabeth est stupide, elle catalogue tout de suite Darcy sous prétexte que c'est un homme fier…

— N'importe quoi Morgan. Il est infect à leur première rencontre. Il ose dire qu'elle n'est pas assez jolie pour lui, passable même. Mais pour qui il se prend au juste ? le coupé-je.

— Elle le prend en grippe tout ça pour une malheureuse phrase ! Elle a déjà une idée de ce qu'il est et refuse tout bonnement d'ouvrir les yeux sur ses réelles intentions.

Prue et Key assistent à notre ping-pong sans intervenir. Je dirais même que ma meilleure amie semble s'en amuser. Mais il est clair pour moi que je déteste le Darcy du début.

— Pour avoir une idée, il aurait fallu qu'il lui en parle ouvertement merde !

— Là j'suis pas d'accord. Quand il le fait enfin, qu'il prend son courage à deux mains pour lui avouer son amour et demander sa main, elle est odieuse avec lui. Pourtant, elle craque littéralement pour cet enfoiré de Whickham qui lui fait les yeux doux.

— Whickham s'est joué d'elle ! Il l'a manipulée ! Quant à Darcy, il a détruit le bonheur de sa sœur Jane. Lui brisant le cœur en persuadant Bingley qu'elle n'était pas une femme pour lui et qu'elle n'en voulait qu'à sa fortune ! De toute façon, elle n'est pas prête à assumer ses sentiments ! tranché-je.

— Voilà un homme qui ose aller au-dessus de ses préjugés, qui fait des efforts pour celle qu'il aime, allant jusqu'à modérer son caractère et pour quels résultats ? Elisabeth écrase sa demande et lui balance tout dans la gueule sans même lui demander s'il est vraiment coupable pour Whickham. Même elle, reconnaît qu'elle a été vaniteuse alors qu'elle se vantait de bien cerner les gens.

— C'est dingue comme ça m'rappelle deux personnes ! intervient Prue.

— Elle est blessée, surprise et elle a besoin de temps pour tout assimiler, la défends-je.

— Bah voyons ! Il a obligé Whitckham à épouser Lydia après leur fuite et il le fait simplement pour éviter la disgrâce à sa famille. C'est pour Elisabeth qu'il change la situation et qu'il est conscient de ses erreurs et arrange les choses entre Bingley et Jane !

— Une situation dont il est le seul fautif, dois-je te le rappeler.

— C'est quand même dingue. Les femmes ont le droit d'avoir des a priori, de se tromper même, mais les hommes, eux doivent être parfaits en tout point. Elisabeth ne fait pas confiance à Darcy ce qui obscurcit son jugement.

— Ne crois-tu pas qu'elle a ses raisons ? Entre ses paroles qui manquent de tact et cette façon de la rabaisser elle et sa famille en permanence, elle a des raisons de douter.

— Pas quand il lui avoue l'aimer. Elle connaît justement sa franchise…

— Elle connaît aussi sa façon de blesser les autres ! asséné-je.

— Malgré tout, il persiste en écrivant cette lettre où il s'explique. Il aurait pu très bien laisser tomber ! Elisabeth finit par se mettre à réfléchir, il était temps non ? Et son comportement change pour elle.

— Seulement parce qu'Elisabeth lui a ouvert les yeux !

— Par pitié Meg, reconnaît au moins tout le chemin qu'il a parcouru par amour pour elle !

— On n'a même plus besoin d'voir le film ! plaisante mon frère.

— En résumé, ils ont tous les deux grandis, appris à faire des compromis et à voir plus loin que le bout de leur nez. Ils se sont aussi rendu compte que l'amour arborait plusieurs visages et qu'il était vital de prendre sur soi pour l'amour de l'autre. En gros, ils ont appris à se faire confiance et à s'ouvrir l'un à l'autre. On dirait presque qu'Austen s'est basée sur vous ! s'exclame Prue.

Je fronce les sourcils en entendant Prue, car je ne vois pas vraiment le rapport entre nous deux. Je croise le regard de Morgan qui se marre et qui semble abonder dans le sens de ma meilleure amie. Je ne vois pas en quoi notre histoire trouve écho à la leur. Morgan se penche vers moi et m'embrasse avant de prendre place à côté. Il passe un bras autour de mes épaules, me cale contre lui tandis que Prue file mettre le film.

— Meg, avoue que t'excuses Darcy en Matthew Macfadyen.

— Je l'excuse aussi en Colin Firth, Prue, souris-je.

— C'est toujours pareil avec vous les filles, il suffit qu'le mec soit à peu près potable, soupire Morgan.

— Elles seraient capables de tomber en admiration devant le Joker s'il était beau mec, désapprouve mon frère.

— Merde alors, ils viennent de se rendre compte qu'on est à peu près aussi superficielles qu'eux. C'est un choc, appelez le Times ! Et oui Messieurs, nous avons aussi des fantasmes.

— De quel genre les fantasmes ? demande Morgan visiblement intéressé.

— Du genre inavouable devant mon frère, murmuré-je à son oreille.

Il se contente de sourire avant de s'installer plus confortablement puis attrape un des pots de glace qu'il ouvre sous mon nez. Il plonge la cuillère dedans et la porte directement à mes lèvres. Je ne me fais pas prier, juste avant de me concentrer sur le film qui vient de commencer. De temps en temps, Morgan lance un « tu vois, c'est bien ce que je te disais » et je fais de même, mais c'est surtout parce que j'aime avoir le dernier mot. Ce n'est pas nouveau.

Après deux heures de films, un soupir de contentement franchit mes lèvres. C'est une belle version même si l'adaptation ne vaudra jamais le livre, justement parce que c'est une adaptation.

— Au fait, t'es bien calé sur l'sujet Morgan ? Enfin pour un mec, se moque mon frère.

— La faute à ma mère, elle adorait ce livre et surtout Elisabeth.

— Une femme de goût assurément, déclaré-je.

— Bah voyons, marmonne Morgan.

Prue retire le Blu-ray du lecteur, puis le remets dans la boite.

Je n'en peux plus d'être assise ou même allongée. Je voudrais bouger un peu, faire quelques pas. Je me redresse et m'avance le plus possible du rebord.

— Tu fais quoi là ? demande Morgan.

— Tu t'souviens de notre discussion sur le fait de conserver un peu de dignité.

Je ne l'ai pas dit comme ça, mais je le pensais très fort. J'aimerais simplement pouvoir marcher seule sans m'écrouler au bout de deux pas. Merde, j'en ai même foutrement besoin. Je sens une main sur mon épaule, je tourne mon regard vers lui.

— Je me souviens aussi du mot "compromis".

— J'ai juste besoin de bouger, expliqué-je.

— Alors bougeons.

Je cherche un soutien quelconque dans les yeux de Prue, je n'y trouve qu'une compassion qui m'étouffe pratiquement. Je prends appuie sur mes mains et me redresse et en moins de temps qu'il ne faut pour le dire, Morgan se tient à côté de moi. Il entrelace nos doigts puis se rapproche le plus possible de moi afin que mon épaule se colle contre son bras. Ce qui me choque le plus est le regard qu'il me lance. Je comprends que quoi qu'il arrive, il sera là et que je ne me bats pas seule, mais avec lui. Je lui offre un sourire contrit et baisse les yeux. Je ne veux pas qu'il s'aperçoive du doute dans mes yeux ou bien de la perte d'espoir qui commence à me gagner.

J'ai un peu moins de mal que ce matin à marcher, je suis toujours aussi lente, mais mes pas ont un peu plus d'assurance. Il m'aide à aller jusqu'à la porte, l'ouvre puis nous fait sortir. J'inspire à plein poumon, je m'aperçois que le ciel est de plus en plus noir. Le vent s'est levé et je sais qu'un orage va finir par éclater. J'aime les orages, la nature à l'état brut, la colère de la terre qui s'exprime enfin, sans parler de la vitesse à laquelle ils disparaissent. Ils se déchaînent, grondent, frappent le monde de leur foudre puis sans comprendre, ils s'apaisent, s'évaporent et disparaissent, laissant le soleil, la chaleur, la vie percée à nouveau.

— Ça risque d'être violent.

— Ainsi va le monde Morgan. De la violence, de l'amour, de la haine et de la renaissance.

— Ok, mais alors du sexe, beaucoup d'sexe aussi.

— On peut avoir du sexe dans la violence, faire l'amour bien évidemment, du sexe dans la haine…

— On a fait les trois, il ne nous manque plus que le sexe

372

dans la renaissance.

— Là, va falloir que tu m'expliques comment on fait ça, plaisanté-je.

— J'vais sérieusement m'pencher sur la question et dès que j'ai la réponse, j'te fais une démonstration, promet-il.

Une voiture se gare juste dans l'allée et les éclats de voix qui nous parviennent ne fait aucun doute sur les occupants. Matt, Scrat, Billy et Charlie. Heureusement que j'ai dormi un peu, car ils ont tendance à être vraiment épuisants quand ils s'y mettent.

— Ils viennent te demander une augmentation ?

— Ils peuvent toujours s'gratter. J'crois plutôt qu'ils sont là pour toi.

— Voilà, c'que j'voulais éviter, soupiré-je. Qu'en est-il de Bryan et de Grace ?

— Bryan sait, mais il ne se sentait pas de venir pour le moment. En ce qui concerne Grace, Granny lui a dit que tu étais malade.

Je comprends pour Bryan et je ne lui en veux pas. Il change de position et passe ses bras autour de ma taille. Les « dingos » rentrent dans le cottage m'embrassant tour à tour au passage. Ils ont des cartons pleins les bras. Je ne sais pas trop ce qui s'y trouve. Morgan m'aide à les rejoindre dans la cuisine. Ils y déposent différents paquets de chips, du pop-corn. Je les regarde se chamailler pour savoir s'ils sortent des Blu-ray ou si on joue à un jeu débile. Je lève les yeux au ciel. Ils ne changeront pas. Pour ce qui est de l'âge adulte, je crains réellement qu'ils ne l'atteignent jamais.

Je les regarde faire comme s'ils étaient chez eux. Prue et Key viennent même leur donner un coup de main. Ils sortent aussi différentes marques de bière et tout est emporté dans le salon où nous les suivons à mon rythme. Ils déposent la pitance sur la table. Scrat regarde les films posés dans un coin et grimace.

— Vous avez vraiment r'garder ces merdes ?

— Ce ne sont pas des merdes, mais des chefs-d'œuvre. En même temps, je ne m'attends pas à ce qu'un rustre comme toi comprenne ! assène Prue.

— C'est des conneries pour gonzesse !

— On est des gonzesses, Scrat.

— C'est vrai Meg, mais tu vas pas tomber dans c'genre de connerie romantique.

— Sois rassuré Scrat, Meg est à peu près aussi romantique que Schwarzy dans Terminator ! annonce Morgan.

— Hé ! m'insurgé-je.

Mon coude atteint son estomac, mais pas assez fort surtout en comparaison de ses abdominaux. Pourtant, c'est un fait, je ne suis pas romantique, bien moins que lui.

— Le romantisme est une notion très abstraite pour Meg, en rajoute Prue.

— C'est pas abstrait, c'est juste... inutile, clamé-je haut et fort.

Matt s'affale violemment dans un fauteuil et Scrat l'imite en riant avant de piocher dans un paquet de chips.

— Inutile ? répète Prue. Ce n'est pas inutile. Le romantisme est fait de petites ou de grandes attentions qui te montrent à quel point l'autre t'aime.

— Mais pourquoi faire, y a qu'à lui dire, non ? rétorqué-je.

— On va s'marrer. Meg, c'est quoi le truc le plus romantique que t'as fait pour un mec ? demande Matt.

— Bon courage ! s'esclaffe Morgan.

— Euh...

C'est moi où la question est totalement débile ? Je me tourne vers Prue et cherche une aide quelconque, au moins un conseil, une orientation. Je ne sais pas moi, un indice. Elle se contente de rire.

— Préparer un dîner spécial, par exemple.

— Merde Prue, je sais déjà pas préparer un dîner normal, alors spécial...

Je me souviens encore du soir où je m'étais rendue chez Chris à Londres pour poser des micros. Il n'avait pas lésiné sur les moyens pour arriver à ses fins. Nous avions bien couché ensemble, mais ce n'était pas dû à son déploiement romantique, seulement au fait que je n'avais pas le choix pour obtenir ce que je voulais. Je hausse les épaules, rien ne me vient. C'est le néant le plus total.

— De toute façon, dans l'passé, j'ai jamais vraiment assez tenu à un mec pour ça, déclaré-je.

— Et Mark ? propose Scrat.

— Elle est déjà incapable de se souvenir combien de temps ils sont restés ensemble, alors imagine, intervient Prue.

— Quatre mois, deux semaines, cinq jours et quelques heures, déclare Morgan.

J'arque un sourcil. Je suis sidérée qu'il est tenu un calcul si précis. Alors que je ne connaissais absolument pas le nombre de mois.

— Comment tu sais ça, toi ? demandé-je.

— Disons que… j'avais juste besoin d'savoir, élude-t-il.

— Juste besoin d'savoir, vraiment ? Pour quoi ?

— Le savoir, c'est le pouvoir.

Je tapote mes doigts sur son torse et l'interroge toujours du regard. On ne peut pas vraiment dire que cette réponse me satisfait.

— Mais encore… insisté-je.

— Disons que j'avais un intérêt, tout personnel.

— Du style ? Cesse de tourner autour du pot.

— D'après moi, ce cher Morgan s'intéressait à toi bien avant que tu finisses dans son lit, suppose Matt.

— Y a d'ça, mais pas qu'ça.

Morgan passe une main dans ses cheveux et soupire. Je ne le quitte pas des yeux, il a éveillé ma curiosité.

— J'suis toute ouïe, Morgan.

— Ton frère a débarqué en rogne un jour dans ma chambre…

— Me mêle pas à ça ! le coupe Keylyan.

Morgan fait signe à mon frère de se taire et j'en profite aussi pour l'imiter.

— Donc, il était remonté parce que tu sortais avec Mark. Disons qu'on a parié sur le temps que tu mettrais à le plaquer. J'ai largement perdu mon pari, je t'avais donné deux semaines, ton frère un peu plus. On a perdu tous les deux. Moralité, on a fait un autre pari. Qu'on a aussi perdu du reste.

— Vous avez parié sur la durée de ma relation avec Mark ? Vous êtes totalement dingues tous les deux !

— En fait, on a tous tenu le pari, déclare Matt en riant.

— J'le crois pas ! m'indigné-je.

— Personne n'a gagné, donc avec le pognon, on s'est fait une putain d'soirée à Londres. De toute façon, c'était pas un mec pour toi, assure Scrat.

— Comment ça, pas un mec pour moi ? Pourquoi tout le monde pense ça ?

— Pitié Meg, il est trop mou. Trop plan, plan. Trop coulant. Aucune impulsivité ! En dehors d'un terrain d'rugby évidemment.

— T'as oublié chiant, Matt, en rajoute Charly.

— En y réfléchissant, j't'ai sauvé du désastre en couchant avec toi le soir du trente-et-un.

— Sauver du désastre ? Rien qu'ça ? C'est plutôt moi qui ai

sauvé TA soirée !

Morgan ricane, il m'entraîne avec lui sur le canapé.

— T'as rien sauvé du tout. J'm'en s'rais trouvé une autre.

— Bien sûr, une sans cerveau. Finalement tu devrais me r'mercier.

— Et pourquoi donc ?

— J'ai r'monté le niveau intellectuel de tes plans cul. Ça manquait pas d'chair fraîche, mais question cerveau, c'était plutôt désertique.

— En même temps j'leur demandais pas de me tenir un discours.

Je me penche vers lui et attrape sa lèvre inférieure entre mes dents.

— Sauf que maintenant, tu sais que ça peut être meilleur quand il y a d'la répartie en face, souris-je.

— C'est clair que pour ça, elle n'en manque pas la p'tite, intervient Matt.

— Donc moralité ? questionne Morgan.

— Oui ? Moralité ? réponds-je.

— Objection ! Vous pouvez pas parler d'moralité pour un plan cul ! clame Prue.

— Façon d'parler, rétorque Morgan.

— Moralité, ils se marièrent et eurent beaucoup d'enfants, casses couilles comme leurs parents ! s'esclaffe Scrat.

Nos têtes se tournent en même temps vers Scrat qui redouble d'hilarité. Je pense que nos visages valent tous les longs discours. Par moment, je suis certaine qu'il n'a pas la lumière à tous les étages celui-là ou alors, ils vivent à plusieurs dans sa tête, en H.L.M. Ce qui pourrait éventuellement expliquer ses interventions.

— On aime tous les mariages, soupire Prue.

— Prends pas ton cas pour une généralité, asséné-je.

— C'est trop « Happy End » pour Meg, se moque Billy en mimant les guillemets.

— C'est pas... oh et puis merde, oubliez-moi ! ordonné-je.

Morgan rigole, il a l'air de bien se marrer. J'arque un sourcil.

— Il est pas beau son côté romantique ?

— Mais euh... tu peux parler toi, bougonné-je.

— Ah, mais lui au moins, il t'a emmené à l'opéra, t'a joué du piano...

— Prue ! Ça compte pas, on était sous couverture.

— Quelle mauvaise foi, j'te jure Meg. T'es désespérante,

s'amuse Morgan.

Je hausse les épaules. D'accord, j'ai peut-être, je dis bien peut-être, un problème avec le côté romantique. En gros, je peux dire sans trop m'avancer que je ne sais pas grand-chose sur le sujet. Enfin, si on omet ce que j'ai pu voir dans les films ou bien lire dans les livres.

Scrat se lève et insère un Blu-ray de Fast and Furious 4. Au moins, on ne risque pas une surchauffe de neurones. Cependant, j'avoue que j'adore cette franchise. J'attrape le pot de glace et me cale contre Morgan. Je suis à fond avec Dom et Letty à la poursuite du camion d'essence. J'admire la longue course poursuite à pied de Brian O'Conner.

— On s'croirait presque au boulot, commente Matt.

Le film continue sa progression et j'écoute les commentaires de mes potes sur les différentes voitures. D'un point de vue personnel, j'adore la Subaru, mais aussi la Nissan Skyline.

— Pourquoi on n'a jamais des caisses comme ça ? se plaint Scrat.

— Quand on voit c'que tu fais avec une Renault, on peut s'poser la question. On n'a pas l'budget d'Hollywood non plus, répond Morgan. T'as d'la chance que j'te laisse pas juste conduire un solex.

— C'est arrivée deux fois, ronchonne Scrat.

— En deux ans, dix fois. T'as ruiné dix bagnoles.

— On m'a tiré d'ssus quatre fois. Ensuite y a eu ce con d'chien et puis la vieille…

Matt éclate de rire.

— Heureusement qu'après on dit qu'ce sont les femmes qui sont dangereuses au volant, marmonne Prue.

— T'as jamais vu Meg conduire, déclare Charly.

— J'ai jamais tapé avec une voiture. En général, je les réforme pour une bonne raison. Ni pour une vieille, ni pour des chiens.

— Elle en a toujours bousillée moins qu'vous.

— En plus, il la défend, bougonne Billy.

Je souris satisfaite et replonge dans le film.

J'ai dû m'endormir, car le bruit du tonnerre me fait sursauter. Je sens les bras de Morgan m'enserrer plus fortement, puis ses lèvres se poser sur mon front. Mes yeux se tournent vers l'écran plat et je retrouve Dom au tribunal. J'ai dormi les trois quarts du film. J'ai encore le besoin de bouger, je me redresse et masse ma nuque. Morgan suit mon mouvement, puis me demande si ça va. Je pose ma main sur sa joue pour lui signifier que oui. Je ne me sens pas plus mal que ce matin en tous les cas. Le mal de tête en moins. J'aimerais bien me lever un peu, mais je sais que je vais avoir du mal.

Je sens le regard de mon frère sur moi ainsi que celui de Prue. Pourtant, je suis certaine que les autres m'épient aussi. Toujours est-il que Keylyan est déjà debout et tend une main vers moi. Je soupire et fait non de la tête.

— Pas d'ça entre frère et sœur.

Ce qu'il essaye de me dire en gros, c'est de ravaler ma fierté. Plus facile à dire qu'à faire. J'accepte sa main tendue et pousse sur mes jambes pour me lever. Une fois que je suis stabilisée, il m'aide à avancer. Je regarde droit devant moi, je refuse de croiser le regard de mes amis. Nous sortons du salon et nous nous rendons dans la cuisine. J'ai la sensation que la traversée dure des heures. Je n'ai pas pour habitude d'être entravée dans mes mouvements. Je me sers un verre d'eau alors que mon frère décapsule une bière. Je suis calée contre la fenêtre et je regarde la pluie tomber à l'extérieur. Mon frère est silencieux pour le moment, peut-être trop même.

— Prue m'a dit que tu avais voté pour le style champêtre.

Il m'observe un moment, sans trop savoir s'il ne rêve pas cette conversation. En tout cas, c'est le seul sujet que j'ai trouvé. Je sais, c'est pathétique.

— Si elle avait choisi le style gothique et moi en Dracula, j'aurais accepté de toute façon. Les hommes sont faibles, sœurette.

Je souris. Ils sont capables de faire n'importe quoi.

— C'est ce qu'on lui a dit. Pas que les hommes sont faibles, mais que quoi qu'elle choisisse, ça te conviendrait.

— C'est important pour elle. Pas que ce ne le soit pas pour moi, mais elle tient à ce que tout soit parfait. Elle a même créé une apli spécial mariage, soupire-t-il.

— Geek un jour, geek toujours, frérot.

— En fait, je regrette d'avoir perdu autant de temps avant de me rendre compte à quel point elle comptait pour moi.

— Tu sais c'qu'on dit, avant l'heure, c'est pas l'heure.

— Et j'suppose que tu sais de quoi tu parles.

— Ouais, soupiré-je. Sauf qu'après l'heure… bref. Disons que certaines choses prennent du temps. Beaucoup de temps.

— Comme avoir une vraie relation avec Morgan Matthews, sourit mon frère.

— Avoir une vraie relation avec quelqu'un tout simplement.

— Au moins, on ne pourra pas dire qu'il ne sait pas ce qu'il veut. Il a de la suite dans les idées. Mais je préfère largement qu'il n'y ait plus de secret. Au moins, tout est plus clair maintenant.

Limpide même, plus clair tu meurs. Enfin façon de parler. On frappe à la porte. Je n'ai même pas le temps de réagir que Morgan a déjà ouvert. C'est Bryan. Il est trempé jusqu'aux os et Alyson l'accompagne. Morgan les invite à entrer. Bryan ne me voit pas. Mon frère pose sa bouteille et m'aide à avancer un peu. Dès qu'il me voit, il se précipite et me sert dans ses bras, aussi fort qu'il le peut. Il est à deux doigts de m'étouffer, mais c'est mon cœur qui souffre le plus. J'ai la sensation immonde qu'il se brise dans ma poitrine, car je redoutais d'en arriver là. Je pose mes mains sur ses joues pour qu'il me regarde. J'essuie son visage et lui souris.

— Hé, je suis toujours là.

Il pose son front sur le mien, je peux l'entendre tenter de contenir un sanglot. J'ai un mal fou à déglutir. Je ne l'ai pas vraiment remarqué tout de suite, mais mon frère et Aly nous ont laissé seuls. Il ne reste que Morgan. Il reste un long moment dans mes bras, tout en s'excusant de sa réaction au moment de l'annonce. J'aurais tout donné pour ne jamais voir ça, cette souffrance, ce désespoir. Je retiens mes larmes parce que je refuse de m'effondrer devant lui. J'ai toujours dit que l'espoir est une arme et cette fois, j'aimerais bien qu'elle me profite. Il finit par se calmer. Morgan a un verre de scotch dans la main et l'offre à Bryan. Il s'assied à la table de la cuisine, j'arrive à avancer jusqu'à lui et pose mes deux mains sur ses épaules cette fois. Je voudrais temps lui épargner la tristesse. Il avale son verre, inspire profondément tandis que je lui ébouriffe les cheveux.

— Les autres sont au salon, explique Morgan.

— Je n'sais pas si j'suis capable de faire ça.

— Faire quoi Bryan ? demandé-je.

— Ça, comme si tout était normal.

— Rien n'est différent d'hier, on passe une journée à regarder des films et raconter des conneries.

— Ah ouais, Meg ? T'y crois en plus.

— C'est comme un opéra, rien n'est fini tant que le rideau n'est pas tombé, assure Morgan.

Quelle confiance, il me sidère. Toutefois, ça a l'air de

fonctionner, je recule légèrement et me retiens au meuble de la cuisine alors que Bryan se lève. Il défait son manteau et va rejoindre les autres sans un mot. Je baisse la tête et cette fois, c'est Morgan qui me prend contre lui. Je pose ma joue sur son torse et me laisse aller. Je n'arrive plus à me retenir, mes larmes sont silencieuses, mais elles sont bel et bien présentes. Je m'en veux de les faire tous souffrir ainsi, ce n'est pas ce que je voulais. Vraiment pas. Une fois que mes larmes ont enfin cessé, je me passe un peu d'eau sur le visage avant de retourner au salon avec Morgan.

L'écran est éteint, Scrat et Matt se disputent un paquet de chips, tout en attribuant des notes aux femmes qui travaillent à l'administration. Certaines choses sont immuables. Je reprends ma place puis me laisser bercer par les bavardages.

****

Au moment où je me réveille, je suis totalement désorientée. Il n'y a plus personne dans le salon, tout est calme, beaucoup trop calme en fait. Je m'assieds un moment afin d'éviter de me vautrer sur le sol. Je finis par me lever et avance prudemment jusque dans le grand hall. Ils sont tous là et me dévisagent. Il y a même deux mecs de la sécurité. Et là, j'ignore pourquoi, mais je sens ben que quelque chose ne va pas. Je suis peut-être malade, mais je n'ai certainement pas perdu l'esprit. La preuve, dès qu'ils me voient, les murmures s'arrêtent nets. Je m'adosse à la console puis les observe.

— Il se passe quoi ?

— Pas grand-chose, répond mon frère.

— Tout va très bien, assure Matt, trop rapidement.

J'arque un sourcil, cherche Morgan du regard et ne le trouve pas.

— Où est Morgan ?

— Au... commence Scrat.

— Bureau, finit mon frère.

— Au bureau, c'est ça, répète bêtement Matt.

Je croise les bras sur ma poitrine, sans doute pensent-ils que je suis débile ?

— Donc il est parti au bureau, sans ses gorilles qui sont toujours sur place quand il y est et sans son portable.

Je secoue le téléphone devant mon nez, il est là posé sur la console. Mon frère grimace, Prue regarde ailleurs, elle n'a jamais su mentir de toute façon. Morgan aurait pu très bien partir au bureau, mais il n'aurait jamais laissé son portable ici. Il est trop préoccupé par ma santé pour ça.

— Maintenant que vous vous êtes bien foutue d'ma gueule, j'vous écoute.

Matt et mon frère se regardent un moment, la patience n'a jamais été mon fort. Les deux gorilles se contentent de rester à côté de la porte. Je suis certaine qu'ils ne sont pas là pour faire tapisserie.

— Il y a eu du mouvement, m'explique Key.

— Mais encore ?

— Un colis est arrivé comme par enchantement sur le bureau du Patron, on s'en est rendu compte au moment où on s'assurait que le bâtiment était sécurisé pour la nuit. Il y avait un mot avec, qui ordonnait qu'il soit remis en main propre au Boss. Nous avons scanné le paquet avant de l'apporter ici, déclare William, l'un des deux gorilles.

Non mais à part ça, aucun souci de sécurité, c'est clair. Merde, comment c'est possible un truc pareil ? À croire qu'on entre comme dans un moulin ici. Je me masse les tempes de deux doigts avant de soupirer.

— Ok et ?

— Morgan a ouvert le colis. Il y avait un téléphone portable avec des instructions. Un SMS a envoyé à une boite vocale. Le corbeau a rappelé tout de suite après, et…

— Qui te dit que c'est le Corbeau et non pas l'tueur Key ? Si tu m'réponds parce que, j'fais un massacre.

— Morgan lui a parlé…

— Il lui a parlé, parfait. Bon il est où alors ?

Pour toute réponse, je n'ai le droit qu'au silence. Un silence bien pesant. Une idée me traverse l'esprit, mais je me dis que Morgan n'est pas aussi stupide. Je sens le mal de crâne poindre le bout de son nez.

— Où est-il merde ? Répondez ! ordonné-je.

— Avec lui, répond Matt, penaud.

— Avec lui ? Comment ça avec lui ? Vous être en train d'me dire que vous l'avez laissé partir… seul ? Sans téléphone ? Mais vous êtes complètement tarés ma parole ?

Si je pouvais faire les cent pas, je serais sûrement en train d'arpenter la pièce, en les frappant tous au passage. Comment on peut être aussi con ? À ce niveau-là, ça relève de la psychiatrie.

— Il nous a pas laissé l'choix figure-toi. Le Corbeau voulait nous voir tous les trois, mais Morgan a refusé. Raison invoquée : ton état. Sauf qu'on sait tous que de toute façon, il n'aurait pas toléré que tu y ailles. Il a fait acte d'autorité suprême ! se justifie mon frère.

— Et s'il vous avait ordonné de lui tirer dans l'pied, vous l'auriez fait ?

Seigneur, j'ai l'impression d'avoir sombré dans la quatrième dimension. À moins que ce soit un univers parallèle. Je regarde tout autour de moi et j'essaye de réfléchir.

— Il a pris sa voiture ?

— Non, on l'a accompagné à un endroit bien précis, me répond un des deux gardes du corps.

— Mais vous vous rendez compte que s'il lui arrive quoi que ce soit, le poste de Doyen échouera dans les mains de Johnson ou bien de Richardson.

Là, j'arrive à me mentir à moi-même. Ce n'est pas ce qui m'inquiète le plus. L'idée de ne plus jamais le revoir me rend totalement folle.

— Je suis persuadé que ce n'est pas le tueur, affirme Matt.

— Persuadé… nan mais je rêve. Depuis quand il est parti ?

— Quarante-cinq minutes.

On sonne à la porte, je soupire. Matt ouvre sur ce charmant « Docteur ». Merde, je l'avais presque oubliée.

— Emma.

— Matt, bonsoir…

Elle est véritablement surprise. C'est vrai qu'il y a beaucoup de monde ce soir, on se croirait presque dans un salon mondain. Enfin sans les mondanités. Je bouge lentement, j'assure mes pas. Mon frère me rejoint et m'offre un bras secourable. Nous entrons dans le bureau, j'avoue que pour le coup, je me sens véritablement perdue.

— Comment vous sentez-vous ?

— Mieux, enfin si on compare à ce matin.

Je suis trop inquiète pour lui rentrer dedans. Je veux en finir au plus vite et trouver Morgan. Je ne sais pas comment, mais je ne manque pas de ressource. Quel con. Je remonte ma manche pour qu'elle puisse me prendre ma tension. Elle réitère deux fois, le doc semble sceptique.

— Quoi ?

— Votre tension est étonnement haute.

— C'est rien, c'est juste le stress.

— Le stress ?

— Ouais… passons Doc.

Inutile de rentrer dans les détails, je n'ai aucunement l'intention d'étaler ce qui se passe. Ce n'est pas la peine qu'elle sache que son Patron s'est volatilisé. Je soupire alors qu'elle poursuit son examen. C'est déjà l'heure de mon injection. Je me retourne et m'appuie au dossier du fauteuil tandis que l'aiguille s'enfonce dans ma peau. Je serre les dents et attends que le produit se déverse dans mon corps.

— J'ai légèrement augmenté la dose, m'apprend-elle.

J'acquiesce. Si seulement ça pouvait régler le problème. Sur le bureau, elle me laisse le nécessaire pour demain matin et un médicament pour la tête. Nous sortons du bureau, tous les regards sont braqués sur moi. Je salue le doc et force mon frère à me diriger vers l'étage. Il ne comprend pas tout mais m'accompagne. Nous montons les marches, mes jambes fonctionnent mieux que ce matin, mais je serai bien incapable de faire un cent mètre. Une fois dans la chambre, je me dirige vers la commode, j'attrape un jean, un tee-shirt, ma veste en jean et un long foulard.

— Tu comptes faire quoi ? demande mon frère.

— À ton avis ? Je pare à toutes éventualités. Tu crois vraiment que j'vais laisser Morgan dans cette merde.

— Désolé de t'le dire sœurette, mais t'es pas assez en forme pour faire quoi que ce soit.

— Peut-être, mais j'sais toujours me servir d'un flingue.

D'ailleurs j'en profite, je sors mon Glock 24, je vérifie que tout est en ordre. Je prends deux chargeurs que je glisse dans ma veste et range mon arme dans mon dos. Mon frère secoue la tête, je sais qu'il est contre l'idée.

— Il n'a pas voulu que je l'accompagne…

— C'est la différence entre toi et moi, j'lui d'mande pas son avis ! le coupé-je.

Je sens qu'il abandonne pour le moment. Il m'aide à redescendre. En bas des escaliers, Prue arque un sourcil. Matt et Scrat me regardent comme si j'avais un troisième œil. Inutile de leur faire part de mes intentions de toute façon. Le téléphone sonne dans la boite en carton qui est posée au milieu de la table.

— Quoi ? Personne ne répond ?

— On a essayé, mais on raccroche systématiquement, explique Prue.

J'avance d'un pas décidé, enfin aussi vite que mon corps me

le permet. Après une dernière inspiration, je décroche.

— Allô ?

Pas de réponse.

— Vous avez que ça à foutre ? Perso, j'ai passé l'âge de supporter des canulars téléphonique.

— Megan Tyler, c'est un plaisir.

Je fais signe que c'est lui et demande à Prue d'un geste de jouer les magiciennes pour nous tracer cet appel.

— J'dis rarement qu'c'est un plaisir quand j'ignore qui est au bout du fil. Où est Morgan ?

— Avec moi, répond-il avec calme. Il n'a pas tout à fait respecté le deal.

— Qui était ?

— Les réponses à tes questions. C'est toi qui voulais discuter, souviens-toi. Donc le deal est simple. Tu me rejoins avec ton frère, sans téléphone, sans arme et je répondrai à toutes tes interrogations.

— Est-ce que j'ai l'air stupide ? Vous voulez pas que j'me suicide non plus ?

— Si j'voulais ta mort, j'aurai simplement attendu quelques semaines, tu ne crois pas ? Pourquoi m'faire chier.

Sa réaction est d'une logique implacable, je dois bien le reconnaître. Je scrute les yeux de mon frère. Il hoche la tête.

— Ok, mais j'suis pas vraiment dans une forme olympique, avoué-je en grinçant des dents.

— Je sais et il n'y en a pas pour longtemps, vous serez rentrés dès demain. Promis.

— J'veux d'abord parler à Morgan.

— Je vais bien Meg ! ronchonne-t-il derrière le Corbeau.

Je sais que je n'aurai pas plus, et c'est dommage, j'avais bien l'intention de l'engueuler. Ce n'est que partie remise.

— Alors, comment procède-t-on ?

— Une voiture devra vous déposer au même endroit que pour Morgan, sous les mêmes conditions. Je ne veux personne à part vous deux sinon j'disparais et adieu monde cruel pour toi.

— Deal.

Il raccroche, je repose le téléphone dans sa boite puis me tourne vers Prue.

— Désolée, il brouille parfaitement la piste.

Je vérifie une dernière fois mon arme et la replace.

— Il a dit sans arme, vous êtes vraiment sûrs de vouloir faire ça ? s'enquit Matt.

— T'as une meilleure idée pour ramener Morgan ? Quant à l'arme, j'suis pas suicidaire. Il faut prévenir Lady Mary au plus vite, qu'elle tienne le Conseil le plus loin possible de toute cette histoire.

— Bryan et Aly sont avec elle, m'apprend Matt.

Je lance mon portable à Prue, j'enroule mon foulard autour de mon cou, mon frère embrasse ma meilleure amie, puis les molosses ouvrent la portière. Je me contente de glisser mon bras dans celui de mon frère et nous entrons tous les deux dans l'habitacle. Ils démarrent.

— Cette histoire pue ! déclame William.

— On se fout qu'elle pue ou pas. C'est pas comme si on avait l'choix, m'agacé-je.

— Et s'il veut juste vous faire marcher avant de vous buter ?

— C'était à Morgan qu'il fallait l'dire, pas à nous, intervient mon frère.

— On a essayé, assure Steeve.

Nous roulons pendant un peu plus d'un quart d'heure, puis la voiture s'arrête en plein terrain vague. J'inspire profondément, Key sort en premier, puis m'aide à m'extraire. Je ne suis vraiment pas prête pour le marathon de New York, ça, c'est certain. La voiture et les deux gardes du corps s'éloignent. Je sens la présence du Corbeau, ma nuque frissonne, mes yeux balayent tout ce qui se trouve devant moi. J'essaye par tous les moyens de le visualiser, il fait nuit et c'est impossible. Le seul avantage, c'est qu'il a arrêté de pleuvoir. Une lumière vive m'aveugle quelques minutes plus tard, mon frère se place devant moi comme pour me protéger. En définitive, c'est bien ce qu'il fait d'ailleurs, mais ce n'est pas le moment de faire une étude approfondie sur ce qui est macho ou pas. Après tout, c'est mon frère, il réagit d'instinct.

La portière arrière s'ouvre et je distingue un homme, une arme à la main. Elle est pointée sur la nuque de Morgan qui est au volant. Il tapote le siège à côté de lui pour m'intimer de monter, alors que mon frère s'assoit devant avec Morgan. Au moment où nous claquons les portes, Morgan démarre en trombe.

Chapitre XVI

Nous roulons vers le nord. Je jette un regard en coin au Corbeau qui tient toujours Morgan en joue. Mon flingue est toujours bien au chaud derrière mon dos. J'inspire profondément, dégaine mon arme rapidement et pose le canon sur la tempe du ravisseur. Je m'attends bien-sûr à une réaction. Mon frère s'est retourné et inutile de regarder pour savoir que Morgan surveille le rétroviseur. Le Corbeau se met à rire, mais ce n'est pas un rire nerveux.

— Capitaine Taylor, les règles et vous, c'est tout un art.

— Ouais, paraît qu'j'ai un problème avec tout c'qui touche à l'autorité, raillé-je.

— J'aurais été déçu si tu avais agi autrement. Alors que fait-on maintenant ?

— Très simple. Vous ôtez l'arme de la tête de Morgan et je consens à vous garder en vie.

— J'ai mieux. Tu poses ton arme Megan et c'est toi qui survis jusqu'à pouvoir profiter de tes petits enfants.

— J'ai aussi un problème avec la confiance, maître Corbeau.

— Réfléchis, si j'avais voulu vous tuer, je l'aurais fait il y a un moment. Je n'ai pas manqué d'occasion, tu sais.

— Soit, alors on pose tous les deux notre arme, proposé-je.

Il semble étudier sérieusement la proposition. Il approuve de la tête, redresse son arme face à moi, je fais la même chose. Nous laissons le chargeur glisser pour l'ôter et nous déposons nos deux armes l'une à côté de l'autre sur la place centrale. Je ne peux pas m'empêcher de calculer combien de temps il me faudrait pour tout récupérer et lui tiré dessus.

— Bien, Morgan. Prochaine sortie à droite.

— Qui êtes-vous ? demande Keylyan.

— Ça fait des mois que vous vous posez la question, vous pouvez encore attendre quinze minutes.

Quinze minutes, je dois pouvoir tenir, mais ce matin, j'aurais été beaucoup moins catégorique. La pluie recommence à tomber et Morgan actionne les essuie-glaces. Il est silencieux et ça ne lui ressemble pas du tout. À moins qu'il ne cherche une solution. Nous sommes dorénavant sur un chemin de terre. Je suis ballottée dans tous les sens et je pose ma main sur le siège avant pour m'accrocher. Je distingue les murs d'une cabane et je devine déjà qu'elle n'a rien à voir avec celle de Morgan.

— Arrête-toi, Morgan. Descendez de la voiture, mais restez à côté et ne bougez pas, ce serait dommage que vous finissiez avec une jambe en moins. Dans le meilleur des cas.

Ok et bien, j'affirme que ce type est dingue. Encore un parano de la sécurité ? Je me glisse hors de la voiture, referme la portière et cale mon dos contre celle-ci. Une chose qui me préoccupe, c'est que mon arme est restée sur la banquette arrière, mais pas pour longtemps vu que maître Corbeau vient de la récupérer. Nous voilà tous les trois tels des statues de sel et attendons. J'observe le Corbeau s'extraire du véhicule. Il donne ses instructions, j'ai toujours du mal à marcher, mais mon frère me soutient. Que je hais cette situation. Me montrer faible devant mon frère et Morgan est une chose, mais devant ce Corbeau, ça me dégoûte. Nous entrons enfin dans la maison si on peut l'appeler comme ça. Il y a un vieil évier de pierre, un four à bois et une cheminée. Question confort, il y a deux canapés usagés et un rocking-chair ainsi quelques tapis délavés. Je regarde au fond, il y a une pièce supplémentaire.

Ce qui me subjugue le plus, c'est le nombre d'armes, de grenades, sans parler des explosifs dans cet endroit. J'observe le Corbeau, il doit avoir cinquante ans passés, des cheveux roux coupé ras, une barbe de plusieurs jours. Ses yeux sont bleus clairs. Il doit mesurer environ un mètre quatre-vingt-cinq. Nous sommes toujours debout et nous ne le quittons pas des yeux. Il y a trop de tension. Si l'un d'entre nous interprète mal une de ses réactions, c'est le bain de sang assuré. Trop d'armes à portée de main.

— Un thé, du café ? propose notre hôte.

— Non mais des réponses, bien volontiers, réponds-je

Merde ! Je ne suis pas là pour prendre le thé et bouffer des p'tits gâteaux. Je veux, non j'exige des réponses. J'ai l'impression que l'on me fait tourner en bourrique et je déteste ça. En plus, ce n'est pas comme si j'avais toute la vie devant moi.

— Vous pouvez poser vot'cul, les canapés ne sont pas piégés, rigole-t-il.

J'arque un sourcil et je me demande si sa vie d'ermite ne lui aurait pas bouffé le cerveau. Je décide de prendre l'initiative et m'installe au milieu du canapé. Morgan et mon frère s'asseyent de part et d'autre. Je sens la main de Morgan se glisser dans mon dos. Le Corbeau se fait tranquillement un thé et j'avoue que je suis légèrement perdue. Il rejoint le canapé juste en face de nous pratiquement en sifflotant. Je pense que la nuit va être très longue. Il touille son thé.

— Alors, par quoi on commence ? demande-t-il.

— Par le début ? proposé-je. Vous êtes qui ?

— Qui suis-je ?? Votre ange gardien.

— Un ange gardien ça n'écrase pas les gens en bagnole.

— Sauf que si j'avais voulu vraiment t'écraser Keylyan, tu s'rais déjà mort.

Un point pour lui, mais ça ne nous dit toujours pas qui il est. J'avoue que ma patience s'épuise lentement, mais sûrement. Je me frotte les yeux, je ressens toujours cette fatigue écrasante.

— Les côtes de Keylyan vous r'mercient, maugrée Morgan. Jouons cartes sur table puisque nous sommes là tous les trois. On a tenu notre part de marché. À vous maintenant.

— Mon nom est Mickaël Barry. Je suis de la même promo que vos parents.

Je plonge dans ma mémoire, son nom me parle. Je revois les dossiers défiler devant mes yeux. Il ne me faut pas longtemps pour le retrouver.

— Vous aviez une sœur : Emily et votre meilleur ami s'appelait Franck Wilde. Ils étaient fiancés. Vous étiez spécialisé dans l'infiltration, votre arme de prédilection était une carabine 22 Long Rifle winchester. Le meilleur sniper de votre promo. Emily a disparu six mois avant vous et Wilde.

Au moment où je relève la tête, je le vois applaudir tout sourire. Je vais vraiment finir par croire que ce type est complètement cinglé.

— Quelle mémoire, c'est impressionnant. Félicitations, Capitaine Tyler.

— J'ai aucun mérite, surtout quand ma vie en dépend.

— Si c'est vous, comment avez-vous survécu ? demande Morgan.

Morgan est toujours aussi pragmatique. Il est plus que temps qu'on sache et tourner autour du pot ne nous ressemble pas. Nous sommes là tous les trois pour une raison précise, prendre le thé n'en fait pas partie.

— Pour ça, il va falloir que j'vous raconte toute l'histoire.

— Ok, répond mon frère.

Je vois l'homme s'allumer une cigarette avant de rajouter un gros morceau de bois dans la cheminée. Il cale son dos contre celle-ci.

— Nous étions partis sur une mission en Colombie pour contrer un trafic de drogue international. Huit en tout. Vos quatre parents, Emily, Franck, Trish et moi. Nous sommes faits passer pour des étudiants en vacances et surtout en manque de sensations fortes. La mission s'est plutôt bien déroulée. En gros, ça consistait à faire la fête tout en prenant des informations. Au bout de trois semaines, on a décidé de passer à l'action avec une petite cellule des États-Unis. En tout, nous étions quinze, bien trop peu. James avait mal évalué la situation. Avec votre père et la mère de Morgan : Jane, nous nous sommes opposés à lui, mais…

— Laissez-moi d'viner, il a refusé d'écouter, marmonne Morgan. L'histoire de ma vie.

— Ouais. On était en sous-effectif, la mission a viré au chaos. On a perdu Trish et les Américains quatre agents. James a déclenché l'extraction d'urgence alors qu'Emily était coincée sous des gravats. Franck ne voulait pas quitter les lieux, James a donc ordonné à William de l'assommer. Il s'est exécuté et la collé sur son dos. Moi, j'ai pas eu le choix. J'étais blessé, deux Américains m'ont fait sortir. J'ai repris connaissance dans l'avion et j'ai appris par la même occasion que ma sœur avait été déclarée « perdue ».

Mon père a assommé Franck sans sourciller. Il a simplement accepté cette décision sans protester ? J'ai du mal avec cette partie de l'histoire.

— Du coup, vous avez voulu vous venger, intervient Keylyan.

— Nous venger ? répète Barry. Non ! On voulait la ramener, même si on savait qu'on aurait des ennuis. J'avais mes contacts en Amérique du Sud et Franck avait les siens. James s'est fait un peu taper sur les doigts à notre retour, donc il nous avait à l'œil. Il fallait qu'on évite de se faire prendre.

Je passe une main sur mon visage fatigué. J'avais émis l'hypothèse que c'était une vengeance dès le départ, pas une mission de sauvetage.

— Vous l'avez r'trouvé ? s'intéresse Morgan.

— Ouais, elle était au San Salvador, d'après ce qu'on savait. Elle cherchait du pognon pour fuir vers les Îles Caïman.

— Elles appartiennent au Royaume-Uni, c'était malin, remarque mon frère.

— Elle était serveuse dans un bar et disons qu'elle pratiquait un autre métier beaucoup moins reluisant.

Je secoue la tête. Emily avait beau avoir quitté l'Institut à l'époque, elle était encore moins libre qu'en vivant enfermée ici. Se retrouver livrée à elle-même dans un lieu qu'elle ne connaissait pas où tout n'est que danger pour une femme seule. Je réprouve un frisson, car j'ai goûté à la prison au Honduras. Deux mois d'enfer, deux mois à se battre pour manger, se battre pour pisser et où dormir était une option. Hommes, femmes et familles mélangés. J'avais dix-neuf ans et je savais qu'il fallait que je me débrouille seule. Dormir était envisageable seulement si on souhaitait mourir. On m'avait proposé d'intégrer des gangs, mais j'avais toujours refusé. J'ai profité d'une révolte pour fuir. J'ai eu beaucoup de chance, je suis retournée à notre ancienne planque où j'ai pu trouver des instructions.

— L'Institut vous a laissé partir au San Salvador ? demande Morgan suspicieux.

— Non, on a pris quinze jours de vacances où bien sûr, nous avions interdiction formelle de nous rendre en Amérique du Sud. On ne les a pas écoutés curieux non ? Quand nous sommes arrivés dans le fameux bar où elle était censée travailler, Emily a mis un long moment à nous reconnaître, même quand Franck l'a prise dans ses bras. Nous avons quitté les lieux rapidement et avons rejoint une planque. Elle était si maigre, si fragile, si…

— Désespérée, murmuré-je.

Je sens les regards se tourner vers moi. C'est un sentiment que je connais bien, qui me parle. Mickaël acquiesce.

— Elle était déjà malade ? demande Morgan.

— Oui, mais elle n'avait pas vu de médecins. Sans moyen, c'est compliqué. Nous avons pris trois billets pour la Floride et un rendez-vous avec un doc. Après plusieurs analyses, il nous a parlé d'une maladie auto-immune, avec un blabla où on a compris un mot sur deux.

— Pourquoi n'êtes-vous pas rentrés à l'Institut ?

—Tu d'mandes vraiment pourquoi, Megan ? Toi, plus que quiconque devrait avoir la réponse.

— La liberté, soupiré-je.

— Enfin, une certaine idée de la liberté, nuance-t-il. J'voulais qu'ma sœur soit heureuse et j'étais certain que ce s'rait pas à l'Institut qu'elle le serait. De toute façon, Franck ne voulait plus y r'tourner. Pour lui, Ils étaient responsables de la situation. Bref, on l'a soignée comme on a pu, jusqu'à ce que je tombe moi aussi malade. Nous sommes retournés voir le Doc et il n'a fait que confirmer ce dont on s'doutait déjà, la raison pour laquelle l'Institut ne récupérait jamais ses agents. Nous sommes une denrée périssable, nous sommes remplaçables, recyclables.

— Vous étiez certains que tout venait de l'Institut ?

— Keylyan, la souche de la maladie était la même. La différence se trouvait dans notre ADN et nos cellules.

— Vous avez fait quoi ? s'impatiente Morgan.

— On a cherché des réponses. Il existe plusieurs Instituts aux États-Unis, dans différents États. Disons qu'il suffisait de tomber sur un des responsables médicaux. Nous avons observé, surveillé, pendant des jours et des jours à Miami. Une fois que nous étions certains de l'identité du Doc, on a tout mis en place pour le récupérer.

Je pense qu'il est plongé à nouveau dans ses souvenirs. Ses yeux fixent un point imaginaire face à lui et il ne dit plus un mot. Nous nous regardons un petit moment. Morgan lève les yeux au ciel.

— Et vous l'avez récupéré ? demande mon frère.

— Hein ? Oh ? Oui. On lui a mis la main dessus pour l'interroger. Il a parlé assez rapidement. On a su le convaincre que nous étions pratiquement morts et que de part ce fait, nous n'avions plus rien à perdre. Il a été plutôt loquace. Il nous a expliqué que chaque agent recevait un virus propre à son système, que des injections permettaient de le garder en sommeil. Mais que sans cet inhibiteur, le virus sortait de sa léthargie au bout d'un moment...

— Et pour le traitement ? intervient Morgan.

— Il existe. Chaque pays dispose d'un lieu où il centralise tous les sérums. Seules quelques personnes sont au courant. Le doyen et en général le chef de service, enfin celui qui est responsable du labo.

Je fronce les sourcils. Si ce que Mickaël vient de nous révéler est exact, cela veut dire que le professeur Davis était au courant. Je me tourne vers Morgan. Sa mâchoire est contractée et son poing gauche est serré comme s'il était prêt à frapper quelqu'un. Je pose ma main sur sa cuisse et la serre légèrement. Je tente de lui faire comprendre que ce n'est pas le moment de mettre ça sur le tapis.

— Vous avez fait quoi après ?

— Disons qu'on l'a convaincu de nous dire où se trouvait le labo en Angleterre. Il a passé quelques coups de téléphones en notre présence et on a fini par obtenir le renseignement.

— Et après ? demandé-je.

— Franck l'a descendu et nous avons attrapé le premier vol pour Londres. Emily était vraiment au plus mal. Nous avons pris la direction de l'Écosse et loué une petite baraque à 20 miles au nord de Glasgow. La mise en place de l'opération a pris encore une semaine. Une semaine de trop pour Emily. Elle était tellement affaiblie qu'elle n'était plus capable de marcher.

J'acquiesce malgré moi et déglutis. Je sais exactement par quoi elle est passée. Je connais la douleur et l'incapacité de mon corps à réagir à un commandement simple comme marcher. Je n'ignore pas que je suis proche de la fin.

— On a embauché, fait plusieurs jours de planque et nous sommes passés à l'action, poursuit-il. Nous nous sommes introduits dans le labo de nuit grâce à un pass que l'on a réussi à récupérer sur un employé chargé du nettoyage. Comme le lieu était secret, la sécurité n'était pas très élevée, du moins pour un complexe pareil. On a utilisé des pistolets hypodermiques. Ce qu'on a trouvé à l'intérieur était hallucinant. Chaque A.D.N., chaque cordon ombilical, des pochettes de sangs et j'en passe appartenant aux agents. Tout était répertorié par promo, c'était immense. Complètement insensé. Nous avons fini par trouver et on a pris ce dont on avait besoin, les trois sérums. Ce que j'ignorais, c'est que Franck avait l'intention de tout faire sauter. J'ai tenté de l'en dissuader et il m'a tiré dessus avec une fléchette. L'enfoiré. J'me suis réveillé au moment où tout a pété. J'ai compris à ce moment-là que Franck était devenu dingue.

Son récit s'arrête là. Personnellement, je n'en ai pas fini, j'ai besoin de savoir ce qui est arrivée à Emily.

— Vous avez réussi à sauver votre sœur ? s'enquit Keylyan.

Il prend une grande inspiration et un sourire triste s'étale sur son visage. Je déglutis. J'aurais dû m'en douter.

— Non… il était trop tard. Elle était trop faible. Elle n'a pas survécu au traitement. Franck n'a pas réussi à surmonter sa perte et après la tristesse, est venue la colère, la haine. Il voulait qu'ils payent, tous ceux qu'il pensait responsables. J'ai essayé de lui faire entendre raison, mais il m'a tiré dessus en me traitant de lâche. Ensuite, il s'est volatilisé pendant quelque temps. J'ai enterré ma sœur, j'me suis soigné et je le traque depuis tout ce temps.

— Il a tué nos parents ?

— Ouais Meg, j'suis arrivé trop tard pour eux… mais pas pour toi.

Si j'ai bien compris, il vient de me dire qu'il m'a sauvé la vie. Une boule entrave ma gorge, mon cerveau s'embrouille avec les images des différents accidents. Tout se confond, la tête me tourne un instant, puis je reprends le contrôle.

— Pourquoi m'avoir sauvée ?

— Parce que tu n'y étais pour rien. La vengeance laisse un goût âpre dans la bouche. Le seul coupable est, ou, était le système, pas des individus si ce n'est peut-être James. Il avait d'l'ambition et il est devenu un véritable connard avec le temps. Pourtant, je n'peux pas m'empêcher de penser que s'il n'avait pas perdu ses meilleurs amis et sa femme peut-être qu'il n'aurait pas changé à ce point. Toujours est-il que vous n'êtes pas responsables des actes de vos parents. Tu n'étais qu'un bébé. Il a pointé son arme sur toi et tu l'as fixé de tes grands yeux. Tu n'as même pas pleuré. Je n'avais pas l'choix je lui ai tiré dessus... dans l'bras. Il s'est enfui. J'ai entendu Amy murmurer, elle était encore en vie, mais l'hémorragie était trop avancée pour que je fasse quoi que ce soit.

— Elle n'est pas morte sur le coup ? l'interrogé-je.

— Non. Elle m'a reconnu et a voulu te prendre une dernière fois dans ses bras. Amy m'a supplié de te détacher, c'est ce que j'ai fait. Elle t'a serrée contre elle, tu as posé ta main sur son visage, puis Amy a expiré une dernière fois. C'est à ce moment-là que tu t'es mise à pleurer.

Je sens des larmes chaudes roulées le long de mes joues. La douleur est trop forte. Je suis silencieuse, ma gorge est trop serrée pour que je dise quoi que ce soit de toute façon. La main de mon frère serre la mienne. Je pose ma tête contre lui, il pose son menton sur mon crâne puis me berce. Morgan caresse mon dos.

— Ensuite, j'ai sorti le siège auto, je t'ai attachée dedans et je t'ai éloignée le plus possible de la voiture. Je t'ai couverte comme j'ai pu et j'ai appelé l'Institut pour qu'il envoie quelqu'un.

— Mon père savait ce qu'il s'était réellement passé ?

— Oui Morgan, il le savait. Je lui ai raconté. Il n'a rien dit.

— Pourquoi n'y a-t-il aucune trace de tout ça dans les dossiers ? C'est totalement incompréhensible.

— Ça, il faut l'demander à ton père. Mais il savait qui, pourquoi et aussi que tout son entourage était en danger. Ta mère a été la suivante.

Bien évidemment, Sir James était au courant et bien sûr, il n'a rien dit. Le plus dingue, c'est que je ne suis même pas étonnée. Encore plus fou, je ne lui en veux même pas. Je pense que je n'ai pas assez d'énergie pour ça de toute façon. Pas de temps à perdre non plus. Cependant, ce qui est valable pour moi ne l'est pas pour Morgan. Il bouillonne littéralement sur place. Je presse doucement ma main sur sa cuisse pour tenter de l'apaiser. J'ose lui jeter un regard. Sa mâchoire est tellement serrée que je crains un instant qu'il finisse par se briser les dents. J'essuie mes larmes d'un revers de manche et inspire profondément.

— Quelles sont mes options ? demandé-je.

— Il n'y en a qu'une Megan. Il faut trouver le nouveau centre, déclare mon frère.

— J'vais m'occuper personnellement du cas Davis, tonne Morgan.

Je pense sincèrement que Davis a peu de chance de s'en tirer cette fois. Je ne comprends pas vraiment ce qui aurait poussé le professeur à mentir. Je ne le connais même pas, enfin très peu. À moins qu'il ait reçu des ordres. Je préfère garder le silence. J'ai trop d'informations en même temps et je crois que ma fatigue psychique égale maintenant celle physique.

— Qui est Davis ? nous interroge Mickaël.

— Le responsable du labo, lâche Morgan. Il m'a raconté des cracs. Il a dit qu'il n'existait aucun traitement, explique Morgan.

— Davis, répète faiblement Mickaël.

Je croise son regard, ce nom le fait réagir, mais je ne sais pas vraiment pourquoi. J'attends des explications qui ne viennent pas. Il s'est emmuré dans le silence.

— Vous avez des pistes à exploiter, j'vous r'tiens pas.

Il nous invite à nous lever, mais je trouve sa réaction curieuse. Quand nous sommes arrivés, il ne semblait pas pressé de nous voir partir. Alors que là, il nous met carrément dehors.

Nous regagnons la voiture, accompagné de notre hôte. Il nous guide sur le chemin. Je le suis avec attention, inutile de perdre le peu de vie qui me reste en sautant sur une mine. Avant d'arriver, je manque de perdre l'équilibre et sans l'intervention inopinée de Morgan, j'aurais déjà rejoint le sol détrempé.

Morgan se réinstalle au volant, je retourne à l'arrière alors que mon frère prend la place du mort. C'est calme dans l'habitacle, trop peut-être. Il nous ordonne de nous arrêter à l'endroit même où nous nous sommes rencontrés. Les gardes du corps de Morgan sont aussi présents. Nous sortons du véhicule, Mickaël me tend mon arme et mon chargeur. Je remonte le tout et range mon arme dans mon dos. Il sourit et secoue la tête.

— Inutile de vous dire à tous les trois de n'pas venir sans invitation.

Ce qui veut dire en clair, que si nous ne voulons pas finir sur orbite, nous avons plutôt intérêt à ne pas nous pointer. Morgan acquiesce.

— Je reprendrai contact, poursuit-il.

J'entre à l'arrière du véhicule suivit de Morgan, mon frère prend le volant. Tandis que les gardes du corps prennent la seconde voiture. La radio s'allume dès que Keylyan met le contact. Nous démarrons, mais le silence domine. Je tente de réfléchir à ce qu'a dit Mickaël. Je pense que tout le monde fait la même chose. Tout assimiler, faire le tri et trouver une solution. Morgan passe un bras autour de mes épaules et me rapproche de lui. C'est comme s'il avait l'impression que j'allais disparaître d'un instant à l'autre. Je ne peux même pas le lui reprocher, je suis très loin de la forme olympique et toute cette histoire m'a épuisée.

— Au fait Morgan, faut que tu m'expliques à quel moment tu t'es dit qu'y aller seul était une bonne idée ? demandé-je.

— Et toi, à quel moment tu t'es dit que de passer outre mes ordres, était la chose à faire ? rétorque-il.

— Au moment où j'ai su que tu avais été assez stupide pour y aller ! asséné-je.

— Stupide ? Que dire de ton état ? Que dire du fait que tu sois encore sur tes jambes, tient du miracle ? Que dire aussi que la moindre infection peut être fatale ? s'agace-t-il.

— Ce n'était pas à toi de décider si je pouvais y aller ou pas !

— Je suis aussi ton patron ! L'oublie pas ! claque-t-il.

— Mais bien sûr, boss ! C'est pas comme si on avait failli se retrouver avec un autre Doyen. Mais où avais-tu la tête, bon Dieu ?

Il se redresse d'un coup, retire son bras de mes épaules et se tourne vers moi. Les yeux enflammés par la douleur et la colère. Je le vois grâce à l'aube du jour.

— Où j'avais la tête ? Tu t'fous d'ma gueule là ? Une seule chose m'importe : que tu sortes indemne de cette histoire. Que tu vives bordel ! Alors si se retrouver en tête à tête avec un taré peut aider, je me dois d'y aller. Par moment, j'ai l'impression d'être le seul à y croire ! Fais un effort bordel ! crache-t-il.

— Ah, mais merde ! Quitte à y aller, fallait respecter son

deal, au lieu de jouer le héros solitaire !

— Vos gueules ! assène mon frère. Toi, t'aurais jamais dû y aller seul ! Et toi, tu devrais être un peu plus consciente de ton état ! Maintenant ce qui est fait est fait, inutile de revenir dessus. On met la main sur le Doc et on lui fait cracher ses dents !

— Je lui fais cracher ses dents, précise Morgan.

Je lève les yeux au ciel tout en soupirant. Un partout, la balle au centre. Je me cale au fond de mon siège, alors que Morgan tend sa main vers la mienne. Je réfléchis quelques secondes avant d'enlacer nos doigts. J'inspire à fond. Je dois profiter de tous les moments avec lui. Je m'en suis fait la promesse. Je bouge légèrement et pose ma tête sur son torse. Je ferme les yeux et me laisse envahir par la musique.

Je reconnais l'air d'Una furtiva lagrima, tiré de l'opéra L'elisir d'amore de Gaetano Donizetti. Je souris légèrement, l'opéra nous poursuit. Peut-être est-ce un signe qui sait ? Je cherche l'espoir, comme un camé cherche sa dope. Désespérément et frénétiquement.

— Voilà au moins un opéra qui finit bien, murmure Morgan.

Je suppose qu'il veut changer de sujet. Il a certainement raison, je commence à être épuisée par toute cette dépense d'énergie inutile.

— Sauf que la fille est un peu vénale. Encore une garce.

— Megan, soupire-t-il. Tu prends toujours des raccourcis. Elle a été aveuglée pendant un moment. Mais elle finit par ouvrir les yeux.

— Ok, t'as raison, abandonné-je.

— J'ai raison ? s'étonne-t-il.

— Oui, conclue-je.

Je n'ai nullement envie de me battre à propos de l'interprétation d'un opéra. Je vois sûrement le mal partout aussi. L'esprit de contradiction fait partie de moi intrinsèquement. C'est ainsi. Les yeux toujours clos, mon esprit vagabonde jusqu'au soir de l'accident de mes parents, enfin du meurtre pour être exacte. J'aimerai tant me souvenir ou pas finalement. Je ne sais pas trop où j'en suis en vérité. J'étais présente, c'est un fait, mais trop jeune pour m'en rappeler. La douce chaleur de Morgan m'entoure, il fredonne, embrasse le sommet de ma tête. Mon cerveau a grandement besoin d'une pause. Pourtant, j'ai bien peur de ne pas en avoir le temps. Nous passons le grand portail de l'Institut, inutile d'ouvrir les yeux. Je reconnaîtrais ce chemin entre mille. Je n'ai pas vraiment envie de quitter la voiture. Je sais déjà que l'on va être bombardé de questions. J'ai la sensation que plus on obtient de réponses et plus ça se complique. La voiture ralentit et nous en sortons. William et Steeve nous rejoignent ainsi que deux autres malabars.

— Vous deux, vous venez avec nous. J'ai deux trois questions à poser au professeur Davis et pas forcément en douceur, marmonne Morgan. Cam et Sam raccompagnez le Capitaine Tyler chez moi où vous attendrez les ordres.

— Bien, patron.

— Hé, moi aussi, j'ai des putains d'questions pour Davis. Et au passage, j'suis capable de rentrer toute seule ! m'indigné-je.

Morgan pose une main sur mon épaule et nous écarte un peu de l'attroupement. Un regard dans son dos m'apprend que tout le monde est sur le qui-vive.

— Écoute. Pas plus tard qu'hier, tu étais incapable de bouger. Alors tu vas rentrer à la maison et te reposer. Laisse-moi choper Davis et après, j'te promets que tu pourras lui parler.

— Morgan, J'suis pas en sucre merde !

— C'est pas l'impression que j'ai eu ces dernières vingt-quatre heures ! Alors t'arrête de faire chier et tu rentres !

— Quoi ? J'arrête de faire chier ? C'est pas moi qui l'ai joué solo cette nuit, mode kamikaze dégénéré !

— Je n'ai pas...

Il s'arrête net et pose ses deux mains sur mes épaules. Mon frère se ligue contre moi et ouvre la portière. La lutte est inégale et je me retrouve en voiture. Je n'ai même pas le temps de protester que déjà le moteur vrombit. Il y a des chances que Morgan et mon frère le payent très cher. Je m'enfonce dans mon siège et croise les bras sur ma poitrine. Ce serait bien que Morgan comprenne quand même que je n'suis pas une gamine, ni même son employée. Je marmonne seule. Il le paiera tôt ou tard.

Je me retrouve devant les portes du cottage. Cam m'ouvre la portière. Je sors en refusant la main qu'il me tend. Prue m'accueille sur le perron en me prenant dans ses bras.

— J'étais si inquiète, déclare-t-elle. Où sont les autres ?

— À la chasse au Doc, répliqué-je.

Je rentre donc dans les explications devant son air dubitatif. Je lui relate les derniers événements, en oubliant aucun détail. Rien que de le raconter, je me rends compte à quel point cette histoire est démente. Je finis avachie sur le canapé. Je suis éreintée par cette nuit sans sommeil.

— Donc, si je résume, le type qui a renversé ton frère n'est pas le méchant. Mais c'est l'ancien mec de sa sœur qui est l'assassin. Il est timbré hein ?

— Le côté ermite l'a achevé, dans un sens. On ne peut pas se planquer pendant toutes ses années sans y laisser quelques neurones.

— D'après lui, le Doc sait où se trouve le fameux labo ? Pourquoi il n'en a jamais parlé ?

— C'est un grand mystère Prue.

Prue nous apporte deux mugs, l'odeur du thé me fait plisser le nez. Je dépose la tasse sur la table basse. Pourtant, elle me connaît assez bien pour savoir que je déteste ça.

— La dernière fois que tu m'as vue boire du thé Prue, c'était quand ?

— Le professeur Dwight a dit...

— Tu parles de quelqu'un qui prend son pied en prenant la température des gens ! Elle y connaît que dalle en café ! la coupé-je.

Je trouve qu'elle régit assez ma vie comme ça. Elle ne va pas venir me gonfler entre une histoire de caféine ou de théine.

— Tu préfères un café ?

— Non, là n'est pas la question.

— Megan, se désespère Prue.

Ma patience s'épuise. Elle me dit quoi manger, quoi boire, quoi prendre comme médocs et surtout à quelle heure, sans parler de cette histoire de coma artificiel. Je l'ai vraiment en travers cette idée. Je me masse les tempes. Je pourrais très bien en profiter pour dormir. Mais je suis trop sur les nerfs pour ça.

— Qu'as-tu contre le professeur Dwight ? Elle veut simplement t'aider.

— En m'foutant dans l'coma ? Autant qu'elle me pique comme une bête de somme !

— Dans certaines situations le coma artificiel...

— Ne finit pas ta phrase Prue, ordonné-je. Admettons, on m'fout dans l'coma et manque de bol, on ne trouve pas le traitement. Moralité, je crève en ayant passé mes derniers moments à pioncer. Merveilleuse idée !

— Ce que tu peux être défaitiste par moment ?

— C'est souvent l'cas quand on est condamné à mort. On est rarement optimiste.

Prue quitte le salon et cette fois, je m'en veux. Je me dis que je mériterais d'être muette. Je sais que je lui fais de la peine. Je me lève du canapé et la retrouve dans la cuisine. Elle pleure à chaudes larmes et je la prends dans mes bras. Prue dépose ses larmes sur mon épaule.

— Je suis désolée, soupiré-je. Vraiment.

Prue serre ses petits bras autour de moi, puis ses sanglots se calment. Je lui essuie les yeux doucement à l'aide de mes pouces puis embrasse son front.

— Et si on s'matait un film.

— Genre comédie romantique pour fille ? renifle-t-elle.

— Ouais.

— Le journal de Bridget Jones ?

J'acquiesce, je peux au moins lui faire ce plaisir, sans compter que je trouve le film plutôt réussi, même s'il est mièvre par moment. Enfin Colin Firth vaut le détour, plus qu'Hugh Grant, mais ce n'est que mon avis. Au moins, elle a retrouvé le sourire et sort un nouveau pot de glace. Sympa le p'tit déjeuner. On se partage le canapé et le plaid. Nous éclatons de rire au même moment et Prue se pâme devant les scènes romantiques. Je sens doucement mes yeux se fermer et je sais déjà que je vais rater la fin et Bridget dans la neige en p'tite tenue.

C'est l'agitation dans le hall qui me réveille. Je me redresse, quelque chose ne va pas. J'ai un peu de mal à me lever, une gêne s'est installée dans ma poitrine et je m'y reprends à deux fois avant d'y arriver. J'ai des courbatures un peu partout. Je me masse la nuque, avant de rejoindre les autres, enveloppée dans mon plaid.

Morgan marche de long en large dans le hall, le téléphone à la main beuglant ses ordres. Il est en rogne. Il finit par ranger son portable en rageant, alors que je remarque l'absence de mon frère.

— Davis a disparu, m'explique-t-il.

— Comment ça ?

— Disparu, envolé. On est allés à son appartement, il n'y avait personne. Il a vidé les lieux. On a juste trouvé un post-it avec le dessin d'un smiley qui tirait la langue sur le frigo. Une autre équipe avec Keylyan s'est rendue à la clinique et il n'y avait personne. Son bureau était sens dessus dessous.

— Tu penses à quoi ?

— Je pense qu'il s'est foutu d'ma gueule et qu'il s'est tiré ! On a visionné les caméras de sécurité. Il a évacué son appart, est passé par la clinique avant de disparaître.

— Pourquoi ?

Il soupire avant d'aller boire un café. Je ne comprends pas l'intérêt du Doc dans cette histoire. Je suis Morgan en espérant sûrement une réponse à ma question.

— Pour l'instant, j'en sais rien. On épluche ses dossiers, ses ordis, enfin ce qu'il a laissé. Il a effacé une partie de son disque dur, mais d'après le labo, on finira par récupérer les données.

— C'est quand même curieux qu'il se tire juste maintenant, remarqué-je.

— Ouais, soupire-t-il.

— Comme coïncidence, ça s'pose là.

— Et ?

J'ai éveillé son intérêt, il pose sa tasse. Je m'adosse à l'évier. J'hésite à lui exprimer ce que je pense. Peut-être que je me trompe à force de voir le mal partout.

— Et si le professeur Davis, n'était pas vraiment le « gentil docteur » ?

— Et il serait quoi ?

— Merde Morgan, fait un effort !

— Tu supposes que...

Et la lumière se fit. Il sort de la cuisine, attrape son ordinateur de « chef suprême », tape son mot de passe et laisse sa place à Prue.

— Cherche-moi tout ce que tu peux sur Davis et fais un parallèle avec Franck Wilde.

— Précise, demande-t-elle en tapant.

— Morphologie, empreinte, capacités, la totale.

— Tu crois que Davis et Wilde sont la même personne, révèle Prue.

— Exactement. Et si j'ai raison... on est dans la merde, adieu sérum, déclaré-je.

— Pas forcément, assure Prue. Ce genre de complexe doit demander une consommation d'énergie importante. Donc, il suffirait d'éplucher les factures d'électricité et...

— On obtiendra des adresses des lieux, poursuit Morgan.

— Ouaip et il nous restera plus qu'à éliminer ceux qui sont évidents.

— Combien de temps Prue.

— Je gère, mais je ne peux pas faire les recherches sur Davis en même temps.

— J'appelle Matt.

Aussitôt dit, aussitôt fait. Morgan a déjà passé son coup de téléphone. Il recommence à tourner en rond et ça me rend dingue, mais moins dingue que de ne rien avoir à faire. De toute façon, j'ai trop mal au crâne pour faire quoi que ce soit. Il y a surtout cette gêne dans ma poitrine. Dix minutes plus tard, Matt est déjà en place et parcourt les dossiers. L'imprimante tourne à plein régime et Morgan me fait l'insigne honneur de pouvoir les parcourir. Nous sommes tous dans le bureau. Nous placardons un de ses murs des différentes comparaisons entre les deux personnages à mesures que les informations sortent. Morgan, qui a arrêté de tourner en rond, est face au mur, les mains sur les hanches, analysant les différents angles. Matt est très concentré sur son ordinateur, il fait un comparatif morphologique entre les deux faciès grâce à un logiciel qui est capable de voir toutes les opérations esthétiques possibles qui changent un visage.

Mon frère vient d'arriver avec un carton et le dépose sur la console à côté du bureau.

— Des choses intéressantes, demande Morgan.

— Si on veut.

Il sort des gants chirurgicaux, extrêmement fins de la boite et fait un relevé d'empreintes à l'extérieur. Puis sort son portable et prend une photo avant de les numériser. Je le regarde faire sans trop comprendre où il veut en venir. Ensuite, il lance la recherche sur la banque centrale grâce à son portable et il attend.

— Tu nous expliques, proposé-je.

— Normalement, les gants sont faits pour ne pas déposer d'empreintes, on est d'accord ?

— Jusque-là oui, rétorqué-je.

— Et bien, nous avons trouvé des kilos de gants, certains étaient entiers et d'autres avaient une incision au niveau des empreintes. Proprement découpé.

— Et ? demande Morgan.

— J'ai trouvé cette petite boite au fond du congélateur, ainsi qu'une imprimante 3D.

— C'est bien ce que je crois ? questionne Prue avec dégoût ?

La boite passe de mains en mains, c'est complètement dingue. Ce sont des empreintes découpées avec précisions sûrement à l'aide d'un scalpel et gardées au frais pour éviter leurs détériorations.

— Davis, n'est pas Davis, confirme Matt. Je continue mes

recherches, mais je suis certain que ce mec est Franck. J'attends confirmation du logiciel.

— Formulons une hypothèse, propose Morgan. Franck tue Davis pour prendre sa place, c'est ça l'idée.

— C'est ça, affirme Keylyan.

— Ok, admettons. Physiquement, c'est possible, mais il ne fait pas n'importe quel boulot. Il avait bien des compétences ce type ! Sinon ça ne peut pas fonctionner.

— Il a eu des années pour étudier la médecine, la virologie Morgan, expliqué-je. Voilà pourquoi il a disparu. Il s'est préparé, tout était calculé. Il n'avait plus qu'à attendre le bon moment.

— J'veux pas dire, mais ce type est un génie ! Rien que pour les empreintes, fallait quand même y penser !

— On dirait que tu l'admires Prue.

— Dans un sens oui Matt, enfin dommage qu'il soit du côté obscur de la force, en rajoute-t-elle.

La preuve que l'on peut citer Stars Wars dans toutes les situations. Malheureusement, savoir qui il est, ne fait pas avancer les choses. Enfin pour mon cas personnel. Le doyen est toujours dans le coma et le seul qui aurait pu nous aider est un génie du mal.

Je fixe un point imaginaire et ce qui me fait sortir de ma contemplation, est la main de Morgan posée sur mon épaule.

— On va trouver, m'assure-t-il. Tu devrais t'allonger un peu.

— Plus tard, mais puisqu'il veut éliminer ton père, pour quelles raisons l'a-t-il laissé en vie.

— Excellente question Meg. Je n'en sais rien.

— Oui, c'est vrai. Il y a des dizaines de façons de tuer quelqu'un sans se faire prendre avec les connaissances médicales de Davis.

— En effet Key. Peut-être que de le voir dans le coma lui procure une certaine jubilation, suppose Morgan.

Je masse mes tempes et soupire. J'ai la sensation que plus on avance, plus les questions s'accumulent.

— Je dois… me reposer, abdiqué-je.

Je me tourne vers Morgan qui me sourit tendrement et il m'accompagne jusqu'au divan, sachant pertinemment que je refuserai d'être ailleurs. Il déplie une couverture, puis me couvre avec avant d'embrasser mon front. Je le vois desserrer sa cravate et retourner à son tableau. Je ferme les yeux et me laisse bercer par leur débat.

****

Mes rêves sont vraiment curieux. Toutes les informations s'accumulent, ce qui donne un savant mélange dans mon esprit malade. Je me réveille en sursaut. Mon cœur bat à tout rompre dans ma poitrine, j'ai du mal à respirer. Je porte une main à mon sternum, j'ai la sensation d'étouffer. Il me semble qu'il y a du mouvement autour de moi, mais je n'en ai pas vraiment conscience. Tout mon être est focalisé sur cette douleur à la poitrine. Les bras de Morgan m'encerclent, il me redresse pour m'aider à respirer.

— Mon portable, dans ma poche Matt ! Appelle Dwight, raccourci trois et met le haut-parleur ! ordonne-t-il.

Je distingue Prue s'agenouiller aux pieds du divan, son regard est totalement paniqué. Je ferme les yeux et tente de me concentrer sur ma respiration extatique. Matt s'exécute aussi vite qu'il le peut. Je tiens mon cou avec mes mains.

— Oui ? réponds le doc.

— Emma, Megan a beaucoup de mal à respirer, elle s'étouffe.

Sa voix semble calme, mais son visage dit tout le contraire.

— Emmenez Megan au complexe immédiatement.

Elle raccroche et tout se passe rapidement. Morgan me soulève, mon frère, Prue et Matt sont déjà dans la pièce d'à côté. Nous sortons du cottage, le moteur de la voiture tourne. Morgan rentre à l'arrière du véhicule, je suis toujours dans ses bras. J'ai toujours autant l'impression d'étouffer et mon corps frissonne. La portière se referme.

— Meg ! m'appelle Morgan. Elle est brûlante !

La fièvre… l'infection… scénario catastrophe.

— Ses lèvres sont cyanosées, remarque Prue en tournant la tête vers moi.

La voiture pile, nous sommes arrivés. Morgan me fait sortir de la voiture, le doc est là et un brancard aussi. J'ai le droit à un examen rapide du professeur Dwight.

— Insuffisance respiratoire ! déclare-t-elle. On la met sous oxygène, je veux une analyse de sang complète, une radio des poumons, bilan complet. On y va !

Nous entrons dans le bâtiment rapidement, je vois le plafond défiler sous mes yeux, alors que les mètres s'enchaînent. Tout va vite, trop vite. Je me retrouve dans une salle toute blanche, la lumière me fait mal aux yeux. J'avoue que c'est le cadet de mes soucis. Plusieurs personnes s'activent. Le professeur Dwight a pris les commandes, mais le langage médical est trop compliqué ou alors c'est simplement mon cerveau qui ne discerne plus rien, trop occupé à survivre. Mes yeux se ferment inexorablement.

****

Quand je reviens à moi, quelque chose entoure ma bouche, mon nez et m'envoie de l'oxygène. Je tourne la tête et aperçois Morgan qui dort juste à côté de moi sur un fauteuil. Sa tête est posée sur le matelas et une de ses mains enserre la mienne. Je respire mieux, même si à chaque fois que j'inspire, un crépitement se fait entendre. Le dessus de ma main est directement relié à une perfusion et un bip, bip bien régulier m'apprend que mon cœur semble fonctionner correctement. Je tends ma main libre vers la tête de Morgan et caresse ses cheveux. Il relève ses yeux vers moi. J'y distingue plusieurs choses, le soulagement, mais aussi de l'angoisse.

— Hé mon ange.

— Hé toi.

Super conversation, ma voix est rauque et le son est entravé par le masque qui m'aide à respirer. Morgan se frotte le visage. Il a vraiment une sale tête. La mienne ne doit pas être terrible non plus

— Je vais chercher le professeur Dwight, m'informe-t-il.

J'acquiesce. Il se lève, embrasse mon front et sort de la pièce. Je me redresse un peu, je suis toute ankylosée. Je n'ai aucun repère de temps, j'ignore si on n'est le jour, la nuit et même le jour de la semaine. Je regarde sur la table de nuit et tombe nez à nez avec un dessin d'enfant. Il y a deux grands personnages où est inscrit maman et Morgan dessous, deux plus petits qui représente Bryan et Grace, même Max est représenté. Je ne peux pas empêcher une larme de couler. Tout le monde semble être heureux et les couleurs sont lumineuses. Je me reprends rapidement quand je vois le doc et Morgan entrer dans la chambre.

Elle sort une de ses armes favorites, le stéthoscope et sa super lampe qui m'éblouit à chaque fois. Elle fait un rapide examen, vérifie le tensiomètre, le moniteur cardiaque.

— Vous nous avez fait une belle frayeur, sourit-elle.

— Et à moi donc. Alors ?

404

Parler avec ce truc est un enfer. J'ignore si elle est vraiment confiante ou si c'est simplement pour me rassurer.

— Vous avez fait ce qu'on appelle en langage médical une SDRA, un syndrome de détresse respiratoire aiguë, dû à une infection de vos poumons. Cela a déclenché une forte fièvre. Nous avons réussi à vous stabiliser... pour le moment.

— Quel est le pire scénario ?

Je ne vais pas lui demander le meilleur, car il n'y en a pas. La fin se profile inexorablement, je le sais. À moins d'un miracle.

— Pneumothorax, hypertension artérielle, insuffisance cardiaque.

— Mais on a une piste. Prue a trouvé un lieu au nord d'ici, intervient Morgan On se renseigne plus en avant et nous irons sur place.

Toujours ce besoin de me rassurer ou bien de se rassurer. Je pense à Emily, eux aussi avait trouvé. Pourtant, trop tard, bien trop tard.

— On fera le nécessaire pour vous donner du temps, affirme le Doc à Morgan.

Puis sur ces bonnes paroles, elle quitte la pièce. Morgan prend ma main et soupire.

— Bryan et Grace veulent te voir, m'informe-t-il.

Je secoue la tête. Je ne sais pas si je serai capable de supporter ça. Supporter leurs regards, les questions de Grace. Qu'est-ce-que je pourrai bien répondre à ses interrogations.

— Ce n'est pas une bonne idée.

— Meg, tu ne peux pas les préserver de tout. Même Grace à droit de savoir que tu es malade. Il faut la préparer... juste au cas où.

Je sais à quel point cette phrase a été difficile à exprimer pour lui. Je le vois dans son regard. Il ne veut pas penser au pire, mais se voiler la face ne sert à rien. Je sais qu'il a raison. Pourtant, je suis terrorisée à l'idée qu'elle puisse me voir dans cet état. J'acquiesce bien malgré moi. Ce n'est pas ce que je veux, mais c'est ce qu'il faut faire. J'espère simplement ne pas m'effondrer devant eux.

— D'accord.

— Je serai là. Ton frère est à côté. J'ai quelque chose à faire et je reviens après.

Il lâche ma main, puis s'en va. J'inspire profondément, me voilà exactement là où je ne voulais pas être, enfermée dans une chambre et clouée au lit. C'est une course contre la montre qui s'engage et si je dois rester dans ce lit pour leur permettre de trouver le sérum et bien soit. Ce n'est pas comme si j'avais le choix de toute façon. Mon frère vient de faire son apparition dans l'encadrement de la porte. Il dépose un baiser sur mon front avant de tourner légèrement le fauteuil face au lit et de s'y asseoir.

— Comment vas-tu ?

On pourrait penser à une question stupide de la part de mon frère, néanmoins, je sais qu'il n'en est rien. Il a besoin de savoir comment je me sens et pas de mots scientifiques.

— Fatiguée. J'arrive à mieux respirer, donc pour l'instant, je dirais que ça ne va pas trop mal. Je fumerai bien une clope. Et toi ?

Il sourit et secoue la tête. C'est déjà ça. Un peu d'humour ne me tuera pas. Ce masque par contre commence vraiment à m'énerver.

— Pas brillant pour tout avouer. Prue et Matt sont sur une vraie piste et ils ne lâchent rien. Je pense que ça leur évite de trop penser à ce qui se passe, tout en ayant l'impression de pouvoir maîtriser quelque chose.

— Je comprends. Je vais avoir besoin de toi.

— Pour ?

— Si le pire devait arriver, je veux que tu veilles sur Morgan, s'il te plaît. Ne le laisse pas culpabiliser et se renfermer. Tu es son meilleur ami, malgré tout.

— Et moi, qui veillera sur moi ?

Malgré mes quatre ans d'absence, nous avons toujours été là l'un pour l'autre. Nous nous sommes soutenus, préservés l'un et l'autre. Nous partagions pratiquement tout. Je ne sais pas ce que j'aurais fait sans lui.

— Tu as Prue, une nouvelle vie qui se profile. La rendre heureuse, voilà ton objectif.

— Megan, soupire-t-il.

— J'ai donné mon testament et mes dernières volontés à Lady Mary. Elle détient une lettre pour chacun d'entre vous, poursuivis-je. Morgan refuse cette conversation avec moi, mais c'est important. J'ignore comment cette histoire se terminera. Pourtant, il est nécessaire d'envisager le pire. Je t'aime Keylyan et tu es le meilleur grand frère qui existe.

Je vois deux larmes rouler sur les joues de mon frère. Il sait que je l'aime, mais je ne me souviens pas de lui avoir jamais dit.

— C'est faux, le meilleur des grands frères aurait tout fait pour te retrouver après ton enlèvement. Il ne t'aurait aussi jamais laissé partir. Il aurait dû être plus compréhensif concernant ta relation avec Morgan.

— En ce qui concerne Morgan, c'était ton devoir de me prévenir. Pour le reste, c'est comme ça. Ne ressasse pas le passé. Sois heureux… pour moi.

Cet échange m'a épuisé, je suis éreintée par la fatigue. Quand je ferme les yeux, il est toujours là. J'aimerai éviter de penser au pire, pourtant avoir des œillères est contre-productif. Je suis réveillée quand une infirmière prend ma température. Elle me sourit, puis régule la perfusion et s'en va. Ça discute dans le couloir, je reconnais la voix de Morgan et celle de Lady Mary. Ils parlent trop doucement pour que je puisse entendre quoi que ce soit. Ils entrent tous les deux dans la chambre. Lady Mary m'offre un sourire franc et lumineux. J'ai toujours cette sensation quand je suis avec elle, que rien n'est impossible.

— Les enfants sont là.

Je déglutis, je savais que ce jour arriverait. Que je croiserais dans leur regard, le doute et l'inquiétude. Cependant, je ne suis pas préparée, j'ai toujours eu peur d'imaginer ce moment. Comment suis-je censée réagir ? Rester la plus naturelle possible ? Bryan sait tout et pourtant, ça me paraît encore plus difficile. Je ne veux pas que cette rencontre sonne comme un adieu. Cela a été bien assez difficile avec mon frère comme ça. J'inspire profondément avant de retirer le masque à oxygène. Je ne veux pas qu'ils s'inquiètent plus et je veux pouvoir leur parler sans être entravée par cette chose immonde, pourtant si vitale.

J'enfonce une main dans le matelas pour me redresser. Morgan m'aide et me fait un signe de tête alors que Lady Mary retourne sûrement les chercher.

— J'ai eu une dérogation spéciale pour emmener quelqu'un d'autre, sourit Morgan énigmatique. Tout ira bien, m'assure-t-il.

Grace entre la première, Max la suit, voici la dérogation spéciale. Bryan est juste derrière eux. Lady Mary a la main posée sur son épaule.

— Maman ! s'exclame-t-elle.

— Gracie. Je suis heureuse de te voir.

Grace grimpe sur mon lit et encercle mon corps de ses petits bras. J'embrasse sa tête et inspire l'odeur de ses cheveux. Max s'est assis et a posé ses deux pattes sur le lit, je lui tapote doucement la tête et le gratte derrières les oreilles.

Bryan se contente d'embrasser mon front, il est très mal à

l'aise.

Elle m'a tellement manqué. C'est l'exacte vérité, même si je préférerais largement la voir ailleurs qu'ici. Elle me manque terriblement depuis quelque temps. Pourtant, je sais que sa place n'est pas avec sa mère malade. Je veux l'épargner autant que possible. Elle s'écarte de moi, trop vite à mon goût, récupère le dessin sur la table de nuit et m'en donne un second.

— Tu as eu le dessin que j'ai fait ? J'en ai fait un autre ce matin !

Elle me le colle sous les yeux. Je suppose que le personnage en rose sur le poney, c'est elle. Un autre est en train de tenir les rênes.

— C'est Ben ! m'apprend-elle. Toi, t'es là avec Morgan ! Je voulais faire ton frère et Prue. Mais j'avais pas assez de place. Ce sera pour le prochain.

— Tes dessins sont vraiment beaux. Merci.

— Tu rentres quand maman ?

— Je ne sais pas, il faut d'abord qu'on me soigne.

— C'est quoi ça ? demande-t-elle en montrant la perfusion.

— C'est des médicaments.

Enfin, je suppose, je n'ai pas vraiment demandé. Une fois, Morgan m'a dit : Le savoir, c'est le pouvoir. Ce n'est pas valable dans toutes les situations. Elle joue avec l'oxymètre au bout de mon doigt.

— Et ça ?

— Un oxymètre, ça sert à être sûr que le cœur bat correctement, mesure la tension et voir si maman respire bien, explique Morgan avec tendresse.

— Tout ça, soupire Grace.

— Oui tout ça. Alors tu as fait quoi ces derniers jours ?

— Du poney. J'ai appris à mettre la selle toute seule. J'ai été voir l'école, enfin la petite. J'ai vu Peter. Il m'a donné un peu de son goûter. On a été voir une course de chevaux aussi et je me suis entraînée au piano, liste-t-elle en comptant sur ses doigts.

— Et bien, tu ne t'es pas ennuyée. Bravo pour la selle.

— J'ai du mal avec le filet, j'ai peur qu'il me croque les doigts, ronchonne-t-elle.

Je ris doucement et elle m'offre un regard noir. Je lui ébouriffe les cheveux doucement.

— C'est pas drôle.

— C'est vrai, me repris-je. Je suis persuadée que tu vas finir par y arriver. Comme tout ce que tu entreprends. Rien n'est impossible Grace. Souviens-toi de ça. Quand on veut quelque chose, il faut se donner les moyens de l'obtenir, mais en respectant les autres. Tu es une petite fille forte, courageuse, très maligne, intelligente et gentille. Préserve ça.

Elle m'observe avec interrogation, puis claque un bisou sur ma joue. Je prends sur moi pour ne pas m'effondrer.

— Je t'aime Maman.

— Je t'aime aussi Gracie. Et toi Bryan, comment ça se passe ?

— Bien, je crois, mais c'est dur. J'ai énormément de choses à rattraper.

— Personne n'a dit que ce serait facile, mais tout comme ta sœur, si c'est vraiment ce que tu veux, alors accroche-toi.

— Vraiment ?

Dire qu'il est surpris, serait un euphémisme. Je me souviens de la conversation houleuse que nous avons eu concernant son choix de carrière. J'étais tellement déçue, inquiète qu'il choisisse cette voix. Je pense que c'était parce que j'étais et certainement encore incapable de voir le bon côté de ce boulot.

— Vraiment. Ce qui est valable pour moi, ne l'est pas forcément pour toi. J'ai passé ma vie à essayer de vous protéger, de tout. Peut-être même un peu trop. Sûrement en vérité. Mais j'ai compris que c'était impossible. Je ne peux pas. J'ai pris conscience, que je n'ai fait que vous accompagnez. Vous donnez les armes nécessaires pour faire les bons choix. Mais votre vie vous appartient.

Je sais qu'il retient ses larmes et moi les miennes. Il vient m'enlacer avec force. Mais il tient bon. Je sais qu'il le fait pour sa sœur et peut-être aussi pour moi. Il me préserve, veut me prouver qu'il est fort et qu'il devient un homme.

— Merci, souffle-t-il.

— Je suis fière de toi et je ne changerai pas mes choix passés pour tout l'or du monde.

Max geint légèrement. Il suit les événements sans trop comprendre. Surtout que les odeurs de clinique ne doivent pas être à son goût. Morgan me regarde et je peux lire la fierté dans son regard. Moi aussi, je suis devenue plus grande. Il sait que je lui dois mon revirement. Il m'a tant apportée. Tant donnée. Jamais je ne pourrai lui montrer à quel point, j'en suis reconnaissante. Grace reprend la direction de mon lit et s'installe avec la télécommande. C'est parti pour les dessins animés. La petite finit par s'endormir. Je ne voudrais pas la lâcher, la garder auprès de moi pour le reste de sa vie. Pas de la mienne, car elle risque d'être trop courte. J'aimerais profiter encore de son rire, de ses caprices, de ce besoin d'être considérée comme une « grande ». Lady Mary et Bryan sont installés sur le sofa, quant à Morgan, il a retrouvé sa place sur le fauteuil. Nous avons les yeux rivés sur un dessin animé qui n'est plus de notre âge depuis longtemps. Pourtant, impossible de faire autre chose. Comme si personne ne voulait briser ce moment.

Morgan sort son portable de la poche et retrouve le couloir. Lady Mary l'observe tout du long, alors que le docteur Dwight fait son apparition. Elle jette un œil sur le moniteur et fronce les sourcils.

— Il va falloir remettre l'oxygène et vous devez vous reposer.

Ce qui signifie en clair, que Bryan et Gracie doivent s'en aller. Je savais que ça ne durerait pas. Pourtant, Dieu que je n'ai pas envie de les laisser partir. Je n'ai pas le choix. Il le faut. Je réveille Grace, qui se frotte les yeux. Bryan l'aide à descendre du lit.

— On peut pas rester encore un peu ? demande Grace au docteur.

— Non, il faut que ta maman se repose.

— Pour guérir ? ronchonne-t-elle.

— C'est ça.

Max pose à nouveau ses pattes sur le lit et couine. Je le caresse.

— Veille sur eux, chuchoté-je.

— À demain Maman !

Après un dernier baiser, ils quittent la chambre. Le docteur m'aide avec le masque. Elle éteint la télé et le silence envahit à nouveau la chambre. Que je déteste ça. Je n'ai que le plafond à fixer. Uniquement ce satané plafond. Tout ça me rappelle des souvenirs. Après mon enlèvement, je me souviens de l'odeur du sang, de voix lointaines qui m'ordonnaient de m'accrocher, le réveil douloureux, les points de sutures. La première fois que je me suis vue dans un miroir, les cheveux à ras. La rééducation, essayer de surmonter le traumatisme pour ne pas sombrer. Mon frère et Morgan ont passé des heures à mon chevet. Le traumatisme a été si profond. Je n'ai pas pu me détacher de la situation chaotique dans laquelle j'étais.

Malgré toutes mes années de préparation, je n'étais pas prête. Comment l'être face à la barbarie la plus primale qui soit ? Certains endroits de mon corps en portent encore les stigmates.

410

Le regard plein de culpabilité de Morgan était insupportable. Il était, lui aussi, anéanti. Tout était si difficile à supporter, je n'en avais pas la force. En tout cas, pas avec eux. C'était impossible d'accepter leur aide, d'accepter aussi que leur regard sur moi avait changé. J'ai préféré la fuite plutôt que d'assumer cette réalité. Je sais maintenant que je serais morte si j'étais restée ici. Tout ça aurait fini par m'engloutir, me ronger petit à petit, me tuer à feu doux jusqu'à ce que je décide que la situation ne pouvait durer plus longtemps et j'y aurais mis un terme. J'inspire longuement. Perdue dans mes pensées, je n'avais pas vu Prue entrer.

— Je ne peux pas rester longtemps, le doc veut que tu te reposes et je m'en voudrais si...

— Du calme Prue. Heureuse que tu sois là.

Je lui fais signe de s'asseoir auprès de moi. Ce qu'elle fait sans se faire prier. Elle pose sa tête sur la mienne.

— On pense avoir trouvé le lieu où se trouve le sérum. Nous partons dans deux heures. Je te promets qu'on soignera cette saloperie.

—J'ai entièrement confiance en toi, assuré-je. J'ai toujours eu confiance en toi. Tu as été ma meilleure amie pendant toutes ces années. Dieu sait que je n'ai pas été facile tous les jours. Pourtant, tu as toujours été là. Alors merci Prue, merci pour ton amitié indéfectible et pour ta patience. Je suis si heureuse pour toi et Key. Ne vis pas avec des fantômes Prue, promets-moi de faire tout pour être heureuse, de continuer à distribuer ta joie de vivre autour de toi. Promets-le-moi.

— Je te le promets, murmure-t-elle avant d'éclater en sanglot.

Je la serre aussi fort que je peux contre moi. Elle dépose son fardeau sur mon épaule, je sais qu'elle ne pleure pas devant Key pour ne pas lui faire plus de mal. Alors je la laisse faire, je la laisse pleurer tout son saoul. Elle a besoin d'évacuer et moi aussi du reste. Je n'ai pas pu me retenir plus longtemps. Nous pleurons toutes deux. Au bout d'un temps qui me semble interminable, les larmes s'assèchent. Elle essuie les traces d'un revers de manche. Je suis obligée d'enlever mon masque pour pouvoir faire de même.

— Scrat, se foutrait bien de nous, s'il était là, renifle Prue.

— Oui, il nous traiterait d'fille.

— Prue ? appelle Morgan.

— Oui, je viens.

Elle m'enserre et embrasse ma joue avant de quitter les lieux. Ne reste que Morgan. Je l'observe, sa carrure, ses fossettes, ses yeux et ses lèvres qui m'ont tant fait chavirer. Il retire ses chaussures et prend la place de Prue. Il fait bien attention de ne pas tirer sur aucun fil, puis fait glisser son bras sous ma tête. Je me blottis contre lui.

— Je croyais que le doc...

— Privilège de Boss.

— C'est de l'abus d'pouvoir si j'me trompe pas ?

— Affirmatif, Capitaine Tyler !

Il trouve le moyen de me faire sourire, alors que ses bras se resserrent sur moi avec force. Je niche mon nez dans le creux de son cou. Ce besoin de toujours être près de lui est si fort. C'en est très perturbant par moment.

— Prue t'a dit ?

— Oui. Vous partez bientôt.

— C'est ça.

Je dois lui parler, lui dire ce que j'ai sur le cœur. J'enlace mes doigts aux siens. Je ne veux pas perdre espoir, mais je sais qu'à un moment, je serai sûrement dans l'incapacité de lui dire quoi que ce soit.

— Morgan ?

— Quoi Meg ?

— J'ai besoin d'être certaine que quoi qu'il arrive, tu continueras. Que tu poursuivras les changements que tu as entrepris pour faire évoluer l'Institut. Je ne veux pas que tu te sentes responsable de ce qui arrive, car ce n'est pas le cas. J'ai pris chaque décision en connaissance de causes. Je suis tombée amoureuse de toi et j'ai passé les meilleurs moments de mon existence avec toi...

— Et les pires aussi, me coupe-t-il.

Je lui pose deux doigts sur les lèvres, je refuse d'entendre ça. Ne garder que le plus beau, pas le reste.

— Tout ça pour te dire que je t'aime et je t'aimerai toujours. Mais si le sort en décidait autrement, sache que la seule chose que je souhaite, c'est que tu finisses par trouver le bonheur. Que tu puisses trouver quelqu'un et la rendre heureuse comme tu l'as fait avec moi. Elle sera chanceuse de t'avoir, comme je l'ai été. Je veux que tu vives ta vie et que tu rappelles aux enfants combien je les aime. Combien je suis fière d'eux. Je ne regrette rien Morgan, je ne peux pas, car le chemin m'a menée jusqu'à toi. Tu m'as appris tant de chose sur moi-même et si j'ai été capable d'aimer un jour, c'est grâce à toi.

— Je t'aime tellement, soupire-t-il.

— Je veux que tu l'dises !

— Meg… je… promis, jure-t-il. Mais je te promets aussi de trouver ce sérum et de te sauver. Je compte bien passer le reste de ma vie avec toi. Maintenant que je t'ai retrouvé, il n'est plus question que tu m'échappes. J'ai mis du temps à comprendre, mais tu es ce qui manquait à ma vie.

Je ne sais pas quoi répondre. Je me contente de me cramponner à sa chemise et ferme les yeux. Je ne veux pas mourir, je ne veux pas l'abandonner. Je veux profiter de tout ce qu'il a à m'offrir. Je me fais la promesse de lui rendre tout l'amour qu'il m'a donné.

Il chantonne le prélude de Bach et déjà le sommeil m'emporte. Je bouge, car je sais qu'il s'en va. Il embrasse le sommet de mon crâne.

— Attends-moi, mon ange, murmure-t-il.

Je sais qu'il ne parle d'un éventuel départ. Je suis trop éreintée pour lui répondre quoi que ce soit. J'entends la porte s'ouvrir et se refermer puis plus rien. Je m'enfonce dans un sommeil profond.

MORGAN
MATTHEWS

Chapitre XVII

La laisser dans cette chambre est pire que tout. Je viens de passer la porte, frottant mon visage contre ma main. Son état est de plus en plus critique. D'après Emma, son amélioration n'est que temporaire. Nous n'avons que quelques heures pour trouver le remède. J'inspire profondément. Je ne sais pas ce que je ferais si je n'arrivais pas à la sauver, car même si je lui ai promis de continuer, j'ignore si j'en serais capable.

Et Davis, enfin Wilde qui a totalement disparu des radars. Je sais qu'on ne le trouvera pas, à moins que lui le décide. Il a eu deux décennies pour apprendre à se planquer. Il est tellement sûr de lui qu'il a pris la place de Davis sans que personne ne s'en rende compte. C'est la base de notre boulot et on est passés à côté. Je remonte le couloir, je dois retrouver les autres dans vingt minutes.

J'ignore pourquoi, mais j'ai ressenti le besoin d'aller voir mon père. Je ne m'y suis pas rendu depuis plusieurs mois. D'après le professeur Dwight, il semble se réveiller, ce qui est totalement incompréhensible médicalement parlant. J'en ai encore moins envie maintenant, alors je ne sais pas ce que je fous là. Il est dans son lit. Ses cheveux sont devenus blancs, il n'aurait jamais toléré ça, sans parler de sa barbe de trois jours. Je voudrais éprouver de la compassion pour cet homme, mais je n'y arrive pas. Il a fait trop de mal autour de lui. Trop de gens sont morts par sa faute. Megan a été enlevée parce qu'il a choisi de cacher volontairement des informations. Jamais je ne lui pardonnerai. C'est impossible. Je jette un dernier regard et sors de la pièce. Je sais que le conseil a statué sur son compte. Il souhaite le démettre de son statut de Doyen, car pour eux, il est dans l'incapacité d'exercer sa fonction. Ce qui ferait de moi, le nouveau Doyen officiel. Malgré ces derniers mois, je ne sais pas si je suis prêt.

Matt me rejoint en courant.

— L'hélico est prêt, on décolle quand tu veux.

— On passe par le bureau et on y va.

— Et Meg ? ose-t-il demander.

— Elle dort, elle a vu les enfants. Maintenant à nous de jouer.

Nous prenons l'ascenseur. Matt envoie un message, il semble contrarié.

— Prue n'arrive pas à joindre le complexe. Elle a beau chercher une ligne directe dans les dossiers de l'Institut, elle trouve que dalle, Patron.

— On verra sur place.

Nous prenons la voiture et nous nous rendons directement au bureau. Il n'y a personne à cette heure-ci. Tout est éteint. Les étudiants ont leur bal ce soir. J'ai fait la remise des diplômes un peu plus tôt. Je ne pensais pas y parvenir, mais c'est mon rôle désormais. Je ne veux pas donner plus de crédit à mes détracteurs. Une fois à l'intérieur, je change de veste, enfile un gilet pare-balle et prends mon Glock, ma carte magnétique d'agent spécifiant que je suis le Doyen. On ignore ce qui nous attend.

Nous retrouvons la voiture et prenons la direction de l'héliport. Une fois arrivé, la pluie a recommencé à tomber. Je sors du véhicule et distingue le professeur Dwight un peu plus loin. Merde, je ne peux pas m'empêcher de penser au pire. Elle s'approche rapidement de nous.

— Monsieur, je dois vous parler.

— Un problème avec Megan ?

— Son état est toujours stable, c'est autre chose.

Matt s'éloigne de lui-même et je me retrouve face au professeur. Elle semble troublée, gênée. C'est à ni rien comprendre, surtout qu'elle sait à quel point nous sommes pressés.

— Je vous écoute.

— C'est délicat. Ça vous concerne aussi.

— Ça ne l'est pas, Emma. Allez-y. Cesser de tourner autour du pot. On n'a pas toute la nuit.

— Le Capitaine Tyler est enceinte, Monsieur.

J'ai la sensation d'avoir pris un bus en pleine face. Je m'attendais à tout sauf à ça. Je crois que j'ai cessé de respirer un moment. Emma incline légèrement la tête pour que je soutienne son regard.

— C'est très récent, moins d'un mois, poursuit-t-elle.

— Comment ? Je sais comment, c'est pas c'que j'veux dire.

— Je l'ignore Monsieur. Qu'un embryon ait réussi à s'implanter, tient du miracle. Entre le virus, les inhibiteurs, les injections...

— Je vois... vous l'avez dit au Capitaine Tyler ?

Elle marque un temps d'arrêt, comme si je lui avais dit de déverser le virus de la grippe aviaire sur un pays.

— Emma ? l'appelé-je. La question est plutôt simple, oui ou non ?

— Non, Monsieur.

— Pourquoi ?

— Monsieur, il faut que vous sachiez qu'il y a très peu de chance pour que cette grossesse soit menée à terme. Son corps est déjà épuisé, les doses d'antibiotiques sont élevées. Sans compter que nous ignorons ce que le sérum pourrait avoir comme conséquence.

Je lève les yeux vers le ciel, inspire profondément avant de relâcher tout l'air de mes poumons tout en passant une main sur ma nuque.

— D'accord...

— Je suis désolée Monsieur... J'ignore si je dois lui annoncer ou pas. Elle est ma patiente, ma priorité et je ne cache jamais rien à mes patients. La situation est... différente.

— Je comprends, inutile qu'elle s'inquiète de ça maintenant, soupiré-je. Nous verrons ça à mon retour. Qui est au courant ?

— Le laborantin et moi-même.

— Je vous demande la plus grande discrétion dans cette affaire.

— Bien monsieur, je suis navrée, réellement. Autre chose, si son état se détériore, m'autorisez-vous à la maintenir dans un coma artificiel.

Ça fait beaucoup en très peu de temps, même pour moi. J'acquiesce. Après m'avoir remercié et s'être à nouveau excusée, elle retourne à son véhicule. Je pose mes deux mains sur les hanches et tourne sur moi-même. Je ne veux pas y songer pour le moment. J'ignore totalement quoi en penser. Déjà, nous n'avons jamais parlé d'avoir des enfants tous les deux. Nous venons à peine de nous retrouver, son capital santé ne tient qu'à un fil. Alors penser aux enfants, n'était pas vraiment notre priorité. J'ai besoin d'une clope et d'un verre. Mais je n'ai pas le temps pour ça. Je rejoins les autres et monte dans l'hélico. J'installe le casque sur mes oreilles.

— Ça ne va pas ? Du nouveau pour Meg ? demande Key.

— Non, elle est toujours stable.

— Un problème ? questionne Matt.

— Non, c'est rien. On y va.

Je tape l'épaule du pilote pour lui signifier qu'il est plus que temps d'y aller. Il est hors de question que je parle de ça, alors que même Meg n'est pas au courant. Je voudrais pouvoir penser à autre chose, mais j'ai beaucoup de mal. Je me reprends parce que de toute façon, si on ne met pas la main sur le traitement, la question ne se posera pas. Je tombe nez à nez avec Key. Il me scrute et il devine qu'il y a quelque chose d'autre qui me perturbe. Nous nous rendons au nord-est d'Oxford, non loin du de Snowdonia, aux Pays de Galles. C'est à environ quarante minutes de notre position. Prue a les yeux rivés sur son ordinateur, elle essaye toujours d'entrer en contact avec le complexe. Je n'ai déjà pas beaucoup de patience en temps normal, mais j'avoue que cette fois, c'est l'apothéose. Nous sommes tous conscients que chaque minute est cruciale.

— Tu sors avec Emma, Matt ? demande Key afin de faire un semblant de conversation.

— Si on veut.

— C'est quoi cette réponse ? s'interroge Prue.

— Tout dépend si au bout du troisième rendez-vous, tu considères que c'est sortir.

J'arque un sourcil, dubitatif. On ne doit pas avoir la même notion de sortir avec quelqu'un.

— T'as déjà eu trois rendez-vous de plus que moi avec Meg. Donc à ton avis ?

— Bah t'as fait plus de choses que moi avec Meg, enfin que moi avec Emma, si tu veux savoir.

— OK, mais vous vous êtes embrassés ? s'intéresse Prue.

— Une fois, mais dès que j'essaie de pousser l'truc et ben, j'me r'trouve dans les cordes.

Keylyan se marre, Prue lève les yeux au ciel. Quant à moi, j'me contente de secouer la tête. Le pire, c'est qu'il semble vraiment étonné.

— Wow, une fille repousse les avances de Super Matt ! se moque Key.

— Merde, c'est terrible ! On a trouvé une femme censée sur cette terre ! déclaré-je avec emphase.

— Tu ne t'es pas dit que toutes les femmes ne couchaient pas tout d'suite ? l'interroge Prue.

— Jusqu'à maintenant, j'ai jamais eu à m'poser la question. Comme toi à une certaine époque Morgan, ronchonne-t-il.

— La patience est la plus belle des vertus, cite Prue.

— Ouais et la plus chiante aussi.

Prue opine de la tête, comme si Matt était un cas désespéré.

Le calme revient dans l'hélicoptère et je m'octroie quelques minutes de repos. Je n'ai pas dormi depuis deux jours et la fatigue commence vraiment à se faire sentir. Même si je ne peux m'ôter de l'esprit la nouvelle que m'a annoncée Emma. Comme si tout ça n'était pas assez compliqué à gérer. Si elle s'en sort. Non, elle va s'en sortir ! Si le fœtus n'a pas cette chance, j'ignore comment je pourrai aborder le sujet. J'aurais dû faire plus attention, j'aurais dû être plus prévoyant, j'aurais dû... Je cesse tout de suite de me fustiger. Je dois me concentrer uniquement sur la mission et trouver ce sérum. Le voyage en hélicoptère est assez court. Il se pose dans un champ, il n'y a pas âme qui vive. Rien autour de nous, le néant. Nous descendons et je demande au pilote de rester en stand-by.

— Tu es sûre que c'est là Prue ?

— Certaine !

Nous la suivons et au bout d'une centaine de mètres, nous tombons sur une clôture électrifiée qui nous interdit le passage. Au moment où je me rapproche, des lumières vives m'éblouissent. Je positionne ma main devant mes yeux et distingue deux silhouettes. J'entends le cliquetis d'une arme automatique. J'inspire profondément. Il était évident que ça ne sera pas aussi simple que ça.

— Zone interdite ! Levez les mains et décliner votre identité ! aboie l'un deux.

Nous nous exécutons et levons nos mains. Au fond de moi, j'enrage. Encore du temps de perdu. Pourquoi ça n'est jamais simple.

— Doyen Morgan Matthews, matricule 926183A, leur annonçai-je. J'ai ma carte dans la poche intérieure si vous voulez vérifier. Mais bougez-vous, c'est urgent !

Les deux types s'avancent. Je plisse les yeux, il me braque leur lampe torche sur le visage. Je grimace. L'un d'eux glisse sa main dans ma veste et en sort ma carte. Il se recule d'un bon mètre alors que le second nous a toujours en ligne de mire. Il passe son PDA sur le QR code puis annone de la tête.

— Bonsoir Monsieur Le Doyen, je suis navré, mais ce n'est pas la procédure habituelle.

— Je m'en doute, maugréé-je. Mais comme je vous l'ai dit, c'est une urgence. Nous avons besoin de rentrer dans ce complexe, m'exaspéré-je.

Ils s'observent, semblant peser le pour et le contre. Ils commencent vraiment à me taper sur le système. Je perds patience et fais signes aux autres de baisser les bras.

— Monsieur, ce n'est pas la procédure, répète-t-il.

— Je n'en ai rien à foutre de la procédure ! Je suis le patron jusqu'à preuve du contraire ! Vous allez nous laisser entrer avant que je ne vous envoie effectuer une mission dans .l'Arctique pendant six mois l'hiver prochain ! claqué-je.

Ils se raclent la gorge, devant mon ton autoritaire. Ils ont compris que je ne plaisantais pas. Mais alors pas du tout. Ils abaissent enfin leurs armes.

— Je… bien Monsieur, s'exécute-t-il. Suivez-nous.

Il me rend ma carte et je la remets dans ma poche. Je suis en train de me demander ce que je vais trouver derrière les portes du complexe. Quels squelettes j'allais découvrir. Je serre la mâchoire en pensant qu'il y a toujours pire. La porte coulisse et nous suivons les deux hommes sans nous écarter du chemin, bien conscients du panneau « terrain miné » que nous avons vu avant d'entrer. Nous approchons du bâtiment. Il ne semble pas très grand, ce qui m'étonne réellement. Il n'y a aucune inscription, les murs extérieurs sont blancs. On dirait un vulgaire entrepôt. Nous sommes devant une porte, ils s'écartent.

— Monsieur, je vous en prie.

Je comprends que je dois positionner mon œil devant le scanner et à ce moment-là, j'espère sincèrement que les marqueurs biométriques ont été changés après ma nomination, car je peux me tromper, mais ces deux-là ne plaisantent pas. J'acquiesce et colle mon œil. Cela ne dure que quelques secondes.

— Entrée autorisée ! signale une voix robotique.

Je ne peux pas m'empêcher de soupirer de soulagement. La porte s'ouvre. Un des gardes passe devant moi, j'entre et mes compères me suivent sans un mot. Le dernier garde ferme la marche. Nous nous dirigeons vers un ascenseur. Le type entre un badge magnétique et appuie sur moins 12. J'écarquille légèrement les yeux, ce truc est énorme. Je croise le regard de Key, il secoue légèrement la tête, étonné comme moi par l'immensité. L'ascenseur finit par s'arrêter. Au moment de sortir, nous apercevons un simple comptoir blanc. Juste derrière, une femme se tient debout. L'archétype même de la secrétaire. Sérieux, j'ai l'impression d'avoir sombré dans la quatrième dimension. Ses cheveux sont blonds, coiffés en chignon. Elle porte des lunettes et un tailleur aux couleurs de l'Institut.

— Monsieur le Doyen, c'est un réel plaisir de vous rencontrer. Bienvenue au complexe Bio20b, département recherche et développement. Que puis-je pour vous ?

Je suis quelque peu dérouté devant tant de cordialité. J'ignore à quoi je m'attendais, mais certainement pas à ça. Je m'éclaircis légèrement la voix. Je ne suis même pas certain des termes à employer pour expliquer ce que je cherche. Je dois aussi savoir tout ce qu'il y a à savoir sur ce complexe. Je ne peux pas rester dans l'ignorance.

— Bonsoir, en premier lieu, vous n'êtes pas sans savoir que le poste m'a échoué après l'accident de mon père. Malheureusement, il semblerait qu'il ait omis de me parler de cet endroit, avoué-je.

— Ne vous inquiétez pas, il est aisé de remédier à tout ceci. Elle me tend une Nano Carte SD dans un étui. Vous trouverez toutes les informations nécessaires, affirma-t-elle avec un sourire.

Si ça avait été dans une autre vie, peut-être que je me serais laissé tenter. Mais pour l'heure, je suis bien plus préoccupé par la femme que j'aime.

— Merci, j'ai besoin d'un sérum, affirmé-je.

— Un sérum Monsieur ? De quel type, pour une maladie particulière, un empoisonnement, un virus ?

— Bordel ! Sur quoi ils bossent ici ? marmonne Matt.

— Un rétrovirus, celui qui nous est injecté à notre naissance.

Je ne suis pas certain d'être clair. Même moi, je n'en ai pas l'impression. Ça manque vraiment de termes savants et médicaux.

— On l'appelle le Virus Endémique ou HIV3, m'apprend-t-elle. Nom, grade et matricule de la personne concernée s'il vous plaît ?

Je suis sidéré, oui, c'est bien le mot. Le HIV3 ! J'ai peur de me demander si l'Institut n'est pas responsable des deux autres. Alors quoi, c'est aussi simple que ça ? Du genre : « demandez et vous serez exaucés » ? Je secoue la tête.

— Capitaine Megan Erin Tyler, 956912B.

Je l'observe taper sur son ordinateur, comme si je commandais un vulgaire livre dans une bibliothèque. La scène semble surréaliste.

— Moins 6, couloir F, compartiment 72, déclare-t-elle le plus naturellement possible. Un assistant va vous accompagner.

— Merci.

— Je vous en prie, bonne soirée, Monsieur.

Elle décroche le téléphone et appelle quelqu'un en lui expliquant que c'est pour un prélèvement. Je me tourne vers Prue et les autres, ils semblent aussi choqués que moi. Un type en blouse blanche arrive, il récupère le papier de la secrétaire et se plante devant moi.

— Bonsoir Monsieur le Doyen, je suppose que c'est urgent ?

— Bonsoir, extrêmement.

— Bien Monsieur, suivez-moi.

Il accélère enfin la cadence et nous reprenons l'ascenseur. Arrivés au niveau moins 6, il y a une voiturette qui nous attend. Les couloirs sont immenses, bordés de box. Moi qui pensais ne pas être encore surpris, j'ai vraiment du mal à m'en remettre. La voiturette est rapide et en voyant l'espace autour, je comprends mieux. Nous croisons un autre véhicule dans le sens inverse. Nous nous arrêtons. Je suis l'homme à la blouse blanche tandis que les autres attendent. Nous entrons dans le box, ça regorge de compartiments absolument partout. À tel point qu'il y a une échelle qui trône au milieu. Il la prend monte dessus et ouvre le compartiment 72 à l'aide d'une carte magnétique. Il redescend et me tend une boite qui semble blindée. Je reste interdit un instant face à ce trésor. Je n'arrive pas à me dire que c'est aussi simple et je m'en veux. J'en veux encore plus à mon père, il aurait pu la sauver à tout moment. Je culpabilise à mort, si j'avais suivi cette foutue formation de merde.

Nous retournons à la voiturette, puis à l'ascenseur qui nous ramène directement au niveau zéro.

— Bonne chance, déclare notre accompagnant.

Je lui fais un signe de tête, les deux gardes nous attendent et le même cirque que tout à l'heure reprend. J'ai toujours autant de mal à réaliser. Nous sortons de l'enceinte.

— C'était aussi simple que ça ? s'interroge Keylyan.

— Il semblerait, confirmé-je.

— Merde, on aurait pu gagner un temps monstre. J'aurais dû éplucher plus tôt ces factures de merde, peste Prue.

— Ne te reproche rien, si j'avais suivi la formation...

— Inutile de se fustiger, on n'a pas le temps. Du moins, Meg n'a pas le temps, souffle Matt.

Et je sais qu'il a raison. Désormais, nous courrons vers l'hélicoptère. J'évite de penser à ce que m'a dit Emma avant de partir. Je refuse de me poser trop des questions sur l'éventualité que nous pourrions avoir un enfant. Je me fous des quolibets, là

422

n'est pas la question même si la situation serait inédite. À y regarder de plus près, il n'y a que ce genre de situations depuis que Meg est de retour. Il n'empêche, nous n'avons jamais abordé le sujet. De toute façon, à quel moment aurions-nous pu en parler ?. Difficile de discuter de parentalité alors qu'elle est mourante. Je sais qu'il est inutile de se flageller avec cette histoire. D'un, elle est sur un lit à la clinique, de deux, les chances de survie de l'embryon sont pratiquement nulles et de trois, même si je me fous royalement des persiflages, l'officialisation est quand même plus que nécessaire. Je grimace sans m'en rendre compte au moment où je pense à ça. L'hélico décolle enfin.

— Morgan, ça va ? demande Key.

— Ouais, c'est rien. Je veux juste arriver à temps.

Je ne mens pas vraiment, mais Key n'est pas dupe. Il me connaît bien, il sait que je cache quelque chose. Il n'insiste pas et franchement, heureusement. Nous sommes à dix minutes de notre arrivée. Mes jambes battent le sol. Le pilote m'informe qu'il y a une communication qui vient de l'Institut et que c'est Scrat. J'ai un moment de panique, j'inspire en essayant de garder mon calme.

— Ouais Scrat ?

— Allô Houston ? On a un problème.

— Scrat merde, déballe !

Il y a un léger silence, ça n'annonce rien de bon. Je me pince l'arête du nez. Je sais que je ne vais pas aimer du tout.

— C'est la clinique. Wilde a fait irruption à l'intérieur, il l'a verrouillée et personne ne peut entrer. On a plusieurs blessés. Il tient Meg, ton père et Emma. Ils sont rassemblés dans la chambre de Meg.

— Explique-moi comment, un type qui est recherché par tout l'Institut, se retrouve dans la clinique ? vociféré-je.

— J'en sais rien… on a dû merder quelque part ?

— Nan, sans dec' ?

— Les caméras les surveillent en permanence. On a le son pour l'instant, il ne se passe rien de particulier. Il est armé et ton père est dans un fauteuil roulant, réveillé.

— Et Meg ? grogné-je.

— Dans son lit, elle est consciente, souffle-t-il.

— Bordel de merde ! Sortez-moi tous les plans que vous pouvez trouver sur ce putain d'bâtiment ! On arrive avec le sérum. Doyen, terminé.

Aucun n'a manqué la conversation. Pour l'heure, j'aurais bien besoin d'un bon whisky et d'une clope. Merde, comment c'est possible ? Où Wilde veut-il en venir ? Je colle ma tête sur la carlingue.

— Qu'est-ce qu'il veut, bordel ? ose demander Matt.

— Pour l'instant rien. Il n'a formulé aucune demande. Mais il n'a pas rassemblé tout le monde pour le plaisir.

Nous entamons notre descente vers l'Institut. À peine débarqués, nous avons récupéré les voitures et fonçons en direction du centre de contrôle. Je ne comprends pas comment on a pu en arriver là. Comment il avait pu entrer sans être repéré ? J'appelle ma grand-mère pour lui expliquer la situation même si je pense qu'elle est déjà au courant, ce qu'elle me confirme. Nous arrivons au centre, les cartes sont déjà étalées sur la grande table. Mes yeux sont inexorablement attirés par l'écran qui diffuse les images. Je pose mon précieux coffret sur une table et avance vers Scrat, Billy et Charlie. Ils étudient les plans.

— Alors ? On en est où ?

— Nulle part, Patron, répond Charlie.

Je me masse les tempes. Je ne sais pas ce que veut Wilde. S'il veut les tuer, il n'a qu'à presser la détente. Je l'observe, il regarde sa montre. Mais qu'est-ce qu'il attend, merde ?

— Je pense que tout le monde est là, sourit Wilde en faisant un signe aux différentes caméras. Il aurait été difficile de commencer sans toi, Morgan.

Alors c'est ça qu'il attendait que je sois là. Tout ça me rappelle de très mauvais souvenirs. Je revois Meg et ce taré lui coupant les cheveux. Je secoue la tête, je dois me concentrer sur le moment présent. Elle a besoin de moi en pleine capacité de mes moyens. Je regarde un instant mon père, en effet il est réveillé, mais guère en forme. Curieusement, ça ne m'atteint pas.

— Nous sommes exactement, là où je voulais que l'on soit, fanfaronne-t-il. Ce brave James et cette pauvre Meg, avec un petit bonus.

Matt se raidit, quand il entend parler de bonus. Ce sera malheureusement un monologue, car nous ne pouvons pas répondre. Je pose mes mains sur la console en fixant l'écran.

— Va te faire voir, marmonne Meg.

Il s'approche du lit en souriant.

— N'as-tu pas compris que je faisais tout ça pour toi ?

— Là, tout de suite, pas vraiment, marmonne Key.

— Non, répond Meg. C'est pour vous venger.

— Aussi, mais le plus important… pour que toi tu te venges. Que justice soit faite.

Il pointe son doigt vers Meg. Se venger, comment ça ? Je n'imagine pas Meg le faire, malgré les souffrances. Elle secoue la tête en regardant mon père.

— Professeur Davis, tente Emma. Vous…

— Tais-toi ! Davis est un nom d'emprunt. Je suis Franck Wilde. Ce nom te dit quelque chose James ? sifflote-t-il en posant sa main sur son fauteuil.

Le regard de mon père ne fait aucun doute. Il plisse les yeux.

— Wilde, répète-t-il faiblement.

— Et ouais, Monsieur le Doyen. La chirurgie, y a rien de tel. Donc où j'en étais… ah ouais la justice. Il est évident que tu connais mon histoire Megan, grâce à ce cher Mickaël. Et moi je connais très bien la tienne, dit-il en se retournant. Une jeune vie difficile…

— Dont vous êtes la cause, marmonne-t-elle.

— Non ! Tout vient de lui et de ses décisions stupides ! crache-t-il. Je connais toute ta vie, toutes tes missions, ces mois dans cette prison au Honduras, les éliminations, les rapprochements. Tout. Les prémices de ton histoire d'amour avec Morgan.

— Alors ces plans ! m'excédé-je après Billy.

— On cherche Patron. On cherche.

Wilde sourit désormais, mais pas avec sadisme. Il semble compatir. Megan se redresse légèrement, je peux lire sur son visage son incompréhension. Depuis quand la surveille-t-il ?

— La première fois que vous avez couché ensemble à Londres. La colère de ce cher James quand il a appris que son fils était amoureux. Sa décision de te jeter dans le lit de ce dingue, de t'éliminer en t'envoyant à Londres alors qu'il savait pertinemment que vous n'aviez pas le bon frère. Et celle de te laisser quitter l'Institut cette nuit-là. Il était au courant, bien sûr. Mais j'ai encore plus tragique Megan… James a toujours su où tu te trouvais. L'Australie, la Nouvelle-Zélande, l'Espagne, la France. Il te surveillait, espérait que le HIV3 t'emporte une bonne fois pour toutes.

— Fermez-la ! ordonne-t-elle.

Mes poings se serrent au point que c'est douloureux. Prue préfère se concentrer sur son PC et les plans en 3D. Je sens la colère m'envahir, mais mon ressentiment est envers mon père.

C'est ce qui me perturbe le plus. Je le hais vraiment. Je ne comprends pas cet acharnement. J'évite de croiser le regard des autres. Tout cet étalage me débecte. Il s'est approché encore plus de Megan, posant une main dans ses cheveux d'une manière très paternaliste.

— Oh non Megan. Ce type se disait le meilleur ami de ton père et il a voulu te sacrifier, détruire le peu de bonheur que tu avais. Ce n'est pas fini. Cette jeune doctoresse ici présente t'a aussi menti. Elle t'a caché un élément essentiel.

— Non ! l'apostrophe Emma.

Je sens mon cœur s'accélérer dans ma poitrine. Je me raidis, j'ai peur de comprendre où il veut en venir. En vérité, je sais. Je serre la mâchoire. Putain !

— Tu es enceinte.

J'entends siffler les poumons de Megan au moment où elle prend une longue inspiration sous le choc. Elle secoue la tête comme pour effacer tout ça de sa mémoire. Les bips de la machine nous annoncent que son cœur s'emballe.

— Tu le savais, Morgan ! déclare Key.

Non, ce n'est pas une question, plus un mélange d'incrédulité et de beaucoup de reproches. Je n'ose pas vraiment le regarder. Merde, je ne veux même pas y penser.

— Morgan ? m'invective Keylyan.

— Je l'ai appris avant que l'on monte dans l'hélico, soupiré-je.

— Putain !

Keylyan donne un coup de plat de la main sur la table, faisant sursauter Prue. Je refuse d'avoir cette conversation avec lui, surtout devant les autres et sans en avoir parlé avec elle en premier lieu. Megan semble vraiment choquée, les yeux dans le vague. Elle pose une main distraite sur son ventre, alors que mon père, lui, maugrée dans sa barbe.

— Je suis désolée, déclare Emma. J'aurai voulu vous l'dire.

— La ferme ! tempête Megan.

Juste après, elle est prise d'une violente quinte de toux. J'ai l'impression qu'elle s'étouffe à chaque fois. Je suis si impuissant. Emma s'approche d'elle, Wilde la laisse faire, mais Meg lutte pour qu'elle ne la touche pas. Emma insiste et la redresse.

— Que de trahisons... sais-tu ce que c'est ? poursuit Wilde.

Il sort une fiole de sa poche et l'expose fièrement à la lumière. Et à nous. Ma mâchoire est toujours serrée. Prue tape avec frénésie sur le clavier.

— Allez-vous faire foutre, marmonne Megan la voix éraillée.

— C'est ton passeport pour la vie. J'ai mis des années à trouver cette formule en me basant sur des échantillons. Je ne pouvais pas te le donner le premier jour, j'avais besoin que mon plan fonctionne.

— Vous êtes dingue, murmure-t-elle.

— Oui, je suis ce qu'ils ont fait de moi. On va faire un deal Megan. Si tu exécutes James, je te donne le sérum. Tu vivras, ton enfant vivra. Qu'en penses-tu ?

Je donne un coup de poing rageur sur la table, je me retourne et pose mes mains dans mes cheveux. Merde, merde et re-merde.

— Elle ne le fera pas, affirme Prue. J'en suis sûre. Elle ne le fera pas ! martèle Prue.

— Ça peut lui sauver la vie, contre Scrat. Désolé, mais Sir James ne serait pas une grande perte. Surtout après tout ça. Navré Morgan, mais c'est un enfoiré !

— On a besoin d'une issue, affirmé-je. Rapidement.

Je me tourne à nouveau vers l'écran, son flingue est posé sur la tempe d'Emma qui est terrorisée, alors que de sa main libre, il en envoie un autre à Megan. Elle fronce les sourcils, regarde l'arme, Wilde et enfin mon père.

— Prends là ! ordonne-t-il. Dépêche-toi !

Il appuie encore plus son arme sur la tête du Doc qui crie et commence à pleurer.

— L'enculé ! s'exclame Matt. On va pas laisser faire ça ! Morgan ?

Sans moyen d'entrer, je n'ai aucun moyen d'intervenir. Je me masse les tempes, Megan prend l'arme dans ses mains tremblantes, mais je sais que ça n'a aucun rapport avec la peur.

— Megan, commence à paniquer mon père. Tu ne peux pas faire ça.

— La vie de ton futur enfant ne compte-t-il pas ? Et que va dire Morgan ? Imagine, c'est une chance pour vous deux. Plus de tyran. Aucun risque qu'il réapparaisse dans ta vie.

Un moment, elle semble envisager la chose et je ne sais pas comment me positionner. Pourtant, je ne peux pas vivre sans elle. Je le sais, mais c'est mon père. C'est un salaud, mais c'est mon père. J'ai l'impression d'être le fils de Dark Vador.

— Un puits d'maintenance ! s'écrie Prue. Il appartenait à l'ancien bâtiment et n'a jamais été condamné. Il a été construit pendant la seconde guerre mondiale. Il y a cent mètres à parcourir et en rappel, précise-t-elle.

— On y va, ordonné-je. Transmets la conversation dans nos oreillettes. On se prépare.

— Bien Patron, répond Prue.

Je passe dans la pièce d'à côté et m'équipe en silence : gilet, kevlar, corde de rappel, arme de poing, fusil d'assaut et couteau. Je branche mon oreillette. La conversation se poursuit. La seule chose dont je suis certain, c'est que Meg a besoin de moi.

— Il sera toujours considéré comme un bâtard, éructe mon père.

— Vous voulez vraiment qu'j'vous crève, c'est dingue ? fulmine Megan. Non, par ce que là, vous faites tout pour !

Mon père sait vraiment trouver les mots. J'embarque la petite caissette où se trouve l'antivirus. Je la glisse dans ma poche. Je connais Meg, je sais au fond de moi que jamais elle ne tuerait mon père. Malgré toutes les saloperies qu'il lui a faites.

— Ta vie sans James, serait tellement plus simple. Tu n'aurais plus à le redouter. Je te laisse dix minutes de réflexion, après, il sera trop tard. Je déciderai pour toi, pour vous deux, déclame Wilde.

J'accélère le pas. Key, Matt, Scrat me suivent, alors que Billy et Charlie restent au centre. Prue est chargée de faire l'agent de liaison.

— Prue pour Morgan. Il a quitté la pièce avec Emma, en laissant ton père et Meg seuls. Je pense qu'elle va tenter quelque chose. Terminé.

— Bordel de merde, tiens-nous au jus. Terminé. On s'bouge.

Nous prenons la voiture pour nous rendre le plus rapidement possible sur le lieu indiqué par Prue. Moins de cinq minutes pour rejoindre la clinique. Je n'arrive pas à me sortir les paroles de mon père de la tête : « bâtard ». Je serre les poings. Le puits de maintenance est juste là. Nous sautons du véhicule, Scrat a déjà le pied de biche.

— Range le pied de biche, il est passé par là, déclaré-je.

— Je ne comprends pas pourquoi il n'a pas brouillé les pistes ? demande Scrat.

— Parce qu'il ne compte pas s'en sortir, assuré-je.

— Bordel, ce sont les pires, crache Keylyan.

Inutile de perdre du temps, nous nous assurons et descendons dans le puits en rappel, un par un.

— Prue pour Morgan. Meg vient de sortir de son lit. Elle a toujours l'arme et elle vient de se débarrasser de ses perfs.

428

Terminé.

— Prue, Morgan, n'importe qui. Je sais que vous m'entendez. Coupez la lumière quand vous pouvez.

La voix de Meg est totalement essoufflée. Elle compte faire quoi ? Je sais qu'elle n'est pas en état. Quelle tête de mule, elle risque d'aggraver sa situation.

— Que fais-tu ? demande mon père.

— Je ne compte pas rester ici. On se barre.

— On ?

— Oui, on. Mais vous pensiez quoi ? Que j'allais vous laisser crever ici la bouche ouverte sur votre fauteuil avec vos ch'veux blancs ? Vous méritez d'clamser pour toutes vos saloperies, mais une balle dans la tête, ce s'rait trop facile. J'refuse d'être comme vous !

Sa respiration est de plus en plus difficile, nous sommes tous enfin au sol. Les GPS sont allumés pour que Prue puisse nous indiquer le chemin.

— Morgan pour Prue ! Trouve le réseau électrique et coupe tout. Terminé.

— Prue pour Morgan. Une mise en maintenance serait l'idéal. Ça durera entre deux et trois minutes, avant que tout redémarre et l'accès à la clinique sera à nouveau possible. Du coup, les circuits vitaux des appareils seront maintenus. Par contre, il n'y aura plus aucun moyen de savoir où ils se trouvent. Terminé

— Ok, Prue. Renseigne-moi où se trouve Meg et Wilde ? Terminé.

— D'après les caméras de surveillances, elle est du côté des IRM. Les escaliers après la porte coupe-feu sur la droite. Descendez de 3 niveaux, prenez à gauche. Wilde est dans le sens opposé, Emma est entravée. Il attend. Il est dans la salle de repos, mais il n'y a pas de son. La mise en maintenance aura lieu dans trois minutes. Terminé.

— Bien reçu. Terminé.

Sans épiloguer, nous prenons l'escalier et armons nos fusils d'assaut. On a moins de trois minutes pour arriver jusqu'à l'étage, après plus moyen de savoir où ils se trouvent. Je descends aussi vite que je peux.

— Pourquoi ici ? grogne mon père.

— Pour une fois dans votre vie, fermez-la. J'essaie de vous sauver.

— Tu n'es pas faite pour lui, tu dois le comprendre, crache-t-

429

il. De toute façon, tu ne survivras pas et ton bâtard non plus.

— Peut-être, mais il m'aime et je l'aime. Alors votre avis, vous pouvez vous l'foutre où j'pense. Vous étiez plus agréable dans l'coma. Même après toutes ces années, vous ne comprenez toujours pas ! C'est de votre faute si vous en êtes là aujourd'hui ! En voulant nous séparer, c'est vous qui avez tout perdu. Vous m'faites pitié !

— Si tu l'aimais, tu ne serais pas partie en l'abandonnant ! crache-t-il.

— Si vous, vous l'aimiez, vous l'auriez soutenu ! Vous m'avez envoyée sciemment à Londres ! Me mettre une balle dans la tête aurait été plus humain. Plus courageux ! Mais je sais que vous n'êtes ni l'un, ni l'autre. Notre avenir ne vous concerne pas, il ne vous a jamais concerné ! Restez ici et fermez la porte derrière moi, ordonne-t-elle. Prenez ça, s'il entre tirer lui une balle entre les deux yeux et ne le loupez pas, enchaîne-t-elle.

Meg n'attend aucune réponse, elle a dit ce qu'elle avait à lui dire. J'admire la façon dont elle a parlé à mon père. Je sais maintenant qu'elle assume pleinement notre relation. L'entendre lui dire qu'elle m'aime me donne des ailes.

Elle a une quinte de toux et vu la violence, je sais pertinemment qu'elle est à genoux, une main sur la poitrine. J'ai l'impression que ça dure une éternité. Je survole littéralement les escaliers. Je n'ai aucune envie qu'elle parte en chasse.

— Prue pour Morgan. Trente secondes. Elle quitte la salle d'IRM et revient vers vous. Dépêchez-vous, elle n'a plus d'arme. Elle a beaucoup de mal à avancer et respire mal. Elle s'accroche au mur. Terminé

— Reçu. Terminé.

Encore trois marches et nous y sommes. Au moment où la lumière s'éteint, nous abaissons nos lunettes infrarouges. Je me poste sur le côté de la porte, Matt l'ouvre, couvert par Keylyan et Scrat. Je passe les portes et trouve sur ma droite Meg assise au sol. Je me précipite et lui pose ma main sur la bouche.

— C'est moi, murmuré-je.

— Morgan !

Elle se colle à moi, tandis que je la serre aussi fort que je peux. Key lui pose une main dans les cheveux. J'ai besoin de la savoir dans mes bras, en sécurité.

— Ton père, dans la salle d'IRM. Il y a un faux plafond. Il faut sauver Emma.

— On va s'en occuper, mais tu as besoin d'oxygène, dis-je en la soulevant dans mes bras. Key, j'te laisse le choix. Ou tu vas avec ta sœur ou tu te fais Wilde.

— Je m'occupe des vivants, dit-il en me tendant les bras.

Je dépose mon précieux cadeau dans ses bras, embrasse son front et sort le sérum pour lui mettre dans sa poche. Mais on a besoin d'un toubib.

— Scrat, accompagne-le jusqu'à la chambre de Meg, barricadez-vous au cas où.

— Morgan, souffle-t-elle en attrapant ma manche.

— Je te jure que ça va aller, on va s'en sortir.

Je ne parle pas seulement de la situation, mais bien de tout le reste. Nous prenons la direction de la salle de repos, rasant les murs, faisant le moins de bruit possible. Matt trépigne. Je sais qu'il s'inquiète vraiment pour Emma. La preuve, il n'a pas dit une seule connerie. Je lui fais des signes pour qu'il se place à côté de la porte. À mon signal, il ouvre et j'entre l'arme au poing. J'entends un sanglot avant de trouver Emma au sol, bâillonnée et les mains attachées. Il n'y a qu'elle. Matt se précipite pour la libérer en la rassurant. Il est soulagé et Emma refuse de le lâcher.

— Emma, Megan a besoin de vous. On a le traitement, elle est dans sa chambre avec Keylyan. Vous devez y aller et lui administrer.

— Oui Monsieur, renifle-t-elle.

— Emmène-là.

— Et toi Patron ?

— Je dois les trouver, lui et mon père.

— J'te r'trouve après.

— Dégage Matt. On perd du temps.

Je reprends mes recherches. Il y a une armoire. Je monte dessus, vire une plaque du faux plafond et me hisse à la force des bras. Je n'ai aucun repère.

— Morgan pour Prue. Guide-moi, je suis dans le faux plafond. Terminé.

— Prue pour Morgan. J'ai ta signature GPS. Tu dois continuer tout droit, jusqu'à trouver un conduit d'aération sur ta gauche. Tu le prends, ensuite je te dirai quand bifurquer et descendre. Terminé.

Je m'aide de mes bras pour avancer à plat ventre. J'ai la sensation de me traîner. Pourtant, juste l'ombre d'un instant, je me demande s'il mérite d'être sauvé. Je ne le comprends pas et ne le comprendrai jamais. Comment peut-il refuser que je sois heureux ? Pourquoi faut-il qu'il salisse absolument tout de cette façon ? Megan est la meilleure chose qui me soit jamais arrivée. Je glisse sur le dos et donne un coup de pied pour ouvrir le conduit. Je suis dedans, je me retourne à nouveau et continue de ramper. Prue m'indique de tourner, encore sur le dos et je suis au-dessus de la pièce. Elle me guide jusqu'à l'endroit où se trouve la machine à IRM. Je saute dessus. À ce moment, la lumière revient. Je me trouve nez à nez avec mon père. Il me vise et ses mains tremblent.

— Morgan ? s'étonne-t-il.

— Tu t'attendais à qui ? Le père Noël, maugréé-je, en ôtant mes lunettes.

— À Franck Wilde.

— Si tu veux, j'me casse et j'vais r'trouver Meg. D'ailleurs, c'est tout c'que tu mériterais !

— Cette fille ! crache-t-il.

— Non, la fille. Ma p'tite amie, celle que j'aime, tonné-je.

— Je n'ai pas besoin de toi, lâche-t-il.

La scène se passe en deux temps. Mon père déverrouille la porte, celle-ci s'ouvre à la volée et Wilde surgit. Je n'ai pas pu réagir. Il se serre de mon père comme d'un bouclier, alors même qu'il a du mal à se maintenir sur ses deux jambes. Il referme la porte et la verrouille. Retour à la case départ. Merci papa.

— Tu vas déposer toutes tes armes et me les envoyer Morgan. J'ai bien dit toutes. On va discuter.

J'entends dans l'oreillette que la cavalerie débarque et je sais que ce n'est pas le moment. La situation est bien assez tendue comme ça. Ils veulent débouler, mais inutile qu'ils le fassent comme un chien dans un jeu de quille.

— Négatif.

Je dépose mes armes une à une sur le sol, en maintenant mon regard sur lui et les fais glisser jusqu'à ses pieds. Il jette mon père sur le fauteuil roulant, puis pose le canon sur sa nuque.

— Vous voulez discuter ? Je vous écoute.

— Alors, qu'est-ce-que ça fait de savoir que son père est un monstre Morgan ?

— On s'habitue à tout, marmonné-je.

— Ce cher James ! Il aurait pu te dire où elle se trouvait pendant toutes ses longues années, tandis que tu te morfondais. Il aurait pu la sauver à de nombreuses reprises, mais il n'a rien fait, bien au contraire. Il attendait tranquillement qu'elle se fane.

Qu'elle s'étouffe… il savait pour les enfants.

Je serre les poings et la mâchoire. J'ai beau l'avoir entendu tout à l'heure, c'est difficilement supportable. Je réalise le nombre incalculable de fois où il l'a envoyée à une mort certaine. Mais finalement, elle a survécu. C'est une battante et je l'admire pour ça.

— Ce n'est pas une fille pour lui.

— Non bien sûr, Megan a un caractère trop libre, revêche à l'autorité. Belle et intelligente. Un agent qui excelle dans son travail. Ce côté rebelle, tu ne peux le tolérer James. Parce que tu sais qu'elle a raison.

— C'est une simple intrigante qui ne sera jamais une femme convenable pour lui. Ces enfants qu'elle a adoptés sont une insulte à nos valeurs.

Son ton n'est que mépris. S'il avait pu lui cracher dessus, il l'aurait fait. Plus je le regarde et plus il me dégoûte.

— Meg, est cent fois meilleure que toi. Tu peux garder ton venin, ta hargne pour toi. Car c'est terminé. Tu ne te mêleras plus jamais de ma vie. Ces enfants, comme tu dis, sont nos valeurs. L'Institut se doit de protéger les plus faibles. C'est toi qui t'es fourvoyé.

— Je suis ton père et ton patron ! assène-t-il. Tu feras ce que j'veux !

— Je suis le nouveau Doyen, tu n'es plus rien, un fossile d'un temps révolu. Le Conseil a décidé. Tu n'es plus apte. Alors je ferai comme JE veux. Tu n'es plus rien pour moi, tu n'existes plus ! jubilé-je.

— Cet enfant qu'elle porte, n'est sûrement pas le tien, elle te manipule. Il n'aura aucun droit sur l'avenir ! jure-t-il. De toute façon, il est trop tard pour elle.

— Cet enfant comme tu le dis est le mien. Il suffit que je l'épouse et il aura tous les droits. Tu me dégoûtes. Même si tu ne meurs pas aujourd'hui… pour moi, tu l'es déjà. Megan avait toutes les raisons de te tuer, mais là encore, elle t'a sauvée la vie malgré tout, malgré tes actes, malgré ton venin. Je devrais peut-être remercier Wilde de t'avoir foutu dans le coma, car grâce à lui, j'ai touché le bonheur et ça, tu ne le supportes pas. Ally avait raison, tu ne mérites que notre dégoût et notre mépris. Je suis ravi d'avoir abrogé la loi sur la récupération.

Je me sens soulagé, comme si le poids sur mes épaules avait disparu, libéré d'avoir prononcé ces paroles. Je fixe mon père. Il déborde d'une telle colère. Pourtant, je ne peux m'empêcher de penser que Wilde est responsable de la mort des parents de Meg et de ma mère.

— Je suis heureux de vous avoir fait avancer. Mon pauvre James, te voilà où j'en suis maintenant. Tu n'as plus rien. Ni famille, ni travail. Tu es aussi inutile que moi. Je te garde une place au chaud. Il te manque juste du sang sur les mains.

Je n'ai même pas le temps de comprendre le sens de sa phrase, que déjà l'arme était dans sa bouche, suivi d'une détonation. Il vient de se suicider. Mon père est couvert de sang et de matière cérébrale. Quel gâchis !

— Tout est terminé, le forcené est raide, expliqué-je.

J'ouvre la porte. Keylyan et Matt entrent. Je les laisse passer. Key se précipite vers Wilde, pose un doigt sur son cou et confirme. La procédure n'a vraiment pas que du bon. Je récupère mes armes, une par une et les range à leur place. Je sors de la pièce sans un regard pour mon géniteur. J'en ai fini avec lui.

— Morgan ? appelle mon père.

— Occupez-vous de ça, je vais voir Meg ! craché-je.

Je ne parle pas que du corps. Il semble que tout est en train de rentrer dans l'ordre. Une grande fatigue s'empare de moi. J'ai conscience que c'est la pression qui redescend d'un coup. Je me masse la nuque et au moment où je relève les yeux, Granny est face à moi et m'enlace. J'embrasse sa tête, simplement heureux de la voir. Elle se décale et reprend le contrôle de ses émotions.

— Morgan.

— Tout est fini Granny, soupiré-je, soulagé.

— Je sais, j'ai vu la vidéo.

Je n'ai pas particulièrement envie d'en discuter. Alors, je détourne la conversation. Il est trop tard, je suis trop à bout pour le faire.

— Où est Grace ?

— À la maison avec Taylor, elle dort.

— Morgan, pour ton père...

— Granny, stop, la supplié-je.

— Non, écoute-moi. Je pense que malgré tout, tu as pris la bonne décision, s'attriste-t-elle.

— Quoi ?

J'avoue que je suis plus que surpris. Elle a toujours souhaité notre réconciliation. Je me demande pourquoi ce revirement. Elle pose une main compatissante sur mon bras.

— Morgan, tu as fait tout ce que tu as pu pour arranger les

434

choses, mais il n'a même pas été capable de voir que Meg tentait de le sauver par compassion. Je pense qu'il a dépassé les bornes. Maintenant que toute cette histoire est terminée, il est temps de penser à toi, à vous deux. Votre futur. Il est temps de construire cette vie, dont tu as toujours rêvé. S'il ne comprend pas, alors il… ne mérite pas d'en faire partie.

— Granny, je… pour ça le traitement doit fonctionner.

— Tu savais pour sa situation ?

Manière élégante de demander si j'étais au courant que Meg est enceinte. Je me masse les tempes et soupire. Les agents quittent peu à peu la clinique et le calme devrait revenir d'ici une heure. Ils sont efficaces. Je regarde les caméras, je n'ai pas envie que d'autres soient informés. C'est trop personnel et je pense qu'il y a bien assez de gens au courant.

— Prue a remis les caméras, mais pas les micros. Cette petite est douée. Réponds-moi Morgan.

Je me tourne légèrement avec Granny, pour qu'on ne puisse pas lire sur nos lèvres. Je n'ai pas particulièrement confiance dans les autres.

— Je l'ai appris avant de partir pour le complexe.

— Bien.

— Non Granny, ce n'est pas bien. Ça date de moins d'un mois et il y a très peu de chance que ça aille à son terme. Même le professeur Dwight pensait qu'une implantation serait impossible.

— Et tu as pris la décision de ne rien lui dire, déplore-t-elle.

— Je l'ai fait pour elle. Meg n'avait pas besoin de ça. Elle doit se concentrer sur sa guérison et ça uniquement, affirmé-je.

— Il va bien falloir que vous en parliez, décrète-t-elle. Ce n'est pas comme s'il n'y avait pas de conséquences, en rajoute-t-elle. Veux-tu de cet enfant Morgan ?

Sa question me désarçonne, je l'observe. Voulais-je de cet enfant ? Sommes nous-même prêts ? Nous venons de nous retrouver, inclure un bébé dans l'équation n'est pas simple. Mon père a raison sur un point, jamais il ne sera accepté par le conseil s'il venait à naître hors mariage. Je n'ai jamais vraiment pensé aux enfants. À avoir ma propre famille. Quant à Meg, c'est la femme la plus éprise de liberté que je connaisse. Je l'aime et je suis incapable de lui imposer quoi que ce soit. Je suis si faible face à elle. Même le mot aimer n'est pas assez fort pour exprimer ce que je ressens. C'est comme si elle faisait partie de moi intrinsèquement. Elle me complète. Si j'ai un cœur, c'est elle le mécanisme qui le fait fonctionner. Il ne peut y avoir de Morgan sans Megan. C'est au-dessus de mes forces, même si j'ai promis de m'occuper des enfants sans elle. Je pense que j'en serai incapable. Pourtant, j'adore ces enfants et Gracie… j'ai une véritable affection pour elle. Mais comment un cœur pourrait-il fonctionner sans ses pulsations magiques. Je secoue la tête, peu à l'aise avec tous ces doutes.

— Sincèrement, j'en sais rien. Si ça avait été plus tard...

J'ai l'impression d'être un monstre égoïste et c'est vraiment douloureux. Je ne pensais pas devoir me poser ce genre de question. Une main se glisse dans mes cheveux.

— Je comprends. Il est plus que temps que tu ailles prendre une douche, te changer et dormir un peu. Meg va avoir besoin de toi. Je vais aller voir ton père.

— Granny, tu devrais attendre un peu. Le spectacle est vraiment peu ragoûtant.

— Je sais, mais j'ai besoin de voir le corps de l'assassin de ma fille, avoue-t-elle. Très bon travail Morgan, m'assure-t-elle.

Je déglutis. Si elle était ma mère, elle était aussi sa fille. Comment se remet-on de la mort de son enfant ? J'embrasse son front avec tendresse et la quitte. Mes pas me conduisent irrémédiablement vers la chambre de Meg. J'ai besoin de la voir, besoin de savoir qu'elle est en vie. Prue est devant moi, elle se blottit dans mes bras et pleure tout son saoul. Je pense que c'est dû à la pression qui est redescendue.

— Tu as assuré Prue, lui dis-je sincèrement.

— Ils ont transféré Meg en soins intensifs, m'apprend-t-elle. Elle a fait une nouvelle alerte cardio-respiratoire après la prise du sérum. Je voudrais la voir.

J'acquiesce. Je sais que cette histoire n'est pas encore terminée. Il est temps pour Meg de mener le combat de sa vie. Je suis terrorisé. Je passe un bras sur les épaules de Prue, Scrat nous suit. Je demande à une infirmière la direction de l'unité. Encore des couloirs à traverser et nous sommes devant une grande vitre. Megan est allongée sur le lit, reliée à tout un tas de machines. Emma s'occupe d'elle, malgré ce qu'elle a subi. L'alerte a dû passer, car Meg semble calme et en vie. Je soupire de soulagement. Je me souviens de ses traits déformés dans le bureau et de ce bip horrible quand elle a cessé de respirer. Matt est là. Je suppose à juste titre qu'il ne veut pas lâcher Emma d'une semelle. Il pose une main sur mon épaule. Emma quitte la pièce, je la suis un peu à l'écart.

— Pour faire simple Monsieur, disons que son tour dans les couloirs n'a pas arrangé la situation. Elle était en manque d'oxygène et son corps nous l'a bien fait comprendre. Je lui ai administré le sérum, mais le Capitaine Tyler a fait une rechute. Nous l'avons placée en soins intensifs, nous ne la lâcherons pas. Pour le moment, il n'y a pas grand-chose à faire, à part attendre, me signifie-t-elle.

— Merci… pour tout. Je suis navré de vous avoir mis dans une situation délicate un peu plus tôt.

— C'est ma patiente et j'aurais dû être honnête avec elle, explique-t-elle. Vous devriez prendre une heure pour vous, ça risque d'être long.

J'acquiesce. Je ne veux pas lui demander pour le fœtus, je ne veux pas le savoir pour le moment. C'est une attitude très lâche. Émotionnellement parlant, je ne suis pas prêt pour ça. Je fais ce qu'elle m'a dit même si ça me déchire le cœur. Je rentre au bureau, car il est plus proche de la clinique. Je prends une douche et me change. Quand je sors de la pièce, Richardson m'attend avec une lettre.

— Félicitations, Doyen Matthews. Cette opération a été rondement menée. Même si, avouons-le, il n'aurait jamais dû passer la sécurité. Vous êtes à partir de maintenant le nouveau Doyen officiel. Le conseil en a décidé, Sir James a fait plus que son temps.

— Merci.

Que ce soit Richardson en personne qui me donne cette lettre est complètement surréaliste. On ne peut pas vraiment dire qu'il m'apprécie et qu'il aime m'a façon de gérer. Du moins, c'est ce que je pensais. Je secoue la tête et il disparaît comme il est venu. Je rejoins la clinique, le pôle des soins intensifs. Prue, Key et les autres sont déjà là, changés. Prue est sur un fauteuil, elle dort sur l'épaule de Keylyan. J'en profite pour aller chercher un café peu savoureux à tout le monde. Quand je reviens, Prue dort toujours. J'observe la baie vitrée, Meg est toujours endormie et intubée. Je secoue la tête. Je déteste la voir comme ça.

— Tu devrais dormir un peu Morgan.

— Je ne crois pas que j'en sois capable Key. Tout comme toi.

— One point, sourit-il. Elle va s'accrocher et s'en sortir.

— Ouais, un caractère de merde est toujours utile dans ces cas-là, déclare Scrat.

Il arrive à légèrement me faire sourire, puis je vois la tête de

Bryan. Il est accompagné de ma sœur et il est au trente-sixième dessous. Il se précipite vers moi, me gratifie d'une accolade et s'effondre en larme dans mes bras. Je tente de le consoler comme je peux. Sa détresse est réelle, il aime Meg comme sa mère malgré le peu de différence d'âge. Elle a toujours été là pour lui, la soutenu. Ils ont juste des problèmes de communication de temps à autre, mais Bryan est un brave garçon. Cette situation est loin d'être évidente pour moi, pour lui. Je ne sais pas vraiment comment faire. Il est si désemparé, si triste. Au bout d'un moment, il se détache de moi. J'attrape sa nuque et colle mon front au sien.

— Meg est la plus forte d'entre nous. Ne l'oublie jamais Bryan et elle vous aime, déclaré-je.

Il secoue la tête. Je tente de le rassurer ou bien de me rassurer. Alyson remplace Bryan, elle m'enserre de côté et pose sa tête sur mon torse. Elle ne dit rien, pourtant ce geste me réconforte bien plus que des mots. Nous avons les yeux rivés sur Meg. Je sens une petite main dans la mienne, Granny est là. Elle me soutient comme toujours. Nous faisons bloc, comme une vraie famille. Comme si à nous tous, rien ne nous était impossible.

****

Quatre jours, déjà. J'ai quand même dû reprendre le chemin du bureau. En premier pour remplir mon rapport sur l'incident, en second, car je dois sérieusement me pencher sur le complexe. De toute façon, les visites en soins intensifs sont très réglementées. Même pour moi. Donc, je dois m'occuper. Il me reste un peu plus d'une heure avant de la retrouver. Ce complexe est dingue. Il est encore plus grand que je l'imaginais. On travaille sur des vaccins, sur des traitements, les nouvelles technologies, l'armement. L'Institut est absolument partout. Nous sommes l'élite, la crème de la crème, les forces spéciales. Je secoue la tête. C'est bien trop de pouvoir pour un seul être.

Je n'ai pas de nouvelles de mon père. Je sais juste que j'ai accepté les soins pour sa rééducation et qu'il a reçu une demande de divorce. Ce n'est pas étonnant quand on connaît ma belle-mère. Maintenant qu'il n'a plus rien, il ne l'intéresse plus. J'aurais dû le parier. Je repousse légèrement mon fauteuil et regarde par la fenêtre. Le parc est pratiquement vide. Comme à mon habitude, mon esprit se focalise sur Meg. Il semblerait que le sérum fonctionne grâce aux soins complémentaires. Mais d'après Emma, nous étions plus que limite. Je soupire. J'aimerais qu'elle se réveille, elle me manque. J'en crève.

Je ne parle même pas de Grace. Cela devient difficile pour elle, elle s'inquiète vraiment. Le fait de ne pas pouvoir aller la voir, la frustre énormément. Hier, j'ai voulu lui faire une surprise. Je l'ai emmenée avec moi et présentée officiellement Blackpearl. Il l'a en premier lieu snobée. Comme à son habitude, je lui ai parlé dans l'oreille. Le grondant comme un ado et il a fini par accepter une carotte. Quel caractère. Nous l'avons emmené se promener. Grace a tenu les rênes fièrement tandis que moi je portais une selle. Blackpearl s'est laissé faire jusqu'à la sortie. Il s'est mit à galoper, à rué, sa robe luisant au soleil. Grace a couru avec lui. Il a avancé et l'a fait tomber d'un coup de chanfrein. Je me suis précipité, mais elle riait aux éclats alors que l'étalon la reniflait de partout. J'ai appelé Blackpearl tout en lui présentant la selle. Une idée me trottait dans la tête. L'étalon a accepté de se laisser faire, je suis monté sur lui, flattant son flan et tendant une main à Grace. Ses yeux étaient totalement écarquillés, partagée entre la peur et l'envie. L'étalon l'a encouragé d'un coup de chanfrein. J'étais heureux qu'il l'accepte pleinement.

Je l'ai hissée et calée contre moi. S'est petits doigts s'accrochant à sa crinière et c'est ainsi que nous étions rentrés en riant. Jamais Meg ne m'aurait laissé faire si elle avait été là. Grace était tellement ravie et fière à ce moment précis. J'avais réussi à alléger son cœur.

Je reviens au présent, car on toque à la porte. Madame McAdams entre avec Keylyan et Emma. Je montre les sièges devant moi. Le professeur Dwight a un dossier en main. Ils s'installent face à moi. Ma secrétaire retourne dans la pièce d'à côté.

— Je vous écoute, qui y a-t-il ?

— Nous avons pratiqué l'autopsie sur Wilde et il a été inhumé juste après.

— Et, Key ?

— En ôtant ses vêtements, nous avons trouvé un flacon transparent. Celui dont il affirmait que c'était le sérum. Monsieur le Doyen, il n'a pas menti. Il l'a trouvé, mais il est différent de celui injecté au Capitaine Tyler.

— Différent comment, l'interrogé-je.

— C'est ce qu'on appellerait, un sérum universel.

Compatible avec n'importe qui. Cela a dû lui demander des années. C'est admirable, vraiment… Je… navrée, s'excuse-t-elle.

— Aucun souci.

— Il était très intelligent. Nous le savions déjà, dommage qu'il était aussi machiavélique, regrette Key.

Je n'arrête pas de me dire que si sa compagne n'avait pas été abandonnée, Wilde aurait été sûrement l'agent le plus doué. Les qualificatifs qu'il avait employés pour Meg étaient sincères pour lui. Quel gâchis.

— Y a un moyen de le…

— Synthétiser ? propose-t-elle. Bien sûr, si vous m'y autorisez, je m'y mettrai rapidement.

— Alors, allez-y.

Un bip résonne, Emma regarde l'écran et se redresse.

— Le Capitaine Tyler s'est réveillée. Je dois y aller Monsieur le Doyen.

— On vous rejoint, filez.

Je soupire longuement et passe une main dans mes cheveux. Le soulagement que j'éprouve est au-delà des mots. Keylyan a un sourire jusqu'aux oreilles. Je ne perds pas de temps et envoie un SMS à ma grand-mère pour la prévenir. Nous nous levons comme un seul homme et sortons du bâtiment, direction la clinique. Je trouve que le scanner rétinien est lent aujourd'hui. Je veux simplement revoir Meg. Elle a été extubée la veille, elle n'a plus que l'oxygène nasal. C'est pour ça que nous savions que c'était une question d'heure avant son réveil. Nous attendons à l'extérieur de la pièce, les stores sont fermés, ils sont sûrement en train de lui prodiguer des soins. J'avoue que ma patience fond comme neige au soleil. J'ai beau savoir qu'elle est réveillée, tant que je ne le verrai pas de mes yeux, je n'arriverai y croire. Emma quitte la pièce avec les infirmiers, elle nous sourit.

— Elle est encore très faible. Elle va sûrement osciller entre l'éveil et le sommeil pendant vingt-quatre heures, mais c'est normal. Tout comme sa voix, c'est lié à l'intubation. Mais je peux affirmer qu'elle est tirée d'affaire. Bien évidemment, elle ne pourra pas courir le cent mètre avant un moment. Elle doit récupérer sa capacité pulmonaire. Néanmoins, avec du repos, de la rééducation si nécessaire, tout devrait rentrer dans l'ordre. Je vous autorise à aller la voir tous les deux aujourd'hui. Mais personne d'autre. Chacun votre tour.

— Merci pour tout, dis-je sincèrement.

— Monsieur le Doyen, je souhaiterais vous parler en privé.

— Va la voir Key, j'irai après.

Elle attrape ma manche et m'écarte doucement dans un lieu isolé. Son regard est beaucoup plus grave, plus solennel. Je pense savoir de quoi il s'agit et même si je m'y attendais, je déglutis, peu à l'aise.

— Je suis navrée Monsieur le Doyen, mais le fœtus n'a pas résisté. Nous savions que c'était une forte probabilité. Après examen, il n'y a rien de particulier. Nous avons préféré effectuer un curetage pour être sûr d'avoir tout enlevé. Cette grossesse est simplement arrivée au mauvais moment. D'un point de vue strictement médical, tout va bien. Néanmoins, nous savons qu'une fausse couche est traumatisante, même si la grossesse est une surprise. Megan était consciente. Nous avons discuté. Mais pour l'heure, vous avez besoin d'en parler tous les deux. Une façon d'exorciser le mal. Si vous avez besoin de discuter ou simplement des questions, je suis là. D'un point de vue médical, il valait mieux que ça arrive maintenant. Les mots d'ordre sont patience et écoute.

J'encaisse sans rien dire et opine de la tête. Je ne sais pas vraiment quoi penser de tout ça. Je m'y étais préparé, j'ignorais si j'étais prêt. Pourtant, curieusement, l'annonce est douloureuse. Elle me serre le bras avant de s'éloigner. J'inspire profondément, je ne sais pas vraiment comment amener la conversation avec Meg. Mes sentiments sont partagés. Je me retrouve devant la porte et croise Keylyan qui vient de sortir. Il me pose une main sur l'épaule avec un regard contrit. Je sais qu'il sait. Meg a dû lui en parler.

J'entre dans la chambre. Meg est légèrement redressée sur ses oreillers. Elle a les yeux dans le vide. Je m'approche d'elle et pose une main sur les siennes, elle sursaute, écarquille les yeux. J'embrasse son front. Elle a les traits tirés, les cheveux en bataille. Pourtant, Megan est magnifique.

— Comment va la plus belle femme du monde ? susurré-je.

— Tu mens.

Sa voix est rauque. Je souris. Elle me tire à elle et se met à pleurer dans mes bras. Je plie les genoux pour l'enserrer autant que je peux. Sa tristesse m'anéantit, j'ai peur d'en connaître les raisons. Ce moment est particulier, nous devrions tout simplement être heureux de nous retrouver. Pourtant, il n'y a pas que ça, une chose en plus nous unis. Une petite chose de quelques millimètres et même si ce n'était pas prévu, je comprends sa peine, sa douleur, sa détresse, parce que je ressens les mêmes émotions. Nous avons perdu cette petite chose commune. Je me redresse et m'assieds sur le lit sans la lâcher, avec autant de délicatesse que je le peux. Elle finit par s'endormir.

****

Cela fait plus d'une heure qu'elle dort dans mes bras, je n'ai pas bougé. Je refuse de la lâcher. J'embrasse sa tête, elle remue légèrement et finit par ouvrir les yeux. Elle enfonce sa tête dans mon bras.

— Je t'aime, murmuré-je.

— Moi aussi.

— Je ne suis plus enceinte, déclare-t-elle des trémolos dans la voix.

— Je sais, mauvais timing, soupiré-je.

— On doit en parler ?

— C'est ce que pense le docteur Dwight.

Un silence s'installe. Je pense que ni Meg, ni moi ne savons comment aborder le sujet. Pourtant, il va bien falloir se lancer.

— Meg, je suis désolé, soufflé-je. J'avoue, je ne sais pas trop quoi dire. J'aurais dû faire attention. On n'en a jamais discuté et je...

— Tu n'as rien à te reprocher, affirme-t-elle, c'est juste que l'annonce a été violente. Le résultat aussi. Je ne pensais pas que ça me toucherait autant, car je n'ai pas eu le temps de me faire à l'idée, mais j'ai conscience d'avoir perdu quelque chose d'essentiel.

— Je vois ce que tu veux dire. Tu veux des enfants, en dehors de Grace et de Bryan ?

— Si tu m'avais posé la question avant ma rencontre avec eux, je t'aurais sûrement envoyé un pot d'fleur. Mais avec toi, tout est différent et toi ? Je me souviens d'une époque où ça ne t'enchantait pas tant que ça.

— C'est vrai, simplement parce que ce n'était pas toi. Alors, si je veux des enfants, c'est oui. J'adore m'occuper de Grace.

— Pourquoi c'est si douloureux ? peste-t-elle.

— Je l'ignore, je suis au même niveau que toi. On devrait plutôt se réjouir totalement que tu t'en sois tirée et que l'on puisse continuer notre bout de chemin. Ton frère et Prue vont se marier, nous devrions simplement être heureux.

Je soude mon regard au sien un long moment. J'essuie les

dernières traces de son chagrin. Je ne pleure pas, mais je n'en suis pas loin. Sa tristesse trouve écho en moi. J'embrasse le bout de son nez. Je la délaisse un instant pour retirer mes chaussures et reprendre ma place auprès d'elle. Meg est si vulnérable à cet instant. Je veux juste alléger sa peine, j'ai besoin d'elle autant qu'elle de moi.

— Tu as raison et tu m'as encore sauvée. Key m'a expliqué comment ça c'était fini pour Franck Wilde. Le pire, c'est que ça me rend presque triste pour lui.

— Il a choisi, soupiré-je. Quant à moi, j'ai choisi d'éjecter mon paternel de ma vie. Le plus troublant, c'est que je me sens soulagé. Je te sauverai autant de fois que tu auras besoin, souris-je.

J'ai réussi à lui décrocher un sourire, elle se cale contre moi. J'ignore si cette conversation nous a vraiment fait du bien. Pour l'instant, je n'en ressens pas les effets, mais j'ai bien l'intention de vivre tout ce que l'on a à vivre avec Meg.

Je sais qu'elle va bientôt se rendormir. Je veillerai sur elle. Comme toujours.

Chapitre XVIII

Megan doit sortir aujourd'hui, et il est plus que temps. J'ai eu un mal fou à la maintenir à la clinique. Elle a tout tenté pour sortir plus tôt et heureusement que nous sommes sous terre, car à coup sûr, elle serait passée par la fenêtre. Tout le monde est venu la voir. Elle a vendu quelques chevaux, mais elle ronge son frein. Quinze jours qu'elle est enfermée dans ce bocal comme elle dit. Elle n'a jamais été patiente, donc pour elle, ça tient de l'exploit. Nous n'avons plus reparlé de sa fausse couche. Néanmoins, je sais qu'elle y pense tout comme moi. Il est difficile de ne pas faire autrement.

J'ai réussi à éviter le sujet avec ma grand-mère, je sais pourtant que je n'y échapperai pas. Elle sait tout sur tout. Granny a décidé d'organiser une petite garden-party ce soir pour fêter le retour de Meg. Elle m'a fait promettre de garder le secret et j'ai rempli parfaitement ma mission jusqu'à maintenant. J'entre dans la chambre et trouve Meg en pleine contemplation d'un bouquet de fleurs et d'une boite de chocolat.

— Salut !

— Salut, souffle-t-elle toujours perdue dans sa contemplation.

— Y a un problème ?

— Je ne sais pas.

Elle me tend une carte que je lis et je grimace légèrement quand je vois la signature. Lord Archibald Tyler. Son grand-père. Je me gratte la tête, ne sachant pas quoi dire. Je marche sur des œufs et j'en ai bien conscience. Il lui souhaite un prompt rétablissement et espère la rencontrer très bientôt. Je lui rends la carte, en couvrant ses lèvres des miennes.

— Bien ? Pas bien ?

— J'en sais rien, Morgan. Ces derniers jours, je me suis posée des questions. Tout ça m'a fait réfléchir. D'un côté, j'ai envie de savoir ce qu'il a à dire et de l'autre, je me dis qu'il ne s'est jamais préoccupé de nous, alors est-ce que j'en ai vraiment besoin ?

— Meg, je ne peux pas répondre à ta place. Mais si tu te poses la question, c'est que tu as déjà décidé.

J'ouvre mes bras, elle s'y engouffre dans un long soupire. J'embrasse le sommet de son crâne.

— Et si on quittait les lieux, proposé-je.

— Avec plaisir.

Je prends les fleurs et lui mets dans les mains avec les chocolats. Je récupère le sac et nous sortons de la chambre. Nous traversons le couloir ensemble, Meg accélère, elle est vraiment pressée de s'en aller. Une fois à l'extérieur, Meg plisse les yeux devant la luminosité, inspire longuement l'air pur. Je l'observe savourer ce moment de liberté, tout en chargeant le sac dans la voiture. Je m'adosse à celle-ci et profite de cette vision avant qu'elle finisse par me rejoindre.

Je démarre aussitôt qu'elle est dans la voiture pendant qu'elle répond à un SMS.

— Prue veut que l'on retourne à Londres pour les derniers essayages après-demain.

— Il semblerait donc que je sois de shopping.

— Tu détestes ça, affirme-t-elle.

— Exact, mais on est sans nouvelle de Mickaël Barry, alors je préfère prévenir que guérir.

— Il n'est pas une menace.

— On n'en sait rien. Ce n'est pas discutable.

— C'est d'l'abus d'pouvoir !

— C'est clair !

J'éclate de rire et Meg croise les bras sur sa poitrine. J'aime son air boudeur. Nous sommes déjà devant le manoir. Au moment où elle passe devant moi, je me saisis de Meg, la fait reculer jusqu'à la voiture et l'embrasse intensément. Elle passe ses bras autour de ma nuque. Elle m'a tellement manqué. Je pose mon front sur le sien.

— Maman ! s'exclame Grace.

Je m'efface devant la fillette, qui se jette dans ses bras. Meg la soulève et la serre contre sa poitrine

Mon sourire est béa. Je ne me lasse pas de les regarder.

— Mon cœur.

— Maman, maman fais-moi descendre, faut que je te montre.

La petite se débat. Meg finit par la laisser descendre. Grace lui prend la main et la tire. Je les suis, sachant pertinemment où elle l'entraîne. Nous traversons la maison et arrivons dans le jardin.

446

— Surprise ! Ils sont tous là, Key, Prue, Bryan, Matt et les autres. Elle avance vers eux, toujours tirés par Grace, mais c'est Max qui se jette le plus rapidement sur sa maîtresse. Il jappe de joie, tourne en rond et part en courant. Ensuite, c'est les grandes effusions. Meg est émue, je le sais et le vois. Je prends sa main dans la mienne.

— Bon retour, Meg, nous sommes ravis de te retrouver.

— Merci Lady Mary, moi aussi.

Il y a une grande table en plein milieu du jardin pour les invités et sur une autre, on trouve des petits fours, salés et sucrés. Taylor fait le service, mais se trouve bien débordé par nos amis. Madame Cane continue d'apporter de la nourriture, à croire que c'est pour un régiment.

— Tu sais maman, je suis grande maintenant.

— Ah oui ?

— Oui, l'autre jour Morgan, il a monté Blackpearl avec moi.

— Vraiment ?

Meg me fusille du regard. Il vaudrait mieux désamorcer la situation avant qu'elle ne dise à sa mère, qu'elle n'avait pas de bombe.

— Disons qu'il fallait bien lui redonner le sourire et Blackpearl s'est comporté admirablement.

Grace part en sautillant. En gros, elle a lâché sa bombe faisant fi des dommages collatéraux.

— Je suis certaine que Morgan a pris toutes les précautions nécessaires.

Granny en embuscade, toujours prête à jouer les soldats de la paix. J'acquiesce. En même temps, il serait stupide de dire le contraire. Meg s'inquiète tellement pour Grace. Quand je repense à cette jeune fille qui criait à qui voulait l'entendre qu'elle n'était pas capable de s'occuper d'autrui. Ça me fait sourire. Elle couve sa fille des yeux et je ne peux pas m'empêcher de penser à ce que nous avons perdu. Je serre un peu plus sa main et elle pose sa tête sur mon épaule.

— Il vaut mieux pour lui, assure Meg. J'ai juste du mal à me dire que Blackpearl a donné son accord.

— Ça ne s'est pas passé en trois minutes. D'abord, il a joué avec Grace. Il l'a chatouillé.

— Blackpearl, arrive encore à m'étonner après toutes ces années.

Je n'ai jamais vu un cheval avec un caractère pareil. Sûrement dû au fait qu'il soit entier, mais pas que. Ils ont grandi ensemble avec Meg et c'est une vraie tête de mule.

Ce moment est plus qu'agréable et nos potes se tiennent pour le moment. J'ignore si c'est dû à la présence de ma grand-mère, mais ils sont presque reposants. Madame Cane appelle Grace, cette dernière va la retrouver en sautillant. La gouvernante semble ravie.

— Ah les gâteaux avec Madame Cane, soupire ma sœur, avec une pointe de nostalgie. On passait des heures dans la cuisine. C'est bien que la tradition perdure.

— Cette petite est un vrai rayon de soleil dans cette maison, confirme Granny.

Meg est émue et elle n'a pas besoin de le dire, j'ai juste à la regarder. Madame Cane revient avec Grace et un grand gâteau. La fillette marche à côté d'elle fièrement. La gouvernante le dépose sur la table. Meg embrasse le front de Grace et remercie chaleureusement Madame Cane. Gracie offre un câlin à la gouvernante qui est submergée par les émotions. Les parts sont distribuées et tout le monde s'entend à dire que c'est un délice.

Une heure plus tard, nous décidons de rentrer, Grace est exténuée. Elle dort sur les genoux de Meg et je crois qu'elle aussi est éreintée. Je prends la petite dans les bras et l'attache dans son siège dans la voiture, désormais, c'est d'une simplicité enfantine.

Après l'avoir couché, Meg pose un long regard tendre sur elle alors que Max se couche aux pieds du lit, prêt à veiller sur elle. Inutile d'être devin pour percevoir ses pensées, car j'ai les mêmes. Je ne comprends pas ma réaction. Je quitte la chambre et vais me servir un whisky au rez-de-chaussée avant de me mettre au piano. Je laisse courir mes doigts sur les touches et il me dirige sans trop savoir où ils vont me conduire. J'ai dû mal à cerner mes émotions et mon attitude. Je me retrouve à jouer le Chant du Cygne, de Schubert. Pour la gaîté, on repassera. Pourtant, je n'ai aucune raison d'être mélancolique. J'ai ce que j'ai toujours voulu, plus de secret. Alors ?

Meg vient d'apparaître en face de moi. Son regard est interrogateur et je lis une certaine souffrance. Je change de répertoire, car je veux l'épargner le plus possible. J'entame le prélude et fugue n°2 de Bach. Mes doigts couvrent le piano rapidement, mais le ton est loin d'être léger, puis j'enchaîne avec le prélude en C major. Il vaudrait mieux que j'arrête là. Je ferme le piano, me lève et sers un verre de vin blanc à Meg avant de sortir dans le jardin pour m'en fumer une. Elle glisse une main dans ma poche arrière pour me prendre mon paquet de cigarettes et en allume une avant de le replacer à sa place.

— Tu ne devrais pas fumer, ce n'est pas recommandé pour tes poumons, désapprouvé-je.

— Toi, tu devrais me parler, car ne rien dire est tout aussi mauvais.

— Ça va, assuré-je.

— Bien sûr que non, parle-moi.

Elle pose une main sur mon bras, elle cherche des réponses que je ne peux pas lui donner. Je ne sais pas vraiment ce qu'il se passe, pourquoi je me sens si mélancolique.

— Je t'assure que tout va bien, la rassuré-je avec un sourire que je veux sincère.

— Comme tu voudras.

Je sais qu'elle n'y croit pas. Elle écrase sa clope dans le cendrier et entre à l'intérieur. Après avoir fini mon verre, je vais m'enfermer dans mon bureau pour bosser, car je sais que si je la retrouve dans le lit, je ne pourrai sûrement pas résister.

****

Cela fait trois jours depuis son retour. Entre nous, c'est devenu un peu compliqué. Je passe mes nuits dans le bureau que je mets sur le compte du travail. Meg semble accepter la situation, pourtant je sais que ce n'est pas la solution. Je n'arrive toujours pas à comprendre ce qu'il m'arrive. Je rêve de me glisser en elle toute la journée, mais quelque chose m'en empêche. Patience et écoute. Meg a accompagné Gracie au haras et moi j'essaie de bosser. Je manque de concentration. Avec Prue, elles ont été à Londres et c'est Matt qui leur a servi de chauffeur. Je n'ai pas vraiment eu le courage d'y aller. Je me sens si stupide. Je commence à comprendre ce qui ne tourne pas rond. On frappe à la porte, je quitte mon bureau pour ouvrir la porte.

— Morgan.

— Granny, entre.

À son regard, je sais que la sainte inquisition est de retour. Elle détache les épingles de son chapeau, ôte ses gants et se dirige directement dans la cuisine où elle fait du thé. Je m'appuie contre le montant de la porte.

— Tu me forces à prendre ces dispositions, car tu m'évites.

— Je ne...

— Morgan, ne sois pas désobligeant.

Je me gratte l'arrière de la tête et allume une cigarette. Je sens que je vais en avoir besoin. Granny me regarde avec dureté et m'invite à m'asseoir. Elle sort deux tasses et surveille la théière. Pas de doute, elle aime soigner ses entrées en matière. Je m'exécute. Comme si j'avais le choix... le silence règne toujours alors qu'elle nous sert le thé.

— Tu as une sale tête Morgan.

— Merci Granny, c'est gentil.

— C'est la strict vérité mon fils. Maintenant aurais-tu l'amabilité, de m'expliquer ton comportement.

— Mon comportement ?

— Ne fais pas l'idiot. Tu as beaucoup de défauts, mais celui-ci n'en fait pas partie.

Granny ou l'art et la manière d'engager une conversation cordiale. Je soupire longuement.

— Quel comportement ?

— Tu as besoin que je te rafraîchisse la mémoire ? Bien. Ton attitude envers Megan est troublant. Je l'ai remarqué plusieurs fois ces jours-ci. Tu es présent, mais tu l'évites. Sans oublier que c'est Matthew qui a accompagné les filles. Megan souffre de cette situation, sans omettre que tu dors dans ton bureau. Alors j'attends.

— Comment tu...

— C'est simple. Si tu ne veux pas que ça se sache, range la couverture correctement.

— Que veux-tu que j'te dise, marmonné-je.

— Morgan.

Elle appose sa main sur la mienne et penche un peu la tête pour sonder mon regard.

— Je sais pas vraiment, avoué-je.

— Y aurait-il un rapport avec la fausse couche de Megan ?

— Ça me touche beaucoup plus que je le pensais et beaucoup plus que ça l'devrait.

— Pourquoi plus que cela le devrait ?

— Parce qu'en quelques jours, j'ai appris qu'elle était enceinte et qu'elle ne l'était plus. Je n'ai pas vraiment eu le temps de m'y faire. De toute façon, en pesant le pour et le contre... je.

— Je pense surtout que tu t'es convaincu que tu n'étais pas prêt. Alors quand tu as interagi avec Meg et Grace, tu t'es aperçu de ce que tu avais perdu. Un morceau de Megan et de toi.

— J'ai eu le déclic le soir où on a couché Grace. J'ai trouvé ça injuste et je me sens minable.

— Rappelle-toi que dans cette histoire, tu n'es pas le seul à avoir perdu un enfant. Vous devez faire votre deuil, même s'il n'était pas prévu au départ.

Je grimace douloureusement. Je me suis toujours évertué à parler d'embryon, de fœtus, ne voulant pas le qualifier d'enfant. Je me masse les tempes.

— Avec Meg, j'ai tout fait à l'envers. Elle mérite mieux que ça.

Je l'observe mélanger son thé, taper légèrement sa cuillère sur le rebord de la tasse, avant de la porter à ses lèvres. Je fais la même chose en beaucoup moins classe.

— Est-ce pour cela que la bague de ta mère a disparu de la commode ? Quand tu parles de faire ça dans les règles, tu veux dire que tu vas lui demander sa main ?

Granny est pire que l'œil de Moscou, elle sait tout. Tout le temps. Si ce n'était pas ma grand-mère, je serais terrifié.

— Je crois et ne me dis pas, j'avais raison, marmonné-je.

— Pourtant, ce serait une remarque tout à fait légitime. Cependant, laissons ça pour le moment. J'avoue ne pas comprendre ton principe d'éloignement, si tu souhaites demander Megan en mariage.

Je pose mes coudes sur la table, croise mes doigts et appuie mon menton sur ceux-là.

— Granny, Meg est une femme indépendante. Elle aime sa liberté. Je suis qui moi pour l'obliger à vivre dans un lieu qu'elle exècre ?

— Morgan, tu dis que tu ne veux rien lui imposer, c'est pourtant ce que tu fais en l'ignorant. Tu ne lui laisses pas le choix. Mon chéri, tu sais à quel point elle t'aime et je sais aussi combien tu les aimes, elle et Grace.

— Alors pour mon bien-être égoïste, je la laisse évoluer au côté de gens qui la déteste, à aller à des bals qui la répugne !

— Ce que tu ne saisis pas, Morgan, c'est que quand on aime une personne, on compose avec son environnement. Meg est assez solide pour ne pas se laisser impressionner par qui ce soit. Tu l'as cherchée pendant quatre ans. Es-tu prêt à la perdre parce que tu penses qu'elle ne supportera pas de vivre à l'Institut et d'être la femme du Doyen ? As-tu si peu confiance en elle ?

— J'ai totalement foi en elle, mais je refuse qu'elle se réveille un matin, rongée par le regret.

— Personne ne peut présumer de l'avenir Morgan, mais tu t'es tellement battu pour en arriver là, abandonner serait d'une telle lâcheté. La lâcheté ne te ressemble pas, assure-t-elle.

D'un coup, je percute et je rejette mon corps en arrière. Est-ce que je suis prêt à la laisser s'éloigner de moi ? Me quitter ? La première fois, j'ai failli en mourir de tristesse. Je secoue la tête. Granny a raison, c'est juste une histoire de courage. Si je ne le fais pas, c'est moi qui le regretterai toute ma vie.

— Tu as raison, c'est juste que je suis un peu déboussolé. Je dois parler à Key pour lui demander s'il m'autorise à le faire.

— Demander l'approbation de son frère avant celle de Megan, prie pour qu'elle ne le sache jamais et prends toujours ton gilet pare-balle.

— C'est l'étiquette Granny, je pensais que tu serais la première à comprendre. Je veux faire les choses...

— Correctement, j'ai saisi. Donc ?

Je me lève, vais dans mon bureau pour récupérer les deux tickets pour l'opéra, puis retrouve Granny dans la cuisine.

— Donc, tu l'emmènes à l'opéra ?

— Ce soir, Carmen. Je vais les appeler. On aurait dû le faire avant mais...

— Bien. Je viendrai récupérer Grace tout à l'heure.

Granny se lève, je la prends dans mes bras. Je ne sais pas ce que je ferais sans elle. Son chapeau et ses gants en place., j'ouvre la porte et me retrouve nez à nez avec Key.

— Euh, Lady Mary, bonjour.

— Bonjour Keylyan, quel heureux hasard, il souhaitait te voir.

Merci Granny. Elle l'a fait exprès, pour être sûr que je ne me débine pas. C'est le chassé, croisé.

J'attrape deux bières dans le frigo et nous allons dehors prendre place sur les fauteuils de jardin.

— Prue m'a dit de te dire que les filles mangent à Oxford entre elles.

— Ok... pourquoi Meg ne m'a pas appelé, plutôt que d't'envoyer ?

— Peut-être parce que ça fait des jours que tu évites ma sœur et que du coup, elle en a parlé à Prue. Prue m'en a touché deux mots et m'a supplié de venir te voir en me menaçant des pires représailles si je ne le faisais pas.

— Je vois, marmonné-je.

— Je n'crois pas. Meg pense que tes sentiments ont changé suite à sa fausse couche et que tu ne la désires plus. Plus exactement, elle hésite entre le fait que ce soit à cause de tes sentiments ou parce qu'elle te dégoûte. Sincèrement, si j'peux éviter de parler d'la vie sexuelle de ma sœur, j'évite.

— Ridicule, craché-je.

— Ridicule ? Mais tu t'attendais à quoi, bon Dieu Morgan. Qu'est-ce qui s'passe ?

Je me lève et tourne en rond. J'ai beaucoup de mal à mettre des mots sur tout ça. Même tout à l'heure avec Granny.

— Plusieurs choses. Cette fausse couche m'a réellement secoué sans vraiment que j'm'en rende compte. C'est très insidieux. J'aurais dû faire attention, réfléchir pour une fois, pour ne pas la mettre dans une telle situation. Avec Meg, je n'ai jamais fait les choses dans l'ordre et là encore, j'ai merdé. J'l'aime à en crever et si j'dors dans l'bureau, c'est à cause de mes envies lubriques.

— Ok mon pote, mais j'te suis pas. Que la fausse couche t'ait secoué, j'comprends et je t'assure que Meg a beaucoup de mal avec ça aussi. Si t'as peur d'un accident, y a des capotes. T'es coupable de rien, Morgan. C'est arrivé, c'est triste, mais c'est comme ça. Faut apprendre à vivre avec.

— Je veux que tu m'autorises à demander la main de ta sœur.

J'ai arrêté de tourner en rond et le fixe, crispé. Quand je le regarde, j'ai l'impression qu'il vient de chuter dans l'escalier. Il ne s'y attendait pas.

— Pourquoi tu m'demandes mon consentement ?

— Parce que c'est comme ça que l'on fait, tes parents sont décédés et je vais pas aller voir sir Archibald Tyler qu'elle ne connaît pas. C'est l'étiquette.

— Hé mon pote, t'as pas besoin de mon approbation, tu t'en es bien passé jusqu'à maintenant. Meg est libre de choisir. Attends un peu, tu comptes faire quoi ? Attendre la nuit d'noce pour recommencer à avoir une intimité avec elle ? Nan mais t'es dingue, c'est un peu tard pour ça.

— Je refuse de la mettre dans une situation délicate et je dois me méfier du Conseil. Mais maintenant que tu le formules à haute voix, ça semble totalement stupide.

— Totalement con, ouais. Morgan, que tu veuilles l'épouser parce que tu l'aimes, c'est une chose, mais pas par bonne conscience. Tu dois lui parler, elle attend que ça. Dire que tu aurais voulu avoir ce bébé te permettra d'accepter ce qui s'est passé. Ça n'a rien à voir avec le nombre de mois de grossesse. Tu as le droit d'être dévasté par ce drame.

Il se lève à son tour et me donne une forte accolade. Et là, je sens mes larmes couler. J'aurais aimé ne jamais les verser, mais c'est impossible. Il resserre sa prise sur moi, alors que mes émotions débordent. Il est mon meilleur ami et je m'aperçois à quel point il m'a manqué toutes ces années.

— Tu dois lui dire Morgan. Vous devez faire votre... deuil. Ensemble, ensuite vous pourrez enfin penser à l'avenir. Mais on ne bâtit rien de solide sur des cendres chaudes.

Je me reprends, essuie les larmes restantes d'un revers de manche. Il a raison, je le sais.

— Je dois la voir.

— Je m'en occupe. On récupérera Grace pour que vous soyez tranquilles. Toi, va te reposer, t'as une gueule à faire peur et dans un lit, ordonne-t-il.

J'ignore pourquoi, je m'exécute. Je ne sais pas comment j'en suis arrivé là. Keylyan m'a ouvert les yeux brutalement. C'est douloureux et je me rends compte à quel point j'ai pu faire souffrir Meg. Je colle mon visage sur son oreiller. Je ne dors pas plus de trois heures depuis qu'il a fallu l'emmener d'urgence à la clinique. Je suis épuisé, nerveusement, physiquement et moralement. Le black-out est total.

Quand je me réveille, j'ai du mal à me repérer. Je ne sais plus vraiment où je suis, comme si j'avais pris une cuite magistrale la veille. Mon sang bat dans mes tempes. Je finis par me lever et prends une douche. Je passe un jean et une chemise, il est plus que temps de descendre. Meg est là et je ne peux pas empêcher mon cœur de battre avec frénésie. Dès qu'elle me voit, elle se redresse et soude ses yeux aux miens. Je sais pourquoi je l'ai évitée jusque-là. Meg s'est statufiée. Je ne peux plus reculer, je l'aime et c'est l'unique certitude de ma vie. Nous sommes face à face et je lui prends les deux mains. Je me fais l'effet d'être un fieffé connard. Je déglutis, j'ai l'impression de me retrouver le jour où je lui ai avoué l'aimer. Je manque d'assurance et je suis désarmé.

— Oh Meg, je ne sais pas quoi dire... je suis désolé. Après l'annonce de la fausse couche, je pensais vraiment que ça irait. Qu'à partir du moment où on ne l'avait pas décidé, ça ne me toucherait pas plus que ça, mais... c'est faux. Je me suis menti à moi-même. Je me suis rendu compte que même s'il n'était plus là, je voulais cet enfant.

Ses yeux brillent et se remplissent de larmes tout comme les miens. Ses mains tremblent dans les miennes. Déglutir est un enfer.

— Moi aussi, m'avoue-t-elle avant d'éclater en sanglot.

Je la serre fort contre moi, je craque aussi totalement. Je n'ai pas l'impression de montrer mes faiblesses. Nous sommes sur un pied d'égalité, nous partageons la même tristesse, la même peine.

Après tout ce que l'on a traversé, je trouve ça terriblement injuste. Son petit corps moulé au mien m'offre le meilleur réconfort. Nous sommes deux à être concernés par ce drame. Le mot est assez fort, mais il me semble tellement approprié à cet instant. Elle renifle, elle doit avoir besoin de respirer. Je me recule légèrement, encadre son visage de mes mains et embrasse ses yeux un à un, avant de déposer un tendre baiser sur ses lèvres.

— J'ai été lâche Meg et terrorisé. C'est pour ça que je ne t'ai pas touché depuis tout ce temps. Je t'aime Megan, je te désire toujours autant. C'est juste que je n'avais pas le courage d'affronter ta souffrance. Elle faisait trop écho à la mienne.

Meg colle son front sur mon torse, je pose mon menton sur le sommet de son crâne. Je déteste la voir si désemparée.

— Je t'aime, soupire-t-elle. Je ne comprenais pas.

— Quant à moi, j'étais incapable de te l'expliquer. C'est ma grand-mère et ton frère qui m'ont aidé à y voir plus clair dans mon ressenti. Je n'ai jamais voulu te faire de la peine intentionnellement.

— Tu en avais assez avec la tienne.

— Regarde-moi Meg. C'est juste que cette perte, nous concerne tous les deux et c'est ensemble que l'on doit l'affronter. Je l'avais oublié.

Le vert émeraude de ses yeux me semble encore plus clair. C'est les plus beaux du monde en temps normal. Là, ils sont trop tristes. Je tente un sourire tendre, elle me le rend timidement. J'ignore si c'est le bon moment ou pas. Mais je dois me lancer, exit l'opéra, exit Carmen. Nous aurons tout le temps plus tard. À moins qu'elle refuse, comment réagirai-je ? C'est une excellente question. Je recule encore un peu pour me laisser de l'espace. Meg m'étudie avec attention. J'aurais aimé que ce soit plus romantique. Pourtant, là n'est pas l'essentiel. J'inspire longuement, m'éclaircis la voix.

— Meg, j'ai tout fait à l'envers avec toi, je veux faire les choses correctement et pour ça, je dois te poser une seule question. Je connais ta soif de liberté, ton besoin d'indépendance. Tu sais à quel point je t'aime et je ferai n'importe quoi pour toi.

— Comme couper les ponts avec ton père, me coupe-t-elle.

— S'il te plaît.

— Désolée.

Je dépose un genou à terre, quitte à faire les choses autant les faire comme elles se doivent. La bouche de Meg est ouverte en un o magnifique. J'ignore si c'est encourageant, mais qui ne tente rien n'a rien.

— Megan Erin Tyler, voudrais-tu lier ta vie à la mienne ? Nous avons connu le pire et je ferai tout pour t'offrir le meilleur. Celui que tu mérites, celui que je te dois pour tout l'amour et la confiance que tu me confères. Veux tu m'épouser et faire de moi un homme comblé ?

Pour l'instant, elle ne dit mot. Son regard rivé sur le petit écrin que je tiens dans la main. Mon cœur bat à cent à l'heure en attendant sa réponse. Je suis pendu à ses lèvres. Elle s'agenouille aussi, tremblante, puis me sourit.

— Je crois.

Sa réponse me désarçonne. Je m'attendais à un « oui » ou à un « non », mais certainement pas à un « je crois ». À la limite un « j'ai besoin de réfléchir ».

— Je crois ? Sérieux, Meg ?

Elle pose une main sur ma joue et m'embrasse délicatement.

— Oui, souffle-t-elle. Mille fois oui. Je t'aime tellement Morgan, tu ne peux même pas imaginer.

J'ai ma petite idée. Je lui passe délicatement la bague à l'annulaire gauche sans la quitter des yeux.

Inutile de me regarder pour savoir que je souris comme un idiot. Elle, elle est radieuse, magnifique. Meg se jette avidement sur mes lèvres, les siennes sont légèrement salées, preuve de son chagrin passé. Je l'encercle de mes bras. Tout ça m'avait tellement manqué et je suis passé de la tristesse insondable, à une joie presque irréelle. Je l'aide à se relever, ses pieds décollent du sol et nos lèvres restent soudées. Après un moment, je la dépose et la serre contre moi. J'ai enfin l'impression de prendre les rênes de ma vie. Il m'aura fallu vingt-neuf ans pour y arriver, pour au moins vivre ma vie. D'un point de vue personnelle, j'entends.

— J'aurais voulu t'emmener à l'opéra, t'emmener au restaurant et te faire ma demande avec panache et passion, mais...

— C'était parfait. De toute façon, je n'y connais rien en romantisme, comme tu aimes à me le rappeler.

Elle me fait rire et je secoue la tête. Elle ne changera jamais et c'est ce que j'aime chez elle. Meg est directe, cash, sans chichi. Il vaut mieux un bon « merde » avec elle, qu'un silence pesant.

— Que dirais-tu d'aller manger à Oxford tous les deux, un vrai rendez-vous, le premier en fait.

— Un premier rendez-vous ?

— Oui, pas sous couverture ou bien sous la contrainte d'un bal stupide. Juste... Toi et moi. Megan et Morgan.

— J'ai aimé ce bal.

— Non, mais tu l'as fait pour moi.

— Je serai heureuse d'aller au restaurant avec toi.

— Alors, tu n'as plus qu'à te préparer, enfin faire ce que les femmes font avant un rencart.

Elle embrasse ma joue avant de monter à l'étage. Je ne la quitte pas des yeux jusqu'à ce qu'elle disparaisse de mon champ de vision. Je saisis mon téléphone et réserve au Cherwell Boathouse, un restaurant au bord de la rivière Cherwell. C'est curieux, je me sens encore plus anxieux qu'avant ma demande en mariage. Moins d'un quart d'heure après, elle réapparaît. Elle est superbe, elle porte une robe élégante en dentelle de couleur vert émeraude, la même couleur que ses yeux avec un léger décolleté et de larges bretelles. À la fois simple et élégante. Ses cheveux sont détachés, naturels. Elle est maquillée légèrement. Meg est à couper le souffle. Je lui donne la main à la descente de l'escalier.

Je récupère une veste, puis nous allons directement dans la voiture et prenons la direction d'Oxford. J'espère sincèrement que le lieu lui plaira. J'y suis allé plusieurs fois avec ma grand-mère l'été et j'y ai même vu des chanteurs d'opéra donner des concerts sur les rives. Le restaurant se trouve dans un ancien hangar à bateau de l'époque victorienne. Je lui ouvre la portière, elle secoue la tête. Elle semble réprouver, mais ne fait aucune remarque. Je glisse une main sous ses hanches et nous nous dirigeons vers le restaurant. Nous sommes placés au bord de l'eau sur une petite terrasse en bois un peu à l'écart. L'ambiance y est chaleureuse, feutré et romantique. Une bougie dans un photophore sur chaque table. Je serre sa main dans la mienne, plus besoin de se cacher, de faire semblant d'être ce que l'on n'est pas. Je commande du vin blanc, je n'oublie pas qu'elle est toujours convalescente, même si je ne me risquerai certainement pas à le lui dire. Nous trinquons à nous, à l'avenir qui se profile, en laissant autant que l'on peut les douleurs du passé.

— Pour un premier rendez-vous, tu as mis la barre haute.

— J'aime les challenges et je crois que tu as été le plus grand.

Le serveur nous apporte la bouteille de vin, qu'il verse dans mon verre pour avoir mon approbation. Il dépose aussi des petites tranches de pain avec de l'huile d'olive et nous commandons. Les flammes de la bougie se reflètent dans ses yeux. C'est la première fois que je n'ai pas besoin de surveiller nos arrières, la première fois que je peux profiter de Megan à l'extérieur en toute décontraction.

— Carrément, un challenge rien que ça ?

— Je suis tombé amoureux bien avant que tu ne me détestes. Je partais avec un sacré handicape.

— Détester est un peu fort.

— T'as la mémoire courte, Tyler.

— Pas plus que la tienne, Matthews.

Nous rions et mangeons au calme. Mais je ne peux pas m'empêcher de la regarder. J'ai dû mal à me dire qu'elle va devenir ma femme. Le repas est excellent, le moment plus qu'agréable. Je règle l'addition et nous quittons la table.

— On marche, lui proposé-je ?

— Tu veux que j'élimine ? Tu as peur pour ma ligne ?

— Il va falloir que je t'invite souvent au restaurant si je veux m'inquiéter pour ta ligne.

Je lui prends la main et nous allons nous promenons sur les berges avant de monter sur une passerelle. Elle s'accoude à la rambarde et je passe mon bras sur sa taille. Nous observons la rivière sous nos pieds, nous laissant bercer par le bruit de l'eau.

— Il y a encore quelque chose qui me tient à cœur, avoué-je.

— Et bien, que de revendications Monsieur Matthews.

— Ce n'est pas une revendication, juste un souhait, car il n'y a que toi que je revendique Miss Tyler.

— Vous avez un sens de la propriété très aigu, Monsieur le Doyen.

— Seulement quand il s'agit de vous mon ange.

Je sais qu'elle déteste quand je l'appelle comme ça, pourtant je ne peux m'empêcher. Voir sa tête me fait gausser.

— Morgan, désapprouve-t-elle. Tu sais à quel point ce mot me met mal à l'aise.

— Bien, capitulé-je. Comme vous voudrez, mon amour.

Elle écarquille les yeux et secoue la tête de désappointement. Pourtant, nous sommes en progrès. Il y a quelques années. Meg m'aurait envoyé paître littéralement et physiquement. Là, elle se contente de me fusiller du regard. Je hausse les épaules, ça ne me fait absolument rien.

— Bon, c'était quoi ton souhait, Chééééri.

Elle appuie bien sur les premières syllabes du mot avec un accent à couper au couteau. Ce qui me fait rire. J'ai cependant besoin de retrouver mon sérieux. C'est important pour moi et je veux qu'elle en ait conscience. Je m'accoude à la rambarde près d'elle. Meg se retourne vers moi, une brise légère fait bouger ses cheveux. Elle est si belle et je me noie dans ma contemplation. Néanmoins, il est évident que je dois revenir à la réalité, même si je pourrai passer des heures à la regarder.

— J'aimerai reconnaître Grace, comme ma fille adoptive. Enfin, notre fille adoptive.

— Vraiment ? Tu es sûr ?

Meg semble surprise et je ne comprends pas très bien pourquoi. C'est d'une telle évidence à mes yeux. J'adore cette enfant. Si nous voulons nous construire un avenir, l'adoption de Grace est essentielle.

— Oui, vraiment. J'avoue que j'y ai pas mal pensé et même avant de demander ta main. J'épouse la mère, c'est normal que j'adopte la fille. Je plaisante, j'aime Grace.

— Une espèce de package en sorte. Et Max ? me provoque-t-elle.

— Depuis qu'il est devenu un bon chien anglais, je prends aussi. Mais il y a moins besoin de papier.

Tout cela est dit sous un ton faussement léger. Pourtant, le sujet est tout sauf anodin, Meg le sait.

— Tu es sûr ?

— Meg, j'aime énormément Grace, je serai fier d'être son père. Je veux que l'on construise notre vie à deux. Mais je veux aussi que l'on crée une famille. Grace fait déjà partie de notre vie à part entière.

— Que fais-tu du Conseil ? Ils doivent déjà approuver notre union. Consentiront-ils pour Grace ?

Ses bras enserrent mon cou dès lors qu'elle se met sur la pointe des pieds. Mes lèvres se posent sur son front.

— Je ne compte pas leur laisser le choix, ni pour notre mariage, ni pour l'adoption. Je ne veux pas que Grace soit traitée différemment que si c'était ma fille naturelle. J'espère juste qu'elle sera d'accord.

— Je ne me fais pas de souci là-dessus. Elle t'adore aussi et puis tu as un sacré atout.

— Ah ouais ? Sa mère est follement amoureuse de moi, c'est ça ?

— Non, les chevaux, sourit-elle.

Ah le romantisme de Meg. C'est comme être nu en plein blizzard. Je l'embrasse délicatement alors qu'elle approfondit le baiser et que ses doigts se glissent dans mes cheveux. Si elle savait ce qu'elle déclenche en moi quand elle agit ainsi.

— Il vaudrait mieux rentrer, m'assure-t-elle

— Pourquoi ? As-tu froid ? Tu te sens fatiguée ? Tu...

Elle m'intime le silence en posant son index sur ma bouche.

— Parce que je n'ai pas l'intention de te laisser dormir sur le canapé.

— Compterais-tu attaquer ma vertu ?

— Ta vertu ? s'esclaffe-t-elle. Je ne savais même pas que tu connaissais le mot.

— Je connais bien d'autres mots, des mots qui pourraient te faire rougir, lui assuré-je.

Elle mord sa lèvre inférieure, le désir se lit dans ses yeux. Ce même désir que je ressens à chaque fois qu'elle est près de moi. Depuis combien de temps n'avons-nous pas fait l'amour ? Trop en réalité. Je me sens encore plus stupide de l'avoir évitée. Je ne sais pas vraiment comment j'ai fait pour ne pas me précipiter vers elle. Je me saisis de sa main avant de faire quelque chose d'irrémédiable sur ce pont. Elle rit alors que nous entrons dans la voiture. Je démarre au quart de tour, l'impatience me submerge, sans évoquer cet appétit fou pour son corps. À peine arrivée, Meg sort en courant de la voiture, sans même fermer sa porte, dispersant son rire cristallin derrière elle. Et me laissant frustrer.

Elle a traversé la maison, la porte donnant sur le jardin est ouverte. Elle est dos à la piscine, se dénude devant moi, puis plonge. Mon corps vient de prendre dix degrés en trente secondes et mon pantalon est de plus en plus étroit. Je dépose ma veste sur la table et me voici au bord de l'eau. Je la cherche, mais il n'y a que la lune pour éclairer la surface. Elle jaillit devant moi telle Vénus sortant des eaux et me fait tomber. Quand ma tête sort, je suis accueilli par un grand éclat de rire, je ne peux pas m'empêcher de rire aussi. Puis Meg encercle ma nuque avant de m'embrasser avec force.

— Je t'ai eu.

— Seulement parce que je me suis laissé faire.

— Menteur

— Allumeuse.

Elle commence par déboutonner les premiers boutons de ma chemise avant de me mordiller l'épaule. Je reprends possession de ses lèvres pleines. Meg accélère mon déshabillage et finit de l'ôter avec rage. Elle passe une main légère sur mon torse, mais j'ai besoin de beaucoup plus. Je dépose une myriade de baisers sur son visage avant de la soulever et de me délecter de ses mamelons tendus. Ces geignements me rendent fous, elle se tortille. Je la laisse m'échapper et elle s'attaque désormais à ma ceinture, aux boutons de mon jean avant d'empoigner ma virilité dans mon boxer. Cette fille va me tuer. Le jean est trempé, mais ça ne l'empêche pas d'exercer ses caresses délicieuses. Je jette ma tête en arrière. Ce que je ressens est au-delà des mots.

Je croise son regard fiévreux. Je n'ai plus qu'une idée, goûter sa peau, me noyer dans ses effluves. D'un geste, je la soulève et la dépose sur la margelle. Tout d'abord surprise, son regard se fait gourmand. J'écarte ses cuisses, ma tête se place à l'intérieur pour me repaître de son désir. Son corps s'arc-boute, elle fourrage mes cheveux. Je resserre ma prise sur ses hanches alors que ses gémissements sont de plus en plus forts. Je ne connais pas de plus beaux sons que son plaisir. Le sexe avec Meg a toujours été intense, charnel, voluptueux et sulfureux parfois. La frustration de ces dernières semaines était infernale. J'ai essayé à une époque de prendre les bonnes résolutions, mais je n'y suis jamais parvenu. Son corps est mon chant des sirènes et c'est avec joie que j'y plonge et y plongerai toute ma vie.

Meg est sur le point de se libérer, je m'applique pour qu'elle succombe et en quelques secondes, ses cuisses se resserrent sur ma tête et sa jouissance est libératrice.

Alors même que son plaisir n'est pas totalement redescendu, je l'empoigne par les fesses et guide son antre ardent sur ma verge tendue. La sensation est merveilleuse, son sexe palpite autour du mien. Malgré ce satané jean qui m'entrave, je vais et viens en elle profondément. L'eau qui nous entoure décuple mes sensations et les siennes, il semblerait. Elle s'accroche à moi, notre rythme est parfait, symbiotique. Ni trop rapide. Ni trop lent. Je dois de toute façon me contenir, d'une, parce que j'ai l'impression que ça fait des années et de deux... je m'arrête immédiatement, haletant, frustré comme jamais. Meg ne saisit pas, je baisse la tête, elle me relève le menton, c'est l'incompréhension. Encore une fois, je m'en veux, je n'ai pas réfléchi et me suis laissé emporter.

— Qu'y a-t-il ? finit-elle par demander.

— J'ai oublié de nous protéger, je dois aller...

— Chut, me souffle-t-elle. Je suis à nouveau sous implant, alors tu n'as pas à t'inquiéter pour ça.

Elle m'embrasse délicatement, tendrement même. Une fois marié, je me promets de lui faire autant d'enfants qu'elle le voudra.

— Je t'aime Meg.

— Maintenant, si tu veux profiter de notre interlude pour te débarrasser de tes chaussures et ton jean.

— Tu penses à mon bien-être ?

— Non, juste à te peloter les fesses autant que je veux.

Elle s'écarte de moi et sort de l'eau. Je ne perds pas une miette de ce que j'ai devant les yeux. Elle s'installe sur le canapé juste à côté et m'attend. Là, c'est elle qui me dévore des yeux. Faisant aussi vite que possible avec des fringues mouillées, je vais la rejoindre. Meg se saisit de mes fesses, les malaxent avant d'engloutir mon membre. Par Saint Georges et tous les saints, je suis transporté dans un autre monde. Sa langue glisse, sa bouche chaude me procure tant de bonheur. Je sais que si je la laisse continuer, je perdrai pied. La stopper me demande un effort surhumain, mais je ne veux pas qu'elle aille plus loin. Je veux m'enfoncer dans sa moiteur, me perdre dans ses effluves.

Je la repousse sur le canapé et prends possession de son corps à nouveau. Elle me griffe le dos, enfonce ses ongles dans mes fesses. J'ai besoin d'accélérer, j'ai du mal à me contenir, surtout quand j'entends Meg exprimer son plaisir. Je l'embrasse langoureusement, ma langue joue avec la sienne. Je me nourris de Meg, de toutes les façons possibles. Elle m'encourage à aller encore plus vite et plus fort. Je m'exécute ne pouvant plus rester à ce rythme. J'appuie sur mes bras pour me redresser, je me repais de cette vision sensuelle, nos regards sont soudés. Elle s'accroche à mes avant-bras, puis à mes cheveux. Sa jouissance la terrasse et signe ma libération.

J'encadre son visage, l'embrasse encore et toujours, avant de me positionner à côté d'elle et de la prendre contre moi. J'avoue que la position n'est pas idéale, mes pieds dépassent largement. Mais je m'en fous. Elle a la tête posée dans mon bras et nous nous faisons face. Je caresse délicatement son bras et embrasse son nez. Elle soupire d'aise.

— Tu n'as pas froid ?

— Non, toujours à t'inquiéter hein ?

— Et je crois que ça ne cessera jamais.

— Heureusement que tu n'as pas d'employés de maison à demeure, on les aurait traumatisés.

— Je pense pour ma part, qu'ils en ont vu d'autres. Cependant, j'ai dû négocier âprement avec le conseil.

— C'est dingue comme ton langage devient châtié dès que tu parles d'eux, se moque-t-elle. Pourquoi le conseil voulait t'imposer du personnel ?

— Au moins un majordome.

— Pour ?

— C'est simple. Taylor n'est pas qu'un majordome, c'est aussi un agent d'élite. Il est chargé de la sécurité de ma grand-mère et celle de mon père tant qu'il était Doyen.

— En plus des gorilles tapis dans l'coin ? Faudrait qu'ils se souviennent que les Doyens sont aussi des agents. Moi j's'rais presque vexée à ta place.

— Il protège aussi la famille, les enfants.

— Donc t'es en train d'me dire qu'on ne va pas y échapper, on va avoir notre Taylor, marmonna-t-elle.

— En effet, c'est une grande possibilité. Il faudra juste être plus imaginatif.

— Comme transférer le piano dans la chambre et la cuisine, et...

Je la fais taire d'un baiser, avant de rire. En effet, vu comme ça. Ça ne va pas être évident. Je la serre contre moi, sa respiration est plus lente, ses yeux papillonnent jusqu'à se fermer totalement. Malgré la position inconfortable, je resterai pendant des heures à l'observer dormir. J'ai surtout peur qu'elle attrape froid. Je fais glisser mon bras sans la réveiller. Je plie les genoux et l'emporte jusqu'au lit. J'embrasse son front avant de récupérer nos affaires éparpiller dans le jardin, puis la retrouve. Cette nuit, je dors, enfin.

Quand je me réveille ce matin-là, je ne peux empêcher un sourire béat de fendre mon visage. Meg dort dans mon bras, sa main qui arbore la bague de ma mère est posée sur mon torse. Je n'ai pas rêvé, elle va bien devenir ma femme et Grace ma fille. Je dois faire ma demande au conseil. Je la quitte donc quelques minutes juste pour récupérer mon ordinateur. Je m'installe sur le bureau qui trône dans la chambre aussi discrètement que possible, pour ne pas la réveiller. Je commence à rédiger ma demande officielle. C'est assez archaïque comme façon de faire, être obligé de passer par eux pour pouvoir épouser celle que j'aime. J'en profite pour remplir le dossier d'adoption pour Grace.

Le tout m'a pris une heure. Je me réinstalle au plus près d'elle. Jamais je ne me lasserai de la couver du regard, d'admirer ses cheveux bruns au reflet si particulier, sa peau fine. Je me perds dans ma contemplation quand deux émeraudes me fixent, un sourire enchanteur accroché à son visage. Ce qui impact tout de suite ma libido. Calé de cette façon, elle ne peut l'ignorer. Sa main dessine ma ligne abdominale, ma peau frissonne. Elle sait parfaitement comment me faire basculer. Sa main glisse toujours plus bas. Mes yeux se ferment devant tant d'attention. Ce n'est pas mon intention de départ, mais les hommes sont faibles et moi encore plus dès qu'il s'agit de Meg. Elle se redresse et vient directement se placer sur moi. J'ai juste le temps de l'attirer pour l'embrasser que déjà son corps prend possession du mien.

Nous sommes totalement épanouis, haletants, en travers du lit. Ma tête posée sur son ventre, je veux simplement profiter d'elle un maximum, sans urgence. Dans un geste inconscient, je joue avec sa bague de fiançailles.

— Alors, ce mariage. Où ? Quand ? Comment ?

— Que de questions Meg.

— Ok, alors première question : Où ?

— J'ai bien peur que pour cette partie, on n'ait pas trop l'choix.

Elle se retourne et sonde mon regard. Je vois bien qu'elle a compris où je voulais en venir. C'est évident que ça ne lui fait pas plaisir. Ça j'aurais pu le parier.

— À l'Institut, soupire-t-elle.

— Oui pour une raison simple, on doit inviter le conseil.

— Pfff génial, super.

— On les invite juste à la cérémonie. On boit un coup avec eux et ils dégagent. Désolée Meg, mais on ne peut pas faire autrement.

— Ça commence bien, maugrée-t-elle.

— Pour le lieu de la fête par contre, on peut choisir.

— Cool, ironise-t-elle. On peut choisir nos témoins où...

— Bien sûr que l'on peut. Tu as demandé quand ? Quand tu veux après l'accord du conseil. Pour comment ? Je dirai normalement, avec un pasteur. Écoute, je sais que ça craint, moi aussi j'aurais préféré choisir où et sans le conseil. Malheureusement, c'est comme ça.

— J'suppose que ça fait partie du package de Doyen, se lamente-t-elle.

— On va dire ça, ouais. Je te promets juste une chose, c'est que je ferai tout pour qu'ils nous foutent la paix le plus possible.

— Oh joie, oh bonheur ! Heureusement que je t'aime.

Il semblerait que la discussion soit close. Meg quitte le lit et file directement dans la salle de bain. Je soupire et finalement la rejoins.

****

Nous arrivons chez ma grand-mère. Meg, pour une raison que j'ignore, semble stressée. Je n'en mène pas large pour une toute autre raison. J'ai l'intention d'expliquer à Grace mon souhait de l'adopter. Je ne sais pas trop comment l'aborder. J'ignore quoi dire. Meg enlace nos mains et nous arrivons à la porte. Taylor nous ouvre.

— Bonjour, Doyen Matthews, Miss Tyler.

Je tique un peu, à chaque fois qu'il m'appelle comme ça. J'ai envie de me retourner pour voir si mon paternel ne se trouve pas derrière.

— Bonjour Taylor, répondons-nous collégialement.

— Lady Mary se trouve dans le jardin avec Mademoiselle Grace.

— Merci.

Nous traversons la maison. Ma grand-mère s'occupe des rosiers, Grace est dans la piscine avec Max. Elle se laisse traîner par le chien.

— J'étais en train de penser à Taylor, m'avoue-t-elle. C'est vraiment un agent d'élite ?

— Ça, c'est parce que tu l'as jamais vu avec un balai.

— T'es bête Matthews, s'esclaffe-t-elle.

— Et bien, il semblerait que vous soyez très gais aujourd'hui.

— En effet Granny, dis-je en l'embrassant sur la joue.

— Bonjour Lady Mary.

— Megan, je suis ravie de te voir.

Granny la salue tout en regardant la bague de ma mère qu'elle porte à l'annulaire. Ma grand-mère me sourit tendrement. Elle ne dit rien, préférant nous laisser la primeur. Elle dépose son sécateur dans un panier, avant de nous inviter à la suivre à la table sous le parasol. Elle demande à Taylor de nous apporter à boire. Nous sommes face à elle et ma main est toujours dans celle de Meg sous la table.

— Alors mes enfants, tout va pour le mieux ?

— Tout va très bien, assuré-je. On ne peut mieux.

— Je suis heureuse pour vous.

— Granny, débuté-je. On va se marier.

Le regard de ma grand-mère vaut tous les discours. Son sourire est lumineux, elle se lève, nous l'imitons. Elle nous enserre de ses bras chaleureux. Meg est émue, je le sens, puis elle retourne à sa place. Faisant partie du conseil, je sais qu'elle était déjà au courant.

— Félicitations à vous deux, avez-vous arrêté une date ?

— Il faudrait déjà que le conseil accepte, réplique Meg.

— Je sais de source sûre que c'est une question d'heure, voire moins, sourit-elle.

Ce que je comprends à ce moment, c'est qu'elle les a appelés tous un par un. La connaissant, elle a dû avancer des arguments implacables aux plus récalcitrants. Je ne suis pas assez naïf pour croire que mon mariage avec Meg fait l'unanimité. Néanmoins, le bal nous a fait gagner des points. C'est certain.

— Donc ce mariage, s'impatiente Granny.

— On n'en pas vraiment discuté, expliqué-je.

— Non, le fait d'être obligé de le faire à l'Institut et d'inviter le conseil m'a un peu refroidie.

— Je peux aisément le comprendre Meg, mais je t'assure que ce jour-là, tu ne verras même pas leur présence. Tu seras bien trop occupée à te marier. Par contre, si vous le souhaitez, vous pouvez très bien utiliser le jardin pour la fête. Sinon, il y a ce restaurant le Cherwell Boathouse. C'est véritablement charmant ou bien le Lains barn. Souviens-toi Morgan, le mariage d'Heather, c'était vraiment splendide.

— En effet.

Je n'aie pas vraiment les mêmes souvenirs que ma grand-mère. Je me souviens surtout des deux demoiselles d'honneur avec qui j'avais visitées les sous-bois alentours. Je me garde bien d'en faire part bien évidemment.

— La tradition voudrait que vous restiez fiancés un an, mais nous ne sommes pas obligés d'en tenir compte. Il souffle un air de modernité sur l'Institut, autant en profiter. Il faudra néanmoins organiser un dîner pour le Conseil. C'est obligatoire.

Meg grimace, même moi j'aurais dû m'en douter. Je me dis qu'elle va finir par partir en courant si ça continue. Je pense à la date du mariage et je me dis que plus vite c'est fait, mieux sait.

— Septembre ? proposé-je.

— Sep... tembre, s'étonne Meg, C'est court, il y a l'organisation. On a moins de deux mois pour...

— C'est tout à fait possible, si vous savez ce que vous souhaitez.

— Simple, affirme Meg.

— Oui simple, confirmé-je.

— Il suffit de vous mettre d'accord sur les lieux, les invités, le repas, les fleurs et la musique, assure ma grand-mère.

Dis comme ça, ça semble d'une facilité déconcertante. Meg m'observe. J'avoue que je n'ai plus envie d'attendre. J'ai l'impression d'avoir passé mon éternité à ne faire que ça.

— C'est vraiment ce que tu veux Morgan ?

— Oui, mais si tu penses que l'on doit patienter, on attendra.

— Bien, on risque donc d'être très occupés ces prochains mois, accepte-t-elle.

— Je te préviens tout de suite Granny, je ne compte pas inviter mon père. C'est non négociable.

— Comme tu voudras, c'est ton choix Morgan et je le respecte. Le contraire m'aurait étonné.

Ma grand-mère n'insiste pas, elle sait que je ne changerai pas d'avis. Je n'ai aucune intention de le voir, ni aujourd'hui, ni demain. Il est toujours en rééducation à la clinique. Une fois sorti, il devra se trouver un appartement. Je refuse qu'il vive ici. Nous discutons un moment et convenons que le meilleur lieu reste le jardin de Granny. Assez à l'écart de l'institut en définitive.

— J'ai aussi l'intention d'adopter Grace. Les papiers sont déjà remplis et vont être envoyés aujourd'hui aux avocats, annoncé-je.

— Je suis heureuse de cette décision. Je ne suis pas surprise, je pourrais même dire que je l'attendais. Cette petite est une merveille et tu feras un excellent père. Je n'en ai jamais douté. En ce qui me concerne j'ai déjà adopté Grace.

Ma grand-mère sourit largement. Je serre la main de Meg, elle est au bord des larmes. Je connais assez Granny pour savoir qu'elle approuverait, mais l'entendre dire que pour elle, elle fait déjà partie de la famille est indescriptible.

Grace vient de se rendre compte seulement maintenant que nous sommes là. Taylor intervient, lui proposant une serviette. Elle l'attrape en passant avant d'arriver jusqu'à nous en courant, suivit par Max. Grace nous claque un bisou humide sur la joue et s'assied à côté de Granny. Max s'ébroue et nous prenons une douche, puis finit par se coucher sur les pieds de Meg.

— L'eau était bonne ? demande sa mère.

— Très, Max m'apprend à nager, affirme-t-elle.

— Je n'aurais pas vraiment dit ça comme ça, souris-je.

— Grace, on doit te dire quelque chose, déclare Meg.

— Aie, j'ai fait une bêtise ?

— Pas le moins du monde Grace. Ou alors, on ne le sait pas, plaisanté-je.

— Non ma chérie, ce n'est pas ça. On voulait simplement t'annoncer que l'on va se marier.

Nous attendons tous les deux une réaction et celle-ci ne tarde pas. Le visage de Grace s'illumine. Elle se lève de sa chaise et vient nous enlacer tour à tour. Elle est vraiment heureuse, même Max a le droit à son câlin, puis elle embrasse la joue de ma grand-mère.

— Vrai de vrai ? demande Grace. C'est pas pour de rire hein ? Donc on fera plus de valise.

— Non Grace, c'est on ne peut plus sérieux et d'ailleurs, j'aimerais te parler.

Je lui souris et pourtant, je n'en mène pas large. Je sens mes mains devenir moites. Grace se lève, elle a une telle assurance pour une petite fille de son âge. C'est assez impressionnant. Elle me prend la main puis m'entraîne avec elle. Une fois un peu à l'écart, elle pose ses poings sur ses hanches et me fixe. Terrifiant.

— Alors ?

Je passe une main nerveuse dans mes cheveux. Je n'ai pas vraiment réfléchi à la façon de lui amener la chose. Je me tourne vers Meg qui m'encourage d'un signe de tête. Je ne pensais pas que ce serait si difficile.

— Voilà, j'en ai discuté avec maman et je serais très honoré si...

C'est ridicule. Je suis ridicule. Elle est pendue à mes lèvres. Je m'éclaircis la gorge. Je suis totalement désarmé.

— J'aimerais que tu deviennes ma fille officiellement si tu es d'accord. Je vais faire une demande pour que tu puisses porter mon nom de famille, de façon à ce que tu aies le même que maman quand on se mariera.

Elle semble réfléchir. Je crois que je donnerai tout à cet instant pour savoir à quoi elle pense.

— Ça veut dire que j'ai le droit de t'appeler papa ? demande-t-elle.

Je m'attendais à beaucoup de choses, mais certainement pas à ça.

— Si c'est ton souhait, j'en serai vraiment heureux et fier.

Elle passe ses bras autour de mes hanches et m'enserre contre elle. Je pose une main sur ses cheveux blonds bouclés. Mon cœur est gonflé d'orgueil, je n'ai pas menti. Je la soulève dans mes bras pour embrasser sa joue, ses bras trouvent leur place autour de mon cou. Son sourire illumine son visage. Ma grand-mère a raison, c'est un rayon de soleil, notre rayon de soleil. Il y a encore peu de temps, je n'étais même pas conscient de son existence. Pourtant, elle a tellement pris d'importance dans ma vie. À tel point que l'adoption pour moi est devenue une évidence.

— Papa ?

— Oui. Serait-ce un test Princesse ?

— C'était juste pour être sûre.

— Tu as peur que je ne change d'avis ? Grace, laisse-moi te dire une seule chose, au même titre que je t'ai promis de te ramener maman, le jour de ton arrivée. Je te promets d'être toujours là et d'essayer d'être le meilleur papa pour toi.

Je ne suis, on ne peut plus sincère. Elle acquiesce et pose sa tête sur mon épaule. Elle frissonne.

— Je pense qu'il est temps de t'habiller avant de prendre froid, enchaîné-je.

Je la dépose au sol côté de sa mère. Meg se lève et l'emmène dans la maison pour l'habiller. Je m'installe à la table et m'allume une cigarette. Va falloir que j'arrête cette satanée habitude d'ailleurs.

— Il semblerait que ta conversation avec Grace ait été un franc succès.

— En effet, elle a accepté sans ambages et m'a même appelé papa, mais ça, c'était un test, ris-je.

— Je réitère, tu seras un père merveilleux, j'en suis persuadée.

— J'espère. Meg t'a parlé ?

— Un peu, elle voulait juste savoir en quoi consister être femme de Doyen ?

— Aie, et ?

— Je lui ai expliqué en gros et je serai là pour l'accompagner si elle le souhaite. Ne t'inquiète pas, Meg sait très bien se glisser dans un personnage.

— C'est pas ça qui m'inquiète, c'est une des meilleures. Je préférerais simplement qu'elle soit naturelle, sans rôle à jouer.

— Je sais, mais on a tous un rôle à jouer. Un rôle que tu joues parfaitement du reste.

Meg a un caractère entier et loin d'être facile. Mais c'est ce qu'elle est. Ce ne serait pas Meg s'il était différent. Même si elle me rend complètement dingue par moment, je ne la changerai pour rien au monde. J'aime sa spontanéité, sa franchise. Meg et Grace nous rejoignent. Gracie porte une jolie robe bleue, puis nous gratifie d'une révérence.

— Je pense que l'on devrait inviter Key et la bande de dingue qui nous sert de copains pour leur annoncer, propose Meg.

— Je pense en effet. Je vous dépose au cottage. Je dois faire un saut au bureau, je me charge de les prévenir.

— J'appellerai Bryan, m'informe Meg.

Nous quittons ma grand-mère après l'avoir embrassé et nous rejoignons le cottage.

****

Nous sommes tous réunis autour d'un bon barbecue entre amis, Keylyan, Prue, Scrat, Billy, Matt, Charlie, Emma, Mark, Bryan, Grace et Aly. La nuit est chaude, agréable. Meg est dans la cuisine avec Aly et Key. Ils s'occupent de la viande, tandis que Scrat, Charlie et Billy gèrent le barbecue. J'espère simplement que ma pelouse survivra cette fois. Grace m'aide à remplir les saladiers avec les différents chips. Elle est très appliquée, faisant bien attention de n'en renverser aucun. Key sort avec un pack de bière et Meg apporte la viande avec Prue. Faut dire qu'il y en a un paquet. En même temps, nos potes ne font pas semblant et moi non plus du reste.

Nous avons installé une grande table et des bancs, afin de gagner de l'espace. L'ambiance est décontractée, gaie et après toutes ces épreuves, ça fait un bien fou. La soirée chez ma grand-mère était parfaite. Pourtant, je sais que ces doux tarés n'ont pas pu se lâcher comme ils auraient voulu.

— Vitamine ! m'alpague Key en m'envoyant une bière.

— La bière, c'est des vitamines ? demande Grace, surprise.

— Non, c'est une façon de parler, expliqué-je.

— Ah comme quand Scrat y dit qui va se taper une fille. Il la tape pas pour de vrai, analyse-t-elle. Ou qu'il dit qu'il va s'envoyer en l'air. Il décolle pas.

— Euh... Scrat ! désapprouvé-je.

— Quoi ? J'y peux rien si elle est toujours là où il faut pas.

— Non mais par contre, quand je dis que Scrat est un âne, là je le pense vraiment.

— Donc y fait quoi avec la fille ? Et comment y fait pour s'envoyer en l'air.

— Bonne question, répondis-je, peu à l'aise. C'est vrai ça que fais-tu vilain Scrat ?

Il n'y a aucune raison pour que je sois le seul à être mal à l'aise. Scrat semble tellement réfléchir que la veine qui lui parcourt le front risque d'éclater.

— Alors tonton Scrat, se moque Key.

— Du trampoline, voilà. Je saute sur un trampoline avec une fille.

— Pourquoi faire ? Je comprends pas, déclare Grace.

— Pour sauter, il saute l'animal. Ça, c'est clair, à l'horizontal, à la verticale et perpendiculairement, se moque Matt.

— Pour le combat, répond Meg. Il s'entraîne au combat en sautant sur un trampoline avec une fille.

Je lui mime un merci et fusille Scrat du regard. Il se contente de hausser les épaules. Scrat est irrécupérable. La soirée vient à peine de commencer que l'on a déjà frôlé la correctionnelle. Il va falloir qu'il apprenne à réfléchir avant de parler. Mais c'est Scrat et réfléchir n'est pas sa qualité première. Ce qui est rassurant, c'est que Grace est passée à autre chose, même si elle ne semble franchement convaincue. Meg prend une bière et glisse son bras autour de mes hanches. Je lui embrasse le front avec tendresse.

— Rha, mais décollez-vous tous les deux, vous allez finir avec les lèvres gercées à force de vous embrasser.

— T'es jaloux Charlie, ils font des bisous parce qu'ils sont amoureux et toi t'as pas d'amoureuses.

— Ah, mais si Miss, j'en ai plein justement !

— T'as surtout pleins d'emmerdes ouais, balance Matt.

— Question emmerde, tu t'y connais. Toi, t'as le quart d'une et t'y es jusqu'au cou !

— Wow, wow, wow, on s'calme niveau langage tous les deux et au niveau testostérone aussi, réclamé-je.

Meg a déjà anticipé au premier gros mot et ses mains se sont posées sur les oreilles chastes de Grace. Inutile qu'elle assiste à ça.

— Jetez leur de la boue, s'enthousiasme ma sœur.

— Aly ?

— Bah quoi ? Pourquoi est-ce que la boue serait réservée aux filles ?

— Entièrement d'accord, approuve Beth, sous le regard désapprobateur de Mark.

Et là, sous nos yeux, Emma attrape les joues de Matt, avant de l'embrasser à bouche, que veux-tu. Ça a le mérite d'être clair et nous assistons à un déferlement de sifflements et de bravo. Même Meg a lâché les oreilles de Grace. Je suis heureux que ses rapports avec le professeur Dwight se soient arrangés.

— Matt est amoureux ! scande Grace.

— Youhou, il est amoureux ! le pointe du doigt Scrat.

— Et alors ? boude Matt.

Sa phrase lui vaut cette fois un baiser beaucoup plus chaste d'Emma. Il n'a même pas nié. Je ne peux empêcher un sourire immense s'étaler sur mon visage.

— Oh toi ça va, maugrée Matt à mon intention.

— Je n'ai rien dit.

— Et bien, c'est pire.

Il boude comme un enfant. On l'avait prévenu pourtant qu'un jour ça lui arriverait. Le fait qu'Emma n'ait pas cédé l'a obligé à la connaître et à faire des efforts. Du coup, il est tombé directement dans les méandres compliqués de l'amour. J'observe un instant Bryan et ma sœur et je me pose des questions. Je sais qu'ils sont proches et complices, mais je ne saurai dire s'il y a plus. Je décide de ne pas approfondir ma réflexion, car je sais au fond de moi que ça ne me regarde pas.

— Alors Bryan ? Tes projets pour cet été ? demande Billy.

— Je reste. J'ai fait une demande pour suivre des cours. Je dois essayer de rattraper mon retard.

Je sais que Meg n'est toujours pas d'accord avec son choix de carrière., cependant, elle a mis de l'eau dans son vin. Elle a compris qu'aller contre lui, était contre-productif. Elle ne l'accepte toujours pas et espère encore qu'il se détournera de cette voie. Pour ma part, je connais ses desseins et je suis sceptique quant à son possible revirement. Il est très motivé.

— Et Monsieur le Doyen a accepté ? demande Billy, en me regardant.

Je ne réponds pas. Après tout, il n'a pas à le savoir. J'ai décrété que j'étais en week-end. Donc, à moins qu'il y ait une urgence, je refuse de parler boulot. Meg le sait et approuve à cent pour cent.

— Monsieur le Doyen a perdu sa langue, raille Billy.

— Monsieur le Doyen n'est pas là ce soir, mais tu peux laisser un message. On transférera, sourit Meg.

— Rha Meg est contaminée par le dédoublement de personnalité de Morgan.

La viande est cuite et nous nous installons tous autour de la table. Le vin coule à flot, Scrat et Matt nous régalent de bêtises passées. Ils sont softs pour le moment et vu comme Grace est attentive, c'est mieux. Gracie se lève et s'installe sur mes genoux. Je crois qu'elle commence à fatiguer, elle se cale sur mon torse, le pouce dans la bouche. Meg nous couve du regard et je ne peux m'empêcher de sourire comme un idiot.

— Ah dans quelques semaines, ce sera les vacances et le mariage du siècle, s'enjoue Aly.

Key pose sa main sur celle de Prue et ils enlacent leurs doigts. Enfin tout semble rentrer dans l'ordre. J'embrasse le front de Grace.

— D'ailleurs puisque l'on en parle, Morgan j'aimerais que tu sois mon témoin, expose Key.

Nos relations sont à nouveau au beau fixe. Il aura fallu attendre plus de quatre ans pour y arriver. Je suis heureux qu'il me le demande, mais je pensais qu'il avait déjà choisi. J'inspire longuement. Je pense qu'il est temps de se jeter à l'eau. J'ai reçu cet après-midi l'accord qui m'autorise à épouser Meg.

— D'accord, mais à une seule condition. C'est que tu acceptes d'être le mien.

— Vous allez vous mariez ? s'exclame Prue.

— Ah moins qu'il passe en procès et qu'il ait besoin d'un témoin de moralité, si c'est ça, c'est foutu ! se moque Matt.

— Très drôle, maugrée Meg.

— Oui, ils vont se marier en septembre, affirme Grace. C'est Granny qui l'a dit.

— Sans dec' Morgan ? La France a toujours besoin de légionnaires si tu changes d'avis, raille Scrat.

— Félicitation à vous deux, déclare Keylyan avec sincérité.

— C'est génial, s'enthousiasme ma sœur.

— C'est court par contre, déclare Prue. Tu vas avoir besoin de ma super appli Meg.

— Pourquoi si vite ? questionne Matt.

— Si vite, bah ça fait plus de quatre ans qu'ils s'courent après, suppose Charlie.

— Il a peur qu'elle change d'avis. Madame la future épouse du Doyen. Meg femme de Doyen, ça va swinguer ! Va y avoir du burn-out au Conseil ! s'esclaffe-t-il.

— Scrat, le prévins-je.

— Je blague !

— Ne rêve pas Scrat, j'ai trouvé l'homme parfait.

— Parfait ? Dit celle qui ne pouvait pas l'encadrer y a quatre ans. Leurs clashes me manquent, pas vous ?

— Pas particulièrement, avoue Keylyan.

— Et à moi non plus, surenchérit Prue.

— Rassurez-vous il y en a toujours, rit Meg.

— Faut bien entretenir la flamme, rétorque Prue.

— C'est plus qu'une flamme dans leur cas, c'est une bombe incendiaire.

— Ah Scrat, on en r'parlera quand viendra ton tour.

— Ouais, ouais, c'est ça Morgan. Résumons l'histoire. Ils se fracassent pendant vingt-deux ans, couchent ensemble le trente-et-un, se fracassent encore plus après, recouche plusieurs fois en pleine mission, tombent amoureux. Meg se casse pendant quatre ans. Morgan la ramène, ils couchent à nouveau, elle manque de mourir pour la seconde fois et bam ! Il se marie.

— Désolé de te contredire, mais tu t'plantes Scrat.

— Et à quel sujet Morgan ?

— Je suis tombé amoureux bien avant le trente-et-un.

— J'ai toujours su qu'il avait un grand coté maso ! s'esclaffe Scrat.

Meg se penche vers moi et dépose ses lèvres délicates sur les miennes.

— Je vous souhaite d'être heureux, marmonne Bryan.

— Merci. Ça ne change rien, lui assuré-je. Tu as toujours ta chambre au cottage et tu peux y venir quand tu veux.

Je ne veux pas qu'il se sente exclu de sa propre famille. Bryan a dû faire face à beaucoup de changements ces derniers temps. Je comprends que ça puisse le déstabiliser. Grace embrasse ma joue.

— Qui aurait cru que Super Morgan se transforme en « papa poule » ?

— Remarque Scrat, on a bien toujours espoir qu'un jour tu fasses fonctionner ton cerveau, plaisanté-je.

— Moi, je trouve que ton côté « papa poule » te va très bien mon frère.

— Morgan, il va devenir mon papa pour de vrai, annonce Grace.

— Ah ouais ? s'intéresse Matt.

— En effet, j'ai envoyé les papiers aujourd'hui, affirmé-je.

— Génial ! crache Bryan avant de quitter la table.

Meg va pour se lever, je l'en empêche d'une main.

— Laisse, j'y vais. Grace va avec maman cinq minutes, je dois discuter avec ton frère. Après au lit.

Bryan est juste devant moi, j'accélère le pas pour me retrouver à sa hauteur. Je pose une main sur son épaule.

— Où tu comptes aller comme ça ?

— Le plus loin possible d'ici.

D'un geste, je le retourne face à moi.

— Bryan, tu ne peux pas fuir dès que la situation ne te convient pas.

— Et pourquoi pas ? tonne-t-il.

— Imagine que tu te retrouves dans une situation grave en mission, tu vas te tirer ? le provoqué-je.

— C'est différent.

— Ça ne l'est pas, affirmé-je. Ce que tu es dans la vie, détermine ce que tu fais sur le terrain.

— Là, ça n'a aucun rapport ! J'ai l'impression que...

— Que quoi ?

— Qu'on m'a volé ma famille encore une fois ! Tout va trop vite ! explose-t-il.

Je comprends et je ne peux même pas lui en vouloir. Je dois trouver les mots.

— J'ai conscience que ça n'a pas été facile pour toi. Un nouveau pays, une autre façon de vivre, des secrets que finalement tu n'aurais voulu jamais connaître. La vérité, c'est que j'aime Meg. Je vous aime tous les deux, ta sœur et toi. Ouais, même toi. Tu es volontaire, courageux, et je rajouterais têtu

475

aussi. Mais t'as un manque de confiance en toi, c'est flagrant et un gros souci avec la peur de l'abandon.

— Le psy a bien tout rapporté à Monsieur le Doyen, grogne-t-il.

— Même pas et c'est inutile. Je dois savoir cerner les gens. Peu importe. Ce que je veux dire, c'est que tu as toujours ta place dans cette famille. Grace et Meg ont besoin de toi. Quand tu réagis de cette façon, tu fais de la peine à Meg. Le fait que l'on se marie ou bien que j'adopte ta sœur, ne change rien. Tu es adulte. Vis-à-vis de la loi, je ne peux pas prendre la décision de t'adopter si tel n'est pas ton choix.

— Pourquoi si je le voulais...

— Si c'est vraiment ce que tu veux.

— J'en sais rien.

— Donc la prochaine fois avant de partir, réfléchis. Je te l'ai toujours dit Bryan, si tu as besoin de venir me parler de n'importe quoi, tu es toujours le bienvenu.

— Désolé.

— C'est oublié, mais je vais avoir besoin d'un garçon d'honneur qui tient la route. Avec cette équipe de fracassés, c'est pas gagné. Alors si tu veux bien ?

— Oui, répond-il avec enthousiasme.

— Bon, allons retrouver Meg avant qu'elle n'envoie l'unité d'intervention.

— Morgan ?

— Oui ?

— Juste pour info, je t'apprécie. Sérieusement et je suis vraiment content pour Meg. Ça fait plaisir de la voir heureuse après tout ce qu'elle a vécu. Et... Grace, elle a besoin d'un père, me confie-t-il.

— Merci Bryan.

Nous repartons tous les deux. Je laisse Bryan se remettre à table, puis récupère le fardeau que Meg a dans les bras. Grace dort à moitié.

— Papa ? marmonne-t-elle.

— Oui ?

Ma voix n'est pas aussi assurée que je le voudrais. Les autres semblent suspendus aux lèvres de Gracie.

— Je t'aime, dit-elle simplement.

— Moi aussi, murmuré-je la gorge nouée.

Un silence de plomb s'abat sur nous. Je sens une émotion pure m'envelopper. Quelque chose que j'ignorais totalement.

Une fierté paternelle que je ne peux expliquer. Je croise un instant les yeux de Meg et je peux y discerner des larmes. Je détourne le regard, car c'est trop difficile. Je n'ai pas le souvenir d'avoir dit à mon père que je l'aimais et lui encore moins. Toutes les filles sont en larmes et les garçons n'en mènent pas large. Je vais coucher Grace avec Meg, portant cette petite fille qui m'apporte tant.

Chapitre XIX

Nous sommes sur la route, je repense à ces dernières semaines. Je souris, je suis heureux. Nous sommes heureux. J'ai enfin arrêté de fumer, du moins je tiens. Nous avons pu aller à l'opéra voir Carmen. La même magie a opéré. On a même réussi à amener Grace à la plage, sauf qu'elle a trouvé que l'eau était froide. À côté de la Méditerranée, je veux bien la croire.

En ce qui concerne le mariage, on a vraiment été efficace et nous avons décidé de faire participer Blackpearl. Encore faudra-t-il qu'il soit de bonne composition ce jour-là. Je pense que l'on peut dire que nous sommes enfin parés pour notre nouvelle vie. Il reste quand même une dernière chose à faire. Enfin pour Meg.

Nous arriverons dans moins de quinze minutes. Megan est nerveuse au possible à l'idée de rencontrer son grand-père. D'un point de vue personnel, je ne suis pas vraiment dans mes petits souliers. La tradition aurait voulu que je demande à Sir Archibald la main de sa petite fille. J'ai bien l'intention de lui en parler, mais j'ignore totalement comment il réagira. Une chose est certaine, c'est que Meg n'appréciera pas. Les paysages et la luminosité sont extraordinaires. Une côte découpée aux couteaux et des grandes plages. Keylyan et Prue ont parfaitement choisi. J'entrelace nos doigts, tentant par tous les moyens de rassurer Meg. Je ne connais pas vraiment Sir Archibald, ma grand-mère au contraire semble l'apprécier. Nous ne sommes que tous les deux dans la voiture. Grace voyage avec Granny, alors que Bryan est avec ma sœur. Je tente de détendre l'atmosphère en parlant de notre futur mariage.

— Tu ne veux vraiment pas me donner un indice sur ta robe de mariée ?

— Tu veux un indice ?

— Bah ouais.

— Elle n'est pas noire.

— Ah, ah, ah, très drôle.

— Pour parler franchement, nous sommes largement dans les temps. Je suis rassurée. Nous avons le repas, le lieu de la réception, le groupe, les fleurs...

— Les gâteaux, la mariée et le déroulement, souris-je.

— En gros, on a tout.

— L'application de Prue est d'une efficacité redoutable.

— Elle est en train de se faire un sacré pognon avec.

— Avoue que tu ne pensais pas que l'on y arriverait en moins d'un mois et demi, la taquiné-je.

— C'est clair que non. J'ai même survécu au dîner du Conseil.

— Facile quand tu as quatre-vingt-quinze pour cent de ces gens qui te mangent dans la main.

— C'est franchement pas l'impression que j'ai eue.

— Je t'assure que tu te trompes, fais-moi confiance.

Je ne lui dis pas ça pour la rassurer, elle a encore gagné des points pendant cette soirée. Meg a un véritable talent d'actrice et c'est inné. Elle n'a toujours pas voulu m'expliquer ce qu'il s'est passé entre elle et Richardson. Je pense que je ne le saurai jamais. Néanmoins, il a mis beaucoup d'eau dans son vin depuis.

Cette fois, nous y sommes. J'appuie sur l'interrupteur à l'entrée du portail et nous présente. Il s'ouvre en grand. Le parc est immense et le château est très impressionnant. Les pierres sont massives, les fenêtres hautes. Le manoir de Granny à côté semble vraiment petit.

— C'est trop tard pour faire demi-tour ? questionne-t-elle.

— J'en ai bien peur. Écoute, si tu ne veux pas rester. J'ai loué une chambre dans un hôtel à cinq minutes du lieu de la cérémonie. Tout se passera bien, je te le promets. Rassure-moi, tu n'es pas armée ?

Pour toute réponse, elle me frappe l'épaule. Au moins, j'ai réussi à la faire sourire. Nous nous arrêtons devant les grands escaliers. Je me tourne vers elle, puis l'embrasse tendrement. Nos portières s'ouvrent et nous sursautons devant les deux employés. Il est clair qu'il est trop tard pour reculer. Nous sortons du véhicule, Meg est tendue comme un arc, j'enserre sa main dans la mienne. Nous montons les marches. À peine arrivée, la porte s'ouvre sur un majordome d'une soixantaine d'année qui se plie littéralement devant nous.

— Lord Morgan Matthews et Lady Megan Erin Tyler. Bonjour et bienvenue. Je vous en prie, suivez-moi.

Je suis obligée de pousser Meg. J'ignore ce qui la plus surprise, la courbette du majordome ou bien l'emploi du mot Lady pour la définir. Le vestibule est un peu plus austère que chez nous. Vielles pierres et tapisseries. Les tableaux sont assez

479

sombres. Je comprends l'appréhension de Meg. Les pièces s'enfilent, le château me semble gigantesque. Nous arrivons dans le salon où se trouve trois épagneuls gallois Springer. Sir Archibald est là, debout face à une grande fenêtre.

— Lord Morgan Matthews et Lady Megan Erin Tyler, Sir.

— Merci Edward, vous pouvez disposer.

Le majordome s'incline et quitte la pièce. Sir Archibald se retourne, je pense qu'il a à peu près l'âge de ma grand-mère. Des cheveux blancs, mais ce qui est le plus frappant sont ses yeux du même vert que ceux de Meg. Ses fossettes sont hautes et son nez aquilin. Il a une sacrée stature et une véritable prestance naturelle. Il sourit, je sais pourtant que Megan est sur ses gardes. Elle déteste être en terre inconnue.

— Lord Archibald, c'est un plaisir de vous revoir.

— Plaisir partager Morgan. Je tiens à te féliciter pour ton poste de Doyen. Je suis certain que tu en feras bon usage.

— Merci.

Il s'avance vers nous, enfin surtout vers sa petite fille qui n'a toujours pas décroché un mot. Il est à moins d'un mètre.

— Je suis heureux de pouvoir enfin faire ta connaissance Megan.

— Je suis navrée, mais je préfère réserver mon jugement Sir Archibald.

— Tu sembles être tout à fait remise, j'en suis ravi. Je vois que Keylyan n'a pas menti en ce qui concerne ta franchise. C'est plutôt vivifiant, plaisante-t-il.

Quant à Meg, elle ne se déride pas aussi facilement. Elle n'est pas vraiment rancunière, mais comme elle aime à le rappeler, elle n'oublie rien.

— Asseyez-vous tous les deux, je vous en prie.

Nous obtempérons tandis que le Majordome dépose le thé sur la table et une tasse de café avant de se retirer. Sir Archibald nous sert et offre le café à Meg, puis s'installe. Ce qui prouve une chose, c'est qu'il s'est renseigné sur les goûts de Meg et son aversion pour le thé.

Il nous fixe tous les deux. Meg est mal à l'aise, je le sens. Elle n'aime pas qu'on la scrute.

— Pourriez-vous me dire pour quelles raisons, vous vouliez me voir ?

C'est bien Meg, ne jamais perdre de temps. Il n'y a pas de reproche dans son ton, seulement une interrogation. S'il trouve sa franchise vivifiante, il ne va pas être déçu. Elle a croisé ses jambes l'une sur l'autre.

— Je voudrais, si tu le permets, te donner ma version de l'histoire.

— Une version où vous n'avez ni renié, ni déshérité mon père ?

Je pose ma main sur celles de Meg et lui serre. Inutile qu'elle s'énerve tout de suite. Elle finira par regretter de ne pas avoir eu de réponses. Si Meg est venue, c'est qu'il y a une raison.

— En effet. Tout comme mes parents et mes grands-parents, j'ai grandi et travaillé à l'Institut. J'ai épousé ta grand-mère comme prévu.

— Encore un mariage arrangé, maugrée Meg.

— Il fallait renforcer les alliances et le seul moyen était les mariages.

— Au détriment des sentiments, c'est tellement archaïque. Bref, coupe court Meg.

— Nous avons eu William et il a été pensionnaire lui aussi à l'Institut où il a rencontré ta mère.

— Ma mère s'appelait Amy, elle avait un prénom.

Meg s'agace. Lord Archibald boit un peu de thé. Il a bien conscience qu'il marche sur des œufs. Megan a décidé de ne lui faire aucun cadeau. Il le sait très bien.

— Ton père nous a annoncé qu'il souhaitait l'épouser, mais il était engagé dans une autre relation.

— Il était ou vous étiez ?

— Ces dispositions avaient été prises bien avant. Les familles étaient d'accord.

— Les dispositions, on dirait des contrats. Les familles peut-être, mais certainement pas les intéressés. C'est curieux comme ça m'rappelle quelque chose, s'agace-t-elle en me regardant.

Je m'en souviens comme si c'était hier. Je me suis retrouvé au pied du mur, sans aucun moyen de repli. J'ai eu l'impression d'être vendu au plus offrant. Je ne souhaite ça à personne. Mon père avait qualifié ma relation avec Meg de lubie. Que ça passerait, il s'était encore lourdement trompé.

— Quand je lui ai expliqué, il a claqué la porte. J'ai eu des mots très durs en lui disant qu'il ne serait plus mon fils et que je le déshériterai. Ma fierté a parlé pour moi. Je ne l'ai pas fait bien évidemment, mais la fracture était trop profonde. Nous avons repris contact des années plus tard, quand tu es venue au

monde. Les choses commençaient à rentrer dans ordre quand...
ils ont été assassinés.

— Et je devrais vous croire sur votre bonne foi ?

— Non. Ton frère reprendra mon titre à ma mort. Tu ne t'es
pas demandée pourquoi Edward t'a appelée Lady Megan Erin
Tyler ?

— Si vous me connaissiez, vous sauriez que je me contre
fiche des titres et tout le tralala qui entoure la noblesse.

À la tête de Lord Archibald, je parierais que non. Ses sourcils
sont légèrement froncés et une petite ride s'est formée juste au
milieu de son front. Le grand-père de Meg se lève et récupère
une boite, puis la dépose dans ses mains.

— Tiens, c'est pour toi.

— Qu'est-ce que c'est ? demande-t-elle.

— Des souvenirs, des lettres que j'ai échangées avec ton
père. Tu lui ressembles beaucoup d'ailleurs, sourit-il. Tu as cette
fougue dans les yeux, ton dégoût profond pour l'injustice, ta
pugnacité.

— Alors, si vous vouliez tant arranger les choses, pourquoi
nous avoir laissés dans ce lieu horrible ? Avec une enfance de
merde et sans amour !

— Pour votre sécurité. Nous savions qu'ils avaient été
assassinés. Vous étiez plus en sécurité à l'Institut qu'ici. C'était
trop risqué. Je n'étais pratiquement jamais à la maison à cette
époque, voyageant sans cesse à l'étranger.

— Et venir nous voir ? Les vacances ? Ça ne vous a même
pas effleuré l'esprit ?

— Erin, ta grand-mère s'est éteinte quelque temps après. Je
n'ai pas eu le courage et je me suis enfoncé dans le travail.

— Erin ?

— Oui, ils t'ont donné son prénom. Celui de ta grand-mère.

— Absolument fantastique ! Donc je devrais me prosterner à
vos genoux et vous remercier d'avoir fait amende honorable ?
Pourquoi ? Parce que vous avez accepté que Keylyan se marie
avec une roturière sans noble lignage, sans avantage, sans...

Cette fois-ci, elle est debout. Elle a déposé la boite et a croisé
ses bras sur sa poitrine. Meg est en colère. Lord Archibald ne
cille pas, au contraire. Si Meg n'en est pas capable à ce moment
précis, ce n'est pas mon cas, je sais reconnaître la tristesse et le
regret.

— Du calme Meg, s'il te plaît, tenté-je.

— Disons, que j'ai simplement appris de mes erreurs même s'il m'est impossible de les effacer. Prudence est une jeune fille douce, très intelligente. Keylyan et elle, s'aiment profondément. Je voudrais que l'on apprenne simplement à se connaître. Je comprends que tu sois sur la défensive et que tu ne me fasses pas confiance.

— J'ai beaucoup de mal avec la confiance, je n'ai confiance qu'en très peu de monde.

— J'en suis conscient, Megan, mais vous pourriez peut-être rester quelques jours. J'aimerai rencontrer cette petite fille, Grace ainsi que Bryan.

— Ah ouais ? Ils ne sont même pas de votre sang, crache-t-elle. Qui vous en a parlé ?

— Le sang importe peu. Trouver le moyen d'être leur tutrice en pleine cavale, c'est admirable. Tu as fait preuve de beaucoup de compassion. Pour répondre à ta question, c'est Mary qui m'en a parlé.

Sa façon de dire Mary quand il parle de ma grand-mère est très tendre, voir trop. Une chose est certaine néanmoins. Ils se connaissent très bien. Je sais qu'ils ont travaillé ensemble pendant longtemps.

— Je ne sais pas, Morgan ?

— On fera comme tu le souhaites. C'est peut-être une belle occasion.

Si elle décide de ne pas rester, je ne voudrais pas qu'elle regrette. Après tout, nous sommes venus jusqu'ici. Certes, pour le mariage de son frère, cependant, je sais qu'il n'y a pas que ça. Par certains côtés, il me fait penser à mon père, sauf que lui ne s'est jamais excusé, n'a jamais fait le premier pas. Même si Lord Archibald a mis des années. Pour mon cas personnel, il n'y a aucun espoir. Le pire, c'est que ça ne me gêne même pas.

— D'accord, accepte-t-elle.

— Je suis ravi. Je dirai donc à Edward de préparer quatre chambres supplémentaires.

— Trois suffirons, rétorque-t-elle.

Je me lève à mon tour. Si ce n'est pas de la provocation, je ne sais pas ce que c'est. Meg ou l'art et la manière d'avoir toujours le dernier mot. Son grand-père déglutit, il sait qu'il ne peut pas lutter. Il vient de la retrouver et ne prendra certainement pas le risque de la voir s'en aller. Cependant, je me dois de clarifier la situation.

— Megan et moi sommes fiancés depuis quelques semaines et le mariage aura lieu en septembre. La tradition aurait voulu que je vous demande l'autorisation, mais...

— Et puis quoi encore ! me coupe Megan.

— Cependant, la situation étant ce qu'elle est, je me suis adressé à Keylyan.

— T'as quoi ? On en reparlera, sois en sûr.

Ma grand-mère a raison, j'aurais dû prévoir un gilet par balle. Elle me fusille de ses yeux verts. Il va falloir trouver un moyen plus tard de désamorcer la situation.

— Je comprends et il est évident que je ne t'en tiendrai pas rigueur. Je vous présente mes sincères félicitations.

— Tu m'étonnes, vu qu'c'est Morgan qui fait une mésalliance.

Je soupire longuement et secoue la tête. Elle n'est pas croyable, comment peut-elle penser ça ?

— Votre union est totalement convenable et aurait même pu être encouragée. Il n'y a point de mésalliance. Sir James le savait, il a simplement décidé de l'ignorer. Quoi qu'il en soit, je n'aurai pas été contre votre décision.

— De toute façon, je me fiche de votre accord. Je ne comptais pas vous demander !

Elle m'incendie de ses yeux, l'air de dire : si tu t'excuses, j'te tue !

Je me garde bien de dire quoi que ce soit et me rassieds. Son grand-père se contente d'un sourire franc à son intention. Megan semble totalement désarmée par sa réaction. Pour preuve, elle ne dit plus rien, reprend sa place sur le sofa puis boit son café.

— Vous avez parcouru tant d'épreuves pour en arriver là, que votre bonheur me comble simplement.

— Quelques-unes en effet. Qui sont les parents de ma mère ?

Megan rue dans les brancards, comme à son habitude. Il se tient toujours debout, semble gêné, comme s'il allait révéler le scoop de l'année.

— Tout le monde savait. Le grand-père de Morgan ne l'a pas trouvée sur une plage. Lord Richardson senior a amené Amy une nuit au grand-père de Morgan. Elle était sa fille illégitime. Sa mère était une domestique. Le grand-père de Morgan a inventé cette histoire pour ne pas faire de vague.

— Hilarant. Quel magnifique choix de mot sachant qu'officiellement ma mère a été trouvée sur une plage. Du coup, je comprends mieux l'animosité de Sir Richardson à mon égard. Tonton fait la gu… enfin la tronche, se reprend-elle.

— Je suis navré. Ta mère ne méritait pas un tel traitement et toi non plus.

— Dis celui qui a tout fait pour entacher le bonheur de mes parents.

— Il est évident que j'ai fait des erreurs, engendrant de grandes conséquences.

Megan acquiesce, mais à son visage, je sais qu'elle lui a déjà pardonné en partie. C'est une petite victoire.

Cela fait près d'une heure que Meg discute avec Sir Archibald et la situation s'est apaisée. Megan commence à se détendre, jusqu'au moment où les enfants arrivent. Elle s'est à nouveau tendue comme un arc. Une mère lionne à l'affût. Je connais assez Meg pour savoir qu'elle est capable d'accepter beaucoup d'erreurs la concernant, mais par rapport aux enfants, aucun faux pas n'est permis à son grand-père. Grace tient la main de ma grand-mère comme à son habitude, puis se place devant Sir Archibald et offre une révérence parfaite, sans que son chapeau du jour glisse. Elle porte une jolie robe jaune.

— Sir Archibald, je suis Grace et c'est un réel plaisir de faire votre connaissance.

Il incline légèrement la tête, pour lui rendre son salut. Puis prend délicatement sa main dans la sienne.

— Miss Grace, tu es tout à fait charmante. Je ne peux qu'être comblée par cette rencontre.

Elle se tourne vers moi en m'offrant un clin d'œil. Nous ne pouvons garder notre sérieux plus longtemps. Nous éclatons tous de rire. Grace semble désarçonnée juste un instant, puis croise les bras sur sa poitrine avant de s'esclaffer à son tour. Bryan se contente de lui serrer la main, en présentant ses hommages. Le vieux Lord semble conquis.

La rencontre se passe à merveille et Sir Archibald est sous le charme. Pas étonnant quand on connaît Grace.

****

Nous sommes tous les deux dans une jolie chambre, enfin pour le dix-septième siècle. Un lit à baldaquin avec des tentures rouges, une coiffeuse et une commode. Deux fauteuils sont disposés devant la cheminée inutilisée en cette saison. Meg n'a pas décroché un mot et pour cause. Elle m'en veut à mort d'avoir osé demander à son frère sa permission. Cependant, c'est la tradition. Je n'ai pas respecté grand-chose depuis que nous sommes ensemble. Il est temps de crever l'abcès.

— Meg ? Pourrais-tu juste dire quelque chose ?

— Connard ! Ça te va ?

— Pas vraiment, mais est-ce qu'il serait possible d'en parler ?

— Parler de quoi ? Comment as-tu pu ?

Elle me fusille du regard, les poings sur les hanches. Comment peut-elle être si têtue, sans jamais chercher à comprendre mon point de vue ?

— Je ne vois pas où est le mal ?

— Tu n'vois pas l'mal ? Demander l'autorisation à mon frère de m'épouser, sérieux ? Et toi, y a rien qui t'choque ? Tu t'fous d'moi ? Dans quel monde vis-tu ?

— Je t'ai dit que je voulais faire les choses correctement et c'est ce que j'ai fait.

— Tu plaisantes, Morgan j'espère ? C'était valable au siècle dernier ça ! Merde, nous sommes dans le monde moderne. Mentalité à la con ! Je suis apte à prendre mes décisions, je n'ai besoin ni d'un frère, ni d'un mec pour ça !

— Pourtant, que tu le veuilles ou non, c'est mon monde et le tien !

— Quel monde ? Ce monde est complètement obsolète. Si nous avions écouté ce monde, tu serais marié depuis belle lurette !

Je pose mes deux mains sur ses épaules pour qu'elle me fasse face. Son regard tempétueux me fait front.

— Je ne dis pas que les mariages arrangés sont une bonne chose, bien au contraire. Cette pratique me révulse.

— Non mais demander à une figure patriarcale, ça, c'est une bonne chose ! Nous, les femmes sommes capables de nous choisir un mari ! Sinon, on n'aurait pas ce genre de conversation ! Nous ne sommes pas complètement idiotes ! À quel moment, tu t'es dit que c'était une bonne idée ? Et s'il t'avait dit non, t'aurais fait quoi ?

À ses mots, je l'embrasse, incapable de lui donner tort. Je ne l'aurai pas écouté. J'en aurai été bien incapable. Je n'aurai jamais pu renoncer à elle.

— C'est vrai, mais c'était important pour moi d'être honnête avec ton frère.

— Un faire-part aurait très bien pu faire l'affaire.

— Megan, je t'aime. Tu le sais, mais ton frère est mon meilleur ami. Je lui devais bien ça.

— Tu ne lui dois rien ! C'est pas avec lui qu'tu couches !

— Moi qui pensais que l'on avait dépassé le stade de la coucherie… raillé-je.

— T'as très bien compris, c'que j'voulais dire !

— Meg, Meg, Meg, soupiré-je. Je suis, ce que je suis. Je suis navré d'avoir été bien élevé.

Elle remue des épaules pour se débarrasser de mon emprise. Toutefois, même dans cette situation, je ne peux pas m'empêcher de la trouver magnifique et désirable. Elle a ce don, celui de m'embraser tel un volcan explosif.

— Ce r'gard me prouve que t'es pas si bien élevé qu'ça Matthews !

— Je plaide coupable votre honneur. Tu veux m'entendre te dire que si c'était à refaire, je ne réitérerai pas ? Eh bien, je ne te le dirai pas. J'ai simplement prévenu ton frère que j'allais te demander en mariage. Je ne lui ai pas demandé de signer un contrat d'engagement. Je ne t'ai pas non plus échangée contre deux vaches et un taureau.

— Encore heureux ! T'aurais pu aussi te prendre une balle dans un genou.

— Key l'a fait avec les parents de Prue et elle a trouvé ça normal, elle.

— De toute façon, Prue a une telle adoration pour Key, qu'elle serait capable de trouver ses mycoses normales et magnifiques en plus.

J'éclate de rire devant sa mauvaise foi et son exagération légendaire. Je me demande comment la conversation a pu dévier de cette façon ? Je m'assieds sur le lit et tends une main vers elle. Je voudrais simplement que l'on enterre la hache de guerre. Cela me tue de nous disputer pour ce genre d'idioties. Inutile de tergiverser, elle ne reviendra pas sur ses positions et moi non plus.

— Nous sommes donc dans une impasse. Que proposes-tu ? Je dors à l'hôtel et toi ici ?

— Non, mais ça va pas ? J'ai jamais dit ça !

— Ou alors, on n'en parle plus et on tourne la page ? Fais ton choix, soupiré-je en m'allongeant de travers sur le lit en fermant les yeux.

Je sens le lit s'affaisser. Megan s'assied à califourchon sur moi. Ses lèvres délicates se posent sur les miennes. J'enlace son corps pour approfondir l'étreinte.

— J'ai déjà fait mon choix et ça ne date pas d'hier. Je t'ai choisi toi. Toi et tes manières si désuètes par moment. Et même si ta façon de faire me révolte, je t'aime trop pour me déchirer avec toi trop longtemps. Mais une bonne dispute, ça entretient, sourit-elle.

— Pour les disputes, nous avons déjà un sacré level.

— Va falloir que t'arrêtes les jeux vidéo Morgan.

— Parce que tu crois que j'ai l'temps d'y jouer en plus.

— Bah c'est qu't'es en manque.

— En manque, oui, mais certainement pas de jeux vidéo.

— Obsédé, Matthews !

— Par toi, toujours.

La situation dérape de la plus merveilleuse des façons. Le peu de vêtement que nous portons sont déjà un très loin souvenir. Je prie simplement pour que son grand-père ne débarque pas à cet instant précis. Je lui fais l'amour avec force et tendresse, béatifiant son corps avec délectation. Plongeant avec elle dans la sensualité. Meg est à la fois mon paradis et mon enfer, d'une beauté et d'un érotisme inhumain. Et ce moment après l'amour, où nos corps éprouvés, repus jouissent de cette sérénité bénie.

Je chantonne « I Want To Know What Love Is », tout en couvrant son visage de baiser tendre.

— C'est celle-là que je veux.

— C'est-à-dire ?

— Pour l'ouverture du bal, pour notre mariage.

— Et après, c'est moi qui suis démodé. Cette chanson à plus de vingt-cinq ans.

— Oui, mais elle est belle et elle me parle.

— Les chansons te parlent maintenant, plaisanté-je.

Elle s'allonge sur moi pose sa tête dans ses mains et chante.

— « Je veux savoir ce qu'est l'amour. Je veux que tu me montres. Je veux ressentir ce qu'est l'amour. Je sais que tu peux me montrer. »

— Vu comme ça, difficile de dire non. Surtout qu'elle nous correspond parfaitement.

On a appris ensemble à aimer, d'une manière très chaotique à des moments. Dieu que c'était compliqué. Ne serait-ce que pour qu'elle accepte ses sentiments et les partage avec moi. J'en ai écumé des bouteilles de whisky, sans parler des insomnies. J'ai la sensation que c'était à la fois hier et il y a un siècle. Notre relation n'a jamais été simple. Elle a été semée d'embûches, de violence et de cadavres. Néanmoins, tout cela en valait la peine. Il est évident que j'aimerai effacer certaines choses. Il faut quand même reconnaître que si nous sommes si soudés aujourd'hui, c'est aussi grâce à tout ça.

Je resterai bien ainsi toute ma vie durant. Cependant, il est temps de se préparer pour la soirée en l'honneur de Key et Prue. En espérant que l'on ne finisse pas nu comme des vers, comme à son enterrement de vie de garçon. Ce serait mal venu, surtout devant la famille.

C'est à contre cœur que nous quittons le lit. J'ai opté pour un jean stone, une chemise cintrée bordeaux. Je suis en train de rentrer ma chemise dans mon pantalon quand Meg sort de la salle-de-bain. Elle est magnifique comme à son habitude, elle porte une robe de mousseline couleur violine taille empire avec des volants. Le bustier est en forme de cœur. Elle est courte devant, alors que l'arrière lui arrive au talon. Je souris en voyant qu'elle arbore le collier en or blanc et diamants que je lui ai offert, ainsi que les boucles d'oreilles pendantes assorties. Je me souviens aussi à quel point j'ai souffert pour lui expliquer le concept du cadeau. Meg n'est vraiment pas comme les autres. Certaines tueraient pour avoir ce genre de présents, alors qu'elle tuerait pour ne pas en avoir. Son poignet est mis en valeur par un bracelet qu'elle s'est achetée, elle-même, en m'expliquant qu'elle n'avait pas besoin d'être entretenue. Son chignon lâche me donne une envie folle d'embrasser sa nuque. La dernière touche est une étole appareillée à sa robe.

— Tout simplement magnifique.

— T'es pas mal non plus, me taquine-t-elle.

— Madame ?

Je tends une main vers elle, elle glisse la sienne dans la mienne. Je dépose mes lèvres dessus et admire sa bague de fiançailles qu'elle ne quittera plus jamais. Nous quittons la chambre et descendons l'escalier. Ils sont déjà tous en bas. Grace ressemble à une petite princesse.

— Tu es trop beau papa ! s'exclame-t-elle.

Papa ! À chaque fois qu'elle prononce ce simple mot, mon cœur est gonflé d'orgueil. Bryan a plutôt bien accepté que Grace me nomme ainsi. Si, Sir Archibald est choqué par le terme, il ne le montre pas en tout cas. Je la prends dans mes bras, évitant de la décoiffer ou bien de froisser sa robe. Pas sûr qu'elle me le pardonne.

— Tu es aussi jolie que ta mère, ma fille.

Ses pieds retrouvent le sol, nous quittons la maison tous ensemble pour nous rendre au château Margam. Demain, ils se marieront à l'Orangerie qui fait partie du même domaine. Il faut moins d'une demi-heure pour s'y rendre. Grace est avec nous dans la voiture. Granny est avec Sir Archibald, ils s'entendent très bien d'après ce que l'on a pu voir. Le trajet est rapide, nous arrivons près du château. Je ris en voyant Grace le nez collé à la vitre, s'exclamant devant la beauté du lieu. Je suis certain qu'elle se sent comme une vraie princesse ce soir. J'arrête la voiture derrière la file, un voiturier s'approche et nous demande de sortir du véhicule. Il me tend un numéro et nous dirige vers une calèche.

— Wow, et ce n'est même pas le mariage ? s'étonne Meg.

— C'est clair qu'ils n'ont pas fait dans le détail. Le nôtre à côté sera ridicule, m'esclaffé-je.

— Il est toujours temps de trouver un pasteur et hop, c'est fait.

— Je ne crois pas non.

— J'aurai essayé.

Le pire, c'est que je sais qu'elle ne plaisante qu'à moitié. Nous sommes dans la calèche et je glisse une main dans son dos pour qu'elle s'appuie contre moi. Grace salue de la main, devant le regard réprobateur de sa mère. Le côté princesse de sa fille l'agace, elle ne le comprend pas. Ce qui n'est pas étonnant quand on connaît son enfance. La soirée se déroule dans les jardins, il y a des tonnelles, de la musique. J'aide Megan à descendre même si elle n'en n'a pas besoin. Je fais de même avec Grace. Meg glisse sa main dans mon bras et nous tentons de trouver Prue et Keylyan. C'est finalement Grace qui les voit et qui fuse vers eux. Elle en aurait presque oublié ses bonnes manières. Nous la rejoignons moins d'une minute plus tard. Ils rayonnent tous les deux.

— Prue, tu es splendide ! Key, tu es très élégant.

— Merci petite sœur.

— Le violet te va à merveille Meg. Quant à toi Grace, une vraie princesse.

Grace fait un tour sur elle-même et les enlace tous les deux. Nous sommes vite rejoints par le reste de la famille. Les futurs mariés sont largement félicités pour le choix du lieu. Meg ne quitte pas son grand-père des yeux. Mais celui-ci semble vraiment heureux pour eux. Un serveur nous apporte un plateau avec des flûtes à champagne. Nous trinquons à l'avenir, à l'amour, à la vie en définitive. Bryan et Aly en profitent pour s'échapper. Granny et Sir Archibald vont s'asseoir avec les parents de Prue. Grace est partie se promener, non sans les recommandations de sa mère.

— Alors Meg, comment trouves-tu Sir Archibald ? demande Keylyan.

— Difficile à dire. Il semble vouloir faire amende honorable.

— Mais ? Y a toujours un mais avec toi, se moque Key.

— Mais, j'en sais rien. Je ne peux pas claquer des doigts et tout oublier. Il faudra du temps.

— Donc ce n'est pas sans espoir, analyse Prue.

— Non et elle a même accepté de dormir chez lui, confirmé-je.

— Oui, uniquement à la condition que l'on dorme ensemble.

— Sans être mariée, tu es diabolique petite sœur.

— Non, je vis simplement au XXIe siècle, moi, contrairement à d'autres.

Elle appuie bien son regard en disant cela, comme si je n'avais pas compris l'allusion. J'embrasse son front et Keylyan est à deux doigts d'éclater de rire. Elle n'a pas besoin de lui expliquer pour qu'il saisisse.

— Y en a un qui a encore fait une connerie, suppose Prue.

— Je ne répondrai pas à cette attaque gratuite, affirmé-je.

— Quelle attaque gratuite ? s'enquit Scrat en arrivant.

— Meg, on agresse encore ce pauvre Morgan ?

— J'agresse personne Matt !

— Attends, la journée n'est pas finie.

— Fiche lui la paix, Matt.

— Merci Emma, à charge de revanche.

Megan a fini par laisser Emma rentrer dans nos vies. Même si au départ, c'était pour Matt, elle lui a laissé sa chance. Je dirai même qu'elle l'apprécie.

Ils ont tous fait preuve d'élégance, même Scrat. Après, s'ils se tiennent tranquilles ça tiendra du miracle. Je pense que ça fait déjà un moment qu'ils ont commencé les réjouissances. Pour preuve, Charlie et Billy ont déjà dénoué leur cravate. Ils auraient mieux fait de pas en mettre. Notre petit groupe rejoint un salon sous une des tonnelles. Il y a des fleurs partout, des flambeaux prêts à être allumés.

— Je vous préviens, hors de question que vous finissiez à poil ce soir ! prévient Prue

— Rha, Key, ce qui se passe aux enterrements de vie de garçon est secret-défense.

— Matt, difficile de le cacher quand le futur marié rentre à poil. Surtout si un de ses potes portent son caleçon.

— C'est clair qu'il y a plus discret les gars, rigole Meg.

— Dis-moi Meg et si on parlait de l'enterrement de vie de jeune fille de Prue.

— Comme l'a dit notre cher Matt, c'est secret-défense Scrat. Mais je peux te révéler une chose.

Meg a pris sa voix la plus douce pour lui parler. Si je ne la connaissais pas, je dirai même qu'elle l'aguiche. Elle s'est rapprochée de lui au maximum, comme si elle allait lui révéler le scoop du siècle. Il est pendu à ses lèvres.

— Ah ouais, vas-y, s'enthousiasme Scrat.

— Après avoir consommé une grande quantité d'alcool et bien... disons... qu'il se pourrait que…

— Merde Meg, balance !

— On était qu'entre filles tu comprends et… bah nous, on n'a pas fini à poil !

La révélation s'est finie en eau de boudin et la déception dans les yeux de Scrat est terrible. Comme si Meg allait lui révéler quoi que ce soit. Prue tape dans la main de Meg et les filles sont hilares. Je ne sais pas ce qu'avait imaginé l'esprit pervers de ce cher Scrat. Le connaissant, c'était sûrement graveleux.

— T'es pas drôle ! Allez Morgan, avoue que t'aimerais bien savoir !

— Oh que non, j'ai appris à ne pas poser de questions dont je ne veux pas les réponses.

— Par contre, moi j'en ai une, Morgan ?

— Laquelle mon amour ?

— Qui a récupéré ton caleçon ?

Les filles continuent de rire à nos dépens comme très souvent.

— Très bien, tu as gagné. À partir de demain j'en mets plus. Comme ça, je ne risque plus d'les perdre.

— Non, mais tu pourrais bien perdre autre chose, me menace-t-elle.

— Voilà l'agression, j'avais raison.

— Elle ne compte pas, elle est verbale et ce n'est qu'une menace ! se défend Meg.

— Mauvaise foi quand tu nous tiens. Qu'une menace qu'elle dit.

— Tu veux voir une agression Charlie ? s'agace Meg.

Du champagne et des petits fours viennent d'être apportés, ce qui a pour résultat de calmer ces idiots sur le champ. Meg se détend et se cale contre moi. Prue et Key s'excusent et vont faire le tour des gens, afin de s'assurer que tout se passe bien. Sauf que le plus grand danger est ici, avec nos potes.

Megan se lève et part rejoindre Grace qui discute calmement avec ma grand-mère. Elle tire légèrement sur sa robe. Sir Archibald semble écouter attentivement ce que raconte la petite fille. Par moment, j'ai encore du mal à réaliser que je fais partie de cette famille. Pourtant, c'est bien le cas. Matt emmène Emma danser. Scrat, Charlie et Billy pensent à leur prochaine connerie. Ils sont capables de tout.

****

J'ai dansé avec Grace, mais elle a fini par capituler sur les genoux de ma grand-mère. La petite princesse a rejoint le pays des fées. Ma grand-mère a décidé de la ramener avec elle chez Sir Archibald. Nos potes sont au bar et font tourner le pauvre mixologue en bourrique, en lui demandant des cocktails qui n'existent pas. J'ai presque de la pitié pour lui. Puisque tout à l'air calme pour le moment, j'en profite pour inviter ma fiancée à danser. Elle passe ses bras autour de mon cou et mes mains enserrent son corps. J'ai toujours un œil sur le comptoir.

— Tu crains qu'ils déclenchent les hostilités ?

— Ils sont capables de tout et je n'aimerais pas qu'on le retrouve à poil dans un arbre.

— Je pense que lui non plus, rit-elle.

— Surtout qu'ils commencent à être bien imbibés.

— C'est ce qui fait leur charme ?

— Sérieusement, Meg ?

— Non, mais je trouvais que la phrase sonnait bien.

Pour toutes réponses, je l'embrasse. Elle finira par me tuer. Nous arrêtons notre danse, le temps de saluer Granny qui va se coucher. Le grand-père de Meg porte Grace qui dort à poing fermer. Je n'arrive pas à décrire les émotions de Megan. Je sais néanmoins qu'il n'y a pas d'animosité.

— Tu avoueras qu'il fait de réels efforts, Meg.

— Pourquoi ? Parce qu'il porte une petite fille ?

— Non Meg, simplement parce que ça se voit. Tu es vraiment réductrice par moment. Laisse-lui sa chance.

— C'est ce que j'fais.

— Et bien, je pense que tu pourrais mieux faire.

— C'est un ordre du Doyen ?

— Ce n'est qu'un conseil de celui qui t'aime.

Elle ne dit plus rien, sa tête posée sur mon torse tandis que nous nous laissons guider par la musique. J'ai l'impression d'être presque au paradis. Enfin, si je fais abstraction de Matt qui est planté devant nous.

— Allez, c'est l'heure du jeu ! Il n'y a plus que nous !

— Du jeu ?

Je me méfie vraiment, leurs jeux sont souvent dangereux enfin pour la tête et la dignité. J'observe Meg un instant en me demandant si on a vraiment besoin de ça. Mais Matt est plus que déterminé.

— Bouteille et shot de tequila.

— Sérieux ? On n'est pas un peu vieux pour ces conneries ?

— Aller, on n'est jamais trop vieux pour ça Morgan. Sors le balai que t'as dans ton cul d'Doyen et venez tous les deux.

Meg éclate de rire. Le jeu de la bouteille. Premier jeu auquel on joue quand on commence à boire. Ça nous a toujours entraîné sur des pentes savonneuses. Je ne suis pas très chaud pour me prendre une cuite la veille du mariage. Mon rôle de témoin risque d'en prendre un coup et puis, inutile de prendre la voiture juste après. Cependant, je suis un faible. Nous y sommes tous, Key, Prue, Matt, Emma, Scrat, Charlie et Billy. Il manque seulement Mark, mais il a une bonne excuse. Le bébé ne devrait pas tarder. Des canapés, une table basse, deux bouteilles de tequila, des verres et la bouteille vide. Tout est paré. Je me marre intérieurement. Emma ne sait pas dans quoi elle s'est embarquée, surtout que les questions volent rarement au-dessus de la ceinture.

— Donc, je rappelle le principe, enfin nos règles adaptées. On fait tourner la bouteille et celui qui se retrouve désigné pose une question. Il faudra y répondre chacun notre tour. Celui qui refuse sera obligé d'avaler un shot de tequila. Sachant que l'on doit tous en boire un au moment de la question. C'est clair pour tout le monde ? demande Scrat.

— Limpide, confirme Matt.

C'est donc parti. Nos verres sont remplis pour le premier tour, Scrat fait tourner la bouteille, et s'arrête en face de Prue. Nous avalons tous une rasade.

— Alors, quel est la chose pour laquelle vous êtes le plus doué ?

— C'est quoi c'te question ? maugrée Matt.

— C'est ma question, répond Prue. Je précise qu'avoir un goût d'chiotte pour s'habiller n'est pas une réponse.

— Méchante ! Ok, draguer… mais ça, c'était avant, se rattrape-t-il.

— Vu comme t'as galéré avec moi, laisse-moi en douter, se moque Emma. Je dirais les sutures pour ma part, je suis douée avec un fil et une aiguille.

— Vaut mieux pour un toubib, ça peut servir. J'suis au top pour boire comme un trou, plaisante Charlie.

—Moi, c'est l'golf.

Nous observons tous Billy, très surpris par cette révélation. C'est-à-dire que l'on s'attendait à beaucoup de choses, mais certainement pas à un truc comme ça.

— J'suis un Dieu au plumard, déclare Scrat. Demandez à Meg, déclare-t-il fièrement.

— Attends, pourquoi moi ? Qu'est-ce que j'viens foutre dans cette histoire ?

— T'es la seule avec qui j'ai couché ici, sourit-il.

L'enfoiré, c'est bien Scrat ça ! Megan ne lui a toujours pas arraché la tête. Ou c'est bon signe, ou elle se ramollit.

— Alors désolée de t'le dire, mais c'était il y a six ou sept ans. Nous étions beurrés comme des p'tits lu, soirée de grande déprime. Alors ouais, j'me souviens d'avoir couché avec toi, mais c'est bien la seule chose dont j'me souviens. J'suis même incapable de te dire où !

— Menteuse ! lâche-t-il.

— Certainement pas !

— Le Dieu du plumard vient de se vautrer du lit ! en rajouté-je.

— Et c'est moche ! complète Key.

Tout le monde se met à rire devant l'attitude boudeuse de Scrat. Je suis plus que satisfait. Soyons honnête, je déteste quand il remet ça sur le tapis.

— Bon maintenant que Scrat, s'est bien ridiculisé, ils nous restent Key, Morgan et Meg.

— J'me lance. Je suis doué pour la discrétion et pour garder mon calme.

— Key, c'est pas des talents ça, désapprouve Matt. Ta capacité à taper là où ça fait mal dans une bagarre, ça s'est un talent ! s'esclaffe-t-il.

— Si c'est un talent, j'suis douée pour me foutre dans les emmerdes !

— On peut pas vraiment dire le contraire Meg, plaisanté-je. Mais tu excelles à jouer un personnage sous couverture.

— Plus un pour les emmerdes ! Morgan a raison, avec une arme à la main aussi, surenchérit Key.

— Stop. Bon, reste Morgan, coupe court Meg.

— Il paraît que j'ai un don pour le piano.

— Et pas qu'un peu, il est capable de jouer n'importe quoi.

— Et dans n'importe quelle position, j'parie, marmonne Matt.

— Que veux-tu, il est doué avec ses doigts, en rajoute Meg.

Je souris devant son ton admiratif. Je ne peux pas m'empêcher de ressentir une certaine fierté. Après tout, la musique m'a souvent aidé avec Meg. C'est même ce qui nous a rapproché. Je l'embrasse.

— Rha, mais balancez leur un seau d'eau, bon Dieu !

— Jaloux. C'est pas beau, vilain Scrat, se moque Meg.

— Allez, second tour !

La bouteille s'arrête devant Charlie, deuxième verre de tequila.

— Qui a déjà couché dans le bureau du Doyen ?

— C'est bas ! lâche Megan, même pour toi !

— Personne ?

Meg a raison. Est-ce qu'on a couché dans mon bureau ? Je dirais sur le bureau pour être exact, sur le canapé et sur la chaise. Le choix est simple, soit on dit la vérité, soit c'est le verre.

— Nous, bien évidemment ! Question suivante !

— Vous êtes des bêtes, Meg !

— Oui, de vraies bêtes, confirmé-je.

— Pouah, je verrai plus ce bureau de la même façon, grommelle Key.

La bouteille s'échoue devant Scrat. Il a un sourire carnassier, ce qui ne présage rien de bon. Je crois que de tous, c'est le plus dingue. Il se frotte les mains.

— Première fois au lit, âge des deux, qui, où, comment, et comment c'était ? J'vais répondre pour le plaisir. J'avais quatorze ans, elle dix-sept Mary Garland, dans le dojo. Assez classique et plutôt bien.

— Dix-sept ans et lui dix-neuf avec un interne pendant ma première année. Dans la salle de pause et je n'en garde pas un souvenir impérissable, nous apprend le Doc.

— Seize ans, elle avait le même âge et s'appelait Clair. Au foyer après la fête de Noël. C'est elle qui a tout fait et c'était bien, explique Matt.

— À la fête de fin de cycle, j'avais seize ans, Sarah quinze. Dans les vestiaires et y a pas grand-chose à en dire.

— J't'ai connu plus enthousiaste Billy. Donc, un soir d'été bien chaud, en vacances chez mes parents. J'avais dix-huit ans. C'était ma voisine, elle en avait vingt et on a fait ça toute la nuit dans toutes les positions. Parfait ! fanfaronne Charly.

— Quinze ans, Pam avait le même âge, dans sa chambre, c'était loin d'être extraordinaire. Depuis, j'ai connu beaucoup mieux, avoue Key avant d'embrasser Prue.

— Dix-huit ans, Meg m'avait traîné dans un bar. C'était un serveur plus âgé. Je ne sais plus où exactement, parce que c'était aussi ma première vraie cuite. Je ne me souviens pas de grand-chose.

— Seize ans, pendant un échange d'Institut en Russie. Nikolaï avait vingt ans, L'archétype même du soldat russe. J'avoue que c'était très bien. Nous nous sommes revus quelques années plus tard.

— Nikolaï Petrov, Meg ?

— Euh oui, pourquoi Morgan ?

— Pour rien. Tu seras ravie d'apprendre que c'est lui le chef de l'Institut de Saint-Pétersbourg, dis-je avec une ironie non feinte.

— Tu t'es fait deux Doyens ! se moque Scrat

— Pour Nikolaï, y a prescription et il était que simple agent, se défend-elle.

— Reste plus qu'toi Morgan, allez mon grand, lance-toi, me charrie Scrat.

— C'est un peu compliqué, tenté-je.

— C'est pas compliqué. Ou tu racontes ou tu bois, ordonne Matt.

Je soupire. Contrairement à ce qu'ils pensent, oui, c'est compliqué. Je n'en ai jamais parlé à part à Keylyan. Ce n'est pas vraiment une partie de ma vie que j'apprécie. Même si ça fait longtemps.

— Désolé, dis-je en avalant un verre de tequila.

Megan me regarde, interloquée. Elle ne saisit pas, je suis plutôt quelqu'un de franc et direct en temps normal. Mais cette période était toute sauf normal. Les questions se suivent, elles sont beaucoup moins intimes qu'avant. Enfin, si omet que Matt est le dernier.

— L'endroit le plus insolite ou vous avez fait l'amour ?

— Dans une cave à vin.

— Pourquoi ça ne m'étonne même pas Charly. Un ascenseur.

— Scrat sans déconner ? T'as pas plus insolite ? Ok, un avion, annonce fièrement Billy.

Nous sommes au minimum quatre à nous marrer, preuve que ce n'est pas si insolite que ça.

— Dans une armoire, avoue Key, pendant le bal.

— Prue ? s'étonne Meg.

— Et bien, la danse, le champagne tout ça quoi.

— Ça doit être vachement pratique.

— C'est acrobatique, Meg, confirme Key.

— Je suppose que tout le monde l'a fait dans les vestiaires ? demande Matt.

— Ouaip, répond Key.

— Et y en a qu'ont tout fait pour ne rien faire dans les vestiaires.

— Vendue ! Prue ! s'outre Meg, alors que je rigole.

— Les cartons rouges donnent des idées.

— C'est plutôt l'excès de testostérone Matt.

— Merci Emma, marmonne-t-il. Et toi alors ?

— Je suis très sage, moi. Dans une ambulance.

— Manque vous deux, sourit Matt.

— Par où commencer ? demande Meg en me regardant espiègle.

— Ok, sur des pianos, un rebord de fenêtre, dans des cuisines, sur des bureaux, dans une piscine, un train, un entrepôt, une voiture, au dojo, au haras… nous avons tout pollué en définitive, ris-je.

— Par pitié, on n'va pas pouvoir faire un pas à l'Institut sans s'demander si vous ne vous êtes pas envoyés en l'air !

— J'crois qu'c'était l'but, Scrat, déplore Key.

— Tout à fait, annonce Meg fièrement.

Elle me tape dans la main et me gratifie d'un bien joué. Son frère et les autres sont atterrés. C'est leur idée de jouer à ce jeu idiot. Tout le monde devrait se rappeler que c'est déjà dangereux de nous provoquer séparément. Mais nous devons leur prouver qu'à nous deux, ça pourrait bien être l'enfer sur terre.

— Et dire qu'ils vont s'marier, marmonne Matt.

— Et sur'ment se reproduire ! Que Dieu nous protège, déclame Billy

Il y a un léger flottement pour le moment. Je sais que tous sont au courant. Ils ont tous entendu la révélation de Wilde et comme nous n'en avons jamais plus reparlé, mais ils ne sont pas stupides. Billy s'est rendu compte de ce qu'il vient de déclarer et il est très mal à l'aise. Meg vient de lever son verre.

— À toutes les terreurs futures et surtout à l'amitié. Je ne vous échangerai pour rien au monde.

Meg est si solennelle. Ce qui est véritablement incroyable. D'une sincérité déconcertante. S'il est vrai qu'elle dit toujours ce qu'elle pense, elle exprime rarement son affection pour les autres. Nos amis sont émus, ils avalent leur verre, puis se jette sur nous pour un câlin, certes collectif, mais oh combien bordélique. Le jeu de la bouteille est à l'arrêt. Nous discutons de tout et de rien.

— Alors, ce mariage ? s'enthousiasme Matt.

— J'ai dû mal à croire que vous allez l'faire.

— Et pourquoi pas Scrat ?

— J'sais pas Morgan, c'est dingue. Vous vous êtes casés et ensemble !

— Sans qu'ils s'entre-tuent en plus, en rajoute Matt.

— Y avait déjà bien assez de monde qui voulait notre peau, inutile d'en rajouter.

— Ouais, venant d'gens qui se sautaient à la gorge toutes les deux secondes, c'est quand même dingue, s'extasie Scrat.

— Vous étiez si antagonistes ? J'ai du mal à le croire, surtout quand on vous voit ensemble. Même si Matt m'en a déjà parlé.

— Oh Emma, si tu savais, ce qu'on a subi, dramatise Key. Ils ne pouvaient pas être dans la même pièce sans s'affronter à coup de langage fleuri, d'attaque sur les attributs et j'en passe.

— C'était l'enfer sur terre, en rajoute Prue.

— Pour ma défense, ce n'était pas moi qui la détestais.

— Et c'est r'parti, soupire Key.

— T'avais qu'à être plus clair, Matthews !

Pour toute réponse, je l'embrasse avec fougue. Elle m'énerve quand elle fait ça.

— C'est plus clair ? Cependant, si j'avais fait ça à l'époque, j'aurais fini avec une balle dans le genou.

— Peut-être pas dans le genou, sourit-elle.

— C'est bien ce que j'dis, approuvé-je.

— Tu comprends mieux Emma ? Le pire, c'est quand ils ont commencé à être ensemble.

— Pourquoi pire, Matt ?

— Parce que fallait même qu'ils acceptent le fait de s'aimer. Ils sont tordus.

— Bon stoppe Matt, c'est bon. Je pense qu'Emma a compris les grandes lignes.

— Tout à fait Morgan. Ils n'étaient pas prêts, voilà tout.

Non pas prêts du tout même, absolument pas. Ça nous est tombé dessus et violemment.

La soirée se termine et nous regagnons nos voitures. Finalement, personne ne s'est saoulé et personne n'a fini à poil pour le grand bonheur de Prue. En moins de vingt-cinq minutes, nous sommes au manoir, les lumières sont éteintes. Il est tard, mais Edward, lui, est fidèle au poste. Nous le remercions et montons directement dans la chambre. Comme toujours, elle fait une O.P.A sur la salle de bain, mais je ne peux pas m'empêcher de la regarder dans l'encablure de la porte. Elle finit par un brossage de dents en bonne et due forme et enfile sa nuisette. Elle m'observe dans le miroir.

— Quoi ?

— Rien, je me rince l'œil.

— N'importe quoi, tu peux le faire tout le temps.

— Mais je le fais tout le temps. Je pourrai passer ma vie à te regarder, nue de préférence.

— On inverse, comme ça, c'est moi qui peux mater.

Cette fille me rend fou. Je comble les quelques mètres qui nous séparent et je la colle contre le lavabo. Nos lèvres se joignent et se soudent. C'est ainsi que nous inaugurons une nouvelle salle de bain, avant que je la porte sur le lit. Après avoir fait un brin de toilette, je me couche auprès d'elle et l'invite dans mes bras. Les billes vertes de Meg me fixent.

— Je peux te poser une question Morgan ?

— Oui, bien sûr.

— Explique-moi quel est le problème avec ta première fois ? Si tu ne veux pas en parler, je comprendrais. Même si j'avoue, ça m'intrigue.

— C'est plutôt glauque comme histoire, mais si t'insistes.

— Je n'veux pas te pousser à quoi que ce soit.

— Non, c'est bon. J'avais seize ans et je venais de perdre ma mère. Disons que je n'avais pas vraiment les idées claires. Mon père a disparu du domicile en gros à ce moment-là et ma grand-mère était occupée avec Aly. Je me suis retrouvé un peu livré à moi-même. Il y avait souvent une connaissance de ma mère qui passait. Elle nous apportait à manger, des gâteaux et elle m'aidait pour mes devoirs.

— Quel âge avait-elle ?

— Trente-cinq ans. Bref, elle était belle et sophistiquée, sûre d'elle. J'ai compris rapidement qu'elle s'intéressait à moi d'une manière différente. Un jour, elle m'a mis la main au paquet et m'a offert ma première gâterie.

— D'accord…

— Les jours suivants, les choses ont été de plus en plus loin. En gros, elle a fait mon éducation sexuelle. Mais la relation était toxique. Elle était mariée et son mari siégeait au Conseil. Ça a durée des mois. J'étais totalement sous son emprise. Elle a fait de moi ce qu'elle voulait, jusqu'au jour où j'en ai eu assez. Elle me faisait des scènes quand je voyais mes potes ou bien qu'une fille discutait avec moi. La relation est allée au clash violemment. Ensuite, nous avons eu des relations éparses, un p'tit coup par ci et par là. Le jour de mes dix-huit ans, elle m'a emmené dans une boite échangiste. Nous y avons été plusieurs fois avant que je réalise que ça ne menait nulle part et que je devais vivre ma vie. Surtout, je me disais que ma mère n'aurait jamais toléré ce genre de truc.

— Son mari siège toujours au Conseil ?

— Non.

— T'étais consentant ?

— J'étais un mec de seize ans avec les hormones qui vont avec, donc je suppose que, oui.

— Tu supposes ? Morgan, si tu supposes, c'est que tu ne l'étais pas. C'était d'elle que tu parlais à Londres.

— Ouais.

— Ton père n'en a jamais rien su ? Lui qui te surveillait ?

— Il ne me surveillait pas à l'époque. Non et ma grand-mère non plus. Ce n'est pas l'genre de truc que l'on raconte pendant les dîners de famille. Il n'y avait que Key qui était au courant.

— Tu sais, il existe un mot pour ce qu'elle a fait.

— Meg, je ne l'ai jamais ressenti comme ça.

— Peut-être bien, mais ça n'empêche rien.

— C'est le passé, j'ai tiré un trait sur cette histoire depuis bien longtemps. Je suis heureux dans ma vie maintenant. Je n'ai plus d'envie destructrice. Je veux simplement être heureux avec toi et Grace.

— Comme tu voudras.

— J'avoue qu'elle m'a quand même appris beaucoup de trucs sympas. Bouge pas, j'te montre.

À ce moment précis, je n'ai qu'une envie comme je lui ai dit, passer à autre chose. C'est ce que je m'applique à faire aussitôt.

****

C'est enfin le grand jour, nous sommes déjà tous présents. Le lieu est vraiment splendide. Prue et Keylyan ont vraiment bon goût. Tout est prêt. Je réajuste la cravate de Keylyan, ce qui me fait sourire. J'ai dû demander à Meg de me faire mon nœud. Décidément, c'est une chose que je n'arriverai jamais à faire. Je pense que je n'ai tout simplement pas la patience. Matt est à l'intérieur de l'église et installe les gens avec l'aide de Bryan. Meg se trouve avec Prue dans une pièce à l'entrée de l'église. Elle veille aux derniers préparatifs. Grace garde jalousement sa corbeille et les pétales qui sont déposés à l'intérieur. La pression monte légèrement pour Key. Il triture ses doigts et tape doucement du pied.

— Tu devrais penser à respirer Key.

— Je respire, c'est juste…

— Juste Prue. C'est la même qu'hier. Va juste falloir que tu l'embrasses devant tout le monde.

Rien qu'à sa tête, je sais qu'il vient de s'en rendre compte. Je ris, je veux qu'il se détende, pas qu'il risque la rupture d'anévrisme.

— Pourquoi tu m'dis ça ?

— Oh Key, ça va. C'est votre jour à toi et Prue. Alors profites en.

Matt nous rejoint, la queue de pie lui va plutôt bien il faut l'avouer. Je donne un tour d'horizon. Il y a des fleurs absolument partout et je ne parle même pas des arbres centenaires qui nous entourent.

— Faudrait peut-être penser à y aller.

— T'as les alliances, Morgan ? s'inquiète Key.

— Évidemment !

— Alors c'est parti, se motive Key.

Nous entrons tous les quatre dans l'église. Grace va directement dans la pièce à côté. Nous remontons l'allée et Keylyan se positionne sur l'estrade après avoir salué le pasteur. Je me mets sur le côté en retrait, mais devant Scrat, Matt et Bryan, puis nous attendons. J'observe la salle et sourit à Granny qui porte un magnifique chapeau bleu ciel. Celui de la mère de Prue est parme. Il y a des fleurs accrochées à chaque banc. Je pense aux vieux murs de pierre, ils ont dû en voir défiler des mariages et des baptêmes. Des murmures commencent à s'élever. Prue se fait désirer.

— Que font-elles ? s'impatiente Key.

— Je l'ignore.

— Allez voir, s'il vous plaît, me demande le Pasteur.

C'est mon rôle et je le prends très à cœur. Je traverse l'église le plus naturellement possible. Inutile d'inquiéter qui que ce soit. Je toque à la porte de la petite salle et entre.

— Non, c'est une catastrophe ! se désespère Prue.

— Ce n'est rien, ça ne se voit pas, mais on va trouver une solution, je te le promets.

Meg se retourne vers moi. Sa robe est en deux parties, un bustier décolleté de couleur bordeaux, brodé finement de motifs fleuris noirs qui s'entrecroisent, soulignant sa poitrine. La jupe de la même couleur arrive à hauteur du genou. Elle porte deux couches de tissus superposés. Je suis perdu dans ma contemplation quand elle me fait reculer à l'extérieur de la pièce.

— Quel est le problème ?

— Elle a perdu une pince guiche !

— Une… quoi ? C'est quoi c'truc-là et c'est si grave que ça ?

— Oui, c'est grave, enfin pour elle. J'ai besoin de toi.

— Ce que tu voudras mon amour, même si je ne comprends pas un traître mot de ce que tu dis.

Elle me tourne le dos et me montre son chignon. Je me demande bien ce qu'elle veut que je fasse.

— Là, il y a une pince très fine, je veux que tu la retires. Ça ne se verra pas et je pourrai la donner à Prue.

— Pourquoi ? Ça se voit chez Prue ?

— Non, mais c'est c'qu'elle pense. Je t'en prie Morgan, ne cherche pas à comprendre.

— J'ai des gros doigts, je risque de faire un massacre, argumenté-je.

— Tu es très délicat avec tes doigts quand tu veux, alors fait pareil.

— Meg, tu ne m'aides pas avec tes allusions.

— Fais-le !

Je m'exécute avec autant de délicatesse que je peux. J'évite de lui arracher les cheveux autant que possible. Par miracle, j'y arrive et lui tend le Saint Graal.

— Merci, je t'aime, s'exclame-t-elle en m'embrassant.

— Je t'en prie et je t'aime… aussi.

Elle est déjà partie. Je retourne auprès de Keylyan, afin de l'informer lui et le pasteur qu'elle ne devrait pas tarder. Moins de deux minutes plus tard, la musique s'élève. Grace ouvre la marche, jetant des pétales de fleurs par terre. Elle n'a jamais aussi bien porté son prénom. Juste derrière, Prue s'avance au bras de son père. Elle porte une robe bustier de couleur ivoire. La robe prend plus de volume dans son dos, elle touche le sol et la traîne est assez courte finalement. Son boléro est en fine dentelle et laisse ses épaules dévoilées. Des lacets discrets englobent ses avant-bras, le tout étant légèrement occulté par son voile. Key a du mal à déglutir. Meg veille à la traîne, Aly et Emma ferment la marche. Le père de Prue embrasse sa fille sur le front avant de la confier à Key.

— La grâce de Jésus Notre Seigneur, l'amour de Dieu le Père et la communion de l'Esprit Saint soient toujours avec vous, déclare le Pasteur.

— Et avec votre esprit, répondons-nous collégialement.

— Dieu est amour et ceux qui vivent dans l'amour vivent en Dieu et Dieu vit en eux, poursuit le Pasteur.

Après avoir récité une prière et chanté un cantique, il nous rappelle pourquoi nous sommes présents.

— Keylyan John Tyler, voulez-vous prendre Prudence Malcolm comme épouse ? Voulez-vous l'aimer, la soutenir, la respecter et veiller sur elle, en renonçant à toute autre, lui rester fidèle tout au long de votre vie ?

— Oui, je le veux.

— Prudence Malcolm, voulez-vous prendre Keylyan John Tyler comme époux ? Voulez-vous l'aimer, le soutenir, le respecter et veiller sur lui, en renonçant à tout autre, lui rester fidèle tout au long de votre vie ?

— Oui je le veux.

— Vous tous, les familles et les amis de Keylyan et Prudence, voulez-vous faire votre possible, pour soutenir le foyer de Prudence et Keylyan maintenant et dans les années à venir ?

— Oui, nous le voulons, répondons-nous, collégialement.

Le Pasteur récite une prière, puis un nouveau cantique est à nouveau chanté. Le moment le plus solennel arrive et c'est aussi le plus émouvant en général. Ils se font face tous les deux. Keylyan prend la main droite de Prue et déclare.

— Moi, Keylyan, je te prends toi, Prudence comme épouse, pour t'avoir avec moi et te garder dès maintenant et pour toujours, pour le meilleur et pour le pire, dans l'abondance et dans la pauvreté, dans la maladie et dans la bonne santé, pour t'aimer et te chérir jusqu'à ce que la mort nous sépare. Selon la sainte loi de Dieu. C'est ce que je promets solennellement devant Dieu.

Les rôles sont inversés et Prue prend la main droite de Keylyan. Elle tremble légèrement. Key est totalement absorbé par elle.

— Moi, Prudence, je te prends toi, Keylyan comme époux, pour t'avoir avec moi et te garder dès maintenant et pour toujours, pour le meilleur et pour le pire, dans l'abondance et dans la pauvreté, dans la maladie et dans la bonne santé, pour t'aimer et te chérir jusqu'à ce que la mort nous sépare. Selon la sainte loi de Dieu. C'est ce que je promets solennellement devant Dieu.

Je connais mon rôle par cœur. En même temps, il n'est pas très compliqué. Je tends les alliances au pasteur, puis reprends ma place.

— Dieu notre Père, que par ta bénédiction, ces alliances soient pour Keylyan et Prue un symbole d'amour sans fin et de fidélité. Qu'elles leur rappellent leur promesse solennelle et l'alliance qu'ils ont scellée en ce jour par Jésus le Christ notre Seigneur. Je vous déclare mari et femme. Vous pouvez embrasser la mariée.

Keylyan soulève le voile de Prue et l'embrasse. Meg essuie une petite larme qui coule. Grace applaudit avant de se reprendre. Nous nous retirons dans la salle adjacente pour signer les registres du mariage en tant que témoins avec Meg. Elle et Prue pleurent de joie, c'est émouvant. Il y a encore quelques semaines, Megan pensait ne jamais pouvoir assister au mariage. Pourtant, elle est bien là et elle vient de se blottir dans mes bras. Nous suivons les jeunes mariés qui sortent sous les bravos. Une fois à l'extérieur, ils attendent sur le perron de l'église, tout le monde a les mains pleines de pétales blanches et or en tissus, que nous jetons sur les mariés.

Ensuite, c'est les grandes effusions, le grand défilé des félicitations. Sans oublier les traditionnelles photos auxquels on n'échappe pas, tandis que le champagne coule et que les petits fours sont servis. L'orangerie est magnifiquement décorée. Ils ont fait un excellent travail, ça ressemble trait pour trait à ce qu'a choisi Prue.

La femme de ma vie s'approche avec deux coupes de champagne. Cette fille est magnifique. J'avoue avoir hâte de l'épouser.

— Ah l'amour, chantonne-t-elle en m'offrant une coupe. On a réussi, ils sont mariés.

— Et grâce à une pince.

— Ne m'en parle pas, me supplie-t-elle. J'aurais dû en prévoir d'autres et me douter que ça risquait de casser.

— En gros, je n'savais même pas que ça existait. On trinque ?

— Bien volontiers. Mais d'abord, je veux un baiser.

— Tu veux ? Rien que ça ?

— Pas moins, susurre-t-elle.

Je ne me fais pas prier plus longtemps et dépose un baiser chaste sur ses lèvres. Jamais je ne pourrai m'en passer. Prue et Keylyan viennent de finir les photos. Megan glisse son bras sous mes hanches en soupirant de satisfaction.

— Je suis heureux pour eux. Il le mérite.

— Moi aussi et ravie d'être présente. Au fait ton discours ?

— Prêt, même si j'en ai marre d'en faire. C'est pour eux, alors c'est différent. Remarque, tout est différent. D'ailleurs pendant que nous sommes là, seuls, j'ai une chose à te dire.

— Ah ouais ?

— Toi et moi, on part en voyage. Quinze jours sur une petite île de la méditerranée. Toi, moi, le soleil, juste nous deux. Granny emmène Grace, Bryan et Aly aux Baléares.

— L'Institut survivra-t-il à ton absence ?

— Et toi, survivras-tu à quinze jours sans Grace ?

— Tu m'emmènes où ?

— Tu verras bien, je ne vais pas tout te dire. Je te promets du calme, des grasses matinées, la mer ou simplement faire l'amour toute la journée.

— Rien que ça ? Et c'est pour quand ?

— Après-demain.

— Après-demain ?

— Il faut battre le fer pendant qu'il est chaud.

— Oui, mais on a un mariage à préparer, argumente-t-elle.

— Tout est prêt pratiquement. On aura encore du temps au retour. Je pense que l'on a besoin de se retrouver.

J'ai juste le temps de l'embrasser à nouveau, que c'est déjà l'heure de rejoindre la salle de réception où de larges fenêtres permettent à la lumière naturelle d'illuminer le bâtiment. Les tables sont fleuries et le thème de Prue est parfaitement respecté. L'estrade pour le groupe est au fond. Nous sommes invités à passer à table. En tant que témoins, nous serons à la table d'honneur. Scrat et Matt sont à la table d'en face. Au pire, s'ils exagèrent, je pourrai toujours faire du lancer de couteau. Le repas est succulent, l'heure du dessert va bientôt arriver. Ce qui annonce les discours avant le gâteau, puis viendra la danse. Le père de Prue se lève, tapote sa cuillère sur son verre pour réclamer le silence.

— Quand tu étais petite, Prue, tu répétais à qui voulait l'entendre, que jamais tu ne laisserais ton vieux père. J'étais si fier, mais je savais dès lors que c'était impossible, que tu t'en irais un jour vivre ta vie pour ton plus grand bonheur. Et le nôtre. Ah ma petite fille, toi et Keylyan vous vous connaissez depuis toujours. L'amour s'est invité entre vous, ainsi que l'envie de construire votre famille. Je n'ai pas mon mot à dire. De toute façon que pourrai-je dire ? Que tu n'as jamais été plus heureuse que depuis que vous êtes ensemble. Tu as toujours été notre rayon de soleil, toujours enjouée, cherchant le bon côté des gens. Tentant toujours de réconcilier ceux qui sont fâchés, comme le jour où tu as décidé que le hamster serait le meilleur ami de Nyx, ton chat. Un échec en réalité et Nyx a fait pitance. Toutes ses qualités, j'aime à penser qu'on te les a transmises. Alors je dirai simplement, va ma fille. Je te confie à un homme qui t'aime et qui fera absolument tout pour ton bien, à Keylyan qui prendra soin de ce que nous avons de plus cher. À vous mes enfants et soyez heureux !

Il y a des larges applaudissements. Prue est émue aux larmes. C'est un succès. J'espère faire aussi bien, ce qui serait étonnant.

J'inspire profondément, je me lève et referme les boutons de ma veste.

— Morgan à poil ! lance Scrat.

Cette phrase déclenche l'hilarité générale. Je l'ignore volontairement et tente de rester concentré.

— Et bien voilà, on y est Key, c'est fait. Tu es maintenant un homme respectable. L'amour ne prévient pas, il s'engouffre comme le vent d'été et il t'a emporté. Nous avons toujours été inséparable depuis la garderie quand on piquait la chaise d'un autre gamin qui s'en servait pour apprendre à marcher. Frère de combat sur les terrains de rugby, je n'ai jamais eu à m'inquiéter, car je savais que tu surveillais mes arrières. Et quoi qu'il arrive, tu prenais les tampons à ma place. C'est qu'il a toujours eu la tête dure, mon pote. De nous deux, tu as toujours été le plus responsable. Tu m'as ramassé plus d'une fois et c'était loin d'être glorieux. Tu as toujours pris le temps de m'écouter et de me soutenir pendant toutes ses années. Je suis heureux que ce soit Prue qui en profite désormais, car je sais que quoi qu'il arrive, tu seras là pour prendre soin d'elle et l'écouter. D'ailleurs, il vaudrait mieux, sinon elle serait capable d'inventer une appli pour te le rappeler. À elle de gérer tes phobies de chaussettes dépareillées. Cependant, mon ami, tu seras toujours le bienvenu pour squatter mon canapé et regarder un bon match de rugby. Vive l'amitié et surtout, vive les mariés ! Soyez heureux ! C'est un ordre !

Keylyan se lève et m'offre une forte accolade. Ensuite, nous trinquons à leur bonheur avant qu'ils s'occupent de la pièce montée. Je prends Grace dans mes bras afin qu'elle ait une meilleure vue sur ce qu'il se passe, tandis que Meg pose sa tête sur mon épaule.

— Beau discours mon chéri.

— Il devait être vraiment bien si tu m'appelles mon chéri.

— Je peux arrêter si tu préfères.

— Non, bien au contraire. Mais difficile de faire un discours en enlevant quatre-vingt pour cent de notre vie.

— Tu t'en es plutôt bien sorti, nos vies sont remplies de secret.

— Merci, mon amour.

J'insiste volontairement sur le dernier mot. Je rêve du jour où elle acceptera enfin mes marques d'attentions verbales. Après le gâteau, c'est l'ouverture du bal. Nous les regardons danser, ils sont transportés de bonheur et c'est contagieux. Je danse en premier avec Grace parce qu'elle me l'a demandée. Soyons honnête, je ne vais pas me faire prier. Megan est dans les bras de Keylyan et ils ont l'air de bien rigoler. Ils ont toujours eu ce lien magique qui les unit. Une force commune qui les pousse.

— Papa, Granny m'emmène en vacances.

— Je sais.

— Mais pas avec vous, tu pars avec maman.

— Et ça te gêne que l'on parte tous les deux ?

— Non. Maman, elle a besoin de vacances. Elle a été malade et elle dit toujours qu'après, faut se reposer. Je sais que toi tu t'occupes bien de maman.

— Je te promets de la ramener en pleine forme.

— Et si tu trouves un petit frère, tu peux le ramener aussi ? demande-t-elle le plus sérieusement du monde.

— Ça ne se trouve pas comme ça ! m'esclaffé-je.

— Tu m'as bien trouvé ?

— Oui, mais c'est différent. C'est maman qui t'a trouvée la première.

— Donc faut dire à maman de chercher.

Je n'insiste pas, je ne me vois pas entamer ce genre de discussion avec elle pour le moment. Avec Keylyan, nous avons fait un échange. Il danse désormais avec Prue et Grace au milieu. Je fais pivoter ma future épouse et l'embrasse avant de la serrer contre moi.

— Vous sembliez en pleine discussion avec Grace ?

— En effet, elle a eu une idée. Je dirai même une mission pour nous.

— De quel genre ? demande-t-elle en grimaçant.

— Presque rien. Elle veut qu'on lui trouve un petit frère pendant les vacances !

— Un quoi ?

— Un petit frère.

— Elle ne veut pas un... chaton plutôt ? Elle pense que ça se trouve comme ça ? Dans un pot de fleur ?

— Grace n'a que son expérience personnelle. Je n'allais pas me lancer dans : « comment fait-on les bébés ? ».

— Non, c'est certain.

Le silence s'installe, inutile d'être devin pour savoir à quoi elle pense. Si les choses avaient été différentes. Nous aurions sûrement eu une discussion toute autre.

— Je t'aime, tu le sais ? Plus que tout, déclaré-je.

— Je t'aime aussi, envers et contre tout.

J'embrasse son front et me concentre sur la musique et la femme qui se tient dans mes bras. Quand je pense à toutes les épreuves que l'on a traversées ? Je me dis que finalement, peu s'en seraient sortis. Il y a sûrement un grand facteur chance qui a joué. J'ai la sensation que mille fois j'ai failli la perdre et que mille fois je l'ai retrouvée. C'est peut-être aussi ces épreuves qui font que maintenant, plus rien ne pourra nous séparer. J'ai exorcisé mes démons, tué le père d'une certaine façon. Je me sens toujours aussi libéré. Mon rôle de Doyen, je l'ai enfin accepté et je vais pouvoir vivre avec.

Le chemin parcouru par Meg est encore plus impressionnant. Elle a tant évolué pendant toutes ces années. Il est évident que son caractère sera toujours le même. D'un point de vue, certes masochiste, j'aime ce caractère. Il est dur, intransigeant, irrespectueux par moment et d'une franchise implacable. Meg est totalement anticonformisme et j'aime son esprit libre, ce côté impulsif qui me fait peur certaines fois. Elle s'est endurcie pour ne pas souffrir, pour survivre. Mais, je connais son cœur. Il est débordant d'amour pour les gens qui lui sont proches et elle serait prête à faire n'importe quoi pour nous.

Ils nous restent tant de choses à vivre, toute une vie à construire, un rêve à réaliser. Je veux lui offrir enfin cette paix à laquelle elle aspire depuis si longtemps.

Épilogue

Aujourd'hui j'ai quarante ans et cela fait onze que nous sommes mariés avec Meg. Je commence à avoir des cheveux blancs. Les cheveux de la sagesse d'après Grace. C'est assez poétique. J'ai l'impression que toutes ces années sont passées à la vitesse de la lumière. Dire qu'elle a seize ans. J'ai un peu de mal à m'y faire. Je sais qu'elle a un petit ami et je sais qui il est. Toutefois, je me garde bien de m'en mêler, enfin j'essaie. Nous sommes très proches avec Grace. Je n'en ai surtout pas discuté avec sa mère, même si elle a calmé son côté hyper-protecteur. Nous sommes encore loin du compte.

Je vais bientôt quitter le bureau. Je sais qu'ils m'ont préparé un anniversaire surprise, mais il est difficile de cacher quoi que ce soit au Doyen. Néanmoins, je sais très bien jouer les étonnés. Je jette un œil aux photos sur mon bureau et souris. Nous sommes tous les sept. Il y a Grace et Bryan bien sûr ainsi que les trois derniers. Edward à onze ans et je me souviendrai toute ma vie de l'annonce de sa future arrivée. C'était quelques semaines après notre mariage.

Flash-back

Je suis dans mon bureau en pleine réunion avec les Doyens de différents Instituts d'Europe. Il y a celui de la France, d'Allemagne et de Russie, ce cher Nikolaï Petrov. Je n'ai pas oublié que c'est avec lui que ma femme a perdu sa virginité. Cependant, il y a des choses plus urgentes à gérer. Je ne parle pas du dîner que nous devons organiser à la maison. Quand d'un coup, la porte s'ouvre à la volée. Je me retourne et tombe sur Meg.

— Morgan, je dois te parler, c'est... urgent.

Elle s'est rendue compte que je ne suis pas seul, maintenant elle sourit aussi naturellement que possible. Je ne l'ai jamais vue comme ça. Elle semble à la limite de la panique ou de l'exaltation. Je me lève, pose mon dossier sur la table basse et la rejoins. Je glisse ma main dans son dos et nous approchons des trois responsables.

— Je vous présente mon épouse, Megan.

— Bonjour à tous et navrée de vous déranger, j'ignorais que vous aviez une réunion.

— J'ai une secrétaire normalement, murmuré-je.

— Sauf qu'elle n'est pas là, marmonne-t-elle.

Ils sont debout tous les trois et s'approchent de nous. Nikolaï en tête. Là où Meg n'a pas tort, c'est qu'il est plutôt bien bâti, grand, blond, une mâchoire carrée et des yeux bleus.

— Megan, j'avais hâte de te voir.

— Nikolaï, quel plaisir.

— Félicitations pour vos noces à tous les deux.

— Merci, répond-elle

Les deux autres sont plus réservés. D'un point de vue personnel, je préfère. Nous échangeons quelques amabilités, Meg explique qu'elle est ravie de recevoir nos hôtes demain soir. Je la raccompagne à la porte.

— Quel est le problème, Meg ?

— Rien, ce n'est pas urgent.

— Je sais bien que c'est faux. Tu n'aurais pas fait irruption dans mon bureau de cette façon, sinon.

— Je... on se verra à la maison si jamais.

— Non, attends-moi à côté. J'en ai bientôt terminé.

Elle acquiesce et je referme la porte avant de rejoindre mes invités. Je reprends ma place et nous continuons notre réunion de travail. Comme je l'ai dit à Megan, tout le monde quitte le bureau moins d'un quart d'heure après. Elle est assise dans un fauteuil face à Madame McAdams, un magazine dans les mains, mais je sais qu'elle ne lit pas. Elle occupe son impatience.

— Vous pouvez rentrer Madame McAdams, je n'ai plus de rendez-vous pour aujourd'hui.

— Bien Monsieur.

— Meg ?

— Oh ! Euh... oui.

Cette fois, c'est certain, il y a un souci. Je ne l'ai jamais vue aussi nerveuse. Même pas le jour de notre mariage. Je glisse une main dans son dos et la fait entrer. Elle tourne en rond un moment et joue avec ses doigts.

— Tu devrais peut-être t'asseoir, me propose-t-elle.

— Je pense que ça va aller, mais toi, tu devrais avant de creuser une tranchée dans mon bureau.

— Non, je préfère être debout.

— Ok et bien je t'écoute.

— J'ai vu Emma.

— Oui, comme tous les mois pour ton bilan de suivi, il y a un souci ?

— Oui, enfin non. C'est pas avec le bilan le souci.

Je m'assieds sur mon bureau, ne sachant pas trop où elle veut en venir. Ou je suis très fatigué, ou bien elle s'exprime vraiment mal.

— Megan, parle ! Explique-moi !

— Je ne sais pas vraiment comment c'est arrivé. C'est compliqué. Enfin si, mais elle a parlé d'un dysfonctionnement. D'un mauvais lot. Je t'assure que je n'en savais rien. Si j'avais su, je ne sais pas en fait. On voulait attendre, on était d'accord pour attendre. Mais du coup...

Elle jette ses bras en l'air, mais je ne comprends absolument rien à ce qu'elle raconte. Ni même où elle veut en venir.

— Meg, merde, concentre-toi et viens-en au fait ! la coupé-je.

— Oh, c'est pourtant clair ?

— Je t'assure que non !

— Je suis enceinte.

J'ouvre la bouche comme un poisson hors de l'eau. La conversation se joue dans ma tête. J'ai les mots, dysfonctionnement qui me vient à l'esprit et mauvais lot. Je me masse les tempes. Elle est face à moi, les mains croisées sur son ventre. Certes, je ne m'y attendais pas. Je sais qu'elle attend une réaction de ma part.

— Ok.

— C'est tout ce que trouve à dire, ok ?

— Non bien sûr, j'accuse simplement le coup.

— Tu accuses le coup ?

Mince, il semble que je m'enfonce de plus en plus. Je tente de réfléchir à toute vitesse. Une image me vient à l'esprit, celle de nous deux avec un bébé dans les bras. Je la regarde et je crois qu'elle est à deux doigts de pleurer. Je m'avance vers elle, la prend dans mes bras et l'embrasse.

— Tu es en rogne ?

— Bien sûr que non, si ta question est si je veux de cet enfant. La réponse est oui.

Elle relâche tout l'air de ses poumons, ce qui annonce l'ouverture des vannes. Meg pleure, de joie j'espère.

— Tu voulais attendre. On le voulait tous les deux, renifle-t-elle. Je pensais que c'était peut-être trop tôt.

— Écoute, il est là non ? Après ta fausse couche, on s'est promis que si on devait avoir une autre surprise et bien on l'assumerait avec joie. Alors, en une phrase, je suis ravi. Et puis, ça fera un cousin ou une cousine au bébé qu'attendent Prue et Key.

— Tu sais que je t'aime toi ?

— Autant que je t'aime.

Un voile d'inquiétude passe devant son visage et elle baisse les yeux. Je lui relève le menton avec l'aide de mon pouce.

— Qu'y a-t-il mon amour ?

— Et si… la première fois, ça s'est mal passé.

— Meg, tu n'as aucun problème physiologique. La première fois, tu étais entre la vie et la mort. Ça n'avait aucun rapport avec le fait de pouvoir avoir des enfants. Emma te l'a dit, tu n'as aucune raison d'être inquiète. Tout ira bien, je te le promets.

— Je vais être infernale, tu as vu Prue ? Elle si douce. Key ne la supporte plus et elle n'en est qu'au premier trimestre, se plaint-elle.

— Ça ne me changera pas beaucoup de d'habitude, j'ai plus d'entraînement que ton frère, tenté-je avec humour.

— Morgan !

— Je plaisante, la rassuré-je. Sérieusement, veux-tu que l'on annule le dîner de demain soir ?

— Non, ça va aller. On ne change rien, ce dîner est important.

— Nikolaï sera ravi, marmonné-je.

— T'es jaloux ?

— Non, bien sûr que non. Ce n'est pas comme si tu avais eu une relation avec ce type.

— Y a prescription et il est marié, je te le rappelle.

— Comme si ça avait déjà arrêté un homme.

— Je n'aime que toi.

La crise semble passée et je remercie Dieu intérieurement pour ça. Même si je me promets de surveiller Nikolaï de très près.

Fin du Flash-back

Il a juste fallu expliquer à Grace avec des mots simples, comment les bébés arrivent. Elle était heureuse de devenir grande sœur. Six mois après, Edward est entré dans nos vies avec un peu d'avance et surtout une grosse frayeur. Meg a failli accoucher au haras. Je crois que je n'ai jamais roulé aussi vite entre le haras et la clinique. En définitive, tout s'est bien passé, pour notre plus grand bonheur. Deux ans après, nouvelle

514

surprise. Nous avions longuement parlé du fait d'avoir un autre enfant. Nous nous sommes attelés avec entrain, on ne s'est pas forcés beaucoup, avouons-le. Cette fois, ce n'est pas un, mais deux bébés que nous avons accueillis. Noah et Alice ont huit ans désormais. Beaucoup de bonheur, mais peu de nuits de sommeil. Meg a toujours refusé que l'on ait recours à une gouvernante.

J'admire Meg. Elle s'est toujours démenée, c'est le pilier de notre famille. Elle a toujours réussi à jongler parfaitement avec ses rôles. Que ce soit, celui de mère, d'épouse de Doyen, d'instructrice, ou de femme. Quant à moi, j'ai toujours participé autant que j'ai pu. Je refuse d'être un courant d'air. Je veux être présent dans chacune des étapes de leurs vies. Je ne veux pas être mon père. Ce cher père que je n'ai jamais revu. Je sais que Meg lui envoie une carte pour Noël avec des photos des enfants. Il n'a jamais répondu. Meg a fait la paix avec elle-même par rapport à lui. Personnellement, les blessures sont trop profondes, même après autant d'années.

Mes yeux se posent sur une autre photo, où on y voit Granny et Sir Archibald. Ils se sont mariés quelques mois après nous. D'après ce que nous savons, ils ont partagé leur premier amour ensemble, mais comme ils étaient tous deux promis à quelqu'un d'autre, ils ont dû renoncer. Dire que nous avons été surpris a été en deçà de la vérité. Meg l'a même accepté plus vite que moi. C'est elle qui m'a fait comprendre qu'ils avaient été victime d'une injustice. Exactement la même que nous avions failli subir. Désormais, ils vivent tous les deux à l'Institut. Mais dès qu'il y a des vacances ou bien des ponts, ils repartent au Pays de Galles. Nous les accompagnons, où ils prennent les enfants si nous ne pouvons pas nous libérer. Il a entrepris des travaux au château, fait construire une piscine et a aménagé une serre pour ma grand-mère. Ils sont heureux et c'est le principal. Je souris devant les deux dernières photos.

La première, c'est celle de ma sœur à son mariage avec Bryan, c'était il y a deux ans. Ce ne fût pas vraiment une surprise, leur rapport ayant évolué au fil du temps. Ils sont en couple depuis cinq ans et ont accueilli leur premier enfant, il y a un mois. Une petite fille, Louise, que l'on appelle affectueusement Lilou. Prue et Key ont deux enfants, Philip et Sarah. Philip et Edward ont repris le flambeau et jouent tous les deux au rugby. D'ailleurs, un regard sur l'heure m'indique qu'il est plus que temps que j'aille les chercher.

Je me dépêche de ranger mon bureau et sort. Je salue ma nouvelle secrétaire. Mme McAdams me manque, mais elle a le droit à une retraite bien méritée. Elle vit toujours ici et Ben ne peut pas s'empêcher de s'occuper des chevaux. Je suis au volant de ma voiture quand je pense à Blackpearl. En onze ans, il nous a offert deux magnifiques poulains avec ma jument. Il commence lui aussi à prendre de la bouteille, mais il est toujours aussi fringant.

J'arrive devant le stade, je sors de mon véhicule et retrouve Matt derrière les barrières. Il attend lui aussi son fils, Christopher qui a un an de moins que les garçons.

— Alors Patron ? Tes quarante ans ?

— Pour l'instant, rien à déclarer.

Matt me scrute attentivement. Je sens qu'il va me lâcher une connerie. J'attends patiemment qu'il se lance.

— C'est pas un nouveau ch'veu blanc, juste là ? Le troisième âge te guette mon pote.

— Dis celui qui aura quarante ans dans trois semaines.

— Déjà quarante ans, j'ai pas vu passer les dix dernières années.

— Et moi non plus, confirmé-je.

— On est marié, avec des enfants. Si on m'avait dit ça, y a quinze ans. Au fait, t'as eu un rapport de Billy et Charlie ?

— Oui, tout se passe pour le mieux. Ils devraient rentrer dans une semaine. La mission est presque bouclée.

— Tant mieux.

Un brouhaha vient du terrain, nous tournons la tête. Une bagarre vient d'éclater pendant le match d'entraînement. Et qui on retrouve, je vous le donne en mille. Philip, Edward et Christopher face à trois garçons, dont les parents sont au Conseil. Je soupire, le coach intervient, les séparent et se fait moralisateur.

— On était pareil au même âge, déclare Matt.

— Pas besoin de partir si loin. Rappelle-moi comment s'est terminé le match des vétérans le week-end dernier ?

— Ouais, mais on était plus incisifs. Il nous fallait moins de temps pour récupérer. Par contre, si Christo revient avec un coquard, j'ai pas fini d'en entendre parler. Même avec une mère comme toubib.

— Et moi donc.

— Pourtant quand on les prenait nous, elles trouvaient ça presque virile ! À quel moment ça a merdé Morgan ?

— Au moment où elles sont devenues mères, soupiré-je.

Les enfants passent devant nous, en maugréant pour rejoindre les vestiaires. Je pense qu'une discussion s'impose dès que nous serons dans la voiture. Je récupère mes deux bagarreurs et Matt le sien. Il me dit au revoir, mais je sais que l'on se retrouvera tout à l'heure à la maison. Il fait beau temps pour une fin de mois d'avril. Nous serons sûrement dans le jardin.

— Alors vous n'avez rien à dire ?

— Salut p'pa.

— Salut tonton.

— Vous m'expliquez, où j'vous tire les vers du nez. J'peux savoir c'qui s'est passé ?

— C'est rien, affirme Edward.

— C'est rien ? Donc vous vous tapez dessus pour rien ? Comme vous voudrez.

Je fais exprès de rester à l'arrêt. La technique est rodée, ils savent que s'ils veulent que la voiture démarre, va falloir qu'il parle.

— C'est compliqué tonton

— Et bien, si c'est compliqué à onze ans Philip, imagine à quarante.

— C'est à cause du match de demain, marmonne mon fils. Ils ont dit que si on était pris dans l'équipe, c'était parce que t'étais le Doyen.

— Et c'est pour ça que vous vous êtes battus ? Vous ne pouvez pas juste les ignorer ?

— En fait, on s'en fichait de ça, on a l'habitude, mais…

Edward plaque sa main sur la bouche de Philip pour le faire taire.

— Laisse-le parler Edward, ordonné-je.

— Ils s'en sont pris à Grace.

— De quelle façon ?

— Eh bien, Hugo a dit qu'il avait vu Grace se faire tripoter dans les vestiaires l'autre jour. Il a dit que c'était une… bref, je ne répéterai pas ça, même si tu décides de ne pas démarrer pendant quinze ans !

Edward ne manque pas de caractère. C'est un savant mélange avec l'entêtement et l'impulsivité de sa mère. Son côté bagarreur le désert souvent. Je connais assez Grace, enfin j'espère la connaître assez pour savoir qu'elle ne s'exposerait pas ainsi dans un lieu si fréquenté. En définitive, je n'en sais rien. Quand je

517

repense à Meg et à moi, je me dis que quand le désir est présent, il est difficile de se raisonner. Je grimace. Il va quand même falloir que j'aie une petite discussion avec ma fille.

Maintenant que j'ai toutes les informations, je démarre la voiture.

— Et vous ne vous êtes pas dit qu'il l'a dit exprès pour vous énerver ?

— Si… mais après, sur le coup…

— J'ai foncé tête dedans et ils m'ont suivi, avoue Edward.

— Hugo joue dans la catégorie au-dessus et il est un peu plus fort, donc, tu comprends.

— Oui, t'as voulu sauver ton cousin, ironisé-je. Vous êtes là pour jouer, pas pour vous taper dessus !

— C'est pas juste ! La semaine dernière, vous vous êtes battus avec papa et Matt sur le terrain, s'outre Philip.

— Oui, contre l'équipe d'en face, pas entre nous. Même s'il ne faut pas se battre, un point c'est tout.

— Comme dirais maman, faites ce que j'dis, mais fait c'que j'fais. Je sais que tu t'es battu une fois avec tonton dans les vestiaires ! C'est tonton Scrat qui m'a raconté, quand t'es sorti avec maman.

Note à moi-même, envoyer Scrat pour une mission de six mois en Antarctique. Il n'apprendra donc jamais à se taire celui-là.

— C'était différent à l'époque. Disons que ton oncle a appris notre relation pas de la meilleure façon qui soit. Comme quoi, l'honnêteté doit primer sur tout le reste.

— Tu diras rien à maman, hein ?

— Ton bleu va être difficile à cacher et je viens de parler d'honnêteté, Edward.

Le trajet se déroule dans un silence quasi religieux. Il va y avoir de l'ambiance, je sens le clash pointer le bout de son nez entre Edward et sa mère. Va falloir que je me transforme en casque bleu. Faîtes des gosses qu'il disait. Je gare la voiture devant le cottage, ils descendent. La porte est ouverte par Neil, notre majordome.

— Bonjour Monsieur le Doyen, Messieurs.

— Salut Neil, bougonne Edward et Philip.

Je me contente d'un salue de la tête et entre. Deux tornades traversent la maison et se jettent dans mes bras.

— Joyeux anniversaire papa !

— Merci mes amours. Alors vous avez été sages avec maman ?

— Très, on l'a aidée, m'annonce Alice.

— Oui pour le secret que tu ne dois pas savoir.

— Noah, faut rien dire ! le dispute sa sœur.

— Mais j'ai rien dit, se défend-il.

— Et je n'ai rien entendu, souris-je.

— Tu vois ? boude Noah.

Les jumeaux retournent à leurs occupations, Edward et Philip ont évacué les locaux. Je rejoins la cuisine, Meg s'y trouve avec Grace. Elles s'affairent à sortir les gâteaux de leurs boites, puis Grace se retourne. Elle me claque un bisou sur la joue. S'est devenue une magnifique jeune fille. Elle a gardé ses cheveux blonds bouclés. Je sais qu'elle a de nombreux prétendant, mais que jusqu'à maintenant elle les a envoyés promener. Sauf un, Ian. Ce n'est pas un mauvais bougre, mais il a dix-huit ans et je sais ce qui se trame dans la tête des garçons à cet âge.

— Joyeux anniversaire mon papa.

— Merci Gracie.

— Je vous laisse, il faut que j'aille faire un truc, ce truc dans le jardin.

Nous sommes seuls et je suis accueilli par le plus beau et le plus merveilleux des sourires. Megan ne change pas. Elle est toujours aussi belle et déclenche toujours en moi les feux de la passion. Nous faisons la moitié du chemin, elle enroule ses bras autour de mon cou et m'embrasse tendrement. Je la fais reculer légèrement et approfondis notre étreinte. Elle me repousse doucement.

— Monsieur Matthews.

— Madame Matthews.

— Alors, ta journée ?

— Tranquille, mais tu m'as manquée. Ça ne fait pas un peu trop de gâteaux et de petits fours juste pour nous ? la taquiné-je

— Encore une surprise qui tombe à l'eau, se désespère-t-elle. Qui a balancé cette fois-ci ?

— Personne, mon instinct supersonique. Ce n'est pas très grave, ça n'enlève rien au plaisir. Je suppose que toute la famille sera là ?

— Oui, ainsi que Matt, Emma et Scrat. Mark et Beth sont partis chez leurs parents. Petite question, il y a eu un problème à l'entraînement de rugby ? Ils ont fait un tour rapide en cuisine et sont montés dans la chambre d'Edward.

— On peut dire ça, un truc de mômes.

— Ils se sont encore battus ? Va falloir qu'Edward apprenne à refréner ses ardeurs.

— Disons qu'il a défendu l'honneur de sa grande sœur, même si c'est inutile. Les rumeurs, tu sais ce que c'est ?

— Grace m'a parlé de Ian, mais je suppose que tu étais déjà au courant.

J'adore l'esprit vif de ma femme. Elle arrive toujours à deviner ce qui se trame dans cette famille. Elle a un don d'observation inné.

— Difficile de me cacher quoi que ce soit sur ce campus. Néanmoins, je t'assure que je n'en ai pas parlé à Grace. Je n'ai même pas fait mon rôle de père menaçant, auprès de Ian. Tu le prends plutôt bien.

— Disons qu'il serait possible que j'aie appris certaines choses avec le temps. Je sais surtout à quel point il est dangereux de se mettre entre deux jeunes qui s'aiment.

— Il est vrai qu'on a une sacrée expérience sur le sujet.

— Tu devrais quand même lui parler, elle sait que tu sais.

— Je me change et j'y vais. Bon, par contre pour les deux catcheurs, si t'as une idée, je suis preneur.

— Commence par arrêter de te battre le week-end avec Key. Ouais, je sais, c'est pas gagné. Normalement, vous êtes censés être des vétérans, donc plus calmes, plus réfléchis. Au fait, les invités qui ne sont plus surprises arrivent dans une heure. Inutile donc que je t'occupe pendant tout ce temps, minaude-t-elle.

— Dommage, j'aurais été ravi de voir comment.

— Très dommage mon chéri, en effet. Tu ne le sauras donc jamais.

Je lui claque les fesses et quitte les lieux sous ses remontrances. J'enjambe une petite voiture et un poney en plastique. J'en profite pour dire aux jumeaux de ranger leurs affaires. Je monte dans notre chambre et troque mon costume pour un jean et un tee-shirt noir. Je jette un œil à la chambre d'Edward, il joue aux jeux vidéo avec Philip. Je redescends, les jumeaux ont rangé et tout est nickel. Ils sont dans le jardin avec Max treize ans au compteur et toujours prêt à jouer avec eux.

Un peu plus loin, Grace s'active avec les décorations sur les tables. Il y a une grande tonnelle pour nous éviter les changements météos de notre brave Angleterre.

— Maman a raison, on ne peut vraiment rien te cacher, se lamente-t-elle.

— Que veux-tu, c'est mon plus grand malheur, ma fille. Mon enfer personnel.

— Donc, je suppose que j'ai raison de penser que tu sais pour Ian et moi aussi ?

— Je le sais et depuis un moment, avoué-je.

— Alors, pourquoi n'es-tu pas venu m'assommer de questions et me noyer de mise en garde ?

— C'est vraiment ce que tu voulais ?

— Pas vraiment, non.

— Je préfère que toi, tu m'en parles. Je te fais confiance, tu es assez intelligente pour savoir ce que tu fais. Pour savoir aussi ce que tu veux et surtout, ce que tu ne veux pas. Ta mère et moi, nous mettons un point d'honneur à vous laisser votre libre arbitre, dans la limite du raisonnable.

Elle dépose le petit photophore sur la table et m'invite à m'asseoir sur un banc avec elle. Je m'installe juste à côté d'elle et attends patiemment qu'elle me parle.

— Tu sais qui est Ian ?

— Je te mentirais, si je te disais que je ne me suis pas renseigné.

— Et le libre arbitre, tes beaux discours ?

— Quel père je serais, si je ne l'avais pas fait ? Néanmoins, je n'ai rien dit. Déjà, ce n'est pas un prince, ta mère devrait être contente, la taquiné-je.

— Papa, j'avais cinq ans !

— Je sais, mais c'est le droit des parents de rappeler aux enfants, leurs souvenirs gênants.

— Sincèrement, tu en penses quoi ?

— De Ian ou de sa famille ?

— Des deux.

— Pourquoi veux-tu mon avis ?

— Parce que tu es mon père et que tu as toujours été de bons conseils.

— Ian, d'après ce que je sais, semble être un garçon bien. Il a de très bons résultats scolaires, il fait des études d'ingénierie. Il a de l'avenir à l'Institut. Capitaine de l'équipe de rugby junior. Il a eu quelques relations avec des filles, mais ce n'est pas un coureur, enfin si je me réfère à mes critères.

— Tu parles d'expériences, assurément, marmonne-t-elle. Et sa famille ?

— Son père est au Conseil, on s'entend très bien. Black m'a toujours soutenu, j'ai d'excellent rapport avec lui. Grace, que veux-tu savoir exactement ?

Sérieusement, j'aimerais bien qu'elle me le dise. Je ne vois pas vraiment où elle veut en venir. Moi qui ne souhaitais pas m'en mêler à la base, je ne pensais pas avoir ce genre de discussion pour mes quarante ans.

— D'après ton expérience, comment sait-on qu'un mec t'aime ?

Ok, j'ai une question qui me brûle les lèvres et je sens que je vais le regretter.

— Il a tenté... un truc ? Essayer de te faire faire ce truc ?

— Bien sûr que non, papa ! Je ne suis pas en train de te parler de ce *truc* ! Tout le monde n'est pas aussi direct que toi et maman sur ce sujet. Y en a qui prennent leur temps pour faire le *truc* !

Je suis partagé entre le soulagement et une légère honte quand même. Je ne me voyais pas parler de sexe avec elle. Enfin s'il faut vraiment en passer par là, je m'y plierai. Point négatif, elle sait que ses parents sont des obsédés.

— Merci chérie de nous faire passer pour des animaux en rut, c'est toujours plaisant.

— Toi, comment as-tu fait pour prouver à maman que tu l'aimais ?

— Ok, ta mère et moi, on n'est peut-être pas les meilleurs exemples qui soient sur le sujet.

— Je sais, soupire-t-elle. Bryan m'en a parlé un peu. Votre relation, ton père, son enlèvement et sa maladie. Mais essaies s'il te plaît.

Je me demande bien ce qu'a pu lui raconter Bryan. J'ai donc tout intérêt à accéder à sa demande. Même si avouons-le, je ne sais pas trop quoi lui dire pour la rassurer.

— Déjà, j'étais amoureux de ta mère, bien avant qu'on se mette ensemble. Mais notre relation était compliquée. Dès qu'on se voyait, on ne pouvait pas s'empêcher de se sauter à la gorge...

— Pourquoi ? me coupe-t-elle.

— Ta mère ne supportait pas sa vie à l'Institut. Elle détestait ne pas avoir le choix. Elle était anticonformiste. Les choses étaient différentes ici à l'époque. Des caméras jusque dans les chambres, au foyer, mais désactivées. Des uniformes horribles et puis, les règles n'étaient pas les mêmes. Du style, si un agent était pris, il était déclaré comme perdu. J'étais le fils du Doyen et en plus, le meilleur ami de son frère. Ils étaient fusionnels tous les deux et peut-être que d'une certaine façon, je lui volais son frère. On se ressemblait beaucoup. En dehors du boulot, on menait des vies dissolues chacun de notre côté. Jusqu'à ce que... disons pour être élégant, qu'elles se sont rejointes un trente-et-un décembre. Ensuite, nos prises de bec se sont intensifiées.

— Pourquoi ça a été pire ?

— J'étais frustré parce que je l'aimais et elle était en colère parce qu'elle avait l'impression de m'avoir cédé. Ensuite, il y a eu cette mission d'infiltration. Les choses ont évolué et dès que j'essayais de lui parler de mes sentiments, elle me fuyait. Tout ça en secret, parce que c'était interdit. En fait, elle n'y croyait pas. On m'imposait un mariage dont je ne voulais pas. Et quand enfin, elle a commencé à y croire, elle a été enlevée. Ce qu'elle a subi, peu de gens l'auraient supporté. J'ai enfreint la règle et j'ai été la récupérer.

— Avant qu'elle ne s'en aille. Ça ne m'aide pas vraiment.

— Écoute j'aimerais t'aider. Je n'en sais rien, j'aurais fait n'importe quoi pour ta mère. Je me suis battu de toutes mes forces. Regarde les marques d'attention, sa façon de se conduire avec toi. Si elle est égale quand il est avec ses amis et seul avec toi, c'est déjà un bon signe. S'il te le dit aussi. Teste-le, présente-le-moi officiellement, s'il refuse...

— Papa, tu ne t'es pas dit que si je lui demande et qu'il refuse, c'est peut-être simplement parce que tu es le Doyen ?

— C'est pas faux. Juste qu'en matière d'amour, il n'y a pas de recette miracle. Commence par faire confiance à ton jugement. N'essaie pas de tout analyser non plus, laisse-toi porter. Si tu devais te tromper, ta mère et moi nous serions toujours là pour toi. Une rupture, c'est douloureux, mais moins que refuser d'aimer.

Elle me sourit et me prend dans ses bras. J'embrasse son front. Ce que je ne lui dis pas, c'est que le premier qui lui brise le cœur, je l'expédie direct en Afrique centrale dans une soute.

— Merci papa, c'est difficile d'être la fille de deux légendes, se moque-t-elle.

— De quoi parles-tu ?

— Tu l'ignores ? Ok. Vous avez un coin avec vos prénoms au foyer. Il y a même une fresque, elle est appelée la révolution de l'amour.

— Sérieux ? Je vais peut-être remettre les caméras. N'en parle pas à ta mère, elle détesterait l'idée et m'obligerait à mettre un coup de peinture.

— Encore merci papa.

Je ne suis pas certain d'avoir été efficace sur ce coup-là. Je n'ai pas vraiment de réponses à ses interrogations. Il va falloir qu'elle vive cette expérience d'elle-même. Je l'aide à finir la décoration avant que les autres débarquent, sauf que ma grand-mère et Archibald sont déjà là. Meg l'embrasse. J'ai un rictus en me rappelant l'évolution de leur relation. Elle avait lu toutes les lettres et elles avaient adouci son cœur. C'est lui qui l'avait conduite à l'autel. Nous les rejoignons. Grace enlace ses grands-parents puis montent se préparer à son tour.

— Alors quand allons-nous rencontrer ce Ian, demande ma grand-mère.

— Granny, comment tu sais ?

Pour toute réponse, j'ai le droit à un clin d'œil. Puis commence le défilé. Ils arrivent presque tous en même temps. Je récupère la bière dans la cuisine. Les enfants nous donnent un coup de main pour déposer la pitance sur la table. Nous sommes si heureux d'être tous ensemble. Je ne peux pas m'empêcher de prendre Lilou dans mes bras dès que Bryan et Aly sont là. C'est une merveille, la petite dernière. Les enfants jouent dans le jardin. Il y a tant de vie autour de nous. Lilou est kidnappée par ma grand-mère. Nous sommes enfin assis et j'attrape Meg pour qu'elle rejoigne mes genoux.

— Alors trinquons, à tes quarante ans, mon chéri.

— Merci mon amour pour cette surprise, la taquiné-je.

— Je t'aurai un jour, je t'aurai.

— Tu m'as déjà.

Je l'embrasse tendrement, devant les huées de l'assemblé. Il y aura encore des doutes, des questions, des bagarres. Mais il y aura surtout de l'amour, des joies et de la vie. Nous avons créé notre équilibre. Nous avons choisi notre vie. Nous nous sommes battus pour nous aimer. Nous avons fait évoluer l'Institut. Tout ça grâce à la révolution de l'amour comme c'est écrit sur la fresque. Cette appellation me fait rire. Je n'échangerais pas ma vie pour tout l'or du monde et Meg non plus. J'en suis certain.

FIN

Printed in Great Britain
by Amazon

71434361R00298